# 鬼火

横溝正史ミステリ短篇コレクション

2

横溝正史

日下三蔵 編

目次

横溝正史ミステリ短篇コレクション

2

# 鬼火

# 鬼火

## 一

　桑畑と小川に挟まれた隘《せま》い畔路《あぜみち》が、流れに沿うて緩やかな曲《カーブ》を画《えが》いている辺りまで来た時、私はふと足を止めた。今迄《まで》桑畑に遮《さえぎ》られていた眼界《がんかい》が、その時豁然《かつぜん》と展《ひら》けて、寒そうな縮緬皺《ちりめんじわ》を刻んだ湖水が、思いがけなく眼前に迫ってきたせいもあるが、もう一つには、妙に気になるあの建物が、一叢《ひとむら》の蘆《あし》の浮き洲の向こうに、今はっきりその姿を顕《あらわ》したからである。

（はてな、矢張《やは》りアトリエのようだが）

と、杖《ステッキ》を斜めに構えて凝然と立っている姿を傍《はた》からみれば、或《あ》るいはかかる場所にアトリエの在る事を憤《いきどお》っているように見えたかも知れぬが、事実は必ずしもそうではない。その時分、長い患《わずら》いの後《のち》だった私は、少し根《こん》を詰めて歩行すると直《す》ぐ息切れがする、脈が早くなって動悸が切迫する。俗に心悸亢進《しんきこうしん》という奴だが、それにも拘《かかわ》らずこんな危なっかしい路を選《よ》って歩いていたというのは。――この間から散歩のつど私は、桑畑の彼方《かなた》にぎらぎら光っている屋根のあるのを認めて、少なからず気にしていたのが、今日は幸い天気もよし風も穏やかなので、思いきって散歩のついでに出向いたという訳である。

　案内記によると桜貝を伏せたような形をしているという諏訪《すわ》の湖は面積に似合わぬ浅さで、一番深い箇所で尚且《なおか》つ五尋《ひろ》に足りぬという。ちょうど巨大な皿に水を盛ったようなものだが、近頃では又、天竜川の改修工事とやらでどんどん排水するのに、東側からは泥や芥《あくた》が盛んに流れ込んで来る始末で、湖水は年々浅くなる一方である。今私の前にある地盤などもそのいい例で、嘗《かつ》ては湖水の底だったのが、長い年月の間に泥や芥が積もり積もって三角洲となり、更にそれが今日の如《ごと》き岬《みさき》にまで発展したのであろう。今私が目指しているアトリエというのは、そういう岬のしかも突端《とったん》に、兀然《こつぜん》として聳《そび》えているのだった。

近付くに従ってスレート葺《ぶ》きの屋根や、バンガロウ風の玄関や、烏貝《からすがい》の殼を塗り籠《こ》めた壁や、白いでこぼこの石甃《いしだたみ》などが漸《よう》く明瞭に見えて来たが、随分荒れるに任せてある所を見ると、夙《とく》に人は住んでいないらしい。路はその辺《へん》まで来ると愈々《いよいよ》細くなって、その先は厭《いや》が応でも蘆の中に潜り込まねばならない。蘆といっても私の背より高い奴が、蕭条《しょうじょう》と風に靡《なび》いているのだが、私は委細構わずその中に潜り込むと、間《ま》もなく白く舗装した石甃の上に出て来た。問題の建物はすぐ鼻の先に聳えている。さて、こうして目近《ぢか》に迫ってよく見ると、この建物の荒廃のしかたは愈々尋常《じんじょう》ではない。窓も雨戸も剝《も》ぎ取られたように

跡形もなく、柱を引き抜かれた簷《のき》は思案しているようにがっくりと首をかしげ、覗《のぞ》いてみると障子も襖《ふすま》もない家の中には、陰森《いんしん》たる空気と共に、麴室《こうじむろ》のような酸っぱい匂いが一杯に立て罩《こ》めている。隅の方に重ねてある畳は、湿気と温気《うんき》のために、妊婦の腹のように膨《ふく》れあがって踏めばそのままずぶずぶと滅《め》り込みそう、おまけによく見ると纖細《こまか》い真っ白な蕈《きのこ》が一面に簇《むらが》り生えていて、その腐朽《ふきゅう》と頽廃《たいはい》の状《さま》はとても筆紙《ひっし》に尽すべくもない。私は顔をしかめると、思わずペッペッと唾《つば》を吐きながら、そこを離れて、湖水に向かって建っているアトリエの方へ廻って行った。

昔はこのアトリエのヴェランダから直接水に下りるようになっていたものらしいが、今ではそこに広い浮き洲が出来て、汀《みぎわ》までにはかなりの距離がある。浮き洲の上には青い、房々とした生毛《うぶげ》のような藻《も》が一面に生い茂り、その間を点綴《てんてい》している水溜りの中からは、赤黒く澱《よど》んだ泡《あぶく》と共に、腐臭をおびた古沼の瘴気《しょうき》が、その辺《へん》一帯にめらめらと立ち騰《あが》っている

のだった。

　私は、その浮き洲を渉《わた》って、毀《こわ》れたヴェランダからアトリエの中へ入って行った。ここは陽当たりがいいせいか、あまり腐朽の匂いはしないが、その代わり床も天井も蜘蛛《くも》の巣だらけ、壁の上にはそれこそ真っ黒になる程、湖水に発生する小さい羽虫がしがみついている。私が入って行くと羽虫どもは一斉にわんと壁から飛び立ったが、いや、その翅音《はおと》の凄《すご》いことといったら、平家《へいけ》の大軍を走らせたという水鳥の音もこうであったかと思われるばかり、眼も口も開けていられたものではない。しかもその翅音と共に、魚の腸《はらわた》の腐ったような匂いがつうんと鼻へきたから耐《たま》らない。私はすっかり辟易《へきえき》して、周章《あわ》ててヴェランダの外へ飛び出した。羽虫共は一《ひと》しきり広いアトリエの中を舞い狂っていたが、やがて次第に壁の方へ吸い寄せられてゆくと冬の蠅《はえ》のように、凝《じ》っと動かなくなった。

　怖々《こわごわ》覗いてみると、天井から襤褸《ぼろ》のように下がっている蜘蛛の巣に、夥《おびただ》しく引っかかってもがいている。中には半分参りかけたのもいるが、元気のいいのが翅を動かす度に、他の奴も思い出したようにバタバタやり出す。するとそれにつれて又、折角《せっかく》壁の上に翅を休めていた奴までが飛び出すという始末で……そんな事を幾回となく繰り返しているのだった。

　これでは気味が悪くてとても中へ入れないから諦《あきら》めてそろそろ退《ひ》き上げようとした時、ふと私の眼についたのが、隅の方に立てかけてある大きなカンヴァスである。大きさは百二十号ぐらいもあろうか、黒い布がかかっているのが何となく曰《いわ》くがありそうで妙に気になる。こいつは唯《ただ》では帰れない。といって羽虫は気味が悪いし――と、暫《しばら》く躊躇《ちゅうちょ》していたが、到頭《とうとう》思いきって足袋《たび》はだしになると、抜き足差し足、いやもう竜王の珠玉《たま》を盗もうとする蜑《あま》の如《ごと》く、そっとカンヴァスの側に近寄ると怖々、静かに黒い布をまくりあげて見た。

　カンヴァスはすっかり日にやけて、色が褪《あ》せ、埃《ほこり》まみれになって、唯もう不透明な色彩が雲のように重なり合っているばかりで、はじめのうちは何が何やら見当も付かなかったが、それでも暫く面《おもて》もふらずに凝視を続けているうちに、やがて霽《は》れゆく靄《もや》の中から姿を現わす山脈《やまなみ》の如く、朦朧《もうろう》と私の眼の前に迫《せ》り出して来たのは、一個奇怪なる裸形《らぎょう》の女であった。

それは活《い》きながら湖水の底に沈められた、裸体の美女を画いたもので、セピア色に塗り潰《つぶ》したカンヴアスの上に、仄白《ほのじろ》く浮き出した女の乳房には、その先に大きな分銅のついた太い鉄の鎖が、痛々しいばかりに喰い入り、その下肢から下腹部へかけては、何やら蒼黒《あおぐろ》いものが、一面にぬらぬらと絡《から》みついている。初めのうち私は、そのぬらぬらを単なる水藻だとばかりに、何の疑いも挟《さしはさ》まなかったけれど、よくよく見ているうちに中に一条《ひとすじ》、蛇とも竜ともつかぬ、一種異様な醜《みにく》い動物のいる事を発見した。怪物は鋭い蹴爪《けづめ》をもった一本の肢《あし》で女の乳房を引き裂かんばかりに握りしめながら、蜥蜴《とかげ》の肌のように底光りのする全身に波打たせて、べったりと女の腰に吸い着いている。そして女の背後《うしろ》から肩の上にもたげた醜い鎌首からは、二つに裂けた舌をペロペロと吐き出して、何事かを女の耳に囁《ささや》いているが如くである。女はその言葉を聞いているのかいないのか、恰《あたか》も甕《かめ》を担うが如く左の手で怪物の鎌首を抱え、右手は高く水中にかざしている。彼女の暗緑色の髪の毛は海藻のようにゆらゆらと漾《ただよ》い、悶《もだ》え、逆立ち、長くさしのべた項《うなじ》には、泡が凝《かたま》って真珠を連ねたようである。唯不思議なのは女の表情で、その面《おもて》には少しも恐怖や苦痛の色は見えないのだ。大きく瞠《みは》った瞳《ひとみ》は燐《りん》のように瞬《またた》いているけれど、それは苦痛や恐怖のためではなくて、ある謎《なぞ》のような欣《よろこ》びと嘲笑を溶かしているが如くである。軽く閉ざした唇からは満足の溜め息が洩《も》れ、薔薇色《ばらいろ》の頬《ほお》に柔らかく刻まれた片靨《かたえくぼ》には、微妙に錯綜《さくそう》した嫌悪と歓喜の不可思議な感激が読み取られるのであった。

この奇怪な人獣相剋図《そうこくず》に、時間《とき》の経つのも忘れて、呆然《ぼうぜん》と見惚《みと》れていた私の念頭《あたま》には、その時様々な想念が去来した。こういうグロテスクな画題を選んだ画家というのは、一体どんな男だったのだろう。そしてこの画のモデルになった女とどういう関係であったのだろうか。この人里離れた岬の突端で、彼等はまあ、どういう奇怪な生活を営んでいたことだろう。……我《われ》にもなくそれ等《ら》の場面を想像しているうちに、私はぞっとするような悪寒に襲われた。一瞬間私は、画面の女が口を開いて、今にも話しかけそうな錯覚を感じて、思わず微《かす》かな身《み》顫《ぶる》いをすると、祈るように眼を閉じ、やがて元の如くカンヴァスの上に掩《おお》いをかけると、追われるようにこのアトリエから出て行った。

外へ出てみると空には依然として太陽がくるめき、遥《はる》か彼方《かなた》の入り江の汀には、洗髪の女が水鏡をしているように首うなだれた、美しい楊柳《やなぎ》の並み木があり、並み木の下には数十羽の鶩《あひる》が嬉々として群がり、餌をあさっている。空は美泥《ビイドロ》細工のように玲瓏《れいろう》と晴れ渡り、澄明な空気は時々水晶のように光るかと思われた。私はこの明るい、平和な景色に向かって、喘《あえ》ぐように二、三度大きく息を吸い込んだが、さて一度眼《まなこ》を転じて岬の上を見れば、そこには黯黮《あんたん》たる妖気《ようき》が低く垂れこめ、索寞《さくばく》たる蘆叢《ろそう》の中からは、啾々《しゅうしゅう》として哀怨《あいえん》悲愁の声が、道行く人の肺腑《はいふ》に迫って来るかと思われた。私は足を早めて、遁《に》げるが如くこの場を立ち去ったのである。

## 二

その翌日私は、久し振りで湖畔にささやかな草庵《そうあん》を営む、俳諧師《はいかいし》の竹雨《ちくう》宗匠を訪れた。宗匠はもとこの地方の警察に長く奉職していた警部だったが、数年前糟糠《そうこう》の妻に先立たれてから、痛く世を果敢《はか》無《な》み、間もなく恩給がつく身分となったのを幸いに、職を辞すると、この湖畔に形ばかりの庵《いおり》を結んで、今では春の花、秋の月を友として発句《ほっく》三昧《ざんまい》に日を送っている。私は極《ご》く浅い、最近の馴染《なじ》みであったが訪れるといつも快く迎えてくれるし、又持ち前の話上手で、この地方に伝わる様々な物語を、諄々《じゅんじゅん》と語って聞かせてくれるのである。

「よくいらっしゃいました。二、三日急に寒くなったので、慣れない方《かた》にはどうかとお案じ申し上げておりました」

私が訪れたとき、宗匠は経机《きょうづくえ》に向かって、何か書き物をしていたが、私の顔を見るとすぐ筆を措《お》いて、暖かそうな炬燵《こたつ》のある部屋に招じ入れた。宗匠というといかにも老人じみるが、その実、五十にはまだ二、三年間《ま》があろうという年輩の、血色のいい、どっしりとした人柄で、嘗《かつ》て警部などという劇《はげ》しい職務にあった人とは思えない程、柔和《にゅうわ》な容貌《かおつき》をしているが、それでもどうかすると、眉と眼の間に精悍《せいかん》そうな気が動くのは、さすがに争えないものである。

私は奨《すす》められるままに、遠慮なく炬燵の中に潜り込んだ。締め切った障子には西陽が白くあたって、部屋の中には鉄瓶《てつびん》が松風の音《ね》を立てている。床には寒山拾得《かんざんじっとく》の掛け軸の前に、白菊が二、三輪無造作に活《い》けてあって、その花弁から溢《こぼ》れる匂いがほんのりと部屋の中に漂うている。万事淡彩趣味の中に、炬燵にかけた友禅の掛け布団のみが、眼も覚めるばかり艶《なま》めかしい。

「今日は是非《ぜひ》、あなたにお話して戴《いただ》きたいと思う事があって参りました」

「はあ、何ですか、今時この老人に話をさせようというのは」

「実は昨日私は、散歩のついでに向こうの岬にあるアトリエへ行ってみたのです。そしてその中で妙な絵を見ました。帰って宿の者にその話をすると、それなら竹雨先生にお伺《うかが》いするのが一番近道だ。先生ほど詳しくこの話を御存じの方はなかろうと、こういう話なので、それで今日はお邪魔にあがった訳なのです」

私の言葉を聴いているうちに、それまでにこやかな微笑を含んでいた宗匠は、次第に眼を伏せ火桶《ひおけ》の縁《ふち》を撫《ぶ》しながら何事か打ち案じているようであったが、やがてつと身をくねらせるとうしろざまに縁側の障子を押し開いた。と、見れば、入り江を隔てたかの岬の上に、粛殺《しゅくさつ》たる蘆叢に包まれたアトリエが、今日も懶《ものう》い紺碧《こんぺき》の空に、屹然《きつぜん》とそそり立っている。宗匠は暫く凝《じ》っとそれを眺めていたが、やがて私の方へ向き直ると、血色のいい顔をつるりと逞《たくま》しい掌《てのひら》で撫《な》で上げた。

「いや、失礼いたしました。私がこうして渋っているのは、決して勿体《もったい》ぶっている訳ではなく、実は私は此《こ》の話をする事をあまり好まないのです。これが聴いて嬉《うれ》しくなる話だとか又、優《ゆう》にあわれな話ならば格別、この話はどこ迄も陰惨で、何となく憑《つ》かれたような所のある話ですから、私はなるべく喋舌《しゃべ》らない事にしているのです。然《しか》し……」と宗匠はここで忽然《こつぜん》として、喉《のど》の奥までひらいてからからと打ち笑うと、「然し、あなたも折角、意気込んで来られたのですから、聴かずにはお帰りなさるまい。ようがす。お話しましょう。その代わり今夜は私に付き合わなければいけませんよ。幸い今夜は十三夜ですから、後で月見と洒落《しゃれ》ようじゃありませんか」

私が承諾の旨を陳《の》べると、宗匠は直《ただ》ちに手を鳴らして下婢《しもべ》を呼び、夕餉《ゆうげ》の支度を命じた。その間も彼はあまり気持ちのいい話ではないからと、繰り返し、繰り返し念を押すことを忘れない。陰惨もとより大いに私の好む所である。憑かれたような話に至っては私の狂喜するところだ。私がその旨を陳べると宗匠は仕方なしに苦笑しながら、一抹《ひとつま》みの香を桐火桶《きりひおけ》の中に燻《く》べたので、ものさびた匂いが縹渺《ひょうびょう》として部屋の中に立ちこめたのであった。

---

この湖畔に長く住んでいる程の者なら、誰一人この話を知らない者はありますまい。然し昨日、私に聴くのが一番確かであるとあなたにお伝えした人は間違っていないので、お話してゆくうちに判りますが、私ほど詳細にこの話を語り得る者は他にあり得ないのです。

あのアトリエを建てたのは漆山万造《うるしやままんぞう》という、向こうに見える豊田村出身の画家ですが、御記憶ではありませんか。今から十数年以前にはそれでもちょっと、中央画壇に知られていた男でしたよ。左様《さよう》、昨日あなたが御覧になったあの不気味な絵というのも、この男と、この男の従兄弟《いとこ》で、同じく漆山姓を名乗っていた漆山代助《だいすけ》という男、この二人の画家の共同製作なのです。漆山代助……この男も従兄弟の万造と殆《ほとん》ど同時に中央画壇に名を知られ、そして又、殆ど同時に忘れられて行った男ですが、これからお話しようとする話というのは、この二人の画家の生涯に纏《まつわ》る、深讎《しんしゅう》綿々たる憎念と、嫉妬《しっと》と、奸策《かんさく》の物語なのです。

此の土地の者で私ぐらいの年輩の人間なら誰でも知っていますが、漆山家というのは、当時諏訪郡きっての豪家で、万造はその本家の一人息子、代助は分家のこれまた一人息子で、二人は同年の生まれでした。私は両方の親達を知っていますが、あんなに仲のいい善良な兄弟を親に持ちながら、どうしてこんな恐ろしい子供達が生まれたのか実に不思議でなりません。二人はまるで互いに仇敵《きゅうてき》となり、憎み合い、詛《のろ》いあい、陥れ合うためにのみ、この世に生まれて来たようでした。それは既に、彼等が頑是《がんぜ》ない小児《こども》の時分からそうなので、それについて私は次のような出来事をお話する事が出来ます。

これは彼等がまだやっと小学校の一年か二年生時分のことでありますから、今からざっと三十二、三年以前《まえ》のことですが、冬のことで湖水には一面に氷が張り詰めていました。間もなくあなた御自身で御覧になる事が出来ましょうが、湖水に氷が張り詰めると、小児たちの天下で、学校へ通うにも平生《ふだん》ならば半時間も一時間もかかるのが氷の上を滑って来ると十分か十五分で来られる。朝などは大変で、頬《ほ》っぺたを杏《あんず》のように真《ま》っ紅《か》にふくらました、もんぺ姿の子供たちが、各《めいめい》五、六尺ぐらいの青竹を横に持って滑って来るのが、ちょうど秋空に飛ぶ蜻蛉《とんぼ》のように、それこそひきも切らず、中には一本の青竹に、小さいのを挟んで五、六人も摑《つか》まって滑ってくるのがあります。この青竹を持っているのは、過《あやま》って氷の亀裂に落ち込んでもこれが閂《かんぬき》のように引っ懸かって、遽《にわ》かに氷の下へ飲み込まれるのを防ごうという寸法、大人ならここで機械体操の要領で這《は》い上がることが出来るし、それの出来ない女子供でも救いを呼ぶ遑《いとま》があろうという訳です。

さてその朝、万造と代助の二人も各々青竹を一本宛《ずつ》携《たずさ》えて今アトリエの建っているあの岬、その時分は今程出張ってはおりませなんだが、あの岬の向こう側まで滑って来たとき、万造の方がどうしたはずみか過って氷の裂け目へ落ち込んだのです。幸い青竹が役に立って沈んでしまいはしなかったけれど、子供のことですから一人で這い上がることが出来ない、もがもがやりながら救いを求めたのを、その時半丁ばかり向こうを滑っていた代助が聞きつけて、直ぐに引き返してきました。この時代助が素直に青竹を出してやれば何事もなかったのでありますが普段から孰方《どちら》が偉い、代助より万造のほうが少し利巧なようだ、いや、矢張《やは》り代助のほうが捷《はしこ》かろうと、絶えず周囲から煽《おだ》てられ、競争するように仕向けられていることが、ふと念頭《あたま》に浮かんできたから耐らない。代助はその時万造のほうへ伸ばそうとしていた青竹を、つと二、三寸手許《てもと》へ引くと、

——万ちゃん、助けてやる代わりにお前、今日から私《あたい》の家来におなり。

子供のことですから他愛はありません。この時、万造の方でも、うん、家来になるから助けておくれ、と、言ってしまえば何でもない事でしたが、これを聞くと万造は、嫌悪の色を一杯に泛《う》かべてついと顔を反向《そむ》け、伸ばしていた手を周章《あわ》ててうしろへ引くと、側《そば》にいる代助を無視してしまって、遠くの方へ向かって的《あて》もなく、助けてくれえ！　助けてくれえ！……この様子を見ると代助はさっと顔色を変えました。冗談で出発したことが、遽かに真剣味を帯びて来たのです。代助はぷいと青竹を小脇に抱えると、くるりと踵《きびす》を返してそのまま氷の上をスイスイ。

然し如何《いか》に子供とはいえ、このまま見殺しにするのが恐ろしい罪悪だぐらいの事は心得ておりますし、良心も咎《とが》めます、暫くして又万造の側へ引き返して来た代助の顔色は、寧《むし》ろ万造よりも蒼白いくらい、きっと嚙《か》み締めた唇は憤《いきどお》りのためにぶるぶると痙攣《けいれん》していました。それでも彼は持っていた青竹を叩きつけるように万造の方へ伸ばすと、

——さあ、助けてやるから早くつかまれ。と、言いました。

万造はこの時既に、岑々《しんしん》と身に浸み入る寒気のために、唇は紫色になり、眼は釣り上がり、今にも気が遠くなりそうになっていましたが、それにも拘らず彼が従兄弟に報いたものは依怙地《いこじ》な嘲《あざけ》るような笑いばかり、相手が差し出した青竹の方へは見向きをしようともしないのです。

――万ちゃん、早くお摑まりな。代助が極《き》め付けるように言うのも、耳に入らないかの如く、万造は依然としてほかに救いを求めているのですが、無慙《むざん》にも声は嗄《しゃが》れ、今にも息が絶え入らんばかりの有様です。

――馬鹿だなあ、早くお摑まりったら。そう意地を張ってたら凍《こご》え死んでしまうよ。代助は幾分優しい声で、宥《なだ》めるように言いましたが、万造は依然として態度を改めない。こうなると代助の方では、癪《しゃく》に触るやら、心配やら、忌々《いまいま》しいやら、可哀《かわい》そうやらで、とうとう此の方が先におんおんと泣き出してしまったのです。

幸い折りよく駆け着けて来た他の子供達によって、万造は無事に救われましたけれど、その時彼の掌《てのひら》は青竹に膠着《こうちゃく》してしまって、それを放すだけでも大変だったそうで、彼はそれがもとで一と月ほど酷《ひど》い熱病を患《わずら》いましたが、治ってから初めて代助と顔を合わせたとき彼がいきなり代助に向かって念を押すように言ったというのは、

代ちゃん。お前に助けて貰《もら》ったんじゃないから、私《あたい》は何もお前に恩に着る筋はないよ。分かっているだろうね。

## 三

こういう挿話《エピソード》をお話すれば際限がありません。双方の両親もほとほと持て余していましたが、然《しか》し後年に至って、このために二人とも生命《いのち》を失う程、恐ろしい運命に遭遇しようとは、その時分、夢にも気付かなんだし、却《かえ》って二人とも勉強に励みが出て、学校の成績なども、いつも首席を争っていたというのも事実なので、つい馬鹿な親心から、誤ってこの恐ろしい敵愾心《てきがいしん》を刺戟《しげき》し、奨励しなかったとはいえ

ないのです。然し次にお話する事件が起こってからは、さすがに双方の両親とも、幾分、考えを更《あらた》めなければならぬ事に、気が付いたようでした。

　それは二人が高等小学校の二年生、今でいえば尋常小学校の六年生ですが、その年の夏休みに、二人して蓼《たで》の海《うみ》の近辺へ写生に出かけた事がありましたが、さてその帰途、俗に七曲《ななまがり》と言って、一方が高い崖《がけ》、一方が深い谿《たに》になっている、そういう羊腸《ようちょう》たる坂路へ差しかかった時、先に立って歩いていた万造が、

——あ、あんなところに蛇がいる。と、叫んで立ち止まりました。

　蛇は信州の名物、全国から蛇捕りが集まるというくらいだから子供たちも馴れている。万造と雖《いえど》も、一匹や二匹の蛇なら敢《あ》えて驚きはしなかったのでありましょうが、その時ばかりは特別でした。谿の上へ斜めに迫《せ》り出した松の梢《こずえ》に、どういう訳か蛇が無数に絡みあって、松の根っこ程もあろうという太い蛇綱になって、そいつが又蠕々《ぜんぜん》と蠢動《しゅんどう》しているのだから、どうかすると、松の梢その物が蛇行《だこう》しているように見える。万造でなくったって、これじゃ驚くのが当然でしたが、後からやって来た代助は、これを見ると鼻の先であざ笑いながら、吐き捨てるように、

——何だい、あんなもの。と、言いました。

　万造はこれを聞くと早くも顔色を変えながら、

——それじゃ代ちゃんはあれが怖くないのかい。

と、詰め寄ります。

——何が怖いもんか。たかが蛇じゃないか。

——だって一匹じゃないぜ。

——一匹でなくったってさ。

——それじゃお前、あれが摑めるかい。

——摑めるとも、平気さ。あんなもの。

——一匹じゃないぜ。皆《みんな》摑むんだぜ。

——何匹だって同じことさ。何なら摑んで見せようか。

——おお、摑んでみせな。だけど後で怖くなって泣いたって私ゃ知らないよ。

——何が。……売り言葉に買い言葉とはこの事でしょう、代助は早くも松の幹に足をかけましたが、何を思ったのかふと振り返ると、

——万ちゃん、その代わりお前、私《あたい》の言うことを何でも聞くかい。

万造はちょっと躊躇したが、これもその場の勢い、今更後へ引けません。

——うん、何でも聞いてやるよ。だけど皆摑まなくちゃ厭《いや》だぜ。

——それじゃ、私《あたい》の家来になれ。

——なる。

代助はにっと笑うと、するすると松の幹を攀《よ》じ登って、蛇が一塊りになってのたくっている側まで行くと、あなやという間もあらばこそいきなり右手をその中に突っ込みました。

——どうだ。

代助は平然と笑いながら、御叮嚀《ていねい》にも蛇の中を掻《か》き廻したから耐《たま》らない。蛇は怒って無数の鎌首を擡《もた》げると、きりきりと代助の腕へ尻尾《しっぽ》を捲き付ける。肩から首のほうへ這《は》い上がって来る奴もあれば、袖《そで》口《ぐち》から懐《ふところ》へ入る奴もある。中にはもんぺの間から頭を突っ込んで、太股《ふともも》を覘《ねら》う奴もあるという始末、見る見るうちに代助は、蛇責めの浅尾みたいに、体中蛇だらけになってしまいましたが、それが又如何《いか》にも得意そうに、からからと打ち笑いながら、蛇の頭を撫でたり、頬擦《ほおず》りしたり、果ては調子に乗って接《せっ》吻《ぷん》したりするのに、見ている万造の方が却って真《ま》っ蒼《さお》になってしまったくらい。

——どうだ、万ちゃん、これくらいでいいだろうな。と、言うと代助は、手頃の奴を一本抜き取りそいつを火縄のように、きりきりと宙に打ち振りながら、おお臭《くさ》。おお臭。と、言い言い松の幹から降りて来ました。

——万ちゃんどうだ。約束通り私《あたい》の家来になるだろうな。

万造はしかし、自分が蛇であって、相手の為に侮《ぶ》辱《じょく》されたような気がしていた折柄ですから、唯《ただ》一言、吐き出すように、

——厭だ！　と、鋭く言いました。

——厭？　それじゃ約束が違うじゃないか。

——約束が違っても何でも、お前みたいな野蛮人の家来に誰がなるもんか。

——お前それでも男かい。私《あたい》だって何も蛇が好きな訳じゃないが、お前が家来になると言うから、厭なのも辛抱《しんぼう》してやったのじゃないか。それを今更、厭だなんて、お前それは卑怯《ひきょう》じゃないか。

——卑怯でも何でも、厭なものは厭さ。

二人は暫《しば》し劇《はげ》しく言い募っていましたが、そのうち、代助がにやりとせせら笑うと、

——いいよ、いいよ。家来になるのが厭なら、その代わりお前にも蛇を摑ませてやるばかりさ。待っといで、あの松の枝にうじゃうじゃしている奴を持って来て、お前の頭からぶっかけてやるから、

——お待ち、代ちゃん、お待ちったら！

——何だい。家来になると言うのかい。

——……。

——いいよ。構わないよ、今に見ろ。蛇を持って来てやるから。

そう言いながら早くも、根元に蠢《うごめ》いている奴を、二、三匹懐に入れている姿を見た万造は、絶体絶命、蛇は気味悪いし、家来になるのは猶更《なおさら》いや、逃げるのは自尊心が許さないとなると、残された手段は唯一つしかありません。今しも蛇に夢中になっている代助の後ろ姿を、物凄《ものすご》い眼で睨《にら》んでいた万造は、ふいに蛇が這い寄るように、つつつつつと背後に迫ると、

——何をする、万ちゃん！　という代助の絶叫も耳に入らばこそ。えいとばかりに突き出した万造の腕の下に、もんどり打って代助は、谷底深く墜《お》ちてゆきました。

この時代助がまともに、谷底へ墜ちていた日には、これからお話しするような事件も、起こらずに済んだことでありましょうが、幸い谷底に根を張っている椎《しい》の大木の上に墜ちたので、腰骨を少々挫《くじ》いただけで、不思議にも生命《いのち》は助かりました。尤《もっと》も腰の打ち傷はその後永らく祟《たた》って、それと知っている人が気を付けて見なければ分からない程、極《ご》く微かでは

ありましたけれども、代助は生涯跛《びっこ》を曳《ひ》いていました。

さてこのいきさつを後に聞いた漆山の両家では、今更の如く二人の憎念の執念深さに悚毛《おぞげ》をふるって、向後なるべく彼等を一緒にしない事を申し合わせたのですが、何がさて、陰が陽に慕い寄る如く、憎み合い、呪い合いながら、常に相寄る魂を持った二人の事故、いつかは又、問題を惹《ひ》き起こさずには措《お》かない、因果といえば因果、宿縁といえば宿縁でもあったのです。

四

事件はそれから数年の後、彼等がともに中学五年に進んだ年に起こりましたが、この時分になると、二人の性格なり、体質なりの、相違は漸《ようや》く顕著になって、代助が陽性で、多血質で交際好きなのに反して、万造の方は陰性で、胆汁質《たんじゅうしつ》でいつも孤独でした。体質に於ても、代助の方が色浅黒く、引き緊《し》まったきびきびとした体付きをしているのに反して、万造は色白でぶよぶよと肥《ふと》って、動作などものろのろしているので、級《クラス》でも牛という渾名《あだな》があったくらい、唯一つこの二人に共通している点といえば、相も変わらず反撥し合う熾烈《しれつ》な感情と、猛烈な勉強家であるという事ばかりでありました。彼等は依然として級《クラス》のトップを競い合って居《お》りましたが、自己を優位に保つためには、必ずしも fair play である事を必要としない、小股掬《こまたすく》い、背負い投げ、裏切り、密告等々、あらゆる卑劣なる手段をも敢えて辞せぬ。つまり彼等は、悠々と大空に圏《わ》を画《えが》きながら、隙あらば躍り蒐《かか》ろうと身構えている二羽の荒鷲《あらわし》のようなもので、油断をしていれば、いつ何時《なんどき》、鋭い爪と嘴《くちばし》によって引き裂かれるかも知れないのでした。

さてその当時、この町に湖月《こげつ》という汁粉屋があって、中学生などがよく集まったというのは、そこにお美代《みよ》ちゃんというちょっと可愛《かわい》い娘がいて、お世辞の一つもいう。皆《みんな》これに夢中になっていたものですが、中でも代助と万造の執心ぶりは段々露骨になって来ました。後になって、代助が人に語った所によると、格別彼はこの娘が好きというわけではなかったが、愚図愚図《ぐずぐず》していれば、万造に先手を打たれそうで、そうなると口惜《くや》しいから機先を制したまでだと言いますが、兎《と》に角《かく》、この競争では代助が従兄弟を出し抜いてまんまと娘を手に入れてしまいました。さあ、それと気がついた万造は口惜しくて耐らない。これが他の男なら娘が何人情人《おとこ》を拵《こしら》えようが、別に痛痒《つうよう》を感じないのでありますが、相手が従兄弟で、そいつに出し抜かれたと思うと、残念で残念で耐らない。何とかしてこの復讎《しかえし》をしてやらなければ腹が癒えないのですが、散々考えあぐんだ揚げ句、編み出した一計というのは、ある日湖月へ行って、お美代というその娘をそっと物蔭《ものかげ》に呼ぶと、

——お美代ちゃん、お前、代ちゃんとどうかしたのじゃない？　え、そうだろう、隠さなくったっていいよ。私ゃちゃんと代ちゃんから聞いて知っているんだから。

——まあ、代さんがそんな事を言ったの。

こんな単純な女を欺《だま》すのは訳はありません。

——おお、言ったともさ。お前も知っての通り、私と代ちゃんは従兄弟だもの。何だって打ち明けてしまうんだ。それで何かい。此の頃でも矢張《やっぱ》りちょくちょく逢っているのかい。

——いいえ。それがね。……お美代はぽっと紅《あか》くなりながら。それきり一度もお見えにならないので、私どうなすったのかと思って。……

——一度も来ない。それはいけないね。それじゃ薄情だよ。よし、私から一つ言っといてやろうよ。

——ええ、お願いしますわ。私一度逢って話したいことがあるのよ。だけど、こんな事あなたにお願いして、後で叱《しか》られやしないかしら。

——そんな事あるもんか。他の者じゃなし。私と代ちゃんの仲だもの。

——ほんとうにそうなら、私御恩に着るわ。騙《だま》されたんじゃないかと思って、私この間から心配で、心配で、……

——そんな事はあるまいよ。万造は掻《か》きむしられるような嫉妬の情を制《おさ》えながら、代ちゃんだって逢

いたいんだろうけれど、まだ学生だしねえ、人眼を憚《はばか》らなきゃならないもの。だからさ、ああ、そうだ、お前手紙をお書き、ここは何といってもお前から手紙を出さなきゃ嘘《うそ》だよ。そうすれば私が人知れず代ちゃんに渡して、きっと此処《ここ》へ連れて来てやろうじゃないか。

——だって、私どう書いていいか分からないんですもの。

——何、訳はありゃしないよ。分からないところは私が教えてやろうよ。お前の手紙もないのに、何ぼ私だって、出娑婆《でしゃば》り過ぎるようでそんな事、代ちゃんに言えやしないものね。

——いいわ。書くわ。だから万造さん、あなた側《そば》にいて教えて頂戴《ちょうだい》よ、ね。

万造はまんまと首尾よく、女に手紙を書かせてしまいましたが、何しろ腹に一物《いちもつ》あるのですから、その手紙というのは実に露骨なもので、誰が読んでも顔を紅らめずにはいられないような、言語道断《ごんごどうだん》な事が書いてあったという事です。

さて万造がこの手紙をどういう風に利用したかというと、学校でも一番口喧《くちやかま》しいという評判の、体操教師の前にわざと落としておいたのですから耐りません。急に騒ぎが大きくなって、ちょうど県視学の巡回があるという、評判のあった折柄でもあったりするので、前例にない程の厳罰主義で、湖月組の学生たちは、一斉に一週間の停学を申し渡された中に、代助一人放校処分を受けました。万造も無論、停学組の中に入っていましたが、これは無論覚悟の前で、皮を斬らせて肉を斬るというのが、その時の彼の策戦だったのです。

漆山両家の親達は、重ね重ねの息子達の不始末に、呆《あき》れ果てて涙も出ない有様でありましたが、放っておくわけにも参りませんので、汁粉屋の娘の方は金をやって片を付け、代助は一先《ひとま》ず、東京の親戚に預けてそこから学校へやるという事に話が決まりました。実際、これら善良な親達が、それから四、五年の間に相次いでばたばたと死亡したのは、自他の為にどれ程幸福だったか知れません。もう十年も生きていた事なら、それこそ人の親として最大の悲歎を味わわねばならないところでしたから。

代助が東京へ発《た》つという日は、冷たい五月雨《さみだれ》がびしょびしょと降っている、陰気な五月の下旬でしたが、この時駅まで見送りに来た、極く少数の友人たちの中に、万造の姿が見られたというのは、まことに不思議な話ではありませんか。彼は唯一人離れて、プラットフォームの柱の蔭で、にやにやと笑いながら立っていましたが、やがて汽車が着いて、代助が乗り込むと、ふいにつかつかと窓の側へ寄って来たかと思うと、

――代ちゃん、あばね。と、さも名残り惜しそうに信州《こちら》の言葉で言ったのです。

すると代助も急に眼を耀《かがや》かせて、

――万ちゃん、覚えておいで。今度はお前の番だよ。と、言いました。

そして二人顔を見合わせると、如何にも蟠《わだかま》りのない声で、昂然《こうぜん》と笑いましたが、いや、実に妙な従兄弟もあったものです。

東京へ着いた代助は、一先ず神田の某中学に籍をおきましたが、秋になると、さる私立の美術学校の編入試験を受けて、そこへ通うようになりましたが、この通知を受け取ったとき、万造は何ともいえぬ不安と焦燥を感じました。自分が陥れた相手が案外不幸でなく、いや不幸どころか、希望に燃えているのを発見して、万造は背負い投げを喰わされたような気になり、結局、田舎の中学に残された自分の方が、遥かに詰《つま》らぬものであると思うようになりました。

そこで残りの学期を倉皇《そうこう》として済ますと、両親を説いて自分も上京し、この方は正規に中学課程を畢《お》えているのですから、堂々と官立の美術学校へ入学したのです。元より好む道ではありましたけれど、飽《あ》くまでも同じ道で雌雄《しゆう》を決しようという意地の方が、半分以上手伝っていた事は疑うべくもありません。両親もそれを知っていながら、敢えて反対しようとしなかったのは、多分親らしい慈愛をもって、この無暴な思い付きから反省させようとする程も、この息子を愛することが出来なくなっていたからであり

ましょう。

五

それから数年の間、私達はこの二人の噂《うわさ》を聞くとはありませなんだ。無論、小さな小競り合いや葛藤《かっとう》は始終続けられていた事でしょうが、学校が違っているので、信州《こちら》まで響いて来る程の大事件は起こさずに済んだと見えます。その間に漆山両家の親達は、相次いでこの世から去り、間もなく彼等は学校を卒業し、それから二人の絵が同時に、同じ美術展覧会に入選したということ、中野と高円寺に各々アトリエを建築したということ、その翌年には又二人同時に、同じ美術展覧会の同人に推薦されたということ、それ等の噂を、私達は絶えず新聞で読んだり、人伝《ひとづ》てに聞いたりして知ることが出来ました。是《こ》れを要するに彼等は、不相変《あいかわらず》猛烈な競争を続けながら、次第に社会的に名声を昂《たか》めつつあったのですが、間もなく二人とも三十歳の声を聞くに至りました。そして再び恐ろしい大衝突の緒《いとぐち》は、その年の夏の終わる頃に切られたのであります。

中野に住んでいた代助は、その時分、少々薄野呂《うすのろ》の女中の他に、お銀《ぎん》というモデル女をアトリエに引っ張り込んで同棲《どうせい》していました。お銀というのは、虚栄心の強い、自堕落《じだらく》な、浮気っぽい、嘘吐《うそつ》きの、どこに一つ取り柄のない女でしたが、古い言葉にもある通り、有為な才幹を持った高尚な男子の運命を左右するのは、常に優れた女性であるとは限りません。こういう何の取り柄もない女が、しばしば男を破滅の淵《ふち》に導くものです。

不思議なことには、お銀という女は代助と同棲する以前に、嘗《かつ》て一か月程、万造のアトリエでモデルとして働いたことがありまして、その時彼女は、この女らしい浅墓《あさはか》な媚態《びたい》の限りを尽して、万造を誘惑しようと試みたのですが、彼女の性質をよく知っていた万造は、頑強にそれを拒み通して来ました。ところがその女が今、従兄弟と同棲を始めたとなると、万造の彼女を見る眼は又違って来るので、自分のものにしようと思えば、幾何《いくら》でもその機会があったにも拘らず、遂にその事がなく、むざむざと従兄弟に渡してしまった事が、今となっては何とも言えぬ程無念である。不思議なものでそうなると、今更の如く燐を塗り籠《こ》めたような妖《なまめ》かしい耀きを持つお銀の肌が、世にも尊いものに思い做《な》され、近頃喧伝《けんでん》される白痴美とは、取りも直さずお銀のような女を言うのであろうと惜しまれ、はては如何にもして、あの女を一度自分のものにせずには措かぬと、邪《よこし》まな肝《かん》胆《たん》を砕くにさえ至ったのです。

　そうこうしている中に、秋のシーズンが近付いて参りましたが、万造と代助にとっては、会員に推薦されてから最初のシーズンですから、最も大切な時期で、二人ともそれですから、余程《よほど》慎重に構えて、例年よりはずっと早目に制作にかかりました。そういうある日、万造がふと代助のアトリエを訪ねて来たのです。いつもの事ですが、万造は代助一人に目標を置いているので、他の連中には如何に負けても構わないが、代助だけには負けたくないという気持ちが強く働いている彼は、どうしても一度、代助の制作ぶりを見ておかないと、気になっておちおちと自分の仕事が進められないのでした。万造が訪ねて行った時、代助は留守だったが、お銀が唯一人日当たりのいい縁側に鏡台を持ち出して、洗い髪を束ねていました。

——おや、代さんは留守かい。勝手知った家の事とて、枝《し》折《お》り戸《ど》から縁先へ廻った彼は、お銀のだらしないといえばだらしない、然しどことなく艶冶《えんや》な姿をいきなり見せつけられて、眩《まぶ》しそうに眼を細めながら立ち止まりました。

——ええ、留守よ。まあお掛けなさいな。お銀はにっこりと微笑《わら》いながら、横坐りになったまま、軽羅《うすもの》の肌をわざとくつろげて見せます。誰彼の見境なしに、こういう風をしてみせるのがこの女の得意でした。

——どうしてだろう。この忙しい時期に。

——だってそういう万造さんだって、あまり忙しいという風じゃないじゃないの。

——ふふふ。万造は気取った笑い方をしながら縁側に腰を下ろします。

お銀は二本の腕を、惜し気もなく露出《まるだし》にして洗い髪を束ねるのですが、彼女が頭を振る度に、仄《ほの》かな匂いが万造の鼻を打つのです。

――それで何かい。代さんもそろそろ、制作を始めたのだろうね。

――ええ、十日程前から、だからこの頃、気難しくてしようがないわ。

――矢張り裸婦だろうね。

――ええ、無論。お銀はこの美しい肌を見てくれと言わぬばかりに、あたしがモデルですもの。でも今度は難しくて仕様がないのよ。毎日喧嘩《けんか》ばかりしているわ。

――そんなに難しいポーズなのかい。

――ええ、黒猫を抱いている女なのよ。だけどそれが中々ね。

お銀はちゃんと万造の訪問の目的を知っているものですから、わざと焦《じ》らせるように、思わせぶりな口の利き方です。

――並み並みのポーズじゃないってどうさ。

――それがね。口では言えないけれど、この間もあの人に言ってやったの。そういうのは素人《しろうと》を驚かすのにはいいかも知れないけれど、正道を尚《たっと》ぶ芸術家のやる事じゃないってね。あの人かんかんに憤《おこ》ったわ。あれで自信だけは猛烈なんですものね。だけどああいうの、成功すると玄人《くろうと》でも案外引っ懸かるかも知れないわね。

お銀はもとより取るに足らぬ女ではありますが、長い間この稼業をやっているだけあって、一見識持っている事は争えませんから、万造は何となく不安になって参りました。

――猫を抱いた女といえば、僕もそれに似た画題を選んでいるんだが、困ったなあ、また衝突するかな。

――おやそう。いいじゃありませんか。一つ競争して、代助の高慢の鼻をへし折っておやんなさいよ。

――ふふふ。万造は自信ありげに笑いながら、それはいいけれどね。矢張り衝突しない方がいいよ。

お互いのためにね。

――それはそうね。

――どうだろう。代さんの絵をちょっと見せて貰えないかしら。そうすればなるべく気を付けて画くからさ。

お銀は急に、意地悪そうな微笑を泛《う》かべると、ジロリと万造の顔に流眄《ながしめ》をくれながら、

――駄目よ。だって画《か》きかけの絵を人に見られるのを、ひどく厭がる事は、万造さんだってよく知っているでしょう。

――ああ、そうかい。何、無理にとは言やしないよ。万造は取って付けたように笑うと、それきり打ち沈んでしまいました。

お銀の言葉によって、妙に不安を掻き立てられた彼は、どうあっても、一度その絵を見ずには帰りたくないのでありますが、無理にといえば如何にも足下を見られそうで、いや、現に見られているのですが、これ以上器量を下げたくない。万造はそこで取り付く島のないような、焦立《いらだ》たしい気持ちでむっつりと黙り込んでいました。お銀は先《さっき》からにやにやしながらそれを見ていましたが、ふいに立ち上がると、バタバタと足音をさせながら、奥の方へ行ってしまったので、万造も仕方なく未練らしく縁側から腰を上げましたが、その時奥の方から、万造さんとお銀の呼ぶ声がしたのです。

――何だい、お銀さん。

――ちょいと来て頂戴よ。代助の奴があんな悪戯《いたずら》をしちゃって、私困るのよ。

万造が座敷に上がってみると、開け放しになったアトリエの中で、お銀が椅子の上に背伸びをしながら、手を伸ばして何か取ろうとしているのが見えます。

――何だい。どうしたのだい。

――今朝、喧嘩をしたら、代助が憤って、私の扱帯《しごき》をあんな所へ引っ懸けて行ってしまったのよ。後生だから取って頂戴な。

渡りに舟とばかりアトリエの中へ入って行った万造の眼に、飛び付くように入って来たのは画架の上

に立てかけたカンヴァス。それはまだほんの素描《デッサン》でしかありませなんだが、いかさま不自然なポーズで、一見滑稽《こっけい》にさえ感じられる。何だ、こんなものだったのかと、万造は些《いささ》か拍子抜けの気味もありましたが、まだ何となく気にかかる節もあるので、もう一度しげしげと眺めているうちに、ふいに彼は、何とも言えぬ強い力でぐいと脾腹《ひばら》を突かれたような気がしました。代助が試みようとしているのは、非常に危険率の多い、大胆な逆手段ではありましたが、その代わり一旦成功した暁《あかつき》には、素晴らしい効果を生む事が出来る、と、そういう風な絵でした。さすが幼時より劇《はげ》しく競い合って来た相手だけに、万造はその簡単な素描《デッサン》の中に、代助の逞《たくま》しい企図と、太々《ふてぶて》しい意志を看取して、思わず圧倒された如く呻《うめ》きました。

——あら、狡《こす》いわ。それを見ちゃいけないのよ。早く此方《こっち》へ来て頂戴てば。よう。よう。

お銀の甘ったるい声にふと我に還った万造は、酔えるが如く蹌踉《そうろう》と彼女の方へ近付く。お銀は先《さっ》きからにやにやしながらわざとらしく椅子の上で地団駄を踏んでいましたが、彼の体が間近まで来た時、ふいに蹌《よろ》けたように万造の肩につかまりました。

——まあ、酷《ひど》いわ。

軽羅《うすもの》を通して、お銀のむっちりとした肉置《ししおき》が、絡みつくように万造の体を圧迫します。洗い髪がさらさらと頬《ほお》に触れます。灼《や》けつくような女の呼吸《いき》と、噎《むせ》るような体臭が万造の神経を昏迷《こんめい》させます。万造はふいに女の体を抱き寄せると、ああ、人間の心は何という複雑さを持っているのでしょう、瞳はかの素描《デッサン》の上に釘着けにされたまま、唇は、低い、勝ち誇ったような笑い声を立てている女の唇の上に、しっかりと押しつけてしまったのです。

## 六

それから後の数日を、万造は地獄のような嫉妬と苦悩のうちに過ごしました。彼の眼底には、脅《おびや》かすようにあの素描《デッサン》がこびりついていて、毎夜のように彼は、彼と代助の絵が並んで展覧会場に掲げられている夢を見ました。その絵の前に群がっている人々は、口々にこんな事を言って笑っているのです。

――おい、見ろよこの二枚の絵を、大した相違じゃないか、これでこの二人は従兄弟なんだってさ。而《しか》もこの下《へ》手《た》糞《くそ》の方の画家《えかき》ときたら、自分が凡庸をも省みず、従兄弟と競争するつもりだというから、笑止な話じゃないか。

万造は最《も》早《はや》、安閑としてカンヴァスに向かうことが出来なくなりました。描かんとすれば今更の如く、モデルの貧弱な肉体と、疲れたような肌の色が、彼の心を苛立《いらだ》たせるばかり、それにつけてもお銀の、あの輝かしいぴちぴちとした肢体が思い出され、自分はどうしてあの女を手離したのだろう、唯この一事だけを以《もっ》てしても、自分は画家としての資格に於て、代助に劣っているのではなかろうか、と、悔んだり、絶望したりするのでした。

然し彼は又こうも考える。自分は代助を買い被《かぶ》り過ぎやしないだろうか、代助を買い被るばかりではなく、自己の才能に就《つ》いても見《み》蔑《くび》り過ぎる傾向があるようだ。どういうものか俺は代助と比較される場合に限って、昔から、いつも被害妄想《もうそう》に囚《とら》われる傾向がないとはいえない。今迄にだってこういう事は度々あったが、結果から見ると、それ程自分が劣っていた事は一度だってなく、常に自分達二人は同等の成功を贏《か》ち得ているではないか。今度の場合だって何も恐れる事はないのだ。寧ろ恐れ過ぎるために自信を喪失する事の方が、遥かに危険である。そういう風に気を取り直し新たなる勇気を揮《ふる》ってカンヴァスに向かうのですが、不安は依然として彼の心底から去りません。万造はそこで到頭、自分を安心させるために、もう一度あの絵を検分して来ようと決心するに至りました。

万造が再び代助のアトリエを訪れたのは、前の日から一週間ほど後の事でありましたが、その時彼はアトリエを囲んでいるからたちの垣の側で、たった今そこから出て来たと思われる、見すぼらしい風態をした男にバッタリ出会いました。垢《あか》じみた詰め襟《えり》の洋服を着た男で、くしゃくしゃに形の崩れたお釜《かま》帽《ぼう》の下からは、長く伸びた不潔な乱髪が、蓬々《ぼうぼう》としてはみ出していましたが、その男が何となく迂散臭《うさんくさ》い眼付きで、万造の方を偸《ぬす》み視《み》しながら行き過ぎようとするのを、擦《す》れ違いざま万造は、何という事なく呼び止めてしまったのです。

——何か御用ですか。

男は憤ったような、ぶっきら棒の調子で言いました。

——あなたは漆山君の所から出て来られたようですが、漆山君はいましたか。

——居ますよ。

男は素気《そっけ》なく答えると、何だ、それだけの用事かと言わぬばかりに、肩を聳《そび》やかして行き過ぎましたが、その様子が走り出したいのを、強《し》いて我慢しているという風に見えました。万造は何となく忌々しげに舌打ちをすると、直ぐに側の門を潜《くぐ》って例によって案内も乞わず、庭の方へ廻って行きましたが、するとその足音に驚いたものか、ぎょっとしたように、押し入れの襖《ふすま》をピシャリと締めて、こちらを振り返った代助の、唯ならぬ顔色が眼に映りました。

——ああ、万造君か。俺は又お銀が帰って来たのかと思ったよ。

代助はそういって空々《そらぞら》しい笑い声を付け加えましたが、その態度のうちに、ある妙な白々しさを見遁《みの》がすような万造ではありません。でも、彼はさり気なく、

——お銀さんはいないのかい。と、訊《たず》ねました。

——うん。もう帰って来るだろう。

——今、この家から出て行った男ね。あれは一体何者だい。

——う、うん、あの男か。

——失敬な奴だね。厭にじろじろ俺の顔を睨みながら行きやがったぜ。

——ははは、何、あれはああいう男さ。神田の中学にいた時分交際していた男だが、久し振りにやって来て、金を貸せと言やがったから跳《は》ねつけてやったよ。

代助は如何にも蟠《わだかま》りのない調子で言いましたが、

どうもその言葉の裏には嘘がある、魚の骨が喉へでも引っ懸かっているような、一種妙な、釈然としないところがあります。だが、ちょうどそこへお銀が帰って参りました。

――おや、いらっしゃい。お銀はにっこりと笑うと、万造の方へパチパチと瞬《まばた》きをして見せておいて、あなた、まだお出掛けにならないの。愚図愚図《ぐずぐず》していると、今日の間に合わなくなるわよ。と、鼻を鳴らして甘えるように言います。

――うん、今出掛けようと思ってた所だ。

――どこかへ行くのかい。

――何、銀行さ。お銀、明日じゃいけないのかい。

――あら、明日じゃ困るわ。どうしても今夜要るお金なんですもの。あなたがお厭なら、あたしが行って来てもよくってよ。

――そいつは真《ま》っ平《ぴら》、お前に通帳を委《まか》したなら、どんな事になるか知れたものじゃない。

――なら、早く行って来て頂戴な。

――よしよし。代助は元気よく立ち上がりながら、万さん、君もそこまで行かないかい。

――いや、僕は少し休ませて貰おう。

――そうかい。それじゃお銀、晩には牛鍋か何かで、久し振りに万さんに付き合って貰おうじゃないか。

――いや、僕は直ぐ帰るよ。

――まあいいやな。ゆっくりして行き給え。

代助が支度をして出て行くのを待ちかねたように、お銀は万造の側に寄り添うと、手をとってねっとりと指を絡ませながら、――憎らしい。帰る帰るって、厭よ。

――何、あれは擬装《カモフラージュ》さ。ほんとうはこうして、お銀の方《かた》と……。

お銀は口を塞《ふさ》がれたような笑い声を立てていましたが、暫くしてつと男の腕から離れると、おくれ髪を掻きあげながら、

――そうそう、あたし忘れないうちに牛肉を買って来とくわ。いつも晩の支度を忘れるってお目玉を貰うのよ。

――うん、行って来給え。

――帰っちゃ厭よ。直ぐだから。

――ああ、待ってるとも。

しかし、それから間もなく、白っぽい洋服に着更えた代助の後についてお銀が日和《ひより》下駄をカラカラと鳴らせながら、生垣の向こうを通り過ぎるのを見送った彼の表情は、ふいにガラリと変わりました。吸いかけの煙草《タバコ》をジュッと灰皿の中で揉《も》み消すと、立ち上がって台所を窺《うかが》い、薄野呂の女中が洗濯をしているのを確かめておいてから、そろそろと押し入れの襖を開けにかかりました。見ると足下に、厳重に綱で結《ゆ》わえた小さい柳行李がありました。さっき代助が唯ならぬ様子で隠したのは、確かにこの柳行李に違いないと思われます。兎《うさぎ》を呑んだ蛇の腹のように丸々と脹《ふく》れあがり、持ち上げてみるとかなりの重味で、結《ゆわ》え目を調べてみると、外観の物々しい割には雑作なく解けそうでありました。万造はそこで、お銀が帰って来やしないかと玄関へ出て見、もう一度台所を覗いてみてから、やっと安心してゆっくりと、柳行李の結え目を解きにかかりましたが、やがて綱を解き、ぎっちり喰い込んでいる蓋《ふた》を音のしないようにそろそろと取り除けると、その下から出て来たのは、山のように盛り上がった古新聞、これを又、上から順々に除けてゆくうちに、万造は何を見付けたのか、俄《にわ》かにぎょっとして息を止めました。彼は周章《あわ》てて行李の上に蓋をのっけ、呼吸《いき》を整えるように暫く凝《じ》っとあたりの様子を窺っていましたが、それでもまだ安心が出来ないのか、立ち上がって縁側から外を覗いて、誰も見ている者のないのを確かめてから、そろそろと、泥棒のようにもう一度行李の側へにじり寄ると、噛《か》み付きそうな表情で、新聞紙の下をじっと覗き込んでいましたが、やがてその顔には、物凄い微笑が、静かに静かにひろがって行ったのです。

それから間もなくお銀が帰って見ると、万造の姿は最早どこにも見当たりませんでした。

## 七

代助のアトリエへふいに刑事が踏み込んで、厳重な家宅捜索の結果、押し入れの中からかの古行李を押収すると共に、寝耳に水と驚いている代助をはじめ、お銀から薄野呂の女中に至るまで、厳重な警戒のもとに検束して退《ひ》き上げたのは、それから二日目の早朝のことでした。唯《たった》三人の男女を捕えるにしては、あまり物々しい警戒だったので、近所の人々は何事が起こったのかと、開けかけていた戸を再び締めて、家の中へ潜り込むという始末、一時はかなりの騒ぎだったといいます。お銀と薄野呂の女中の二人は、それでも二日警察へ留めおかれただけで、三日目には釈放されましたが、代助だけは警視庁へ送られ、そのまま地下の留置場へ放り込まれてしまいました。代助の上に降りかかって来た災難の原因《もと》というのはこうなのでした。

その頃警視庁では、社会の安寧と秩序とを紊《みだ》るような、ある危険な陰謀が一部の不逞《ふてい》な連中の間に計画されている事実を探知して、熱心に捜索を続けていたのですが、肝腎《かんじん》の本拠並びに主要人物の目星がつかないので困《こう》じ果てているところへ舞い込んだのが一通の密告状。それによると中野にアトリエを構えている漆山代助という画家こそ危険人物である。彼の宅の押し入れにある柳行李に注意せよ。ある危険な陰謀の指令書と、某国製作所のマークの入ったピストル十数挺《ちょう》をそこに発見するであろうというような事が、書体を眩《くら》ますためにでしょう、わざと稚拙な金釘《かなくぎ》流で書いてあるのでした。無責任な無記名の投書ではありましたが、警視庁主脳部でこれを根拠あるものとして取り扱ったというのは、既に知られている事実と符合する点を多々そこに見出したからで、さてこそ彼《か》の大仰な、中野襲撃の一幕となったわけであります。代助は無論、かかる事情を深く知るよしもなかった。理不尽にも（代助はそう思ったのです）寝込みを襲われ、抗弁の余地もなく引き立てられ、そのまま暗い留置場へ放り込まれたのですから、彼は、すっかり昂奮《こうふん》してしまってその結果大変拙《まず》い事をやりました。彼の性格としてこういう取り扱いを受けると、妙に依怙地《いこじ》になり、警官の訊《じん》問《もん》に対しても素直に答えることが出来ない。何でもない事をわざと隠してみたり答えても妙に言葉を濁してみたりする。そうして自分では秘《ひそ》かに鬱憤《うっぷん》を晴らして快を貪《むさぼ》っているつもりなんですが、こういう態度が警察官に如何なる印象を与えるか、そしてひいては己《おの》が身に如何なる報いとなって顕《あらわ》れてくるかということを落ち着いて考えてみようとしなかったのは、洵《まこと》に残念な次第でした。

一体代助はこの事件にどういう関係を持っていたのか、後になって彼が申し立てたところによるとこうでした。昔、神田の中学にいた頃、かなり心易くしていた山崎某という男、当時は大分親しく往来していたのですが、その後代助が美校へ転校するに及んで、次第に交際も疎《うと》くなり、この頃では打ち絶えて、殆ど手紙の往復すらした事のないという間柄であったが、先頃ふいに訪ねてきて、今度下宿を追い出されて困っている、仕方がないから一時友人の下宿に同居するつもりだが、就いては荷物が邪魔になって困るから、暫く行李を一つ預かって呉《く》れないかという話です。聞いてみると何でもない事なので、快く引き受けると、それから二、三日経って持ち込んだのが問題の行李、無論、あんな恐ろしいものが入っていようとは夢にも知らなんだから、無雑作に押し入れに突っ込んでおいたままの事なのです。但《ただ》し、山崎某なる男がある種の運動に関係しているということは、満更《まんざら》知らないでもなかったし、従って預かった行李が、秘密に保管されるべきものであろうことは、薄々感じていないではなかった。しかしそれがこんなに重大な性質のものであったろうとは、神かけて知るよしもなかった。……と、代助は、これだけのことをもっと早く、素直に申し立てていれば、大した事にならずに済んだかも知れないのですが、彼が自分の態度の非なるを覚《さと》った時分には、既に遅過ぎたのです。官憲の取り調べに対して一々反抗するが如き態度、言を左右にして兎角《とかく》率直さを欠く答弁、それに彼一流の豪然たる容姿と、精悍《せいかん》な面《つら》魂《だましい》が、如何にも大物らしく見え、係官の心証をすっかり悪くして、いつの間にやら彼は、運命の罠《わな》の思いがけない深みへはまり込んでいる自分を発見して、恟然《きょうぜん》としました。

そういうある日、従兄弟の万造が参考人として召喚されました。そこで彼がどんな申し立てをしたか知るよしもありませんが、尠《すく》なくともその申し立てによって代助にかかる疑惑が、少しでも軽くなったと思われるような事実は、微塵《みじん》もありませなんだ。或いははれかかっていた雲でさえ、この為に更に又深められたかも知れないのです。兎《と》も角《かく》、万造が警視庁から出て来たところを見れば、その口許《くちもと》に、妙に渋い微笑が刻まれていた事を人々は発見したでしょう。万造は仕済《しす》ましたりという面《おも》持ちで、その足で中野へ立ち寄りましたが、その時代助の留守宅では、雨戸も繰らない薄暗い茶の間で、お銀が唯一人、寝そべったまま詰まらなそうな顔をして新聞を読んでいましたが、万造の顔を見るとちょっと色を変えた。

——ひどい人ね。と低い声で詰《なじ》るように言いました。

——何さ。万造は懐手《ふところで》をしたまま、にやにや笑いながらお銀の顔を見下ろしています。

——あんたでしょう。あんな悪戯をしたのは。

——何の事だね。さっぱり分からんが。

——憎らしい！　駄目よ、白《しら》ばくれたって。あたしちゃんと知ってるわよ。どうも変だと思ったのよ、この間。

——待っていらっしゃいと言っといたのに帰ったでしょう、あの時行李の中を見たのでしょう。きっと。

——知らんね、一向、……何の事だね。

——嘘吐き！　悪い人ね。代助に若《も》しもの事があったらどうしてくれるの。

——所がちゃんとそうなって居るんだよ。

——あら、どうなの。

——実は今、警視庁からの帰途《かえり》なんだがね、どうもいけないらしいよ。代さんはほら、例の頑固さで、何を思ったか、やがて妙な笑い方をすると、警官の訊問に対して率直に答える事を拒むらしいんだね。それですっかり心証を悪くしているらしいから、あの調子だと、まだまだ帰れそうにないね。ひょっとすると、今年一杯は駄目かも知れんぜ。

——あら、それじゃ困るわ。お銀もさすがに寝ていられないという風に起き上ると、あたし新聞にも出ないくらいだから大した事じゃないとばかり思っていたのに。

——新聞に出ないのが曲者《くせもの》さ。悪くすると二、三年喰《くら》い込むことになるかも知れないよ。

——あら、厭だわ。姐《ねえ》やは逃げてしまうし、近所では妙に警戒するらしいし、第一、あの人が帰って来なきゃお小遣いにも困るわ。

お銀のすっかり困じ果てた顔を、万造は不相変《あいかわらず》にやにや懐手をしながら見ています。

——笑いごとじゃないわよ、憎らしい。あたしの身にもなって頂戴よ。元はと言えば皆《みんな》あなたからよ、悪い人ね、ほんとうに。

——だからさ、その相談に来てやったんじゃないか。どうだい、一つ旅行しないかい。

——旅行。お銀はすぐ眼を輝かせたが、でもまた考えるように、何処《どこ》へさ。

——一、二か月関西方面で遊んで来ようかと思うんだ。どうせ今年は仕事なんか出来やしないし、それに何彼《なにか》と面倒な事が起こりそうだからね、お前もその気があるなら連れてってやるよ。

——まあ、嬉《うれ》しい。お銀はいきなり万造の首っ玉に噛《かじ》りついて、所構わず滅茶苦茶《めちゃくちゃ》に唇を押しつけていましたが、ふと気がついたように、だけどこの家はどうするのさ。

——放っとけばいいじゃないか。どうせお前の家じゃないんだろう。

——それもそうだけど、随分薄情な話ね。

——薄情はお互さまさ。今更そんな事が言えた義理かい。最初俺に水を向けたのは誰だっけね。

——ほほほほ！　お銀は得意そうに眼を耀かしながら、それじゃあんたがこんな酷《ひど》いことをしたの、矢《や》っ張《ぱ》りあたしのため？

――御推量に委《まか》せます。この性悪女め！

それから暫く、お銀の擽《くすぐ》ったそうな笑いが、締め切った家の中に断続していましたが、やがてそれもふっと切れると、何をしているのか後は空家のように森《しん》と静もり返ってしまいました。

二人が大阪へ旅立ったのは、その翌日の事でありましたが、後になってこの時の事を思えば、万造にとってはこの旅行こそ人生に於ける歓楽の最後でありました。自分のものにしてみると、お銀は実に得難き宝玉で、彼女の素晴らしい肉体、飽くことを知らぬ歓楽の追求、それは万造の官能を麻痺《まひ》させずには措かぬものでしたが、それよりも更に彼を喜ばしたのは、彼女のこれっぱかしも反省や悔恨を持たぬ、出鱈目《でたらめ》極まる魂でした。彼女には過去もなければ未来もありません、唯もう滅茶苦茶な現在の歓楽への追求があるばかりなのです。

万造はこの関西旅行の二か月の間を、我から求めてそれに趣《おもむ》いた傾きもありますが、完全に彼女の捕虜《とりこ》となり、溺《おぼ》れ呆《ほう》けて、苦い思い出の呵責《かしゃく》を、粘っこい彼女の唇の感触によって忘れる事が出来たのです。若しこのままの人生が万造の上に続けば、彼の星は洵《まこと》に恵まれたものといわねばなりません。然し運命というものは兎《と》もすれば、人間の最も有頂天になっている頃を見計らって、最も残酷な陥穽《おとしあな》を用意しているもので、神が彼の上に下し給うた天譴《てんけん》こそ、彼自身が代助の上に加えたよりも、数十倍も恐ろしい、残酷なものであったのです。

## 八

あなたは大正××年十月下旬、名古屋駅付近で、東海道線上り急行列車が、脱線顚覆《てんぷく》したあの大惨事を御記憶ではありませんか。顚覆と同時に機関車から発した火が、折りからの烈風に煽《あお》られて、全客車は一瞬のうちに猛火に包まれてしまったものですから、三百余名の乗客中、生存した者は僅《わず》か十七名という、あれは確か、鉄道省創始以来の大惨事として、当時喧伝されたものです。

万造とお銀はこの列車に乗っていたのです。奇蹟的にも彼等は、たった十七名の生存者の中に数えられていましたが、しかし今となって思えば、彼等がこの時生命《いのち》を全《まっと》うしたという事が、果たして幸福であったかどうか、私一個人としては、惨《むご》い事を言うようでありますが、あの時、ひと思いに死んでいたら、自他ともに、どれ程幸福だったか知れないと思わざるを得ないのです。

それはさておき、昏々《こんこん》として人事不省の間《かん》を彷徨《ほうこう》していたお銀が、名古屋の鉄道病院の一室で漸く意識を恢復《かいふく》したのはあの凄《すさ》まじい顚覆の瞬間から、数時間の後の事でありました。十七名の生存者の中でも、彼女と来たら一番の軽傷、踝《くるぶし》を捻挫《ねんざ》したのと、太股《ふともも》の辺りに小さい火傷《やけど》を負うた以外には、実に奇蹟的に肉体を全うすることが出来たのですが、精神的にはさすがに恐ろしい衝撃を受けて、意識を恢復してからも暫く、劇しいヒステリーの発作を、幾回となく繰り返していましたが、その間にも彼女がひっきりなしに口にしていたのは万造の身の上のことでした。

——あの人はどうしました。あたしと一緒に乗っていた人は……？　あの人も助かりましたか。お銀は看護婦や医者の顔を見る度に、繰り返して訊ねましたが、誰一人、それに対して明答を与えようとはしないで、すぐ言葉をそらしてしまうのです。

——ああ、あの人は死んだのですか。お願いですからはっきり仰有《おっしゃ》って下さい。あたしは決して驚いたり取り乱したりするような事はございません。これ以上、どうして驚くことが出来ましょう。お願いです、どうぞ本当のことを仰有って下さい。

——御安心なさい。お伴《つ》れの方は決して死んでいらっしゃいません。然し、今あなたはそんな事を気にかけていらしちゃいけないのです。さあ、出来るだけ安静にして下さい。若い医者がある時親切にそう言いました。

——生きているのですか。本当ですか。それならお願いです、一眼《ひとめ》でよろしゅうございますから、あの人に逢わせて下さい。お願いです。お願いです。お銀は身を悶《もだ》え、必死となって医者に懇願しましたが、それ以上は誰も取り合おうとする者はありませなんだ。

その結果、お銀はだんだんと万造を死んだものと諦《あきら》めるようになり、医者はああ言っているけれど、矢っ張りあの災難から遁がれる事が出来なかったのであろうと、人知れず漕々《さめざめ》と枕を濡《ぬ》らすような事もありました。しかし、万造は矢っ張り死んではいなかったのです。彼の傷は大変重く、数日の間は医者と雖《いえど》も、生死を明言し難《がた》いような状態でありましたが、一週間ほどすると、漸次、危険期を脱しつつある事が明瞭になり、あの災害の日から十日目の朝、はじめてお銀は彼の病室に入る事を許されたのです。

――お銀がはじめて見た万造は、全身を白い繃帯《ほうたい》に包まれ、露出している部分といえば、二つの眼と、黒い鼻の孔《あな》と、唇とだけでありました。それを見るとお銀は思わず、何かしら熱い塊りを飲まされたように、ぎょっとしてその場に立ち竦《すく》みましたが、万造が微かに手招きするのを見てやっと勇気を揮《ふる》って、ベッドの側に近寄って行きました。

――お銀。万造は低い、不明瞭な声でいいました。お前は無事でよかったね。

――あなたも、……あなたも御無事で。……お銀はそれに続いて何か言いかけましたが、ふいに胸が迫ってわっとその場に泣き伏すと万造の方でも、繃帯に包まれた頭を、微かに振っていましたが、やがて白い布の裂け目にある二つの孔から、ポロポロと熱い涙が澪《こぼ》れ落ちて参りました。

――お銀。大分経ってから万造は、不相変《あいかわらず》不明瞭な声音でボツボツと途切れ途切れに言いました。お前どこへも行かずに側にいてくれるだろうね。

――あたし、どこへも行きやしません。ですからあなたも早く快《よ》くなって頂戴ね。そして一緒に東京へ帰りましょう。

お銀が泣きじゃくりながら言いますと、繃布の切れ目の孔からは、益々熾《ますますさか》んに涙が澪れ落ちて来るのでした。お銀は袂《たもと》から手巾《ハンケチ》を取り出してそれを拭いてやりましたが、この時程彼女は男を可憐《いとお》しく感じた事はありませなんだ。お銀の生涯に於て後にも先にも人間らしい魂が宿ったのは、この時限りでありましたが、これは多分、あの未曾有《みぞう》の災難が、一時的にしろ彼女の魂を浄化させた為でありましょう。人間というものは、驚天的な災害に直面すると、その災害を頒《わか》ち合ったというだけの理由で固く結び付く魂を感じ合うことがあります。よく生き埋めにされて、数日間を地底の闇に生死の間《かん》を彷徨した数名の坑夫が救い出されてから兄弟も及ばぬ程親密になったという話や、同じ難破船から同じボートによって救われたという、唯それだけの理由で、ある金持の未亡人が、それ迄一度も見た事もなかった、貧しい娘を養女にしたなどという話は、人間の心の機微をよくうがっているといわねばなりませんが、その時のお銀がちょうどそれでありました。彼女は万造と相談の結果、病院のすぐ近所に宿をとり、そこから毎日通って来ては、それこそ、どんな貞淑な細君も及ばない程の熱心と愛情とを以って、万造を慰《なぐさ》め介抱してやったのであります。

何といっても内臓の病気と違って外傷は、治りかければ後は早く、万造の傷は日一日と快《よ》くなり、間もなく脚の方から、順々に繃帯が取れて行きましたが、やがて両腕の繃帯が取れた時、お銀は思わずまあと眼を瞠《みは》り、

――随分酷いことになったものね。と、言って痛々しそうに涙ぐみました。

お銀の驚いたのも道理、万造の両手からは合計三本の指が、左の人差し指と拇指《おやゆび》と、それから右の小指が失くなっているのでした。万造もしげしげとその両手を眼の前に拡げてみながら、

――これでもまだ、右の方の拇指と人差し指が残っているのがせめてもの倖《しあわ》せだよ。これだけあれば絵を画くのに、不自由はしないからね。と、そう言って泣き笑いのような声をあげて笑いました。

ところがそれから又一週間ほど経って、愈々《いよいよ》後二、三日で、顔の繃帯が取れるという時分になって、万造は突然、お銀に一足先に東京へ帰っていてくれと言い出しました。

――あら、どうして。折角今迄一緒にいたんだか

ら、あたしあなたがすっかり快くなって、退院する迄此処《ここ》にいますわ。

と、お銀がそう言っても、万造はどうしても承知しないで、繃帯が取れてもまだ後二、三週間かかる事、正月を控えて東京の留守宅では、婆《ばあ》やと姐《ねえ》やの二人きりでまごまごしているだろうから、一足先に帰って宜しく頼むという事、それ等《ら》の事を繰り返し熱心に陳べた揚げ句、それでもまだお銀が渋っている様子を見ると、しまいには声を荒らげて怒鳴りつけそうにさえするのでした。これにはお銀も仕方なく、

――だってあたし、婆やさんが妙に思やしないかと思って、何だか変だわ、と言うと、

――何、それは私から手紙を書くから大丈夫だよ。誰が何といってもお前は私の奥さんなんだからね。

と言って、万造は不自由な手で婆や宛てに長い手紙を書きました。

この手紙を持ってお銀が名古屋を発ったのは、明日万造の繃帯がすっかり取れるという日で、それは師走《しわす》の十九日のことでした。思えば随分長く、彼等は名古屋に滞在していたものです。

東京へ帰って見ると、婆やも姐やも思ったより叮嚀にお銀を遇《もてな》してくれましたが、これは多分、主人と倶《とも》に生死の境を潜って来たという、唯それだけの理由で、何となくお銀が尊いものに見えたからでありましょう。お銀はすっかり居心地よく落ち着くことが出来たにつけても、愈々万造がいとおしく、これからは心掛けを改めて万造一人を大切に、貞淑な妻になって見せようと健気《けなげ》にも決心を定め、旅の空に呻吟《しんぎん》している万造に宛てて、毎日のように長い手紙を書きましたが、それは洵《まこと》に愛情の籠《こ》もった、立派な、美しい手紙であったということです。

そうこうしているうちに年も改まり、七草も過ぎ、お銀が名古屋を発ってから、早《はや》三週間になりますが、その時分万造から愈々帰京するという便りが参りましたが、それが洵に奇妙なというのは、その手紙の一節に、

――十三日の深更十一時頃に帰宅致心算《いたすしんさん》にて有之《これあり》

候《そうら》え共、婆《ばあや》を始姐《はじめねえや》の出迎《でむかえ》は無用に被致度《いたされたく》、御前様《おんまえさま》唯一人御迎被下様《おむかえくだ さるよう》、此事呉々《くれぐれ》も間違無様《まちがいなきよう》お願申上《ねがいもうしあげ》候《そうろう》。万一誤りて婆や姐が起きて居申《おりもうし》候時は、御前様を深く御恨《おうらみ》申上候。

とあることでした。

お銀はこの妙な手紙に何となく肚胸《とむね》を突かれるような気がしましたが、ああいう大きな災難の後だから、幾分気が変になっているのかも知れない。何事も病人に逆らわぬ事が肝腎と、その晩は婆やや姐やにもよくその旨を言い含め、早くから寝間へ引き取らせると、自分は奥座敷に寝床を二つ敷き並べ、炬燵を暖かく、火鉢にも火種を絶やさぬよう、万事に気を配りながら、外の足音に耳を澄ましていると、丁度茶の間の時計が十一時を打ち始めた時、突然玄関の戸がガラガラと開く物音が致しました。

それお帰りだ、それにしても足音が聞こえなんだのが不思議と、飛び立つように玄関へ出て見ると今しも黒い二重廻しの襟を深々と立てた万造が、後ろ向きになって玄関の鍵を下ろしているところでした。

――お帰り遊ばせ。お銀が玄関に手をつかえながら言うと、

――ああ。と、まだ向こうを向いたまま、婆やや姐やは寝ているだろうね。

と、そういう声は洞穴《ほらあな》を抜ける風のように不気味でした。

――ええ、宵《よい》から寝かせてありますわ。

――それじゃ誰もいないね。お前一人だね。

と、幾度も幾度も念を押した末、やっと此方《こちら》を向いた万造の顔を見た時、お銀は思わずゾッとばかり、冷水を浴せられたような寒さと怖ろしさとを感じました。それも道理、万造は気味の悪い面《めん》を被《かぶ》っているのでありました。

――まあ、あなたは。……

――叱《し》っ。万造はお銀が何か言おうとするのをいち早く制しながら、そそくさと玄関へ上がるとそのまま勝手知った我が家の事とて、足早に奥座敷へ入って行きました。その後から跟《つ》いて行くお銀の心の中《うち》からは、先程までのあの健気な、しおらしい気持

ちは拭《ぬぐ》われたように失われてしまって何とも名状しがたい、恐怖と不安があるばかりでした。万造は座敷に二つ並べて敷かれた夜具と枕を見ると、思わず微かに身顫《みぶる》いをしましたが、すぐその眼を側に顫えているお銀の方に向けると、

——お銀。お前は何故そう顫えているのだ。ええ、何とか言っておくれ。どうしてそう私の顔ばかり見ているのだい。そう言いながら万造は、立ったまま二重廻しの袖《そで》をバタバタとさせましたが、何となくそれが、巨大な蝙蝠《こうもり》が羽搏《はばた》きをしているように見えるのです。見るとその両手にも、巧みに指の形を拵《こしら》えたゴムの手袋をはいているのでした。

——だって、あなた……そんな面《めん》を被って……気味の悪い……と、お銀は怯《おび》えたような声で途切れ途切れに言います。

実際万造の被っている面というのは非常にうまく出来ていて、例えばギリシャ神話に出て来る稀代の美青年アドニスの如き、端麗な容貌をしているのですが、それが端麗であればある程、何となく不調和で、そして不気味に見えるのです。

——お銀や、この面《めん》はね、お前を怖がらせない為に被っているのだよ。若しこの面をとったらお前はきっと怖がって逃げ出してしまうに違いないよ。

——いいえ、いいえ、そんな事はありません。どんなにあなたの顔が酷いことになっていてもあたしは決して恐れたり逃げたりしやしません。どうぞその面《めん》をとって。……

——それじゃ今面《めん》を取ってみせるがね。然しその前に一言《ひとこと》言っておくが、私の顔はお前が想像したよりも、数倍も数十倍も恐ろしくなっているのだよ。それでも構わないかい。

——ええ、ええ、どんな顔だって、その面《めん》の奥からジロジロ見られるより気味の悪いことはございますまい。

万造は到頭、思いきってちょっとその面《めん》を取って見せましたが、直ぐに彼が後悔したというのは、その途端お銀がぎゃっと叫んで炬燵に突《つ》っ伏《ぶ》してしまったからです。我々——万造の顔を見たことのない

我々は、お銀がそこに、どんな恐ろしいものを見たか知るよしもありませんが、恐らくそれは、想像に絶した酷《ひど》い不気味なものであったに違いありません。万造はお銀の様子に、周章てて再び面をつけると、いきなりパチッと電気を消し、猿臂《えんぴ》を伸《の》ばしてむんずとお銀の手を摑みました。

――お銀や、お銀や、ええ、何故《なぜ》お前はそんなに泣くのだね。

――いいえ、いいえ、そこを放して下さい。ああ、恐ろしい……逃げやしませんから、其処《そこ》を放して。

……

しかし万造は放しませなんだ。反対に彼はお銀の体をしっかと抱きしめると、暗闇の中でかの不気味な面をかぶった頰を、お銀の涙に濡れた頰にこすりつけながら、その夜一晩、次のようにお銀を掻《か》き口《く》説《ど》くのでありました。

――お銀や、お銀や、どうぞそんなに怖がらないでおくれ、そしていつ迄も私の側にいておくれ、お前に逃げられたらどうしてまあ私は生きていられよう。誰だってこんな恐ろしい、化け物よりも気味の悪い顔をした男を、愛することが出来ようか。お前に逃げられたら、それこそ私は自殺するよりほかに途《みち》はない。しかし私は唯では死なないよ。お前を殺して私も死ぬ。ねえ、これは嘘や冗談ではないよ。私のようなこんな惨《みじ》めな化け物になった男が何で嘘や冗談を言うものか、どうぞ私に人殺しをするような勇気がないなどと思わないでおくれ。こんな生き甲斐《がい》のない体になった私だ、どんな事をするか知れたものじゃないよ。そう言ったかと思うと、急に又彼は優しい声になって、お銀や、お銀や、私はね、こんな体になっては、もう一日も東京にいるのは厭だから、郷里の諏訪へ還るつもりだ。あの美しい湖の畔《ほとり》に、アトリエを建てるつもりだから、お前も私と一緒に行っておくれ。いいえ、決して前のように、愛してくれなんて贅沢《ぜいたく》な事は言やしないよ。唯私と一緒に暮らしてくれさえすればいい。蔭では、私の見ていないところでは、どんなに悪い事をしようが、情人《おとこ》を拵《こさ》えようが浮気をしようが構わない。唯私の前ではその美しい顔で機嫌よく笑っていておくれ。その代わりお前にはどんな贅沢でも、どんな我儘《わがまま》でも、私の力で出来る事なら何でも、させてあげる。お銀や、お銀や、お前はきっと私と一緒に行ってくれるだろうね。

万造はそういう言葉を繰り返し、繰り返しお銀の耳に囁きながら、益々烈《はげ》しく彼女の体を抱きしめます。男の熱い呼吸《いき》はお銀の頰を打ち、どうかしたはずみに面の外に溢《あふ》れ出した男の涙は、灼けつくようにお銀の肌に浸み透ります。お銀は唯もう、恐怖と嫌悪のために身を固くして、上《うわ》の空《そら》で男の愚痴を聞いているのでありました。

## 九

「おや、大変な煙のこもりようですね。少し障子を開けましょうか」

竹雨宗匠はふと気がついたようにそういって炬燵から抜け出すと、静かに縁側の障子を開け放った。朦々《もうもう》と部屋の中にこもっていた莨《タバコ》の煙は、遽《にわ》かに颯《さ》っと吹き込んで来た風に、暫し戸迷《とまど》いしたように辺りに立ち迷っていたが、やがて絡《から》み合う無数の竜となって、簷《のき》から戸外へ逃げ出して行く。それまで話に夢中になって恍惚《こうこつ》としていた私は、冷たい夕風に上気した頰を撫でられてふと、夢から覚めたように戸外《そと》を眺めた。陽は既に重畳たる山の彼方に落ちていたが、空は愈々《いよいよ》明るく、湖水のある部分は、それこそ金粉でもバラ撒《ま》いたように真《ま》っ紅《か》に炎《も》え上がっていた。しかしそれも刻々にうつろう束《つか》の間の栄華で、間もなく、逶迤《いい》として湖水の周囲に連なる山脈《やまなみ》の麓《ふもと》から、蒼茫《そうぼう》として這い出して来た夜色が、夕焼けの後を追って次第に水の上を縫い蹙《ちぢ》めて行く。

「おや」

開け放った縁側に立って、暮れゆく湖水の上を茫《ぼう》然《ぜん》として眺めていた竹雨宗匠は、この時、ふと首を縮めると、漸く暮色の濃くなりまさって行く空を振り仰いだ。家中の障子といわず唐紙《からかみ》といわず、地震のようにビリビリと震わせて、その時突如、鼕然《とうぜん》たる筒音が、黄昏《たそがれ》の空気を貫いたからである。

「花火ですね」

炬燵から首を差し伸べて瞻《み》れば、銀鼠色《ぎんねずいろ》に暮れゆく空に、柔かい羊の毛を千切ったような、白い、一握の煙が、縹然《ひょうぜん》として浮かんでいるのだった。

「何があるんでしょう、今日は――」

「そうそう、東京から三百人からの団体の遊覧客があるんだそうで、歓迎のために今夜、花火を打ち揚げるというような事を、町で言ってましたっけ」

「おや、そうですか。それなら猶《なお》のことゆっくりしていらっしゃい、湖水の花火を観るには、ここは特等の桟敷《さじき》も同じことです」

障子を細目に開けたまま、静かにまた炬燵にかえって来た宗匠は、一抹《ひとつま》みの香を桐火桶のなかに投げ込むと、暫し、馥郁《ふくいく》たるその香気を楽しむように、眼を瞑《と》じ、首をかしげてきき澄《すま》ましていたが、やがてその唇からは、再び陰々たる物語のつづきが、妖《あや》しき蜘蛛の糸のように、縷々《るる》として繰り展《ひろ》げられて行くのだった。


――――

代助の連座《まきぞえ》を食った××事件の全貌が、漸く記事解禁になって、全国の新聞に一斉に掲げられたのは、あれは確か、万造が奇妙な仮面をかぶって帰京してから間もなくの事、確か二月上旬のことであったと憶えています。それから後約十年程の間に、引き続き数度に亘《わた》って摘発された、同じ種類の事件の中でも、これは一番最初であっただけに、世間の驚愕《おどろき》も一入《ひとしお》でしたから、あなたも多分憶えておいでになりましょう。新聞全紙を埋めたあの大袈裟《おおげさ》な報道の中に、漆山代助の名前と写真を発見した時の、郷里の驚駭《おどろき》、諏訪町の騒動、また代助を出した小学校や中学校の恐惶《きょうこう》――それ等のことはまあ、あまり管々《くだくだ》しくなりますから、一切省略する事にいたしますが、新聞の記事によると、代助は事件そのものには直接関係はないが、情を知りながら彼等にある種の庇護《ひご》を与えたという事になっていました。事件が公にされてから間もなくのこと、代助の妹婿《いもうとむこ》というのが一度上京して、当時まだ未決にいた代助に面会して来ましたが、その男が帰って来ての話に、代助は極度の神経衰弱の結果、理性をすっかり喪《うしな》ってしまって、誰彼の見境もなしに、人さえ見れば噬《か》み付くというような有様、彼に向かっても何やらわけの分らぬ議論を、例の激越な調子で滔々《とうとう》と一席弁じ立てたそうで、あれでは折角軽くなろうとする罪でも、益々重くなって行くばかりであろうという事でした。

こうして代助が、蟻《あり》地獄へ堕ちた可哀そうな蟻のように、藻掻《もが》けば藻掻くほど、運命の深みへ嵌《は》まり込んで行きつつあった時、一方では、彼を陥れた万造のほうでも、それに劣らぬ地獄の呵責を嘗《な》めつつあったのです。以前から陰性な男で、何を考えているのか、何を企んでいるのか、肚《はら》の中がさっぱり分からないという人間でありましたが、あの危禍《きか》に遭遇してからというものは、その傾向が益々顕著になり、殊《こと》に眼立って来たのは、著しく嫉妬深くなって来たことでした。彼は片時もお銀を側から離しません。お銀の姿がちょっとでも見えなかったり、台所の方で御用聞きを相手に冗談でも言っていようものなら、忽《たちま》ち、

――お銀、お銀と、あの世にも不思議な、てっきり何処からか空気が洩れているとしか思えないような、不気味な声で気狂《きちが》いのように呼び立てます。

家には気の利いた婆やと姐やとが二人までいるのですが、身の周囲《まわり》の世話万端、何から何までお銀でなければ気に入りません。お銀はもとより、そんな細々《こまごま》とした事に気の付くような女ではありませんから、婆やか姐やに頼んだ方が余程《よっぽど》早手廻しなんですが、あの災難以来万造は、お銀以外の人間には、絶対に顔を見られる事を厭がるのです。考えて見ればそれも無理ではありません。その顔。――おお、それは何という奇怪な顔でありましたろうか。柔かい、スベスベとしたゴムで拵えてあるその仮面というのは、世にも精巧に出来ておりまして、ちょっと見るとほんものの顔と間違えるくらいであります。しかもその顔と来たら、前にも言いましたとおり、此の世のものとは思えない程、端正に、艶麗《えんれい》に、そして妖冶《ようや》にさえ出来ていまして、心持ち開いた唇からは今にも匂《にお》やかな笑い声が溢れるかと思われるばか

り、白い、ふくよかな両の頰には、いつも小指の先で突いた程の靨《えくぼ》が刻まれていまして、その靨ときたら、万造が怒っていようが、泣いていようが一切かけかまいなしに、いつでも嫣然《えんぜん》として美しい微笑を含んでいるのです。そういう蠟《ろう》のような仄白《ほのじろ》い顔が、薄暗い奥座敷の隅っこに坐ったまま、朝から晩まで同じ表情でもって、凝っと部屋の一点を見詰めているところを、まあ一つ、想像して御覧なさい。お銀でなくても誰だって、ゾッとする程気味悪くなるじゃありませんか。それにもう一ついけない事は、お銀はその仮面の下に隠れている、それよりも更に数倍も恐ろしい顔を、ちゃんと知っているのです。彼女はその恐ろしい顔を想い出すことなしには、万造の奇妙な仮面を見ることが出来ません。

お銀が他人《ひと》に語ったところや、その後たった一度、その恐ろしい顔を瞥見《すきみ》する機会を持った、婆やの話などを綜合して考えてみますのに、それは世の常の怪我《けが》や火傷とは全く類を異《こと》にした、お話にならない程、物凄いもののようであったようです。さあ、何と言って形容したらいいのか、例えて言ってみれば、泥で拵えた人形の首を、土がまだよく乾ききらないうちに、悪戯小僧がやって来て、濡れ雑巾か何かで滅茶滅茶に引っ搔き廻した揚げ句、パレットの上の絵具をべたべたと出鱈目になすり付けたような顔――とでもいえば、幾分なりとも髣髴《ほうふつ》とさせることが出来るのかも知れません。兎も角それは、顔というよりも、嘗《かつ》て顔のあった廃墟《はいきょ》といった方が正しいようで、くちゃくちゃに縮れた、赤黒い一個の肉塊にしか過ぎなかったのです。

お銀のような女に、こういう化け物のお守りが勤まる筈がありません。あの災難にあった当座、仮令《たとえ》纔《わず》かの間にしろ、人間らしいしおらしい感情をもって、この男をいとおしんだ事が、今になって見ると、忌々しいくらいで、男の側にいるのはもうふるふる厭、あの無表情な仮面を見ただけでも、彼女はゾッと鳥肌が立つような恐怖を感じるのでした。そういう風でしたから、此の諏訪のような寂しい処《ところ》まで、万造について来たからといって、お銀を貞淑な女だなどと考えてはいけません。愈々この諏訪へ引き揚げて来る迄の、僅か四か月の間に、お銀が逃亡を企てたのは二度や三度ではありませなんだ。逃げたとてこの世に親戚《みより》という者を一人も持たないお銀の事ですから、大抵昔の友人や知人などを頼って、匿《かく》まって貰っていたのですが、その度にあの出嫌いな、他人《ひと》に顔を見られる事すら厭がる万造が、まるで人間が変わったように方々を駆けずり廻り、驚くべき根気と執念とを以って、最後には必ずお銀の隠れ家を突き止め、脅《おど》したり、賺《すか》したり、宥《なだ》めたり、歎願したりして、厭がるお銀を無理矢理に連れて帰るのです。彼はまたお銀を匿まった人々に対しても、一本釘を刺しておく事を忘れませなんだ。

――今度お銀が逃げて来たら、直ぐに私の方へ知らせて下さいよ。いいですか。万造はあの空気の洩れるような声に、不思議な情熱を罩《こ》めて何度も何度も念を押しました。なまなかお銀の言葉に動かされて、匿まったり、逃亡の手助けをされたりすると、私はあなたをお恨みいたしますよ。よく憶えておいて下さいよ。私はもうお銀なしでは生きてはいられないのです。お銀を奪われたら私は死ぬより他に途《みち》はありません。しかし唯では死にませんよ。お銀を殺して私も死にます。ひょっとすると、お銀を私から奪おうとした敵を殲滅《みなごろし》にしなければ腹の虫が承知しないかも知れません。あなたは私の言葉を冗談だと思いますか。嘘だと思いますか。ああ、私のような男がコケ脅しや空威張《からいば》りをしたとて何になりましょう。よろしい、それでもまだ信じられないというのなら、私の顔を見せてあげましょう。驚いてはいけませんよ。逃げてはいけませんよ、ほら、ほら、ほら！

それだけでもう十分でした。万造はあのゴムの仮面をちょっとまくり上げて、ほんのちょっぴり鰓《あご》の端《さき》を見せるだけなのですが、赤黒い、ドロドロとした、何やら得体の知れぬ薄気味の悪い肉塊を、唯一《ただひと》眼《め》見ただけで、大抵の人はゾッと怖毛《おじけ》を振るい、眼を瞑《つむ》って降参し、お銀の事については今後一切、関わり合いを持つまいと神かけて誓うのでした。お銀は今や、誰一人として、相手にしてくれる者がなくなりました。まるであらぶる神の前に供えられた人《ひと》身御供《みごくう》のように、泣いても喧《わめ》いても、誰一人救いに来てくれる者はありません。しかもこの化け物のお供をして、遠い信州とやらの山奥へ連れて行かれねばならぬ日は、段々と間近く迫って参ります。一体そういう寂しい山の中の湖畔の一軒家で、自分はどうなって行くのだろう。肉を啖《く》われ、骨まで舐《しゃぶ》られ、さてその揚げ句は、一体どうされるのであろう。

ところがそうしているうちに、怫《ふっ》とした事から、お銀の考えが幾分変わるような出来事が起こりました。ある日の事、何を思ったのか万造は、あの災難の日以来はじめてアトリエへ入ると、不自由な手に絵筆を握り、久し振りにカンヴァスに向かって絵を描いていましたが、ものの半時間も経たぬうちに、唯ならぬ物音がそのアトリエから聞こえて来たので、お銀がびっくりして駆け着けて見ると、今しもアトリエの中に仁王立ちになった万造は、長い髪を逆立て、パレットを踏みしだき、描きかけのカンヴァスを振り廻し、あの不可思議な声で何やら理由《わけ》の分からぬ事を喧き散らしながら、気狂いのように部屋の中を暴れ廻っているところでした。いやその時のお銀の眼から見ると、てっきり気が狂ったものとしか思えませなんだ。今まで制《おさ》え制《おさ》えして来たあの災難の打撃が、時候の加減でとうとう爆発したのに違いない。お銀は何となくほっとしたような気がしましたが、まさか、そのまま放って置くわけにも行きませんので、側へ寄ると出来るだけ、優しい態度で万造の肩に手をかけました。

——あなた、どうしたのよォ。あらあら、こんな乱暴なことをしてさァ、仕様がないわねえ。

お銀の言葉が耳に入ったのか、万造はその刹那《せつな》、雷に撃たれたようにピリピリと体を震わせて立ち止まると、ゼイゼイと肩で荒々しく呼吸をしながら、仮面の背後から凝っとお銀の顔を睨んでいます。お銀はその眼を見ると、ああ、矢っ張り気が狂っているのだわ、あの気味の悪い眼付き！　そしてまた、どうしてああジロジロと私の顔を見ているのだろう。

私をどうするつもりか知ら、ああ！　お銀は突如けたたましい悲鳴を挙げました。その時ふいに万造が、毀《こわ》れたカンヴァスを投げ捨てると、不相変理由《あいかわらずわけ》の分からぬ事を喧きながら、猛然としてお銀をめがけて躍り蒐《かか》って来たからです。万造はあの、ふにゃふにゃとしたゴムの手袋をはめた両手でしっかりとお銀の細い首っ玉を摑むと、ぐいぐいと壁の方へ押しつけて参ります。お銀はもう声を立てる事も出来ず、やっと部屋の隅にあった卓子《テーブル》に身を支えると、万造はその上にお銀の体を仰向けに押し倒して、猶もぐいぐいと、お銀の咽喉《のど》を絞めつけて参ります。必死になって抵抗しているお銀の眼に、その時ふと映ったのは、暴れ廻るはずみに、面がどこかへケシ飛んだと見えて、露出《むきだし》になったあの万造の、世にも物凄い形相でした。お銀はいつかの夜、ちらとこの顔を瞥見《すきみ》した事はありますが、かくの如くしげしげと正視したのは、その時が初めてでした。ああ、その厭らしさ、おぞましさ、不気味さ、怖さ、それは想像に絶したものがありましたけれども、不思議なことには、その時のお銀には、これが全く別の効果を及ぼしたのです。あなたは柔道で所謂《いわゆる》オトシ、あれにかけられた経験をお持ちではありませんか。咽喉を絞められる時の、何とも言えぬ快感。――お銀は今あの肉のうずくようなあの快感にうたれたのです。

――ああ、私は殺される、この男に、この化け物のような男に、絞め殺される。ああ、何という可哀そうな私だろう。ああ、ああ、ああ！　お銀はしかし、それが少しも苦痛や恐怖ではなく、眼の上に覆いかぶさって来る、万造のあの物凄い形相を呆然と凝視しながら、夢見る如く意識を喪《うしな》って行きました。

## 十

かねてから万造の設計によって、あの岬の突端に建築を急いでいたアトリエが愈々竣成して、それと同時に万造がお銀と婆やの二人を引き連れて倉皇として移って来たのは、この湖畔の町に漸く春風の吹き初めた、四月下旬頃でした。不思議な事には、お銀は一度万造に殺され損《そこな》ってからというものは、以前ほど彼を怖がりも厭がりもしなくなり、此方《こちら》へ引っ越して来る時も案外素直について来たようでした。多分あの事件を一転期として、彼女の性情には、自分でもそれと気付かない程、微妙ではありましたけれども、それと同時に一種根強い変化があったのでしょう。

さてこちらへ引っ越して来てからの万造は、折角立派なアトリエを建築しながら、ついぞ絵筆を執ろうともせず、そうかといって昔馴染みの友人や知人が訪れても、滅多《めった》に面会することもなく、まるで蝸牛《かたつむり》のように引き籠もったまま、鬱々《うつうつ》としてその日を送っていました。そのうちに彼は一艘のモーター・ボートを購《か》い入れると、気狂いのように湖水の上を駆けずり廻ったり、又お天気のいい日には、湖心にボートを泛《う》かべて、余念もなく釣りをしている事もありました。しかし彼が本当に魚を釣ろうとしていたのか、誰一人知っている者はありませんなんだ。実際あの無表情な、不断の冷嘲《れいちょう》を泛かべているかの如き白い仮面は、どうかすると一種の凶々《まがまが》しい兆《しるし》とも見え、彼の周囲には魚さえ集まらぬように思われ、漁師達は彼の姿を見ると、疫病神《やくびょうがみ》のように顔色を変えて逃げ出したものです。言い伝えによると、化石した如く身動きもしないで、一心に釣り糸を垂れていた万造の仮面の上には、屢々《しばしば》数条の涙が流れているのが見られたという事です。ああその時彼の胸を噬《か》んでいたのは、一体どういう感情であったのでしょうか。

それは兎も角、彼は己《おの》が存在の、漁師たちに如何なる印象を与えつつあるかを、よく心得ていたのに違いありません。それが証拠に彼は間もなく、あのカトリック教の坊さんが着るような、だぶだぶとした襞《ひだ》のついた、真っ黒な袍衣《ほうい》を着ることによって、自分の不吉な印象を、一層強めようとした事でも看取出来るではありませんか。その袍衣の肩のところには、同じ色をした三角の尖《とが》った頭巾が縫いつけてあって、彼はいつでもそれを、すっぽりと頭から被っていました。そして手には細い斑《まだ》ら竹《たけ》の笞《むち》を持っていて、何か気に入らない事があると、それをビュービューと振り廻すのでした。そういう姿をした男が、身動きもしないで釣り糸を垂れているところを、まあ一つ想像して御覧なさい。私も二、三度見掛けた事がありますが、とんとそれは外国の銅版画にある、死神のような恰好《かっこう》でありました。

万造がそういう生活をしている時、一方お銀は何をしていたかというと、彼女はこちらへ引っ越して来る時、万造にねだって買って貰った、一匹の狆《ちん》を相手に所在ないその日その日を送っておりました。

――ロロや、ロロや。と、彼女はアトリエの長椅子に寝そべったまま、愛する動物の名を呼びます。あの化け物のような旦那様はどこへ行ったのだろうね。あの人がいないとせいせいするね。おや、お前もそうかい。全く邪慳《じゃけん》な人ったらありゃしないねえ。お前を見ると足蹴《あしげ》にしたり投げつけたり、私ゃ大抵お前が不憫《ふびん》でならないよ。

そんな事を人間に向かって言うように掻き口説きながら、冷たい鼻の頭に接吻したり、仰向けにしてお腹《なか》を擽《くすぐ》ってやったりします。小さいロロは、多分この愛撫《あいぶ》に酬《むく》いるためでしょう。この頃では片時もお銀の側を離れようとは致しません。御飯を喰べる時でも、お風呂へ入る時でも、寝る時でも、甚《はなは》だしきは彼女が厠《かわや》に行く時でも、絶え間なく小さい銀の鈴をチロチロ鳴らせながら、彼女の裾に身を摺《す》りつけ、愛撫の手欲しさに甘えます。そしてちょっとでも彼女の姿が見えないと、クンクンとうるさく啼《な》き立てながら、気狂いのように家中を駆けずり廻っては、その度に万造に癇癪《かんしゃく》を起こさせるのでした。

お銀はしかし、そう何時までも、この小さい動物のお相手を勤めてはおりませんでした。段々この土地に慣れて来るに従って、日《ひ》毎夜毎《ごとよごと》彼女は美しく着飾っては出歩くようになり、間もなく本町通りにある某喫茶店に、些《いささ》か不良性を帯びた青年を集めては、すっかり女王になりすましてしまいました。万造もあまり喧《やかま》しく言って、東京へでも逃げ出されたら厄介《やっかい》だと思ったのでしょう。この町でする事なら、大抵の事は大目に見ているという風でしたから、お銀は益々図に乗って、町の劇場に何か興行があると、一番に姿を見せるのは彼女で、随分下らない旅役者を贔屓《ひいき》にしたり、活弁に色眼を使ったりしていましたが、そのうちにとうとう、紅梅亭鶯吉《こうばいていおうきち》といって、田舎廻りの浪花節《なにわぶし》語りとしては先ず真打《しんうち》株の、ちょっと苦味走った男にひっかかってしまいました。万造はこれを知っていたかどうか、それに就いてはこういう話があります。これは当時、まだアトリエに奉公していた婆やの話なのですが、彼女は、この話の直後あまり気味が悪いからと言って、とうとう暇をとって東京へ帰りました。これは東京に帰る前に、ある人に向かって話した言葉なのです。

——それがあなた、そういう事は東京にいる時分から珍しいことじゃありませんでしたけれどね、その時は何だか、あまり劇《はげ》しいようですから、又いつぞやのように、お銀さまが絞め殺されているんじゃないかと思って、それにお銀さまのヒイヒイ泣く声だって、普段とは違っておりましたもの、日頃から覗いては可《い》けないと言われておりましたけれど、つい鍵穴から覗いてみたんですよ。覗いてみて胆《きも》を潰《つぶ》しました。私が驚いたというのは、お二人の妙な御様子で、お銀さまは床に突っ伏したまま、ヒイヒイと泣き声をあげています。その左の手をむずと握って旦那《だんな》様が、お銀さまの上にのしかかるようにして何か低い声でボソボソと仰有ると、お銀さまは激しく身を顫《ふる》わせながら、堪忍《かんにん》して、堪忍してと仰有るのです。それから顔をあげて、旦那様の白い面《めん》を見ながら、その面《めん》をとるのだけは——ああ、堪忍して——私が、——私が悪かったのです。——はい、何も彼も正直に言ってしまいます。

——大変悪いことをしてしまいました。——鶯吉の奴に騙《だま》されたのです。もうもう、決してあんなことは致しません、——ですから、ああ、その面《めん》をとるのだけは堪忍して——いいえ、いいえ、決して嘘ではありません。だから、ああ、その面《めん》をとるのだけは、——あれえッ！ お銀さまの魂《たまぎ》消るような声にぎょっとして、旦那様の顔を見た私は、ああ、それから後のことは、聴かないで下さいまし。その夜から私は安らかな夢を結んだことがありません。こうしてお話していても、何だかゾクゾクして参ります。それにしても不思議なのはお銀さまの素振《そぶ》りでした。逃げようと思えば幾らでも逃げる暇がありそうなもの。それに又、その声というのが言葉の意味とは大違いで、何やらいやらしく、一番しまいに旦那さまが面をおとりになった時でも、逃げるどころか、あれえッ！　と叫んで、いきなり旦那さまの首っ玉に嚙《かじ》り付いたのには私もびっくり致しました。兎に角私はもうこれ以上御奉公しているわけには参りません。はい、明日《みょうにち》はお暇《いとま》を戴いて東京へ帰ります。

万造とお銀が、こういう妖《あや》しい夢を繰り展《ひろ》げている頃、東京の代助の身にも亦《また》一つの変事が起こりました。代助が未決で酷い神経衰弱に罹《かか》っていた事は、前にも申し上げた通りですが、六月から七月のあの梅雨期にかけて、これが益々亢《こう》じて来て、果ては食《たべ》物《もの》も碌々《ろくろく》咽喉を通らぬという状態なので、公判を前に控えてこれではなるまいと、特別の計らいをもって、未決を出て入院する事を許されたのが七月十六日のこと、ところがそれから二日目の夜、彼は病院から逃走してしまったのです。

前からそういう計画があったのか、或いは又発作的にやったのか、手引きする者があったのか、なかったのか、それ等のことは一切不明でしたが、兎に角彼の行く方は杳《よう》として知れなくなってしまいました。

この事は直ちに新聞に大きく報道されましたから、万造も必ずそれを読んだのに違いありませんが、読んで彼はどういう感想に打たれたでしょうか。驚いたか、怖れたか、いずれ安からぬ気持ちを抱いた事は想像に難《かた》くありませんが、固《もと》より容易《たやす》く感動を外に表わすような万造ではありません。お銀に対しても、一言もそれに就いては語りはしませなんだが、不思議な事にはその記事を読んだ日から、絶えて久しき絵筆を握り、しかも百二十号という大作にとりかかりました。

昨日あなたが御覧になった絵というのが即《すなわ》ちそれで、モデルは言う迄もなくお銀、あの湖底に繋がれた女というのは、つまり現在のお銀の境遇を象徴していたのかも知れません。若しそうだとすれば女に絡み着いているあの醜悪な怪物は、さしずめ万造自身という事になりましょうが、そういう詮議《せんぎ》はどうでもいいとして素描《デッサン》も出来上がり愈々下塗りに着手したその日の事です。思いがけなくも町の警察から、警部が一人このアトリエを訪れて来たのです。

この警部というのは町の者で、昔から万造や代助を知っており、現に万造がこの湖畔へ引っ越してからも二、三度遊びに来たこともあり、一度などは万造としては珍しく、半時間あまりも話し込んで、つくづくと、自身の不幸を述懐したことさえある間柄でしたが、その時訪ねて来たのには別に重大な要件があったのです。

——おや、お仕事ですか。万造がカンヴァスに向かっているのを見ると、警部は意外そうに眼を瞠《みは》りながら、暫くその絵を覗き込んでおりましたが、お銀さんですね。しかし、何だか、これは随分変わった画題ですね。

万造は無言のまま頻《しき》りに絵筆を動かしています。彼が答えないのは必ずしも不愛想なのではなく、発声器管の完全でない彼は、なるべく口を利かないようにしているのです。お銀はその間にモデル台から下りると、薄いガウンのようなものを引っ掛け、例のロロを抱いて窓の側へ行くと、向こう向きに腰を下ろしました。

——万造さん、今日来たのは大変な要件があるのですがね。警部は凝っと相手の態度を注視しながら、代さんがこの頃こちらへやって来はしませんでしたか。

万造はそれを聴くとギクッとしたように絵筆を止め、暫く凝っと考えている風でしたが、稍《やや》あってやおら警部の方へ向き直ると、緩《ゆっく》りと首を左右に振りながら、

——何か、そんな、形跡でも、あるのですか。と、切れ切れな声で言いました。

——そうらしいのです。昨夜東京から通牒《つうちょう》があったのですがね、調べて見ると矢っ張りそれらしい人

物を見かけたものがあるという、それで豊田村の方を調べてみたのですが、どうもあちらへはまだ立ち廻っておらぬらしい。それでもしやこちらへと思って。……

万造は絵筆を握ったまま、黙って首を振っていましたが、お銀の方へ振り向くと、

――お銀、お前知らないだろうね。

――私？　いいえ。お銀は向こうを向いたまま冷やかな声で答えました。

――そうですか、それならいいのですが、若しこちらへ立ち廻るような事があったら直ぐ私の方へ報《し》らせて下さいよ。憖《なまじ》隠したり逃がしたりされると、却って代さんの為になりませんよ。警部はちょっと沈んだ声になって、代さんも困った事をしてくれたものです。実はね、此の間手を廻して代さんの事を調べてみたところが、最近非常にうまく行っている模様で、この分なら悪く行っても、執行猶予ぐらいで済みそうだという情報が入ったので、大変喜んでいたんですが、これで何も彼も滅茶苦茶です。せめて今何処かへ自首でもしてくれるといいのですがね。警部は猶もくどくどと、代助が立ち廻ったら、決して隠し立てをしたり、逃がしたりしないで早速警察の方へ報らせて呉れるようにと、何度も何度も念を押して帰って行きましたが、その姿が向こうの、桑畑の蔭に見えなくなった頃です。

――お銀、媼《ばあ》さんはまだいるか。と、万造が低い沈んだ声で言いました。

――いいえ、媼さんは先《さっ》帰《き》りました。

言い忘れましたが、東京から来た婆やが、暇を取って帰った後、何人女中を置いても長続きがしないので、此の頃では近所の媼さんを頼んで、午前中手伝いに来て貰う事にしていたのです。万造はお銀の返事を聴くと、黙って床から筈を取り揚げ、静かに立ち上がりました。

――お銀、お前も来い。

お銀はさっと顔色をかえ、わなわな顫えながら何かいおうとしましたが、万造の鋭い眼付きを見ると、そのまま言葉を飲み込んでしまいました。

――怖いのか。ええ、そんなにこの俺が怖いのか。万造は苛々《いらいら》するように笞を振り廻しながら冷嘲《あざわら》いましたが、お銀の化石したような顔を見るとそのまま足音も荒々しくアトリエを出て行きました。

――あなた、ああ、あなた、一寸《ちょっと》待って！

お銀が怯えたような声で叫びながら、後を追っ蒐《か》けて行った時、万造はお銀の化粧部屋になっている、奥まった四畳半の、押し入れの唐紙に手をかけていました。

――あなた、どうするのよ、あなた。

お銀が縋《すが》り着くのを突きのけて、ガラリと押し入れの唐紙を開いた万造は、手にしていた笞でそわそわと畳の上を敲《たた》きながら、

――代さん、出て来たまえ、代さん、と、駄々《だだ》っ児《こ》のような調子で言いました。

十一

普通、どこの押し入れにもあるように、上と下と二段に分かれている、その上の方に蒲団《ふとん》を敷いて寝ていた代助は、その時蛇のようにむっくりと鎌首を擡《もた》げておりました。ああ、彼等は実に一年振りの対面でありましたが、その一年の間に、二人とも何という激しい変わり方をしておりましたろう。万造の方は無論言う迄もありませんが、代助とても、また長い獄舎の生活に、頬は落ち、眼は凹《くぼ》み、髪も髯《ひげ》も蓬々《ぼうぼう》と伸び、嘗ての熱情漢らしい秀麗な面影は、最早《はや》どこにも認められませなんだ。唯落ち凹んだが為に愈々大きく見える眼が、烈々たる熱を帯び、その中に無限の痛恨と悲痛と憎悪とが読み取られるようでありました。その時彼等の胸には、どういう想念《おもい》が去来したことでしょうか、それは恐らく、世にも複雑にして且つ劇烈な感情の闘いであったろうと思われますが、こうして五分間あまりも無言のまま睨み合っていた後、万造の方が先ずほっと太い溜《た》め息《いき》を吐《つ》きました。

――代さん、痩《や》せたねえ。そう言った万造の声は思いがけなく沁々《しみじみ》としていました。お銀、外から見えないように、アトリエの掛巾《カアテン》を下ろしておいてお

呉れ。代さん、誰も居ないから出て来たまえ。

代助は激しく瞬《まばた》きをすると、咽《むせ》び欷《な》くような節《ふし》のある長い溜め息を吐いて、もぞもぞと押し入れから出て来ると、それでもまだ幾分警戒するように、しっかりと唇を結んだまま、万造についてアトリエへ入って行きました。

それからお銀を混えて、彼等の間に一体どういう話があったのか、詳しい事は伝わって居りませんが、それは凡《およ》そ我々の予想とは反対に、至って和《なご》やかなものであった事だけは分かって居ます。万造はその時、従兄弟の窶《やつ》れた面差《おもざ》しを痛々しそうに眺めながら、沁々とした調子でこういう風に言ったという事です。

――代さん、お前は嘸《さぞ》私の事を憎らしい奴だと思っているだろうね。いいえ、隠さなくてもいいよ。お前が何の為に諏訪まで帰って来たのか、私にはその心持ちがよく分かるよ。代さん。私はもう逃げも隠れもしやあしない。どうかお前の思う存分にしてお呉れ、お前にとっては八つ裂きにしても飽き足らぬような気がするであろうけれど、お願いだからひと思いに殺してお呉れ。思えば、思えば代さん、我々は何という凶《わる》い星の下に生まれて来たのだろうね。私には何の理由もなしにお前が憎らしかった。誰に負けても構わないけれど、お前一人にだけは死んでも負けたくなかった。恐らくお前の方でも同じ事だったろう。ああ、この呪わしい競争心、理由のない敵愾心《てきがいしん》。私は常々どんなにこれを悲しんでいたろう、悲しみながらどうする事も出来ないでズルズルと深みへ嵌《は》まり込んで行くうちに、到頭二人ともこんな羽目になってしまった。誰が悪いのでもない。皆私が、いや、私たちの廻り合わせが悪いのだ。代さん、どうか、私をお前の腹の癒えるようにしてお呉れ。私に何の希望や光明があろう。このような化け物になった私に何の生甲斐や功名心が遺《のこ》っていよう、代さん、お願いだからお前の手で、この可哀そうな私を、ひと思いに殺しておくれ。お前の手で殺されたら私はもう本望だよ。

万造はそう言って代助の手を採り潸々《さめざめ》と泣きまし

た。涕涙《なみだ》は滂沱《ぼうだ》として仮面より溢れて、冷たい蠟のような頬を濡らし、息の漏れるようなあの不明瞭な音声は、嗚咽《おえつ》のために屢々《しばしば》途切れ、それを聴き取るためには、一方《ひとかた》ならぬ困難を感じたくらいでした。佯《いつわ》り多い万造ではありましたけれど、この時ばかりはどうして彼の言葉を疑う事が出来ましょう。握り拳を凝っと膝《ひざ》のうえに置いたまままじろぎもしないで、万造の面《おもて》を打ち視戍《みまも》っていた代助は、相手の言葉の畢《おわ》るのを待って、吻《ほっ》と太い溜め息を吐きながら、——万さん、よく言っておくれだった。と、感極まったように彼は言いました。お前も言うとおり、私はそれやどんなにお前を恨んでいたか知れやしないよ。一寸刻み五分試し、いいえズタズタに引き裂いても腹に癒えぬくらい、この土地へ帰って来たというのも、他に希望《のぞみ》はなかったけれど、一眼お前に会って怨言《うらみ》が言いたい、敵《かたき》を討ちたいと唯そればっかりだった。ところがどうだろう。一昨日《おととい》の夜おそく、そこの窓から私はこのアトリエを覗いたのだよ。その時お前は矢張りその椅子に坐って、唯一人両手で頭を抱えて凝っと項垂《うなだ》れていた。その時お前を殺そうと思えば造作はなかったのに、何故か私にはそれが出来なんだ。何故出来なんだろう、悄然と唯一人燈《ひ》の下に坐っていたお前の寂しそうな姿、お前がひどい怪我をして面を被っているという事は、いつか見舞いに来た妹婿の口から聴いて知っていたけれど、初めて見る、その横顔の言いようのない淋《さび》しさ。侘《わび》しさ。それにその真っ黒な衣服《きもの》だろう、一層お前の姿が沁々として、また悵然《ちょうぜん》として見えたよ。その時微かに聴こえたのが歔欷《すすりな》くような、お前の溜め息だった、ああお前も泣いている、お前も苦しんでいると、そう感じた刹那今までの燃えるような怨恨《えんこん》も深讐《しんしゅう》も、氷のように一時に冷え切ってしまった。それから間もなくお前がボートに乗って、気狂いのように湖水の沖へ出て行った後で、私はこっそりお銀——いやお銀さんを呼び出して、あの押し入れの中へ匿まって貰ったのだが、体を横にすると同時に、どっと溢れて来たのは熱い涙。万さん、その時何故か私は欷《な》けて欷けてしようがなかったよ。

――それでは代さん。暫くしてから万造がおずおずと言いました。お前私を宥《ゆる》してくれるのかい。

――宥すも宥さないも、私がお前の立ち場にいたら、屹度《きっと》同じような事をしたかも知れないのだ。先《さっき》のお前の言葉を聴いて私は本望だよ。万さん、それじゃこれで潔《きよ》く訣《わか》れよう。

――訣れると言って、お前これから直ぐに行くのじゃあるまいな。

――いや、行こう。折角こうして和解《なかなおり》をしたのに、顔を突き合わせている間《うち》に、又詰らない考えを起こしちゃ馬鹿馬鹿しいから。

――そうかい、それじゃ別に止めやしないが、お前どこへ行くつもりだい。

――一先ず大阪へ落ちのびよう。大阪へ行けば知人があるから、そこで何とか工夫をして、上海《シャンハイ》へでも飛ぶことにしようよ。

――それにしてもその服装《なり》じゃ直ぐ攫《つか》まってしまうよ。こうしたらどうだね。もう五、六時間辛抱《しんぼう》して、髪も苅り髯も剃り、着物は幸い私の古いのがあるからそれを着てゆき給え。そして夜になったら私がボートで天竜川の口まで送っていってあげよう。中央線は危険だから少し道は難渋でも、辰野《たつの》から飯《いい》田《だ》へ出て、川沿いに遠州へ出るのが一番安全だと思うよ。ねえ。悪いことは言わないからそうし給えよ。

――そうかね。それじゃお言葉に甘えてそういう事にしようか。

――それがいいよ。それじゃお銀、いつも私にしてくれるように、ちょっと早幕《はやまく》に代さんの髪を苅ってあげたらどうだね。

――そうね。そうしましょう。

――お銀さん、済まないねえ、

舞台の造作《つくり》こそ異《ちが》っておりますが、とんと「双《ふたつ》蝶《ちょうちょう》々」の「引窓《ひきまど》」といった塩梅《あんばい》。代助はさしずめ濡髪《ぬれがみのちょうごろう》長五郎といった役廻りで芝居ですると、ここにい、い、めりやすが入りますが、私のお話はそう意気事には参りませんから、ここはうんと端折《はしょ》ってさてその夜の事。時刻は既に十時を廻って居《お》りましたろう、月のある夜でしたが嵐を呼ぶような千切れ雲が片々《へんぺん》と飛んで、湖水のうえは明暗二つの色に塗り分けられていました。やがて用意万端整えて、アトリエの外に繋いであったボートに飛び乗ったのは万造、続いて代助、これはすぐボートの底に腹這いになります。

——左様《さよう》なら、お銀さん。

——左様なら、気を付けて行ってらっしゃいね。

お銀の声もさすがに湿っていたようです。

アトリエの近辺はまだ水が浅くて機関《エンジン》が廻転しないので、暫くは棹《さお》で押して行かねばなりません。お銀は長い棹を操って行く万造の姿が、岬の向こうに見えなくなる迄露台に立って見送っていましたが、やがて何となく竦《ぞっ》然と身顫いをすると周章《あわ》ててアトリエの中へ引っ込みました。その時、闇の向こうから聴こえて来たのはタタタタタと水を切って廻転する機関《エンジン》の響き。ボートは暫く小暗い岸に沿って湖水の縁を迂廻《うかい》して進みます。ザワザワと鳴るのは蘆《あし》の葉を渡る風の音、黒々と岸に聳《そび》ゆる鈴懸《すずかけ》の頂辺《てっぺん》でくくと鳴くのは、ボートの音に夢破られた小鳥でありましょう。代助も万造ももう一言も口を利きませんだ。ボートの底にごろりと寝込んだ代助は、冷たい夜風に頬を嬲《なぶ》らせながら、天を仰いで星の数を一つ二つ三つ……と、七つ迄数えた時です。ふいに一揺れがくんとボートが大きく揺れると、けたたましく空廻転《からまわり》をする機関《エンジン》の音、ボートはぴったりと止まってしまいました。

——しまった。忌々しげに舌打ちをするのは万造です。

——どうしたかね、万さん。代助は舟底から少し体を起こしました。

——浅瀬へ乗り上げたのだ。ナニ、大丈夫だよ。成程水面から微かに隆起している蘆の浮き洲にボートの舳《へさき》ががっちりと喰い込んで、万造が種々《いろいろ》と手を尽しているけれども、中々動き出しそうにありません。

——代さん。万造が振り返って言いました。済まないがちょっとボートから降りて押して見てくれないか。コン畜生《ちくしょう》、泥の中へがっちり喰い込んでいやがるんで。

――そうかい。代助は怖る怖るボートから身を起こして、辺りを眺めました。

湖水の表面は燻《いぶ》し銀のような鈍い光を湛《たた》えて、遠くの方は朦朧《もうろう》として、白い夜霧の中に溶け込んでいる。岸は唯真っ暗で、聞こゆるは蘆の葉摺《はず》れと樹々の梢の戦《そよ》ぐ音ばかりです。無論見る人とてあろう筈がないので、代助は心を安んじて、柔かい浮き洲の泥のうえに足をおろしました。

――それじゃね、私が棹を突っ張るから、その拍子にボートを押して呉れたまえ。

万造は棹を執って立ち上がったが、この時彼に今少しの落ち着きがあったら、さしも奸悪《かんあく》なその譎謀《きつぼう》も、見事成功していたのでありましょうが、残念ながら彼は少し功を急ぎすぎた。いかに陰険な万造と雖《いえど》も、その場に当たってはさすがに、よく興奮を制することが出来なんだと見えて、突如嘲るようなけたたましい笑い声と共に、颯《さっ》と振り下ろした棹の先は、手許《てもと》狂って纔《わず》かに代助の肩を掠《かす》めたきりで、舷《ふなべり》に当たって戛然《かつぜん》と跳ねっ返りました。

――何をする！　代助は絶叫しました。

第一の襲撃に失敗した万造は、きりりと奥歯を鳴らしながら、再び颯と振りかぶった水棹。険悪な空模様を背に負うて、すっくと舷に立った姿の物凄さといったら、無表情なあの白い仮面といい、蝙蝠のように風にバタバタと羽搏く真っ黒な袍衣といい、地獄の鬼と雖もこの時の万造ほど、物凄《ものすさ》まじい悪相を持っていようとは思われません。代助は恐怖のために、総身の毛根　悉《ことごと》く逆立たんばかりでありました。

――何をする！

代助が再び絶叫した時唸《うな》りを生じて落ちて来た棹が、この度も危うく覘《ねら》いが外れたのは、代助にとっては勿怪《もっけ》の幸いだったけれど、万造にとってはこれより大きな不運はなかったのです。力余って万造がよろよろと舷に蹌踉《よろめ》く、その隙が、代助にとっては何よりのつけ目でありました。棹を握ってえいと渾《こん》身《しん》の力をこめて曳《ひ》けば相手は何しろ腰が崩《くず》けた折りからとて、この一曳きによろよろと、機《はず》みを喰《くら》って舷から浮き洲のうえにスッ跳びました。

こうなれば勝負は五分五分です、足場の悪い泥のうえで必死となって争う二人は全く無言でしたが、無言なだけに一層恐ろしいのです。どういうわけか万造の方では、この時代助をやっつけようというより、遮二《しゃに》無二《むに》、ボートへ搔き登ろうと、その方に、多く気を奪《と》られているようでしたが、そうはさせぬと争う代助、舷を叩く手と手がピッシャリピッシャリと鳴るのは、とんと芝居でする鼬《いたち》ごっこのだんまりといった塩梅ですが、二人の身にとっては中々そんな暢気《のんき》な沙汰《さた》じゃありません。全身の膏血《こうけつ》悉《ことごと》く凝《こ》って汗にならんかと疑われるばかり、いや、講釈師じゃありませんから、修羅場を読むわけには行きませんが、そうしているうちにどうした機みか、代助の力が少し優ったのでしょう。背後から武《む》者振《しゃぶ》りついて来る万造の脾腹《ひばら》を、片脚あげてどんと蹴《け》ると、素速くボートに搔き登りましたが。その時ふと手に触ったのはかの水棹でした。こいつを斜めに構えて、万造や来るときっと振り返った。振り返って驚きました。驚いた筈です。

ボートから一間程離れた蘆の茂みのなかに、相当広い窪みがあって、濁った水が溜まっているのですが、万造は今、その水溜まりの中に腰の辺まで浸《つか》って、頻りに藻搔《もが》いているのです。その藻搔きようが尋常ではありません。藻搔けば藻搔く程、段々泥の中にめり込んで行く様子なのです。丁度その水溜まりの周囲二間程というものは、蘆の茂みも途切れ、体を支えることの出来るような何物もありませんから、唯徒《いたず》らに泥の上を引っ搔き廻すばかりで、そうしているうちに万造の体は、早《はや》胸の辺まで浸ってしまいました。

代助はこの時はじめて、万造の陥っている恐ろしい自然の罠に気が付いて、髪の毛も白くなる程の恐怖に撃たれたのです。万造が今嵌《は》まり込んでいるのは、世にも恐ろしい底なしの泥々《どろどろ》地獄ではありませんか、一度嵌まり込んだが最後、金輪際《こんりんざい》抜け出す事の出来ない泥濘《でいねい》の蟻地獄——藻搔けば藻搔く程、地底の泥に吸い込まれて行くばかりなのです。ああ、万造の計画によれば、代助をこの底なしの泥濘地獄に突き墜《お》とそうという考えであったのでしょうが、それが反対に、自ら過ってその中へ墜ち込んだというのは、何という皮肉なことであったでしょう。代助は雷に撃たれたように、暫し呆然としてこの成り行きを見ていましたが、やがて相手の陰険極まりない計画に気がつくと勃然《ぼつぜん》として激しい憤怒《ふんぬ》を感じましたが、しかしこの憤怒のうちにも代助は、一抹の不憫《ふびん》さを感じない訳には行きませなんだ。

——万さん、この棹にお攫《つか》まり！

そう言って咄嗟《とっさ》に差しのべたのは手に握っていた棹です。万造はこの時既に、乳の辺まで泥の中に浸っていましたが、溺れる者の本能で夢中になって棹の先を握りました。このまま救われていれば何事もなかったのですが、悪いことにはこの時ふいに、翛然《ゆうぜん》として雲が月の道から離れ、あたりは朦朧と明るくなって参りましたが、代助はこの月明かりで、見るべからざるものを見てしまったのです。不幸な万造は、格闘の機みに仮面をどこかへ落としてしまったのでありましょう、あの二眼《ふため》とは見られぬ醜悪《しゅうあく》な顔、化け物よりも更に恐ろしい、くちゃくちゃに崩れた、のっぺらぼうの肉塊、世にも凄まじいその容貌を折りからの月明かりに代助は、まざまざと眼の前に眺めたのです。

——あっ！　と叫んで、代助が思わず棹を手許へ引いたのと、万造が犇《ひし》とばかり両手で顔を覆うたのと、殆ど同時でありました。代助は直ぐに気を取り直して、

——万さん、早くお攫まり、早く早く！

しかし万造は再び顔をあげませなんだ。何人《なんぴと》にも見られたくない醜《みにく》い顔を、撰《よ》りに撰ってこの世の中で、一番見られたくない相手に見られたこの恥辱《ちじょく》、この忌々しさ、この無念さ、万造にとって恐らくそれは、体をズタズタに寸断されるよりも、更に更に、忍び難いことであったに違いありません。

——万さん、お前は……お前……

刻々として泥中に吸い込まれてゆく、従兄弟の姿を目前に視《み》て、代助の恐怖はどのようでありましたろう、心臓が今にも口から跳び出し、舷《ふなべり》を攫んだ指

は、そのまま木の中に喰い込むかと思われるばかりでした。

――万さんが沈んでゆく、沈んでゆく。……

歔欷《すすりな》くように呻《うめ》く代助の脳裡《のうり》に、その時忽如《こつじょ》として甦《よみがえ》って来たのは、今からざっと二十二、三年以前の、あの幼時の出来事でした。いつか万造が過って氷の亀裂に落ち込んだのを、代助が救おうとして棒を差しのべたが、万造はお前に救われるくらいなら死んだ方がましだといって、棒の先に攫まる事を肯《がえん》じなかったが、思えば場所もちょうど此の辺でした。二十数年を距てて再び廻《めぐ》って来た同じような情景、同じような葛藤、あまりにも恐ろしい運命の偶然に、夢かとばかり代助が怪しんだのも、洵《まこと》に無理ではありませなんだ。

万造はその時既に、肩の辺まで泥中に呑み込まれ、最早正念も失われたであろうと思われたのに、ふいに白い眼をくわっと瞠《みひら》くと、悲痛な声を振り絞って、息も絶えがてに代助に向かって絶叫したというのは、

――代ちゃん……代ちゃん……あばね！

この袂別《わかれ》の挨拶《あいさつ》を最後として、次の瞬間万造の全身は泥中に没し去り、後にはうたかたも遺らぬ浅ましさ。折りから雲が再び月の行く手を遮《さえぎ》ったのでありましょう、湖水の上は幽然と暗くなって参りました。

## 十二

舷《ふなべり》から半身乗り出した代助は、ゴーゴンの首を見たポリデクテス王のように、そのまま石人と化し果てるかと疑われるばかり、立ち騒ぐ波、蘆の穂を吹く風の音も、彼の注意を奪うことは出来ませなんだが、稍《やや》あってふと気が付いたというのは、舷を握りしめた手の甲に、ポタリと落ちて来た何やら温かいものがありました。と見れば、蜘蛛が脚を展《ひろ》げたような、黒い斑点が、ポッチリと手の甲に着いています。おやと思う拍子に又一つ、更に続いて二つ三つ四つ。……

代助は幼い時分から何かにひどく興奮すると、よく鼻血を出す癖《くせ》がありましたが、今彼の手の甲を

斑々《はんぱん》として紅《あけ》に染めているのは、その鼻血でありました。しかもその時の鼻血たるや、未だ嘗て代助が経験したこともない程の凄まじさで、縷々《るる》として、滾々《こんこん》として、滴々《てきてき》として鼻孔の奥より湧き出ずる生温かい血潮は、殆ど止まる時がないのではないかと思われるばかりです。代助は恟然《きょうぜん》と眼を瞠って、斑々として彩られて行く舷を眺めていましたが、やがて名状しがたい恐怖を感じると、呀《あっ》と叫んで舟底に打ち倒れました。

ああ、あの時彼の胸中を吹き荒《すさ》む飇風《ひょうふう》は、真黒な旋風を作って、黯黮《あんたん》たる絶望の彼方に彼の想念《おもい》を運んで行きます。恐ろしい従兄弟の断末魔の光景は、執念《しゅうね》く彼の眼底に灼きつけられ、悲痛な従兄弟の最後の声は、未だ嫋々《じょうじょう》として彼の耳底に鳴っているかと思われます。しかも代助はその時潸々《さめざめ》と涕《な》いている自分に気が付いて愕然《がくぜん》としました。何のための泪《なみだ》なのか。何人のための歎《なげ》きなのか、代助自身にも分かりません。万造の死を悲しんでいるのであろうか、否《いな》！　否！　自分を陥れ自分の生涯を滅茶滅茶に叩き潰《つぶ》したばかりか、今又自分を許らんとして、却って自らその罠に落ちて死んだ万造のことですから、手を拍《う》ってその死を嘲るとしても、一滴たりとも彼の為に流す泪があろうとは思われません。しかし、しかし、ああ、胸を打つこの寂寥《せきりょう》、魂を揺すぶるこの悲愁は、一体何のためでありましたろうか。……

稍あって代助は鼻血も止まり、泪も漸く乾いたので、蹌踉《そうろう》として起きあがりましたが、その時ふと眼に付いたのは舟底に落ちていた白い仮面です、万造はいま湖底の泥濘の中に呑み込まれてしまったのに、皮肉にも彼の仮面ばかりは、こうして代助の手許に残ったのです。恐らくあの死に物狂いの格闘の際に万造の面から落ちたのでありましょう。代助は一眼見るより忌わしそうに、湖水の上に投げ捨てようとしましたが、また思い直して手に持ったまま力なく棹を取りあげました。代助と万造を送り出したお銀は、あれからアトリエの長椅子《ソファ》に寝そべって、狆ころのロロを相手に巫山戯《ふざけ》ておりましたが、折りから露台《バルコニー》の下にボートが止まった様子に、ハテ、天竜川の口まで行って来たにしては少し早いがと訝《いぶか》りながら半身を起こしたところへ、蹣跚《まんさん》としてアトリエの入り口に現われたのは、思いがけない代助の姿でありました。唯ならぬ顔色といい、且つ又胸から腹へかけて点々として滴《したた》っている血潮といい、お銀は思わず真《ま》っ蒼《さお》になると、棒を嚥《の》んだようにその場に立ち竦んでしまいました。

——まあ、あなたでしたの。……そしてあの人は……万造はどうしました。

——死んだよ。と、代助は唯一言《ひとこと》そういうと、傍の椅子にガックリと体を落として両手で犇《ひし》と頭を抱えてしまいました。

——死んだ？　万造が？……お銀は憑かれたような声で訊き返しましたが、やがて敲《たた》きつけるような早口で、ああ、あなたが殺したのね。そうだわ、きっとそうだわ。ああ、恐ろしい。その血……、その胸の血、……ああ、あなたが万造を殺したのだ。あんなに前非《ぜんぴ》を後悔して謝っていた万造を。……

——違うよ。私が殺したんじゃないよ。

——嘘！　嘘！　じゃその血はどうしたのです。その恐ろしい血の飛沫《しぶき》は。……

——まあ、お聴き、どうして私が万さんを殺すものか。私こそ万さんに危うく殺されかかったくらいなのだよ。

鞭《むち》のように鋭いお銀の舌が歇《や》むのを待って、代助はぼつぼつと一伍一什《いちごいちじゅう》を語って聞かせましたが、それを聞いているうちに、お銀にもどうやら一切の事情が呑み込めて来たようでありました。

——まあ！　間もなく彼女は呻くように言いました。それじゃ万造は自分の計画した罠に自分から堕ち込んでしまったのね。そして代さん、あなたこれからどうなさるおつもり。

——仕方がないよ、自首して出る事にしようよ。

——そう。ああ！　だけど代さん、あなたの持っていらっしゃるその白い物は一体何？

——これかい、これは万さんの仮面《めん》だよ。舟の中に落ちていたから拾って来たのだ。

ふいにお銀がけたたましい声をあげて笑いました。

それがあまり突然であったので、代助はぎょっとして彼女の顔を打ち見守って居りましたが、お銀はどうしたものか、まるで七笑《しちわら》いの時平《しへい》公のように、とめどもなく打ち笑いながら、

――御免なさい。……ああ、だけど世の中って何て面白いんでしょう。……自分の作った罠に落ちて死ぬ人もあるし、そうかと思うとまた、……

お銀は何を思ったのかつと立ち上がると、アトリエを出て行きましたが、間もなく引き返して来た彼女を見ると、何やら黒い着物のような物を持っていました。

――さあ、これを着て御覧なさい。そしてここに万造の嵌めていた手袋もあります。あの人が一つずつ余分に作っておいてくれたのは、何という有難いことでしたろう。この黒い袍《ころも》を着て、この手袋を嵌めて、そしてその仮面《めん》をかぶっていたら、誰があなたを万造でないと疑う人がありましょう。あなたは誰とも口を利かず、歩く時には少し猫背の気味に背を曲げて、そしてああ、そこにある笞でピシピシと床を叩く癖さえ忘れなかったら、そのまま万造に化ける事が出来ます。何というこれは素晴らしいお芝居ではありませんか。そう言ってお銀は再び笑い転げるのでありました。

女の智慧《ちえ》は屢々《しばしば》悪魔の智慧よりも恐ろしいといいますが、この時のお銀の言葉がそれでしたろう。この邪悪な誘惑を退けて、最初の決心通り自首さえしていたら、代助はこれからお話するような、あの世にも凄惨《せいさん》な場面に直面しなくて済んだのでしょうが、女の思い付きの異常さに、つい心を惹《ひ》かれたのが彼にとっては千載《せんざい》の痛恨事でありました。

その翌日警部が再びアトリエを訪ねて来た時には、あのダブダブの袍衣に身を包み、頭からすっぽりと頭巾を被った仮面の男が、稍前屈《まえこご》みに、黙然として窓際に坐っていました。

――どうですか。代さんはまだやって来ませんか。

警部の質問に対して、微かに首を左右に振ってみせるその男こそ、現に彼の探《たず》ねている代助その人であろうとは、どうして彼に分かりましょう。警部が

つづいて何か言おうとする前に、ロロを相手に巫山戯ていたお銀が素速く口を挟みました。

——代さんは本当にこちらへ来たのかしら。いえ、本当にこちらへ来たとしても、とてもこの家へは参りますまいよ。だってあの人、とても万造とは仲が悪いんですもの。ねえ、あなた。

お銀に言葉をかけられた時、代助は思わず黒い袍の中で戦慄《せんりつ》しましたが、警部はもとよりそれと知ろう筈がありません。

——いや、それは私も知っていますがね。兎に角来たら引き止めておいて下さい。おや、この絵はもう中止ですか。

警部が指したのは昨日、万造が絵筆《ブラシ》を揮っていたかのカンヴァスです。

——いいえ。お銀がいち速く遮《さえぎ》ると、今日は少し気分が悪いと言って考え込んでおりますの。ほほほ、矢張り代さんの事が気になると見えますのね。

だが、警部が何の疑惑《うたがい》も抱かずに帰って行った後、お銀はいきなり代助に向かってこう言いました。

——あなた駄目よ、警部は当分毎日様子を見に来るに極《き》まっているわ。いつ迄経っても絵が進行しないとなると、そのうちにはきっと怪しみ出すに違いないわ。さあ、あなた絵筆をお執りなさいよ。そしてこの絵の続きを描かなきゃいけませんわ。

お銀がこうして代助を庇《かば》い立てをするのは、果してどういう心事であったのか私にもよく分かりませんが、彼女が若し今の代助に昔日の如き闊達《かったつ》さと明朗さを期待していたとしたら、彼女は非常な失望を味わわねばならなかったでありましょう。突如起こった身辺の激変と、未だ生々しく脳裡にこびり着いている、あの悲惨な従兄弟の最後の場面は、彼をして、お銀から顔を反向《そむ》けさせるに十分な程、強い、劇しい印象を投げかけていました。

それでも彼は、お銀の言葉の尤《もっと》もらしさに、つい彼女をモデルとしてのあの忌わしい絵を続けて行くことになりましたが、そうしているうちにも次第に彼の胸中に蔓《はびこ》って来るのはお銀に対する言い難き憎悪の感情でありました。二人の男の生涯を滅茶滅茶に叩き潰しておきながら、尚且つ恬然《てんぜん》として嬌笑《きょうしょう》を泛かべているお銀の顔を見ると、代助は勃然として劇しい憤怒に襲われ、若し己れの困難な立場さえ自覚していなかったなら、片時もこの罪悪の巣に足を止めている事を肯《がえん》じなかったでしょう。

こういう熾烈《しれつ》な感情がお銀に感染せずにいる筈がありません。彼女は漸く自分の期待の的外れであったことを覚《さと》ると、これまた猛然として代助を憎みはじめたのです。今やこの湖畔のアトリエは救い難き二人の男女の、無言の、しかし無言なだけに一層気味の悪い、激烈な闘争の渦の中に投げ込まれてしまいました。私はずっと後にこの当時の心境を切々《せつせつ》たる文章で書き綴った代助の日記を、このアトリエの中から発見しましたが、それに依《よ》って見るも、当時の彼が如何に大きな苦悩の中に生活していたか、想像するに難くありません。この日記は今でも持っておりますから、何でしたら後でお見せしましょう。あなたも既に想像されたでありましょうが、こういう男女の間は早晩破綻《はたん》を来たさずには置きません。

しかもこの終局たるや、案外早く、万造が亡くなってから僅か三週間しか経たぬにやって参りました。

代助はこの二、三日、お銀の態度の著しく変わって来たことに気が付きました。一週間ほど殆ど口も利かずに睨み合っていたお銀が、どういうものか、心にもないお世辞を陳《なら》べ、兎角《とかく》代助の機嫌を取り結ぼうと努めているように見える。代助は昔の経験から して、お銀がこういう態度に出る時には必ず、彼女の胸中に、恐ろしい裏切り行為が醱酵《はっこう》しつつある事をよく知っていましたから、それとはなしに気を配っていると、その日の午後に至って、彼女の態度は益々軽躁を極めます。朝から何となく、落ち着きがなくソワソワとして、試みに代助が二言三言話しかけてみても、殆どそれに正当な応答を与える事すら出来ない。そうかと思うと、急にゲラゲラと笑い出し、無闇矢鱈《むやみやたら》に話しかけて来る。

夕方代助はお銀が風呂に入っている間にこっそりと彼女の居間を調べてみましたが、先ず第一に眼についたのは、押し入れの中に突っ込んであった風呂敷包み、開いてみると二、三の着更《きが》えの他に、指輪だの耳輪だの宝石類の入った函《はこ》が、さも大事そうに衣類の中にたたみ込んであります。この風呂敷包みの他にもう一つ注意を惹いたのは、銀鎖のついた派手な手提鞄《てさげかばん》で、驚いた事にはギッチリと中に詰まっているのは、凡《およ》そ四、五百円はたっぷりあろうと思われる紙幣の束でした。しかし代助を真実驚かし、又怒らせたのは、この手提鞄の中に入っていた二通の手紙でありました。一通は例の浪花節語り、紅梅亭鶯吉から来たもので、今松本に来ているから遊びに来ないかというような事が、歯の浮くような調子で書いてありました。さてもう一通の手紙というのは、紛《まご》うべくもなくお銀の筆跡でしたが、何とそれはこの町の警察署に宛てたもので、内容は今更ここに申すまでもありますまい。お銀は多分、行きがけの駄賃《だちん》として、代助を警察の手に引き渡してやろうくらいに考えていたのでしょう。

代助はこの手紙を読むとさすがにくゎっとして、思わず全身がブルブルと顫えました。前後の考えもなく二通の手紙を鷲摑《わしづか》みにしてアトリエへ引き返して来ると、ちょうど今しも、お銀が風呂から上がって来たばかりのところでした。

——お銀！　代助の声は著しく顫え、興奮のために舌が廻りかねるくらいでした。

——なあによ。

湯上がりの火照《ほて》った体を、燃ゆるような緋縮緬《ひぢりめん》の長襦袢《ながじゅばん》に包んだ彼女の姿は、又となく艶冶《えんや》たるものでありましたが、可哀そうに彼女はまだ、代助が口も利けぬ程興奮している事に気が付きませなんだ。無理もありません。あの無表情な仮面の下に隠れた代助の顔色は、さすが鬼のようなお銀と雖《いえど》も、視透《みとお》すわけには行きませんでしたから。

——これは何だ！

いきなり目前に差しつけられた手紙を見たお銀は、はっとしたように眼を瞠ると、暫く気が遠くなったような表情を示しました。賢い彼女はこうなっては最早、どのような弁解も、どのような胡麻化《ごまか》しも一切無用である事をよく知っていたのでありましょう。

ふいに身を翻《ひるがえ》して、二、三歩バタバタと逃げかけました。

――待て！

お銀はしかしこの鋭い言葉に従う代わりに、そこにあった紙切りナイフをいきなり代助の方へ投げつけました。幸い代助が素早く身をかわしたので、ナイフは纔《わず》かに彼の腕を掠《かす》めて飛んだに過ぎませんなんだが、この事がくゎっと代助を逆上させ、前後の分別をも忘れさせるに十分でありました。彼はいきなり手に触れたものを、思わずはっしとお銀の背後から投げつけてしまったのです。代助の手に触れたもの――不幸にもそれはかなりの重量を持った青銅製のヴィナス像で、これをまともに後頭部に喰《くら》ったのですから耐りません。お銀はくらくらと眩《めま》いがしたように一度その場に膝をつきましたが、すぐ起き直ると、又二、三歩ふらふらと扉《ドア》の方へ行きかけました。と思うと絨毯《じゅうたん》の端に躓《つまず》いたのでしょうか、彼女はまたガックリとその場にのめりましたが、非常な努力をもって起き上がろうとするらしく、二、三度泳ぐように虚空《こくう》を引っ掻き廻していましたが、ふいに鼻と口からどっと血を吐くと、そのまま崩れるようにその場に突っ伏してしまいました。その周囲を狆ころのロロが気狂いのように啕《な》き立てながら躍り狂っているのを、代助は何かしら遠い夢でも見るような心持ちで、茫然《ぼうぜん》と眺めているのでありました。

その晩の真夜中過ぎの事でありましたろう。河沿いにあるあの遊廓、――あなたも多分通りがかりに御覧になった事がおありでしょうが、この町の女郎屋には一つだけ他の土地にないものがある。何かというと屋上にある六角形の展望台で、どういうわけであんなものを拵えたのか分かりませんが、知らない者が遠くから望むと、よく教会の塔と間違えるそうです。その晩の二時過ぎのこと、この塔の上から、ぼんやりと湖水の方を眺めている男がありました。別に目的があって眺めているわけではなく、何といいますか、遊びの後の妙な物憂さ、胸を噬《か》むような遣瀬《やるせ》なさ、大方そういう気分をまぎらせるためでしたろう、唯一人塔にのぼって深夜の風に吹かれていましたが、そういう彼の眼をふと捉えたというのは、河下の岬の蔭から、今しも箭《や》のように漕ぎ出した一艘の小舟の姿でありました。

　何処かに月があると見えて、絖《ぬめ》のように鈍く光っている湖水の表面を、スイスイと水虫のように流れてゆくのが手に取るように見えます。乗っているのはどうやら一人らしいのですが、間もなく岬の手前の蘆の浮き洲のところまで来ると、ふと舟を停めて、何やら舟底から抱きあげた様子です。それがどうやら人間のようにも思えたので、塔上の男はおやとばかり、思わず体を前に乗り出しました。

　ちょうどその時湖水の方では、例の人間らしいものを抱きあげた不思議な人物が、やおら舟から浮き洲の上へ降りようとしましたが、どうした機みか舟がくらりと傾いて、その拍子にかの男はもんどり打って水の中へ落ちました。もとより浅い場所《ところ》ですからすぐに起き直りましたが、その途端塔上の男は、ゾッとばかりに全身に鳥肌が立つのを覚えました。無理もありません。今水より起き上がった男の体は、まるで燐を塗ったように熒々《けいけい》として光りを放ち、その妖しい光の中で彼はハッキリとあの無気味な白い仮面と、胸に抱いている人間の形を識別することが出来ました。そしてそれ等のものからポタポタと落ちる滴《しずく》は、恰《あたか》も人魚の涙ででもあるかのように、閃々《せんせん》として金色に輝いています。塔上の男はむろんこの土地のものでしたから、諏訪の湖に夜光虫のいるということは知っていましたが、このように綺麗な、そしてまたこのように恐ろしい風景は未だ嘗て見たことがありませんなんだ。何となくそれはこの世のものというよりは、遥かに悪夢の世界の出来事とも思え、全身から燃え上がるような燐光を放っている、奇怪な仮面の男は、人間というよりも地獄の底から這い上がって来た悪鬼のようにも見えるのでありました。

　この男がもう少し展望台に頑張っていたら、彼はその後で起こった更に更に奇怪な事実を目撃したのでありましょうが、遺憾ながら彼はゾッと身に滲みる臆病風に、それ以上この恐ろしい景色を見ている勇気が失くなり、そそくさとして自分の敵娼《あいかた》の部屋に逃げて帰ったということです。そしてこの男が目撃したあの不思議な場面が、夢でもなく幻でもなく、世にも恐ろしい事実であった事を知るに至ったのは、それから数日後のことでありました。

## 十三

その翌日は朝から妙に蒸々《むしむし》とする陰鬱《いんうつ》なお天気でありましたが、午過《ひるす》ぎに至って古綿のような雲が、いよいよ低く垂れて来たかと思うと、下界は突如として日蝕にあったように、暗澹《あんたん》たる悪気の中に閉じ籠められ、何となく不安な予感が四辺《あたり》を圧し、湖畔に住む人々の心を脅《おびや》かすようでありました。

湖水は巨大な鉛の坩堝《るつぼ》と化して、死のような静寂を湛《たた》えています。風はひねもすうち絶えて、湖畔の蘆の葉も、樹々の梢も、化石したように黙して動かず、万物悉く凝って、大磐石《だいばんじゃく》になったのではなかろうかと思われるなかに、悠々とひくく輪を画いて飛ぶ黒い鳶《とび》の影だけが、凶兆を知らせる不吉の使者のように見えました。空気は蠟のように重く、息苦しく、日頃は千変万化の情趣を見せる湖畔の山々も、今日は唯灰色の塊りとなって、混沌《こんとん》たる雲のかなたに打ち沈んでいます。人も犬も牛も鶏も、生きとし生けるものは悉く、窒息したように塒《ねぐら》の奥深く閉じ籠っていると見えて、湖畔は一瞬、廃墟のようなわびしさに包まれました。

そういう銅版画のような寂寞《じゃくまく》のなかを、喘《あえ》ぐように自転車を操って、今しも岬の突端にあるかの万造のアトリエを訪ねて来たのは、いう迄もなく例の警部でありましたが、その時アトリエの中では代助が唯一人、漸く完成に近づいて来たかのカンヴァスに向かって、しきりに絵筆を揮っているところでありました。

代助は例によって、警部の姿を見ても、会釈《えしゃく》をしようともせず、無言のまま仕事を続けています。警部の方でも彼の不愛想には慣れっこになっている事とて、別に気を悪くした風もなく、暫く代助の背後に立って、画かれてゆく、カンヴァスの面を見詰めていましたが、その顔には、何やら妙に釈然としないところがあります。何となくこの絵は妙である、腑《ふ》に落ちないところがある。しかしどこが妙なのか、何が腑に落ちないのか、それを思い出すことが出来ない、と、そういった風な表情であります。

――お銀さんはいないそうですね。警部は相変わらずカンヴァスのうえに眼をやったまま、妙に上ずった声でそう言いました。どこへ行ったのですか。

代助はそれを聴くと、ゆっくりと体を捻じらせて、無言のまま絵筆で机のうえを指しました。警部が何気なくその方を見ると、そこには封を切ったままの手紙が一通載っかっているのです。

――この手紙ですか。

――……

代助は無言のまま頷《うなず》いてみせながら、中身を取り出して読んでみろというような仕草をして見せます。

――ああ、これを読めというのですか。

代助が頷くので警部は封筒の中から、墨の滲《にじ》んだ巻き紙を取り出しましたが、それがあの浪花節語りの紅梅亭鶯吉から、お銀に宛てて寄来《よこ》した手紙であったことは言う迄もありません。警部は二、三度それを読み返すと驚いたように、

――成程《なるほど》、それじゃお銀さんは、この男の所へ遁《に》げて行ったのですね。どうも怪《け》しからん話ですね。何でしたらこちらで手配をして連れ戻してあげましょうか。

代助はそれを聴くと激しく首を左右に振りながら、低い、ボソボソとした声で、切れ切れにこう言いました。

――いいえ、いいえ、……それには及びません。……どうせ……金がなくなったら……帰って来るに極まっています。

――そうですか。警部は代助の狼狽ぶりにちょっと妙な気がしましたが、それ以上のことは何も気が付かず巻き紙を封筒におさめると、それを机のうえに戻しながら、それじゃまた来ましょう、ああ、それからこんなことはもういう必要もありますまいが、代さんが訪ねて来たら、必ず私の方へ知らせて下さ

いよ。

無言のまま頷いている代助の後ろ姿を、何の気もなく視《み》つめていた警部は、それからまたかのカンヴァスの方に眼をやると、どうも腑に落ちないという風に、しきりに小首をかしげていましたが、やがて奥歯に物がはさまったような気持ちを抱いたまま、それでも幾分思いきったように、そのアトリエから出て行きました。外へ出ると通いの媼《ばあ》さんが、風のない河縁で何か洗いものをしていましたが、その姿を見ると警部は、何ということなしに足を止めてしまいました。

——媼さん、奥さんは昨日何時ごろお出かけになったのだね。

——さあ、何時頃ですか。媼さんは腰を起こすと周章《あわ》てて襷《たすき》を外しながら、何しろ私は通いのことですから、ちっとも存じませんのでございますよ。

——何かそのような話が前からあったのかね。

——いいえ、一向承《うけたまわ》ってはおりませんでしたが。……

——昨日、奥さんの素振《そぶ》りに何か日頃と違ったところがあったかね。

——さあ、何ですか、一向。……私はぼんやりなもんですから。媼さんはなるべく当たり触りのない言葉を選びながら、軽い薄笑いを泛《う》かべています。

警部と雖もその時はまだそれほど深く、お銀の行く方を怪しんでいたわけではないのですが、さっきから心に蟠《わだかま》っている滓《おり》のようなものが気になって、何となくその場を立ち去りかねていたのです。

——どうも、妙だね。

——そうでございますかしら。媼さんはそう言いながらふいにギョッとしたように向こうを向くと、おや、あれは何でございましょう、ロロの声ではございませんか。

成程どこやらで歔欷《すすりな》くような犬の啼《な》き声がする。重い空気を撼《ゆる》がして、何事か訴えるような、世にも悲しげな、陰々たる犬の啼き声が長く尾を曳いて、湖水の方から聴こえて来るのです。

——ああ、向こうです、向こうです、まあどうしたのでございましょう。

　媼さんの後について岬の突端まで出て見ると、成程、向こうの蘆の浮き洲のうえを悲しげな声をあげて喧《わめ》きたてながら、躍り狂うように跳ね廻っている、白い動物の姿が見えました。

　――ああ、矢張りロロでございますわ。どうしてまあ、あんな所へ参りましたやら。おや！　旦那さま、あれは一体どうしたのでございましょう。

　媼さんが今にも絶息しそうな声を立てたのも無理ではありませなんだ。さっき浮き洲のうえの、ドロドロとした水溜まりの周囲《まわり》を跳ね廻っていたロロが、ふいに脚を取られたようにズルズルと泥の中に滑り込みました。すると何かしら巨《おお》きな生物《いきもの》がその中に潜《ひそ》んでいて、脚を持って引き擦り込むように、ロロの体は次第に水溜まりの中へ沈んで行きます。ロロは必死となって、前脚で泥のうえを掻き廻していますが、そうするうちにも全身は刻一刻と泥の中に呑まれて行き、今ではもう藻掻く気力さえなくなって行く様子です。

　――ロロや！　ロロや！　どうしたの、早くこちらへおいで！

　媼さんの声が耳に入ったのでしょう、ロロは狂気のように喧《わめ》きたてながら、ひとしきり泥のうえをバタバタやっていましたが、間もなく歔欷くような一声を湖水のうえに残したまま、その体は全く泥濘の中に呑み込まれてしまいました。

　――ああ！　あれはどうしたのでしょう。あの気味の悪い水溜まりは、……そしてあの可哀そうなロロ！　奥さんがお聴きになったらどんなにお歎きになるでしょう。あんなに奥さんを慕って、片時も側を離れようとはしない程、よく馴《な》付《つ》いていましたのに！

　媼さんの最後の言葉を聴いた途端、警部の頭に颯《さつ》とひらめいた何物かがありました。

　人間の頭脳というものは随分妙な仕掛けになっているものです。何かしら解《げ》せない、腑に落ちないことがあって、一体それが何であるか、何が腑に落ちないのか、何が解せないのか、それすらも判別がつかずに、唯もう、もやもやとした暗霧に閉されているような、不愉快極まる気持ちにあるとき、何でもない、ほんのちょっとしたきっかけから、一時にその暗霧がからりと晴れわたることがあるものですが、今の警部の気持ちが即ちそれでした。片時もお銀の側を離れぬという狆ロロが水の上を渡るような危険を冒《おか》してまで、あの浮き洲へ行ったのは何のためであろう、気狂いのように吠《ほ》えたてながら、彼女は一体何をあの水の中に求めていたのだろう。更にまた、一瞬にして狆ロロの体を呑みつくしたあの気味の悪い水溜まりは、一体どういうわけであろう。――そういうことを考えているうちに、警部は、縺《もつ》れた糸がほぐされてゆくように、さっきから胸中に蟠《わだかま》っていた疑問が、次から次へと氷解してゆくのを感じました。

ああ、それはあまりにも恐ろしい、あり得べからざる事柄のようにも思えましたが、それと同時に、どうしてもっと早く、そのことに気付かなんだろうと思われるほど、明瞭にして、且つ動かし難い事実でもありました。警部は思わずさっと色蒼褪《あおざ》め、わなわなと体を顫わせながら、憑かれたようにあの蘆の浮き洲を眺めていましたが、やがて容易ならぬ決心を定めたように、眼をせばめ、息をのみこみ、蹌踉たる歩調《あしどり》で、もう一度アトリエへ取って返して参りました。ちょうどその頃、代助も窓際に立ってあの浮き洲のうえを眺めていました。おそらく彼も亦ロロの悲鳴をきき、そして悲惨なその最後の模様を目撃したのでありましょう、何となく打ち沈んでいるようでありましたが、警部の足音に何気なく振返ると、ぎょっとしたようにそこに立ち竦んでしまいました。たった今出て行ったばかりの警部が、どういうわけで引き返して来たのか、そしてまた、相手の容易ならぬ面持ちが何を意味しているのであるか。代助は咄嗟《とっさ》の間にその恐ろしい意味を読み取ったのに違いありません。二人は暫く石になったように、凝っと互《たがい》の眼の中を覗き込んでいましたが、やがて魂も潰《つい》えるかと思われるばかりの、悲痛な呻き声をあげたのは、代助ではなくて却って警部の方でありました。

——万さん、あなたはほんとうに万造君ですか。それとも、ああ、この間から私があれほど探《たず》ねていた、もう一人の人物ではありませんか。そういって警部はどっかとそこにあった椅子に腰を落としましたが、それを聞いた途端、黒い袍衣に包まれた代助の体は、まるで旋風《つむじかぜ》にあった木の葉のようにチリチリと顫えあがりました。警部はそれを見ると思わず両手で頭を抱え、肺腑《はいふ》を貫くような深い深い溜め息を吐きましたが、それでも漸く気を取り直して頭をあげると、絶望的な眼差《まなざ》しで、今自分の眼前に立っている男の姿を視つめながら、息も絶え絶えに次のようなことを言ったのでありました。

——万さん、あなたがほんとうの万造さんなら、嘗て私に向かって、こういうことを打ち明けられたのを憶えているでしょうね。あれは確か、あなたがこの湖畔へ引き揚げて来られてから間もなくのことでした。あまりに傷心しきったあなたの様子の痛々しさに、何故絵を描くことに精進《しょうじん》しないのだ、何故それに魂を打ち込んで、すべての憂《う》さを忘れようとしないのだと、私がお勧めすると、その時あなたはこう言われたではありませんか。私はもう二度と絵を描くことは出来ないでしょう。これは私以外には何人も——お銀でさえも知らない秘密なのですが、神様はあの大惨事の折り、自分の顔と、自分の三本の指を持って行かれただけでは満足せず、無慙《むざん》にも私の眼から、色彩を判別する官能まで奪ってしまわれたのです。あの大惨事の刹那の、炸裂《さくれつ》する火焔と、灼熱《しゃくねつ》する金属の閃光《せんこう》とは、私の脳髄に致命的な衝撃を与え、あの日以来私は、完全に色彩を識別する能力を失ってしまったのです。私は今、物の形を見る事は出来ますが、物の色を観ることは出来ません。私の住んでいる世界は、冷たい灰色の壁に包まれていて、そこには私の心を慰めてくれるような、美しい色彩《いろどり》を持った物象《ぶっしょう》は何一つありません。むろん私は、何とかしてこの恐ろしい味気ない、呵責《かしゃく》から逃れようと、随分いろいろな医者に相談してみました。しかし一人として自信をもって治癒に当たろうとする医者はいなかったのです。ある一人の医者は私に次のようなことを言いました。欧洲戦争に出征した兵士の中から、二、三こういう実例が報告されているけれども、未だそれを治療し得る方法は、どこの国の学者からも報告されていないというのです。従って私のこの病気もいつかは自然に恢復するものやら、それとも永遠にこの冷酷な、そして暗澹たる世界に住んでいなければならないのやら、今のところそれすらも分からないのです。色彩に対する感覚を失ったものに、どうして絵を描くことが出来ましょう。思えば私はあの大惨事の折りにいっそひと思いに死んでいた方が、どんなによかったか知れないのです。実際私はずっと後になって、はじめて絵筆をとったとき、絶望のあまりお銀を絞め殺して、自分も死のうとまで思ったくらいでした。ああ、私は畢《ひっ》竟《きょう》美の女神から見放された惨めな人間なのです。そういって万造さん、あなたは私の手をとって潸々《さめざめ》と哭《な》いたではありませんか。万造さん、ああ、あなたがほんとうに万造さんであるなら、私は今この絵を見て、あなたの恢復に対して心からの祝福を申し上げます。この絵の色彩の配合には、少しも不自然なところや、盲目的なところがありませんから。しかし、若しそうでないなら、……ああ、あなたが若し万造さんでないなら。……警部はそこで嗚咽の声を嚥《の》みました。あなたは一体誰です。そして又、どういうわけで万造さんに成り済ましているのです。いやいや、それよりほんとうの万造さんやお銀さんはどこにいるのです。もしやもしや……今口を呑み込んだ、あの薄気味の悪い、浮き洲の上の泥々地獄の中にでもいるのではありませんか。

警部はそこで言葉をきると、きっと代助の方を凝視しました。生憎《あいにく》白い仮面を被っているので彼がその時どういう表情をしていたか、知るよしもありませんが、警部はこの時ほど、人間の体が激しく痙攣する姿を見たことがありません。先《さっ》きから窓際のテーブルの上に両手をついたまま、上体を前に乗り出し、呆然として警部の話に耳を傾けていた代助は、警部の話が進むにしたがって、次第次第に全身を細かく顫わしはじめたが、やがて錐《きり》で揉み込まれるように、或いはまたとめどもなく廻転する電気独楽《ごま》のように、顫えて顫えて、あるいはこのまま顫え死にに死んでしまうのではなかろうかと思われるほど、激しく、チリチリと戦慄して歇《や》みませんでしたが、やがてふと見れば、あの白い仮面の下から何やらポタリとテーブルの上に滴下したものがありました。

——ああ、血が！　そう叫んだ警部は、てっきり代助が舌を嚙み切ったのであろうと、思わずギョッとして腰を浮かしました。

しかし、警部の考えは間違っておりました。代助は決して舌を嚙み切ったのではありません。再び異常な興奮が、彼の鼻粘膜を破壊して、止めようとしても止まるべくもあらぬ鼻血が、縷々として、滾々として、滴々としてテーブルから床のうえに降り灑《そそ》ぎ、斑々として彼の胸をべにがら色に染めました。

代助はしばらく惘然として眼を瞠りそれを見詰めていましたが、やがてひくい冷嘲するような笑い声を立てると、ふいにくるりと身を翻して、蹣跚《まんさん》たる歩調《あしどり》で露台《バルコニー》の方へ出て行きました。その時彼は警部の手から遁れようと試みたのでしょうか、いいえ、遁げようとするには、あまりにも蹌踉たる歩調《あしどり》でありました。それは恰《あたか》も、素晴らしい神の摂理の啓示に、酔えるもののような姿でありました。おそらくその時彼は、何も彼《か》も打ち忘れて、一種恍惚《こうこつ》たる忘我の境を彷徨《ほうこう》していたのでありましょうが、その後ろ姿を呆然として見送っていた警部は、ふいにハッとするような事実を発見したのです。万造のために霧ケ峰の中腹から、谿底《たにそこ》へ突き墜《おと》された代助が、生涯軽い跛を引いていたということは、たしか先程申し上げましたが、警部は今、自分の眼の前を飄々《ひょうひょう》として歩いてゆく男の姿に、はっきりとそれを認めることが出来たのです。警部が今の今まで抱いていた疑惑の、最後の鎖はこれによって見事に粉砕されてしまいました。警部は思わず絶望したように、

——代さん！　と一声鋭く絶叫しました。

代助はそれに対して、軽く振り返ると二、三度手を振ってみせましたが、そのまま蹌踉として露台《バルコニー》に

繋いであった小舟に乗り移りました。私は――ああ、既にお察しのことと思いますが、その警部というのはかく言う私でありましたが、私はその時、彼を引き止めようと思えば引き止める事が出来た筈なのです。それにも拘らず何故そうしなかったか、自分でもはっきりその時の気持ちが分かりませんが、おそらく私は、あまり大きな悲しみのために、あらゆる思考力と判断力を打ちひしがれてしまって、唯もう白痴のように手を束《つか》ねているよりほかに仕様がなかったのでしょう。何故また私がそれほど大きな悲しみに打たれたか、それは私だけの秘密ですが、簡単にいえば私は何物にも換え難いほど、深く深く代助を愛していたのです。ああ、少年時代から私達はどんなにお互いに愛しあっていたでしょう。二人は五つ違いでありましたが、それはほんとうの兄弟も及ばぬ程の、強い、深い愛情が私たちを結びつけていたのです。

　こういえば私があんなにも熱心に代助を探していた理由もお分かりでしょう。むろんそれは職務からでもありましたけれど、もっと大きな理由としては、彼をあの危険な途《みち》から、もとの平穏な生活に引き戻してやろう、それには是非とも彼を説いて自首させなければならないと、唯そればかりを考えていたのです。

　しかし、今となってはその努力も、すべて水泡に帰したことを覚らねばなりませんでした。代助はもはや如何なる手段を以ってしても償《つぐな》うことの出来ない大きな罪、殺人の罪、しかも二重殺人の罪を背負っているのではありませんか、ああ、その時の私の悲痛、懊悩《おうのう》、絶望、――それはとても筆紙《ひっし》にも尽せません。よく譬《たと》えにいう腸《はらわた》を断つ想いとは、全くこの時の私の心でありましたろう。

　私はしばらく両手で顔を掩《おお》ったまま、胸を剔《えぐ》られるような悲しみに打たれていましたが、漸く気を取り直して露台《バルコニー》へ出てみると、湖水のうえはいよいよ冥《くら》く、水は白い泡をあげ、凄まじいうねりを作って岸を噬《か》もうとしています。その中を代助の操る小舟が、木の葉のように揺すぶられながら進んで行きます。

——危ない、代さん。

私は露台《バルコニー》のうえから声を嗄《か》らして叫びましたが、それが聴こえたか聴こえなかったのか、代助は尚も棹を操って進んでゆきます。その時遽《にわ》かに真っ黒な風がさっと吹きおろして来たかと思うと、岡谷《おかや》、下諏訪あたりは見る見るうちに濃い水滴の層に包まれ、湖水のうえには濃淡二つの竪縞《たてじま》が織り出されました。と、見れば斜めに水面を打つ太い雨脚が、凄まじい勢いでこちらへ近付いて来るのが見えます。湖水はますます怒り猛《たけ》って、泡立った浪頭《なみがしら》は、数千の水蛇が鎌首をもたげたようです。

——危ない、代さん！

再び私が絶叫したとき、今しもかの恐ろしい浮き洲の辺を漕ぎ進んでいた代助の舟は、故意でありましたか、それとも偶然でありましたか、その時突如ぐらりと傾いたと見るや、代助の体は、かの人をも物をも呑み尽さずにはおかぬ泥濘地獄の中に、真っ逆様に墜ちて行きました。あなや！　と、私が息を飲み込んだ刹那、黒い風を捲いて、沛然《はいぜん》と襲って来た湖畔の驟雨《しゅうう》が、紗《しゃ》のヴェールを懸け連ねたらんが如く、模糊《もこ》として湖水の上を包んでしまったのであります。

---

竹雨宗匠はこの長い物語を終わると、泪を呑むが如く、しばし暗然とした面持ちで桐火桶の中を視つめている。長物語の疲労のためか、それとも悲しい想い出のためか、何となく憔悴《しょうすい》したように見える、淋しそうな横顔の陰影を、私は暫く無言のまま打ち見守っていたが、ふと眼を転じて見れば、湖水の上はいつしか濃い夜色に包まれてしまって、美しい宝玉を鏤《ちりば》めたような対岸の町の灯が、遠く芝居の書割《かきわ》りのようにしめやかに明滅しているのであった。竹雨宗匠は暫くして口をひらくと、次のような言葉をもって、この長い物語に結末をつけたのである。

「夕立は須臾《しゅゆ》にして歇《や》みましたが、再び湖水の上が明るく晴れ渡ったときは、代助の姿は既にどこにも見られませなんだ。遺《のこ》っていたのは主のない捨小舟《すておぶね》の中に、投げ捨てられた絵筆が唯一本代助の血に塗《まみ》れて紅《くれない》に染まっておりました。言う迄もなく湖水の上は、その後幾度となく捜索されましたけれど、遂に、三人の屍骸《しがい》を発見する事は出来ませんでした。尤もそれから大分後に蜆舟《しじみぶね》の熊手《くまで》の先に一度あの気味の悪いゴム製の仮面がかかったことがあるそうですけれど、漁師の迷信から、怖毛《おじけ》をふるって再び湖水の底に沈めてしまったそうです。それから間もなく、あの関東の大震災で、この辺もかなりの打撃を蒙《こうむ》りましたが、不思議なことにはその地震のために、湖水の底にも地層の変動があったと見えて、いつの間にやらあの恐ろしい泥濘地獄も姿を消してしまったようです。従って今では誰も、この不気味な事件の起こった場所を、的確にそれと示すことの出来る者は一人もいないのです。況《いわ》んや代助と万造とお銀の三人が、現世の怨讎《おんしゅう》から解脱《げだつ》して三位一体《さんみいったい》の仏となり、不生不滅の涅槃界《ねはんかい》に入ることが出来たか、それともあの泥の中から、地下数千由旬《ゆじゅん》の底にあるという地獄へ堕ちて、永遠に啀《いが》み合う一身三頭の獣身となり果てたか、そこまではこの私にも分からないのです」

さきほどから窒息しそうな気持ちでこの物語に聴きとれていた私は、竹雨宗匠の最後の言葉が切れるのを待って、静かに立って縁側へ出た。と、この時機を待ちかねていたかの如く、数千の竹の節を一時に吹き貫《ぬ》くような爆音が、闇の中で炸裂したかと思うと、あれ観よ、湖水の空高く巨きな花提灯《はなぢょうちん》を点じたように、花火が七彩の星をまたたかせながら、美しい花を開いた。そしてそれが一瞬の光芒《こうぼう》を誇りながら、再び闇の底に沈んで行った後には、唯《ただ》一団の青白い焔が、鬼火《おにび》のように閃々と明滅しながら、飄々として、湖水の闇の中を流れて行った。

# 蔵の中

雑誌『象徴』の編輯長《へんしゅうちょう》 磯貝三四郎《いそがいさんしろう》氏が、いつものように午前十一時頃出勤してみると、校了になったばかりの編輯室には、婦人記者の真《ま》野《の》玉枝《たまえ》が唯《ただ》一人、所在なさそうに他所《よそ》の雑誌の頁《ページ》をパラパラと繰っているところだった。

「やあ、これは閑散だね。君一人留守番かい」

給仕に帽子とインバを渡しながら、磯貝氏は真白《まっしろ》な歯を出して愛嬌《あいきょう》のいい笑顔を見せた。

「お早うございます」恰幅《かっぷく》のいい磯貝氏の体を、玉枝は笑顔で迎えながら、「皆さん先程お出かけになりました。私もそろそろ出かけようかと思ったのですけれど、先生がお見えになってからと思って。……」

「そう、それは済まなかったね。何か用事?」

「ええ、先程また蕗谷《ふきや》さんからお電話がかかって参りましたの」と言いかけて玉枝は驚いたように、「おやまあ大変な汗ですこと。木村《きむら》さん、ちょいとお茶番の小母《おば》さんとこへ行って、お絞りを貰《もら》って来て頂《ちょう》戴《だい》な。先生、お羽織《はおり》をお取りになっちゃ如何《どう》?」

「うん、そうしよう。何しろこれじゃやり切れん。歩いているうちはそうでもないのだが」

流れる汗を拭《ふ》きながら磯貝氏が羽織をとるのを、玉枝はうしろへ廻って手伝ってやりながら、

「まあ、随分ひどい脂性《あぶらしょう》ね、先生は、――これじゃお召物が耐《たま》りませんわね」

「うん、亡くなった嬶《かかあ》にもしょっちゅうそう言って愚痴を溢《こぼ》されたものよ。やあ、タオルか、有難《ありがと》う、有難う。ほほう、これは冷いや」

髭《ひげ》の痕の青々とした顎《あご》から太い首筋、逞《たくま》しい腕から巾《はば》の広い胸のあたりまで拭き終ると、磯貝氏は初めてホッとしたように、廻転椅子をギュッと軋《きし》らせて大きなお臀《しり》を下ろした。五月はじめの事だからまだそれ程暑いという季節でもないのだが、八丈島の低気圧がどうしたとか、不連続線が何とやらで、この二三日朝から電気を点《とも》さねばならぬ程の鬱陶《うっとう》しさ。

「蕗谷さん？　蕗谷さんて誰だっけな」

磯貝氏は早事務机《はやデスク》の上にあった手紙を取りあげると、不器用な手附きで鋏《はさみ》を使って、チョキチョキと封を切りながら、真野女史に先刻《さっき》の話の続きを促した。急《いそ》がしい編輯者というものは、大抵同時に二つぐらいの用を足す術《すべ》を心得ているものである。

「あら、先生この間お会いになったじゃございませんか。ほら、あの筆で書いた原稿を持っていらした方よ」

「ああ、あの美少年……、そうそう、すっかり忘れていたがあの原稿はどうしたろう」

「先生のお机の中にありません？」

「そうだったかな。それは失敬した。奴《やっこ》さん、さぞ憤《おこ》っていたろう」

「そんな事ありませんけれど、何しろ三度目なものですから、私何と挨拶《あいさつ》をしていいか困りましたわ。後程お見えになるそうです」

「そうかい、それじゃ早速読んどく事にしようよ」

磯貝氏はその間に、事務机《デスク》の上にあった二通の手紙と三枚の葉書を読んでしまったが、別に大した用件でもなかったと見えて、無造作に状差《じょうさし》に差すと、早速抽斗《ひきだし》をひらいて原稿を探しはじめた。

「墨で書いた原稿だと言ったね。ああ、有《あ》った、有った、蕗谷笛二《ふえじ》――と、これだね」

「ええそれ。『蔵の中』という題でしょう」

「そうそう、嫌に古風な題だな。よし、今日は幸い閑《ひま》だから早速読んでみよう」

蕗谷笛二なんて今迄《まで》一度も聞いた事のない名前だった。無論こちらから頼んだわけでもなく、向うから勝手に持ち込んで来た原稿だったから、磯貝氏がもう少し狡《ずる》い編輯者であったら、何とか難癖《なんくせ》をつけて、突き返してしまうのは何の造作もない事であった。しかし、日頃からどんな無名な作家の持ち込む原稿でも、必ず一応は眼を通してみるという事を第一の信条とし、又自慢ともしている磯貝氏は、この原稿だけに例外を設けるという事は潔癖な氏として到底出来ない事だった。

「じゃ先生、私出かけてもよござんすね」

　鏡に向って五六度帽子を被《かぶ》り直した揚句、やっと気に入るように被れたので真野女史が満足の微笑《えみ》を泛《うか》べながら振り返ってみると、磯貝氏は既に脹《は》れぼったい眼差《まなざし》で喰い入るように原稿に読み耽《ふけ》っているところだった。真野女史はそこで、なるべく靴音《くつおと》を立てないようにそっとその部屋を出て行った。編輯室の中は静かである。給仕の木村は先刻《さっき》から宿題の代数に夢中になっているし、訪問者もなければ電話も懸《かか》ってこない。つまり磯貝氏の心境を掻《か》き擾《みだ》すような事件は何一つ起らないのだ。されば我々もこの間《ま》に、蕗谷笛二なるこの無名作家の、些《いささ》か風変りな小説を読んで見ようではないか。

---

四年振りに私はこの懐しい、小さい私の王国に帰って参りました。

　四年といえば私のような病気を持っている人間には決して短い月日ではありません。四年以前この蔵の中で姉と二人、無心に遊び耽っていた頃の私は、まだ十四になったばかりのほんの小児《こども》でありましたのに、今ではすっかり背丈が伸び、骨組は固くなり、咽仏《のどぼとけ》は浅間《あさま》しく跳び出し声さえも昔の美しい響きを失って、我れながら嫌悪を感ずるような大人になってしまいました。嘗《か》つては羽二重《はぶたえ》のように滑々《すべすべ》としていた頬《ほお》も、何となく肌理《きめ》が粗《あら》くなり、光沢を失い、頬骨は尖《とが》るし、唇は色褪《あ》せ、しかも鼻の下には若草のような房々《ふさふさ》とした髭さえ生えようとしているのです。しかし成長したのは私の肉体ばかりではありません。私のこの胸に巣喰っている、生命《いのち》の根を枯らす恐ろしい病気は、更にそれ以上の凄《すさま》じい速度で、私の肺臓を喰い荒してしまいました。四年間というものを私は退屈なあの房州の海辺で、気も滅入るような物憂い、味気ない療養生活を続けて来たのですが、病気よりも前に私自身の方が、その寥《さび》しさに打ち負かされ、再びこうした壊れかかった肉体を引き摺《ず》ったまま、昔懐しいこの蔵の中に帰って来たのです。

それにしても此処《ここ》は何という易《やす》らかな静けさでしょう。四年間起居していたあの海辺の漁村も、静かといえば随分静かでしたが、その静けさは却《かえ》って人の心を掻き擾すかと思われたのに、それに較《くら》べてこの蔵の中の、どんよりと澱《よど》んだような埃《ほこり》っぽい空気や、小さい窓から差し込む乏《とぼ》しない光線や、乱雑に積み重ねられた簞笥《たんす》や長持《ながもち》や古葛籠《ふるつづら》や、その他様々な古びた調度の醸《かも》し出す仄暗《ほのぐら》い蔭《かげ》は、傷ついた私の体を労《いたわ》るように掻き抱いてくれます。

この間初めて蔵の中へ入った私は、婆《ばあ》やに強請《せが》んでその昔姉と二人で愛玩《あいがん》したお人形や時計その他さまざまな古い玩具や本を出して貰って、所狭きまでに床の上に列《なら》べたので、辺《あたり》の様子は四年前《ぜん》と少しも変ってはおりません。私の枕許《もと》にはネジを廻せばゴトゴトと動き出す機械《からくり》人形が立っていますが、これは若い頃さるお大名の奥勤《おくづとめ》をしていた事のある、私たちの曾祖母に当る人が、お上から頂戴したものだという事で、千鶴《ちづる》さんという名がついていました。紫繻子《むらさきじゅす》の紋附に緋《ひ》の袴《はかま》を穿《は》き、立膝《たてひざ》をして二挺鼓を調べている、稚児髷《ちごまげ》の可愛《かわい》い人形で、背中のネジを廻すと顫《ふる》えるような手附で交《かわ》る替《がわ》る二挺の鼓を打つのでしたが、今久し振りに私の顔を見ると、その千鶴さんは手垢《てあか》に汚れた頰を莞爾《にっこり》と綻《ほころ》ばせながら、こんな事を言っているように見えるのです。

「笛二さん、あなたは矢張《やっぱり》ここへ帰って来ましたね。ここより他にあなたの住む所はないという事が漸《よう》く分ったと見えますね。随分あなたは私達に御無沙汰《ごぶさた》をしましたが、私達は少しも憤ったり気を悪くしたりしないで、昔と同じよう仲好く遊んであげますよ」

私は又つれづれのあまりに旧《ふる》い目醒《めざまし》時計を巻きます。これは瓦解《がかい》以前に祖父が長崎から買って帰ったもので、普通の鈴《ベル》の代りに高い山から谷底見ればというあの古風な唄をいかにも所在ない調子で繰返すのですが、今私が久し振りにその音《ね》に耳を傾けていると、やがてそれは次のような言葉となって私に囁《ささや》きかけるのでした。

「笛二さん、笛二さん、あなたは何故《なぜ》そのように悲しげな顔をしているのですか。あなたは又亡くなったお姉さんの事を考えているのですか。それとも御自分の病気の事を思い悩んでいるのですか。あなたはそれ程死という事が恐ろしいのですか。ああ、死とは何です。そして生とは何ですか。生命《いのち》とは果しなき闇から闇へ飛ぶ白羽箭《はくうせん》の、一瞬の電撃をうけてチラと矢羽を光らせた、その瞬間のようなものではありませんか。箭《や》はどこから来たのです？　闇の中から来たのです。そしてまた箭はどこへ飛んでゆくのです。同じく闇のなかへ飛んでゆくのです。それ以上のことを誰が知りましょう。また知る必要もないのです。すべては闇から闇へと流れてゆくはかない駒の足掻《あがき》にしか過ぎません。仮令《たとい》十年二十年生き延びたところでそれが何でしょう、この広大無辺な宇宙の闇に較べたら、葉末に結ぶ白露よりも尚《なお》果敢《はか》なく脆《もろ》いものではありませんか。さあ笛二さん、その眉根に刻んだ皺《しわ》をお取りなさい。そしてもう一度昔のような浮々《うきうき》とした気持で私達と遊ぼうではありませんか」

　涙の滲《にじ》んだ私の瞳《ひとみ》にその時朦朧《もうろう》と浮びあがったのは、窓より差込む暈《ぼや》けた光の縞《しま》の中に、花簪《はなかんざし》をひらめかし、友禅《ゆうぜん》の振袖《ふりそで》を膝の上に重ね、心持《こころもち》首をかしげてにっと頬笑《ほほえ》んでみせる美しい姉の姿でありました。その唇は恰《あだか》もこう言っているように見えるのです。

「笛二さん、今日は何をして遊ぼうかねえ」

　思えばいとけなき頃よりの私の記憶にして、この美しい姉と仄暗い蔵の中の光景に結び着いていないものはありません。物心ついた頃より私は常にこの姉と二人きりで静かに押し黙ったまゝ蔵の中でお手玉をしたり千代紙を折ったり、紅《あか》い絹糸に美しい南《ナン》京玉《キンだま》を通したり、お人形に着物を着せたり、そしてそれ等《ら》の遊びに飽きると、古い草双紙や錦絵を出して仲好く眺めていたものです。姉はよくそれ等の絵本の中に美しいお小姓や若衆の姿を見附け出しては、揶揄《からか》うように私の頬ぺたを指でつついたものですが、多分その意味はお前はこの絵のように美しいよというのであったでしょう。そこで私がお礼心に、美しいお姫様や腰元の絵を見附け出して、姉の頬ぺたをつついてやると、さすがにちょっと嬉《うれ》しそうに頬を染めましたが、すぐ淋《さび》しそうに長い睫《まつげ》を伏せて、首を左右に振るのでした。

可哀そうに姉の小雪《こゆき》は生れついての聾唖《おし》でありました。本郷で「ふきや」といえば昔から人に知られた小間物店で、その有名な老舗《しにせ》の一人娘と産まれながら、耳が聴《きこ》えず口が利けないばかりに、姉は淋しく蔵の中で春にそむいて日蔭の生活を送らねばならなかったのです。それも醜《みにく》い産まれつきででもあることか、人一倍優れた美しさでしたから、両親の不《ふ》愍《びん》さはどんなでありましたろう。何もわからない子供の私でさえも、姉が溜息《ためいき》を吐《つ》くのを聴くとついほろほろと遣瀬《やるせ》ない涙が濡れてくるのでした。不具者とはいえ姉はこうして家中《うちじゅう》の寵《ちょう》を一身に集めていましたので、ちょっともひねくれた所や意地悪い所はなく、殊《こと》に私には特別に優しい姉でしたのに、それが急に人が変ったように気が荒くなり、一寸《ちょっと》した事にも憤って物を打《ぶ》ちつけたり、涙ぐんだりするようになったのですから、あの時分私はどんなに悲しかったでしょう。

忘れもしないあれは四年前の、丁度今と同じように物憂い春のことでした。私達は長持の中から古い錦絵を出して眺めていましたが、その中に何代目かの豊国《とよくに》の画《か》いた弁天小僧の一枚絵がありました。それは家橘《かきつ》時代の五代目菊五郎《きくごろう》の似顔を画いたもので、緋《ひ》縮緬《ぢりめん》の長襦袢《ながじゅばん》を着た弁天小僧が、解き荷へ腰をかけ、抜身の刀を畳に突き差し銚子《ちょうし》で酒を飲んでいるところでしたが、横に崩れた島田髷《しまだまげ》といい、ダラリと下った緋鹿子《ひかのこ》の布《きれ》といい、凄味《すごみ》があって美しく、色気の中に凄味《どす》が利いて、しかも五代目特有の愛嬌が濡れるばかり、実に何とも言えぬ程綺麗でした。聞くところによると後に河竹新七《かわたけしんしち》が五代目に嵌《は》めて弁天小僧を書き卸《おろ》したのは、この一枚絵の見立《みたて》からヒントを得たものだという事です。

姉は暫《しばら》く眼動《まじろ》ぎもせずにこの絵を眺めていましたが、やがてぽっと上気した頰をあげると、潤《うるみ》を帯びてキラキラと光っている眼でにっと笑いながら、つと私の側《そば》に摺《す》り寄り、腕をとって袖をまくしあげると、何か言いたげに頻《しきり》に弁天小僧の絵と見較べています。私にはその意味がよく分りましたが、姉はきっとこう言いたかったのでしょう。

「まあ随分綺麗じゃないか。笛二さん、お前もこの人のように刺青《ほりもの》をするといいねえ」

私は何の気もなく薄笑いを泛べたまゝ頷《うなず》いて見せましたが、その翌日姉が本当に隠し持った針でプッツリと私の腕を突き刺したのには、肝《きも》を潰《つぶ》して跳びのきました。見ると白い腕《かいな》には南京玉ほどの血がポッチリと噴き出しています。姉は興奮のために真白《まっしろ》になった顔をきっと引き釣らせ、おとなしくここに坐っておいでという風に頻に自分の側《そば》の床を敲《たた》いていますが、その時ばかりはさすがの私も、どうしても彼女の言葉に従う気にはなれませんでした。血走った眼と言い、ブルブル顫《ふる》えている唇といい、まるで人間が変ったようで、日頃美しい女《ひと》だけに一層凄味に見えるのです。

姉はいくら言っても私が肯《き》かないので業を煮やし、きりりと柳眉《りゅうび》を逆立てると、いきなり私の帯をとってそこへ俯向《うつむ》けに引き倒しました。そして赤い蹴出《けだ》しをちら附かせながら左腕を組み敷くと、はっはと荒い息使いを洩《もら》しながら、何やらもぞもぞと取り直している様子に、私はもう抵抗をする勇気も喪《うしな》い、今にも鋭い針が突き刺さって来るかと、首を竦《すく》めて待っていましたが、その間《うち》にどうしたものか、腕を押えていた姉の膝から次第に力が抜けて行ったかと思うと、ふいにその場に俄破《がば》と突伏《つっぷ》した様子。私はびっくりして首を擡《もた》げてみました。見ると姉は両の袂《たもと》でしっかと顔をおさえたまま、床の上に俯伏して嫌々《いやいや》をするように頭《かぶり》を振っています。その度に頭に挿《さ》した花簪のビラビラが艶《なまめ》かしくも顫えるのです。

「姉さん、どうしたの」

私は暫く呆気《あっけ》にとられてその様子を眺めていまし

たが、いつまで経《た》っても姉が顔をあげないので、次第に不安になって来て、

「姉さん、憤《おこ》ったのかい、堪忍《かんにん》しておくれよう、ねえ、それじゃお前のいう事を肯《き》くからさ、さあ刺青《ほりもの》をしておくれ。お前の気の済むようにしておくれ。だけどあまり痛くないようにしておくれよ、ねえ」

　むろんこんな事を言ったところで姉に聞える道理がありません。そこで私は嫌がる姉に無理矢理に顔をあげさせると、力ずくでその顔から両の袂をひっぱぎましたが、その途端思わずあっと息を飲み込みました。それもその筈《はず》姉の唇には絹糸を引いたように美しい血の筋が垂れているのです。そして雪兎《ゆきうさぎ》に南天をあしらった友禅の膝のあたりには、恰度《ちょうど》時ならぬ牡丹《ぼたん》の花が咲いたように、ガップリと一つ大きな血の塊がこびりついているのでありました。

　その日以来私たちはこの蔵の中へ入ることを禁じられ、姉は間もなく附き添いの婆やと共に海辺の別荘へ送られましたが、それから半年ほど後のある秋の朝、淋《さび》しくそこで息を引きとりました。そしてそのお葬《とむらい》の済むか済まぬかのうちに、再び私が同じ病気で、同じ別荘へやられる事になったのです。

　然《しか》し、こんな風にお話していては際限《きり》がありませんから、もうこれ以上姉のことを語るのは止《よ》しましょう。私にとっては、それは綿々として尽きぬ懐しい思い出に綴《つづ》られているのですけれど、皆さんにとっては、こういう話をいつ迄も続けられることは、さぞ退屈なことであろうと思われますから。

　それにしても、思えばまあ何という物憂い、味気ない世の中でしょう。私はもう千鶴さんの鼓の音《ね》にもあきあきしましたし、軒《のき》を伝う雨垂れのような、あの懶《ものう》げな目醒時計の、高い山からの唄も、今では私に溜息を吐かせるばかりです。私はしょうことなしに独り、手擦《てずれ》のした双六盤《すごろくばん》に向って筒を振ってみたり、糸の緩んだ筑紫琴《つくしごと》に向ってうろ覚えの曲を奏でてみたり致します。しかし、白い骰子《さいころ》がコロコロと盤上を転がってゆくひそやかな音を聴くとき、あるいは又、金属性の琴の音が、しめやかな蔵の中の空気を顫わして反響するのを聴くとき、私は耐え難

い遺瀬なさをかんじて、思わずふかい、深い溜息を吐きます。

ある時は、あまりの味気なさに長持の底から探し出した古い鏡を、ひねもす覗《のぞ》きこんで暮しました。おそらくこの鏡というのも、前に云《い》った曾祖母の遺品《かたみ》でありましたでしょう。古風な唐金《からかね》造りなのですが、よほど性《たち》がいいと見えて、長いあいだ磨きもしないのに、少しの曇《くもり》もなく、深淵《しんえん》のように碧《あお》い、澄切《すみき》った光を湛《たた》えています。私は昔からこの鏡を見るのが好きでした。というのはほかの鏡でみるよりも、この鏡で見るときが、一番自分の姿が美しく見えるからなのですが、今私は久し振りに、おんもりとした鏡の光沢の中に、清々《すがすが》しく写った自分の美しさに、思わずもしばし時の経つのも忘れて見惚《みと》れてしまいました。蚕《かいこ》の腹のように青白く透徹《すきとお》った肌の色といい山蔭の谷間に湧き出ずる岩清水のうえに、ふと影を宿した空の色のように、はろばろとした瞳のかゞやきといい、病気のためとはいえ、ぽっと上気したようなくれないの頰といい、さては又、よく熟れた果実《くだもの》のように艶《つや》やかな唇といい、我れながらまあ、何という美しさであろうと、ほれぼれとしずにはいられません。

ある時私はふと思いついて、お店からこっそり持って来た白粉《おしろい》や口紅や眉墨で、自分の顔をさまざまにお化粧してみました。冷い白粉の感触が爽《さわや》かに肌に滲透《しみとお》って、その時ばかりはさすがの私も、この世の憂さを忘れ果たかのような、楽しいときめきを感じましたが、さていよいよお化粧も終って、鏡のなかに写し出されたわが顔を、改めてつくづくと見直した私は、思わず感歎の声を放たずにはいられませんでした。ああ、何という美しさ、艶《なま》めかしさでしょう。この蔵の中に蓄えられている数多い錦絵のなかにも、こんな美しい顔が果して画かれてあるでしょうか。私は軽く微笑《ほほえ》んでみます、おちょぼ口を作ってみます、ながし眼を作ってみます、眉根に皺をよせて憂顔《うれいがお》をしてみます。そうしていやが上にも美しい表情を工夫しては、時の経つのも忘れて楽しんでいましたが、そのうちにこれではまだ満足出来なくなって、長持の中から、姉の形見の振袖を取り出すと、それを自分の身につけて見ました。さやさやと鳴る紅絹裏《もみうら》の冷い感触が、熱っぽい肌をなでて、擽《くすぐ》るようなその快さ。私は尚《なお》そのうえにふとした思いつきから、小豆《あずき》いろの帛紗《ふくさ》をさがしだすと、野郎帽子のようにそれを額《ひたい》に当《あ》てみました。するとああ、鏡の中には忽然《こつぜん》として一個不可思議な人物が浮び出して来ました。それは男とも女ともつかぬ、世にも妖《あや》しく、また美しい面影でありましたが、争えないもので、こうして見ると私の顔は、おそろしい程亡くなった姉の小雪に似ています。しかも尚それよりも数等の美しさなのです。昔からよく白蛇は若衆に化けるといい伝えられていますが、あるいは蛇の化けた若衆ならこうもあろうかと思われるほど、全《まった》く類《たぐい》まれな美しさでありました。

私はしばらく驚嘆の眼をみはって、茫然《ぼうぜん》としてこの美しい、一種異様な怪物の顔を見守っていましたが、そのうちに何とも云えぬほどの寂しさに打たれました。ああ、私は何だって男になど生れて来たのであろう。女に生れていたら、毎日こうしてお化粧も出来、色美しく肌触りのいい着物を着てくらせるのに、男に生れたばっかりに、こんなゴツゴツとした、くすんだ色の、着物よりほかに着ることも出来ず、お化粧をするわけにも参りません。何という勿《もっ》態《たい》ない事であろうと私は思わず、ふかい溜息をつくのでしたが、更にまたもう一つ突込んで考えると、男でもいいからせめてもっと違った時代に生れたら、これほど味気ない思いをせずとも済んだのであろうと、残念で耐らないのです。私はしばしば草双紙で読んだ時代加賀見の藤浪由縁之丞《ふじなみゆかりのじょう》や、白縫物語の青《あお》柳《やぎ》春之助のように、曙染《あけぼのぞめ》の振袖に、茶宇《ちゃう》の袴をはいた前髪立ちの、美しいお小姓《こしょう》姿をした自分の面影を夢や幻に見ることがあります。ああ、天下三美童と謳《うた》われ、世間からもてはやされたあの名古屋山三《なごやさんざ》や不破伴作《ふわばんさく》と雖《いえど》も、果して私の夢にしばしば現われる美しいお小姓姿の自分より美しかったであろうかと思うと、私はこういう殺風景な時代にうまれた自分が残念で耐りません。はては「恐怖時代」の伊織之《いおりの》介《すけ》のように、美しいお部屋様と共謀《ぐる》になって、愚《おろか》な殿様や、野蛮な御家老たちを翻弄《ほんろう》することが出来たら、どんなに生甲斐《いきがい》のあることだろうと考えるのでした。

しかしどんな名画と雖もあまりいつまでも同じものばかり見つづけていたら、いつか次第に感興が薄らいで来るように、私のその楽しい空想も、日数が経つに従ってだんだん詰まらなく色褪せて参りました。それに私は、ナルシサスと違っていつ迄も自分の姿に見惚れ、はては自分の美しさに焦《こが》れ死ぬわけには参りません。つまり私はもうこの蔵の中で独り考えつゞけているのには飽々《あきあき》してしまったのです。そこで、今度は古い遠眼鏡を持ち出して、こっそりと窓から外の世界を覗いてみる事になったのですが、ああ、この古風な、まるで伊賀越の芝居にでも出て来るような、時代おくれの遠眼鏡が、これからお話するような恐ろしい事件に私を惹《ひ》き込もうとは、その時どうして考え及びましょう。

言い忘れましたが『ふきや』の店は皆さんも御存じの通《とおり》本郷の表通《おもてどおり》にありますが、本宅は西片町の端にあって、いま私のいるこの蔵というのは、小石川一帯を見下ろす崖《がけ》の上に立っており、見渡せば崖の下には家々の屋根が浪のような起伏を作って連なっています。そしてその向《むこう》には伝通院の甍《いらか》や植物園の森などが手に取るように見えています。時は恰《あだか》も四《う》月中旬《づきなかば》の事とて日増しに濃くなってゆく樹々の梢《こずえ》や、漣《さざなみ》のように燃えあがる陽炎《かげろう》が暈けた遠眼鏡の焦点の中で、刷り損じた三色版のように色がずれて見えるのです。柳町の通を行く人も電車も自動車も犬ころも、古着屋の暖簾《のれん》も舞いあがる埃も、一切の物凡《すべ》てが虹のように赤と紫と黄色とに輪廓がぼやけて見えるのを、退屈し切った私はどんなに深い興味を以《も》って眺めた事でしょう。しかし私がこの遠眼鏡にあんなにも心を惹かれたというのは唯それだけの理由からではありませんでした。ある日偶然のことから、次のような不思議な事実を発見したからなのです。

私が今いるところから一丁程離れたところに、岬《みさき》のように突出《つきだ》した崖があって、その崖の下に一軒の家が、丁度清水《きよみず》の舞台のように迫《せ》り出しているのが、谷一つ隔てて真正面に見えます。いつもは雨戸の締っているその奥座敷が、今日は珍しく開いているので何気なく遠眼鏡をその方に向けてみると、偶然障子をひらいて顔を出した、三十恰好《かっこう》の粋《いき》な年増《としま》とピッタリと視線があいました。視線があったと言っても向うでは無論御存じのない事で、唯《ただ》外を覗いた拍子に偶然にも、その顔が遠眼鏡と真正面に向きあったというだけのことなのですが、お蔭で私は思う存分にその容貌《かお》を拝見する機会を得たわけでした。色の抜ける程白い、小柄の、粋で仇《あだ》っぽい年増でしたが、どこかヒステリックな感じのする女で、崩れかけた銀杏《いちょう》返しの根を左手で邪慳《じゃけん》に揺すぶりながら、空を見上げてチョッと舌打ちをすると、

「嫌ンなっちゃうねえ。どうしてこうはっきりしないお天気だろう。これじゃ今夜もあの人は来てくれやしないよ」

といかにも焦《じれ》ったそうに言うのがはっきりと遠眼鏡の中に映ったのです。

ああ、その時の私の驚き！

無論一丁も離れたところで遺瀬ない独言《ひとりごと》を漏らしている女の言葉が、私の耳に届きようもありませんが、それにも拘《かかわ》らず彼女の呟《つぶや》きがはっきりと分ったというのは、私には読唇術《どくしんじゅつ》が出来るのです。しかもこの時迄私は自分の体得しているこの技能に全く気がつかずにいたのでありました。

姉の小雪が聾唖であったことは前にも申しましたが、彼女は一時読唇術の先生について、唇の動きによって言葉を判断する法を、習っていたことがありました。しかし生れつき非常に内気な彼女は、学校へ通うなどという事は思いもよらず、わざわざ教師に家《うち》まで出張して貰っていたのですが、それでも尚一人では嫌がるので、止むなく私がお相伴《しょうばん》として一緒に習うことになりました。無論私は単なるお相伴に過ぎず、それに耳の方がよく聞えるものですから、憶えこむのに中々骨が折れましたが、それでも根気よくやっているうちに、どうやら時候の挨拶ぐらいは耳を塞《ふさ》いでいてもわかるようになったのです。御

存じの通り読唇術というのは唇の動きを見て言葉を判断するのですが、唇の動きの見えるような場合では、大抵それより先に声の方が聞えてしまうものですから、私のような耳に不自由のない者は、いつとはなしに自分がそういう不思議な能力を持っているという事すら忘れがちだったのです。それが今この遠眼鏡のお蔭でふいと私の頭に甦《よみがえ》って来たのですから、何かしら奇蹟でも見るような驚愕《きょうがく》に打たれると同時に、こみあげて来るような面白さ。それからというもの、私が前にも倍した熱心さで、遠眼鏡覗きに浮身をやつし始めた事は今更お話する迄もありますまい。

私には柳町の通で時候の挨拶を交しているお内儀《かみ》さん達の言葉もわかりますし、どこかの小僧が自転車を衝突《ぶっつ》けてお巡《まわり》さんに叱《しか》られているその言葉も分ります。そうかと思うと向《むこう》の洋食屋の二階で女給さんと運転手が取り交わしている甘たるい睦語《むつごと》を盗み聴くことも出来るのです。

しかしそういううちにも私の注意が、自然と最初私にこの素敵な楽しみの緒《いとぐち》を教えてくれた仇者《あだもの》の住んでいる、かの清水の舞台のような座敷に向うのは当然でありましたでしょう。

彼女が歎じていた通り、その晩は果して待人《まちびと》来らずと見えて、家の中は真暗《まっくら》に静まり返っていましたが、それから二三日後の夜《よ》のこと、開けっぴろげた座敷の中に煌々《こうこう》と電気がついているので、何気なく覗いてみると、果してそこには旦那《だんな》と覚しいでっぷりと肥《ふと》った、恰幅《かっぷく》のいい四十がらみの男が、餉台《ちゃぶだい》の向《むこう》にヤニ下《さが》って酒を飲んでいるところでした。髭の濃い、脹れぼったい眼をした男で、既に大分酒が廻っていると見えて、真赤になった顔を電燈にテラテラと光らせながら、暑そうにはだけた胸を平手でピシャピシャと敲《たた》いては、女の方に向って何か頻に冗談を言っています。笑うと歯が真白でとても愛嬌があります。ところで女の方はと見ると、この間あのように恋い焦れていたにも拘らず、今夜は一向浮かない調子で、お銚子の底を撫《な》でながら、兎角《とかく》渋りがちな応答《うけこたえ》をしています。そのうちにお誂向《あつらえむ》きに男の顔がふいとこちらを向いたので、言っている事がはっきりと遠眼鏡に映りました。

「まあそう言うなよ。この二三日とても雑誌の方が急《いそ》がしかったもんだからね」

それに対して女が何か言ったのでしょう、男はニヤニヤと笑いながら、

「そりゃお静《しず》さんの仰有《おっしゃ》るように、俺だって雑誌なんて止《よ》しちまって、始終こうして側でお酌《しゃく》をしていて貰いたいさ。しかし人間てそうはゆかないよ。そりゃお金の事なら何とでもして下さるというお静さんのお言葉は有難いが、世の中は金ばかりじゃゆかないものさ。まあさ、話さ、そう憤んなさんな。第一私が止すったって世間で止さしちゃくれないよ。大きな事をいうじゃないが、『象徴』も今じゃ私一人の雑誌じゃない。世間さま御一統のいわば公器みたいなものさ」

無論これ等の言葉はこううまく順序立って喋舌《しゃべ》られたわけではなく、何度にもわけて語られたのを便宜上一つに纏《まと》めたのですが、これだけでも随分種々《いろいろ》な事が推察されるではありませんか。先《ま》ず第一にこの人はあの有名な雑誌、『象徴』の編輯者と見えます。それから女の名前がお静さんということ、二人の関係が普通の旦那とお妾《めかけ》さんの間柄ではなく、反対に女の方から貢《みつ》いでいるらしいこと、女は尚それでも慊《あきた》らずお金ならいくらでもあるから、雑誌なんて急がしい職業は止してしまって、始終側にいてくれと申し込んでいるらしい事、それに対して男の方がそうもなりかねると異議を申し立てているらしいこと等等等等です。

私はあの有名な雑誌の編輯者の私生活が覗けるという事に大変興味を感じたので、その翌日早速婆やに頼んで、『象徴』を一冊買って来て貰うと、奥附によって、この人が磯貝三四郎という名前であることを知りました。

磯貝氏は一週間に二度か三度ずつやって来て泊ってゆくらしく、いつもは墓場のように森《しん》としているその家が、彼のやって来た晩に限って、雨戸を全部開けひろげ電燈の光も浮々とみえるので直《す》ぐわかり

ました。丁度陽気が次第に暑さに向っていたのと、磯貝氏という人が随分暑がり屋さんとみえて、そんな晩には障子から襖《ふすま》から何も彼も開放《あけはな》してしまうので、私にとっては大変都合がいいわけで、そうして根気よく遠眼鏡を覗いているうちに私は随分種《いろ》んな事実を知ることが出来たものです。先ず第一に磯貝氏は去年か一昨年《おととし》奥さんを失って、今では不自由な鰥《やもめ》ぐらしをしているらしいのです。そしてお静さんとはまだその奥さんと結婚しない以前に馴染《なじ》んでいたらしいのですが、その後種んな事情から一切手を切り、十年あまりも互《たがい》に相手の消息をきく事もなしに過して来たのが、磯貝氏が奥さんを失ってから間もなく、どうかした拍子に撚《より》が戻ったらしいのであります。その頃女の方でも久しく世話になっていた旦那に死に別れ、貰うだけのものは貰って今では何をしようと勝手という勿体《もったい》ないような御身分、そこへもって来てその昔、飽きも飽かれもせぬ仲を泣きの涙で引き裂かれた当の磯貝氏が、これまた奥さんを失って男鰥でいるところへ撚が戻ったその嬉しさ、尚この上の欲はと言えば、一日も早く磯貝氏の正妻としてその家へ入込みたいというのが彼女の無理ならぬ願望《がんもう》なのですが、それが中々そううまく運ばないところに口説《くぜつ》の種があるらしいのです。

「まあ、もう少しお待ちよ。お前さんのようにそう足下から鳥が立つように言っても仕方がないじゃないか。今に万事片がつくからさ、そうしたら晴れて一緒になろうじゃないか」

お静さんがあまり執拗《しつこ》いので、今夜はさすがに磯貝氏も多少持てあまし気味らしい。

「片がつくってどう片がつきますの」

とそういう声は聞えませんけれど多分巽上《たつみあが》りに癇《かん》走《ばし》っているのでしょう、細い眉がきりりと釣上っているのは、例によってヒステリーが昂《こう》じかけている証拠で、こんな時には前後《あとさき》の分別もなく、ある事ない事ベラベラ喋《しゃべ》りまくるのが彼女の癖《くせ》ですから、私にとってこんな有難い機会は又とありません。今夜は一体どんな事を言い出すだろうかと、私はもう襟元をゾクゾクさせながら、一生懸命で彼女の唇の動きを眺めていました。

「いいえ、わかりませんよ。そうですとも、どうせ私は没暁漢《わからずや》ですよ。ああ口惜《くや》しいッ」

ソーラ始まった。

「あの時あなたは何と仰有って？　兎に角あの女が死ねば財産はみんなこちらのものになるのだから、それまで辛抱《しんぼう》しろと仰有って……それから間もなく奥さんはお亡くなりなすったじゃありませんか。それも唯の死方《しにかた》ではありませんよ。ええ、ええ、あたしはちゃんと知っています。体中に紫の斑点が出来て、そして血をたアくさんお吐きなすったとか……」

私は思わずゾッとして磯貝氏の方を見ました。

磯貝氏は何か言いながら、いきなり猿臂《えんぴ》を伸《の》ばしてその口を塞《ふさ》ごうとしましたが、その前にすらりと摺《す》り抜けたお静さんが、電燈のすぐ下に立ったので、私には前より一層はっきりと彼女の言葉がわかるのです。それはとても早口で、私のような不完全な読唇術者には、到底そのままを紙のうえにうつす事は出来ませんが、大体のところを翻訳して見ると、次のような意味になるのです。

「ああ、私はどうしてあなたのような恐ろしい人に惚《ほ》れたんだろうねえ。自分で自分がわからない。この頃私はよくあなたに絞め殺される夢を見るのですよ。あなたのその太い逞しい指先で。……いずれは私も前の奥さんみたいに毒を嚥《の》まされるか絞め殺されるかするに違いないわ。それがわかっていながらあなたの事が忘れられないなんて、ああ、何という因果なことでしょう」

女はそこまで言うとふいに飾台の端に泣き伏してしまったので、それから後の言葉はわかりませんでしたが、この時以来私の好奇心が益々《ますます》熾烈《しれつ》に煽《あお》り立てられたろう事は皆さんの御想像に委《まか》せます。とりわけ潸然《さんぜん》と泣き伏した女の傍《かたわら》で冷然と盃《さかずき》を銜《ふく》んでいる男の眼差《まなざし》の恐ろしさは、私の骨の髄まで凍らせ、その後しばしば夢となって私を脅《おびや》かしたくらいでした。

それから後の毎日を、私がどんなに深い興味と期待とをもって、この不思議な男女を監視していたか、今更申し上げる迄もありますまい。私は恰もこの奥座敷に取り憑《つ》かれたように、閑《ひま》さえあれば遠眼鏡覗きに浮身《うきみ》をやつしていたものですが、その後別に大したこともなく、案外睦《むつま》じそうに酒を酌《く》み交わしている晩などもあって、少からず失望させられましたが、するとそれから半月ほど経ったある夜《よ》のことです。

多分十一時も過ぎていましたろう。蔵の中でうとうとと浅い睡《ねむり》をむさぼっていた私は、突然けたたましい叫声を聞いたような気がして、俄破《がば》とばかりに跳ね起きるといきなり遠眼鏡に飛びつきました。ああ、私はまだ夢の中にいるのでしょうか。それとも到頭《とうとう》気が狂ってしまってありもしない幻を見るようになったのでしょうか。いつもの座敷のあの白い障子に、ありありと世にも恐ろしい影が映っているではありませんか。周囲が真闇《まっくら》なのにそこだけが枠に切って嵌《は》めたように明るいのですから、その声のない影絵の動きが、丁度幻燈をでも見るようにはっきりと見ることが出来ます。髪を振り乱して遁《に》げ廻っているのは確かにお静さんに違いありません。それから裸身《はだか》のような恰好で、大手をひろげてその後を追っかけ廻している大入道はまぎれもなく磯貝氏です。二人は暫く無言のままこの恐ろしい鬼ごっこを続けていましたが、やがて大入道の逞しい腕がお静さんの髪にかかったかと思うと、いきなりそこへ引き倒しました。ハッとして思わず息を呑込んだのと同時に誰かが電燈のスイッチをひねったのでありましょう、部屋も障子も一瞬にして真暗になってしまったのです。しかし私が今見たのが夢でも幻でもなかった証拠には電気を消してから間もなくのこと、ふいにメリメリと障子が内側から破られると、その穴の中からニューッと白い女の手が突き出して来たのを、折からの朧月《おぼろづき》にはっきりと見ましたが、その手は全身の苦悶《くもん》の表情を全部そこに集めたかの如《ごと》く暫くのたうち、もがき廻っていましたが、やがて次第にその指先から力が抜けてゆくと、花が凋《しお》れるようにぐったりと折れた障子の桟《さん》の上にうなだれてしまったのです。息を殺し、生唾を呑み込み、瞬きせずにその断末魔の表情を見守っていた私の全身からはその時滝のような汗が流れ、自分の吐くこの荒い息使いが、向《むこう》の座敷まで届きはしないかと気使われたくらいでありました。

するとその時です。ふいに内側から障子がそろそろと開いたかと思うと、その隙間から、恐る恐るあたりを見廻している磯貝氏の顔が折からの月明《つきあかり》にはっきりと見えました。磯貝氏は暫く気遣わしげな面《おも》持《もち》で折れた障子の桟を眺めていましたが、そのうちにどうした拍子かふいとこちらを向いたかと思うと、何となく腑《ふ》に落ちぬという顔付で凝《じ》っと遠眼鏡の方を覗いているのには、私は思わずゾッとして顫えあがりました。充血した男の顔が遠眼鏡の視野一杯にひろがって、恐怖に脅えた眼から、わなわなと顫えている唇、さては顔中の毛穴までがブツブツと数えられるような気がしました。ひょっとすると私の姿を見附けたのではないかと思われるほど、磯貝氏はまじろぎもしないで暫くこちらを見詰めていましたが、やがて激しく身顫いをするとピタリと障子を閉して中へ引込んでしまいました。

それから間もなく私は裏庭の方に当ってちらちらと明滅する提灯《ちょうちん》の燈《ひ》と、その明の中に薄白くひらめく鍬《くわ》の光を見ることが出来ましたが、それが何を意味するものであるかは更《あらた》めてここで申上げる迄もありますまい。不思議なことにはそこまで見届けた私は、長い間の重荷をおろしたかのように、ほっとした気持でその夜は絶えて久しい熟睡をむさぼることが出来たのであります。

さあこれで私の知っている事は全部申し述べました。それから二三日後私が重い体を引摺《ひきず》ってかの崖上の家まで出向いて行った事、そして既に空家《あきや》となっていたその邸《やしき》の奥庭の柘榴《ざくろ》の木の下で、私が何を発見したか、それ等の事は今更管々《くだくだ》しく附け加える迄もありますまい。私は自分でも何故こんなものを書きあげたのかよく分りません。私には他の善良な市民のように、知っている事を警察へ届けなければならないというような殊勝な心掛《こころがけ》の毛頭ない事だけは確かです。私は唯磯貝氏に思い知らせてやりたいのです。お前は誰も知らぬと思ってヌクヌク澄《すま》して通るつもりだろうが、そうは行かぬぞという事を、あの面憎《つらにく》い男に知らせて、その狼狽《ろうばい》する様子を見て嗤《わら》ってやりたいのです。それに私には、この事件はただこれだけで終ったのではないというような気がしてならないのです。物には初《はじめ》があれば終《おわり》があるものですが、さてこの物語が果してどういう風に終るか、私にはどうやらそれがわかるような気がします。磯貝氏はこの原稿を読めば、きっともう一度あの空家へ引返してくるでしょう、犯人は誰でも一度は必ずその犯行の現場《げんじょう》へ帰って来ると言われているではありませんか。あの男が空家へ引返して来たら、ああ、その時こそ私ははっきりとこの物語がいかに結末を告ぐるべきであるか、あの男に教えてやりたいと思うのです。

★

磯貝氏は奇妙な終り方で結ばれているこの原稿を読み終ると、暫し呆然として虚空《こくう》を眺めていた。原稿が進んでゆくにしたがって次第に紅潮を呈していた氏の頬は、今では却って紙のように真白になって、凝然とある一点に静止した両眼《りょうがん》だけが、西洋皿のような固い光沢をもってギラギラと光っている。やがてゴクリと大きく音を立てて生唾を飲込むと、磯貝氏は無意識のうちに額に垂れかかった髪の毛を掻きあげていた。髪の根は冷い汗でビッショリと濡《ぬ》れていた。

唯この場合磯貝氏にとって幸《さいわい》だったというのは、折から無人の編輯室では誰一人氏の様子に注意をしている者のなかった事である。だから磯貝氏は誰に妨げられる心配もなく、ゆっくりとこの善後策を講ずることが出来るのだ。磯貝氏はそこで先ず袂から敷島《しきしま》の袋を取り出すと、ゆっくりとその一本に火をつけ、さて改めてこの風変りな、恐ろしい原稿を吟味しようとかかった。莨《タバコ》の火はすぐ立消えになってしまったが、磯貝氏はそれにも気がつかない様子で、原稿の頁をあちこちとめくっていた。こうして原稿を何度も何度も繰り返して読んでいるうちに、今度は幾分安堵《あんど》の色が磯貝氏の面上に泛んできた。そこで氏は初めて立ち消えになった莨に気がつき、改めて二本目に火をつけた。しかし間もなくこの二本目も半分も喫《す》わないうちに消えてしまったことに気がつくと、更に三本目の莨を袋から探り出そうとしていた磯貝氏は、この時急に気が変ったように時計を見上げて立上った。

「木村君、帽子とインバを取ってくれ給え」

「お出掛けですか」

「うん、一寸広瀬《ひろせ》さんとこ迄行って来よう」

咄嗟《とっさ》に思いついた寄稿家の名前を出鱈目《でたらめ》に言いながら、さてこの原稿はどうしたものかと、磯貝氏は暫く躊躇《ちゅうちょ》していたが、インバのボタンをかけ終ると同時に急に決心が定《き》まったと見えて、無造作にそれを懐《ふところ》に捻《ね》じ込むと、出来るだけ落着いた歩調《あしどり》を作りながら編輯室を出ていった。

さて晩春の街を二三度自動車を乗り換えた磯貝氏がやっと本郷のあの崖上の家に近附いて来たのは、それから約一時間ほど後のことだった。ついこの間生涯に二度と通るまいと決心したこの道を、再び過ぎゆく自分の影に、さすがの磯貝氏も何となく不安な脅かされるような気持だった。

そこは昔の組屋敷の跡とおぼしき、武者窓のついた殺風景な長屋が片側に立ち列《なら》び、他の一方は小石川を一望に俯瞰《みおろ》す崖になった淋しい一本道で、滅多《めった》に人に会うような事のないのはよく知っていたが、それでも磯貝氏は出来るだけ人眼を避けながら、貸家を探すような恰好で眼差《めざ》す邸の表まで辿《たど》りつくと、素速く道の前後に眼をくれた後軒《のき》の傾いた冠木門《かぶきもん》の中に跳び込んだ。十日程見ない間に庭樹の繁みがすっかり深くなって、湿った土の匂《におい》と草いきれが噎《む》せるように鼻を襲って来る。磯貝氏はそろそろと玄関の格子をひらくと、足音に気を兼ねるように、用心深く畳のうえへ上った。締めきった家の中は濃い闇に包まれていて、戸の隙間から差し込む白い光が、びっくりする程鮮かな縞目を織り出している。磯貝氏はミシリミシリと浮足で畳のうえを踏み渡ると、漸く奥座敷の側《そば》まで近附いてきたが、さすがにそこの唐紙を開くのには余程《よほど》の勇気がいると見えてしばらく躊躇の色を見せていたが、その時ふいに部屋の中から、擽《くすぐ》られるような低い笑声がきこえて来た。

「お入りなさいな、磯貝さん」

磯貝氏はそれを聴くと何か痛いものにでも刺されたように、ピクリと眉を動かしたが、それと同時に反射的に合の襖《ふすま》を押しひらいていた。見ると崖の方へ向いている雨戸を一枚だけひらいて、そこから流れ込んで来る白い光の中に、見覚えのあるあの少年が、ピッタリと畳に腹をくっつけて寝そべっているのだった。

「よくいらっしゃいましたね、磯貝さん」少年は如《い》何《か》にも嬉しそうな声を立てて笑いながら、

「この間から私は、どんなにあなたのいらっしゃるのをお待ちしていたことでしょう。無論あなたがいつかはお見えになるだろうことは、少しも疑いませんでしたよ。ただ心配だったのは、それ迄私の体が持つかどうかということでしたけれど……」

蜥蜴色《とかげいろ》をした少年の眼は急に潤を帯びてキラキラと輝き、頬には　ポッと紅味《あかみ》がさし、その唇は何かしら忌《いま》わしい物をでも吸った後のように真紅《まっか》に濡れていた。成程《なるほど》この少年は確かに美しかった。しかしその美しさは水々とした美しさではなく、何かしら日蔭の湿地で熟れ崩れた果実のように饐《す》えた匂のする美しさだった。あの蚕の腹のように青白く透通った肌の下には、どんな不潔な、恐ろしい病気が巣喰っていることだろうと思うと、磯貝氏はゾーッと総毛立つような気味悪さを感ずるのだ。

「君が蕗谷笛二君だね」磯貝氏は乾いた唇を舌でしめしながら、やっとこれだけのことを言った。「一体、私を此処《ここ》へ呼び寄せて君はどうするつもりだね」

笛二はそれを聴くとフフフフフと含み声で低い笑いを立てると、

「それはあなたの方がよく御存じの筈じゃありませんか。あなたこそ一体ここへ何をしにいらしたのです」

磯貝氏はそれには答えないで、なるべく外から覗

かれないように、そっと暗い座敷の隅の方へ体を摺らせた。笛二は黙ってその様子を見ていたが、やがてニヤリと気味の悪い微笑《えみ》をもらすと、

「ああ、あなたは外から見られたくないのですね。そうでしょう、あなたは誰にもこの家へやって来たことを知られたくないのでしょう。それは一体何の為でしょう。無論、この間あなたの演ぜられたあの恐ろしい犯罪が明るみへ出る日のことを考えて、出来るだけ用心深く振舞おうというのもその一つの理由でしょうが、それよりも更に切実な、根強い理由が他にある筈です。ね、あなたもそのことを御存じでしょう。いいえ、御存じですとも。唯あなたはなるべくその事を考えまいとしていられるだけのことです。よろしい、それでは私が代りに言ってあげましょうか。あなたはつまり、これから演じられるかも知れない、もう一つの犯罪の場合のことを考えて、なるべく用心をしなければならないのでしょう」

　磯貝氏はそれを聴くと心の底の秘密を覗かれたように、ギョッとして相手の顔を見直した。しかし笛二は依然として畳のうえに腹這いになったまま、ニヤリニヤリと気味の悪い微笑《ほほえみ》を泛べている。

「磯貝さん、何も御心配されるようなことはありませんよ。誰もあなたを見ている者はありません。いやあなたばかりではありません。私がここにいる事さえ、誰一人知っている者はない筈なのです。だからここでこれからどんな事が演じられようとも、少くとも当分は何人《なんぴと》にも気附かれずに済むことが出来ます。尤《もっと》もそれは、それから先のあなた御自身の行動にも大いにかかっておりますけれど」

「ねえ、蕗谷君」磯貝氏は自分でも気附かないうちに、段々と笛二の方へにじり寄りながら、

「これは一体どういう意味なのだ。何か罠《わな》でもあるのかね。ねえ、そうだろう。誰かがこの邸を見張っている。そして何か私が下手《へた》なことでも喋舌ろうものなら、矢庭《やにわ》に躍り出して取って抑えようという、つまりそういう企みなんだろうね」

「御冗談でしょう」笛二は幾分憤然《むっ》としたような声で言った。

「私を見損《みそこな》っちゃいけませんよ。そんな馬鹿々々しい事をするような私であるかないか、あなたも名編輯者といわれるくらいの人です。一眼《ひとめ》見たらわかりそうなものじゃありませんか」

「それもそうだが、どうも私にはよくわからないよ。まあ聴き給え、笛二君、私は恐ろしい人殺しだよ。そして殺人犯人というものは、第一の犯罪を隠蔽《いんぺい》するためには、どんな非常手段をも厭《いと》わないものだという事ぐらいは、君もよく知っている筈だと思うがね。現に私は最初の女房殺しを知られているばかりに、第二の女をついこの間手にかけた。忘れもしないこの同じ座敷で。……君もその現場《げんじょう》を見ていた筈だね。こうして殺人犯人という奴は一つの罪の発覚を防ぐために、次第に罪に罪を重ねて行かねばならないのだ。さて私は今、前の二つの殺人事件の露見を防ぐためには、一体どういう手段をとればいいのだろうね」

磯貝氏はそういいながら、次第に笛二の側《そば》ににじりよると、なるべく相手に気附かれないように、静かにその手を取りあげた。笛二はその気配を感じると、濡れているような眼をあげてニッと微笑《わら》うと、

「ああ、その事をあなたは聴きにいらしたのでしたね。それでは私が教えてあげましょう。あなたのとるべき手段は唯一つしかありません。そしてその手段というのは、この原稿の中に詳しく書いてあります」

そう言いながら笛二は懐中を探ると、先程磯貝氏が読んでいたと同じ原稿紙に書いた、十枚あまりの短い原稿を取り出した。

「ああ、それがつまり小説『蔵の中』の後篇なんだね」

「ええ、そうですよ。これにはあなたがあの前篇を読まれてから後の物語が書いてあります。一寸その中の二三行を読んでお眼にかけましょうか」

笛二はそう言ってパラパラと原稿紙を五六枚めくると、細い顫えを帯びた、かなりいい声で読みはじめた。

——私の予想に間違いはありませんでした。磯貝

氏は果してあの原稿を読むと、早速空家へ駆け着けて来ました。ああ、私たちの会見、それは何という妙な場面であったでしょう。磯貝氏は私の顔を見るといきなりこう言ったのです。

――（君が蕗谷笛二君だね、一体私をここへ呼び寄せて君はどうするつもりだね）――

「おやおや、この台詞《せりふ》は先程あなたの仰有ったのとそっくりそのままじゃありませんか」

笛二はいかにも嬉しそうに低い声をあげてくすくすと笑った。

「それからね、私とあなたとの間に二三の押問答《おしもんどう》があって、とど私が原稿を読むことになっています。つまりこういう風にね。――私の予想に間違いはありませんでした。磯貝氏は果してあの原稿を読むと、早速空家へ駆けつけて来ました。ああ、私たちの会見、それは何という妙な場面でありましたろう。――おや磯貝さん、どうかなさいましたか」

「妙だね、その原稿は、原稿の中にまた原稿があるのかい」

「そうなんですよ。そしてまたその原稿の中で原稿を読む事になっているんです。つまり何《な》んですね、ほらよく少年雑誌の表紙なんかにあるじゃありませんか。一人の少年が雑誌を持っている、ところがその少年の持っている雑誌の表紙というのが、その雑誌と……どうも話が甚《はなは》だ面倒ですが……同じなんです。つまりやっぱり少年が雑誌を持っている。ところがその雑誌の表紙というのがまた……、いや、私どものような肺臓の弱いものにはうまく喋舌れませんが、つまり無際限に拡大出来る虫眼鏡で見ると、そこには無際限に同じ表紙があるわけなんですが、私の小説というのがやっぱりそれなんですね。しかしここは少し面倒ですから、二三枚飛ばして読むことにしましょう。よござんすか。読みますよ」

――（笛二君、ここの雨戸が開いているのは甚だ妙じゃないかね。一つこれを締めようじゃないか）

――磯貝氏はそう言いながら立上ると開いていた一枚の雨戸を締めました。――

「つまり、あなたが雨戸をお締めになったというのですね」

「成程、それじゃ私も一つその原稿に倣《なら》って雨戸を締める事にしようか」

「ええ、それがよござんすよ」

磯貝氏は立ち上って雨戸を締めた。座敷の中は忽《たちま》ちむっとするような、厚い暗闇の層に包まれ、節穴や隙間から差し込んで来る陽の光だけがびっくりする程鮮《あざや》かで、何かしら鍾乳洞へでも入ったような気がするのであった。磯貝氏は再び笛二の側へ引き返して来ると静かに、しかししっかりと力を入れて相手の腕をとった。

「よござんすか。それでは続きを読みますよ」

――(よござんすか。それでは続きを読みますよ) そう言いながら私は辺を見廻しました。

――(しかし、こう暗くちゃ原稿も読めませんね。磯貝さん、済みませんが一つあなた代りに読んで下さいませんか)

――(そうかい、それじゃ私が読む事にしよう)

――磯貝氏はそう言って私の手から原稿を受取ると、闇の中にそれを透かしながらボツボツと読み始めたのです。――

「磯貝さん、つまりこれから先はあなたが読む事になっているんですよ」

「そうかい、それじゃ私が読む事にしようか」

「ええ、そう願いましょう」

磯貝氏はそう言って笛二の手から原稿を受取ると、闇の中にそれを透かしながら読みはじめた。

――ああ、私の思っていた通りでした。あたりが真暗になって、誰も見ている者のない事がわかると、磯貝氏はいきなり私の体に躍りかかり、その太い、逞しい掌でギュッと私の首っ玉を摑まえました。と、磯貝氏はその原稿を読みながら、

――(成程、それじゃ私もこの原稿の通り君の首っ玉を摑まえようか)

――とそう言いながら、磯貝氏は矢庭に猿臂を伸して、むんずと私の首っ玉を摑まえました。――

「成程、すると私も君の首っ玉をこう摑まえなければいけないようだね」

そう言いながら磯貝氏は矢庭に猿臂を伸して、むんずと笛二の首っ玉を摑まえた。

――そしてぐいぐいと私の咽を絞めつけます。

――（成程、それじゃ私も絞めつけようか）――

「成程、それじゃ私も絞めつけようか」

この不思議な、そしてまた不気味な、謎《なぞ》のような原稿は、あだかも磯貝氏にむかって、避けがたい一つの殺人を示唆《しさ》しているもののようである。

「成程、それじゃ私も絞めつけようか」

磯貝氏は冗談めいた口調でもう一度同じことを繰り返して言ったが、少年の首をつかんだその指先には、とても冗談とも思えないほど、強い、真剣な力がこもっていた。

それに対して笛二はちょっと、白い眼をみひらいて、磯貝氏の面をみやったきりで、敢《あえ》て抵抗を試みようともせず、聖者のように黙したまま、虚空の一方を凝視している。その面には何かしら、妙《たえ》なる音楽にでも聴きとれているような、安らかな、恍惚《こうこつ》とした表情が泛んでいた。

それを見ると磯貝氏は名状しがたい心の惑乱と動《どう》顚《てん》とを感じた。ぎゅっと少年の首っ玉をつかんだ大きな掌の中で笛二の軟い肉塊が、海綿のように、収縮してゆく、その不可思議な感触、少しの抵抗を試みようともしないで、夢見るような眼差で、凝っと暗闇の中を凝視しながら、欣然《きんぜん》として死んでゆく少年の、生温《なまぬる》いゴム人形のような肉体。――磯貝氏は恐怖に脅えたような眼でそれを見守りながら、しかも一方ではこの奇妙な原稿から眼を離すことが出来ないのだ。

磯貝氏は乾いた唇を幾度となく舌でしめしながら、低い、嗄《しゃが》れた声で次のように原稿を読んで行くのだった。

――磯貝氏の太い指は次第に私の肉の中に喰い入って来ます。そうでなくとも破れ腐れた私の肺臓に貯えられた乏しい酸素は、忽ち欠乏してしまい、全身の悪血が悉《ことごと》く頭に逆上《のぼ》って、ガアーンと割れるような耳鳴の中に、私は殷々《いんいん》として轟《とどろ》く大砲の音を聴きました。私の眼の前には、赤い血の筋の無数に走っている磯貝氏の野獣のような瞳と、噴火口のように脹《ふく》れあがった鼻孔と、赤く爛《ただ》れたような唇の皺と、それから月の表面のようにブツブツと突起している無数の毛孔が、覆い被さるように迫って来ましたが、間もなくそれが朦朧と暈けてゆくと、後にはただ黯澹《あんたん》たる夜空の中に飛び交う無数の流星が私の前を横切《よぎ》りました。ああ、今こそ私の生命《いのち》は、茫漠《ぼうばく》たる一団の焔《ほのお》と化し、わが肉体より離れて遥々《ようよう》たる天空の彼方に飛び去ろうとしているのです。しかしこれが果して『死』というものであろうか。若《も》しそうだとすると死ぬという事は何という楽な事であろう。ああ、全身に浸みわたるようなこの快さ。阿片《アヘン》の夢にも似たるこの陶酔境。

――やがて私の眼前に飛び交う無数の流星は、次第に化して燦爛《さんらん》と降り灑《そそ》ぐ散華《さんげ》となり、私の耳底にはあの殷々たる砲声の代《かわり》に、どこやらで誦《ず》する静かな陀羅尼《だらに》の声と、えも言われぬ妙なる鈴の音《ね》が響いてまいりました。その鈴の音の美しさといったら、それに聞き恍《ほ》れているうちに、いつしか胸の苦しさも打《うち》忘れ、清涼なる一陣の気の、わが魂を乗せ飄颻《ひょうよう》として虚空遥かに飛び去って行くかと思われるばかりです。

――その時私はふと、降り灑ぐ散華の中に玲瓏《れいろう》と冴《さ》え渡った美しい姉の面影を認めました。姉は普賢《ふげん》菩薩《ぼさつ》の如《ごと》く白象に打ち跨《またが》り、琅玕《ろうかん》を貫いて成せるかと思われるその浄衣は、触れ合う度に珊々《さんさん》として響《ひびき》を発し、馥郁《ふくいく》たる芳香を辺に撒き散らします。私が先程、鈴の音と聞き誤った妙音は実に琳琅《りんろう》たるその響でありました。行願の表現にして慈悲を司り給うとか聞き及ぶ普賢菩薩はやがて玉の如き腕《かいな》を私の方に差しのべると、麾《さしまね》くが如く仰有った。

――(笛二さん、笛二さん。何をあなたはそんなに遅疑しているのです。さあ、早く私の側へおいでなさい。あなたをあの悩みの多い穢土《えど》からこの玉の浄土へお迎えしたのは、みんなこの私の業《わざ》ですよ。ここにはあなたを苦しめる病気も、あなたを困らす人間もありません。さあ私と一緒にいつまでも、綾取りをしたり、お手玉をしたりして遊びましょう)

――私はあまりの有難さ、忝《かたじけな》さに思わずハラハラと落涙いたしました。そして咽喉に絡《からま》る痰火をふっ切らんものをと、喝然《かつぜん》と声をあげて叫んだのです。――（お姉さん、お姉さん、私もすぐに参ります）――

磯貝三四郎氏は漸く原稿『蔵の中』を読み終った。磯貝氏の額には今、何とも言えぬほど不愉快そうな皺が数条刻まれている。

　不愉快なのは自分が殺人犯人に擬《ぎ》せられているという事でなく、自分の私生活がかくも奇妙な方法で覗かれていたかという事である。この小説の中には半分の嘘《うそ》と半分の真実がある。磯貝氏が夫人を毒殺したの、愛人を絞殺したのというような事は、無論途方もない出鱈目であるが、昨年夫人を失った氏が、近頃お静さんという女と馴染んで、一週間に二三度その家へ泊りに行くという事、それからお静さんの境遇、磯貝氏との関係、それ等の事には大体間違いはない。磯貝氏は今本郷の崖の上にある、「清水の舞台」のようなというお静さんの家の座敷と、その座敷から見える有名な「ふきや」小間物店の土蔵の白壁とをはっきりと眼の前に思い泛べた。あの土蔵の小さい窓から、肺病患者特有の奇怪な妄想《もうそう》と、異常な幻想とを以って、自分たちの情痴の世界を覗かれていたかと思うと、磯貝氏は何かしら忌わしい物にでも刺されたような悪寒を全身に感ずるのだった。しかしそれはまだ我慢が出来る。磯貝氏の到底我慢出来ないのは、こういう原稿を麗々しく自分の眼の前につきつけようとする相手の不可思議な心事である。それればかりはさすがの磯貝氏も到底了解する事が出来なかった。磯貝氏はふと、この間応接室で会った少年の、蜥蜴の腹のようにギラギラと光っている三方白《さんぽうじろ》の眼を思い出すと、何かしらゾーッとするような忌々しさを感じた。

「木村君、この原稿を大急ぎで送り返しといてくれ給え」

　磯貝氏は給仕の木村にそう命ずると、自分は記事輻輳《ふくそう》につき云々《うんぬん》という、極《きま》り文句の印刷してある葉書を取上げて、それに相手の所書と名前とを書いて出させた。そして蕗谷笛二がやって来たら、小《こ》っ酷《ぴど》く叱りつけてやろうと身構えしていたが、どうしたものかその日は到頭やって来なかった。いや、その日ばかりではなく、次の日もその次の日も何の音沙汰《おとさた》もなかった。さては原稿を送り返されて諦《あきら》めてしまったのかと、安心すると同時に些か拍子抜けを感じていると、それから一週間ほど後のある朝のこと、「ふきや」小間物店の倅《せがれ》が「長《なが》の病気を苦にした結果」自宅の蔵の中で自殺を遂げたという記事が新聞に出ていたので、磯貝氏は再び愕然《がくぜん》とした。

　笛二は生前彼があんなにも愛していた千鶴人形や、オルゴールのついた時計や、遠眼鏡や草双紙や、その他さまざまな過去の幻や魑魅魍魎《ちみもうりょう》に取り囲まれ、姉の形見の友禅の振袖を身に纏《まと》い、最初に発見した婆やの言葉を借りていえば、『敦盛《あつもり》さまのように美しくお化粧』して、物の見事に頸動脈を掻斬《かきき》って自殺を遂げていたのである。その姿自体がちょうど蔵の中一杯に繰り展《ひろ》げられていた、錦絵の中から抜出《ぬけだ》したように綺麗だった。どこかで遠雷の聞えるような、物憂い、味気ない昼下りのことで、床の上に溜った夥《おびただ》しい血が、晩春の陽を吸って的皪《てきれき》と光っていたということである。

# かいやぐら物語

われ月明の砂丘にまろびて蜃気楼《かいやぐら》を観たり、楼上に一女仙ありてわれにくさぐさの恠《あや》しき物語などなしけり

——西洋赤縄奇観——

狂気を意味する lunatic なる語《ことば》は luna（月）という語《ことば》からきているのだそうである。西洋人の考えかたによると、あの青白く澄んだ月光というものは、一種、神秘玄怪な作用をもっていて、あまり長くこの光にさらされていると、精神錯乱を起し、さまざまな奇怪な幻像に悩まされた揚げ句、遂には発狂するに至ると信じられているのである。わたしがこれからお話しようとする不可思議な物語も、或《ある》いはこの例《たとえ》に洩《も》れず、月光の醸しだした怪しい幻であったかも知れない。少くともその時、わたしが一種奇妙な、つまり謂《い》うところの lunatic な気分に支配されていなかったとは、断言することができないのである。

その時分わたしは、ある南方の海辺に傷ついた体を養っていた。その年の春の終りごろより、ふと安定感を喪《うしな》ったわたしの神経は、梅雨《つゆ》から夏にかけて、まるで研《と》ぎすました剃刀《かみそり》のように異様に尖《とが》り、さゝらのように荒れくれて、殆《ほと》んど生きているのが耐えがたいような倦怠《けんたい》を覚ゆるに至った。わたしは終日外出することもなく、深く雨戸をとざした座敷のなかに、ひとり閉じこもって、さまざまな妄想《もうそう》や恐迫観念に脅《おび》やかされながら、あるにかいなきその日その日を送っていた。わたしの心臓はしばしば薄い胸

隔を押し破って、今にも外に跳び出しはしないかと懸念される程、激しい、不規則な鼓動を打つのだった。凝《じ》っと寝台《ベッド》の上に仰臥したまゝ、その心臓の鼓動を数えているとと次第にそれは全身にひろがっていって、やがて足の爪先から頭髪の尖端《せんたん》まで、脈々として激しい、乱調子な動悸を打ちはじめるのだった。わたしは書を繙《ひもと》き物を思いて、終夜一睡もしないで、暁《あかつき》に至ることが稀《まれ》ではなかった。食慾は極度に減退し、体から最後の肉の一片まで削《そ》ぎ落されてしまった。わたしは文字通り、骨と皮ばかりになって、しかも尚《なお》、生への執着と死の恐怖にさいなまれていたのである。

遂に医者は断乎《だんこ》としてわたしに転地を命じた。わたしもほとほと病に倦《う》みはてゝいたので、思いきって医者のこの忠告に従うことにした。親切なわたしの友人たちはこれを聴くと、温暖な南の海辺に、恰《かっ》好《こう》の空別荘を見つけて、そこをわたしの療養の地と定めてくれたので、秋のはじめ頃よりわたしは、人里はなれた孤独の境地で、医者の定めてくれた日課を鉄則として、厳重な規則的生活をはじめることになった。医者はわたしのために、読書の時間と、散歩の時間を極端なまでに制限してしまったので、わたしは一日の大半を砂上に絵を画《か》いては消し、画いては消しするような、物憂い、やるせない日課によって時間を数えてゆかなければならなかった。それでも力《つと》めてこの日課を遵守したおかげで、二ケ月ほどのうちにわたしの体は眼に見えてよくなって来た。わたしはもう、以前《まえ》のように取りとめもない不安に脅えながら、心臓の音に心耳《しんじ》をすましているようなことも少くなり、肉もいくらかつき、頰《ほお》に紅味《あかみ》もさして来たように思えた。しかしそれにも拘《かかわ》らず、尚且《か》つ、あの不愉快な発作が突如頭をもたげては、わたしの散歩を妨げることが少くなかった。散歩はわたしの好まざるところではない。しかし闇中《あんちゅう》の独居に慣れたわたしの神経には、明るい日中の直射光線は、ともすると耐えがたく強い刺戟《しげき》であった。ある日の午後、わたしは薄陽《うすび》の下に佇《たたず》んで海のうえを眺めていた。すると突如として足下の砂がザラ〳〵と崩れてゆくような不安とともに、蒼《あお》い濤《なみ》が一面に脹《ふく》れあがって、わたしの体に襲いかゝって来るような幻覚を感じた。わたしは恐怖のあまり、思わず砂の中に頭を突込《つっこ》んでしまったが、その日以来わたしは、日中の散歩を日没後に置きかえた。

わたしは又屢々《しばしば》不眠に悩まされねばならなかった。孤独なひとり寝の枕に通う濤の音は、眠ろうと苛立《いらだ》てば苛立つほどわたしの神経を掻《か》きみだし、防風林の梢《こずえ》を渡る風の音は、しばしば雨かとばかり、浅いわたしの夢を駭《おどろ》かした。わけても雨の夜の寂しさはいうばかりもなかった。わたしは終夜輾転《てんてん》しながら、秋夜長《あきのよながし》、夜長無眠天不明《よながくしてねむることなければてんもあけず》、耿々残燈《こうこうたるざんとうの》背壁影《かべにそむけたるかげ》、蕭々暗雨打窓声《しょうしょうたるあんうのまどをうつこえ》。という古人の詩を思い出し、はてはまどろみかねる秋の夜長に倦み果てゝ、寝間着の上に羽織《はおり》を重ねると、狂気の如《ごと》く深夜の海辺にさまよい出ることもあった。その頃の天気ぐせとして、浜辺は毎夜深更から暁にかけて白い霧が立ちこめた。霧はわたしの頭髪《かみ》を濡《ぬ》らし、頬《ほお》を湿し、襟《えり》を潤《うるお》したが、頭の熱したわたしには却《かえ》ってその方が気持がよかった。さくさくと湿り気を帯びた砂を踏み崩す音も、いきり立ったわたしの神経には爽《さわや》かにひゞくのだった。砂上三十分の散歩は、平地の二時間にも相当するというが、そのせいか間もなくわたしは、ぐったりと疲労を感じてくると、辛うじて暁までの短い眠りをむさぼることが出来るのであった。

その晩もわたしは、こうしてあてどもなく深夜の砂浜にさまよい出ていた。珍しく霧のない晩で、膠《ど》礬水《うさ》を引いたような目の詰んだ明藍色の空には、満月に近い月が白く澄んでかかっていた。それがあまり清く、あまり明《あきら》かなので、殆んど球状をなしているとは信じられないくらいで、叩けばボアーンと音のしそうな、薄っぺらな円盤か何かのような気がした。そういえば表面に見える薄白い斑点なども、銅《ど》羅《ら》に彫ってある模様かなんぞのように見られる。古代支那《シナ》人の空想はこの月の中に兎《うさぎ》とともに蟾蜍《ひきがえる》を棲《す》ませているのだが、果していずれが兎で、いずれが蟾蜍であろうか。砂丘のうえを見れば、ちょうど水路凝霜雪《すいろそうせつをこおらす》という句の通り、水のように真白《まっしろ》に燻《くすぶ》っていて、その上に散らばっている大小の貝殻類が、一際白く、螺鈿《らでん》を鏤《ちりば》めたように銀色に輝いている。海のうえにも殆んど濤らしい濤は見られなかった。この海を鏡ケ浦というのは偶然ではない。全《まった》く研ぎすました一枚の板であるかのように、青く柔《やわら》かに、粘着力をもって盛りあがっていて、手で掬《すく》いあげれば、そのまゝ水銀のように玉となって、ころころと転がりそうな気がするのである。唯《ただ》岸の方には幾分波があって、月光をうけた波頭が無数の黄金の小蛇のように、チロチロと楽しげに戯《たわむ》れている。

わたしはふと砂丘のうえに腰をおとすと、しばらく放心したように、この雲母刷《きららずり》の風景画を眺めていた。風は甘い潮の香を含んで、いくらか濡れているようであったが、少しも冷くはなかった。砂の中に指を入れてみると、表面はひやりとしていたが、中の方にはまだ昼の余温《ほとぼり》が残っていた。その余温を楽しみながら、何気なく掌《て》のなかで砂を弄《もてあそ》んでいると、その時ふと、どこからか微《かす》かな笛の音《ね》が聴《きこ》えてきた。

それは恰《あたか》も二枚の貝殻を擦り合わせるような、キイキイとした、鋭い、単調な音色であったが、それにも拘らず凝《じ》っと耳を傾けていると、思わず気が滅入って来るような、やるせない響きを帯びている。わたしは暫《しば》らく、且つ絶え、且つ続き、咽《むせ》び泣くが如く嫋々《じょうじょう》として砂丘を匍《は》って来る笛の音に、聴くともなく耳を澄ましていたが、そのうちに耐えがたい寂《せき》寥《りょう》と、胸をかきむしられるような悲愁とに誘われた。

吹笛秋山風月清《ふえをふくしゅうざんふうげつのきよきに》
誰家巧作断腸声《たがいえかたくみにだんちょうのこえとなす》
風飄呂律相和切《かぜはりょりつをひるがえしてあいわしてせつなり》
月傍関山幾処明《つきかんざんにそうていくところかあきらかなる》

何人《なんぴと》がかくの如き風流をもってわが胸を傷《いた》ましむるかと、半ば怪しみ、半ば駭きながら、わたしは砂丘を下って笛の音の方へちかよって行った。わたしは余《よ》程《ほど》足音に気をつけたつもりであったが、それでもこの風流人のすさびを、心なく妨げることを防ぐことは出来なかった。足下に崩れる砂の音を聴くと、その人は突如として笛を吹くことを止めて振りかえったが、その姿を月光の下に正視したときには、わたしの驚きの方が余程大きかった。思いがけなくもその人は女だったからである。わたしは自分の不躾《しつけ》を後悔しながらこう云《い》って謝った。

「お邪魔でしたかしら。あまり笛の音が見事だったものですから。……どうぞ御遠慮なくお続け下さい」

「いゝえ、笛ではございませんの」

女はそう云って夜目にもしるき黒い瞳《ひとみ》を、にっと微笑《ほほえ》ませながら、右の掌《て》をひろげてみせたが、そこには桜の花弁《はなびら》のようなうす桃色の貝殻が二片《ひら》のっかっていた。その時の女の様子をわたしは一体どういって形容したらいゝだろう。砂の上に無造作に横坐りになった彼女は、全身に水のような月光をまとって、ポーッと琥珀《こはく》いろに濡れ輝いているように見えた。そして彼女が身動きをする度に、月の雫《しずく》が破片《かけら》となって、あたりに飛び散るように思える。わたしはその寒いような、一種異様な美しさに、思わず肌着の下で戦慄《せんりつ》した。

「これをこうして二枚合せて吹きますと、あゝいう音がしますの。吹いてみましょうか」

女は怖れを知らぬ性質とみえて、人懐っこい調子で誘《いざな》うように云った。

「どうぞ」

女はふたゝび貝殻を口に当てゝ吹きはじめる。笛の音は砂丘を越え、海を渡り、遥か月の世界まで達《とど》いたであろう。わたしは女の傍に坐して恍惚《こうこつ》として耳を傾けていたが、まるでそれは地中海を航行する水夫たちを、海に誘わずにはおかぬという Siren の唄《うた》の如く、物憂く、遣瀬《やるせ》なく、わたしの腸《はらわた》を掻きむしるのであった。

「いかが？」

暫くして女はふと笛を吹くのをやめると、こちらを向いて嫣然《えんぜん》としてわらった。わたしはその時、はじめて彼女の貌《かお》を正視することが出来たのである。彼女はまるで西洋紙のようにつるつるとした卵色の貌をしていた。そしてあの黒い、特徴のある瞳には、驚くほど長い睫《まつげ》がかぶさっていて、それが非常に味のふかい陰翳《いんえい》を貌全体にあたえている。唇はいくぶん受口《うけくち》で、それが、妙に蠱惑的《こわくてき》な情感をそゝる。頸《くび》は片手で握られるほど細い。着物の色はよくは、わからなかったが、月光の下でみた限りは、それは清《せい》楚《そ》な青磁色であるらしかった。どうかするとそれが、月の光のなかで昆虫の翅《はね》のようにきらきらと、薄く、しなやかに光って見えることがあった。

「有難《ありがと》うございました。そういう風に貝殻を吹くというのははじめてゞす。貝殻を聴くということなら知っていましたけれど」

「貝殻を聴くのですって？　それは一体どういうことですの？」

女はちょっと駭いたように、黒い瞳をあげてわたしの貌をのぞきこんだ。

「それはね、こうして貝殻を耳に当てると、濤の音が聴えるというのですよ」

女はそれを聴くとふと、風琴《ふうきん》のような声をあげてかすかに微笑んだ。

「どうかしましたか」

「あら、御免なさい。その話ならずっと前に、やはりあなたのような方から、聴いたことがあるものですから」

「そうですか」わたしはちょっと含羞《はにか》みながらいった。「この話は外国の偉い詩人によって書かれてからというもの、いろんな詩や小説に引用されているのですから、誰でも知っているのです」

女は無言のまま、砂をつき崩しながら遥かな、遠い沖合に眼をやっていた。卵色の頬にぼっと紅味がさし、特徴のある黒い瞳が星のようにきらきらと瞬《また》いている。わたしたちの周囲は、まるで水銀燈にでも照らされたように隈《くま》なく晴れわたっているのだが、ずっと向うの方にはいくらか霧があると見えて、黛《まゆずみ》いろに突出《つきだ》している岬《みさき》の鼻のあたりには、漁船の篝火《かがりび》が不知火《しらぬい》のように、蒼く、にじんだような色に燃えているのだった。風も幾分出て来たのであろうか。濤の音がさっきより高まって来たようだ。

「何を考えていらっしゃるのですか」

「あら」

女は夢からさめたような瞳《め》をしてにっこりと微笑《わら》

った。

「今のお話でふと、その人のことを思い出しましたの、あたしに貝殻を聴くことを教えてくれたその青年のことを。……構いませんでしたらお話しましょうか。その人のことを。……それはとても哀れなお話なんですの」

「えゝ、どうぞ」

わたしの連《つれ》は笛のように音を立てゝ、甘い潮風をすった。それから美しい蚕《かいこ》が糸を吐くように、次のような話をはじめたのだった。月光が女の横顔を滑って、彼女が話すとき、そこに燐光《りんこう》のような妖《あや》しい隈を作り出したのを、わたしはハッキリ憶えている。

---

その青年というのは、ほら、向うに、暗い、小さな洋館が見えるでしょう、この辺ではあれを化物屋敷だと言っていますわね。ほゝゝゝ、全くそうかも知れません。でもその時分にはまだそんな評判はありませんでしたの。青年はしばらく、あの洋館にたった一人で暮していましたのよ。

医学生だとかいう話でした。年齢はそう、その時分二十三か四だったでしょうね。どうしてそういう学生が、たゞ一人こんな寂しい、海辺の洋館に孤独な生活をしていたかといいますと、それはね、その人もあなたと同じように健康を害していらしたのですわ。いゝえその人の病状は、とてもあなたとは比較にならないほど悪かったのです。

たとえば、学校で屍体の解剖なんかするでしょう、胃の内容物を検《しら》べたり、盲腸をきりとったり、肝臓を剔出《てきしゅつ》したり、そうかと思うと、ドロドロとした肉いろの瘡《もがさ》を切開して、まるで美しい西洋花の標本をでも作るように、アルコール漬けにしたり、……そういう事ばかりしているうちに、その人の神経は少しずつ狂って行ったらしいのです。鋭いメスが、ぐさりと屍体の肉の中につきさゝる時、どうかするとその人は、まるで自分の体が抉《えぐ》られるような苦痛を感ずるのだそうです。

だんだんその人は、解剖の時間が怖くなって参りました。いいえ、解剖が怖くなって来たばかりでなく、メスを見ることさえがその人を恐ろしがらせたのです。そしてそれが次第に昂《こう》じてくると、メスばかりでなく、メスに類似したあらゆる尖ったもの、鋭いものがその人の神経をつゝくということでした。たとえば窓ガラスが割れて、ギザギザとした破れ目が、陽に光っているでしょう、そういうものを見ただけでもその人は真蒼《まっさお》になるのだそうです。そうして、こんな物が怖しいということが、更にまたその人を怖がらせるのですわ。というのは、その人の血筋には、代々発狂者があるとかいう話で……現にその人の兄さんという人も、少し以前に気が変になって自《じ》刃《じん》したのだという話なんですの。その人が俄《にわ》かに死体や刃物を怖れだしたというのも、つまりこういう事件があったかららしいんですわ。

とうとうその気の毒な人は学校を休学しなければならなくなりました。そして医者や友人の熱心な勧告に従って、この海岸へ半ば狂いかけた神経を養いに来ることになったのです。

こちらへ来てからというもの、それでも大変調子がいゝように見えました。甘い潮の香と、紫外線に富んだ日光と、新鮮な肉類や、野菜や、それからいつも単調で、物憂いような静けさや、そういうものがその人の体に大変よく作用したと見えるのですね。二三ケ月もするうちに見違えるほど血色もよくなり体重も殖《ふ》え、それに何よりも嬉《うれ》しかったことは、今迄《まで》頭のうしろに鉄壁でもかぶさっているような感じが、全くなくなって、秋晴《あきばれ》のようにカラリとした気分がすることでした。こういう良好な状態が、態度や言葉つきに現われない筈《はず》がありませんわね。その人は日増しに陽気になり、気軽になり、今迄碌《ろく》すっぽ挨拶《あいさつ》もしなかった村の人にも、どうかすると、こちらから口を利いたりすることもありました。そうかと思うと、又朝早く浜辺へ出て、地曳《じびき》網の手伝などをして、にこにこと喜んでいることもございましたの。

これを要するに、その人の神経は次第に恢復《かいふく》の域へ足を踏み入れていたのに違いありませんわ。おそらくもう三四ケ月もこういう状態がつゞけば、その人はきっと昔のような健康を取り戻すことが出来たに違いないと思われるのです。

　ところがちょうどその時分、もう一人この村へ新らしくやって来た人がございました。東京の有名な資産家のお嬢さんで、その時分年齢は二十一でした。髪の黒い、卵色の貌をした、眼の人一倍大きい、ちょっと見たところでは、別に弱々しそうでもありませんでしたけれど、近くへ寄ってよくよく見ると、静脈のういた薄い皮膚のいろといい、少し長すぎると思われるような睫といい、小鼻の肉の薄さといい、どこかやはり病人じみて見える令嬢でした。あら？　何ですって、大変あたしに似てるとおっしゃるの。ほゝゝゝゝ、そうかも知れませんわね。

　令嬢は軽い呼吸器病を病んでいるのでした。医者の診断によると、それはまだ極《ご》く初期の、全く心配のない程度の症状で、この海辺で半年も気楽に遊んでいれば、充分、元気な体になれるだろうとのことでしたが、それでもやっぱりその宣告は、令嬢の弱い魂を打挫《うちひし》ぐに充分なほどの強い衝動《ショック》だったのです。


あなたも多分、既にお察しの通り、この令嬢と青年とは、いつしか懇意になりました。そして男女《ふたり》の仲は急に進行してゆきましたが、と思うと間もなく、この人たちの間に、一緒に死のうという約束が成立《なりた》ってしまったのです。

　こう申しあげると、話があまり突然なので、さぞびっくりされるでしょうね。全く人間というものが、こんなに簡単に死にたがるというのは、まるで嘘《うそ》のような話ですが、しかしこれは全く真実《ほんとう》の話なのです。実際よくよく考えてみれば、この人たちの間にはちっとも死ななければならぬというような、差迫《さしせま》った理由はないのです。しかし、あなたがたがお考えになって、無動機ということは、彼等の死を引き止める力には少しもならないのです。人間は時によって、全く何等の理由なしに死ぬことがあります。いえいえ、人間の死に一々その動機を考えなければ納得出来ぬ人々こそ却って間違っているのかも知れませんわ。ましてや、この令嬢や青年のように、恋を恋するように、死を恋する年頃の人々の考えは、とても世間並みの考えかたでは解釈しきれないかも知れませんわね。

――それでは万事お委《まか》せ下さい。決して失敗のない手段を考えて御覧にいれますから。

かなり詳しい打合せの後、青年は決然としてそう申しました。その時分、この青年の頭脳《あたま》は、突如訪れた熱情のために、またいくらか狂いかけていたのでしょう、そういいながら凝っと令嬢の瞳を覗《のぞ》きこんだ眼のなかには、相手をちょっと寒がらせるような、そういう光があったということです。

さてその自殺の手段ですが、これは青年のお手のもの丶薬を選ぶことにしました。出来るだけ苦痛が少く、出来るだけ失敗の少い薬を、青年はその豊富な薬剤の知識の中から選択することになり、やがてそれらの準備万端がと丶のいました。そしてある日二人は仲よく、しめきった洋館の一室に、安らかなその体を横《よこた》えると、かねて青年の用意しておいた薬を、半分ずつ呷《あお》ったのです。二人とも少しも死の恐怖や、孤独の悲哀を感じませんでした。そして、青年は非常に注意して薬を選択していたので、少しの苦しみもなく、二人とも眠るようにあの世とやらへ旅立つことが出来た……ように見えました。いや、少くとも令嬢に関する限りは、その薬は理想的に働いてくれたのです。

ところが、それから数時間たって、そう、ちょうど真夜中ごろのことでしたろうか、青年はふとこの戯《たわむ》れの死から目覚めたのです。まあ、この時の青年の駭《おどろ》きはどんなだったでしょうかねえ。傍を見ると、令嬢はまるで美しい人形で丶もあるかのように、安らかな貌をして死んでいます。触ってみると胸も腹も完全に冷くなって、どんなに手を尽しても、最早どうにもならないことが、そこは専門家だけに、青年の眼にはじきに分りました。しかも、どちらかといえば、令嬢以上に死を切望していた筈の青年の方は、無残にも冥府《めいふ》の鬼から締出しを喰ってしまっているのです。

あたしは詩人でも小説家でもありませんから、あまり管々《くだくだ》しく、その時の青年の心持ちを推測するのは止《よ》しましょう。唯簡単にいって、それから数時間のあいだは、青年にとって最も恐ろしい生と死との争闘でした。青年は海へ身を投げて死のうとしました。ナイフで頸動脈を切断しようとしました。それから梁《うつばり》に帯をブラ下げて首をくゝろうとしました。しかしどの方法にも失敗してしまったのです。昔の人はこういう場合のことを、大変上手に言ってますわねえ。つまり青年の体からは全く死神が離れてしまっているのです。

　夜明けごろ、青年は疲れたような、興醒《きょうざ》めたような表情《かお》をして、白けた気持ちで美しい令嬢の死体を凝視《みつ》めていました。そうしているうちに青年は、何《な》故《ぜ》自分は死ななければならぬ理由があるのだろう、考えてみれば死ぬなんて随分馬鹿らしいことだ、このまま生きていたってちっとも不都合なことはないじゃないか、と、そういう風に考え出したのです。こうなってはもうとても死ねるものではございませんわ。

　全く青年が考えた通り、そのまま彼が生きているということに、ちっとも不都合なことはありませんでした。何故といって、令嬢と青年とのあいだが、それ程進んでいようなどということは、ちっとも村の人たちは知りませんでしたし、その前日、令嬢が青年の住んでいる洋館の門をくゞったところを見ていた人は、一人もありませんでしたから。……それに青年の様子と来たら、家の中にそんな恐ろしい秘密を持っていようなぞとは考えられぬ程、朗《ほがら》かで、愛嬌《あいきょう》がよくて、元気なのです。第一、令嬢の住んでいた貸別荘の方で、附添いの乳母《ばあや》や女中が、令嬢の姿が見えないのに騒ぎ出した時も、一番になって心配し、いろいろと奔走していたのもこの青年なんですからね。

　令嬢の捜索は数週間に亙《わた》って熱心に続けられました。しかしその結果は全く徒労に帰してしまったのです。そのうちに、令嬢の所有品の二三が、潮に濡れて浜辺に打ちあげられたのを絶好の口実として、結局彼女は、病身をはかなんで投身自殺を遂げたのであろうということで、この捜索は鳬《けり》になってしまいました。

この悪賢い青年は、こうして完全に世間を瞞着《まんちゃく》することが出来たのですが、ではそのあいだ令嬢の屍体はどうなっていたかというと、それは依然として、締めきったあの一室のベッドの上に、まるで観音様のように恭々《うやうや》しく安置されてあったのです。ああ、人々が一眼《ひとめ》でもこの部屋の中を覗くことが出来たら！　人間というものが、あんな完全に二つの仮面を使いわけることが出来るというのは、まことに駭くに耐えない話ではありませんか。外ではあんなに愛嬌よく、あんなに元気に振舞っている青年が、一度この部屋のなかに閉じ籠《こも》ると、忽《たちま》ちその眼の色からして変って来るのでした。

青年の熱い涙は日ごと夜ごと、令嬢の頬を濡らし、唇を潤し、そしてその白い手足に注ぐのでした。青年はいくどもいくども令嬢の屍《しかばね》を抱き、凡《およ》そ次のような意味のことを、訴えるようにくどくどと掻《か》き口説《く》くのでした。

——おお、美しい私の恋人よ。われわれは何というう不倖《ふしあわ》せなことでありましたろう。われわれは一緒に生きることを許されなかったばかりか、一緒に死ぬことすら出来なかったのです。何という無慈悲な、そして絶対的な手によって、われわれは隔てられてしまったことでしょう。しかし、私はもうあまり歎《なげ》くことを止めましょう。それによく考えてみれば、私一人が生き残ったということは、それ程悪いことではなかったかも知れないのです。何故といって、われわれ二人が一緒に死んでいて御覧なさい。どんなに乱暴な、そして冷酷な手によってあなたの体が瀆《けが》されるようなことがあったかも計りがたいのです。私がこうして、一人生き残ったのも、きっとそういう穢《いま》わしい手より、あなたのその美しい体を守れよという、神の御心《みこころ》であったかも知れません。さらば私の美しい恋人よ、私は聖母に仕えるように忠実にあなたに侍《かしず》き、あなたの体を護《まも》りましょう。今後、私以外には何人《なんぴと》の眼も、何人の手も、あなたの体に触れることはないでしょう。そしてあなたは永遠に、美しく、安らかに、私の手に護られて、このベッドの上に眠りつづけることが出来るでしょう。……

この約束を守るために、青年は白粉《おしろい》や紅《べに》や、黛をもって、令嬢の貌を美しく化粧してやりました。そしてどうにも仕様のない二つの眼のためには、青年はわざわざ町まで出向いて、有名な眼科医のもとから、二つのガラスの偽眼《いれめ》を買って来ると、それを令嬢の眼に入れてやりました。死顔を化粧するということはこの国でも珍しいことではありません。歌舞伎の若い女形《おやま》などが死んだ場合には、大抵こうして最後の薄化粧をしてやるのです。唯、偽眼《いれめ》をしてやるということだけが、青年の思いつきでしたが、これとても彼の創案ではなく、外国ではこういう場合、多くそうするのだということです。むろん、あの固い、潤いのない、無機的なガラスの眼のことですから、とうてい肉眼のようなわけには参りませんでしたけれど、それでも尚且つ、あの濁った、薄ぼやけた死人の眼よりは、どれくらいましだったか知れないと、手術ののち青年はひそかに満足の微笑をもらしました。なるほど、小麦色の肌色化粧をし、ガラスの眼を凝っと見開いている令嬢の貌は、生前と同じくらいの美しさに輝いているように見えました。

しかし、これはほんの二三日だけのことで、そうしているうちに間もなく令嬢の体は、いかに献身的な愛情を捧げている青年にとっても、耐えがたい程の臭気《しゅうき》を放ちはじめました。青年はむろん、審美的見地から言っても、この臭気にはほとほと困《こう》じはてましたが、更にそれよりも彼がおそれたのは、この臭気によって彼の秘密が発見され、ひいて彼の崇拝措《お》くあたわざる偶像が奪取されるような破目になりはしないかということでした。そこで彼は散々頭脳《あたま》を絞った揚句町へ行って蒼朮《そうじゅつ》や白檀《びゃくだん》やその他いろいろな香の高い線香の類を買ってくると、それを日となく夜となく火桶《ひおけ》の中にくすべ、そして無智な村の人々には、書物の虫のつかぬように整理しているのだと言い触らしました。幸い村の人々はこうして巧みに欺《あざむ》くことが出来ましたけれど、しかし欺くことの出来ないのは昆虫の鋭敏な嗅覚なのです。蠅《はえ》はまるで大軍の如くこの小さな西洋館めがけて押しよせ、間もなく窓ガラスという窓ガラスは、真っ黒になる程その眷属《けんぞく》どもによって埋められてしまいました。しかしこれらの苦闘も少しの間で、やがてそれが終わると、そこには完全な平和がやって来たのですわ。ああ、今こそ令嬢の体は、永遠に変ることのない、美しさと安らかさの中《うち》に、青年の手に残ったのです。その顔はいくぶん骨ばり、その手はいくぶん細くなりましたけれど、それでも昔の美しさを失ってはおりません。青年は今こそ自分の大芸術が完成したような、誇らしさと満足とを感じたのでした。

やがて、冬去り、春逝《ゆ》き、夏はてゝふたゝび秋がめぐって参りましたが、その年はとても気候が不順で、いくにちもいくにちも雨が降りつゞきました。雨ははまひるがおの花を散らし、コスモスの花を打ちくだき、諸所に洪水《みず》さわぎを惹《ひ》きおこしましたが、やっとこの雨があがって、幾日ぶりかで輝かしい太陽を仰ぐことが出来た時には、あの小さい洋館の扉《と》は、もはや長い間、ひらかれることはなかったのです。村の人が怪しんで、むりに扉《と》をこじあけて中へ入ってみたのは、それから二三日後のことでしたが、その時青年は、まるで糸のように痩《や》せ細って、ベッドのうえに死んでいました。しかもその青年の傍には象牙のように白く晒《さら》された白骨がもう一つ横わっていたのですが、みるとその落ち窪《くぼ》んだ醜《みにく》い眼窩《がんか》のなかには、一双のガラスの眼が宝石を鏤《ちりば》めたようにしっかりと喰い入っていて、物憂い秋の日ざしのなかに、きらきらと冷く輝いていたというのです。

……

いつの間に霧が出たのであろう。わたしたちの周囲には、乳灰色の水滴が厚い層をなして渦を巻いているのだった。

「ねえ、この話にも一つの教訓があるとはお思いになりません？」大分《だいぶ》たってから女はそう云った。「つまり人間というものは生きている間が花なのですわ。死んでしまえばどうなるか知れたものじゃないのです。その令嬢が生前、どんなにつゝましやかで身を持すること謹厳であったにしろ、死んでしまえば、青年の思慕の対象となって、醜骸《しゅうがい》を白日の下に曝《さら》すことをどう防ぎようもなかったではありませんか」
わたしはすぐには答えなかった。わたしはその時霧の中におぼろげな月の所在をさがしていたのである。この女はわたしに教訓を垂れるつもりでこんな話をしたのであろうか。

わたしは何か言おうとして振りかえってみた。しかしそこには既に女の姿はなかった。何やら得体の知れぬ朱鷺色《ときいろ》の渦が、靄《もや》のように激しい速度で旋回しているのが見えたきりだった。わたしはしばらく呆然《ぼうぜん》としてこの靄を凝視《みつ》めていたが、ふと見ると、女の坐っていたあとの砂丘の上に、何やらきらきらと光るものが二つ落ちているのに気がついた、礫《こいし》かと見れば礫でもなく、貝殻かと見れば貝殻でもなかった。わたしは怪しみながらそっと身をこゞめてそれを拾いあげると、左の掌《て》のうえに載せてみた。そして琥珀《こはく》いろの弱い月光の中にすかしてみて、初めてそれが、世にも精巧に出来ている二顆《か》のガラス製の偽眼《いれめ》であることに気がついたのである。

# 貝殻館綺譚

若《も》しあなたがI半島の南端にあるR温泉をたって、海沿いに西の方へ旅行することがあったら、きっと『鷲《わし》の巣』の絶景について耳にするでしょう。『鷲の巣』というのはS湾の入江の西側に、南へ向って天《てん》狗《ぐ》の鼻のように突出《つきだ》している、斫《き》りたてたような断崖のことを俗にそういっているのですが、海から観たこの断崖ほど、変化に富んだ、美しい眺望《ながめ》をもった景色は、そうざらにあるまいというのが、附近の人々の自慢です。先《ま》ず朝海から太陽が登るときには、その最初の光の箭《や》を浴びてこの断崖は金色に輝きます。それから日が高く登るに従って、金色の箔《はく》が次第に薄れてゆくと、今度は温かそうな代赭色《たいしゃいろ》に濡《ぬ》れ輝き、午《ひる》過ぎになると鮮《あざや》かな紫紺《しこん》から黛《まゆずみ》いろとなり、そしていよいよ陽が崖《がけ》の向うに落ちる頃になると、王冠を戴《いただ》いたように真紅《まっか》に炎《も》えあがり、どうかするとその時分、靄《もや》とも霞《かすみ》ともつかぬ細い黄金の帯が、肩のあたりに一文字に靉靆《たなび》いて、金モールの襟飾《えりかざり》をしているように見えることもあります。雨の日、霧の日は、更に別の趣《おもむ》きもあり、兎《と》に角《かく》、いつ見ても見飽かぬ景色を見せるのがこの崖です。しかしこういう素敵な眺望も、海の方のそれもずっと沖からでなければ、十分鑑賞することが出来ないというのは、何といっても残念なこと。というのはこの崖の附近は潮流が非常に激しい上に、いたるところ、暗礁や浅瀬が隠れていて、近附く物を一口に呑んでやろうと身構えをしているのですから、よっぽど物慣れた漁師でもこの附近へ舟をやることを恐れるのは非常なものです。

さて今からざっと八年前のとある黄昏《たそがれ》ごろのこと、この鷲の巣岩の沖を廻る船の上から、望遠鏡か何かで、折から濃い夕闇に裹《つつ》まれてゆく崿《がけ》の上に眼を灑《そそ》いでいる人があったとしたら、その人はきっと、暗緑色の岩の中腹に、蛇苺《へびいちご》のような紅の斑点がチラチラしているのを発見したことでしょう。

一体この鷲の巣岩というのは、遠くから視《み》ると、白い怒濤《どとう》が逆巻いている麓《ふもと》から、いつもレースの肩掛をまとっている頂《いただき》に至るまで、少しの罅裂《かれつ》もない一枚板のように見えたかも知れませんが、よくよく視ればそうではなく、この断崖を巨大な半身像と仮定すると、その乳房に相当するあたりに、隘《せま》い、くねくねと曲った岨径《そばみち》が、一条の襞《ひだ》となって中腹を縫っている事に気がついたでしょう。今いった赤い斑点というのは、この岨径から崖の端にブラ下った、若い女の毛糸のジャンパーだったのですが、もしその人の望遠鏡が、更に精密なものであったなら、この女の頭のへんに、もう一人、腰の緊《しま》った黒い天鵞絨《ビロード》の洋服を着た女が、傲然《ごうぜん》として突立《つった》っている事に気がつき、彼が更に正確な観察者なら、黒衣美人の頬《ほお》にある痛々しい蚯蚓《みみず》脹れといい、兇暴な燃ゆるような眼つきといい、そこに容易ならぬ事態の発生しつつあることに気がついたに違いありません。

この女たちというのは、二人とも崿の向うの入江のほとりに、近頃新しく出来た貝殻館という、奇妙なお邸《やしき》の客で、いま断崖にブラ下って気狂《きちが》い踊《おどり》を踊っている方を月代といい、もう一人は美絵というのですが、一体どうしてこんな恐ろしい事態が発生したかというと、それはこうなのです。月代は相手の美絵に較《くら》べると年齢も三つ四つ上だし、貝殻館の客としても先輩の地位にあり、現に美絵が出現するまでは、数人の男たちに取り囲まれて、女王のように振舞うことを許されていた上に、遠からず館の主人公である貝殻貝三郎氏より結婚の申込みがあるだろうという、確固たる自信を持っていたのです。ところが美絵の出現によって彼女は、一朝にしてそれ等《ら》の希望と自信を無残にも蹂《ふ》み躙《にじ》られたばかりか、近頃ではどうやら、貝三郎に結婚を申込まれるのは自分ではなくて、美絵であるらしいことが分って来たので、憤懣《ふんまん》に耐えかねた彼女は、この強敵を人知れず崖の上から撞《つ》き堕《おと》して殺してしまおうと計ったのですが、過って自ら足を踏み滑らせたが為に、逆にこういう死地に陥ったというのが、現在に至るまでの簡単な経過なのです。

「助けて、美絵さん、後生《ごしょう》だから」遥か下の方で渦を巻いて岩を嚙《か》んでいる濤《なみ》の音を聴くと、月代は恥も外聞もない。さっきから何度となくそういって哀願しているのだが、この瞬間美絵はきっと気が触れていたに違いありません。相手の鋭い爪によって引き裂かれた蚯蚓脹れからは、火のような激痛を発し、それが美絵の兇暴な心臓に拍車をかけます。野獣《けもの》の爪に毒がある以上、人間の爪にだってそれがないとは限らぬと私は思うのですが、美絵はこの毒のために前後の分別を喪《うしな》ってしまったのに違いありません。

「助けて、美絵さん、あゝ、恐ろしい」月代の声は次第に弱り、繊弱《せんじゃく》な腕は追々疲れ、放っておいても彼女が遠からず、死の淵《ふち》へ転落してゆく運命にある事は明《あきら》かだったのです。しかも美絵は、この自然の成行《なりゆき》にさえ委《まか》せようとはせず、有《あ》りあう石を拾いあげると、いきなり発矢《はっし》とばかり相手の面部を擲《なぐ》ったのですから耐《たま》りません。月代は呀《あ》っと叫んで手を放すと、翻筋斗《もんどり》うって渦巻く激流と、その渦の中から鋭い頭を突き出している、ぎざぎざの岩の真唯中《まっただなか》へ墜ちて行きましたが、それから後の事はいう迄《まで》もありますまい。何しろその岨径から波打際まで十丈あまりもあるのですから。……

美絵は果して自分の行動を意識しているのかいないのか、姑《しばら》く気が遠くなったような眼つきをして、そこに立竦《たちすく》んでいましたが、ふと気がつくと、確乎《しっか》と握りしめた石の角に、血に塗《まみ》れた髪の毛が二三本くっついている恐ろしさ。美絵は急に現実的な恐怖を犇々《ひしひし》と胸に感ずると、周章《あわて》てその場から逃げ出し、隘い岨径を伝って曲角《まがりかど》までやって来ましたが、その時ふと向うをみると誰やら人が。……夕闇の中にもはっきりと眼に映ったのは、茶色の服に同じ色の鳥打帽、それから剃刀《かみそり》のような鋭い貌《かお》です。これはやはり貝殻館に滞在している客で、緑川大二郎という男なのですが、どういうものか美絵は日頃から、得体の知れぬ底の深さをもったこの男を虫が好かないのです。尤《もっと》も今の美絵は、よしや相手が大好きな恋人だったとしても、やはり隠れぬわけには行かなんだでしょう。彼女は思わず叫び出しそうになるのを、やっとの思いで押し殺して、原来《もと》た径《みち》へと取って返しましたが、さて隠れるといって一体どこへ隠れたらいゝのでしょう。此《こ》の忌々《いまいま》しい岨径《そばみち》と来たら、枝のない一本路で、先は断崖の途中で袋のように断ち截《き》られているのです。美絵は、絶望的な恐怖を眼一杯に浮べ、素速く前後を見廻わしていましたが、ふと思い出したのは、今自分の立っている岩の下が小さな洞《ほこら》になっていて、危険さえ懼《おそ》れなければ、十分隠れることが出来るということでした。現在の美絵に、どうして躊躇《ちゅうちょ》などしている遑《いとま》がありましょう、それに彼女は女としては決断力の強い方でしたから、そう気がついた瞬間には、既に半分その方へ降りかけていたが、それは漸《ようや》く間に合いました。彼女がその危険な隠れ場所へ辛うじて這《は》い込むか這い込まぬうちに、緑川大二郎の姿が、あの崖の曲角に現れたのです。

　次第に近附いて来たその男の足音が、美絵の頭の上を通り過ぎ、また次第に向《むこう》の方へ消えてゆくのを、美絵はどんなに恐ろしい気持ちで待っていたでしょう。時間にしてそれは僅《わず》か二三分のことでしたけれど、美絵にはその間が二三時間のようにも思え、殊《こと》にその男が美絵の頭のうえで、煙草《タバコ》の火をつけかえるために、少し歩調を緩めた時には彼女はもうこれ迄かと思わず観念の眼《まなこ》を閉じたくらいでした。しかし到頭《とうとう》その男は行ってしまいました。

　そしてその足音が聴《きこ》えなくなると同時に、美絵は大急ぎで隠れ場所から飛び出し、夢中になって、第一、第二の曲角を通り過ぎ、第三の曲角まで来て漸くいくらか落着《おちつ》くと、少し歩調を緩めかけましたが、その途端彼女は、ゾーッと全身に総毛立つような衝動を感ずると、思わずそこに立竦んでしまいました。

　今美絵が歩いている岨径の、ずっと右手の方に当って、鶏の蹴爪《けづめ》のように細い岬《みさき》の鼻が海に向って突《つ》き出《だ》しているのですが、その岬の突端《とったん》のところに小さい丸太小屋があって、その丸太小屋の窓から一つの頭が覗《のぞ》いているのです。しかもその人間は手に双眼鏡を持っていて、それを眼に当てゝは、美絵の姿と、あの断崖の下に横《よこた》わっている月代の死体の方とを、交《かわ》る替《がわ》る見較べています。嗚呼《ああ》、どんな恐ろしい夢魔と雖《いえど》も、双眼鏡を眼に当てたこの人物ほど、深く美絵を脅かす事は出来なかったでしょう。

一体どうしてそんな岬の突端に、一軒ポツンと小屋が建っているのかというと、これは黒潮に乗って寄せて来る魚群を看視するためなのです。そこには番人がいつも交替で、一刻の油断もなく、双眼鏡で海の上を見張っており、一寸《ちょっと》でも海の色が変わるのを発見すると、直《ただ》ちに銅鑼《どら》を叩いてこの由を村に報告します。美絵も一度、この丸太小屋を訪れたことがあるので知っていますが、そこには年寄った漁師と、十三四になる息子が二人きりで住んでいるのです。その息子というのは頭の鉢《はち》の妙に開いた、眼のぎょろりとした、頬の尖《とが》った、いかにも畸型《きけい》的な感じのする少年でしたが、嗚呼、いま丸太小屋の窓から、双眼鏡を眼に当てゝまじまじとこちらを見ているのは確かにその少年ではありませんか。

美絵はその時、周囲の岩が雷に撃たれて真二つに裂け、海の水が地震のために干上ってしまったとしても、これほど大きな驚きに打たれることはなかったでしょう。彼女はふいに全身がシーンと痺《しび》れ、心臓が空っぽになり、顎《あご》がガクガクと釣りあがって、今にも斃《たお》れそうな気がしましたが、急に低い叫び声をあげると、夢中になって駆け出しました。

さてこの辺で、美絵や月代や緑川大二郎が滞在している貝殻館という建物について、一応説明しておかねばならぬ必要に迫られましたが、それには丁度幸い、今私の手許《てもと》にあるS温泉案内記の中にそれに触れた一節があるので、それを一寸こゝに抜萃《ばっすい》してみましょう。

——貝殻館ハS湾ノ絶景ヲ一望ノウチニ俯瞰《フカン》スル入江ノホトリニアリ、東都ノ画家貝殻貝三郎氏ノ建築スル所、モト邸内ニハ様々ナル不可思議ノからくり仕掛アリテ、見ル人ヲ驚カセシモ、後故《ユエ》アリテ廃セラレテヨリハ、今ハ唯白亜ノ残骸ノ徒《イタズラ》ニ風雨ニ曝《サラ》サルヽヲ見ルノミ――云々《うんぬん》。あまり上手な文章とは惟《おも》えないが、これでも貝殻館の一半が知られなくはありますまい。

　私もこの不可思議な館の主人公、貝殻貝三郎というのを知っていましたが、この男は画家というよりも、画家のパトロンといった方が当っていたでしょう。私はついぞこの男の画《か》いた絵というのを見た事がありません。恐らく私以外の誰だってそうでしょう。それにも拘《かかわ》らずこの男の名がひどく有名だったのは、彼が莫大な資産の持主であり、しかもその資産を散ずるに少しも躊躇しない性格によるものであったでしょう。実際彼は驚くべき浪費家で、画家の仲間に何かあると、いつも先頭に立って音頭をとるのがこの男、それを又いゝ事にして、彼を煽動《せんどう》して次から次へと馬鹿々々しいお祭騒ぎを計画する悪い仲間もあるというわけで、真面目《まじめ》な人々の間ではいゝ笑い物にされていましたが、この男には少しもそれが苦にならぬ様子でした。

　S湾のほとりにあんな馬鹿々々しい、子供欺《だま》しのようなからくり仕掛の家を建てたのも、詮ずるところ、彼の奇抜な浪費癖の現れで、彼はそこで気に入った仲間を集め、王様になるつもりだったのですが、その怪奇好み、異常癖《へき》がとうとう、これからお話するような、妙な事件を生む原因になってしまったのです。

　それはさておき、貝殻館へ逃げて帰って来た美絵は、その夜一晩まんじりともする事が出来ませんでした。幸い月代の失踪《しっそう》については、この暢気《のんき》な貝殻館の住民たちの間には、大して問題も起りませんでした。滞在客のうちの一人が、誰にも挨拶《あいさつ》をせずに、突然引揚げてしまうというような事は、この邸の中では敢《あえ》て異とするに足りないところなのです。なに、あの女のことだから、何か気に入らぬことがあって、プイと東京へ帰ってしまったんだよ。心配する事なんかありやしない。二三日もすると、又バアとやって来るに極《きま》っているさ。この調子だと月代の死体が発見される迄には、かなりの時間があると見ていいのですが、美絵が何よりも惧《おそ》れたのは、あの看視小屋の少年のことです。少年の訴えによって、今にも警官が踏み込んで来はしまいかと、美絵はそう考えることによって、幾度、生命の縮むような思いをした事か分りませんでしたが、不思議な事には、その夜のうちにもやって来そうに思えた逮捕の手は、翌朝に至っても何の徴《しるし》も見えません。

そうなって来ると美絵はいくらか気も落着き、そして改めて善後策を講じてみる程の余裕も生じて来ます。どういうわけであの少年が沈黙しているのか分らないけれど、今まで黙している以上、これから先だって黙らせておく事は必ずしも不可能ではあるまい、美絵はその方法について、あれかこれかと急《いそ》がしく頭の中で思案を練っていましたが、これは何を措《お》いても、一度あの少年に会って気を引いてみなければならぬと、そこで大急ぎで朝のお化粧をすませ、殊にあの蚯蚓脹れに至っては、念にも念を入れて、十分白粉《おしろい》で塗り隠し、特別に着飾って貝殻館をとび出した刹那《せつな》、バッタリと出会ったのは又してもあの緑川大二郎です。

美絵の方へジロリと鋭い一瞥《いちべつ》をくれると、何処《どこ》へ、とも云《い》わずムッツリとしたまゝ追越してゆくその面《つら》憎《にく》さ。美絵はちょっとの間、激しい憤《ふん》怒《ぬ》と共に、腹の底が固くなるような、何やら得体の知れぬ不安を感じ、この男に出会ったことを以って、これから自分の演じようとする役割が、結局、失敗に終るという前兆ではあるまいかと、そんな弱い気持にもなるのでしたが、すぐ、何を、あんな奴と、強《し》いて気を取り直すと、わざと足音も荒々しく浜の方へ下りてゆきましたが、間もなく彼女は、岩の間で蟹《かに》を追っかけている少年を捕まえました。頭の鉢の開いた、眼のぎょろりとした、いかにも畸型的な感じのするかお、かたち、昨日小屋の中から見ていたのは、確かにこの少年に違いないと思うと、美絵は何となく、無防禦《ぼうぎょ》な少年に対して、生唾《なまつば》が湧いて来るような感じで、思わず前後を見廻しながら、要心深く近附いて行きました。

「何をしているの。そんなところで」

美絵は出来るだけさりげない様子で言ったつもりだけれど、それでも声の顫《ふる》えるのを防ぐことが出来ませなんだ。少年はさっきから妙に落着《おちつき》をうしなって、ソワソワとしていましたが、彼女にそう声をかけられると、びっくりしたように、白い素速い視線を彼女の方へくれたきり、黙り込んでいます。

「ねえ、何をしているの、蟹をつかまえているの、おっしゃいよ。あなた、向うに見えるあの小屋にいる人でしょう」

「うう」

「あなた、昨日の夕方、あの小屋の中から双眼鏡で外を覗いていたわね。ねえ、そうじゃない」

少年は驚いたように美絵の顔を見直し、何か言おうとするように口を動かしたが、すぐ又思い直したようにそのまゝ黙り込んでしまいました。

「ねえ、隠さなくてもいゝのよ。はっきり言って御覧。あなた昨日、小屋の窓から外を覗いてたでしょう」

この答えが運命の岐路だと思ったから、美絵は全身を鋼鉄のように緊張させ、じっと少年の顔を見守っているのに、相手は相変らず含羞《はにかみ》の色をうかべたまゝ、オズオズと砂の上を掻《か》き廻している。ちっとも驚いたり怖がったりしている風は見えないから、美絵はひょっとすると、この少年は白痴か、それとも低能者ではあるまいか、もしそうだとすれば、自分はちっとも懸念する必要はないのだが……とそんな風に考えていると、何を思ったのかふいに少年は熱心の色を眼にうかべ、

「ねえ、小母《おば》さんは貝殻館にいるんだろう」

と別の事を言い出した。

「ええ、そうよ、それがどうかして」

美絵は何となく胸をとゞろかせたが、相手は又もや、それきり黙っている。

「あなた、何てお名前？」

「僕？——僕、次郎」

「そう、それじゃ次郎さん、はっきりおっしゃいよ。あなた昨日、双眼鏡で向うの鷲の巣岩の方を見ていなかった？」

「うう、僕、いつだって見ているんだよ」

「だけど、昨日は何か特別に変ったことを見たでしょう、あの崖の方で……」

「ねえ、小母さん、小母さん貝殻館の人なら僕お願いがあるんだけど」

　少年は又別なことを言い出しました。この些《いささ》か智能の低いらしい畸型児から、必要な答えを得ることの、仲々容易でないことを覚った美絵は、何ともいえない焦躁《しょうそう》を感じながら、

「お願い？　お願いって何よ」

「貝殻館には随分、不思議なものが沢山あるんだってね」

「ええ、あるわ。それで次郎さん、あなた昨日見たことを誰にも言やしなかった」

「僕見たいんだよ。小母さん、ねえ、後生だから僕を一度貝殻館へ連れてってておくれよ」

「貝殻館、そうね」

　美絵は何気なく次郎の顔を見ましたが、その顔を見て驚いたのです。強い願望と、激しい情熱と、そして又今迄諦《あきら》めきっていたところの願望が、ひょっとすると遂げられるかも知れないという希望のために、醜《みにく》い歪《いびつ》な顔は一倍歪となり、落ち窪《くぼ》んだ双つの眼は、気味悪いほどの熱を帯びて耀《かがや》いています。美絵はそれを見ると驚きもしましたが、それと同時に悪賢い彼女は、又一種異様な、残酷ともいうべき計画を急がしく頭の中で組み立てました。彼女は急に優しい微笑をうかべると、

「次郎さんは貝殻館の中を見たいの」

「うん、僕、見たいんだよ」

「そう、でも随分それは難しいことだわ」

「駄目――？　駄目なの、小母さん」

「そりゃ随分不思議なものがあそこにはあるのよ。次郎さんなんか、想像もつかないくらい、不思議な、そして綺麗なものが、あの中には一杯あるのよ。それはとてもとても素晴しい、お伽噺《とぎばなし》にだって滅多《めった》にないような、それこそ次郎さんなんか見たら、胆《きも》を潰《つぶ》して気絶してしまうかも知れないような、そういう珍らしい仕掛が一ぱいあるのよ」

美絵がそういう言葉の醸し出す効果を見極める事が出来たのは、実に即座でした。次郎はそれを聴くと、ふいに声をあげて泣き出し、砂のうえに身を投げ出すと、ちょっとでもいゝから、その素晴しい、不思議な仕掛というのを見せてくれといって、彼は砂まみれになってその辺を転げ廻るのでした。それは全《まった》く気狂《きちがい》じみた、恐ろしいような熱心さでしたが、それを見ているうちに、美絵の頭には今迄漠然として渦を巻いていたある考えが、次第にはっきりとした、一つの計画に凝固して来、そしてその恐ろしい考えのために、美絵はわれながら、ゾッとしたように身顫《みぶる》いをしました。

「お止《よし》！」

美絵はふいに鋭い声でそういいましたが、すぐ言葉を柔らげると、

「さあ、お止しといったらお止しなさいね。もし次郎さんが小母さんとの約束を守ってくれるなら、きっと貝殻館へ連れてってあげますからね」

「ほんと？」

「ほんとですとも。だけど昼の間は駄目よ。昼の間は怖い小父《おじ》さんたちが番をしていて、誰も入れないんですからね。今夜こっそり、誰にも内密でいらっしゃい。そうすれば小母さんがきっと中へ入れてあげる。その代り、次郎さん」美絵はそこで急に怖い顔になり、きっと次郎の面《かお》を睨《にら》みつけると、

「その代り、昨日あなたが見たことを、誰にも喋舌《しゃべ》るんじゃありませんよ。よござんすか。もし喋舌ったら、小母さんは次郎さんを酷《ひど》い目に遭《あ》わせますよ。分りましたか」

次郎は何となく、怯《おび》えたような顔をしながら、それでも何処《なんど》となく、こっくりこっくりとあの大頭を振って頷《うなず》いてみせるのでした。

その晩、次郎に対して美絵が行ったような、あゝいう悪賢い、人でなしの犯罪の例が他にもあるかどうか、私はよく知りませんが、恐らくは、どこにでもあり得るという性質のものではなかったでしょう。実にそれは犯罪者が美絵のような女であると同時に、犠牲者がまた次郎のような異常な少年でなければ、

とうてい演じられないような、一種特別な、それだけにまた奸智《かんち》に長《た》けた、恐ろしい犯罪であったということが出来ます。

　それはさておき、その晩次郎が貝殻館に忍んで来たのは、夜ももう十一時過ぎ、十二時近くのことで、月も星もない空は暗澹《あんたん》として低く垂れさがり、嵐の前触を思わせるような波の音が、鷲の巣岩のあたりで物凄《ものすご》い唸《うなり》をあげていました。如何《いか》に海に慣れているとはいえ、こういう晩に人知れず、気味の悪い貝殻館へ忍んで来たということだけでも、次郎の願望というか、憬《あこが》れというか、兎に角彼の熱心さが異常なものであったという事が分るでしょう。予《あらかじ》め美絵が開いておいて呉《く》れた窓から、俗に『月光の間』と称《よ》ばれている部屋の中へ忍び込んだ次郎の体が、顫えに顫えて、殆《ほと》んど立っているのも耐えがたい程に見えたというのも、恐ろしさばかりではなく、寧《むし》ろ非常な昂奮《こうふん》のためであったのです。次郎は先ず、その部屋の何とも得体の知れぬ微妙な明るさにどぎもを抜かれました。それはちょうど、貝殻の内側のような、美しい真珠色の光線に包まれており、そしてそれ等の光線が、すべて錫《すず》を塗った四方の鏡の壁に由来することを知ったとき、次郎の駭《おどろ》きはどんなだったでしょう。いやいや、その美しいものは壁ばかりではなかったのです。跣《はだし》の足の裏の冷さに、ふと床のうえに眼をやった次郎は、そこにもはっきりと自分の姿が倒《さかしま》に写っているのを見て、彼は果して、自分のかねがね憧れていたところのものが、それだけの価値に富むものであった事を発見し、非常な満足を覚えると同時に、一そうの昂奮を感じたのでした。

「まあ、次郎さんは一体何をそんなに顫えていらっしゃるの」

　真珠色に燻《くすぶ》っている光沢の奥から、ふいにそういう声がしたので、次郎がハッとして眼をあげると、あゝ、一体どういう仕掛になっているのだろうか、眼の前にあった銀色の靄が、ふいに二つに裂けたかと思うと、そこに紗《しゃ》のような軽羅《けいら》をまとった美絵の姿が、朦朧《もうろう》として浮きあがって来ました。

「今からそんなに顫えているようじゃ駄目ですよ。

さあ、しゃんとして私の後についていらっしゃい」

美絵が口の中で何やら呪文のようなものを唱えると、その錫鏡が蓮《はす》のようにさっと八方にひらいてそこに現れたのは実に、何とも譬《たと》えようもない程の、美麗な真珠色の夢幻境でありました。周囲は唯《ただ》もう、夢のような銀白色に包まれ、壁といわず天井といわず床といわず、一面に眩《まばゆ》いばかりの乳色に輝き、空に虹のような白銀の蜘蛛《くも》の巣が懸《かか》り、足下には天上の星を蹂《も》みしだいたかと思われるばかりに、七色の宝石が燦然《さんぜん》として蛍光を発しています。そしてその中央にはきらきらと白銀の小蛇を躍らせている噴水の美しさ。銀色の池、銀色の沙《いさご》、銀色の橋、さてはあたり一面にかかっている銀色の瓔絡《ようらく》や銀色の総飾《ふさかざり》、それはとてもこの世のものとは信じられぬ、恍惚《こうこつ》とするような妖《あや》しい、美しい眺めでした。

「さあ、こちらへいらっしゃい。もっと不思議なものを見せてあげましょう」

美絵は顫え戦《おのの》いている次郎の手を握って、この不思議な銀色のパノラマの中へ入って行きましたが、やがて大理石で出来た大きな水盤のまえに立ち止ると、

「ちょっとこの中を覗いて御覧なさい」

次郎が覗いてみると、その中には水銀のような水がドロリと澱《よど》んでいるばかりで、一向何も見えません。

「何か見えますか」

「ううん」

「ではもう少し覗いていて御覧なさい。そのうちに何か見えて来るでしょう」

その言葉が終らぬうちに、さっと大きな波紋が起ったかと思うと、何だかぼんやりとした白いものが次第に明瞭にそこに現れて来ました。何だろう？　次郎は好奇心に顫えながら凝《じ》っとそれを凝視していましたが、突然あっと叫んでそこから飛びのきました。

「何か見えましたか」

「首が……、首が……」

「首ですって？　どんな首なの」

「血塗《ちまみ》れになった、恐ろしい、女の生首……」

「女ですって？　間違《まちがい》じゃありませんか。次郎さん

の顔が映っていたのでしょう、ねえ、そうでしょう、もう一度よく覗いて御覧なさい」

次郎は怖々《こわごわ》もう一度そっと覗き込みましたが、今度は前よりも遥かに大きな声をあげてうしろに飛び退ったのです。

「やっぱり女です。そして……そして……」

「そして、どうかしましたか」

「そして、それは小母さんの首です」

「あら厭《いや》だ。おゝ気味の悪い、嘘《うそ》でしょう、そんなこと。次郎さんは意地悪ね。そんなことを言って小母さんを揶揄《からか》ってるんでしょう」

「ううん、本当だよ。嘘だと思うなら覗いて御覧よ。本当に恐ろしい、小母さんの生首……」

次郎は真実恐ろしさに耐えぬものゝように、歯の根をガタガタ言わせながら、美絵の指をつかんで激しく振ります。美絵は肩を聳《そび》やかすと、眉根に皺《しわ》を寄せて、

「厭よ、そんな気味の悪いもの。それより向うの方にもっと面白いものがあるから行ってみましょう」

やがて彼等は銀色のとまり木のうえに止まっている、不思議な銀色の鸚鵡《おうむ》の前で立ち止まりました。

「ねえ、珍らしい鳥でしょう、どう、ちょっと羽を撫《な》でて御覧なさい」

次郎はいわれるまゝにおずおずと手を出しましたが、その途端何に怒ったのか、不思議な銀色の鸚鵡はさっと毛を逆立てたかと思うと、とまり木を蹴っていきなり次郎の方へ飛びかゝって来ました。

「あれッ」次郎は気も動顛《どうてん》し、たまぎるような悲鳴をあげて逃げ廻るのを、鸚鵡は益々《ますます》いきり立って羽《は》搏《ば》きの音も荒々しく、真一文字に躍りかゝってくる勢いの恐ろしさ。美絵はその様子を傍にあって、冷然と見やっているばかりで、手を下して助けてやろうともしません。光線の加減もあったでしょうが、その時の彼女の顔は、妙にギスギスとした陰影に隈《くま》取《ど》られ、そうして無言のまゝ突立《つった》っているところは、何となく西洋の妖婆《ウィッチ》のように気味悪いのでした。次郎はそれを見るといよいよ恐ろしくなり、

「小母さん、助けて」と必死になって叫びながら、

彼女の足下へ俄破《がば》とばかりに突伏《つっぷ》しましたが、その時、思いがけないことがそこに起ったのです。今将《まさ》に次郎めがけて躍りかゝろうとしていた鸚鵡が、罠《わな》にでもかゝったようにふいにバタバタともがき始めたので、何事が起ったのかと次郎が怖々頭をもちあげてみると、これは又何ということだ！　傍の人造石の岩の上から、むっくり鎌首をもたげた真珠色の大蛇が、今しも鸚鵡の片羽根を咥《くわ》えて一呑みにしようとしているのです。しばらく鸚鵡の激しい羽搏きの音が、静かなこの夢幻境の空気をゆるがし、銀色の羽毛が雪のようにあたりに飛散《とびち》りましたが、やがてその騒ぎもおさまると、大蛇は膨らんだ腹を波打たせながら、再び人造石の岩の蔭《かげ》に入ってしまいました。嗚呼その光景の物凄さ、次郎はこの重ね重ねの恐ろしい異変に、すっかりどぎもを抜かれて、最初の勢いもどこへやら、一刻も早くこの恐ろしい場所から逃げ出したいと思いました。美絵はその様子を早くも看《み》て取ったものか、ふいに次郎の手をぎゅっと摑《つか》むと、相手の体をそのまゝ吸い取ってしまいそうな、あの大きな瞳《ひとみ》で、凝っと次郎の眼の中を覗きこみながら、

「まだまだ、こんな事では済まないのですよ。ほら、向うを見て御覧なさい。もっともっと恐しいものが見えてきましたから」

　次郎はもうこれ以上恐ろしいものを見たくないと思いましたが、それにも拘らず、美絵の言葉の不可思議な魔力に惹《ひ》かれて、おずおずとその方へ眼をやると、さっきまで銀色に輝いていた向うの鏡の上に、その時一面に怪《あや》しげな黒雲がかゝったかと思うと、やがてそこに漪漣《さざなみ》のような緩やかな光の波紋が起り、そしてその中から、異様な風体《ふうてい》をした群集が、手に手に棍棒を振り廻し、フットボールのようなものを空高く投げ合いながら、喧《わめ》きつ叫びつ、次第にこちらへ近附いてくるのが見えました。しかもこの気味の悪い群集は、単なる鏡の上の影像だけではなく、ちょうど昔流行した飛出《とびだ》す活動のように、今にもこちらへやってきそうに見え、その声のないどよめきといい、荒くれた形相といい、その恐ろしさときた

ら、殆んど形容する言葉にも苦しむくらいでした。

「ほら、あのフットボールをよく御覧なさい。あれが何だか分りますか」

その言葉に次郎は半ば放心しかけた瞳を、もう一度よく定めて見ると、彼等が空高く投げ合っているフットボールというのは、実に人間の生首――それもさっき水盤の中で見たと同じ、血に塗れた美絵の生首でありました。

次郎は思わず「あっ」と叫ぶと、ふいに体がシーンと痺《しび》れ、眼の前が朦朧としてぼやけて来るのを感じました。おそらくそれが、彼の脆弱《ぜいじゃく》な神経の耐え得る最大限度であったのでしょうが、更にその時美絵の囁《ささや》いた恐ろしい言葉の数々が、根こそぎ彼の生命の樹をゆすぶる事に役立ったのでした。

「さあ次郎さん、あなたはこゝで小母さんと一緒に死んでくれるでしょうね。あなたも見たように、昨日私は鷲の巣岩で人殺しをしたのですから、とてもこのまゝ生きてはいられないのです。もしこのまゝ生きていたら、きっと今見たあの恐ろしい幻のように、小母さんの首は斬り落され、その生首はフットボールのように、空中高く投げられるでしょう。厭です。厭です。そうなる前に小母さんは自分で死んでしまいたいのです。でも一人じゃ厭、一人じゃ淋《さび》しいんですものね。ねえ、次郎さん、後生だから小母さんと一緒に死んで頂戴《ちょうだい》。厭なの、あら駄目！ 逃げようたって駄目なのよ！」美絵はちょっと怖い声をしたが、すぐ又優しい声になって、

「何も恐ろしい事や苦しいことはないのよ。ちょっとも苦しまずに死ねる方法を小母さんは知っているのです。ねえ、次郎さんはいい児だから、きっと小母さんのいうことを肯《き》いてくれるわね。まあ！ この劇《はげ》しい顫えようたら！ 御免なさいね、あまりいろいろな事を云って怖がらせて済まなかったわね。さあ、それでは今すぐに、この恐怖から解放してあげましょう」

そう言って美絵は、恐怖のために半ば知覚を喪いかけている次郎に素速く眼隠しをすると、軽々とその体を抱きあげ、真珠色の水を満々と湛《たた》えた、巨《おお》き

な大理石の浴槽の方へ行きました。

その夜I半島一帯を襲った暴風雨は、夜が明けると同時に、二つの大きな駭きを貝殻館に齎《もたら》しました。『月光の間』に発見された次郎の屍体のほかにもう一つ、あの暴風雨のために近くの浜辺に打ちあげられた、見るも無残な月代の惨死体が発見されたのです。さすが暢気な貝殻館の住民も、東京へ帰ったことゝばかり思っていた月代が、このような意外な姿となって現れたのですから、一時はかなり驚きましたが、しかし何事につけても、一つの事に長く興味を持ち続ける事の出来ない連中です。間もなく月代のこの不幸を、日頃彼女の好んでいた鷲の巣岩散歩の犠牲になったのであろうと、至極《しごく》簡単に結論を下してしまいました。一方また『月光の間』に発見された次郎の屍体ですが、この方は一層問題がありませんでした。この少年が日頃から並々ならぬ好奇心を貝殻館に対して抱いていたという事は、誰でも知っている事実でしたので、恐らくその哀れな好奇心の犠牲となって、驚死したのであろうというのでした。事実次郎の屍体には何等の外傷も、暴力の痕跡も発見することが出来なかったのですから、こゝに仮令《たとい》シャーロック・ホームズやオーギュスト・デュパンのような名探偵があったとしても、果してこれ以上の事実を推定することは困難だったのに違いありません。これを要するに万事は美絵の思う壺《つぼ》に嵌《はま》ったのです。誰一人この恐ろしい二重殺人に対して疑惑の眼を向けようとする者はありません。美絵は心私《ひそ》かに自分の賢明さに対して祝福の言葉を贈らないではいられませんでした。尠《すく》なくともその翌日の夕方、食堂に於《お》いて次のような議論に花が咲いているのを、ちらりと小耳に挟むまでは。……「実際、われわれが生と称《よ》び死と称しているこの事柄ほど、頼りない、漠然としたものはないのですよ。一体どこ迄を生といい、どこから先を死というべきか、果して誰が明瞭に、この限界をわれわれに教えてくれるでしょう。誰一人それを明確に指摘することの出来るものはいないのです」

黒いパイプを口に啣《くわ》えたまゝ、にこりともしないでそう云っているのは緑川大二郎でした。鑿《のみ》で削ったようなその鋭い横顔に、ちらりと眼を注ぎながら、おやおや、この哲学者さん、一体何を云い出すことだろうと、美絵もひそかに部屋の一隅に席を占めましたが、やがて相手の論旨が次第に、ある一つの方向を辿《たど》りつつある事を覚ると、さすがの彼女も、思わずハッと胸を轟《とどろ》かせたのです。

「私は七度死んで七度蘇生《そせい》した男を知っていますがね」と緑川大二郎はおもむろに続けるのです。

「七度とも医者は死亡診断書を書くのに少しも躊躇しなかったのですが、それにも拘らずその男は、七度とも無事に活《い》き還《かえ》ったのです。むろんこの男の場合は些《いささ》か極端ですが、仮死の状態から再び蘇生したという例は無数にありますよ。その中で最も有名なのは、一八一〇年巴里《パリ》で死んだラホセードという人妻の事件です。この女はラホセードという男と結婚して三年目に死んだのですが、生前ひそかに彼女に懸想《けそう》していたジュリアン・ポシウという男が、恋情に耐えかね、せめてその髪の毛なりとも手に入れようと墓を発《あば》いたところが、意外にも女が蘇生したのです。そこでそのまま手を携《たずさ》えてアメリカへ渡り、夫婦気取りで暮しているところを、先夫の友人に発見され、医学上、並びに法律上の大問題として欧米を騒がせたことがあります。それからもう少し極端なのは、アメリカのボルチモア選出の下院議員の細君の例ですが、この女は死亡後数日経って、死体が既に腐敗しかけたところを葬ったのですが、これまた墓の中で蘇生したという例があります。仮死の埋葬という事実は、空想力に富んだ作者にとっては好題目なので、今迄しばしば小説のなかに書かれていますが、そこには必ずしも荒唐無稽《こうとうむけい》な拵《こしら》えごとゝして、排斥《はいせき》してしまうことの出来ない真実があるのですよ」

「なるほど、それでどうだと仰有《おっしゃ》るのですか。まさかあのズタズタに骨の砕けた月代君が、ひょっとすると活き還るかも知れないなどと仰有るのじゃありますまいね」

貝殻館の主人貝殻貝三郎が、この時はじめて、幾分好奇心を動かされた如《ごと》く、にこやかな微笑を浮べながら反問しました。

「いや、月代君の方は恐らく駄目でしょうね。しかし、ひょっとするとあの少年の方はどうにかならないかと思うのですが」

「あなたはそれを本気で言っているのですか」

「無論ですとも。御承知の通りあの少年の体には少しも外傷が見られませんでしたね。医者の診断によると、何か非常に恐ろしい衝動を受けたゝめに心臓の機能に故障を起したのだろうということでした。ところで私は最近独逸《ドイツ》のさる医学雑誌に、同じような原因で死亡した男に、ある特種の電流を廻《め》ぐることによって蘇生させたという記事を読んだことがあるのです。ところであなたは、私がかつてさる医科大学の研究室に潜り込んで、しばらく勉強していたことのあるのを御存じでしょう。そこで一つ、この珍らしい実験をして見ようと思うのですがねえ」

「実験を？」さすが物に動ぜぬ貝殻館の連中も、この大胆な提案には驚かぬわけには行きませんでした。

「どうしていけないのですか。失敗したところで結局もと〱じゃありませんか。それが若し成功して御覧なさい、人の生命を一つ救うことが出来るうえに、われわれは素晴しくショッキングな経験をする事が出来るのですよ。こゝにいられる皆さんは、世にも優れた猟奇の徒でいらっしゃるから、私のこの提案に対して反対される人は一人もいないことゝ思いますが」

「えゝ、そりゃ大変結構ですがね。しかしあの児《こ》の父親というのが承知しますかね」

「その心配なら御無用、父親も既に承諾して、自ら進んで少年の屍体を、あの『月光の間』へ運んできているのですよ」

　これには美絵も思わずぎょっと致しました。この男は本気でこんなことを言っているのであろうか。この一見馬鹿々々しく見える言葉の裏には、何か恐ろしい罠が秘められているのではなかろうか。美絵はその隠された意味を読み取ろうとするかのように、凝っと緑川大二郎の横顔を見詰めていましたが、石のように冷い仮面からは、ついに何物をも発見することは出来ませんでした。

「それじゃ、『月光の間』で、その素晴しい実験をおやりになるのですか」

「そうです。配電装置などあの部屋が一番理想的なんですがね。……いかゞですか。皆さんがいらっしゃれば直《す》ぐにでも始められるように、ちゃんと用意がしてあるのですが。あゝ、これは失礼、御婦人にはこの実験はちょっとどうかと思うのですが」

「いゝえ」美絵は大きな瞳の中に、相手の姿を呑み込んでしまおうとするかのように、凝っと緑川の顔を眺めていましたが、やがて静かな、落着きはらった声音でこういいました。

「私もぜひ見せて戴きますわ」

そういいながら美絵は、軽い眩暈《めまい》を耐《こら》えるように、きっと唇を嚙《か》みしめていました。

それにしてもいつの間にこのような恐ろしい準備がしてあったのでしょうか。月光の間のあの銀色の噴水のかたわらには、巨きなガラス製の寝榻《ねだい》が用意してあって、その上に横たわっている裸形の屍体は、確かにあの次郎ではありませんか。嗚呼、あの鉢のひらいた大きな頭といい、痩《や》せこけた頰といい、窪んだ眼窩といい、それから尖った顎といい、どうしてこれを見違えることが出来ようか。美絵はちょっとの間、気が遠くなりそうな気がしましたが、すぐ気を取り直すと、その屍体に向かって挑戦するように肩を聳《そび》やかし、眉をあげ、そして心の中では頻《しき》りに「何でもない、何でもない、何でもない、何でもない……」と繰返し、繰返し呟《つぶや》いていました。

それにしても、見ればみるほど気持ちの悪いのはこの屍体です。痩せこけた胸には、肋骨《ろっこつ》が一本々々突き出していて、そのために今にも皮が破けそう、腹は瓢簞《ひょうたん》のようにくびれていて、その下にブラ下っている二本の脚は、まるで針金のように外に曲っています。ちょっと脂を搾《しぼ》り取ったあとの鯡《にしん》といった面影のあるのがこの屍体で、しかもそういう茶褐《ちゃかっ》色《しょく》に黝《くろず》んだ手頸《くび》や足頸、さては窪んだ胸のあたりに嵌《は》めてあるものものしい金属の輪の、ピカピカとした耀きが、むしろ滑稽《こっけい》なほど無気味な情緒を添えています。それ等の金属の輪には、いう迄もなくそれぞれ針金が繋《つなが》っていて、それが銀砂のうえを蛇のように這いながら配電室の方へ続いているのです。

「それでは始めますが、あまり側《そば》へお寄りにならないように、危険なことはないつもりですが、どういう不意の事故が起らないとも限りませんから」

嗚呼、この『月光の間』がいかに不思議なからくりによって埋められているとするも、いま緑川大二郎の手によってスイッチを入れられたこの瞬間ほど、世にも恐ろしく、また妖しげな光景を呈したことは、後にも先にもなかったでしょう。人々は先ずそこに、流星のように飛び交う無数の火華を見ました。火華はしばらく枝珊瑚《えださんご》か妖蛇の舌の如く、幾条にも岐《わか》れて冷い少年の体を包むよと見る間に、やがて湖水の表面に立ちのぼる瘴気《しょうき》のように、朦朧と炎えあがり、その中から無数の蛍光を発しました。やがてこれ等の炎は次第に凝《こご》って、暫く虹のように少年の屍体のうえにかゝっていましたが、それと同時に、人々は何とも言えぬほど気味の悪いことをそこに見ました。あのかさかさとした少年の屍体に、俄《にわ》かに紅味《あかみ》がさして来たかと思うと、やがてその全身から仄白《ほのじろ》い燐《りん》光《こう》が、ぼーッと、霧に滲《にじ》んだ不知火《しらぬい》のように炎えあがってきたのです。と同時に、今まで石のように静止して動かなかったあの落窪んだ少年の胸が、その時ふいに、風琴のような音を立てて大きく呼吸するのを人々は見ました。と思うと少年はふいにパッチリと眼を開き、跳ね出すようにガラスの寝榻に起き直ったのです。

「あゝ」

さすが物に駭かぬ貝殻館の住人も、この意外な出来事に、思わず息をのみこみましたが、その時更に思いも設けぬ大椿事《だいちんじ》がそこに起ったのです。人々は脊後に当って、突如細い、顫えを帯びた声が、何やらくどくどと呟いているのを聴き、駭いて振りかえりましたが、見るとそこには、美絵がべったりと床のうえに坐って、きらきら光る銀色の礫《こいし》を弄《もてあそ》びながら、次のような事をとりとめもなくひとりで喋舌っているのでした。

「――次郎さん、どう、苦しい、ちっとも苦しかないでしょう。ほら、ほら、あなたの手頸の血管から流れだした血のために、お湯のなかは次第に赤くなって行きますよ、駄目、見ちゃいけないの、眼隠しをしたまゝ静かにしてらっしゃい。血は次第に湯の中に溶けて行きますよ。そしてああ、あなたの心臓の働きはだんだん弱くなって行きます。まあ、この脈搏の少くなったこと！　もう直ぐ……もう直ぐあなたは死ねますよ。苦しいの。ああ、よしよし、もう少し我慢してね。小母さんもすぐ後から行きますからね。ああ、浴槽の中のこの赤くなったこと。おや、もう口が利けないのね。可哀《かわい》そうに、可哀そうに。……」

　この気の狂った美しい妖女を憐《あわれ》むように、あたりには人工の星が一ぱい瞬《また》いているのでした。

「美絵のように優れた空想を持った女から、告白を引き出すためには、結局、その空想を逆に利用するよりほかに仕様がなかったのですよ」

　貝殻館の主人に向かって、緑川大二郎がこう話したのはそれから大分《だいぶ》後のことでした。

「一体どうして彼女が、あのように次郎を死に至らしめたか、それは私にもよく分りません。しかしあの最後の告白によって、いくらか推察されないこともありませんね。おそらく彼女は次郎に対して避けがたいほど強い死の暗示を与えたのでしょう。それにはあの少年の異常に脆《もろ》い神経と、『月光の間』の不可思議な空気を見遁《みのが》すことは出来ませんが、それにしても、同じ不可思議な空気が、今度は逆に自分を陥れる武器になろうとは、さすがの彼女も思わなかったでしょうね。私の吐いたあの尤もらしい『仮死よりの復活』説と、子供騙《だま》しの電流の遊戯が、あゝまで完全に美絵を眩惑《げんわく》し、彼女を空想の擒《とりこ》にすることが出来たというのも、あの『月光の間』の妖気があったればこそです。唯《ただ》美絵のために惜しむらくは、次郎に瓜《うり》二つの双生児《ふたご》の兄弟のある事を彼女が知らなかったことですよ。しかも彼女の最初の殺人の目撃者は、兄の方の太郎だったのに、美絵は間違って弟の次郎を殺しているのです。この些細《ささい》な間違いさえなかったら、彼女こそは、今世紀に於ける最も完全な犯罪の創造者としての、赫々《かくかく》たる栄誉を担うことが出来たのでしょうがねえ」

## 附　死活の神秘

本篇に述べたところの『仮死よりの復活』なる事実は、単に緑川大二郎の欺術《トリック》に過ぎなかった事は御覧の通りであるが、かゝる事実は全くなきにしもあらず、たまたま余が所蔵にかゝる一八八二年ロンドンにて発兌《はつだ》された『死活の神秘』なる小冊子には、このような例が無数に列挙してあるが、今その中の最もショッキングな事件を此処《ここ》に掲げて読者諸君の参考にしよう。

十九世紀の中葉ロンドンの社交界に於て、白髪公子、或《ある》いは幽霊貴公子という仇名《あだな》のもとに持て囃《は》やされていた一貴公子は、齢《よわい》未だ三十に満たざるに、雪の如き頭髪を戴《いただ》き、一見奇異の感を抱かしめたが、その不可思議な身の上話を聞くに及んでは、何人も恐怖の為に背《そびら》に汗をしないものはなかったという。即《すなわ》ち公子の母なるレディー・ギルラアという婦人は、公子を分娩《ぶんべん》する間際にチブス熱で死亡し、祖先累代の墓窖《はかあな》に葬られたが、葬式より二日の後、遺族の邸に客あり老僕が酒蔵を開こうとしたのに鍵が見当らない。はじめて葬式の砌《みぎり》棺側にそれを置き忘れたことを思い出した老僕は、主人の許しを得て再び墓窖の扉を開いたが、その時新しい柩《ひつぎ》の中より孩児《がいじ》の泣く声が聴えた。この報告に駭いた主人が柩を打ち砕いてみるに、レディー・ギルラアの死骸は柩の中で孩児を分娩し、しかもその面は納棺の際と打って変って、物凄い苦悶《くもん》の表情を呈していた。恐らく夫人は一旦柩の中で蘇生し、無事に分娩したが、恐怖と絶望のために再び悶死したのであろうといわれ、この時産み落された赤ん坊が、生まれながらにして雪の如き白髪を頂いていたのは、分娩時の母親の苦悶がそのまま小児の上に宿ったのであろうと人々を畏《い》怖《ふ》させたという事である。あの有名なマリー・コレルリの伝奇小説『ヴェンデッタ』はこの事実を脚色せしならんかと伝えられている。

# 蠟人

## 一

珊瑚《さんご》がはじめて今朝治《けさじ》とあい見たのは、湖の氷もあらかた解け、城址のさくらが漸《ようや》くちらほらと綻《ほころ》びそめた頃のことでありました。

桜桃梅李《おうとうばいり》一時に開く。――そういう言葉の通り、遅い梅の花がやっと開いたかと思うと、それを追っかけるようにして、桃、李《すもも》、桜という順に、矢継早《やつぎばや》にパッと開いて、そして漸くこの地方には春がくるのです。

珊瑚はその時、まだやっと十七になったばかりでした。その前の年、半玉《はんぎょく》から一本になったばかりで、肩や腰のあたりに、まだ一人前になりきらぬ肉の薄さが残っていて、抱きしめればひとたまりもなく、腕の中で消えてしまいそうな、可憐というよりは寧《むし》ろ、痛々しいと言った方があたっていたでしょう。

しかし当人にしてみれば、そんな事は考えても見たことはなかったでしょう。じっさい、われ〳〵の眼から見て、もう少し小児《こども》でいたら……と思うような場合でも、この社会ではしばしばその反対のことが云《い》われています。半玉たちにきいてみても、彼女たちの夢想の第一番に来るものは、一日も早くよい旦那《だんな》がついて、一本のお披露目《ひろめ》をしたいという事なのだそうですから、仮令《たとえ》はたの者がいじらしさに眼をうるませたとしても、珊瑚にとっては、その本当の意味を諒解《りょうかい》することは難しかったに違いありません。

全《まった》くその時分まで珊瑚は、不倖《ふしあわ》せという言葉を知らずに過して来たようなものでした。越後《えちご》産《うま》れとかいいます。あのへんの女の特徴として、肌理《きめ》が細《こまか》く詰んでいて、手足がすんなりと伸び、五本の指を揃えて出すと、弓のように反りました。凛々《りり》しい、冴々《さえざえ》とした眼と、ひきしまった感じの唇とを持った勝気な妓《こ》で、半玉の時分から踊《おどり》にかけては、諏訪《すわ》きっての名手といわれていたような妓でした。

　旦那は——こういう女の身の上話をする以上、旦那のことを除外するわけにはいきません——旦那というのは、山田惣兵衛《そうべえ》という繭《まゆ》の仲買を商売にする男で、俗に山惣《やまそう》の旦那と呼ばれてこの町きっての資産家でした。年齢《とし》はさよう、その時分既に五十を一つ二つ出ていましたろうか、胡麻塩の毛のかたそうな、貌《かお》も体もゴツゴツとした、気象《きしょう》の激しい、一口に言って信州タイプをそのまゝ人格化したような男でした。一体この年頃になると、同じ遊ぶにしても普通の若い妓《こ》を相手では満足できなくなると見えます。山惣の旦那が珊瑚の世話をしようといい出したのは、実に彼女が十四の時だったといいますから、随分早くから眼をつけたものではありませんか。

「珊瑚さんは倖《しあわ》せだ。あんな太っ腹な旦那がついているんだもの」

　というのが、当時に於《お》けるその社会の評判でしたが、じっさい、よい縹緻《きりょう》と人にすぐれた芸と負けじ魂とを持っていて、その上に金放れのいゝ旦那がついていれば、この社会では不幸ということはないも同じです。少くとも、今朝治に会うまでは、珊瑚自身もそう考えていたのに違いありません。

　後になって私は、この可哀《かわい》そうな二人の話を、いろんな人から聞き集めてみましたが、それによると彼等がはじめて会ったのは、だいたい次のような場面であったようです。

　毎《まい》とし花時にこの地方では、芸者たちの温習会《おんしゅうかい》がありますが、多分その稽古帰りでしたろう、稽古扇を胸に抱いて珊瑚が、劇場の楽屋から小走りに、大手町の欅《けやき》並木にさしかゝると、何に驚いたのか、いきなりその鼻先で、ピンと跳ねあがったのは一頭の白馬。何しろふいのことですから、珊瑚は胆《きも》を潰《つぶ》して欅の根元へ逃げこむと、そのまゝうつぶせに蹲《しゃが》んでしまいました。馬上にまたがっていたのは、まだ若い青年でしたが、それを見るとあわてゝ馬から飛びおり、珊瑚の側《そば》へ駆けよると、

「どうかしましたか、どこか怪我《けが》でも……」

と気づかわしそうにうしろから覗《のぞ》きこみます。珊瑚は激しく首を振りながら、

「いゝえ……いゝえ、何でもありませんの」

といいましたが、じっさい、怪我といっては別になかったが、驚きのあまり動悸がまだ浪のように立っているのでした。

「飛んだことで……どうか勘弁して下さい。日頃は至っておとなしい馬なんですがねえ」

珊瑚は男の真摯《しんし》な言葉に、却《かえ》って極《きま》りが悪くなり、うしろから抱き起そうとする相手の手を払いのけると、よろよろと土のうえから起きあがりましたが、その途端、心配そうに眉をひそめた男の白い横顔がちらと眼に入りました。すると何故《なにゆえ》か彼女は、急にかっと耳の附根まで真紅《まっか》になると、眼のやりばにも困るという風に、暫《しばら》くもじ〳〵していましたが、ふいに男の手を強く払いのけると、そのまゝものも言わずに駆け出してしまったのです。

それから暫くして、ふと彼女がふり返って見ると、憎らしいその人は、雪のように真白《まっしろ》な馬上豊かにまたがって、参差《しんし》として枝を交えた欅並木の下を、春《はる》霞《がすみ》に包まれて静々と向うの方へ立ち去ってゆくところでしたが、赤と紫の派手なダンダラ縞《じま》のスウェターを着た、いきなその騎手のうしろ姿が、なにゆえか珊瑚の瞳《ひとみ》のなかに強く残ったらしいのでした。

## 二

それまで富士見で行われていた競馬が、諏訪に移ることになったのは、その年の春からで、その競馬場びらきというのが、ちょうど珊瑚があの美しい騎手に会ったその翌日のことでした。

この競馬場びらきには山惣の旦那も、むろん町の有力者として出席していましたが、その席には珊瑚もほかの姐《ねえ》さんたちに交《まじ》って侍《はべ》っていたのです。そ

して祝賀会も済んで、いよいよ第一競馬がはじまる頃、彼女は山惣の旦那や、ほかの旦那衆と一緒にスタンドに陣取って、はじめて競馬というものを見物することになりましたが、ほんとうをいうとその時彼女は、生れてはじめて見る競馬より、もっと他に楽しい目的があったのです。

「まあ綺麗だ！　ねえ、あの真白な馬、実に綺麗じゃないの。あれ、何《な》んという馬なの？」

「あれですか。あれはアドニスというのです」

世話係りの男にそう教えられて、プログラムに眼を落して見ると、アドニスの騎手の名は鮎川《あゆかわ》今朝治というのでした。今朝治さんというのだわ、あの方。……そこで珊瑚は旦那に向ってこういって奨《すす》めたのです。

「旦那、アドニスをお買いなさいよ。きっと勝ってよ。あたしが保証するわ」

もとより草競馬のことですから、勝っても負けても大したことはありません。然《しか》しこの時、諏訪の旦那衆のあいだでは、馬券とは別に大きな賭《かけ》が秘密で行われていたのです。五人の旦那衆がめいめい一頭の馬を買って、それに百円賭ける。そして第一着になった馬に賭けたものが、賭金の全部をとるという約束でした。何しろ今と違って繭の高い、景気のいゝ時代で、そういう無謀な賭が方々で行われていたということです。

山惣の旦那は別に珊瑚の言葉を信用したわけではありませんが、言われるまゝにアドニスに賭けました。どうせ素人《しろうと》ばかりのことだから、どれに賭けても同じことだと思っていたのでしょう。ところが結果はというと、珊瑚の予想は見事的中したのです。じっさい、群がる馬どもを次第に抜いて、見事第一番にゴールへ躍りこんだアドニスの勇姿は、確かに当日のもっとも目覚ましい観物《みもの》の一つでした。

「や、や、これはどうも！」

興奮した時の癖《くせ》で、山惣の旦那は子供のように真赤な顔をして躍りあがったものです。

「南無《なむ》、諏訪大明神！」

「いや、御運の強い方には敵《かな》いませんな！」

「何しろあんな美しい軍師がついていらっしゃる！」

しかしその美しい軍師である珊瑚は、その競馬の終りごろより、じっとしていられない興奮を感じていました。そして、いよ〳〵アドニスが第一番にゴールへなだれ込んだ刹那《せつな》、彼女は思わず二三段、スタンドを飛びおりていたのです。

「ああ、何という美しい男だろう。あの男こそ本当にアドニスだ！」

誰かゞ彼女の側《そば》で大声でそう呟《つぶや》くのが聞えました。珊瑚はその言葉の意味をはっきり理解することは出来ませんでしたが、それが今朝治に向けられた讃美の言葉であることを、推察するのはそう困難なことではなかったのです。

実際その時、馬上豊かにまたがって、帽子をとって風に吹かれている今朝治の姿ほど、美しい存在は広い世間にもあまり沢山はなかったでしょう。一体、競馬の騎手に大男はありませんが、今朝治とくると、とりわけ、少女のような華奢《きゃしゃ》な体格をしているのでした。貌《かお》も肩も腰も、体ぜんたいの線がなんというか、柳の鞭《むち》のようにしなやかで、そしてそのしなやかさの中に、一種異様な粘着力を持っている、そういった風な体つきでした。

皮膚は蠟《ろう》のように白くて滑《なめら》かで、それが快い運動のために軽く汗ばみ、ぽっと紅味《あかみ》をおびたその艶《なまめ》かしさ。房々《ふさぶさ》と額《ひたい》のうえに垂れかゝった、軟かそうな栗色の髪の毛が、春日《しゅんじつ》をうけて金色《こんじき》に輝いているその美しさ。なおその上に、この少年の持っている最も大きな美点というのは、往々美少年などに感じられる気取りや、気障《きざ》さというものが微塵《みじん》もないことでした。彼はまるで、自分の備えている天賦《てんぷ》の麗質に、全く気が附いていないかの如《ごと》く、極めて無邪気に、そしてまた無雑作に振舞うのです。終始かれはにこにこと微笑をうかべながら、馬上より身をこゞめて、自分の周囲に集《あつま》ってきた讃美者の握手に応えていましたが、やがてそれも一通りすむと、体をシャンと起し、ゆったりとした身のこなしで、静々とこちらへやって参りました。

珊瑚はそれを見ると、急に胸がわくわくとし、切ないほどの動悸を感じました。眼のふちがぼっと赤くなり、眸《ひとみ》がうるんで濡《ぬ》れた星のようにきらきらと光りました。まったく彼女のような素性《すじょう》の女が、男に対してこのような気臆《きおく》れを感ずるというのは、嘘《うそ》のような話ですが、この時の珊瑚はまったくこの通りだったのです。彼女は幾度か唾《つばき》をのみこみのみこみしましたが、いよいよ今朝治がその前を通り過ぎようとするのを見ると、ふいに耐《たま》らなくなったように、

「今朝治さん」

と呼びかけ、そしてそのまゝ、石のように身を固くして、そこに立ちすくんでしまったのでした。

三

それから一月《つき》ほど経って、山惣の旦那が商用で東京へ行くことがありました。

一体、繭の仲買いというものは、一年のうち三分の一ぐらいは旅で暮しているもので、信州は申すに及ばず、山梨、群馬、栃木、茨城というような、養《よう》蚕《さん》の盛んな土地を始終歩いているものです。そしてそれ等の仲間の落ちあう本部みたいなものが東京にあって、一年のうちに二三度は、是非《ぜひ》ともそこへ顔を出さねばならぬ事になっています。

珊瑚はいつもなら、どんなに口を酸っぱくして、旦那から勧誘されても、決してそのお供に応ずるようなことはなかったのですが、その時ばかりはどういう風の吹き廻しか、

「そうねえ、一度ゆっくり東京見物をしたいわねえ」

とまんざらでもない返事で、先《ま》ずもって旦那を有頂天にしておき、それから暫く、行きたいような、行きたくないような、煮え切らない態度で、散々旦那を焦《じ》らせておいた揚句、

「そんなにあなたが仰有《おっしゃ》るのなら……」

お供をしましょうということになりました。

どんなに駄々を捏《こ》ねられても、どんなに我儘《わがまま》をいわれても、とゞのつまりは自分の言い分が通ったわけですから、旦那は天にも昇る心地であったようですが、もしこの時、山惣の旦那に、繭の売買をする

時のような、あの鋭い明察があったなら、珊瑚のこの有難《ありがた》い気紛《きまぐ》れの裏に、どのような魂胆があるか読めない筈《はず》はなかったのですが、さても商売と情事《いろごと》は一つにならぬものと見えます。

珊瑚の魂胆というのはいうまでもありません。東京行きが極《きま》ってから、いよいよ旅立つまでの五、六日のあいだに、彼女はきっと、あの美貌の競馬騎手と手紙の往復をして、十分打合わせをしておいたのでありましょう。一先ず神田の宿へ落ちついて、それからどうしても顔を出さねばならぬ得意先へ、旦那が出向いていったあと、彼女はすぐにどこかへ電話をかけていましたが、それから半時間ほどの後には、銀座通りを仲よく肩を並べて歩いている、珊瑚と今朝治の姿が見られたのです。

一体、繭の仲買いというものは相場師も同じことで、寸刻を争うような場合が度々ありましたから、山惣の旦那も、せっかく可愛《かわい》い女を連れて来たものの、彼女に十分満足をあたえてやることが出来ないような場合がしばしばありました。昼は昼で仕事のために、夜は夜で派手な交際《つきあい》のために、しばしば珊瑚をひとり宿へおいてけぼりにするの止《や》むなきに至るのを、旦那はどれほど本意なく思ったか知れませんが、いずくんぞ知らん、この留守中こそ珊瑚にとっては書入時《かきいれどき》だったわけです。

ちょうどその頃今朝治は、地方の草競馬と草競馬とのあいだに、三日ほど閑《ひま》があったものですから、珊瑚の手紙によって急遽《きゅうきょ》東京へ出て来ていたのです。三日のあいだ二人は誰に憚《はばか》ることもなく、それこそ新婚の若夫婦のように、その儚《はか》ない、夢のような天国を味わうことが出来ました。或《あ》るいは井ノ頭公園を散策したり、あるいは鶴見の花月園で遊んだり、あるいは百貨店の買物で時間を借しんだり。……しかし、彼等の行動が遂にそれらの平凡な東京見物以上に出なかったというのは、まことに不思議な話ではありませんか。十七とはいえ珊瑚は、色の諸分《しょわけ》を知りつくした巷《ちまた》に育った身ではあるし、一方今朝治といえども、年中旅から旅を廻っている体で、それまでに女の肌の一人や二人、知らぬ筈はなかったのですが、それにも拘《かかわ》らず彼等に、円宿《えんしゅく》ホテルの扉《ドア》を内《う》部《ち》がわから締めきろうという智慧《ちえ》の出なかったのは、嘘《うそ》のような話ですが、でもそれが本当のところだったのです。

とうとう二人が別れねばならぬ三日目になりました。今朝治は次の競馬の都合で、どうしてもその日のうちに上野を発《た》たなければならなかったので、珊瑚はしばしお別れの記念に今朝治にカフス・ボタンを買ってやりました。

「ねえ、二人の頭文字を入れて貰《もら》いましょうよ、あなたは今朝治さんだからKね」

「それじゃKとSの組合せですね」

「うゝん、Sじゃいや、あたしの本当の名はマユミというのよ。これからあたしのことをそう呼んで頂《ちょう》戴《だい》ね。あなたにだけは珊瑚とよばれたくないのよ」

今朝治はそのカフス・ボタンのお礼に、銀の脚のついた美しい花簪《はなかんざし》を買って珊瑚に贈りました。それはカフス・ボタンに較《くら》べるとお話にならぬほど、貧しい贈物でしたが、それでも珊瑚はたいそう歓《よろこ》んで、生涯この花簪を大切にするだろうと約束して、今朝治を満足させました。ああ、彼等が間もなく自分たちの身に振りかゝって来る、数々の恐ろしい出来事をその時予知することが出来たら!

こうして幸福な買物を済ませた二人が、とある百貨店の前まで来た時です。大きな飾窓《ショウウインド》のまえで、ふいに珊瑚が立ちどまると、

「まあ! あれを御覧なさい。あの蠟人形を……」

と、そういって今朝治の指を摑《つか》んで激しく引張りました。今朝治は怪訝《けげん》そうな顔をして、

「あの人形がどうかしましたか」

「まあ、お分りにならないの。よく御覧なさいな、あの顔を。……あなたにそっくりじゃありませんか」

「そうでしょうか、なるほど、そう言えばなんだかそんな気もしますね」

「そんな気がするって? あなたにはまだよくお分りにならないのね。あの眼、あの口許《くちもと》、顔の輪廓といい髪の色といい……」珊瑚は怯《おび》えたような微笑をうかべながら、「まるであなた御自身が飾窓《ショウウインド》のなか

に立っているようですわ。嘘だとお思いになるなら、そこに鏡がありますから、御自分の姿と見較べて御覧なさいよ」

それはハイキング用具売出しの宣伝と見えて、リュック・サックを背負った青年が、キャンプの側《そば》に立っている人形でしたが、なるほど、そう言われてみるとその蠟人形の顔というのがたいへん今朝治に肖《に》ているのです。

「なるほど、そういえば大変よく肖ています」

今朝治はなんとなく寒そうに肩をすぼめました。

「ねえ、肖ているでしょう。顔ばかりじゃないわ、体の大きさから恰好《かっこう》まで、そっくり今朝治さんそのまゝよ。ほら、あの房々《ふさふさ》とした栗色の髪を、額に垂らしているところなどのよく肖ていることゝいったら！」

そう言って珊瑚は、今朝治に帽子をとらせると、二三歩離れて、驚嘆したようにこの人と人形との、不思議な相似について見入っているのでありました。

# 四

その次に珊瑚が今朝治に会ったのは、その年のお盆のことでした。この辺のお盆は上方《かみがた》流に一月おくれの八月ですが、その時分から朝夕はめっきり冷気を覚えるようになります。

お盆の十三日、その夕方珊瑚は、受けているお座敷があるので、早目に身仕舞をとゝのえると、ふと思い出して、小女《こおんな》の小菊《こぎく》というのに命じて、門口へ焙烙《ほうろく》を持って来させると、自らお迎え火を焚《た》きました。この辺の習慣《ならわし》でお迎え火には白樺《しらかば》の皮を焚きます。雀《すずめ》いろの夕闇のなかに、軒毎《のきごと》にたく白樺の火が、ちょうど藪《やぶ》の小蔭《こかげ》に色づいている鬼灯《ほおずき》のように、儚《はか》なくも美しく燃えあがります。珊瑚は焙烙の側にしゃがんだまゝ、暫く夢のようにうっとりとそれを眺めていましたが、その時忽然《こつぜん》として、代赭《たいしゃ》いろの焔《ほのお》の向うに今朝治の姿が浮きあがったのです。まったく、それがあまり唐突《だしぬけ》だったので、まるでお迎え火の煙のなかゝらでも出て来たような、なんとも言えないほど、不吉な、忌《いま》わしい予感が珊瑚の胸を顫《ふる》わせました。

「まあ、あなたでしたの、今朝治さん」珊瑚は怯えたように、「あたし幽霊かと思ってびっくりしたわ」

しかし、それは幽霊でも幻でもありませんでした。正真正銘の今朝治だったのです。今朝治はその時、新潟の競馬がすんで、これから西の方へ行かねばならなかったのですが、そのあいだに一週間ほど閑《ひま》があったので、矢も楯もなく珊瑚に会いたくなってやって来たのでした。

珊瑚は嬉《うれ》しいには嬉しかったけれど、一方心配でもありました。もしこんなことが山惣の旦那の耳にでも入ったらと思うと、なんとなく心もとない気がするのですが、さりとてこのまゝ追いかえすわけにも参りません。とにかく今朝治を家《うち》へあげると、どうしても抜けられない、義理のあるお座敷へ彼女は大急ぎで出かけました。

ところが、それから半時間ほどして、彼女がやっとの思いでお座敷を抜けて帰ってみると、驚いたことには山惣の旦那と今朝治の二人が差し向いで、さも打解けた様子で話をしているではありませんか。珊瑚はそれを見ると、はっと肚胸《とむね》をつかれたような思いがしましたが、旦那はむしろ上機嫌で、

「珊瑚や、いまお前のお友達に、せめて燈籠流《とうろうなが》しまで逗留《とうりゅう》していらっしゃいと勧めていたところだよ。お前からもお引止《ひきと》めしたらよかろう」

「ええ？　ええ――」

旦那の心を計りかねた珊瑚は、至極《しご》曖昧《あいまい》な返事しかできませんでしたが、それでも旦那の上機嫌につり込まれて、つい、いくらか心を許しましたが、後から考えてみるとこの時珊瑚は、まだまだ山惣の旦那という人をよく知らなかったことがわかったのです。

燈籠流しはお盆の十六日、この地方のもっとも大きな年中行事の一つです。山惣の旦那はその晩、二艘《そう》の舟を買い切って、お気に入りの芸妓《げいしゃ》や取巻連中と見物に出かけました。ところがいざみんなが舟に乗りこんだところを見ると、故意にかそれとも偶然

そうなったのか、今朝治と珊瑚は別々の舟に分けられ、そして珊瑚や旦那の乗っている方には、芸妓《げいしゃ》や雛妓《おしゃく》が沢山乗りこんでたいへん賑《にぎや》かなのに反して、今朝治の乗った方の舟は男ばかり、しかもその男たちの顔つきに、何とやら油断のならぬものを感じて、珊瑚ははっと激しい、胸騒ぎに似た不安を感じました。

しかし、人の好《い》い今朝治は一向そんなことに気がついた様子もなく、始終にこにこと愛嬌《あいきょう》のいゝ微笑をうかべながら、周囲から寄って集《たか》って奨《すす》められるまゝに、思わずも盃《さかずき》の数を重ねました。その夜は急に温度が下って、湖水の上は八月とは思えぬほど冷気を覚えたので、何の気もなく薄着をして来た彼は、酒でも飲まなければとても凌《しの》ぎがつかなかったからです。

やがて二艘の舟は真暗《まっくら》な水のうえを滑って次第に湖心へと進んでゆき、間もなく先頭に立った珊瑚の舟からは、賑かな三味や太鼓の音が洩《も》れはじめました。

と、この時です。こちらの騒ぎも圧倒するような、賑やかな太鼓の音が突如、はるかかなたの岬《みさき》のあたりから聴《きこ》えてきたかと思うと、燃えあがるような万《まん》燈《どう》を掲げたお題目舟が二艘、数間の間隔をおいて、岬の蔭から漕ぎ出して参りました。このお題目舟のうしろには一艘ずつ平底舟がついていて、これが水のうえに燈籠を流して行きます。舟が進むにしたがって、湖水の上に点々として明滅する燈籠はしだいにその数を増してゆき、この流燈会《るとうえ》を見物しようと岸に群がった人々の口からも、一斉にお題目を唱える声が洩れて来ました。

万燈を掲げたお題目舟は、一旦湖水を斜《ななめ》に突切ると、そこから左右にひらいて、更に今来た道を直角に燈籠を流してゆきます。こうしてまたゝく間に、今朝治たちの乗った舟の周囲は、無数にもゆる狐火《きつねび》をもって包まれてしまったのです。

今朝治はしばらく恍惚《こうこつ》としてこの美しい湖水の御《ご》神火《じんか》を眺めていましたが、そのうちにどうしたのか、それらの火が次第に網膜のうえで暈《ぼや》けて行ったかと思うと、やがてそこら中が一団の大きな焰の塊となって、彼のほうへどっとばかりにのしかゝって来るような危険を感じました。

と思うと、ふいに頭の芯がジーンと痺《しび》れ、盃を持った手が岩のように重いのを感じました。今朝治はその時、自分を取りまいている男たちの顔に、奇妙な表情がうかんだのを見て、思わずはっとしたが、その時にはすでに、奇怪な麻酔は全身の隅々までも行きわたっていました。手にしていた盃を、ふいにポロリと水のうえに落したかと思うと、今朝治はそのまゝ、舷《ふなべり》のうえにガックリと首を垂れてしまったのです。耳を圧する太鼓の音と、岸に群がる見物が唱える高らかなお題目の声を、遠い、迥《はる》かな子守唄と聴きながら。……

# 五

今まで和《なご》やかな、むしろ坦々たる進路《コース》をとっていたこの物語が、突如、一種底気味の悪い面貌をおびてきたのは、実にこの燈籠流しの夜からでした。炎《も》えあがる湖水のうえで、怪しげな薬を盛られた今朝治が、それから後の、夢とも現《うつつ》ともつかぬ不可思議な夢幻境の記憶を、後になって人に語ったところによると、それは次のような奇怪なものでした。

暗い虚無の世界から、彼がふたゝび飄飆《ひょうよう》として現実の世界に戻って来たとき、先ず第一にその神経を刺戟《しげき》したのは、なんとも得体の知れぬ甘酸っぱい匂い、ついで、濡れたタオルか何かでピッタリと鼻孔を塞がれたような息苦しさ。それから眼瞼《まぶた》を通して、拡大した瞳孔《どうこう》をいらいらと刺戟する強烈な白熱燈の光。

今朝治はその光線の眩しさに顔を反向《そむ》けようとして、その途端、思わずもポッカリと眼をひらきました。気がつけば何やら固いものゝ上に仰臥していて、頭のすぐ上には漏斗《じょうご》を伏せたような大きな白熱燈がブラ下っている。——というような事が、朧《おぼろ》げながら次第に彼の意識のなかに吸いとられて来ました。白熱燈は末広がりの白い光の縞を作っていて、その光の外はびっくりするほど濃い闇。

今朝治はしかし、次第に眼が慣れてくるにしたがって、その闇のなかに蠢《うごめ》いている、一種異様な風体《ふうてい》をした人物を認めることが出来ました。その人は真白な縁なし帽をかぶり、真白なマスクをかけ、真白な衣服を着て、黙々として何やら手を動かしているのです。

一体この男は何をしているのだろう。あの緊張した、というよりは寧ろ、怯えたような眼つきをして一体何をしているのだろう。今朝治はもっとよくその人を見ようとして体を動かしかけましたが、その時、そこにもう一人、別な人間が暗闇のそこに佇《たたず》んでいる事に気がつきました。

この男は前の人物のように、白い帽子もマスクもつけていませんでしたが、何にしても激しい息づかいです。今にも心臓が破裂しはしないかと思われるような、聴いている方で切なくなるような、せわしい、切迫した息づかい。一体何をそのように興奮しているのだろう、今朝治はその物々しさにふきだしたくなるような滑稽《こっけい》さを感じましたが、その途端、何やら激しい痛みが、体の一部からぐゝんと強く脳に響いて来たのです。

今朝治はハッとして手足を縮めました。いや、縮めようとしたが、実際はいつの間にやら、手も足もバラバラにされてしまったように、自分で自分の肉体が自由にならぬことに気がついたゞけだったのです。おや、俺は一体どうしたというのだ。俺の魂は既に肉体から脱却してしまったのだろうか。こゝに横《よこた》わっているのは俺の肉体ではないのか。……

だが幸か不幸か、今朝治はそれ以上混迷の淵《ふち》にさまよっていなくてもよかった。というのは、その時ふたゝび、冷く濡れたタオルがピッタリと鼻孔を塞ぎ、胸の悪くなるような芳香がツーンと鼻から脳へ抜けたかと思うと、彼の意識はふたゝび、茫漠《ぼうばく》たる虚無のかなたにさまよい出たからでありました。

## 六

流燈会の夜《よ》以来、まったく姿を消してしまった今朝治について、珊瑚はなんとも名状しがたいような不安を感じました。誰に聴いてみても、彼の消息を知っている者はありません。今朝治と同じ舟に乗っていた男達の言葉によると、途中で気分が悪くなったというので、舟を岸へつけてやるとそのまゝ陸《おか》へあがってしまったというのですが、さてそれから先の消息は誰一人知っている者はないのです。

尤《もっと》もその夜の終列車か翌日の一番列車で出発しなければ、次の競馬の間にあわぬといっていたので、急に思いたって出発したのかも知れませんが、そんならそれで、伝言《ことづけ》ぐらいしてくれてもよかりそうなもの。……

珊瑚はなんとなく落着《おちつ》かない、いらいらとした気持で、その後の五六日を暮しましたが、今朝治からは依然としてなんの消息もありません。ハガキぐらいくれてもよかりそうなものだのに……と思うと、消息のないことが無言の愛想づかしのようにも思え、一時の立腹《はらだち》は、次第にふかい、取りかえしのつかぬような悲哀にかわって行きました。どうしたものか、山惣の旦那も、あの夜以来珍しく遠のいて、それがこういう際のことだから、いっそ気易くもあったけれど、又何《な》んとなく不安でもあり、寂しくもありました。

するとそれから半月ほどたったある夜の、真夜中ちかくのことでした。旦那の来ぬ夜の、気楽なような、侘《わび》しいような独りねの床で、輾転《てんてん》と物思いに耽《ふけ》りながら、わがせこのくべき宵《よい》なりさゝがにの……と、そんな古い歌をなんとなく口ずさんでいると、どこか遠くの方で半鐘《はんしょう》の音が聞えました。おや、火事かしらと枕からひょいと頭をもたげた時、突然、激しく表の戸を敲《たた》く者がありました。そして格子の隙に口を当《あて》るような声で、マユミさん、マユミさんと低く呼ぶのは、思いがけなくも今朝治の声。

珊瑚はそれを聞くとがばと蒲団《ふとん》から起きあがり、寝着《ねまき》すがたのしどけなさも打ち忘れ、急いで表のくゝるゝを外しましたが、するとその時、半鐘の音をのせた風と共に、さっと転げ込んで来たのは、あゝ、何んという惨《みじ》めな姿だったでしょう。

「まあ、今朝治さん！」

珊瑚が怯えたような声をあげてとびのいたのも、決して無理ではなかったのです。

今朝治の様子はまったく日頃の彼ではありませんでした。髪は乱れ、洋服は摺《す》りきれ、泥にまみれ、袖《そで》口には血さえ着いている。血走ってぎらぎらと光る眦《まなじり》は裂けるかと思われるばかり、嚙《か》みしめた唇から血が流れ、それにまあ、たった二週間あまりのあいだに、この激しい変りようはどうでしょう。美しかった頰はげっそりと肉が落ち、皮膚はザラザラとけば立って、髯《ひげ》がもじゃもじゃと伸び、落ち窪《くぼ》んだ眼窩《がんか》は、まるで何か悪い病気にでも悩んでいる人のようです。それが珊瑚の袂《たもと》をとらえ何か言おうとするのですが、興奮のためか舌が縺《もつ》れて口が利けないのです。

「まあ、今朝治さん!」

珊瑚はもう一度そう叫ぶと、隣の部屋まで起きて来て、ぶるぶると顫《ふる》えている小菊に向って水を、水をと命じました。小菊がガラスのコップに汲んで来た水を、今朝治はやっと半分ほど飲みました。というのは、コップを持っている珊瑚の手も、それを飲もうとする今朝治の体も、共に倶《とも》に、著しく顫えていたので、半分以上は土間のうえにこぼしてしまったからです。

それでもこの半杯の水によって、今朝治はいくらか元気が出たと見えて、咽喉仏《のどぼとけ》をごくごくと動かせながら、何か言おうとしましたが、それが言葉となって口を出る前に、ふいに泪《なみだ》がどっとばかりに両の眼から溢《あふ》れてくると、珊瑚の手を握ったまゝ激しく泣きじゃくりをはじめました。珊瑚はまったく途方に暮れてしまったのです。これは一体どうしたというのだ。何事が起ったのだ。あの流燈会の夜から今迄、今朝治は一体どこにいたのだろう。問いたいこと、訊《き》きたいことが一杯ありながら、珊瑚もたゞわくわくするばかり。今朝治はやっと顔をあげて、

「マユミさん」

と、何やら必死の面持《おももち》で言いかけましたが、その時、ふいに表の方からドカドカと入乱れた足音が聴えて来たかと思うと、荒くれ男が五六人。

「やあ、矢っ張《やば》りこゝにいやがった」

「太い野郎だ、袋叩きにしてしまえ」

とそういったかと思うと、ピシャッと平手で頬を打つ音、今朝治が思わずよろよろとするところを、誰かゞ足をあげて蹴ったから耐《たま》らない、土間のうえに俯伏《うつぶ》せになるところを寄って群《たか》って殴る、打つ、蹴る。……

珊瑚がびっくりして割って入った時には、今朝治は既に半死半生となって、土間のうえにぐったりと丸くなっていました。

「まあ、お前さんたち、この人をどうするの」

「どうもこうもあるもんですか。太い野郎だ。火を放《つ》けやがったんです」

「火を……？　この人が……？」

「そうですよ。あの半鐘の音が聴えませんか。山惣の旦那の宅は全焼《まるやけ》ですよ」

珊瑚はふいに胸をつかれたようによろめきました。恰《あたか》も解きがたい謎《なぞ》に出会ったように、しばらく彼女はじっと土間の一点を眺めていましたが、やがて呟《つぶや》くように、

「今朝治さん、あれ本当のことなの」

とゆっくりとした調子で訊きました。しかし今朝治はそれに答えなかった。いや、答えることが出来なかったのです。血の気を失った頬は蠟のように冷々《ひえびえ》と澄みきって、右の鼻孔から流しだした血が、顳顬《こめかみ》を伝って耳の方へ、静かに赤い糸を引いていました。

## 七

さて物語はしだいに急調子になって参りますが、この土地の裁判所が今朝治に対して、十八ヶ月の懲《ちょう》役《えき》を申渡《もうしわた》したのは、それから二ヶ月ほど後のことでした。審理がこのように進捗《しんちょく》したというのは、今朝治が少しも悪びれるところなく、犯行の一切を明確に自供したからなのですが、唯《ただ》不思議なことには、その犯罪の動機に至っては、何故《なにゆえ》か彼はかたく口を緘《かん》して何事も語ろうとはしませんでした。

その結果当然、いろいろな揣摩《しま》憶測《おくそく》が行われ、山

惣の身辺に関して、さまざまな風説が伝えられましたが、それはいずれも極《ご》く取るに足らぬ噂《うわさ》に過ぎませんでしたから、こゝには一切触れないことに致しましょう。

唯一つ、是非《ぜひ》とも申上げておかねばならぬことは、この判決があってから間もなく、小口《こぐち》という大変評判のいゝ若い医者が、突然自殺したという事件がありました。この小口医師というのは、幼い時分両親をうしなって孤児になったのを、頭脳《あたま》がいゝものだから、山惣の旦那がひきとって、本人が希望するまゝに中学から医専までの学資を出してやり、開業する際にも多額の資金を出してやったのは、山惣の旦那だったという話です。後になって事件の真相が明るみへ出てからというもの、人々は山惣とさえいえば、鬼のような人間を想うようですが、彼にはこういう侠気《おとこぎ》のある半面もあったのです。今になってはじめて我々は、この小口医師の自殺と、今朝治の事件との間に、ふかい関係があったことに気附くのですが、その当座は誰一人、夢にもそのようなことを思うものはありませんでした。

それはさておき、今朝治の審理が続けられている間じゅう、毎日ほど裁判所へは呼び出される、町の人々からは妙な眼で見られる、それやこれやですっかり腐りきっていた山惣の旦那は、判決がすむと間もなく、骨休めに珊瑚を連れて渋《しぶ》温泉へ湯治にでもゆこうといいだしました。山惣の本宅はあの火事で全焼《まるやけ》となったのですが、人の噂によると却って焼け肥《ぶと》りだろうという評判もあったぐらいで、旁々《かたがた》、新築が出来るまで、人眼を避けて余温《ほとぼり》を冷《さま》したかったのでありましょう。

珊瑚はしかし、旦那のこの申出《もうしで》に応じませんでした。自分でもはっきりとした理由は分らないまゝに、彼女は猛然たる反感を旦那に対して抱きはじめていたのです。今朝治をこういう破目に陥れたのは、すべて旦那のからくりに違いないという事を、彼女は女性特有の鋭さと執拗《しつよう》さとを以《も》って、信じて疑いませんでした。彼女は殆《ほと》んど捨鉢《すてばち》になって、すみれという日頃仲好しの朋輩《ほうばい》芸者の許《もと》へ逃げて行ったまゝ、三日も四日も旦那のもとへ帰らないようなこともありました。

しかし旦那に楯つくことは出来たとしても、この社会には旦那以上に強力な勢力をもった存在が随分沢山あります。日頃世話になっているお茶屋のおかみさんに泣きつかれ、半玉の時分から面倒を見てもらっている姐《ねえ》さんたちに口説かれ、尚その上に仲好しのすみれから懇々《こんこん》と意見をされると、それでも厭《いや》だとはどうしても押し通すことが出来なくなります。

結局彼女は不本意ながらも、すみれの許から、一旦自分のやかたに引上げてくると、改めて旦那のお供をして、行きたくもない湯治に行かねばならなくなりました。ところがいざ出発という間際になって、そこに一寸《ちょっと》妙なことが起って、結局この温泉行きはおじゃんになってしまったのです。妙なことゝいうのはこうです。

その日は朝から風邪《かぜ》ごこちで、珊瑚はなんとなく気分がすゝまなかったのですが、旦那が迎えの自動車をよこしたものだから、仕方なく表へ出てふと見ると、昨日まで厄介《やっかい》になっていたすみれの家《うち》の前に、赤十字病院の大きな自動車が停《とま》っています。

「おや、すみれさん、どうかしたの？」

何気なく彼女はそう訊《たず》ねました。

「すみれさん腸チブスなんですってさ。避病院《ひびょういん》へ入れられるなんて随分厭ね」

迎えに来たお茶屋のおかみがつい何の気もなくそういったのですが、それを聴くと珊瑚の顔はみるみる真蒼《まっさお》になって来ました。

そういえば二三日すみれは、何んとなく気分が重く、体がけだるい、風邪かしらなどといっては振り出し薬を飲んでいたが、すると、あれがチブスの前兆だったかしら。そうすると、自分もいまちょうどそれと同じように、体がだるくて寒気がするが、ああ、ひょっとするとチブスが感染《うつ》ったのではあるまいか。……

珊瑚はそう気がつくと急に恐ろしくなって来ました。が、そのなかにも彼女はある一つの欣《よろこ》びをはっきりと摑んだのです。チブスになれば旦那と一緒に温泉などへ行かなくても済む、ああ、避病院のほうがどんなにいゝか知れやしない。……

「おかみさん、あたしきっとチブスに違いないわ。ほら、この体の熱いこと！」

おかみはそれをきくと、ぎょっとしたように、二、三歩うしろへ飛びのきました。なるほどそういえば頬が真赤に燃えあがり、眼がぎらぎらと潤《うる》んでいる癖に、唇はかさかさに乾いている。

「珊瑚ちゃん、お前さんはまあ……」

とおかみさんが遠くの方から怯えたようにいうのを、珊瑚は尻目にかけながら、急にげらげらと笑い出しました。

「ほゝゝゝほ、おかみさん驚かなくってもいゝのよ。何てまあ気の利いた、情《じょう》知りのチブスでしょう。旦那と一緒に温泉なんかへ行くぐらいなら、あたしゃ避病院のほうがよっぽど嬉しいよ。さあ誰でも側へ寄って御覧な、旦那であろうがおかみさんであろうが、こうなったら容赦はない。皆《みんな》チブスを伝染《うつ》して道連れにしてやる。さあ、これでもあたしを温泉へ連れてゆく勇気があって？　いえさ、あたしを抱いてくれる勇気があって？」

いくらか熱のせいもあったでしょうが、珊瑚はまるで気狂《きちが》いのように、そこに居《い》ない旦那を罵《ののし》りながら、揚句の果には土の上に身を投げ出し、肩を顫わせ身も世もなく泣き叫ぶのでありました。

## 八

珊瑚のチブスは彼女が希望したであろうより、遥かに重いものでした。お蔭《かげ》で彼女は旦那のお供からは逃れる事が出来ましたが、しかし神様は、この可哀そうな女の我儘《わがまま》をお許しにならなかったのでしょうか、実に思いがけない程大きな代償を、その代りとして支払わねばならなかったのです。

入院してから一月ほど経《た》ち、さしもの高熱も下り坂となり、そろそろ恢復《かいふく》期へ入ろうとする時分のことでした。珊瑚はふと、眼の前に赤い斑点が見えると云い出したのです。はじめのうち、医者も大して気にかけなかったのですが、彼女の訴えは次第に頻《ひん》繁《ばん》になって来る。はじめは単にぼやとした雲のような斑点であったのが、次第に明瞭となり、しまいには血のように鮮《あざや》かな赤色をした球状や棒状様のものが見えると云い出し、そして医者がはじめてことの重大さに思い至ったときには、彼女の症状は既に取りかえしのつかぬ程悪化していたのです。

　壮年性網膜《もうまく》ガラス体出血といって、殆んど治癒の途《みち》がないと云ってもいゝくらい困難な病気なのだそうです。おそらくチブス熱による極度の体の衰弱が、この惨めな病気の原因となったのでありましょうが、ともかくそれから三月ほど後に退院したとき、可哀そうに珊瑚は完全に失明していました。

　あゝ、彼女は実に一時の激情から生涯とりかえしのつかぬ大きな不幸を招いてしまったわけでした。盲目となった彼女はふたゝび芸者をすることも出来なかったでしょうし、もしこの時山惣の旦那の寛大な処置がなかったら、おそらく彼女は乞食をするか、のたれ死にをするより他に途はなかったでしょう。

　実際、この時山惣の旦那のとった態度は世にも賞讃すべきものでした。彼はあんな手酷《てひど》いやりかたで自分を裏切り、そのためにこのような不幸に陥った女を、決して突放《つっぱな》してしまおうとはせず、昔通り世話をしようといい出したのです。そして芸者を止《よ》した彼女のために、蔵つきの立派な家《うち》を買ってやったばかりか、俄《にわ》か盲目《めくら》の不自由な女の身を思いやって、気に入りの小菊さえ側《そば》につけておいてやったのです。もっともこういう行きとゞいた旦那のやりかたも、必ずしもその寛大さ、乃至《ないし》は犠牲的精神の発露とのみは見られなかったというのは、失明こそしたものゝ、珊瑚の美しさには少しも昔と変らぬものがあったからです。

　まったく珊瑚は、盲目となったことによって、少しもその美しい容貌を毀損《きそん》されはしませんでした。成程《なるほど》あの冴々とした瞳は二度と見ることは出来ませんでしたが、その代りふっさりと長い睫毛《まつげ》を伏せた頬には、云うに云えない細かい陰翳《いんえい》ができ、そのためにいくらか老けはしましたが、それだけに落着きも備わって来たという寸法。しかも変ったのは外貌ばかりではなく、性情に於ても、あの事件を一転期として彼女は駭《おどろ》くべき変化を示したのです。

あの濶達《かったつ》な女が、打って変って気の弱い、どうかするとじき涙ぐむような女になってしまいました。この変化だけでも旦那にとっては悪くなかったのですが、更に彼を有頂天にしてしまったのは、彼女が実に驚嘆すべき柔順さを示しはじめたことでした。珊瑚は今や、旦那のいかなる命令に対しても、唯盲従することを知って、決して逆らおうとはしなかったのです。こうして彼女は、今や山惣の旦那にとって、何物にも換え難き寵物《ペット》となり、この初老の、しかしまだまだ十分精力旺盛《おうせい》な旦那のこよなき愛撫《あいぶ》の対象となったのです。

しかし珊瑚はこの時分、心から旦那に傾倒し、かつては彼女の心臓のなかに、あれほど重大な部分を占めていた今朝治のことを、全く忘れてしまったのでしょうか。いえいえ！　もし山惣の旦那がそういう風に己惚《うぬぼ》れていたとしたら、それこそ大間違いと云わねばなりません。それ等《ら》のことは、その時分珊瑚の側《そば》に侍《かしず》いて、なにかと面倒を見ていた小菊という少女が、ずっと後になって人に洩《もら》した、次のような挿話《エピソード》を以ってしても窺《うかが》われるのです。

それは珊瑚が山惣に囲われるようになってから、二三ヶ月も後のことだといいますから、多分前の事件のあった翌年の春頃のことでしたろう、その時分珊瑚は、どうかすると薄暗い納戸《なんど》の中に閉じこもって、一時間も二時間もひっそりとしていることがありました。そしてそこから出て来た時の彼女の様子を見ると、いかにも疲れたような、しかし又いかにも満足そうな微笑《ほほえみ》も見えるのです。

そういうことが度重なるに従って、一体姐《ねえ》さんはあの薄暗い納戸の中で何をしていなさるのだろうと、まだ年若いだけに小菊は、好奇心も一層旺盛だったのでしょう、ある日到頭、珊瑚より一足さきに、その納戸の中へ忍び込んだのです、一体この納戸というのは、広さにして十畳敷きぐらいもありましょうか、板敷きの床の上には、箪笥《たんす》だの鏡台だの古葛籠《ふるつづら》だの、古びた調度類が何の秩序もなくごたごたと詰めこんであります。前にも一寸言ったように、この家には別に立派な土蔵がついているのですが、その方は旦那の商売物である繭を貯えるために使用しているので、家庭向きの調度類は総《すべ》てここに置いてあります。

さて小菊がそれらの調度の蔭に身を忍ばせていようとは、夢にも知らぬ珊瑚は、いつものように探り足で、静かにこの納戸の中へ入って参りました。小菊がそっと見ていると、盲《めし》いたその白い顔は、まるで石のように固く緊張しており、細《ほっそ》りとした肩のあたりには、何かしら幻を誘うような侘しさと気味悪さが、ゆらゆらとたゆとうているのです。小菊は思わずゾーッとして首を縮めました。

盲目《めくら》の悲しさ、こういう不逞《ふてい》な目撃者があろうとは夢にも知らぬ珊瑚は、さて部屋の中央にある古い黒塗りの長持《ながもち》の側《そば》へ探り寄ると、赤錆《あかさび》のついた鉄の錠前をピンと外し、蓋《ふた》をとって中から抱きあげたのは、一個の等身大の人形でした。それを見た途端、小菊は思わずぎょっとばかりに息を呑みこみ、がたがたと顫え出したということです。無理もありません、その人形というのが、小菊の知っているあの今朝治の顔に生き写しだったのですから。

我々はこの物語のはじめの方で、珊瑚と今朝治が東京に遊んだとき、百貨店の飾窓の中で、今朝治に生写《いきうつ》しの蠟人形を発見したことを知っていますが、今珊瑚が長持の中から取り出したのは、実にその蠟人形だったのです。

いつの間にそれがどうしてこの家《うち》の中に持ち込まれていたのか、それは小菊でさえも、その時まで全く気が附かなかったと言います。

さて珊瑚はこの人形をしっかと胸に抱きしめ、何やらくどくどと掻《か》き口説《くど》きながら、あるいは頰摺《ほおず》りをし、あるいはしなやかな指で、つるつるとした頰をまさぐっていましたが、そのうちに次第に興奮の度を増して来たのでありましょう、怖さと気味悪さのために、石のように固くなっている小菊の耳に、だんだんその呟きの意味が聞き取れるようになって来ましたが、それは大体次のような意味であったということです。

——今朝治さん、さぞ淋《さび》しかったでしょうね。長い間独りぽっちにしておいて御免なさいね。でもあなたは何んという心の寛《ひろ》い人でしょう。ちっともお憤《おこ》りにならずいつもにこにこと笑っていらっしゃる。いゝえ、よく分っていますわよ。あたしの眼は見えなくともあたしの指は眼よりもずっとよく物を見ることが出来るのですもの。ほら、ほら、笑っていらっしゃるわ。まあ、何が嬉しくてそんなに笑っていらっしゃるのでしょうね。あたしが側《そば》にいることがそんなにお気に召して？　ええ、ええ、それはあたしだって嬉しいのよ。ねえ、あなたあたしを不倖せだとお思いになって。もしそうだと大違いなのよ。あたし眼が見えなくなったことを、ちっとも悲しいなんて思ったことありませんわ。だってあたし眼が見えなくなったお蔭で、厭なもの、醜《みにく》いものを見ずに済むことが出来るのですもの！　そして始終あなたのお顔ばかり見ていることが出来るのですもの！　本当なのよ、あたしの瞼《まぶた》のうちにはあなたの面影だけが美しい瞼花《まぶたばな》となって焼きつけられ、寝ても覚めても、そしてまた旦那の腕に抱かれている時だって、あたしが見続けている物は今朝治さん、あなたのお顔よりほかには何もないのです。ねえ、恋しい人の顔よりほかに、何も見ないで済むあたしは、何という幸福な女でしょう、今朝治さん、あなたもそうお思いにならなくって？　ね、ね、そう思って下さるでしょう。そう思ったら今朝治さん、何とか云って、何とか云って頂戴！

上ずった声でしだいに物狂おしくそんな事を呟きながら、やがてこの和製女ピグマリオンは、人形の首を胸に抱き寄せたまゝ、潸然《さんぜん》とその美しい蠟細工の頰のうえに、熱い涙を濺《そそ》ぐのでありました。

## 九

ハムレットの台詞《せりふ》にもある通り、世の中には我々の哲学を超えた不可思議な現象、理外の理というものがしばしばあるものですが、その年の終りごろ、珊瑚の産み落した男の子というのがそれだったのです。私は一度もその赤ん坊というのを見たことがありませんから、噂の真偽は知る由もありませんが、人の話によると、それは実に今朝治の面影をさながらに伝えた、文字通り玉のように可愛い子供だったということです。

当然そこには珊瑚の行状について、いろんな取沙汰《とりざた》が行われました。しかしそれ等《ら》の臆測がいずれも取るに足らぬものであった事は、その赤ん坊の誕生と今朝治の懲役になった時日との間に、非常に大きな喰い違いがあったことでも明瞭なのです。実際、刑務所というものは最も信頼するに足る現場《げんじょう》不在証明の製造機関ですが、それにも拘らず、この赤ん坊と今朝治との恐ろしいほどの相似は、一体何といって説明したらいゝのでしょう。結局ハムレットの台詞のほかに、この不可思議な現象を説明する言葉はないのでしょうか。それとも、もっと科学的に説明する方法があるのでしょうか。

それは兎《と》に角《かく》、古い諺《ことわざ》にもある通り、山惣の旦那だけは夢にもそのようなことは知らなかったのです。山惣にはそれまで男の子というものがなかったので、この時、彼の欣《よろこ》びというものは例えようもないくらいで、おそらくこの前後が彼にとっては最も得意な時代であったでしょう。しかし人間の幸運というものは、それがあまり不相応に大きな場合、しばしば次に来《きた》るべき破局の前兆となるものです。それはちょうど蠟燭《ろうそく》の消えなんとする一刹那《せつな》、ちょっとの間パッと明るく炎えあがるように、山惣が有頂天になって踊っているその足下から、眼に見えぬ経済的な圧迫がじわじわと、彼の咽喉を扼《やく》しつゝあったのです。

珊瑚が久し振りに舞台に立つことになったのはその時分のことでした。

多分それは、彼女がはじめて今朝治と相見た時から数えて、三年目の春のことでしたろう、この物語の冒頭に於て申し上げたように、土地の花柳界では毎年《まいねん》花時分に温習会を催しますが、珊瑚も人から奨《すす》められるままに、久し振りに舞台に立って隅田川を踊ることになったのです。

芸の力というものは恐ろしいもので、この時の舞台を見た人の言葉によると、盲人とは思えない程しっかりしていた事はいうまでもないとして、視覚を失って以来彼女に備わって来た、いうにいわれぬ淋しさ、憂《うる》わしさ、そういう味がこの踊の持つ幽婉《ゆうえん》な振りによく合って、ちょっと大袈裟《おおげさ》にいえば、鬼気迫るといった風な舞台だったということです。

この時分山惣の懐《ふところ》の苦しさは次第に顕著になっていました。そして町でもとかくの風評が絶えませんでしたが、この噂に反抗するつもりだったのか、それともこれを最後の栄華として、後々までの思い出にするつもりだったのか、この時彼が珊瑚のために添えてやった、前代未聞の景気の華々しさは、おそらく長い間この土地の語り草となることでしょう。しかもこの思いきって華やかなお大尽の一夜が、後から思えば、彼のために用意されていた運命の陥穽《おとしあな》だったのです。全くあの団子つなぎの紅提灯《べにちょうちん》や、華やかなシャギリの音や、艶《なま》めかしい妓《おんな》たちの会話や、そういう炎えあがらんばかりの明るい雰囲気のかたすみから、あのように人の悪い陰謀が顔を出していたというのは、何という不思議なことだったでしょう。

それはいよいよ隅田川の幕が開こうとする直前のことでしたから、八時頃のことであったでしょう、その前にちょっと楽屋を覗いた旦那が表のほうへ帰ってみると、どうしたはずみか彼の買いきった広い桝《ます》の中が一瞬間ガラ空きになっていて、賑やかな場内でそこだけが無人島のように妙に空虚な感じがしました。

山惣の旦那はちょっと厭な顔をしてそこに坐りましたが、その時ふと毛氈《もうせん》のうえを見ると、一通の艶めかしい結《むす》び文《ぶみ》が置いてあります。旦那は何気なくそれを開いて読みました。

世の中には随分おせっかいな人間があります。他人の幸福が癪《しゃく》に触って耐らぬという人間もあります。何とかして他人を不幸や悲劇の方へ追いやろうと苦労している人間もあります。この結び文が何人《なんぴと》の仕業であったか、誰も知っている者はありませんが、とに角《かく》それはそういう性質のものだったのです。その中には、最も下劣な意地の悪い調子で、珊瑚の産んだ子供が山惣の子でないこと、あの子の顔が今朝治に生写しであるのを、お前は気がつかないのかということ、珊瑚が今朝治の亡霊と婚礼しているということ、嘘だと思うなら、納戸の奥にある長持の中を調べてみろ。……というようなことが、どのように冷静な人間をも動揺させずにおかぬような、悪意に満ちた調子で書いてあるのでした。

この手紙の効果には、おそらく中傷者の期待以上のものがあったでしょう。読んでゆくうちに山惣の顔にはかっと血の気がのぼって来ましたが、すぐそれが引いて真蒼になったかと思うと、手紙を持った手がぶるぶると顫えだしました。彼は二三度それを読み返すと、やがてズタズタに引裂いて袂の中へ放り込み、それからそこにあった燗冷《かんざま》しの酒を五六本、たてつゞけにぐびぐびと呷《あお》ったのです。

私は山惣という男をかなりよく知っていましたが、この男は決して腹から悪い人間ではありませんでした。剛腹《ごうふく》で人に譲ることを知らず、無理を承知のうえで押通《おしとお》すような場合があるので、兎角《とかく》誤解されていましたが、芯は至って涙もろい、そして又情誼《じょうぎ》にも厚い人間だったのです。唯いけないのはこの男の酒癖でした。酒乱というのでしょう、酔うと前後の分別がなくなります。だから側にお銚子《ちょうし》の五六本も転がっていようものなら、もうこの男は信用が出来ないのです。

またゝく間に五六本の酒を片附けた彼は、血走った眼を据えたまゝ、ふうふうと桝から立ちあがりました。そしてちょうどその時、報《し》らせの柝《き》が入ったのですけれど、そのほうへは見向きもせずに、幕開きのごたごたに、止める者もなかったのを幸いに足《た》袋《び》はだしのまゝ劇場から外へ飛び出してしまったのです。

その時分楽屋では、狂女の扮装《こしらえ》のまゝ出を待っていた珊瑚が、おやというように首をかしげると、暫くシーンと闇の底に耳をすましていましたが、やがてぼっと上気したような頬を小菊の方へ振り向ける

と、

「小菊ちゃん、あれは何だろう。ほら、あのカポカポというような音は……」

「なんですの」

小菊も耳を傾けましたが、別に変った音も聞えませんでした。

「私には何も聞えませんけれど」

「そう、それじゃ私の空耳だったのかしら、私アドニスが来たのかと思ったのだけれど……」

珊瑚はちょっと淋しく笑って、

「小菊ちゃん、済まないけれどそこの窓をあけて外を見ておくれな。何だか今夜、あの人がどこか間近に来てるような気がする」

小菊はちょっと気味悪そうに肩をすぼめましたけれど、すぐ素直に立ちあがって窓をひらいて外を見渡しました。

「姐さん、何も見えやしませんけれど。……」

全く小菊の言葉通り、そこには朧《おぼろ》に染め出された湯の街の、ほのかな闇があるばかりでした。

## 十

足袋はだしのまゝ劇場を飛出《とびだ》した山惣の旦那が、湖柳町《こやなぎまち》の妾宅《しょうたく》へやって来たのはそれから間もなくのことでした。妾宅にはいう迄もなく誰もおりませんでしたが、山惣にとってはその方が好都合だったのです。彼はふらふらとした歩調《あしどり》で、座敷から納戸のほうへ入って行きましたが、じき出て来ると、押入の中から古風な燭台《しょくだい》と蠟燭をさがし出し、それを持って再び納戸の中へ入って行きました。納戸には電気がついていなかったからです。

山惣はその蠟燭の光でじき大きな長持を発見しました。彼はいまだかつてこの納戸の中へ入ったことがなかったので、長持を見るのも実に始めてでした。それを見ると彼は何ともいえぬほど激しい妬《ねた》ましさと憤《いきどお》りを感じ、今飲んだ酒が、血管のなかで火のように膨れあがって来るのを感じました。彼は燭台を側《そば》におき、ふらふらする指で掛金を外すと、長持の蓋をとって中を覗き込みました。そしてその中に、紅い友禅《ゆうぜん》の蒲団を敷いて、仰向きに寝ている人形を発見すると、ちょっとの間《ま》拍子抜けがしたようにぼんやりしていましたが、すぐ気がついたように燭台を掲げて、人形の顔を眺めました。すると今まで真赤だった山惣の顔から、さっと血の気がひき、呼吸が俄《にわ》かに切迫して、その眼の中には何ともいえない程、兇暴な光が現れて来ました。

彼はいきなり長持の中からズルズルと人形を引き出すと、燭台の脚で二三度激しくその美しい頭を殴ったのです。人形はぐわらぐわらと、骨の崩れるような音を立てゝ床のうえに転がりましたが、そのとたん、山惣はジーンと海嘯《つなみ》が押し寄せてくるような耳鳴りを感じ、身内に燃ゆるような熱さを覚え、それと同時に心臓がふくれあがって、今にも息の根が止まりそうな気がしました。

無理もありません、蠟燭の火のゆらめくほの暗い闇の底から、突然むくむくと人形が起き出して来るのを見たからです。山惣はさっと朔風《きたかぜ》に吹かれたような恐怖を感じましたが、それと同時に、彼の心臓のなかからは、火のような兇暴さが頭をもたげて参りました。

「あゝ、お前はやっぱり今朝治だな!」

今朝治は無言のまゝ、闇の底からじっと山惣の顔を凝視《みつ》めていましたが、その瞳《め》はまるで二つの星のように瞬《まばた》き、何ともいえない程のふかい怨みを蔵している。さすがの山惣も、それを見ると射すくめられたように思わずたじたじとしましたが、すぐ肩をそびやかし反噬《はんぜい》するように言いました。

「あゝ、やっぱりお前はこゝに隠れていたのだな。お前が監獄にいると思って安心していたのは私《わし》の大きな間違いだった。お前はこゝに隠れていて、夜毎《よごと》日毎《ひごと》、思うさま珊瑚と逢曳《あいびき》をすることが出来たのだ。私は何という馬鹿だったろう」

今朝治はそれを聞くと、ちょっと驚いたような顔をして、山惣の面《かお》を見直しましたが、やがて低い、悲しげな声でいいました。

「旦那、あなたは気が狂ったのですか。いや、あなたはひどく酔っている。よもや本気でそんなことを言っているのではないでしょうね」

「そうだよ、私《わし》は気が狂っているのかも知れない。珊瑚は私の生命だった。私はもう何も彼も失ってしまったけれど、珊瑚とあの子供さえあれば、私は何も悔むまいと思っていた。しかし、その珊瑚さえ私のものではなかった。そしてあの子供も……あゝ、私が今迄自分の子供だとばかり己惚れていたあの子供も、やっぱり私の子供ではなかった。あれはお前の子供だったのだね」

山惣の旦那はそういって、まさか泣きはしませんでしたけれど、息をのみ、鼻をつまらせ、そして大きな溜息《ためいき》を吐きました。今朝治は不思議そうな顔をしてそれを聞いていましたが、やがて低い、咽喉《のど》にひっかゝったような笑い声をあげ、そして次のような事を、くどくどと訴えるように言ったのです。

「旦那、山惣の旦那。あなたはそれを正気でいっているのですか。私に珊瑚を愛する力があるというのですか。私に子供を産ませることが出来るというのですか。私から男の誇りを奪い、新らしい生命を育《はぐく》む力を無残にも苅りとったあなたの口から、そのように馬鹿らしい怨言《うらみごと》をきこうとは私は夢にも思わなかった。あゝ、あなたのいうようなことが真実だったら！　私はどのように嬉しかろう。私に珊瑚を愛することが出来たら、そして珊瑚の体の中に、私の新らしい生命の芽を植えつけることが出来たら！　その時こそ私はどのようなあなたの怨言をも受けましょう。どのような制裁にも甘んじましょう。しかし私にそれが出来ないことは、誰よりもあなた御自身が一番よく知っている筈ではありませんか。あの燈籠流しの夜、私の体に恐ろしい手術をさせたあなたが、一番よくそれを知っている筈ではありませんか。私にもう一度若さの生命を返して下さい。もし私に男の誇りを返して下さるなら、今あなたがこの人形にされた通り、私のこの美貌をめちゃめちゃにされても、私は決して不服は申しません。旦那、山惣の旦那、私にもう一度、逞《たく》ましい青春の歓びと男性の誇りを返して下さい」

仄暗《ほのぐら》い納戸のかたすみに、燭台の灯がかすかに揺《ゆらめ》いている。

十一

珊瑚が愛する蠟人形のうえに唯ならぬ異常を発見したのは、その翌日のことでした。いつものように、見えぬ眼の手探りで、あの長持の中から人形を抱き起した珊瑚の指は、先ず最初に無残にうちくじかれた頭部を探りあてゝ、のけぞるばかりに彼女を驚かせました。

無理もありません、珊瑚にとってはもはやその人形は、いのちなき蠟細工ではなくて、一個血の通った美しい人間も同じであり、この物憂い、暗黒のとしつきを、さしたる憂さもなく、いつも楽しく過《すご》すことが出来たのは、実にこの人形があったからではありませんか。

「まあ、今朝治さん、これは一体どうしたというの。誰がこのようなひどいことをしたのです」

彼女は狂気の如く人形の首を掻き抱き、ちょうど母が傷ついたわが子の看護をするように、優しい、おのゝく指先で傷口をまさぐりまさぐりしていましたが、そのうちに何を思ったのか、突然ぎょっとしたように彼女の指は蠟製の頰のうえで止《とま》ったのです。それから、何かしら非常に重大なことにでも出会ったように、そろそろと慎重に、人形の頰っぺたを撫《な》で廻していましたが、とつぜん、

「小菊ちゃん、小菊ちゃん」

と甲高い声で呼び、そしてびっくりしてやって来た小菊をつかまえると、

「小菊ちゃん、ちょっとこゝを見て、ほら、お人形の頰っぺたのところを見て……」

小菊は不思議そうな顔をして、おずおずと指されたところを覗き込みましたが、別に変ったところも見られませんでした。

「まあ、分らないの」珊瑚は焦《じ》れったそうに、「ほら、こゝのところよ。こゝに何か引っ掻いたような傷があるでしょう。これ、何か字になってやしない」

そう云われてよくよく見れば、なるほど肉色に染められた滑らかな頰のうえに、何か引っ掻いたよう

な新らしい傷があるのです。

「そうですね。上の字は片仮名のマという字のようですわね。それから下の字は何でしょう。ユでしょうか、コでしょうか」

「マ、ユ、――小菊ちゃん、それに違いないかい。マ、ユとたゞそれだけ？　その下にもう一字何か書いてありやしない？」

「いゝえ」小菊は不思議そうに女主人の狂態を眺めながら、

「マ、ユ、とたゞ二字だけでございます。ユの字の終りの方が何だかぼやけておりますけれど。……マユって何のことでしょうね。お蚕《かいこ》の繭のことでしょうか。それとも繭蔵のことでしょうか」

いいかけて小菊はハッとしたように、

「そうそう、繭蔵といえばあたくし今朝、土蔵の入口のところでこんなものを拾ったのですけれど……」

「なに？　何を拾ったの？」

珊瑚はよくも聞いていないような声で云いました。


あゝ、彼女の頭脳《あたま》はいまもっとほかの、重大な考えで急《いそ》がしかったのです。むろん、このマ、ユという二字が繭蔵を意味しているのでないことを、彼女はちゃんと知っています。これはマユミという、彼女の本名の上の二字だけが書かれたのに違いない。そして彼女をそういう呼びかたで呼ぶのは、今朝治よりほかに一人もないことを彼女はよく知っています。そうすると昨日今朝治がこゝへやって来たのだろうか。

彼女はふと昨夜《ゆうべ》きいた蹄《ひづめ》の音を思い出しました。そして改めて、「あゝ！」と魂の抜けてゆくような叫び声を出したのです。

小菊はしかし、そのようなことは夢にも気づきませんでした。

「これ、カフス釦《ボタン》というものじゃありません？　何だか上に英語のような字が彫ってあるんですけれど」

珊瑚はそれをきくと弾かれたように顔をあげ、それから泳ぐような手つきで小菊のほうへにじり寄ると、

「見せて、見せて……」

それはまぎれもなく、いつぞや彼女が今朝治に贈った、あのカフス釦に違いなかったのです。

「小菊ちゃん、この釦の上に彫ってあるという字、こんな字じゃない」

珊瑚はおのゝく指に唾をつけると、床の上にKとMとの組合せを書いてみせました。

「はい、その通りでございます」

「あゝ、それじゃ今朝治さんはやっぱりこゝへいらしたんだわ。そして小菊ちゃん、お前さん、これを繭蔵のまえで拾ったとお云いだったわね」

「はい、そうですの。誰か昨夜《ゆうべ》あの蔵の中へ入った者があるんじゃありませんかしら。だって、戸前の土の上に、何か引摺《ひきず》ったような痕がついているのですもの」

珊瑚はもうそれ以上聴いている必要はなかったのです。鋭い女の本能から咄嗟《とっさ》の間に、昨夜こゝで演じられたであろう悲劇を覚《さと》ると、矢庭《やにわ》にすっくと立上り、座敷をぬけて足袋はだしのまゝ庭へおりました。そして見えぬ眼の手探りで蔵の前まで辿《たど》りついたとき、

「珊瑚、何をしている!」

と鋭い旦那の声を背後《うしろ》に聞きました。

## 十二

珊瑚はその声を聴くと、ちょうど背後《うしろ》から袈裟がけに一太刀浴びたように、ピリリと全身に鋭い痛みを感じましたが、すぐその次《つ》ぎの瞬間には、自分でも不思議に思うくらいの落着きが、シーンと腹の底からわいて来たのです。彼女は石のように固い表情をうかべたまゝ、

「あなた、今朝治さんをどうなさいましたの」

と、詰問《きつもん》するような調子でいいました。

「今朝治に会いたいのか」

「はい、会いとうございます」

後になって小菊がひとに語ったところによると、この時興奮していたのは、珊瑚よりもむしろ山惣のほうだったそうです。彼はちょっと、珊瑚の冷静さ

に気臆れがしたように見えましたが、じき勇気を取戻すと、

「よし、会わせてやろう」

と懐《ふところ》から大きな鍵を取り出し、それで蔵の戸をひらきました。そして心配のあまり怖さも忘れてついて来る小菊のほうを振返ると、

「来ちゃいけない！」

と恐ろしい顔をして怒鳴りつけ、荒々しく珊瑚の手をとって蔵の中へ入ると、中からピッタリと戸をしめてしまったのです。

この時、蔵の中は白い蚕の繭でいっぱいでした。繭は四方に堆高《うずたか》く積みあげられた籠《かご》のなかから溢《あふ》れだし、雪のように美しく床のうえに盛りあがっているのです。あゝ、これらの繭の思惑《おもわく》のために、山惣の旦那はいまや一文無しの身になり果てゝしまったのでした。

「お前の恋人はそこにいるよ。ほら、その白い繭の中に埋《うず》まっている」

山惣はそういって珊瑚の体を荒々しく繭の山の方へ突き倒しました。珊瑚はよろよろとそこへ膝《ひざ》をついた拍子に、繭のなかゝらニョッキリ出ている冷い手に触りましたが、すると彼女は気狂いのように、

「今朝治さん、今朝治さん」

と連呼しながら、繭の中から今朝治の死体を掘り起したのです。繭に埋《うず》もれた今朝治は、ちょうどあの蠟人形と同じように頭を割られて、その白い頬には二筋三筋、太い血の運河が流れていました。

「あゝ、今朝治さん、それじゃ私が昨夜《ゆうべ》きいたあの蹄の音は、やっぱりあなただったのね。私がもっと早くそのことに気附いていたら、こんな事にはならなかったのに……」

珊瑚はそういって今朝治の首を抱くと、さめざめと泣きました。その間、山惣の旦那はかたわらの籠のうえに腰を下ろしたまゝ、じっと彼女の狂態を眺めていましたが、やがて珊瑚が泣くだけ泣いてしまうと、うしろからそっと優しく抱き起してやりました。

「珊瑚、お前はやっぱりこの男に惚《ほ》れているのか」

珊瑚は答えませんでした。しかし、山惣の旦那は格別その返事を期待していたのでもなかったと見えて、すぐ言葉をつぐと次のように言ったのです。

「考えてみれば、私はこの男を殺す必要はなかったのだ。お前たちがどのように愛し合い、炎えあがる情熱のまゝに、二つの魂を一つの歓喜の中に熔けこませようとあせったところで、所詮、その目的を達することの出来ないのを、私はよく知っていたのだ。お前はこの男を本当に愛することは出来ないし、この男もまた、お前を本当に喜ばせることは出来なかったのだ。この男は男であって男でない。この男は人形も同じだ。そうだお前が愛していた蠟人形も同じなのだ。この男は蠟人《ろうじん》だ。珊瑚、それでもお前はこの男を愛すると断言することが出来るか」

「愛します」

珊瑚はひくいがしかしよく響く声でいいました。彼女にはまだ、山惣から今きいた言葉の意味がはっきりとは分りませんでした。けれど、それでも彼女は、おぼろげながらも、今朝治のうえに降りかゝった異常な災難の本体を知ることが出来たのでした。

「愛します」

珊瑚はもう一度繰返しました。それからしばらく、じっと自分の心の中を凝視《みつめ》るように首を傾《かし》げていましたが、何を思ったのか、突然狼狽《ろうばい》したような色をうかべながら、

「愛します」

とあわてゝ呟きましたが、その声には最初《はじめ》ほどの強さはなかったのです。彼女はその時、思いがけない自分の本心を知って駭然《がいぜん》としたのでした。珊瑚が今迄愛しつゞけていたのは、果して現実の今朝治その人だったろうか。今朝治のまぼろしそのものを彼女は愛していたのではなかったろうか。いやいや、ひょっとすると、彼女がほんとうに愛していたのは、その美しい幻によって修飾され、擬装された山惣自身ではなかったでしょうか。

珊瑚はしかしそれ以上考えつゞける事はできませんでした。その時旦那が懐から短刀を取り出すと、ぎらりとその鞘《さや》を払ったからです。珊瑚は盲人特有

の鋭い本能で、ぷんと焼刃《やきば》の匂いをかぐと、ぎょっとしたように身を退《ひ》こうとしましたが、すぐ思い直したように、きちんと膝を揃えて坐り直すと、見えぬ眼でじっと旦那の方へ向いました。

「珊瑚、それじゃいま、お前の好きな男と添わせてやろう。祝言《しゅうげん》の席はおかいこぐるみだ。はゝゝゝは」

そう云って旦那は、左の手で珊瑚の髷《まげ》をつかむと、右の手でぐさりと一突き、乳房を抉《えぐ》りました。珊瑚はその一突きで前の方にのめりそうになりましたが、すぐ体を起すと、

「坊や……坊や……」と低い声で呟きました。

「心配するな、坊主は悪いようにはしない。誰かたしかな人間に頼んで、立派に育《そだ》て貰ってやる」

そう云って旦那はもう一突き、珊瑚を抉りました。その一言に安心したのか、珊瑚はふたゝび口を利こうともせず、繭の中に埋《うず》もれた、蠟細工の仮想愛人のうえに折り重なって倒れました。

# 面影双紙

　この物語は大阪時代の私の友人R・Oが、数年以前、彼自身の部屋の中で語ってくれたところのものである。私はこの話をきゝおわったとき、それが盛夏の八月であったにも拘《かかわ》らず、ぞっとするような肌寒さに襲われたことをおぼえている。R・Oは生粋《きっすい》の大阪人であるから、その語りくちの持っている上方人一流の言葉の甘さと、粘りっこさが、この物語に一入《ひとしお》の古めかしさと、夢のような物凄《ものすご》さを添えていた。私はこの話をきいたときの情景を、いまでもはっきり思い出すことができる。それは大阪特有の堀割に面した土蔵の中の一室で、あまり広くない座敷の中は、歌舞伎役者の似顔絵だの写真だの、これもまた役者の似顔を押絵《おしえ》にした大きな羽子板だの、五色《しき》の薬玉《くすだま》だの、朱色にくすんだ厨子《ずし》だの、緋緞子《ひどんす》の座蒲団《ざぶとん》だので、まるで小娘の部屋のように艶《なま》めかしく彩られていた。しかもそういう座敷の中に端然と坐っていたR・Oの姿が、いかにも周囲とよく調和していたのを、私はいまでもはっきりおぼえている。彼はその時の暑さにも拘らず、襟《えり》もくつろげず、餉台《ちゃぶだい》にむかってきちんと端坐したまゝ、ときどき華奢《きゃしゃ》な手で私の盃《さかずき》に酒をついでくれながら、大阪弁と標準語をちゃんぽんにした話しかたで、ぼつぼつとこの物語をしてくれたのだった。風を入れるためにあけはなった障子のそとには、次第に夕闇がひろくはびこってくる頃おいで、どろんと死んだように澱《よど》んだ堀割の水のうえには、どこか近所にある広告燈の明滅が、次第にその明るさをましていた。

　いっておくがR・Oというのは、大阪でも有名な古い売薬問屋《どいや》の若主人で、その当時は、家伝の売薬のほかに、医料器械のようなものも扱っているらしかった。私とは学校時代の友人なのである。

この話は私が十か十一のときのことで、その時分世間は丁度、日露戦争のあとの戦捷《せんしょう》気分で、沸きかえるような賑《にぎ》やかさでした。私はいまでもはっきりその時分のことを思い出すことが出来ますが、大阪中の町という町は毎日みたいに提灯《ちょうちん》行列があったり旗行列があったり、なかにはお祭気分で山台《だし》を引っぱり出すこともあったりして、そらもう大変な騒ぎでした。この道修町《どしょうまち》でも露助《ろすけ》降参の作り人形の山台を出そやないかということになって、その山台の曳《ひき》子《こ》に、日本の兵隊と露助の兵隊の服装《なり》を、半分ずつして貰《もろ》うたらどうやという話でしたが、誰も露助になりてがないので、籤引《くじびき》にしたところが今度は露助の籤にあたったもんから苦情が出るという始末で大変なごたごたが起ったのを覚えています。

何《な》んしろ日本もこれで一等国になった。これからは何んでも外国と対等に取引が出来《でけ》んねやと、何も分らんもんまでがえらい鼻息で、それには今迄《まで》みたいに古くさい商売のやりかたをしてたらあかん、なんでも西洋流のことを西洋流にやらんならんというので、どこでもかしこでも新規の商売をはじめるような始末だしたが、私の家が先祖伝来の奇明丸《きみょうがん》のほかに、医料器械を扱いだしたのもその時分からの事で、これをはじめたのは私の父でした。

こゝで私の家のことを一寸《ちょっと》お話しとかんなりませんが、私の父というのは、この家にとっては養子で、養子になるまえにはこゝの手代《てだい》やったそうです。私の祖父母には私の母になる娘が一人きりで、その娘が年頃になっても後が出来《でけ》そうにないので、早養子《はよ》をしなければならないが、それには気心も分っているし、おとなしゅうて働きもんの手代の公吉《こうきち》――この公吉というのが私の父の名だすが、その公吉がよかろうというので母と一緒にしたのやそうです。その時父は二十八、母はやっと肩揚げがとれるかとれんの十七で、私の口からいうのもおかしいですが、道修町の小町娘といわれたゞけあって、それはそれは綺麗やったという話です。私もうろ覚えに覚えておりますが、私の物心ついた時分の母は、人妻というよりもまだほんの娘で、娘にしては少しませすぎているという風でした。どちらかというと丸顔のほうで、笑うと白い頰《ほお》に小指で突いたような笑靨《えくぼ》ができました。美人というても、ですから、凄《すご》いという方ではなく、どこまでも娘々した美人でしたが、それでいて、今から思えばなかなか蓮《はす》っ葉《ぱ》な方だったようです。

そういう風だったから、他人からお家《いえ》はんといわれるのが何よりも嫌いで、自分ではどこまでも嬢《いと》はん気取り、したがって、自分の都合のいゝときしか私を可愛《かわい》がってくれなんだようでした。その時分私の家にはつるという女中がいましたが、私はものごころついてから大ていこのつると遊んでいたようで、しまいには母のほうから遊びにつれていってやろうというようなときでも、私は尻込みをするような始末でした。そんな時母はいつも、

「奇体《けったい》な子やな、この子は。他所《よそ》の子は遊びに連れていったろちゅうたら喜んでくるのに、この子は何んでこないに陰気なんやろ」

と、たゞ笑っているだけで、自分の子が母の愛からだんだん遠ざかって行くのを、別に気にもかけないようでした。こういうと、私がいかにも母を嫌っていたように聞えますが、そうではありません。私はこの陰気な、引込思案《ひっこみじあん》な性質がその時分からあったのだっしゃろ。どうしてどうして、私は母を嫌うどころか、母の機嫌のえゝ顔を見ると、何んともいえん程嬉《うれ》しいような、懐しいような気がしたものです。それでいて、母のほうから声をかけられると、内心ぞっとする程嬉しいくせに、一方では恐ろしいような恥しいような気持ちが先にたって、思わず尻込みをしてしまうのでした。こういう性質は六つになり七つになり、十になり、だんだん年がゆくにつれて一層はげしくなって行ったようです。

あゝ、父の話をするつもりで、思わず母の話ばかりしてしまいましたが、どうも私は、母のことを思

い出すと父のことがそっちのけで、父のことを考えると、とかく母を忘れてしまうのです。つまり父と母とを一緒に思い出そうとするのはなかなか骨が折れるのです。それほど父と母とは、表面夫婦らしくない夫婦でした。そうかというて別に口喧嘩《くちげんか》をするわけでもなし、誰からもお前の両親《おや》は仲が悪いぞなんて聞かされたわけでもないのですが、それでいて子供心にもはっきりと感じていたくらいですから、まあ凡《およ》そ想像がつきましょう。

尤《もっと》もいま考えてみると無理もないことで、母は至って派手好きなほうで、道頓堀《どうとんぼり》の芝居は変りめごとに欠かしたことはありませんし、このまた芝居見物が大へんで、茶屋や座方への祝儀《しゅうぎ》はいうに及ばず、ときには贔屓《ひいき》役者に座蒲団や引幕を贈るというようなこともありました。こういう場合一切の采配は、出入のお嶋《しま》さんという長唄の師匠がやっていたようです。こういうと、いかにも苦々しい家庭のようですが、大阪のこういう家庭ではこれがそう大して珍らしいことやありませんので、私の家では祖父も祖母もみんな芝居好きで、しょっちゅう家へ出入りしてた役者もあったくらいだったさかいに、母のこういう派手なやりかたも、当りまえのことゝして別に口を挟むもんもありませなんだ。

しかし父にしてみると、父は至って物堅い、商売《あきない》で凝りかたまっていたような人だしたから、口に出しては何も言わぬようなものの、何んぼうか苦々しゅう思っていたことだっしゃろな。それでいて、ついぞ父がそんな気振《けぶ》りも見せませなんだのは、よっぽど辛抱《しんぼう》強い人だったと見えます。尤も、まえにもお話しましたように、父は手代あがりの養子のことですから、すこしは気兼ね遠慮もあったかはしれませんが、もうその時分には、祖父も祖母も亡くなっておりまして、誰にはゞかるところもありまへんし、親類でもとっくに父の働きに納得して、その時分では、父のすることに嘴《くちばし》をいれるものは一人もありませんでしたから、すこしぐらい母のすることをたしなめたり、叱《しか》ったりしてもよかったように思われます。しかし、父はもう母のことなんかどこ吹く風かというように、唯《ただ》もう商売が第一で、あんたはあんたで勝手なことをしなはれ、わてはわてでこの商売が肝腎《かんじん》やというような風がみえました。結局母にとってもこのほうが気楽らしく、まあ当らず触らずというような態度、特別に機嫌をとりもしない代りに、別に逆らいもしない、といった風な夫婦仲のようでございました。

いまから考えますと、父と母とは十一も年が違《ちご》ておりますうえに、母が年よりもずっと若くみえるのに反対に、父は元来地味な、実直な人でしたから、どうしても年よりは三つ四つ老けてみえます。ですから父にしてみれば、母はまあいつ迄たっても若い、わがまゝなお嬢《いと》はんであり、娘であるようにも思われ、一々叱言《こごと》をいうのも面倒やったのではございますまいか。尤も父のこういう態度は、私が相当物心ついてからのことで、婿《むこ》になりたての時分には、随分精出して母の機嫌をとっていたもんやという話です。そらまあ無理もない話で、まえにもいうた通り、母は小町といわれたほどの美人だしたし、きっと手代をしていた時分でも、母に心をひかれていたに違いおまへんさかい、それが思いがけなくも、その嬢《いと》はんをわが女房と呼ぶことが出来《でけ》るようになったのですから、天にも登る心地で、精々母の御機嫌とりに浮身《うきみ》をやつしていたに違いございません。

しかし母のほうにしてみると、別に父が嫌いやということもおまへんなんだやろが、何んしろ物堅い一方の朴念仁《ぼくねんじん》で、母のほうから遊びに誘うても、両《お》親《や》に気兼ねして首を縦に振らんような亭主は、一向面白のうて、いつの間にやら、そんならあんたはあんたで勝手にしなはれ、わてはわてで好きな事をさせて貰《もら》いまっさ、妻として勤めるべきところはちゃんと勤めておりますのですから、何も文句をいうことはあらしまへんやないかというような気持ちになったのでしょう。

私はよく、まえにいった長唄の師匠のお嶋さんと母がこんな話をしていたのを覚えております。

「そない言やはりますけんど、あんたはんみたいに倖《しあ》わせな方おまへんで、旦那《だんな》はんはあない堅いお人で、御商売は繁昌する一方ですし……」

「そら、うちのはもう物堅い一方で、その点はよろしゅうおますけど、あんな朴念仁頼りのうて仕方がおまへんわ」

「そんな勿態《もったい》ないこと言やはったらあきまへん。××さんとこ見てみなはれ、養子さんが道楽もんで、この間もどことかに女子《おなご》はんが囲ってあるとやらで大悶着《だいもんちゃく》でしたがな」

「うちのも少し、それぐらいのことしてくれるとよろしのだすけれどなあ」

「まあ、阿呆《あほ》らしい。そんな無茶なこと言やはったらあきまへん」

「ほゝゝゝゝ、それはまあ冗談だすが、わてかてそやさかいに、うちのに逆ろうたことおまへんがな」

そういう母が唯《ただ》の一度だけ、えろう父に逆らったことがございました。それがこのお話の一番はじめにいうた、日露戦争のあとのことで、父がこの医料器械を扱いはじめたときのことです。ほかのものはともかく、この医料器械の中に、人体模型というのがありました。あんたも御承知の通り、人間の骨格の模型で、作りものもありますけれど、中には本当の人間の骨もあるということで、作りものにしたところがあんまり気持ちのえゝもんではありません。はじめてこれが家へ持ち込まれたとき、母は血相かえてびっくりしてましたが、その晩、私が物心ついてからはじめての大悶着でした。

「あんな気味の悪いもんと同居せんならんくらいなら、あて一《い》っそ死んだほうがましだす」

頭痛がするというて、早くから寝床へはいっていた母は、その晩、父が店をしまって奥へ入ってくると、いきなり恨めしそうな声でそんなことを言っておりました。

「なんや、あの骸骨《がいこつ》のことか、奇体《けったい》な人やな、別に何もこわいことあらへんやないか」

「そら、男のあんたはそれでよろしおますけど、わてにしたら気味が悪うてよう見まへん。なんでまたあんなもん置きなはるね。うちにはちゃんと奇明丸ちゅうて立派な薬がおますやないか」

「そらまあそうやけど、奇明丸奇明丸ちゅうてゝも、こう新らしい薬が後から後からと出てくる世の中や、いつ何時《なんどき》売れんようになるや分らへん。今のうちに何か変った事をしとかんと後が思いやられるでなあ」

「そら商売のことは、あんたが上手だすさかいに、わては今迄何もいうたことおまへんけど、そんならほかのもんだけにしておくれやす。わて、あの骸骨をみると気味が悪うて気味が悪うて、いまにも気狂《きちが》いになりそうやわ」

「阿呆なこというもんやない。たかゞ骨やないか、何怖いことあるもんか。そない見るのが厭《いや》やったら、お店のほうへ出て来なんだらえゝやないか」

「そんならあんた、あてが気狂いになってもよろしいと言やはりますのか」

母の声はだんだん昂《たか》ぶって行くようでした。それを父は何かくどくどとなだめているようでしたが、

「まあまあ、今夜はえろう神経が昂ぶっとるようやさかい、何もいわんと寝なはれ。なあに、今にすぐ慣れるがな」

と、そんなことをいっているのが聞えました。

母がそんなにいやがったのも、まことに無理もない話で、子供の私なども、はじめのうちは随分怖かったもんです。店の作りを、まだ今みたいに改築せんまえのことで、その時分のことですから、軒《のき》の低い、奥行きの無茶苦茶に深い店構えで、奥のほうというたら碌《ろく》に日も当ることはなくて、いつも寒いように薄暗いのです。そんなとこに、五体の揃うた白い骸骨が二つも三つも壁にぶら下っているとこを見ると、誰でもあまりえゝ気持ちはしません。殊《こと》に大家に育って、怖いもんというたら芝居のお化《ばけ》よりほかに見たことのない母が、それ以来、熱を出したり、うなされたりしたのもまことに無理もない話です。

しかしこの商売はよっぽど収入《みいり》があったとみえて、父は母がどんなに泣いて訴えても、こればかりは頑《がん》として取合わんようでした。いっておきますが、この人体模型というのは、この頃ではもう島津製作所の一手専売になっていまして、ほかのもんは手がつけられんようになっておりますが、その時分には

方々に職人がありました。その中でも難波の大芳《だいよし》という職人がもってくるのは、みんな本当の人間の骨やというので、この大芳がお店へくると、私はまるで鬼が来たように怖がって、奥へ逃げ込んだもんだす。

母の芝居通いが一層はげしくなったのは、確かこの商売をはじめてからのように覚えております。私は最初、この骸骨がお店へ来たのを見たとき、何んとなく、いやあな不吉な感じがしたもんですけれど、後から考えてみるとやっぱりそうでした。私のうちに、あの数々の恐ろしい不幸が襲うてきたのは、確かに父がこの商売をはじめてからのことでした。

その時分、私が十か十一のことでしたから、母は二十八か九になっていたはずです。が、それはもう水の垂れるような美しさで——。昔のような初々《ういうい》しさの代りに、大家のお家はんとしての落着きと風格が加わり、身のこなし、物の言いようなどにも、ちゃんとした工夫が出来《でけ》てましたから、子供の私などでも惚々《ほれぼれ》するようなことがあったのを覚えておりますす。その母が、当時道頓堀に出ていました嵐福三郎《あらしふくさぶろう》という若女形《わかおやま》が大の贔負で、福三郎が出ている芝居というたら、欠かさずに見に行ったものです。丁度、戦争の間中火の消えたように淋《さび》れていた道頓堀の各座が、戦後の好景気で毎日割れるような客を呼んでいた頃のことでしたが、この嵐福三郎というのが、また長い間東京で修業していたのが、久し振りに帰って来てお目見得をするというので、福三郎の出る小屋はいやがうえにも素晴らしい人気でした。私はこの福三郎の舞台を度々見たことがありますが、時《とき》姫《ひめ》や顔世御前《かおよごぜん》の美しさ、小春《こはる》や三勝《さんかつ》のしおらしさなど、まだこの眼に残っているように思われます。私はこの役者の舞台ばかりではなく、素顔も度々見たことがありましたが、その一番初めは、やはり母に連れられて一緒に行ったときのことでした。その日はどういう風の吹き廻しか、母が一緒に行こうというと、私がすぐにそれに応じたわけでして、母と私と、例の長唄の師匠のお嶋さんとの三人連れでした。

私は何遍もいうように、その時分から至って陰気な、引込思案でしたが、別に賑やかなとこが嫌いというわけではなく、どうしてどうして、祖父母や母の血が、やはり私の体の中にも流れているとみえて、芝居の華やかな空気は何んともいえず私を惹《ひ》きつけるのでした。その時も一番目がすむと、長い幕合《まくあい》を私は唯一人廊下鳶《とんび》をしておりましたが、そのうちに柝《き》がはいったので、あわてゝ枡へ帰ってみますと、どうしたものか母の姿がみえません。お嶋さんが唯一人盃を舐《な》めながらお重をつゝいているのです。

「お母はん、どこ行きやはってん」

「あゝ、坊《ぼ》んち、お母はんはすぐ帰って来やはります。あんたも何か喰べなはらへんか。卵焼きは嫌いだすか」

　お嶋さんが卵焼きをつまんでくれましたが、私はもうそれを喰べる気にもなりませなんだ。というのは、まえの幕の一番目の終りに、役者の男衆らしい奴が、母の側《そば》へきて何か囁《ささや》いていたのが、気になってたまらなかったからです。私はもうじっとしておれないような気がして、思わずふらふらと立上《たちあが》りました。

「坊《ぼ》んち、どこ行きはりますね」

「うゝん、小便」

「そう、もうすぐ幕が開きますさかい、早《はよ》帰っといなはれや。今度は坊んちの好きな踊りや」

　私はお嶋さんの言葉を聞き流して、ふらふらと茶屋のほうへ歩いていきました。中幕のはじまる頃というたら、茶屋の一番せわしい盛りですから、誰も私のことなど気をつけているものはありません。私は誰にもとがめられずにそのまゝ二階へあがっていって、細目障子を何んの気もなくがらりと開いたのですが、その途端子供心にも思わずはっとしました。せまい座敷の中には母が若い男と差向いで酒を飲んでいるのです。二人ともほんのりと眼の縁《ふち》を赤くして、それがまた何んともいえず綺麗なのでした。私が障子をひらいたとたん、二人はぱっととびのいたような気配でしたが、暫《しばら》く、いかにもばつの悪そうに私の顔をみています。私はもう、それを見ると耳の附根まで真赤《まっか》になって、子供心にも引っ込みのつ

かないような恥かしさでした。すると、母が漸《ようや》く気を取り戻してやっと、

「竜《りゅう》ちゃん、あんた何んでこんなとこへ来やはったの」

と訊《たず》ねました。すると、母の向いに坐っていた男もはじめて気がついたように、

「あゝ、坊んちだすか。よう来なはったな、御馳走あげまひょ。坊んちこっちへ入っておいなはれ」

と、いかにも気軽い調子でいうのです。そのとき私ははじめて、その男が福三郎だったことに気がついたのでした。

「この子はあきまへんね。影弁慶だしてな。他人《ひと》まえに出たら口が利けしまへん。竜ちゃん、そんなとこへ立ってんとこっちへ入って来なはれ」

母にそういわれて私はやっとのことで、座敷の中へ入って行きました。側《そば》でみると福三郎は、舞台でみたほど美しくはなく、白粉《おしろい》のせいか眼の色が濁って、歯が黄色にみえ、何んとなく怖いようでした。

「坊んち、あんた幾《いく》つだす、十だすか、十一だすか、ほんまにお母はんに似て縹緻《きりょう》よしやな」

そういって福三郎は私の頭を撫《な》でてくれましたが、私は何んといわれても、一切黙りこんだまゝ、ときどき偸《ぬす》み視《み》るように、母とその男の顔を見るばかりで、何んとなく怖いような、嫉《ねた》ましいような気がするのでした。が、それでいて一方何んともいえぬ程嬉しいのです。

これがはじめてで、それから私は度々福三郎を見たことがあります。あるときなどは、母につれられ、住吉さんにお参りにいったところが向うの料理屋に、ちゃんと福三郎が待っていたので驚いたことさえありました。そのときは、やはり一緒だったお嶋さんに料理屋から連れ出されて、二時間あまりも住吉公園で遊ばされたことを今でもよう覚えとります。こんなときはいつもきまって固く口止めをされるのでしたが、口止めをされるまでもなく、これがどんなにようない事かは、子供心にもちゃんと分っておりましたので、私は誰にも喋舌《しゃべ》る気にはなれませなんだ。私は、大袈裟《おおげさ》にいうと薄氷《うすごおり》を踏むような思いを

しながら、それでいて母と福三郎とが一緒にいるのを見るのが好きでした。父のお供ですと、気は楽ですけれど少しも面白いところがない。ところが母のお供のときは、いつも何かしら恐ろしさで胸がわくわくするのだすけれど、それがまた何んとも言えぬ程楽しいのでした。

父も私をよう可愛がってくれました。どっちかというと、母は自分の勝手なときだけしか私を可愛がってくれませなんだが、父はいつでも同じでした。父はほかに道楽がないので外へ出るとおいしいものを食べるのが何よりの楽しみらしく、中でも芝藤《しばとう》の鰻《うなぎ》が一番好物で、私はよくそこで御馳走されたものでした。

「竜ちゃん、おまえ何んでも正直にいわなあかんぜ」

ある日、父に連れられてこの芝藤へ行ったとき、珍らしく酒を誂《あつら》えた父は、二三杯の酒で早眼《はや》をすえながら、じっと私の顔をみるのです。そのとき私は子供心にも来たなという感じで思わず眼を伏せてしまいました。

「お前、このごろちょくちょく、お母はんと一緒に出るようやが、お母はんが出先で何をしとるかよう知っとるやろな」

私が黙ってうつむいていると、

「お母はんはいつも福三郎と一緒やろ。隠さんでもえゝ、お父さんはちゃんと知ってんね。この間住吉さんへ行ったときも、福三郎が来とったやろな」

私が仕方なしにうなずくと、

「それでお前はどうやった。はじめからしまいまでお母はんのわきについていたか」

私は仕方なしにお嶋さんと二人で二時間程、公園で遊んでいたことを話すと、父はまるで嚙《か》みつきそうな顔でじっと私を睨《にら》んでいましたが、やがて苦そうにぐっと盃を呷《あお》ると、

「そうか、やっぱりそうか」

といって、それきりしばらくは石のようにじっとしていました。私はそのときぐらい父の恐ろしい形相を見たことがありません。私は今にも泣き出しそうな顔をしながら、それでいてそのとき考えていた

のは、あの福三郎の濁った眼と、黄色い歯と、艶めかしい唇でした。するとこの父がいかにも惨《みじ》めで、可哀そうな気がして、思わず涙ぐまれてくるのだした。

父が家出をしたのはそれから間もなくのことでした。私はこの前後の記憶がどうもはっきりしませんのですが、ある雨の晩おそく、母が幌車《ほろぐるま》で帰ってきたかと思うと、そのまゝ寝床へ入ってしばらく泣いていましたが、夜中に私の体を強く抱きしめて声を立てゝ泣き出したのをよう覚えとります。父の姿が見えなくなったのはどうもその晩からではないかと思うのです。というのは、父はよく商用で旅行することがありますので、父の不在には慣れていたからだっしゃろ。その時も、後から親類中の騒ぎが大きくなったので、はじめていつもの旅行とは違うことに気がついたのです。何んでもかなり多額の金を持《も》ち出《だ》して、満洲へ行ったというような話でしたが、子供まである仲をあんまりだという風に、親類中でも大分《だいぶ》ごたごたがあったようです。とにかくそれきり父には会《お》うたことはありません。しかし、父のこの失踪《しっそう》振りは、結果としては親類中の同情を母の一身に集めることに役立ったようで、それ以来、母の不《ふ》身持《みも》ちに対しても、あまり口喧《くちやかま》しくいわんようになったのでしょう。父がいなくなって暫くすると、役者の福三郎が大ぴらに家へ出入するようにさえなったのです。福三郎がくると、いつもお嶋さんが呼ばれて、奥座敷で酒盛りがはじまりました。あるときはお嶋さんが三味線をひいて福三郎が歌ったり、あるときは福三郎の三味線で母が歌ったりしました。

そんなとき私はいつも、怖いような、恥しいような、世間様に対して合わす顔がないような気がしながら、それでいて、その座敷の隅に坐っているのが何よりの楽しみでした。はじめのうちは、私がそばにいると、みんなで寄ってたかって何か歌わせようとするのでしたが、私がいつも恥かしがって尻込みをしてしまうので、しまいには、まるで置物かなんぞのように私のことは忘れてしもて、みんなで勝手に飲んだり歌《うと》たりふざけたりしていました。それでも私は、その席にいることが何よりの楽しみで、学校の帰りなど表に、べにがら色に塗った定紋入りの車がとまっているのをみると、私は思わず胸をわくわくさせたものです。

　あの無気味な人体模型が私の店へとゞいたのは、丁度その時分のことだったと思います。いや、突然こんなことをいうても分りまへんやろけど、さっきたしかお話したと思いますが、難波の大芳という職人、その職人の作った模型だけはどれでも決して石《せっ》膏《こう》などの作りものでなくて、ほんとうの人間の骨やというので、その時分、大分慣れてきた店の者なども、大芳の作った分だけは気味悪がって、一番用のない、薄暗い中三畳の壁へ吊《つる》しておくのです。丁度家がこんな状態にある時分に、撰《よ》りに撰って、大芳の作った骸骨が一体とゞけられてきたのです。私はそのときのことをはっきり覚えておりますが、いつものように学校から帰ってくると、表に朱色の車がとまっているので、私は大急ぎで鞄《かばん》を投《なげだ》して、奥座敷のほうへ行こうとしました。するとその時ふいに後から、女中のつるにぎゅっと手を握られたのです。

「坊んち、一寸こっちへおいなはれ、あんたに見せたいものがありまんね」

　と、つるは何かしら物凄い形相《ぎょうそう》をしています。まえにもいいましたが、私はこのつるが好きで、母などより一層なついていたのだすけれど、このごろになって急に嫌いになりました。というのは、つるは福三郎がこの家へ出入するのを何よりもいやがっているのだすさかいに、そこへ私がいつも顔出しをするものだからこのごろは決していゝ顔をしないのです。それに目をかけてくれた父がいなくなってからというもの、めっきり陰気な女になって、誰ともずけずけと喧嘩をしたりするので、子供心にも私は、後《うしろ》めたいやら怖いやらでなるべくこの女をさけるようにしていたのです。そのつるが物凄い形相をして私の手をとらえたのですから、私は思わずどきっとしました。つるはいやがる私を引きずるようにして、昼でも薄暗い中三畳に連れこみました。

「さあ、坊んち、そこに下ってる骸骨の足をみなはれ。左の足の指を見なはれ。あんた、それでも何んともおまへんか」

私はつるが何をいうのかと思って、怖々《こわごわ》ながら薄暗い壁にぶら下っている人体模型の左の足を探ってみました。暫く私は、つるが何故《なぜ》そんなことをいうのか、さっぱりわけが分りまへんなんだが、そのうちにぼんやりと意味が分りかけてきました。すると、私は思わずわっと叫んで、骸骨のねきを離れると、つるの胸元にしがみついたものです。

「なあ、分りましたか。あれはあんたのお父さんの骨だっせ。大芳の拵《こしら》えたものだっさかいに、作りものやあらしまへん。本当の人間の骨だす。本当の人間やとしたら、旦那はんのほかに、あんな足指を持っとる人がありますやろか」

言い忘れてましたが父は片輪だした。左の足の中指とその次《つ》ぎの指がくっついていて、ですから左の足だけは指が四本しかないのです。父はそれを恥しがって、どんなときでも足袋《たび》をぬいだことがないので、それを知っている者は、極《ご》く内輪の少数しかありませなんだが、今見ると、そこに吊してある骸骨の指はたしかに四本しかないのだす。しかも中指とその次ぎの指の骨がくっついているところまで、すっかり父とおんなしでした。

「そやかて、そやかて、お父さんは満洲へ行きやはったちゅう話やないか」

私はぶるぶる顫えながら、訴えるようにつるにそういいました。

「そんなこと分りますか。誰がそんな事いいましてん。お家はんやおまへんか。お家はんよりほかに、旦那はんが満洲へ行きやはったこと知ってる者《もん》おまへんねんで。坊んち、よう考えなあきまへんで。あんたのお父さんは満洲へ行きやはったのやおまへん。殺されやはったのだっせ。そしてその殺した奴は今奥にいる福三郎と……」

「おつる、おつる、そんな怖いこといわんといて、いわんといて……」

その晩のことだす。私はそれはそれは怖い夢を見ました。今でもはっきり覚えとりますが、あの綺麗な顔をした福三郎が豆絞りの手拭《てぬぐ》いか何かで、父の首を絞めているところでした。そして、そのねきには、母が妲妃《だっき》のお百《ひゃく》みたいに、にんまりと笑いながら、立膝《たてひざ》をして酒を飲んでいるのです。するとそこへ、大芳という男が、大きなどきどきするような出《で》刃《ば》を振りかざして入って来たかと思うと、みるみるうちに父の体を料理してしまうのです。私はあまりの恐ろしさに、思わず声を立てた拍子に眼がさめました。すると今見た夢の恐ろしい実感がひしひしと胸に迫ってきて、もういても立ってもいられないような気持ちなのです。私は思わずふらふらと立ちあがると、引きずられるようにあの中三畳へ入って行きました。昼でも薄暗いその部屋は、もう漆《うるし》のように真暗《まっくら》で、壁伝いにすり足で中へ入って行くと、いきなりその骸骨にぶつかったと見えて、カタカタと烈《はげ》しい音を立てゝ骨が鳴りました。しかし、私は一向平気で、左の足指を探ると、それを愛撫《あいぶ》するように撫でていたのです。何故私がそんなことをしたのか分りません。今から考えて、何かに憑《つ》かれていたとしか説明がつかないのです。私はまるで石のように頬を固《こわ》ばらせながら、骸骨の手といわず、足といわずそこら中に接吻《せっぷん》をしました。その度に、無気味な骨がカタカタと鳴って、それがまた、私には竜吉、竜吉と呼んでいるように聞えるのです。その時です、ふいに壁のうえがぼっと明るくなってきました。最初のうち私は、少しもそれを不思議なこととも思いませなんだ。何んだか神秘的な作用で、そんなことが起るのは当りまえだという風に思っていたのです。するとその時ふいに、うしろの方から「竜吉！」という鋭い声が聞えました。その声にはじめて夢からさめたようにうしろを振返ってみると、そこには長《なが》襦袢《じゅばん》一枚の母が、ランプを片手にもって、まるで石のように突立《つった》っているのでした。その顔は、何んというたらよろしいやら、蠟《ろう》のように白うて、大理石みたいに固うて冷たそうなのです。一杯に見開いた眼には、この世の者とも思えん程の恐怖と殺気とが漲《みなぎ》っているのでした。

「竜吉、おまえそこで何してんね」

そういうた母の声は、とうていこれが母親が子供に向《むこ》うていう言葉とは思われん程、荒々しくて残酷でした。私は弾き返《か》えすようにその眼を見返えすと、心の中では熱病やみみたいにこう叫んでいたのだす。

「知ってるぞ、知ってるぞ、知ってるぞ、知ってるぞ、知ってるぞ……」

R・Oはこゝまで話すと、疲れきったように言葉を切った。蒼白《あおじろ》い面《おもて》はいよいよ白さをまして、何かしら心の騒ぐのを押えつけているようにみえるのだった。私はその時、ふと彼の白い眼を見ると、思わずぞっとするような悪寒を覚えたのである。それは、あの時母親を見た時の眼もこうであっただろうかと思われるような、無限の恨みと憎悪と、恐怖とをこめた眼差《まなざ》しだった。しかし、R・Oはすぐそれに気がついたものか、あわてゝ二三度瞬《またた》きをすると、静脈の浮いている細い手で頬を撫でながら、淋しく笑ってみせた。

「これから先の話は、私としてもあまり辛《つろ》うおますさかい堪忍《かんにん》しとくなはれ。たゞこれだけの事は言うときます。それから暫くして母は蔵の中で焼け死にしました。福三郎と一緒にです。実をいうと、その時私が助けようと思たら、或《あ》いは助けることも出来《でけ》たかも知れまへん。というのは、蔵が燃えだした最初から私は知ってたのだす。母屋《おもや》の二階からそれを見てたのだすさかいな。違います、違います。火をつけたのは私やあらしまへん。おつるだした。おつるはその次ぎの日、井戸へ身を投げて死んでいるのが見つかりましたよ」

R・Oはそういって、いかにも苦しそうに眼を閉じた。その時私は、もう一度背中のうえをさっと流れる冷気を感じたのである。

この男は母が、そして母とその情人が燃えさかる焔の中から、狂気のように救いを求めているのを冷淡に見下ろしていたのに違いない。

それは復讐《ふくしゅう》だったろうか。それとも子供らしい嫉《しっ》妬《と》だったのだろうか。

「それで、お父さんの消息はそれきりないのですか」

私はふと思いついてそう訊ねた。

「ありません。しかし、父が満洲へ行ったことはどうやら本当らしいのです。その後、私は向うから帰って来た人から、父に会うたという話をきいたことがあります。しかし、父が生きていたとしたら、あの骸骨はどうしたのだっしゃろ。あの足指の特徴は偶然の一致やったのだっしゃろか。よし又、おつるの想像通り殺されたとしても、では大芳はそのお芝居でどんな役目をつとめていたのでしょうか。父と知っていて、あんな人体模型を私の家へ持込んできたのでしょうか。私には分りません。何も彼《か》も分らないのです」

「しかし、こういうことはいえますね。少くともお父さんが生きていたとしたら、君に何か消息がありそうなものだという事を……。お母さんは憎んでいても、君は自分の子なんだから」

R・Oはそれを聞くと、急にきらりと眼を光らせた。彼は黙って傍《かたわら》の手文庫を開くと、その中から二枚の写真を取り出した。

「これを見とくなはれ」

私はその写真を手に取って眺めた。二枚とも四つ切りぐらいの大きさで、そのどちらにも、同じ人物の写真が写っていた。

多分、鎌倉三代記の時姫なのだろう。若い女形の舞台顔を写したものだったが、ポーズといい、つくりといい明らかに一枚の乾板から熱《や》きつけられたもの丶ように見えた。

「同じ人の写真ですね。時姫ですか」

と、私は二枚の写真を見較《みくら》べながらいった。

「そうです。その一枚の方が嵐福三郎ですよ」

「そうだと思っていました」

「そして、もう一枚の方はこの私なのです」

私はふいにぐわんと頭を殴られたような気がして、思わず相手の顔を見直した。R・Oはその時、薄い唇に今にも泣き出しそうな笑いを刻んで、低い声で呟《つぶや》くように、いったのだった。

「似てまっしゃろ。これで私はやっと長年の謎《なぞ》が解決されたような気がしたのです。父から消息のない理由も、母がいかに大家の一人娘とはいえ、十七という若い身空《みそら》であわてゝ婿をとったことも、その婿に家に使っている手代を選んだことも、一切合切《いっさいがっさい》これで分りました。そして、父と母に対する私の不思議な臆病さや、恐怖も。……この頃私は調べてみたのですが、嵐福三郎が最初大阪の舞台から東京へ去ったのは、恰度《ちょうど》私が母のお腹《なか》にいる時分のことでしたよ」

彼はそういって、今にも泣き出しそうに頬っぺたを痙攣《けいれん》させていた。

私は黙って二枚の写真を餉台のうえにおくと、窓の側へ行って張出しに腰を下ろした。

黒い堀割の水のうえには、広告燈が赤に青に美しく明滅しているのが見えた。

# 墦《ばん》侯爵一家

## 霧の都

### 一

深い霧の中を、一台の自動車が歩くようにのろのろと駛《はし》っていた。狭いごたごたとした町で、でこぼこの道路には鉄屑《かなくず》や木片が到るところにごろ〳〵と転《ころが》っていた。両側には木造の倉庫が、霧の中にじっとりと濡《ぬ》れて、黒い輪廓を浮立《うきた》たせていた。

自動車は四角《よつかど》へ来る度に停《とま》った。そしてその度毎《ごと》に、運転台から、黒い人影が飛降りると、懐中電燈を灯して町名を調べていた。

「大丈夫かな？」

自動車の中から、太いバスの声がゆっくりと訊《たず》ねた。

「大丈夫です、大佐、もうすぐです」

黒い人影は自動車に飛乗《とびの》ると早口に答えた。

「なにしろ、この深い霧で、町の勝手がすっかり違ってしまったものですから、——でももうじきです」

自動車は再びのろ〳〵と走り出した。中の男はそれきり黙りこんでしまった。遠くの方から汽船の銅《ど》羅《ら》の音が、霧に濡れて陰々《いんいん》と響いて来る。

「大分《だいぶ》潮の香《か》が高くなったようだな」

中の男が云《い》った。

「えゝ、この倉庫の向うが、すぐテームズ河ですから、——あゝ、大佐、漸《ようや》く参りました」

自動車を停めると、さっきの男がいち早く運転台から飛降《とびお》りた。自動車の中からはゆっくりとした咳《せき》払《ばら》いの声が聞えた。と、思うと扉《ドア》を開いて、赧《あか》ら顔の男がそっと顔を出した。

「大丈夫かな」

「大丈夫です。誰もいやしません」

赧ら顔の男はそれでもまだ不安そうに、自動車のステップに足をかけたまゝ、暫《しばら》くためらっていたが、やがて思いきったように歩道に飛降りた。

「自動車は?」

「このまゝにしておきましょう、大丈夫です」

「こゝから大分あるのか」

「なあに、一丁かせいぜい一丁半くらいのものです」

赧ら顔の男は外套《がいとう》の襟《えり》を立てると、

「ほゝう、ひどい霧だな」と言った。

二人は黙って自動車から離れて歩き出した。

アパー・スワンダム小路《レーン》。

倫敦橋《ロンドン》の東に当り、テームズ河の北側に沿《そ》うた、汚いごたごたとした町だった。二人はこの墜道《トンネル》のような狭い横小路へ入って行った。

二人とも確かに日本人である。一人の方は年齢四十五六、大兵肥満《たいひょうひまん》な体格を、黒い外套ですっぽりと包み、眼深《まぶか》に下ろした帽子の廂《ひさし》の下から、鋭い二つの眼だけがぎら〳〵と光っている。肉の厚い赧ら顔で、太い口髭《くちひげ》だけが雪のように白かった。これが大佐である。

もう一人の方は大佐に較《くら》べるとずっと小柄だった。痩《や》せた、繊弱《ひよわ》そうな体をしていて、顔色も蒼黒《あおぐろ》く、日本人としても余程《よほど》体格の悪い方である。唯《ただ》その眼だけが妙な特徴を持っていた。凝《じ》っと眠っているような眼をしているかと思うと、ふいに鉱鉄のような青白い焔《ほのお》を放つ、その瞬間、彼のみじめな顔全体が、いかにも惨忍《ざんにん》で酷薄らしく見えるのだった。

「で、須藤《すどう》君」こつ〳〵と凸凹《でこぼこ》の鋪石《しきいし》のうえに靴《くつ》の音を立てながら、大佐がふと口を開いた。「その男が今夜そこにいるということに間違いはないかね」

「間違いはありません。日が暮れるとあいつは必ずその酒場にいるのです。そして時間が来て追立てられる迄《まで》、その隅《すみ》っこに酔払っているのがお極《き》まりなんです」

「然《しか》し、その男は、果して君が想像しているように、自殺の決心をしているだろうかね。死ぬということは易《やさ》しそうに見えて、いざとなると案外難しいものだからな」

「ところが、大佐、あいつと来たらもう自殺するよりほかに手がないのですからね」須藤は狡《ず》るそうに眼をしょぼつかせた。「今日大使館へやって来て、故国《くに》から何の便りもないと聞いた時の奴の顔ったらなかったですよ。死神に襟首《えりくび》を撫《な》でられた顔というのは、多分あゝいうのをいうのでしょう」

「ところが日本からは送金があったのだね。一体いくら送って来たのだ」

「二十磅《ポンド》です」

「二十磅《ポンド》——？　それだけあれば当分自殺をしなくても済む筈《はず》だね」

「ところが奴はそれを知らないから大丈夫です。絵は売れまいし、友人からは見離されてしまうし、当てにした故国からの送金はないし、彼奴《きゃつ》に残された道は自殺よりほかにある筈がありません」

「鷲見《すみ》——、何《な》んとかいったな」

「鷲見信之助《しんのすけ》」

「送金の主は何者だね」

「女です。島崎麻耶子《しまざきまやこ》という女です」

「女？　友達かな？　情婦かな？　何しろそいつは一応調べとかにゃならん」

その途端、須藤は軽く口笛を吹くと歩みを止めた。大佐はそれで、直《す》ぐ目的の場所に近附いた事を覚《さと》ると、軽く臀《しり》のポケットに手をやった。そこには弾丸《たま》をこめたブロオニングがあった。

須藤は洞穴《ほらあな》に通じているような、真暗《まっくら》な階段を下りて行った。大佐もそれに続いて、酔っ払いの足で磨《す》り減らされた石の階段を一つ一つ気をつけて下りて行った。階段の下には厚い樫《かし》の扉《ドア》があった。須藤はステッキの頭で、コツコツ、コツコツと調子をとってその扉《ドア》を叩いた。と、ふいに、四角い覗孔《のぞきあな》が開いて、そこからぬっと気味の悪い老婆が顔を出した。

「鳥か獣か？」老婆が言った。

「三本脚の鴉《からす》」

須藤が答えると老婆の顔が引込んで、がちゃ〳〵と鎖をひねるような音がした。と、間もなく扉《ドア》が内側へ開かれた。

　須藤は黙って老婆を押しのけると、大佐を促《うなが》して先に立った。木造の狭い階段が五六段あって、その階段を下りきると更に一つの扉《ドア》があった。須藤は大佐に目配《めくば》せすると、その扉《ドア》を押して中へ入った。その扉《ドア》を境に、中はむせるような煙草《タバコ》の煙と、アルコールの匂いで一杯だった。下級船員らしい男が五六人、何処《どこ》の国の言葉か分らない言葉で怒鳴ったり唄ったりしていた。甘酸っぱい女の体臭と白粉《おしろい》の匂いが、酒の香に混って嘔吐《おうと》を催しそうであった。あらゆる国籍のあらゆる人種が、そこに泥のように酔払い、白痴のように踊っているのだった。

　須藤はしかし、そういう光景には慣れ切っていると見えて、ステッキを小脇にかゝえたまゝ、手袋を脱ぎながら、じろじろと広間の中を見廻《みま》わしていたが、やがて目的物を発見したらしく、大佐に向って一寸《ちょっと》小指をあげて見せた。

「いるか？」

「います。向うの隅です」

　二人は広間へ下りると、煙と酔払いの渦《うず》を掻《か》きよけながら、つか〳〵と隅の方の卓子《テーブル》へ近着いて行った。

　卓子《テーブル》の上には一人の青年が覆《おお》いかぶさるようにして臥伏《うつぶ》せになっていた。髪は蓬々《ぼうぼう》と伸びて、耳の後には垢《あか》がこびりついている。擦《す》りきれた上衣、垢じみた襟、ぼろ〳〵の靴、それはこの青年の窮迫を如実に物語っているのだった。頭の側《そば》には空《から》になったウイスキの瓶《びん》とコップ、その傍《そば》にはペン軸をつきさしたまゝのインキ壺《つぼ》と紙片が一枚拡げてあった。

　青年は二人が側に立ったのを感ずると、ぼんやりと顔をあげて、眩《まぶ》しそうにしばらくまじ〳〵と二人の顔を見上げていたが、そのまゝまた卓子《テーブル》に頭をくっつけて眠りこけてしまった。しかし、この青年が顔をもたげた瞬間の大佐の驚きは大きかった。本能的に彼は、腰のブロオニングに手を持って行きながら、凝《じ》っとこの青年の面に瞳《ひとみ》を据えていた。

「如何《いかが》です、大佐」

須藤は青年が再び眠りこんでしまうのを見て大佐の方を振返った。

「フム」

大佐は低い呻《うめ》き声をあげながら、呆然《ぼうぜん》としていたが、つと青年の頭髪《かみ》と顎《あご》に手をかけると、ぐいとその顔を光の方に向けた。

「似てる」

「でしょう」

「瓜《うり》二つだ」

大佐が手を離すと、青年はだらしなく手の甲で涎《よだれ》を拭《ぬぐ》いながら、そのまゝ又卓子《テーブル》によりかゝってぐっすりと眠り込んでしまった。

須藤は卓上にある一枚の紙片を手に取上げた。彼は英語で書いてある文章をちらと一瞥《いちべつ》すると、すぐにそれを大佐の手に渡した。

余《よ》は敗れたり。

余は世間と闘い、惨《みじ》めにも敗北したり。余の行くべき道は唯死あるのみ。乞《こ》う、この手紙を発見したる者は日本大使館にこれを持参されんことを。かくて貧しき日本の画家鷲見信之助の存在は永遠にこの世から抹殺《まっさつ》されん。

追伸。

島崎麻耶子よ。

などてそなたのかくも情《つれな》かりき。余は最後の瞬間までそなたの音信を待ちたるに遂に得ず。されど今や余はそなたを恨まんことを欲せず。仮令《たとえ》心変りのそなたにあるとても。

大佐は読終《よみおわ》るとそれをポケットに入れた。そして何事か須藤の耳に囁《ささや》いた。須藤はそれを聞くと、すぐに手を叩いて亭主を呼んだ。

「この男の勘定は幾《いく》らだね？」

「へえ、旦那《だんな》、大分もう溜《たま》って居《お》りますんで」

鼻の頭の赤い、ユダヤ人らしい亭主は揉手《もみで》をしながら賤《いや》しい笑いを浮べた。大佐はポケットから紙幣の束を取り出すと、その中から二三枚抜きとってそれを卓子《テーブル》の上に投出《なげだ》した。

「須藤君、この男の左腕を持ち給え」

須藤は言われるまゝに酔払いの左腕をとった。広間の中で騒がしく怒鳴り立てゝいた人々は、酔払いの腕を支えて出て行く、この不思議な二人の日本人の後姿を、眼を皿のようにして眺めているのだった。

二

「安道《やすみち》様、向うに沢村《さわむら》大使の令嬢がお見えになって居りますよ」

後からそっとそう囁かれて、鷲見信之助はぼんやりと舞台から眼を離した。

「西側のボックスです。左から二番目の――」

信之助はオペラグラスを眼に当てると、舞台を見るような風をして、そっと西側の左から二番目のボックスに眼をやった。若い令嬢が母親とも見える婦人と唯二人、凝っと舞台の方に見入っていた。舞台では今、沙翁《さおう》の「チャールス一世」の第二幕目が、殆《ほと》んど終りに近附こうとしているのだった。

信之助はその令嬢の横顔に凝っとオペラグラスの焦点を合わしていた。二十一二の、丸顔の愛くるしい顔をした娘だった。額《ひたい》の広い、ちょっと鼻のしゃくれた横顔が、薄暗い照明を受けていかにも神々《こうごう》しく見えた。信之助はそれを見ると、どうしたものか急に胸騒ぎがして来た。彼はもう舞台を見る気にはなれなかった。凝っと、喰い入るように、その横顔を見ていると、向うのボックスでも気がついたらしい、年嵩《としかさ》の方の婦人がそっと令嬢に注意した。

娘は何かそれに答えている風であったが、おもむろにオペラグラスを手に取上げると、それをこっちへ向けた。二人のオペラグラスが薄暗い客席の上で会った。と、令嬢はにっこりと微笑を浮べて軽く目礼をした。信之助も周章《あわ》てゝそれに目礼を返すと、初めてオペラグラスを膝《ひざ》のうえに置いた。

「次ぎの幕合《まくあい》には挨拶《あいさつ》に出られるのが至当かと存じますが、安道さま」

信之助の背後から、低いバスの声が聞えた。信之助はそれを聞くとわざと眉をしかめたが、何故《なぜ》か耳の附根まで真紅《まっか》になっていた。

「連れの婦人は令嬢の母親かね。大佐」

「さようです。沢村大使夫人です」

「令嬢の名は?」

「美子《よしこ》さま」

信之助は黙ってオペラグラスを膝のうえでいじくっていたが、もう一度背後《うしろ》に向って声をかけた。

「そのほかに何か知って置く事はないかね」

「左様《さよう》、大使の令嬢と安道さまとは大変親密でいらっしゃいました。言ってみれば恋仲ですかな。ところが安道さまが一ケ月前から病床につかれた限《き》りなので、それきり、二人はお会いになった事がございません。尤《もっと》も、病中令嬢は三度程ホテルへお見舞いに見えられましたが、いつもお目にかゝる事が出来ませんでした。ですからお会いになりましたら、先《ま》ず第一に花束のお礼を仰有《おっしゃ》らなければなりませんよ」

信之助はその言葉を聞いているのかいないのか、オペラグラスを取上げると、それを舞台の方に向けていた。


この十日程彼はまるで夢の中の宮殿に生活しているのだった。あのごみ〱としたアパー・スワンダム小路《レーン》の酒場の中で、書置きを認《したた》めて、死ぬ前に一本ウイスキを空にしたのは丁度その日から十日前の事だった。それきり彼は前後不覚に眠り込んでしまった。そして、その次《つ》ぎに眼を覚したとき、彼は宮殿のような贅沢《ぜいたく》な一室で寝ているのだった。

「お眼覚めになりましたか?」

その声に驚いて振返《ふりか》えると、ベッドの側にはいかめしい陸軍の制服を身につけた日本人が立っていた。

「水を下さい、——水を」

男は立ってソーダサイフォンからプレンソーダをコップに注《つ》いで口もとへ持って来てくれた。信之助はそれを一息に飲み干すと、改めて部屋の中を見廻わした。

「こゝは何処《どこ》です、あなたは一体誰です」

「そんな事はどうでもいゝ。どうだね、気持ちは」

「えゝ、少しまだ頭がふら〱します。然し、僕は——」

「しっ、黙ってろ！　誰か来た」

　軍服を着た男はいきなり信之助の口に手を当てた。

「いゝか。今誰か来た、多分君を見舞いに来たのだろう。君はどんな事を聞かれても、唯《ただ》疲れきったような顔をして返事をするのじゃないぞ。そして唯これだけの事を言うのだ。『えゝ、大丈夫です。もう一週間もすれば起きられるでしょう』とな、分ったね」

　信之助は相手の眼の中《うち》に兇暴な光を見た。厭《いや》だと言えば絞殺《しめころ》しもしかねまじき剣幕である。信之助は恐怖と驚愕《きょうがく》に心臓が冷く縮みあがるのを感じた。彼は弱々しく頷《うなず》いた。

「よし、どうぞ《カムイン》」

　扉《ドア》が開いて、一人の紳士が入って来た。

「如何《いかが》ですか、御容態は――？」

「有難《ありがと》うございます。閣下、お蔭《かげ》で追々《おいおい》御恢復《かいふく》に向われるようでございます」

　紳士は信之助の枕もとまで来た。

「ほゝう。大分おやつれになりましたな」

　信之助はそっと薄目を開いてみた。そして驚いた。彼はこの紳士の顔を新聞で知っていた。白井《しらい》哲次《てつじ》郎《ろう》といって陸軍中将である。中将は信之助がそっと眼を開いたのを見ると、静かにその額に手を置いた。

「如何でございますか」

「えゝ、有難う」

　信之助は一寸さっきの男の方を見た。男はポケットに手を突込んだまゝ、凝っと彼の方を見詰めている。ポケットの中からちらとピストルの銃口《つつぐち》が見えた。

「もう一週間もすれば起きられるでしょう」

　信之助はそう云うと眼を瞑《つむ》ってくるりと向きを変えた。中将はベッドの側を離れると、暫くさっきの男と話をしていたが、やがて叮嚀《ていねい》に見舞いの言葉を述べて立去《たちさ》った。

「うまい、うまい、あの調子だ」

　中将を送り出した男は、手を擦《す》り合せながらベッドの側へ近附いて来て言った。

「どう見ても本物だよ。あの調子、あの調子」

「一体これはどうしたというのです。今のは白井中将じゃありませんか」

「あゝ、君も知っていたのだね。如何《いか》にも白井中将だ。君の見舞いに来たのだよ」

「あなたは一体誰です。僕をどうしようというのです」

「あゝ、僕の名か、これは是非《ぜひ》知っていて貰《もら》わねばならぬ。僕の名は畔沢欣吾《くろさわきんご》、陸軍大佐だ。そして君の従兄《いとこ》に当り、君の附添いとしてこのロンドンへ来ている者だよ」

「じゃ、一体、この僕は誰です」

「君か、君は塙《ばん》安道、塙侯爵の令息さ」

ふいに信之助はどきりとした。彼は思わずベッドから起き直ろうとしたが、その途端くら〳〵と眩暉《めまい》を覚えて、再びベッドのうえに仰向けになった。

塙侯爵。——日本人でいて、この名を知らぬ者があるだろうか。あの偉大なる軍人にして政治家。日本のあらゆる活動的な機構の要《かなめ》を握っているといわれるあの偉大な存在。——そうだ、その塙侯爵の令息が、このロンドンに留学に来たということを、二ケ月ほど前、信之助も新聞で読んだことがある。では、自分が今身替りを勤めているのは、その塙侯爵の令息であったのか。——

「何もいうことはない。君は唯俺のいうまゝになっていればいゝのだ。それとも——」大佐はポケットから一枚の紙片を取出した。「こゝに君の遺書がある。お望みならもう一度アパー・スワンダム小路《レーン》へ送り返してあげてもいゝがね」

信之助は恐ろしげに面を覆うた。あの惨めな夜のことを思い出すと、彼の体はふかふかとした毛布の中で激しく身顫《みぶる》いをするのだった。あまり彼は死の淵《ふち》に近寄り過ぎた。二度と再び、あの真暗な孔《あな》を覗《のぞ》く勇気はとても出て来ない。

「大佐——」

信之助はきれぎれな声で言った。「僕はあなたの傀儡《かいらい》です」

そして彼は再び気を失ってしまったのだった。

——

やがて「チャールス一世」の第二幕は終った。

幕が下りると、信之助はすぐ立上《たちあが》って背後《うしろ》を見た。

「おいでになりますか」

「行こう」

畔沢大佐は何故かにやりと微笑を浮べるとすぐ立上った。

信之助たちがボックスへ入って行くと、美子は一寸席をあけながら何事か母親に囁いた。そしてすぐ信之助の方を振返った。

「お体は如何ですか」

「有難う。もういゝのです」

「ほんとうにロンドンは気候が悪うございますから、お気をおつけ遊ばしませんと」

夫人が側から口を出した。

「こゝは何んだか蒸々《むしむし》いたしますのね。塙さま、外へお出になりません?」

信之助は黙って腕を出した。美子は立上るとその腕に手を置いた。二人が出て行く時、大佐が怪しく眼を光らせていたが、信之助はわざと知らぬ顔をしていた。

「お見舞いに来て下すったそうですね」

「えゝ、二三度——でも一度もお目にかゝれませんでしたのね」

「何しろ熱が高かったものですから——花束を有難う」

「いゝえ」

二人はバルコンに出た。少し寒気がするのでバルコンには誰もいなかった。

「あたし少し話がございますの。おかけになりません?」

信之助は美子と並んで腰を下ろした。側《そば》から見た美子の顔は一層美しかった。顔全体が柔《やわらか》い線で輪廓づけられていて、頬《ほお》のあたりにいかにも静かな、落着いた調子《トーン》があった。それでいて唇の端の少ししゃくれているのが、どうかすると、この娘を、いかにもやんちゃらしく見せていて、この二つが不思議な平衡《へいこう》を保っているのだった。

「あゝ、どうぞ、お煙草なら御自由に——」

美子は信之助がポケットに手を突込んだまゝ、もじ〳〵しているのを見て言った。

「お話ってどんな事ですか？」

「あたし、近いうちに日本へ帰る事になりましたの」

「えゝ？」

ライタァを持った信之助の手がふいに怪しく顫えた。「急にまたどうしてゞすか？」

「父が本国から召喚されましたの。で、この二十五日の船で発《た》たなければなりませんの」

「それは又急ですね。前からそんな話があったのですか」

「えゝ」美子は長い瞼《まぶた》を伏せた。「あたし、それであなたに、お願いしたかったんですの。侯爵におとりなしを願おうと思っていたのですわ。然し、もう駄目、世間に発表されてしまったんですものね」

「じゃ、僕も帰りましょう。ね、僕も一緒の船で帰りましょう。そして東京へ帰ってから父に頼んでみましょう」

「まあ！　そんな事はいけませんわ。あなたの御留学は三ケ年の御予定ではございませんの。まだやっと二月経《つきた》ったばかりじゃございませんか」

信之助は黙って外を見た。それから急に女の手を取ると、凝っと相手の顔を覗き込んだ。

「では、僕たち、もうこれきりでこのロンドンではお目にかゝれませんか」

「いゝえ」美子はゆっくりと頭《かしら》を左右に振った。「あたし、この週末にマドレコート卿《きょう》夫人からお招きに与《あずか》って居りますの。あなたもいらして下されば、――」

「勿論《もちろん》、参りましょう」

信之助は早口に言った。そして女の体をそっと抱き寄せた。

三

五月の空は香《か》ぐわしく晴れて、ぼたんづるやすいかずらの花が古めかしい垣根に、しおらしい花を開いていた。広い庭園のなだらかな芝生のうえには、あちらでもこちらでも、若い、美しい男女が嬉々《きき》として戯《たわむ》れていた。

「まあ、やっと二人きりになれましたのね」

美子と信之助はそれ等《ら》の群から離れると、ほっとしたように言った。

「何しろあの大佐と来たら、片時も僕の側から離れようとはしないのですからね」

「本当にあの方は忠実なんですわ。あなたの体は大切なお体ですものね」

信之助は忠実という言葉を聞くと一寸《ちょっと》顔をしかめた。

「さあ、向うでお茶でも飲みましょう。ほんとうにこれが、あのいやなロンドンからたった三十哩《マイル》しか離れていないとは思えませんわね」

二人はテントの中へ入って行って茶を飲んだ。

「いよ〳〵、明後日が御出発ですね」

「えゝ、もう荷物はすっかり送ってしまいましたの」美子は淋《さび》しげに眼を伏せた。

「今度お目にかゝるのは東京ですね」

「えゝ、でも、二年も後のことですわね」

信之助は何故か冷いものを心臓に当てられたような気がした。二年――。そうだ、その二年の後には自分はまたもとの貧乏画家に戻っている事だろう。

「何を考えていらっしゃるの？　何んだか向うの方で賑《にぎ》やかに騒いでいるじゃありませんの」

そこへ向うから若いイギリス娘が小走りに馳《か》けて来た。

「まあ、ミス・サワムラ。――向うへ行って御覧なさい。面白いことがありますよ」

「何んですの、大変賑やかじゃありません？」

「巫女《みこ》ですの。それもあなたのお国の方ですよ。大変よく当ります」

「行って見ましょうか」

美子が言った。信之助はあまり気がすゝまなかったけれど、美子が大分好奇心を動かしているらしいのを見て黙って一緒になった。巫女の小さなテントから、五六人の女が笑いさんざめきながら出て来た。

「あなた、見てお貰いになりません？」

信之助は何故かぞっとするような寒さを感じた。

「見てお貰いなさいよ。きっと面白いことがあるに違いありませんわ」

美子は悪戯《いたずら》っ児《こ》らしい笑いを浮べていた。信之助は暫く凝っと相手の眼を見ていたが、やがて黙ってテントの中へ入って行った。テントの中にはカーテンが張ってあって、そのカーテンに小さな孔が開いていた。

「手を——、左の手を——」

カーテンの向うから太い女の声が聞えた。巫女の姿はそのカーテンに隠れて見えなかった。信之助は黙って手をカーテンの孔の中に入れた。

「不思議な手相です。これは尋常《じんじょう》の手相ではありません」

カーテンの向うから低い太い女の声が聞えた。

「あなたは今大変高い地位につかれようとしています。あらゆる権力はあなたのものです。あらゆる幸福はあなたのものです。しかし——」

不意に女の声は怪しく乱れた。

「これはいけない。これは大変不吉な筋です。あなたはある権力を握ろうとしている。しかしその前に死が——いくつもいくつもの死があります。あゝ、不吉な——、恐ろしい」

信之助は周章《あわ》て手を引込めると、急いでそのテントから出た。体がかげろうのように揺れて、額にはビッショリと汗が滲《にじ》んでいた。

「済みませんでしたわね。あんなものおすゝめしたりして——」

美子は追いすがるようにして言った。

「いゝえ」信之助はやっと落着《おちつ》きを取返《とりか》えして言った。「どうせ出鱈目《でたらめ》でしょうからね」

「出鱈目でしょうか。本当にそうでしょうか」美子は何故か遠いものを追うような眼附きをした。「いゝえ、あたしにはそうは思われませんわ。もし、あなたがお父様の後をお継ぎになれば——」

「馬鹿な。私は父の七番目の子供ですよ。そんな事があるものですか」

美子が何か言おうとした。然し、丁度そこへ畔沢大佐が難しい顔をして近附いて来るのが見えた。

「あゝ、さっきからお探しして居りました。一寸お耳を――」

美子は気を利かして彼等の側を離れた。大佐と信之助は何事か早口に話し合っていたが、ふいに信之助の顔色がさっと変った。彼は尚《なお》二言三言大佐に何か言っていたが、やがてつかつかと美子の側へよって来た。

「失礼ですが急に用が出来ましたから、私はこれからすぐにロンドンへ帰らねばなりません。マドレコート夫人にあなたからよろしく言っておいて下さい」

信之助はお辞儀をすると、相手の返事も待たずに美子の側を離れたが、何を思ったのかまたつか〳〵と引返して来た。そして、美子の耳にそっと囁いた。

「ひょっとすると、私も明後日、あなたと御同船する事が出来るかも知れませんよ」

彼はそれきりくるりと美子に背を向けると、大佐と共に急ぎ足で立去った。

# 四

「で、僕はこれからどうしたらいゝのだね」

信之助は大きな皮椅子に身を凭《もた》せたまゝ、不安そうに大佐の姿を見ていた。大佐は両手を背後《うしろ》に組んだまゝ、さっきから部屋の中をあちこちと歩き廻っていた。それは、信之助が初めて、このお伽噺《とぎばなし》の世界に眼覚めた、あの贅沢なホテルの一室だった。

「それを言う前に、君の考えを聞かねばならんが――」大佐はふいに立止ると、鋭い一瞥《いちべつ》を信之助の方にくれた。「君は現在の地位をどう思っている?」

信之助は相手の真意を計りかねて黙っていた。大佐は再び部屋の中を歩き廻った。

「君は今の地位を有難いとは思わないかね。そして、いつまでもこの地位にいたいとは思わないかね」

「それは思う。もし、何んの危険もないとすれば――」

「もし、危険があったとすれば――?」

大佐はふいに立止って、真向《まっこう》から信之助の顔を見た。信之助は眩《まぶ》しそうに眼を反らしたが、その瞬間彼の脳裡《のうり》には美子の顔が思い浮んだ。彼は皮椅子の腕をしっかと押えながら喘《あえ》ぐように言った。

「もし、危険があったとしても！」

大佐は凝っと信之助の眼の中《うち》を覗き込んだ。そしてそこに不敵な真剣を読取《よみと》ると満足そうな笑《え》みを洩《も》らした。

「よろしい、君は不思議な男だ。君はまるで生れながらの貴族のように振舞うことが出来る。君がそのつもりでいるなら、君は更に高い地位を摑《つか》みとる事が出来るのだ。塙侯爵――君はその後継ぎになる事が出来るのだ」

大佐はポケットから一通の電報を取出した。

「見給え、こゝに君の兄が急死した事を報《し》らせる電報が来ている。塙侯爵の長男だ。この長男が死ねば、後には塙侯爵家を継ぐ資格のあるものは二人しかいない。君と君の次兄晴通《はるみち》だ。ところでこの晴通は恐ろしい不具のうえに気狂《きちが》いと来ている。親族たちは寄ってたかって君を後継者に直すに極《きま》っている。君はやがて侯爵となる。そして富も名誉も権力も一切君のものだ。恋も――」

「恋も――？」

信之助は低い呻くような声をあげた。

「しかし、彼等が贋物《にせもの》と知ったら――、そして本物が現れたら――」

大佐は相手の顔に激しい慾望の色を見てとった。それはいかなる困難をも押しのけようとする激しい、肉体的な慾望の色だった。

大佐は黙って隣室への扉《ドア》を開いた。

「来給え」

信之助はよろ〳〵と大佐の後について行った。狭い部屋の一隅《いちぐう》にカーテンが垂れていた。大佐はそのカーテンを静かに開いた。と、カーテンの中には一つのベッドがあって、その側に痩《や》せた醜《みにく》い日本人が蹲《うずくま》っていた。信之助はその男の顔に見覚えがあった。

「須藤、どうだね？」

「駄目です。心臓がすっかり冒《おか》されています」

信之助はふとベッドのうえを見た。と、彼は思わずきゃっと叫んで後へとびのいた。ベッドの上には彼自身が横《よこた》わっているのだった。いや、勿論彼ではなかった。しかし、信之助自身でさえ、自分の眼を疑ったほど、その男は彼によく似ていた。

「これが本物の安道だ」

「病気ですか」

信之助はわな〱と顫えながら低い声で訊《たず》ねた。

大佐は黙って眼で枕下《まくらもと》を指した。そこには長い水《みず》煙管《ギセル》と火皿と、何かしらどろ〱とした薬みたいな物の這《は》入《い》っている硝子《ガラス》の器とがあった。

「阿片《アヘン》――」

大佐はそう言いながら男の手をとった。男は何か他愛のない声で二言三言呟《つぶや》いたが、ふいにすゝり泣くように大きく息を内へ吸い込んだ。

「これが塙侯爵の七男だ。この男の眼前には今輝かしい栄光が垂れ下っているのだ。しかしこの男はもうそれを受取る資格がない」

大佐が手を離すと、安道の腕はぐったりとベッドの外に落ちた。

大佐は暫く凝っと病人の顔を見ていたが、やがてポケットから細い革の鞭《むち》のようなものを取出して、それを病人の首に巻きつけた。

「絞め給え、これを！」

云《い》われて、信之助はふいによろ〱と二三歩後へよろめいた。

「恐ろしい、そんな恐ろしい事が――」

「恐ろしい？」大佐は歯を出して笑った。「この男はどうせ生きている屍《しかばね》に過ぎないのだよ。君がこの鞭を引く事は寧《むし》ろお慈悲というものじゃないか」

「でも、でも――」

「おい、聞けよ。君がこの鞭を絞めさえすれば、君はあらゆる権力をその手に握る事が出来るんだぜ。素晴らしい名誉だ。そして素晴らしい権力だ。素晴らしい富だ。そして素晴らしい恋だ」

「酒を――、酒を下さい。僕の頭は狂いそうです」

「須藤君、この男に酒を持って来てくれ給え」

須藤は隣室からウイスキの瓶《びん》とコップを持って来たが、それを卓子《テーブル》の上に置くと、大佐の方へ振返った。

「大佐、電話ですよ」

「電話？　どこから？」

「大使館からです」

大佐は急ぎ足で隣室へ去ったがすぐ戻って来た。

「俺はこれから一寸大使館へ行って来る。三十分程したら戻って来るが、おい、鷲見君、その間によく思案をしとき給え、いゝかね」

信之助は大佐の後姿が見えなくなると、ウイスキの瓶を取上げて瓶ごと、ごくり〳〵と飲み出した。


畔沢大佐はかっきり三十分程でホテルへ帰って来た。一歩自分の部屋へ足を踏入れた大佐はぎょっとして立止った。須藤がまるで泥のように酔っ払って長椅子の上に横になっていた。

足下には空になったウイスキの瓶が転がっている。

「おい、須藤、須藤、どうしたのだ？」

須藤はどろんとした眼をあげた。

「やっつけましたよ、大佐、あゝ、厭《いや》だ。白い眼を開いて凝っと俺《あっし》の顔を睨《にら》んでましたっけ。あゝ、厭だ。酒を下さい。酒を――」

大佐は大股《おおまた》に部屋を横切ると扉《ドア》を開いて隣室を覗いた。ベッドの側には幽霊のような顔をした信之助が呆然として立っていた。

大佐はつか〳〵とその側へ寄ると、そっとベッドの毛布をめくってみたが、すぐに顔を反らしてしまった。

「よし、万事好都合だ。しっかりしろ。死体の後始末は俺がつけてやる」

大佐は信之助の手をとった。その手は氷のように冷かった。

# 黒い影

## 一

欧洲からの客を満載した郵船会社の高級船照国丸《てるくにまる》が、その大きな船体を、神戸港の第一突堤に横着けたのは、六月二十三日、午後二時ごろのことだった。

丁度この汽船には、長いこと来朝を伝えられながら、そのつど約束を果さなかったアメリカ映画界切っての人気俳優が初めての日本訪問に乗込んでいたので、その歓迎員や、ファンや、弥次馬《やじうま》などを交えて、神戸港の埠頭《ふとう》はまるで豆をばら撒いたような夥《おびただ》しい人出だった。

船客たちは誰も彼も、長い船旅に倦々《あきあき》として、一刻も早く故国の土を踏みたがっていたので、船が和田岬《みさき》にさしかゝったころから、みんな上甲板に出て、何《な》んとなくそわ〳〵と落着《おちつ》きなく、その辺を歩き廻っていた。

やがて検疫船がやってきた。

そして型通りの検疫がすむと、船は初めて神戸港へと入っていった。もうそのころには、誰一人、甲板の手摺《てす》りから離れようとする者はなかった。

碧《あお》い、海のような六月の空を背景として、麻耶《まや》や六甲の山々が、額《ひたい》のうえに迫るようにそゝり立っている。山の中腹に建っている赤や白の異人屋敷が、点々として絵のように数えられた。

「まあ、大へんな人だわね」

ふと突堤のうえに眼をやった美子は、感歎したように傍《そば》に立っている塙安道に囁《ささや》いた。

「あれ、みんな、あの映画俳優の歓迎でしょう?」

「そうらしいですね」

安道は、深い、暗いかげのある声でいった。

「こうしてみると、映画俳優の人気もなかなか馬鹿には出来ませんね」

やがて、五色の旗を押したてたランチが、白い波を蹴立てゝ近附いてくるのが見えた。

「あれ、新聞社のインタヴューですよ。我々には関係のないことだけれど、うるさいから船室《キャビン》へ戻りましょうか」

「えゝ」

美子は簡単にこたえたが、彼女はこの甲板から離れたくない模様だった。まだ年の若いこの令嬢は、あの有名な映画俳優に対して、一種の興味を抱かないわけにはいかなかった。なるべくなら彼女は、この甲板に居残《いのこ》って、新聞社の写真班に取巻かれているその男の姿が見たかったに違いない。

「では、あなたこゝに残っていらっしゃい。僕はともかく、一度船室《キャビン》へ帰って、上陸の用意をしましょう」

「あら、ではあたしも一緒に参りますわ」

美子があきらめたように手摺から離れた時、双眼鏡を片手にした畔沢大佐が向うの方から近附いてくるのがみえた。

「あゝ、こちらにいらっしゃいましたか」

大佐は美子の方に、一寸《ちょっと》礼をすると、安道に向って白い歯をみせて笑った。

「御覧なさい、あのランチの中にお兄さまとお嫂《ねえ》さまが載っていますよ。仁一《じんいち》君なども一緒のようです」

安道はふいに激しい胸騒ぎを感じた。

もうすぐ、この故国に於《おい》て、自分の兄弟や甥《おい》たちとの最初の会見が行われようとしている。――彼は何か、わけの分らぬ事を一人で呟《つぶや》きながら、つと、大佐の手にしていた双眼鏡を受取るとそれを眼に当てた。

「ほら、ランチの一番先《さ》きの方で、しきりにハンケチを振っている婦人があるでしょう。あれがお嫂さま、その側《そば》にフロックを着て立っているのがお兄さまです。仁一君などの姿もみえるでしょう」

安道の双眼鏡が向くと、白いハンケチは一層激しく波のうえにはためいた。フロックを着た、でっぷりと肥《ふと》った中年の紳士が、その側で、中学校の制服を着た子供二人を相手に、何かしきりに打興《うち》じていた。

安道はそれをみると、思わず双眼鏡を取落しそうになった。

「あら、どうあそばしたの？」

「いえ、何んでもないのです。どうも、今日は少し天気がよすぎるようですね」

安道はポケットから真白《まっしろ》なハンケチを取出して、神経質に額の汗を拭《ぬぐ》うと、はじめて気が落着いたように、ゆっくりとそれをランチの方にふってみせた。

「さあ、もうすぐお兄さまたちがお見えになります。一度船室《キャビン》へ帰ってお支度をなすった方がいゝと思いますが――」

「うん」

「では、あたしも帰りましょう、安道さま、また後程――」

船室《キャビン》へ入ると、畔沢大佐はピンと扉《ドア》に錠を下ろした。そしてコップに半分ほどウイスキーを注ぐと、黙って安道のほうに差出した。安道は一息にぐっとそれを呷《あお》ると、改めてハンケチで頸《くび》の汗を拭っていた。

「大丈夫かい?」

さすがに大佐も心配らしい声音《こわね》だ。

「うん、いや、まあ――」

「何も心配することなんかないよ。君は兄貴と、嫂《あによめ》の話にうまく相槌《あいづち》を打ってりゃいゝんだ。甥たちのことは気にかけるにゃ及ばないよ。実際君が真実《ほんと》の安道だったところで、あんなに沢山ある甥や姪《めい》のことを一々憶えているわけにはいかないからね」

畔沢大佐の言葉は本当だった。

安道は男の中では侯爵の七番目の息子でしかないが、その間にある姉たちを勘定に入れると、実に、十五番目の子供になるのだった。しかも、その夥しい兄や姉たちは、もう殆《ほとん》どすっかり結婚して、それぐ子供を二三人ずつ持っているのだから、彼が一々兄妹の子供を憶えていなくても何んの不都合でもないのだった。

実際、あの有名な子福長者の老侯爵は、二ダース半にちかい自分の子供たちに、それぞれの配偶者を合せ、そしてその間に出来た孫たちを加えると、優に六十人を越える大家内になるのだった。既に老境に入った侯爵が、だから自分の息子と孫とを取違えたりする喜劇は、決して珍らしいことではなかった。

「どうだね、少しは勇気が出たかね」

「うん、まあ、何んとかやっつけてみよう」

「ふゝゝゝ」

大佐はベッドの端に腰を下ろしたまゝ、手酌《てじゃく》でウイスキーを舐《な》めながらにやりと笑った。

「実際、君は驚いた男だよ。度胸の点ではたしかに俺より上手《うわて》だ。それに、どうもどこで修業したのか、侯爵家の令息といっても一寸《ちっと》も不思議でないくらい、もの馴れているのには驚くよ。見給え。沢村大使の令嬢だって、君にはもうまるで夢中だよ。真実《ほんと》の安道の時だって、あんなにゃ惚《ほ》れていなかったのだがね」

「その話なら止したまえ。それに第一、人がいないからといって、俺を贋物《にせもの》扱いにするのは止して貰《もら》いたいね。でないといつ何時人の耳に入るかも知れないからね」

「は、は、は、それだ、その度胸だ。君はもうすっかりこの俺を喰ってかゝっている。まあいゝ、それでなけりゃ大仕事はできないからね。では、安道さま、ランチがそろ〳〵着く時分でございますよ」

大佐は立って、わざと叮嚀《ていねい》なお辞儀をしながら、安道のために扉《ドア》を開いてやった。

二

安道とその兄幸三郎《こうざぶろう》との会見は、畔沢大佐が案じたほどの事でもなかった。

幸三郎は侯爵の三番目の息子で、この神戸にある大会社の社長の養子となって、今ではその会社の副社長をしているのだった。この世間なれた実業家は、兄弟の中《うち》でも一番父侯爵の気に入って居《お》り、行く行くは侯爵家を継ぐことになるかも知れない弟に対して、決して兄らしい剛慢《ごうまん》さを示すようなことはなかった。むしろ一種の尊敬と如才なさを以《も》って、この近附きがたい、無口な弟の機嫌をとろうとしていた。

「君はそれで何かね、すぐ東京へ帰るつもりかね」

突堤がだん〳〵目前に迫って来るのを見ながら、幸三郎はそんな事をいった。

「えゝ、どちらでもいゝのですけれど、何んならしばらく神戸に滞在したいと思います。少し疲れていますのでね」

「あら、それは無論その方がよろしゅうございますわ。是非《ぜひ》そうあそばせな。あたしの宅も広くはございませんけど、空いていることですし」

人のよさそうな嫂が側から口を出した。

「うん、そうするんだね。何んだかひどく顔色が悪いようだぜ。どうせ兄貴の葬式もすんでしまったことだし、一週間や十日、帰るのがおくれたところで同じことだろうよ」

安道はちらと畔沢大佐の方をみた。大佐は手摺に凭《もた》れたまま、そっぽを向いてにやにやと笑っていたが、安道の視線に気がつくとそっと、うなずいてみせた。

「そうですね。そうして戴《いただ》けると僕も有難《ありがた》いんですがね、おや、仁一君たちはどうしました」

「は、は、は、あれはね、君よりもあの活動役者が目的《めあ》てゞ迎えにきたのだよ」

「まあ、ほんとうに仕方のない子ですわ」

嫂は息子の名前を憶えていてくれたことがひどく気に入ったらしく上機嫌だった。

そこへ美子が母の大使夫人と一緒に近着いてきた。彼女はすっかり上陸の支度をして、頬《ほお》を興奮に染めていた。一通り紹介がすむと、彼女もすぐみんなの話の中へ入ってきた。安道がしばらく神戸に滞在するつもりだというと、彼女はいかにも嬉《うれ》しげに笑いながら、

「まあ、嬉しいこと！　実はあたしも今母と相談していましたのよ。神戸に親戚があるので二三日そこへ寄って行こうかって——ねえ、お母さま」

「まあ、それは好都合ですこと」

嫂はすぐこの二人の仲を見抜いたような眼附きで、

「じゃ、是非そうなさいませな。そして、あたし宅へも一度お遊びにいらして下さいませ」

船はとうとう突堤にぴったりと横着けになった。と、どっとばかりに夥しい歓迎人が船腹めがけて押しよせて来た。

「あゝ、そう〳〵忘れていた。京都から加寿子《かずこ》がき

ているよ。船までくるとよかったのだけれど、少しつかれているというのでね――」

その途端、どっと押しよせてきた人波に、兄弟はその間を引裂かれてしまった。しかし、この事は安道にとっては大変倖《しあわ》せだった。幸三郎との間が四五間も離れた時、畔沢大佐がいち速く安道の耳に囁いた。

「加寿子――君の姉だよ。京都の大道寺《だいどうじ》という公卿《くげ》華族に嫁《とつ》いでいる、子爵夫人だ。しかし、こいつは少し苦手だな」

その時、人波に揉《も》まれながら、美子が二人の間に割って入った。

「まあ、大変な人ですこと。無事に上陸出来るのでしょうかね」

「なあに、大丈夫、あの活動役者さえ降りてしまえば――」

またもやそこへどっと押し寄せて来た人波にもまれて美子は二人から遠く押し流されていった。

「まあ、大変、大変、安道さま、あたしこのまゝだとどこまで持ってかれるか知れやしませんわ」

美子が顔をしかめながら、さもおかしそうにそんな事を叫んでいるとき、誰かゞぎゅっと彼女の手を握った。そして何かしら紙片のようなものを無理矢理に彼女の手に握らせた。

「後で、――誰もいないとき御覧なさい。――疑ってはいけません。大変なことですよ」

太い、底力のある声が耳もとでした。

美子はハッとしてあたりを見廻《みま》わした。

しかし、彼女の周囲にいる人々はみんな、この恐ろしい人波にもみくちゃにされながら、笑ったり叫んだりしていた。誰一人彼女の方をみている者はなかった。

――誰だろう、そして、どういう意味だろう。

―――

美子は手に握らされた紙片を一刻も早く見たいと思ったが恐ろしい人波に身動きをすることもできなかった。手をあげることすらできないのだ。

彼女はもう一度あたりを見廻わした。と、この時、黒っぽい洋服に、真黒《まっくろ》な帽子をかぶった女が、ずる〳〵と人波に押されて彼女の側から離れてゆくのがみえた。

「あの女だ！」

彼女は後を追おうとした。しかし、二人の間はみる〳〵うちに距《へだ》てられて、間もなくその姿はみえなくなってしまった。唯《ただ》、背の高い、男のようにがっちりとした体格と、色の白い横顔だけが、はっきりと彼女の印象に残った。

いつの間にやら船尾の方まで押し流されていった美子は、そこでやっと息をつくことができた。彼女は素速くあたりを見廻わしたが、幸い誰も知った者が身近かにいなかったので急いでさっきの紙片に眼を通した。

それには、こんな恐ろしい事が走り書きしてあった。

塙安道に気を附けなさい。あの男は恐ろしい男だ。あれは贋物だ。――

美子はぎょっとしたように息を内へ吸い込んだ。一瞬間彼女は恐ろしい謎《なぞ》を解くような眼附きで、凝っと虚空《こくう》に瞳《ひとみ》を据えていたが、やがて、奇妙な微笑を口辺に刻むと、ずたずたにその紙片を引裂いて水のうえに撒きちらした。

そのころから漸《よう》く人波も退《ひ》いて、向うから安道が、美子の母と一緒にあたりを探しながらこちらへ近附いてくるのが見えた。

## 三

大道寺子爵夫人加寿子が来ているときいて、畔沢大佐が、こいつ苦手だなと呟《つぶや》いたのは理由のないことでもなかった。

加寿子というのは、侯爵家の三番目の娘で、早くから京都の大道寺家へ嫁いでいるのであるが、この女は、いかにも女らしい偏狭と、センチメンタルな同情から、兄弟中で一番不倖《ふしあわ》せな晴通がひどく贔屓《ひいき》だった。

もし、侯爵家にこの晴通と安道とのあいだに、何かの争いが起るとしたら、この女がさしずめ、安道にとって最も恐ろしい敵となるのは分りきっていた。

なるべくなら、帰朝早々でまだ充分心の準備のできていない安道に、この姉を会わせるのは避けたいとおもったが、しかし、わざわざ京都から来ているものに会わないというわけにはいかなかった。それに幸三郎夫婦に向って、四五日厄介《やっかい》になると安道にいわせてしまった後となっては、今更その言葉を取《と》り消《け》すわけにもいかなかった。

果してこの姉と弟との最初の対面はまことに気拙《きまず》いものであった。

「お帰りなさいまし」

幸三郎一家に、安道、畔沢大佐、それに幸三郎夫人にしつこく勧められて、少しはしたないなと思いながらも、自分一人だけ暫くこの家に厄介になることに極《き》めた美子たちが、自動車をつらねて山の手にある豪壮な邸宅へ帰ってゆくと、召使いたちに交って玄関まで出迎えていた姉の加寿子が、冷たい刺すような声音で迎えた。

「お疲れになったでしょう」

「えゝ、有難う」

安道は何かまぶしいものを避けるように、面《おもて》を反《そ》向《む》けながら答えた。

「こんなに急に御帰国なさるなんて、私夢にも考えていませんでしたわ。誰かゞお呼びしたんですの?」

「えゝ、父からの電報があったものですからね」

「まあ、お父さまも随分せわしない方ね。それにあなたもあなたね、何もお父さまの電報があったからといって、こんなに急いで御帰朝なさらなくてもよかったのですのに」

その言葉には、かなり露骨な敵意と嘲笑《ちょうしょう》がふくまれていた。

「まあ〳〵、加寿子、玄関でそんな話でもあるまいじゃないか。皆疲れているだろうから、休ませてあげたらいゝだろう」

「あゝ、そうでしたわね」加寿子ははじめて三人に道をひらいてやりながら、「欣吾さん、御苦労さま、そして、こちらの方は——?」

「あゝ、忘れていました。沢村大使の令嬢で美子さまと仰有《おっしゃ》るのです。滞英中はいろいろ御厄介になりました」

「あゝ、そう」

加寿子は唯《ただ》一言、そういったきり、かなり露骨な視線でじろじろと美子の様子を眺めている。美子はその視線にあうと、何かしら熱いものを背筋にあてられたように、体中がぞくぞくとするのを覚えた。

何も彼《か》も知っているよ、どんなに美しい顔をしていたところで、私は胡麻化《ごまか》されやしないのだ。へん、その顔で侯爵夫人に成上《なりあが》ろうと思っているのだろう。——加寿子の視線はまるで音のない声で、そう呟いているようにみえるのだ。

「美子さん、どうぞ」

幸三郎夫人にそういわれて、彼女は体をすくめるようにして、この恐しい姉のまえを摺《す》り抜けた。

幸三郎の邸宅は、神戸の山の手にあって、洋館と日本建《だて》が別々の棟《むね》になっている、かなり豪奢《ごうしゃ》な邸宅だった。安道、畔沢大佐、美子の三人には、この洋館の方の部屋があてがわれた。美子は自分の部屋が、あの意地の悪そうな加寿子の部屋の隣だと知ると、何かしらいやな、心細い気持ちがした。

こんなことならこの邸《やしき》へ来るのじゃなかった。——と今になって彼女はくやまれて来るのだった。幸三郎夫人の勧め上手と、もう一つには、安道と片時も離れているのが、何んとなく不安でもあったので、ついうかうかと、初めてあった人の招待に応じてしまったのだが、こんな侮辱《ぶじょく》にあうくらいなら、いっそのこと両親と一緒に東京へ帰っていた方がよかった。——

美子は自分のものと定《き》められた部屋へ入ると、着更《きが》えをしようともせずに、ぼんやりと窓の側《そば》へよって外を見ていた。彼女の部屋は二階にあったので、広い庭の向うにある煉瓦塀《れんがべい》越しに、白い歩道が眺められた。美子はいま、ぼんやりと涙ぐまれるような気持ちで、この白い歩道に眼をやっていたが、ふいに彼女はぎょっとして息をうちへ吸い込んだ。

今しも、煉瓦塀の向うを、黒っぽい人影がゆっくりとした歩調で歩いているのがみえたからである。

遠いので顔はよく分らなかったけれど、その肩の恰好《かっこう》なり、体つきなり、美子にふと、さっき船中で見た女のことを思いださせた。確かにそうだ。あの洋服にあの帽子、――さっき船中で自分に怪しげな紙片を握らせたあの女に違いない。

美子は突然、わけの分らぬ、激しい恐怖に打たれた。一体あの紙片の文句は何を意味しているのだろう。塙安道が贋物だって――？　そんなことが果してありうるだろうか。あの高貴な、侯爵家の七男が贋物だなんて、そんな馬鹿々々しいことが、この世にあり得る筈《はず》がない。無論、それは出鱈目《でたらめ》に極《きま》っている。

しかし、それが出鱈目だったとして、さてそんな出鱈目を自分に告げようとする者は果して何者だろう。そして、一体どんな理由があって、自分にこんな出鱈目を吹き込もうとするのだろうか。

美子はじっとカーテンのかげから、例の怪しげな人影に眼をやっていた。女――黒衣の女は塀の外を、次ぎの町角までゆくと、そこからまた、ゆっくりと引返《ひきか》えして来た。そして、裏門のところまで来ると、急に歩調を落して、それでも様子だけはさり気なく、ぶらぶらと歩いていた。監視しているのだ。この邸宅を監視しているのだ。――そう考えると、美子はもう一度、何かしら、得体の知れぬ恐怖をぞっと身体《みうち》に感じるのだった。

と、丁度この時、庭を横切って一人の女中が裏門の方へ急ぎあしに行くのが見えた。彼女は買物にでもゆくらしく、片手に大きなバスケットを抱えていた。女中が裏門を開いて外へ出ると同時に、例の怪しい黒衣の女がつか〳〵とその側《そば》へ寄って行くのがみえた。

美子は思わずはっと息を吸い込んだ。女中と女は二言三言何か話しあっていたが、やがて女はポケットから手紙のようなものを取出すと、それを女中の手に握らせた。そしてそのまゝ、急ぎあしに立去ってゆくのが見えた。女中は何かしら、途方に暮れたような面持ちで、その女の後姿を見送っていたが、これもまた急ぎあしで立去った。

美子はそこまでみていると、もう凝《じ》っとしていることができなかった。彼女は思わず扉《ドア》をひらいて廊下へ跳出したが、そこでばったりと安道に出会った。

「おや」

と、安道は驚いたように声をかけた。

「まだ、お召更《めしが》えがすんでいなかったのですか」

「あら」と美子は思わず顔を紅らめながら、

「あたし、少し頭痛がするものですから――」

「頭痛が、――それはいけませんね。僕は一寸庭でも散歩しようかと思って、お誘いに来たのですが」

「えゝ、お供しますわ。一寸待っていたゞければ――」

「勿論、待っていますよ」

美子は扉《ドア》の把手《ハンドル》に手をかけたまゝ、ふと安道の方へ振返った。

「あたし今、この窓から外を覗いていましたら、何んだか知ったような女が外を通っているので、あんなにあわてゝ廊下へ跳出して参りましたの」

「知った人?」

「えゝ、でも考えてみると思い違いでしたわ。だってその人がこんなところにいる筈がありませんもの」

美子は扉《ドア》をしめると大急ぎで着物を着更えはじめた。

それから暫くして安道と美子の二人は手をとりあって庭をそゞろ歩いていた。

「この庭はね、これでも兄の自慢の庭なんですよ」

「結構でございますわ。お嫂《ねえ》さまという方は本当に優しい方ですのね」

安道は相手の言葉の意味をすぐ覚《さと》った。

「あゝ、先程は失礼しました。どうも京都の姉は意地が悪くていけません。あれは兄妹中でも持てあましているのです」

「いゝえ」美子は低い、きゝとれぬくらいの声で言った。「あたしが悪かったのですわ。ついお言葉に甘えて、初めてのところへ御厄介になったりして――」

「そんなことはありません。そんなことを仰有られると、僕の方で一層お気の毒に思います。僕はね、一刻もあなたの側を離れるのがいやだったものだから――」

美子はつと相手の腕から軽く身を離した。

「あの、失礼いたしますわ。あたし一寸あの女中さんに話がありますの」

今しも裏門から帰って来た女中は、美子が自分の方に近附いてくるのを見ると、不審そうに足を止めた。

「あの、あたしさっき二階の窓から見ていたのですけれど」と、美子はためらい勝ちに言った。「あなた誰か女の方とお話をしていましたわね。あの方、何んだかあたしの知っている女《ひと》のような気がするんですけれど、あたしに何も伝言《ことづて》はございませんでしたかしら」

「いゝえ」女中はもじ〳〵しながらいった。「お手紙をことづかっていますけれど、あなた様ではございませんでした。大道寺子爵の奥様へということでございました」

「あゝ、そう、じゃ、やっぱり人違いだったのね。どうも有難う」

女中が立去るとうしろから安道が近附いてきた。

「どうかしたのですか」

「いゝえ、何んでもありませんの」

そう答えた美子の顔は、しかしまるで木の葉のように真蒼《まっさお》だった。

# 四

その晩、美子はなれない寝室で、いかにも寝苦《ねぐ》るしい時を過していた。うと〳〵としたかと思うと、ふと恐ろしい夢に襲われた。何んでも彼女は、狭い汽車の寝室のようなところに寝ていた。そして恐ろしい夢にうなされ続けていた。彼女はそれが夢であることを知っていて、何も怖くない、何も怖くないと自分に言ってきかせていたが、そのうちにふと眼をさました。と、誰かゞ自分のベッドのうえにのしかゝるようにして、寝室の外から覗いている。その顔が反対の側にかゝっている鏡にはっきりと映った。その美子はその顔を見ると、思わず大声をあげて叫びそうになった。それは反面だけしか見えなかったが、たしかに船の中でみたあの黒衣の女だった。その蒼《あお》いまでに真白な顔が、じっと美子の寝顔を打見守《うちみまも》っているのだった。

美子はその視線の恐ろしさに、激しくベッドの中で身をもがいた。と、その途端にはっきりと眼がさめた。彼女は夢の中でまた夢を見ていたのだった。

彼女はぞっと身を慄《ふる》わせながら、真暗な部屋の中を見廻わした。何んだか今の夢がまるきり夢とばかりは思えないのだった。誰かゞ、いまこの部屋の中で自分の顔を覗き込んでいた。——美子には何んだかそんな気がされてならなかった。

「馬鹿な！　そんな馬鹿なことがあって耐《たま》るものか」

彼女は自分で自分の臆病をわらいながら、もう一度深々と毛布の中に身を埋めたが、その時、ふと今夜のあの不愉快な晩餐《ばんさん》が思い出された。

加寿子が——あの意地の悪い安道の姉の加寿子が、安道や美子に敵意を持っていることは、今日はじめて玄関で出会った時と何んの変りもなかった。しかし、不思議なことには晩餐の時の加寿子には、その敵意とともに、何かしら明らさまな恐怖が加わっているように思えるのだった。午後とはたしかに様子が違っていた。彼女は始終黙々として卓子《テーブル》の端についていたが、時々、妙に廻りくどい、かげのある言い方で突飛《とっぴ》な質問を安道に向けるのだった。

それは主に彼がまだ子供の頃の思い出で、彼等の飼っていたペスという犬を憶えているかだの、庭の隅にある榎《えのき》の木がどうしたのとか、そんな風な質問だった。そして、安道がそれに対して答えることが出来なかったり、答えてもとんちんかんな返事をしたりすると、その度に、加寿子ははたの誰の眼にも分る程激しく身顫いをするのだった。

美子には、何故《なぜ》彼女がそんな質問をするのか、おぼろ気ながらその意味をさとる事ができた。彼女もまた、あの黒衣の女から例の怪しい通信を受取ったのだ。そして、自分でも信じかねる疑惑を抱きながら、今こうして弟をためしているのだ！　しかし、それにしても安道がそれに答えることが出来ないのは一体どういうわけだろう。やはりこの男は本当の安道ではなくて、安道の贋物なのだろうか。——

美子はふいに、ベッドの中でぎゅっと体を固くした。微《かす》かな、きゝとれぬくらい微かな物音が、どこか間近で聞えたからである。それはスリッパの音のようであった。ひそやかに廊下の絨氈《じゅうたん》を踏んでゆく人の跫音《あしおと》に違いなかった。美子はそっとベッドからすべり落ちると、鍵のかゝっていない扉《ドア》のそばへ寄ってきゝ耳を立てた。スリッパの音は彼女の部屋のまえを通って階段のほうへ一歩々々進んでゆく。彼女はその音が階段のうえあたりで聞えるころ、そっと扉《ドア》を細目にひらいてみた。と、今しも階段のうえについている薄暗い灯の下を、這《は》うように降りてゆく人影がみえた。

たしかに加寿子だった。まだ着更えもしていない加寿子が、跫音をぬすみながら、そろ〳〵と階段を降りてゆくのだった。まるで大きな昆虫でもあるかのような、その黒い後姿を見た時、美子は全身の血が凍ってしまうかのような恐怖に打たれた。

加寿子は一体、何をしようとするのか、それは彼女自身でもよく分らないことだった。しかし、彼女の血は、いま坩堝《るつぼ》のように激しくたぎり立っているのだった。あの恐ろしい疑惑、——それをどちらかに片附けてしまうまでは、どんな事でもしてのけなければならない。差出人不明の、あの忌《いま》わしい手紙、そして、そこに書かれていた世にも恐ろしい疑惑——、安道か安道でないか、その疑問をたゞすためには、彼女はどんなことでも、あの怪しげな手紙の命令通り決行しなければならなかった。

階段を降りると、加寿子は立止《たちどま》ってもう一度じっときゝ耳を立てた。邸の中は森《しん》と静もり返って、誰一人起出て来る者はなさそうだ。彼女は安心して、又もやそろ〳〵と歩きだした。やがて彼女はふと一つの扉《ドア》のまえに立止った。その扉《ドア》のうちには畔沢大佐が眠っている筈だったけれど、まるで人気《ひとけ》もなさそうなほど物音がしなかった。加寿子はその扉《ドア》のまえを離れると、次ぎの部屋のまえで立止った。その時、彼女の全身は激しい興奮のために、小鳥の胸のように顫えていた。心胸《しんきゅう》ががん〳〵と鳴って、額にはべっとりと汗が滲《にじ》み出している。

加寿子は把手《ノッブ》に手をかけたまゝ、暫くじっと部屋の中の様子にきゝ耳を立てていたが、やがて、ごくりと生唾《なまつば》を飲込むと、そっとその把手《ノッブ》を内へ押した。

予想していた通り、安道はよく眠っていた。体を少し、毛布からずり出すようにして、鼻の穴をふくらまし、額には一杯玉のような汗をかいていた。宵《よい》に彼女が飲ませておいた眠り薬がよくきいたと見えて、荒々しい息は嵐のように部屋の空気を掻《か》き廻していた。

加寿子はそっとそのベッドの側によった。そして毛布の端からだらりと下っている左の手にそっと手を触れた。その途端、安道が何かわけの分らぬ事を呟きながら、どたりと寝返りを打ったので、彼女は思わずベッドの側に身をかゞめた。

しかし、安道がこうして寝返りを打ってくれたのは、加寿子にとってはまことに倖せだった。何故ならば、彼女が目的として来た安道の左の手が、その拍子に胸のうえにきたからである。加寿子は手早く懐中から、何か油のようなものを取出すと、それを安道の左の手の掌に塗った。さすがに眠っている安道も、これには些《いささ》か気持ちが悪かったのだろう、又もやどたりと寝返りを打った。しかし、加寿子はもう躊躇《ちゅうちょ》しているわけにはいかなかった。彼女は薄い、蠟《ろう》をひいた紙を取出すと、それをぴったりと油をぬった左の掌に押しつけた。

つまりこうして彼女は、安道の左の手型をとろうとするのだった。それが一体、どういう意味をもっているのか、実のところ、加寿子自身も知らないのだ。しかし、今日の午後受取ったあの奇怪な手紙には、たしかにこのことが命令されてあった。この男の左の手型、――それによって彼が真実の安道であるかどうかゞ分るのだ。その手紙にはたしかにそう書いてあった。

加寿子は首尾よく手型を紙のうえにうつしとると、手早く油を懐中にしまい込んだ。そして、相手の掌を拭《ふ》いておくことも忘れて、安道の部屋から跳び出した。畔沢大佐の部屋は相変らず、しんと寝静まっていて、相手がいるのかいないのか分らないくらいだった。加寿子はもう跫音をぬすむ事も忘れて、急ぎあしでその部屋のまえを通りすぎた。

階段をのぼると次ぎは美子の部屋である。しかし、加寿子はもう安心しきっていた。今美子に見附けられたところで、もうどうにでも弁解の法はつく。彼女は懐中にしまった油壺《あぶらつぼ》と薄い、蠟引きの紙片を押えながら、ゆっくりと美子の部屋のまえを通って、その隣りの扉《ドア》に手をかけた。

しかし、その扉《ドア》を内側へ押しひらいた刹那《せつな》である、突然彼女はぎゃっとしめつけられるような悲鳴をあげた。何かしら焼けつくように熱いものが、さっと彼女の顔に降りかゝった。と、思うと両眼が針で刺されるように激しく痛んだ。顔中が荒い熊手《くまで》でひっかき廻されるようにひり〳〵と痛んで、眼から、鼻から、口から、幾百という太い釘《くぎ》が打ちこまれるような、譬《たと》えようのない激しい苦痛だった。

何者かが扉《ドア》のうちがわからそっと滑り出した。加寿子はその曲者《くせもの》がのたうち廻っている自分のうえに、身をかゞめるのを感じた。熱い、荒々しい息使いが頬にふれる。

加寿子は、然し、あまりの苦痛のために、誰かゞ懐中へ手を突込んで、今うつしとってきたばかりの安道の手型を奪いとって行くのをどうすることも出来なかった。

やがて彼女のたゞならぬ悲鳴をきゝつけた人々が、どやどやと駈《か》けつけて来た時、加寿子は両手で顔中を掻きむしりながら廊下のうえをのたうち廻っていた。その顔を一眼みた者は、誰一人あまりの恐ろしさに後へとびのかないものはなかった。それは顔というよりも、かつて顔のあった廃墟《はいきょ》といった方が正しい。額から頬、顎《あご》へかけての皮膚が、まるで破れ雑巾《ぞうきん》のようにベロ〳〵になっていた。そして、このひっかき廻された筋肉の間から、貝のむき身のように真白になった二つの眼が、どろんとにぶく光っているのだった。美子はそれを見ると、思わず傍に立っていた畔沢大佐に縋りついた。

「しっかりして！　大丈夫！」

畔沢大佐が低い、押えつけるような声で呟いた。

その声をきゝつけたのか、突然、加寿子が振絞《ふりしぼ》るような声で叫んだ。

「そいつだ、――そいつが私の顔に硫酸《りゅうさん》を振りかけたのだ」

「硫酸？」

美子はもう一度ぎょっとしたように呟いた。そして、自分でも気がつかないうちに畔沢大佐の腕から身をひいていた。大佐は美子の疑惑にみちた視線を感じると、何故かそわ〳〵とあたりを見廻していたが、やがて幸三郎夫婦に命令するようにいった。

「医者を――、ともかく医者を――」

安道だけが、――まだ眠っているのだろう、この恐ろしい場面へ顔を出していなかった。

## 二つの仮面

### 一

六月二十五日は塙侯爵の八十五回目の誕生日に当っていた。

毎年この日を期して、塙侯爵家では親類知己を招いて、華々しい祝宴を張ることが慣例になっていたが、今年は長男を失って間もなくのことでもあり、時節柄でもあるしするので、なるべくひかえ目にしようということになっていた。

しかし、こういうことは当事者の止《や》むを得ない遠慮から出ていることであって、この輝ける老侯爵を取巻《とりま》いている周囲の人々は、それでは決して満足しなかった。ことに今年は八十五回目という意義ある誕生日なのだから、少くとも例年より淋《さび》しく行うという法はないというのが彼等の主張だった。

こうしていつの間にやらこの計画は、例年よりもずっとずっと派手な、大袈裟《おおげさ》なものになっていた。

かつては三軍を叱咤《しった》したこともある老侯爵も、この頃では大ていのことは人委《まか》せだったし、それに、こうした誕生日のお祝いが、あと何回あるだろうと思うと、やはり賑《にぎ》やかにやって貰《もら》うに越したことはなかった。

安道が父侯爵の面前に出たのは、帰朝以来この朝が二度目だった。

「お目出度《めでと》うございます、お父様」

「おゝ、安道か、有難《ありがと》う」

厳《いか》めしい陸軍の制服をつけて、ゆったりと椅子にくつろいでいた老侯爵は、黒いフロックに、前折りの固いカラァをつけた安道の、颯爽《さっそう》とした姿を見ると、まぶしそうに二三度ぱちぱちと瞬《まばた》きをしたが、それでも心の底から嬉《うれ》しそうにその祝辞をうけた。

「お天気がいゝので何よりですね」

「ふむ、不思議にこの誕生日には雨が降ったことがないようだな」

「そうでしたね。何しろお昼のは露天ですから、雨が一番怖いですね」

そういって安道は、白い手袋を脱ぐと大きな窓の側《そば》へよって庭を眺めている。

侯爵にはしかし、これだけの挨拶《あいさつ》では気に入らなかった。この誕生日の晴天についても、何か自分の功跡、名誉――そういったものと結びつけて挨拶をして貰いたかった。大勢ある他の子供たちは、みんなその要領を心得ていて、抜目なくこの気難しい父の機嫌をとることを忘れなかった。ところが、末っ児のこの安道だけが、いつもそういう点で侯爵を失望させることが多かった。侯爵はだから、いつの間にやらこの気位《きぐらい》の高い青年に対して、一種の威圧と同時に、それだけにまた、別な愛着をも感じているのだった。

「安道」

暫《しばら》くして老侯爵は息子の背後から声をかけた。安道は無言のまゝ、くるりと振返《ふりか》えると、血色のいゝ、八十五歳とは全《まった》くみえぬ、父の顔に眼をやった。

「今日は、お前に一つ頼みたいことがあるのだがね。――どうだ、煙草《タバコ》など一本つけては――」

安道は窓枠に腰を下ろしたまゝ、遠慮なく父の机のうえから、煙草を一本つまみあげると火をつけた。

「どんなことですか」

「今日、関口台町の殿様がお見えになることになっている」

「そうだそうですね」

安道は窓枠に腰を下ろして、紫色の煙を吐きながら、部屋の正面にかゝっている大きな額《がく》に目をやった。額の中には小柄な、貧相な顔をした男が、身体《からだ》に不釣合な大礼服を着て、滑稽《こっけい》なほどそっくり返っていた。それは先代樺山《かばやま》侯爵の写真で、塙侯爵にとっては旧藩主に当っているのだ。関口台町にお邸があるので、昔の家臣の間では、関口台町の殿様で通っていたが、華族仲間でも有名な金持ちだという評判だった。

「殿様の御接待もむろん、おろそかにはならんが」

と、老侯爵は何故《なぜ》か言い難《にく》そうに、「それより今日は殿様お一人ではないのでな」

「はゝあ、どなたかお連れがございますか」

「ふむ、お妹様の泰子様がご一緒にお見えになる筈《はず》だ。泰子様――、お前存じあげているかね」

「そうですね、ずっと昔、一度お目にかゝったことがございますけれど――」

「そうか、それは好都合だ。お前には主に泰子さまのおもてなしをして貰わにゃならん」侯爵はそこでまたわざとらしい咳《せき》をすると、「確か泰子様は二十三だったかな。どういうわけかまだ御縁談がないようだ。お前、なるべく叮嚀《ていねい》におもてなしをしてあげておくれ」

「承知しました」

安道はむろん、侯爵の真意がどこにあるかをすぐみてとった。しかし、彼はわざと何も気附かぬように、無邪気に快活に、それを引受けた。

そこへごと〳〵と奇妙な足音を立てゝ、三人の男女がこの部屋へ入ってきた。

「おや、安道、あなたさっきからこゝにいたの？」

何かしら、とがめるような嶮《けわ》しい口調でそう声をかけたのは、今年七十幾つかになる、しかしみたところどうしても五十そこ〳〵にしかみえない。これが塙侯爵夫人だった。夫人の背後にはフロックを着た四十二三の男の側に、品のいゝ老婆がつき添っていた。この男というのは、容貌に於《お》いても、体格に於ても非常に変ったところを持っていた。

顔はまるで、暴力をもって押しつぶしたようにいびつにひん歪《ゆが》んでいて、干乾《ひから》びてかさ〳〵とした皮膚は、ぞっとするほど不愉快な黄味を帯びている。そして薄い、あるかないかの眉毛の下には、狡猾《こうかつ》そうな二つの眼が、絶えず相手の心を探ろうとするかのように激しく動いているのだった。今三人が部屋の中へ入って来た瞬間、この無気味な眼は激しい嫉《しっ》妬《と》のために蛇のように輝いていた。

さて、その体はというと、これがまたも常人と著るしく変っていた。左の方の脚が鰐《わに》のように曲っているうえに、背中の骨が尋常《じんじょう》でないとみえて、両脇の下に松葉杖《づえ》をつきながら、尚かつ、彼は、附添いの婆《ばあ》やなしでは一歩も歩行がかなわないらしかった。

これが安道の兄晴通だった。

晴通は弟の顔をみると、何かしら気がせくように、ごとごとと不自由な松葉杖の音をたてながら侯爵の前へ出た。

「お父さん、お目出度うございます」

「あゝ、晴通か、体の工合はどうだね」

「晴通は——」と、傍《かたわら》から老夫人がそれに代って答えた。「今日は大へん、いゝのでございますって。それで、何がなんでもお祝いの席へ出ると申しておりますの」

「あゝ、それは有難う」

侯爵はぶっきら棒に、むしろ冷淡な声でそれに答えた。

「安道」老夫人は少しいら〳〵したような調子で傍を振返ると、「もう、そろ〳〵一時ですよ。皆様がお出でになる時分だから、あなた御案内に出ておくれ」

「承知しました」

「そうだ、俺もこうしてはおれん。もう間もなく関口台町の殿様がお見えになる時分だ。そろ〳〵お迎えに出ようか」

侯爵も一緒に、重い腰をあげた。

## 二

祝賀会は昼と夜との二回に分れていた。

昼の方の客は主として、侯爵一家と極《ご》く親しい交際をしている人々で、従って家族連れなどが多かった。だから、本当の知名の士などが集《あつま》るのは夜の方だったが、昼のお祝いの方が、水入らずで、のんびりとして、いかにも誕生日のお祝いらしく陽気で楽しかった。

祝賀会は一時からはじまることになっていて、二時には当日の主賓、樺山侯爵がやってくることになっていた。

やがて、その時刻になると、侯爵家の一家は悉《ことごと》く門前に整列していた。侯爵の住んでいる紀尾井町附近の住民は輝けるこの功臣の喜びを頒《わか》つために、毎年この日には国旗を掲揚して祝意を表することになっている。今この国旗の下をくゞり抜けて、樺山侯爵の自動車が、砂利を嚙《か》みながら門前に到着した。

家族に打ち交《まじ》って、このお出迎えに立っていた安道は、恭々《うやうや》しく頭を下げながらも、その時、素速い視線で、侯爵と同乗している妙齢の婦人を観察することを忘れなかった。

樺山侯爵家は昔から代々、非常に小柄なので有名だったが、当主の妹の泰子というのも、その遺伝から逃れることは出来なかったとみえて、侯爵と二人自動車から降り立ったところをみると、まるで小人島からの珍客のようにみえた。顔立は醜《みにく》いという方ではなく、むしろ小さいながらもよくまとまっていたが、どこか近代的な生気と叡智《えいち》に欠けていた。恰《かっ》好《こう》のいゝ唇もどこかしまりがなく、眼の色にも聡明《そうめい》さがなかった。

三十になるかならぬくらいの若い侯爵は、この妹をいたわるように、手をとらんばかりにして人々の前を通りぬけていった。その顔は人々の慇懃《いんぎん》な歓迎にも拘《かかわ》らず、まるで憤《おこ》っているようにしかめっ面《つら》をしていた。

「おい、あのお嬢さんの顔をよく見ておけよ」

ふいに背後《うしろ》で、低い、押えつけるような声がしたので、安道が驚いて振返ってみると、そこには畔沢大佐が鹿爪《しかつめ》らしい顔をして立っていた。

「おゝ、君か――」安道は一瞬間さっと眉根を曇らせたが、すぐ思い直したように「どうしたものか殿様、ひどく不機嫌な顔をしているじゃないか」

「なあに、ありゃあの人の癖《くせ》さ、あの人が笑ったところを、見た奴は恐らくないだろうよ。しかし、あれで妹思いでね、妹のこととなると一切夢中なのさ」

二人は他の人々から少しおくれて、肩を並べながら門前から奥庭の方へ引返えして行った。

「ふん、ところが僕は今日、あのお嬢さんの接待役をおおせつかっているんだぜ」

畔沢大佐はふと足を止めると、真面目《まじめ》な顔をして安道の顔を覗《のぞ》きこんだ。

「ほんとうか、そりゃ――?」

「本当だとも、父からさっき命令されたところだ」

「ふうん」

畔沢大佐は鼻から太い息を吐き出すと、ふいにぐっと安道の手を握りしめた。

「おい、そいつは悪い辻占《つじうら》じゃないぜ。しっかりやり給え。せいぐゝあのお嬢さんの御機嫌をとりむすぶんだな」

「あの女の歓心を買っておくと、何かいゝことがあるのかい?」

「ある。――そして君なら大丈夫だ。まあしっかりやるんだな。しかし」そこでふいに畔沢大佐は顔をしかめると、「そうなると、あの女《ひと》が可哀《かわい》そうだな」

「あの女《ひと》って?」

「沢村のお嬢さんさ。さっきから君を探していたぜ」

「ほゝう、あの女《ひと》は、じゃもう来ているのか」

「おい、待てよ。そして俺のいうことをよく聞けよ」

畔沢大佐は立止《たちどま》ってあたりを見廻《みま》わした。華やかな人々の群が、美しい豆をばらまいたように広い庭のあちこちに動いていた。遠くで陽気な楽隊《バンド》の音が聞えて、白いテントの合間合間には、多彩な万国旗が、おもちゃのように水色の空に翻《ひるがえ》っていた。

「今日はね」と畔沢大佐は近くに誰もいないのを見すましてから言葉をつゞけた。「君にとっちゃ大へん大事な日なんだよ。我々の希望が遂げられるか遂げられないか、その境目なんだ。だからおい、無慈悲なようだが沢村のお嬢さんは犠牲にするんだ。そして、せいぐ〳〵泰子姫の御機嫌をとるんだよ」

安道は暫《しばら》く黙り込んでいたが、やがて表情のない声でゆっくりといった。

「一体、その我々の希望——というよりは寧《むし》ろ君一人の野心だが、それと泰子姫と何か関係があるのかね」

「あるとも、大ありさ。君は泰子姫と結婚する。そしてはじめてこの塙侯爵家の相続人たる資格が出来てくるんだ。分ったかね」

「分らないね」

「いや、そんなことは分らなくてもいゝ。それは複雑な家庭の機微に属するんだからね。しかし、老侯爵自身が君に、泰子姫の機嫌をとることを望んでいるとすれば、我々の希望は殆《ほと》んど遂げられたも同様だぜ」

安道は不愉快な顔をして、もうそれ以上言葉を返《か》えそうとはしなかった。畔沢大佐の宇頂天《うちょうてん》になっているのが、何《な》んだか馬鹿々々しくもあったし、憎らしくもあった。

「おい、君は俺を裏切りやしないだろうな」

畔沢大佐は鋭い眼附きで、そういう安道の表情をじっと見ていたが、ふいに不安そうな声でそう訊《たず》ねた。

「おい、恋はいつでも摑《つか》める。女なんか、君が目的を遂げた暁《あかつき》にゃいくらでも出来るんだ。しかし、この名誉は、この光輝ある地位は一度チャンスを遁《の》がしたが最後、永遠に摑めないのだぞ。君にゃ恐ろしい競走者のあることを忘れちゃいけない」

安道はそれに対して何か答えようとしたが、その時何を見附けたのか、ふいに満面に笑みをうかべると大佐のもとを二三歩離れた。

「お目出度うございます。何を話していらっしゃいましたの？　傍《そば》から見ていますととても御熱心でしたわ」

美子が美しい片頬《かたほお》に無邪気な笑みをうかべながら近寄ってきた。

「なあに、大佐がくだらない議論を吹っかけるものですから、すっかりくさっていたところですよ。ああ、もうそろ〳〵お祝いのはじまる時刻ですね。向うへ参りましょうか」

安道は美子に腕をかすと、大佐の方を見向きもせずに歩き出した。

その時、どかあんと庭の隅の方から花火があがって、わっと歓声が湧き起った。いよいよお祝いがはじまる報《し》らせだった。

三

祝賀会はそれ〴〵身分に応じて、五つのテントに分けて行われることになっていた。安道や畔沢大佐が列席するのは、無論その中《うち》の一番大きなテントだったが、そこは樺山侯爵の兄妹を主賓として、今日の主人役塙侯爵やその一家の者、それに極く親しい身内のものだけが集ることになっていた。

美子はだから、このテントの中へ入ることを極力遠慮したが、安道がどうしてもそれをきかなかった。到頭《とうとう》彼女は安道に引っ張られて同じテントへ入って行った。

「安道、お前の席はこちらにあるよ」

二人が入って行くと、既に席についていた老侯爵が、向うの方からそう声をかけた。その席は故意か偶然か、泰子の隣にとってあった。安道はそれをみると当惑したように美子のほうを振返ったが、丁度そこへ畔沢大佐が一歩おくれて入ってきた。

「あゝ、美子さん、あなたはこちらへいらっしゃい。僕の隣が空いていますよ」

美子は急に、頬から火が出るような屈辱を感じた。出来ることなら彼女はその場から逃げ出したかったが、そういうわけにも行かなかった。彼女は満座の人々に顔をみられるような面恥《おもはゆ》さを感じながら、畔沢大佐の隣へ腰を下ろした。それは、安道の席とはずっと遠く離れた、かなり下のほうの席だった。

間もなく料理や飲物が運ばれて今日のお祝いがはじまった。老侯爵から二つ三つ離れたところに坐っていた、軍人らしい老人が立上ると、簡単な祝辞をのべて、そのあとで、この偉大な老侯爵のために、一同の盃《さかずき》が捧げられた。その後に立上った侯爵は、これも簡単に謝辞をのべると、列席の栄を賜った旧藩主兄妹のために盃をあげた。

これがすむと、後はもう無礼講《ぶれいこう》も同様だった。みんなてんでに隣りの人と喋《しゃべ》舌りながら、食ったり飲んだりしていた。折から向うの方では余興がはじまったとみえて、賑《にぎ》やかなオーケストラの音が聞えてきた。時々、どかあん、どかあんと花火を打上げる音がする。いゝ加減食ったり、飲んだりした人々は、それを聞くと、勝手に腰をあげてでて行った。

安道はこの時まで、料理には殆んど手をつけないで、始終無言のまゝ三鞭《シャンペン》のグラスをあけていたが、ふいに、誰かゞぐいと横腹をつっ突《つ》くのを感じた。驚いて振返ってみると、老侯爵が向うを向いたまゝ、左の肱《ひじ》を張って、盃を飲み干していた。遥か席の下のほうをみると、畔沢大佐が椅子にそりかえったまゝ、意味ありげにこちらを見ている。美子はつゝましやかに卓子《テーブル》のうえに眼を伏せていた。

ふいにまた、老侯爵の肱が意味ありげに安道の体をつゝいた。安道ははじめてその意味を解くと、苦笑を洩《も》らしながら、ナプキンを卓子《テーブル》のうえに投出《なげだ》して、隣席の泰子の方へ振返った。

「余興がはじまったようですね」

「えゝ」

始終人形のようにちんまりと坐っていた泰子は、男の眼が自分のうえにのしかゝっているのをみると、驚いたように顔を赤くした。

「少し、お散歩をなさいませんか。何んなら御案内申しあげますが」

「はあ」

泰子は狼狽《ろうばい》したような眼をあげると、隣席の兄の方を振返った。若い侯爵はそれまで気難しい顔をして、黙ってひかえていたが、妹の眼の色をみると、真正面を向いたまゝ微《かす》かにうなずいた。

「では――、お供させていたゞきますわ」

「御案内申上げましょう」

二人が立上ったとき、下の方から美子がひょいと顔をあげた。彼女は二人が手をとりあってテントを出て行く後姿をじっと見送っていたが、その時、別な視線が自分の横顔を見詰めているのを感じて、あわてゝ眼を伏せてしまった。

「お母様」

その時、四十二になる晴通が母夫人の方へ甘えるように首をかしげていた。

「畔沢の隣りに坐っているお嬢さんね、あれどこの女《ひと》？」

老婦人は息子の視線を追っていたが、美子の顔をみるといまいましそうに、

「さあ、誰でしょうね。さっきたしか、安道と一緒に入ってきたようだが。――」

「僕、あの女《ひと》と話をしてみたいんだけど。――」

この不具者は、知識の発達に於ても、優に十五六年はおくれているのだった。その性質は我儘《わがまま》で、駄々《だだ》っ児《こ》で、陰剣で、嫉妬《しっと》心が深く、猜疑《さいぎ》心に富んでいたけれど、こうして人並でないところが、老夫人や、一部の家族たちの畸型的な同情と愛情を集めているのだった。ほかの男の兄弟たちは、この間死んだ長男と安道を除くほかは、みんな養子に行ったり他家の名跡《みょうせき》をついでいるのに、この晴通だけが、今迄《まで》独身のまゝ取り残されてきたのだった。老夫人にとってはそれがいじらしくてならなかった。しかし、何が幸いになるか知れたものではない。唯《ただ》一人取残されていたがために、長男の死後はこの晴通が、有力な相続者の候補として考えられるようになっていた。そして、盲目的な母の愛は、何んとかしてこの人並でない子を、侯爵家の後継者《あととり》としたいとあせり出しているのだった。

老夫人はいま、晴通の醜い頬にうかんでいる激しい慾望の色をみてとると、慰《なぐさ》めるようにいった。

「そんなこと、何んでもありませんよ。畔沢が知っているようすだから、あの人に紹介して貰ったらいゝだろう。何んなら、わたしがいってあげようか」

畔沢大佐は伯母《おば》の眼配《めくば》せをみると、すぐ席を立上って近附いてきた。

「欣吾さん、あなたの隣にいるお嬢さんね、あれどこの方?」

「あゝ、あの女《ひと》ですか。ありゃついこの間まで英吉利《イギリス》大使をしていた沢村さんのお嬢さんですよ。美子さんというのです。どうかしましたか」

「いゝえね、晴通がお近附きになりたいというんだけど」

畔沢大佐はそれをきくと、一寸呆《ちょっとあき》れたように二人の顔をみた。しかし、すぐその次《つ》ぎの瞬間には、何を思ったのか、にやりと微かな笑みを浮べた。

「あゝ、そんなことならお安いことですよ。御紹介しましょう。向うでもきっと喜びますよ」

そういいながら畔沢大佐は、新らしい計画を急《いそ》がしく頭の中で組立てゝいた。

四

安道は泰子の手をとってテントを出ると、ゆっくりとした歩調で余興場のほうへ歩いて行った。彼等の姿をみると、行きずりの人々はみんな慇懃《いんぎん》な目礼を送っていた。

泰子はそれを感じると、顔を真紅《まっか》にしながら、おど〳〵とした、物馴れない態度で安道の後に従っていた。安道は女の扱いかたには自分でも相当に自信があるつもりだった。しかし、この女ばかりは一体何といって話しかけていゝのか見当がつかなかった。

侯爵家の姫君といった風な威厳や誇《ほこり》はこの女にはまるきり認められなかった。まるで日蔭《ひかげ》に咲いた花のように、おどおどとして、始終物に脅《おび》えているような態度だった。多分、この女は、自分の縹緻《きりょう》のよくないことや、あまり聡明でないことを、幼い時から種々《いろいろ》な場合に言い含められて育ってきたに違いない。樺山家には代々智慧《ちえ》の薄い人間が一人ずつ産《うま》れるという話だが、この女がその哀れな遺伝を受継いでいるのだろう。そして多くの家臣や召使いたちに甘やかされながら、その一方で、少し足りないお姫《ひい》さまとして軽蔑されていることを、いつの間にやら彼女自身覚《さと》っているに違いない。

安道もそれを考えると、大家に生れながらいまだに独身でいる、そして間もなく婚期を逸するであろうこの女に対して、あるいじらしさを感じないわけにはいかなかった。

「太神楽《だいかぐら》にしますか、それともダンスを御覧になりますか？」

「あたくし、どちらでも結構でございます」

泰子は消え入りそうな声音《こわね》で答えた。

「そうですか、ではダンスの方にしましょう、どうせ、大して面白いものではありますまいがね」

やがて二人は、賑やかなオーケストラの音が漏れているテントの中へ入って行った。

ダンスは安道がいった通り、あまり上等なものではなかった。どこか二流か三流の劇場から借りてきたものとみえて、踊子も衣裳もかなりにみじめなものだった。しかし、あまりこういうものを見なれない人々には、それでも大へん面白かったとみえて、テントの中は一杯だった。今、安道と泰子の二人が手を携《たずさ》えて入って行くと、粗末な舞台のうえでは数名の踊子が、脚をあげたり、腰を振ったりして、かなりエロチックな踊りを踊っていた。二人は人々が開けてくれる道を通って、まえから五六番目の列のベンチに腰を下ろした。

踊子の中《うち》の一人が、ふいにテンポを間違えたのはその時だった。彼女は一瞬間、踊を止《や》めそうにして、じっと舞台から下を見下ろしていたが、側から注意されて、あわてゝまた踊りをつゞけた。

その踊はすぐ幕になった。そしてそれから差しかえ引きかえ種《いろ》んな踊があったが、さっきテンポを間違えた踊子は、それから後も出て来る度に、何か縮尻《しくじり》を演じていた。安道も最初のうちは気がつかなかったが、どうやらそれが自分のためらしいことに気がつくと、急にぐっと体を前に乗出《のりだ》して踊子の顔を見ようとした。

「あの方、あなたの御存じの方でございますの？」

泰子もその様子に気がついたらしく、低い声でそっと囁《ささや》いた。

「いや、一向、――だけど妙ですね」

安道はふいに何んだか不安になって来たらしく、ポケットからハンケチを取出すと、そわ〳〵と落着きなくカラァの裏を拭《ふ》いていた。

「何んだか、妙に蒸《む》すじゃありませんか。外へ出ましょうか」

「えゝ」

二人はそっと立上ると、人々の邪魔をしないように外へ出た。舞台のうえでは例の踊子がまたしても間違ったテンポを繰返えしながら、じっとその後姿を見送っていた。

外へ出ると二人は、しばらく無言のまゝ庭のあちこちを歩いていたがそのうちに、咽喉《のど》の乾きを覚えて来たので、冷い飲物を出しているテントの中に入って行った。

「あゝ、安道様、お目出度うございます」

二人が軽い飲物を飲んでいると、ふいに背後《うしろ》からそう声をかけた者があったので、驚いて振返ってみると、そこにはロンドン以来顔を見せなかった須藤ドクトルが、狐《きつね》のように狡猾《こうかつ》そうな顔に、奇妙なにや〳〵笑いを浮べながら立っていた。

「あゝ、須藤君、君はいつ帰って来たのだね」

「一船おくれて一昨日帰って参りました。御無事でお目出度うございます」

「あゝ、いや」

安道は軽く相手の言葉を遮《さえぎ》ったが、何を思ったのかつと立上ると、須藤の手をつかんだ。

「須藤君、君に一寸頼みたいことがあるのだがね」

「はあ」

安道は須藤の手を引張るとテントの隅の方へ連れて行って、何か低声《こごえ》で囁いていた。

「はあ、するとあすこへ来ているレビューの踊子なんですね」

「ふん、そいつを一寸調べて貰いたいんだ」安道はあたりを憚《はばか》るような低声で、「一番背の高い、あの中じゃまあ一番美人だろうね。唇の左に小さい黒子《ほくろ》があるからすぐ分る筈だ。そいつの名と住所を至急調べて貰いたいのだがね」

「承知しました。しかし、そんなことをして大丈夫ですか。またあの大佐にやかましく言われやしませんか」

「だから君さえ黙っていてくれゝばいゝんだよ。なに、少し気になることがあるから一寸調べてみようと思うのさ」

安道は早口にそれだけの事を命令すると、急いで泰子のところへ帰って来た。

「失礼いたしました。さあ、もう一度そこらを散歩しましょうか」

二人は外へ出ると、また人々の群《むれ》を縫って、無言のまゝ奥庭のほうへ歩いて行った。時々、どかあん、どかんと花火を打上げる音がして、水のように晴れた空に、綿くずのような煙が縺《もつ》れて消えていった。二人はいつの間にやら、人々の群から離れて、淋《さび》しい裏庭の樹立《こだち》の中に入っていた。その時である。彼等のすぐ間近かなところで、どんという低い砲音が聞えた。二人はそれを聞くと、驚いたようにあたりを見廻わした。

「まあ、何んでしょう。花火の音でしょうか」

「花火の音にしちゃ、少し近すぎましたね。どこかで奇術でもあるのか知れませんよ」

二人はそれきり、その物音には気も止めずに、路傍の切株のうえに腰を下ろした。

「もうそろ〳〵、お兄様はお帰りになる時刻じゃございませんか」

「えゝ」

泰子は軽くうなずいたが、別に立上りそうにもしなかった。彼女はもっとこうして二人きりでいたいらしかった。この無口な令嬢は、お互いに口を利かなくても別に退屈らしい風もなく、安道のこのもてなしを心の底から喜んでいるらしかった。安道はふと、さっき大佐の言った言葉を思い出した。すると、急に二人きりでこうしていることが馬鹿々々しくなってきた。

「そろ〳〵、帰りましょうか。お兄様が待っていらっしゃるといけませんから。――」

「えゝ」

泰子はやゝ名残り惜しげにうなずいたが、素直に立上って安道の腕に手をおいた。その時、樹立の向うを、あわたゞしく走って行く人々の足がみえた。

「おや、どうしたのでしょう」

人々の動きは益々《ますます》頻繁《ひんぱん》になって来た。そして、その走りかたがどうも尋常でないように思えた。何かが変ったことが起ったのだ。それもよくないことが――、二人はふと無言の眼を見交わすと急ぎ足で樹立の下を抜けて行った。

ふとみると向うの小さいテントの周囲に一杯人が集っている。しかも彼等は不安そうな眼と眼を見交わしながら、低声《こごえ》でひそ〳〵と何事か語り合っていた。ふいにテントの中から畔沢大佐が血走った眼をして跳出してきた。彼はさっと開いた人々の間を抜けると、きょろ〳〵とあたりを見廻わしていたが、ふと安道の姿を見つけると、大股でつか〳〵と側《そば》へ寄ってきた。その顔は真蒼《まっさお》で、額《ひたい》に一杯汗がうかんでいた。

「おい、大変だ！」

大佐は思わずそう乱暴な口の利きかたをしたが、側にいる泰子に気がつくと、あわてゝ言い直した。

「安道様、大へんなことが出来ました」

「大変だって？」

「こちらへ来て下さい。いや、泰子さま、あなたはこゝにいて下さい。すぐ誰かを寄越しましょう」

走りながら安道は低い声で訊ねた。

「おい、どうしたのだ？」

「老侯爵が殺されたんだよピストルで――」

「えゝ」

安道はどきりとして思わずその場に立止りそうになったが、すぐ次ぎの瞬間には、人々を掻《か》きわけてテントの中へ飛び込んでいた。土の上に、血に染んだ塙侯爵の白髪が横になっていた。顔は血と泥とに汚れて醜くひん歪んでいた。広い胸に大きな勲章がピカ〳〵と光っているのが、この場合不釣合で滑稽にさえ見えた。

死体の側には、老夫人と晴通と附添いの婆やが、めい〳〵放心したような顔附きで立っていたが、安道が入って来るのを見た刹那《せつな》、晴通は噛《か》みつきそうな顔をして、よち〳〵と二三歩前へ出ようとした。

# 五

それから後の侯爵家の騒ぎは、こゝに細述する迄もあるまい。急報によって駆けつけた警視庁並びに所轄警察の係官一同は興奮のあまり、来客たちに対して、無礼な態度をとり過ぎたというので、後々まで非難の的となったくらいだった。しかし考えてみればそれも無理からぬことだった。

相いついで起った最近の不詳事件の後へ、更に、それに幾倍かするこの大事件を加えたのだから、彼等が極度に狼狽《ろうばい》したのも当然だった。警視庁ではむろんこの事件を、最近のあの不詳事件と同じ性質のものと睨《にら》んでいた。唯違っているのは、今迄のそれの場合には、いつも犯人が現場で捕っているのに、今度の場合に限って、犯人は巧みに姿をくらましているのだった。警視庁の取調べによって判明した老侯爵殺害前後の事情はおよそ次ぎのようなものであった。

老侯爵は祝宴のさなかに、ふと妙な不快さを覚えたので、周囲の二三人にだけその事を伝えて、庭の隅にあるテントの中へ唯一人休息するために入って行った。人々が妙な砲音をきいたのはそれから間もなくのことだった。然《しか》し、それは盛んに花火が打上げられている間のことだったので、誰も深く気に止めはしなかった。だから最初、このテントの中に侯爵の死体を発見した人も、そんな事は夢にも予期していなかった。それは侯爵家と非常に近しい間柄の知名な人物だったが、侯爵があまり長くテントの中にいるので、御機嫌伺《うかが》いに何気《なにげ》なく入って行ったのだった。そして初めてこの惨事を発見したのである。あの妙な砲音を聞いてから、その時までにはたっぷりと五分間ぐらいは経過していたという話だった。だから、犯人はその間に、まんまと現場附近から逃走することが出来たわけである。

取調べによると、ピストルはテントの外から発砲されたものらしく、丁度腰を下ろした頭の高さに、黒い焼孔《やけあな》が残っていた。それでいて、どうしてかくも巧みに、侯爵の頭を射貫《いぬ》くことが出来たのか——それは多分、侯爵が椅子に腰を下ろして、テントによりかゝったところを、外からそのふくらみを狙って射ったものだろうということだった。兇器は間もなく現場附近の叢《くさむら》の中に発見されたが、それには指紋もなく、全く犯人の見当がつかなかった。こうして、犯人がこの祝宴の混雑を利用して、巧みに犯跡をくらまそうとしたところに、この事件が普通の暗殺事件と違ったところがあった。

「一体、君はあの時どこにいたのだね?」

二人きりになると、畔沢大佐は安道の手をしっかり握って、不安そうに訊ねた。

「僕か、僕はあの泰子という女と裏の樹立の中にいたよ」

「それは事実だね、泰子さんはそれを証明することが出来るだろうね」

「出来るだろうと思う。僕たちもあの奇妙な砲音をきいて、何んだろうと不審に思ってその話をしたくらいだから」

「うまい!」畔沢大佐は安心したようにほっと溜息《ためいき》をついた。「まあ聞きたまえ。俺はこの事件を単純な暗殺事件だとは思わないよ。それより、何か家庭的な紛争——我々の知っている争いだ、——それが原因だろうと思うのだ。もしそれが警察に分れば、我々も相当厳しい訊問《じんもん》を覚悟しなけりゃならない。それに、神戸のあの硫酸《りゅうさん》事件のこともあるからね」

そういって大佐はふと、意味ありげな眼で安道の横顔をみた。安道は白い、憂鬱《ゆううつ》な眼をして、そっぽを向いていた。大佐はふいに不安そうに顔を覗き込んだ。

「おい、君はまさかこの事件で逃出《にげだ》すようなことはなかろうね」

「僕が——」安道はかすかに首を振りながら、「逃げようたって、今更逃げられもしないじゃないか」

「よし、その覚悟なら安心だ。なあに、誰も君を疑っている者はありゃしないのだ。それに、この事件で我々の希望は一層容易にこそなれ、心配することなんか少しもないのだから安心したまえ」

「一体——」安道は相変らず横を向きながら、「君自身はあの砲音が聞えた時どこにいたのだね」

畔沢大佐はそれをきくと、ぎょっとしたように相手の眼を見たが、ふいに、低い干乾びたような笑声を立てた。

「君は、——君は俺を疑っているのかい？」

「どうともいえない」安道は表情を変えずにいった。

「あの神戸の硫酸事件のときだって——」

「馬鹿！」

ふいに畔沢大佐は大きな声で相手の言葉を遮った。

「馬鹿！　俺がそんなことをすると思っているのかい、そんな事をしなくても、我々の希望はもっと簡単に遂げられようとしているのだ。何を好んでそんな馬鹿なことをするものか」

「じゃ、君は一体、誰が父を——あの、老侯爵を殺したと考えるのだね」

畔沢大佐はすぐには答えなかった。彼はいら〳〵したように部屋の中を歩き廻っていたが、ふと安道の側に立止ると、耳のうえに身をこゞめるようにして囁いた。

「俺は知らん、——知らんがあのピストルには見覚えがある。ありゃ確かに晴通のピストルだぜ」

安道はぎょっとして相手の顔を振返った。大佐の顔がその時、悪魔のように物凄《ものすご》く笑っているのが彼の網膜に鋭く焼きついたのだった。

# 嵐のまえ

## 一

安道は高価なハヴァナの煙を吐きながら、さっきから所在なさそうに、机によりかゝって、何かしらふかい思索にふけっている。

大きなフランス窓の向うに、ひろい西洋風な花壇があってその花壇のうえを虻《あぶ》が物憂い羽音をたててとんでいた。安道は丁度、その虻の羽音のような、もの憂い、けだるい表情をうかべたまゝ、さっきからペンを握った手を、無意識に机のうえの紙面に動かしているのだった。

老侯爵があの奇怪な、謎《なぞ》のような最期《さいご》をとげてから、二週間ほどのちのことで、さしもにごった返えした邸内も、ようやくこの頃ではもとの平静をとりかえしていた。騒ぎが大きかっただけに、その後の静けさには、何かしら、おこりを落した後のような、妙にものわびしい、ちぐはぐなものがあった。しかし、今もし見る人があって、この一家族の近ごろの様子を仔細《しさい》に観察してみたら、その平静はほんの表面だけのことであって、その底には、無気味な、恐ろしい危機を孕《はら》んでいることに気がついただろう。

警察の取調べもこのごろになって漸《ようや》く緩慢《かんまん》になっていた。しかし、そうかといって、警察があきらめて手を抜いていると思ったら大間違いだった。実際この光輝ある一家族を取調べるということは、警視庁にとっては厄介《やっかい》極まる仕事だった。しかも、この人々をどんなに厳重に取調べたところで、結局、真相を探りうることは難しいと考えた警視庁では、最《も》早《はや》形式的な訊問《じんもん》はその辺できりあげて、その代り裏面へ廻って、目ざましい活動を開始しているのだった。警視庁の主脳部でも、このごろ漸く、この事件の形態及びその結果から、今度の殺人事件が近ごろ頻々《ひんぴん》として起るあの不詳事件と撰を異《こと》にしていることに気がつきはじめていた。

犯人は決してある種の主義者的な人物ではなくて、むしろ家庭内にある。——それが種々な事情を探りえた結果、漸く到着した結論だった。そうなると、警視庁の仕事は一層面倒になってくるのだ。この光栄ある一家族の中から、無闇に嫌疑者を引っ張ってくるわけにはいかなかった。あらゆる証拠固めをしたのち、最後のどたん場まで犯人を検挙することは我慢しなければならないのだ。

――こうして塙侯爵の邸内を取巻いて、疑惑に輝く警視庁の眼は、はげしく廻転していた。そして、侯爵一家は、いま丁度そのすさまじい旋風の中心におかれた無風帯のようなものであった。いつなんどき、外部からの旋風に押しつぶされるかも分らないし、また、内部から直接自壊作用を起さないものでもなかった。

しかも、この危険な噴火孔の頂上におかれているのは、誰でもない、安道その人に違いないのだった。

安道自身はしかし、そういう危険を身辺に感じているのかいないのか、老侯爵が亡くなって以後、家族の者にさえ白眼《はくがん》をもって迎えられながら、平然としてこの旋風の中心に立ちつゞけていた。それは周囲に対する反抗のために、故意《わざ》とふてぶてしく度胸をきめているというより、たゞ、もの憂く、その日その日の退屈さとをもてあましているようにみえるのだった。

今も安道は、いかにもこの退屈の虫にかまれているように所在なげに右手を机のうえで動かしながら、ぼんやりと窓外をみつめていたが、ふいに何をみつけたのか、一寸《ちょっと》眉根をくもらせると、体を前へ乗りだした。

花壇のはるか向うの方を、二人の女が、そろりそろりと歩いているのを見たからである。

二人の女というのは、老侯爵の葬式のために、京都から駆けつけてきた姉の加寿子と、附添いの女に違いなかった。加寿子は附添いの女に手をとられて、慣れない足で土のうえを探りながら歩いていた。安道の部屋からではっきりとは分らなかったが、彼女の顔はあの硫酸《りゅうさん》事件のために、二目《ふため》とは見られぬ無惨な引吊《ひきつり》が出来ている筈《はず》だった。いや、それは引吊というよりは、もっと恐ろしい形相《ぎょうそう》だったかも知れない。例えていってみれば、折角《せっかく》出来あがった粘土細工を、突然悪戯《いたずら》小僧が現れて濡《ぬ》れた雑巾《ぞうきん》か何かで引っ掻《か》き廻したような顔――顔というよりも、顔のあった廃墟《はいきょ》といったほうが当っているかも知れないのだ。

安道はこの可哀《かわい》そうな姉の姿を、しばらくじっと眺めていた。すると、附添いの女がそれと気附いたものか、加寿子へ耳に口をつけて何かさゝやいているのがみえた。と、思うとふいに加寿子が、視力を失った眼を見張り、二三歩足をこちらへ踏み出したのがみえた。安道はその途端、彼女の全身から、かげろうのように立上る、すさまじい憤怒《ふんぬ》と呪咀《じゅそ》とをかんじないわけにはいかなかった。瞬間彼は、いかにも不安そうに面《おもて》をくもらせたが、しかし、じっと相手の様子を見つめているあいだに、次第に彼の口辺には静かな笑いがひろがっていった。それは、勝《か》ち誇《ほこ》った、いかにも自信に満ちた微笑で、そのかげに、ある残忍さえ感じられる微笑だった。

「おい、どうしたのだい？　何を、そんなに笑っているのだね」

ふいにうしろから肩を叩かれて、安道はどきりとしたように、眼を机のうえに落した。そして、あとを振返《ふりか》えるまえに素速くあの微笑を面から拭《ぬぐ》い去っていた。

「おや、ありゃ大道寺子爵夫人じゃないか」

畔沢大佐は安道の背後《うしろ》から外を覗《のぞ》きながら、一寸おどろいたようにそう呟《つぶや》いた。加寿子の姿は、その時附添いに手をとられて花壇の向うの方に消えていた。

「そうだよ」

安道は机のそばで一寸向きをかえると、又しても右の手で所在なさそうに、いたずら書きをはじめながら、平静な声でそう答えた。

「君がいま、にや〳〵と笑っていたのは、あの女《ひと》をみていたのかい？」

安道は答えなかった。彼はむしろうるさそうに押しだまったまゝ、しきりに右の手を動かしている。

「おい、言ってみたまえ。君はいま、何《な》んだか勝ちほこったようににや〳〵笑っていたが、あの加寿子さんに挑戦していたのかい？」

「もし、そうだったとしたら、どうしたというのだね」

　ふいに畔沢大佐は驚嘆したように、瞳《ひとみ》をせばめて安道の横顔を眺めた。それから、傍《そば》の椅子にどっかと腰をおろすと、なおも安道の横顔を、孔《あな》の開くほど見つめながら、

「いや、大した度胸だ。俺《おり》ゃ何んだか恐ろしくなってきたよ」

「どうして……？」

　安道は大佐のほうを振向きもせずにいった。

「どうしてって君、――あの女は君を疑っている唯一の人間なんだぜ。ほら、いつか神戸で君の指紋までとろうとした女じゃないか。もし、君の正体が暴《ばく》露《ろ》するとしたら、先《ま》ずあの女からに違いないのだ。だから、君はあの女をみると、何よりも恐れなければならない筈《はず》だのに、反対に君は相手に対して自信と優越に満ちている。――君は少しも発覚ということを恐れていないようだね」

「それじゃ、大佐、君は僕にもっとびく〳〵しておれというのかい？　そして周囲の疑惑を招くように……」

「馬鹿な。そうじゃないさ。むろん、君のいまの態度こそ俺にゃ一番望ましいのだ。しかし、君があまり大胆なので、さすがの俺も恐ろしくなったというのさ」

「ふゝん」

　安道はかすかに鼻を鳴らすと、

「どうせ、こゝまで来たものなら、今更じたばたしたところで仕様がないじゃないか。それより、大佐、君の仕事の方はどうだね」

「うん、着々進行中さ」

　大佐は椅子の背に身をもたらせると、はじめて満足そうな吐息をもらした。

「僕にはまだよく分らないが、一体君のその仕事というのはどんなことなんだね。その仕事と、僕がこの侯爵家を相続するということに、何か重大な関係

があるのかね」

「無論、大ありさ」大佐は急に声を落すと、「この仕事はまだ準備中だから詳しいことは打明けられないが、ある神聖な、国家的な大事業なんだぜ。俺が唯《ただ》むやみに、私利私慾を満すために、こんなことをやっていると思われるのは癪《しゃく》だからいっておくが、君にも、今のこの国がどんな状態のもとに立っているかゞ分るだろう。これはね、もっと決断をもたなければならないある種の人間が、優柔不断であらゆる点で躊躇《ちゅうちょ》しゅんじゅんしているからなんだ。この国は今、大手術を要する大きな腫物《はれもの》みたいなものだ。しかも、誰も自ら立ってその切開に当ろうとする者がいない。つまり我々の団体がそれをやろうというのだ」

安道はふと、いたずら書きをしていた手をゆるめると驚いたように大佐の方を振返った。しかし、その瞬間、畔沢大佐は少しいいすぎたことを後悔するように、あわてゝポケットからハンケチを取出すと、太い頸《くび》をごしごしと拭《ふ》いていた。しばらく、二人の眼が探りあうようにはげしくもつれ合っていた。

「それで君、――その仕事には暴力が必要なのかい？」

間もなくそう質問を発した安道の声音《こわね》は、しかし水のように静かにすんでいた。

「むろん。幾分かはね」

「そして、それが僕とどんな関係があるのだ」

「それだよ。君はつまりその団体の盟主になるんだ。いゝかい。群集にはいつも偶像が必要なんだ。そしてこの侯爵家の背景をもってすれば、君は易々《やすやす》とその偶像になることが出来るんだ。いや」と、大佐はそこでふいに体を前に乗りだすと「君自身のなかに、多分にその天稟《てんぴん》をもっている。君はいつか偶像以上のものになるだろう。だが、それならそれでいゝ。君はこの侯爵家の光栄を利用して、積極的に我々の団体に働きかけてもいゝのだ。どうだ、分ったかね」

「それで、僕がいやだといったら――？」

「いや？」

ふいに、畔沢大佐は椅子から立上ると、嚙《か》みつき

そうな姿勢で叫んだが、ふと思い直したように、

「まさか、君はほんとうにいやだというのじゃあるまいね」

「どうだか分らないよ。その仕事の内容をもっと詳細に聞くまではね」

大佐はじっと射るような眼差《まなざし》で安道の横顔を眺めていたが、やがて腹をかゝえるようにして大きな声で笑った。

「は、は、は、いや、今日はその話は止《よ》すことにしよう。いずれもっと詳しく相談する折があるだろうからね。ときに、君はさっきから一体何を書いているのだい」

安道はその言葉にふと気がついたように、机のうえの紙片に眼を落したが、急に狼狽《ろうばい》したようにその紙片を掌の中に丸めてしまった。

「おや、どうしたのだ。何か俺に見られて悪いようなことでも書いていたのかい？」

「いや、何んでもない」

そういった安道の顔は、しかし、どういうわけか真紅《まっか》になっていた。

「一寸、僕自身の私事さ」

「は、は、は、美子さんの名でも書いていたとみえるな。しかし……」

そういいかけて、畔沢大佐はぎょっとしたように言葉を飲み込んだ。そして、何を思ったのか、急に体を前に乗出《のりだ》すと幽霊でも見るように、じっと安道の横顔を見つめていた。

「どうも、不思議だね。君はまえから、他人と話すときに、無意識に自分の思っていることを紙に書くくせがあるのかい」

「何故《なぜ》、どうしてだね」

「いや、本当の安道にもやはりそんなくせがあったのだが、その同じくせを鷲見信之助が持っていようとは不思議だね。おい、一寸、その紙片をこちらへ見せたまえ」

安道の顔色がその途端さっと変った。しばらく彼は、大佐の嶮《けわ》しい眼をじっと見返《みか》えしていたが、やがて、嘲《あざ》けるような微笑を唇の端に浮べると、黙っ

てその紙片を大佐のほうへ差出した。大佐はあわたゞしく、紙片の皺《しわ》をのばしていたが、そこに書かれていた文字というのは、次《つ》ぎのようなものだった。

まやこ。しまざきまや子。SHIMAZAKI、島崎麻耶子。島崎。——しまざき。麻耶子、SHIMA

それは当然、鷲見信之助の脳裡《のうり》に、最も印象づけられているべき名前だった。畔沢大佐はほっとしたように、

「おい、この女は誰だね。たしかロンドンにいる君のもとへ送金してきた女だね。一体、この女は君とどんな関係があるのだね」

「僕の昔の恋人さ」

「恋人——？　そして、いまどこにいるのだ」

大佐の面《おもて》には、さっきとはまた別な不安の色が浮んでいた。彼は相手の肩に手をかけると、のしかゝるように顔を近づけながら、

「君はまさか、この女に会ったりしやしないだろうね」

「会おうにも居所を知らないよ」

信之助は大佐の視線から面を反らしながら、憤《おこ》ったような声音でいった。

「唯《ただ》一寸、昔のことを考えていたから、ついそんな名前を書いただけのことなんだ。心配をするのは止《よ》したまえ」

「よし、君の言葉を信じよう。しかし、いっておくが二度とこんな女のことを思い出しちゃいかん。この女はいずれ俺が処分してやる。いゝかい、分ったね」

安道はそっけなく頷《うなず》いたが、しかし、その時彼は、大佐が一番心配していることを、太々《ふてぶて》しく頭の中で企んでいるのだった。

あの女に会ってやろう。今夜でも——と。

## 二

畔沢大佐は安道の部屋を出ると、侯爵夫人——いや、最近未亡人になった伯母のもとへ挨拶《あいさつ》に行った。そして、伯母から浴せられる露骨な皮肉を聞流《ききなが》して、

い〻加減に部屋の外へ出てくると、思いがけなく、そこに晴通が立っているのを見つけた。

この不具者の姿をみると、大佐は一寸不愉快そうな色をうかべて、そのま〻行きすぎようとしたが、その時、晴通がうしろからおずおずとしたような声で呼びとめた。

「欣吾君――」

大佐は今迄《まで》、この男からこんな風に狎々《なれなれ》しく呼ばれたことがなかったので、驚くというよりも、むしろ一種の無気味さを感じて無言のま〻足をとめた。

「君に一寸話があるんだけれど、――差支《さしつか》えなかったら、僕の部屋まできてくれないかね」

大佐は何故かしらぎょっとして、もう一度無言のま〻相手の顔を見直した。しかし、相手の醜《みにく》い顔が、一層醜く、真紅になっているのをみると、ふいにあることを思い出した。大佐は急にこみあげてくるおかしさを、腹の中で嚙《か》みころしながら、わざと鹿爪《しかつめ》らしい態度で聞きかえした。

「はあ、何か私に御用ですか。少し急いでいるのですが」

「いや、そうだろうが、手間はとらせないよ。一寸、僕の部屋まで来てくれたまえな。実は君に、少しお願いがあるのだ」

晴通は松葉杖の間で、不自由な体をごとごとと動かしながら、哀願するような眼で大佐の顔を振仰《ふりあお》いでいた。

「そうですね」大佐は腕時計を見ながら、「十分位なら、時間をさいてもよろしいが」

「いや、十分で結構、じゃ、こっちへ来てくれたまえ」

子供のように嬉《うれ》しがりながら、両腕の下に松葉杖をついてぴょこん〳〵と廊下を蛙《かえる》のように跳んで行く、この不倖《ふしあわ》せな不具者の後姿をみたとき、畔沢大佐は今までこの男に対して感じたことのない、全《まった》く別な同情に胸のうずくのを感じた。元来彼は、晴通に対して、今迄《まで》決してい〻感情はもっていなかった。陰剣で、嫉妬《しっと》深く、猜疑《さいぎ》心に富んだこの男のどこがよくて、兄妹や母親に人気があるのだろうと思っていたくらいだ。いかに侯爵の血を引いているとはいえ、この人並はずれた人間を倒して仮令贋物《たといにせもの》にしろ、今のあの安道を相続人にすることが、却《かえ》って侯爵家のためだと、彼は彼流に勝手にそう極めていた。しかし、今こうして、子供のように自分の機嫌をとっているこの男と、あの太々しい、恐ろしいほど腹のすわった安道と比較して考えてみると、成程《なるほど》、この男に、女子供の同情の集《あつま》るのも当然だと考えないわけにはいかなかった。

二人は間もなく晴通の部屋へ入って行った。

「さあ、そこへ掛けたまえ。君、煙草《タバコ》は葉巻がいゝかい？　それとも紙巻――？」

「いや、そんなことより用件というのを承《うけたまわ》りましょうか」

大佐はこの不具者が、みす〱無駄なことに神経を使っているのを感じると気の毒になって、そう簡単に切出した。

「うん、それは今話すがね、しかし、いゝじゃないか。何も毒は入っておらんよ。一本どうだね」

晴通は松葉杖を外すと、不自由な体をどっこいしょと椅子の中におろして、媚《こ》びるような微笑を醜い唇の端にうかべた。

「そうですか。では、一本いたゞきますが……」

「ほんとうに、この間中は大へん厄介《やっかい》をかけたね。父の後始末から何から、全部君にやって貰《もら》ったようなものだからね」

「いや、あんなこと……、それより用件と仰有《おっしゃ》るのは――」

「実はね、君に聞きたいと思っていたんだが――」

と、晴通はひどく心が騒ぐ風情《ふぜい》で、「ほら、この間の婦人のことさ」

「この間の婦人といいますと――？」

「君も人が悪いね。沢村大使の令嬢のことだよ。美子さんとかいったね」

「あゝ、あの女《ひと》ですか」

大佐ははじめて合点がいったというように頷いた。

晴通はまぶしそうに視線を反らしながら、

「あの婦人は何かね、安道と大へん懇意だという話だが」

「そうですね。何しろロンドン以来御一緒だものですから」

「うゝん」晴通はもどかしそうに首を振りながら、「そんなことじゃない、何か二人の間に、特別の約束でもあるかというのだが――」

「さあ、そんなことはございますまい。まあ、いってみればお友達でしょうな。それ以上、多分進んではいまいと思いますよ」

「ほんとうかね。それは――」

晴通は急に眼を輝かした。大佐はそれをみると、あるいたましさを感じずにはいられなかったが、わざと平静をよそおいながら、急に気がついたように、からかうような笑いをうかべて、

「どうしてゞすか。ひどくまた、あの女《ひと》に御熱心なんですね。さては、この間、大分《だいぶ》話がはずみましたね」

「うゝん、ところがあの日は、途中であの女《ひと》の姿を見失ってしまってね。それに、父のあの事件なんだろう。だから碌《ろく》に話なんかする暇はなかったのだが、――それでね、何《な》んとかして君に、よろしくいって貰おうと思って――」

「私に？」

大佐は眉根をしかめてみせた。

「じゃ、君はいやだというのかい」

「いやじゃございません。しかし、私から申上げるより、あなたが直々《じきじき》お会いになった方がいゝじゃありませんか」

「僕が――直接――？　会えるかしら？」

「会えるかしら？――は、は、は、おかしなことを仰有いますね。むろん、あなたが会いたいと仰有れば、向うは喜んでやってきますよ」

「欣吾君、それはほんとうかね」

晴通の黄色い頬が、喜びにふるえるのを畔沢大佐は見逃さなかった。その語調には気味の悪いほど熱烈な気がこめられているのだった。

「ほんとうも嘘《うそ》もありませんよ。そうですね。じゃ、今日でも私が電話をかけておいてあげましょう。し

かし、この邸では少しまずいな。あなたは今夜外出することは出来ませんか」

「出来るとも、どこへだって行くよ」

「じゃ、後程、場所と首尾とを、お知らせしましょう」

「欣吾君、お礼をいうよ。これがうまく行ったら、僕は君にどんなお礼だってするつもりだ」

「は、は、は、あんな大袈裟《おおげさ》なことを仰有る。いずれまあ、御馳走《ごちそう》をしていたゞくことにしましょう。それで、御用というのはそれだけですか」

畔沢大佐は快活に手袋をはたきながら椅子から立上った。

「それじゃ、私はこれで失礼しましょう。まあ、待っていらっしゃい。一時間ほど後に電話をかけますから」

畔沢大佐は不具者特有のうるさいほどの感謝の言葉を後に聞き流して、軽いあしどりで廊下へ出て行った。その顔には奇妙な笑いがうかんでいた。

大佐の目下の急務は、安道を一日も早く泰子姫と近附けることにあった。それには美子という女を何んとかして、安道の傍から遠ざけなければならないのだ。そうするためには、こんな罪な悪戯《いたずら》も、止《や》むを得ないことだ——大佐のその微笑のかげには、そういう新らしい計画が、秘められているのだった。

## 三

安道は一旦こうと決心すると、決してその決心を繙《ひるがえ》さない男だった。

だから、その晩彼が、そっと紀尾井町の邸を抜け出したのは、昼間畔沢大佐の前でひそかに決心したことを、そのまゝ実行に移したまでのことだった。

自動車も呼ばず、わざと徒歩でこっそりと邸の門を出た彼は、三つ目の横町まで来るとふと足をとめた。そして、そこに待っている自動車をみると無言のまま彼はその中へ乗り込んだ。運転台には、あの須藤ドクトルが自分でハンドルを握っていた。

自動車はすぐ走りだした。

「おい、着更《きが》えはもってきてくれたろうね」

「はい、クッションの下においてあるでしょう」

「あゝ、これか、有難《ありがた》い。――それであの女はいま、アパートにいるだろうね」

「島崎麻耶子ですか？　たしかにいる筈ですよ。また、あのレビュー団から馘《くび》になったのですからね」

「可哀そうに――」

安道はしかし、その間にせっせと着更えをはじめていた。須藤ドクトルが用意しておいてくれた服装というのは、いかにも貧乏画家か何かゞ着そうな帽子と上衣《うわぎ》だった。

「おい、どうだ、似合うだろう」

須藤はハンドルを握ったまゝ、バックミラーの中の安道の姿をみながら、

「お止しになればいゝのに、あなたも随分物好きですね」

「どうしてだね？　昔の恋人に会いに行くというのが悪いのかね？」

「いや、それもそうですが、それよりもこんなことが大佐に知れると、後がうるさいですよ」

「だから、知らさなきゃいゝじゃないか。君さえ黙っていてくれりゃ、分りっこはないのだからね」

安道は懐中鏡をのぞきこんで、しきりに扮装をこらしながら、

「しかし、あの女が島崎麻耶子であることには間違いはなかろうね」

「はゝゝゝ、あなたは昔の恋人をお忘れになったのですか。いや、大丈夫、間違いはありませんよ。この間、あなたに命令されるとすぐあのレビュー団の一座のものを摑《つか》えてきいたのですからね。あゝ、とうとう鷲見信之助になっちまいましたね」

「君にもそうみえるかね」

安道は満足したように、懐中鏡をしまいながら、

「どうだろう、あの女はさぞ喜ぶだろうね」

「さあ、喜ぶというよりびっくりするでしょう。鷲見信之助はロンドンで投身自殺を遂げたことになっているのですからね」

「だからさ、たまにゃ、可哀そうな昔の恋人も慰《なぐさ》めてやらなきゃならないさ。大丈夫、心配することは

ないよ。あの女に決して、こちらの身分を知らせるようなことはしないからね」

安道はそこで、晴々《はればれ》とした笑声《わらいごえ》を立てると、陽気に口笛をくちずさんでいた。

しかし、この時彼は、もう少しふかい注意を払うべきだったのだ。

彼が邸の門を抜け出したときから、彼の背後には影のような尾行者がついていた。その尾行者は、安道が自動車に乗りこむのをみると、すぐ通りすがりのタキシを呼びとめて、それに跳びのった。

「まえに行く自動車――あれをつけていっておくれ」

太い、男のような声でそういった。

然《しか》し、自動車のなかの、ほのかな電燈の下に浮きあがったこの尾行者の姿をみると、それはたしかに女だった。黒っぽい地味な洋服に、同じような帽子をかぶっている、眼の落ちくぼんだ、顎《あご》のとがった中年の女で、がっちりとした体格といい、とげとげしく白い皮膚の色といい、どこか外国人を思わせるような風貌だった。そして、じっと自動車の前方に見据えた瞳のなかには、狂信者を思わせるような、不思議な執拗《しつよう》さをもった光が蒼白《あおじろ》く燃えているのだった。

読者諸君はおぼえているだろう。

安道たちの一行が、神戸埠頭《ふとう》へついた刹那《せつな》、美子の掌中に奇怪な紙片を握らせて立去《たちさ》った女――そしてまた、神戸の幸三郎の邸宅で、安道の姉に同じような密告状を送った女――それがこの女なのだ。

しかし、一体彼女はどうしてこうもしつこく安道の後をつけまわしているのか、それよりも第一、安道の贋物であることを、どうして知っているのだろうか、それはこの女の服装のように黒い神秘だった。

二つの自動車は市ケ谷から水道橋へ出て、それから本郷の方へ曲《まが》った。

「あゝ、まえの自動車はとまりましたよ。どうしましょう」

「あゝ、そう、じゃいゝからこゝで止めておくれ」

不思議な女はあわたゞしく賃金をはらっておりると、急ぎあしでまえの自動車に近附いて行った。

「二階の二十三号室だね。よし、じゃ一時間ほどして来てくれたまえ」

安道のそういう言葉をきゝとるのに、彼女は丁度間にあった。彼女はいつの間にやら、相手の服装が変っているのに、一寸眼をそばだてたが、すぐ蒼白い微笑をうかべると、さりげなくその側《そば》を通りぬけた。そして、十五六歩いってからゆっくりと後を振返えった。

安道の姿はすでにどこにもみえなくて、自動車がいま方向転換をしようとするところだった。彼女はその自動車を見送っておいてから、急ぎあしであとへ引返えして行った。自動車のとまっていたところから、五六間入った横小路に、本郷アパートというガラスの看板があがっているのがみえた。

二階の二十三号室だね。――

彼女は安道がそういっていたのを思い出した。安道の入って行ったのはあのアパートに極まっている。

彼女は何んの躊躇《ちゅうちょ》もなく、その横小路へ入ると、アパートの扉《ドア》をぎいと押しひらいた。玄関には下駄《げた》だの靴《くつ》だのが乱雑に脱ぎすてゝあったが、幸い、あたりには人影はなかった。思うにこのアパートは、訪問客などに対して、大いに解放的に出来ているとみえた。そして、このことがいまの彼女にとっては何よりも好都合だったのだ。

彼女は靴をぬぎすてると、そっと足音をしのばせながら、二階への階段をのぼっていった。そして部屋の番号を一つ一つ数えながら、やがて二十三号室のまえまでやってきた。彼女はそこに書いてある名札をちらと横眼でみると、五六歩そのまえを行きすぎたが、すぐ猫のように足音を消しながら引き返えしてくると、二十三号室の扉《ドア》の鍵孔に、守宮《やもり》のようにぴたりと吸いついた。

その途端、部屋の中から、

「鷲見――？」

と、おびえたような女の声がきこえた。

「そうだよ、信之助だよ」

男の低い、押えつけるような声がした。と、思うと、ベッドから跳ね起きたらしい女の気配がきこえた。

「鷲見！」

と、そう叫んだ声はまえより高かった。

「あなたゞったの。本当にあなたゞったの。あなた、生きていたのね。生きていたのね」

はげしい感動のために、昂《たか》ぶった女の顫えごえが、扉《ドア》の内部《うち》からきれ〴〵に聞えてくる。

「あなた、死んではいなかったのね。テームズ河へ身投げしたというのは嘘だったのね」

「はゝゝゝ、ありゃ、何かの間違いさ。御覧の通り、俺はぴん〳〵生きているよ」

「鷲見！」

「麻耶！」

ごとりと椅子の倒れる音がきこえた。鍵孔からじっと中を覗《のぞ》いていた黒衣の女は、その時、部屋の中央でひしとばかりに抱きあった二人の姿をみて、さも満足したように体を起した。そして、もう一度、その部屋の名札を読むと、こっそりと扉《ドア》のそばを離れた。

鷲見信之助。

島崎麻耶子。

そういう名前を、幾度も幾度も彼女は口の中で繰りかえしているのだった。

## 四

安道がこうして、畔沢大佐の眼をぬすんで冒険をやっているころ、畔沢大佐の方でもまた、安道の眼をぬすんで、別な冒険を企んでいるのだった。

銀座裏の赤獅子亭《あかじしてい》という、気の利いた西洋風なレストオラン。——この家《うち》は料理も酒もごく上等で、唯それだけでも十分に客がよべるのだったが、こゝの常連になると、それよりももっと楽しい仕掛けがこのレストオランの隅々にあることを知っていた。それはこの広い建物の中に、離家のように隔離された部屋がいくつもあって、随時、誰にでも利用出来るということだった。

こういう仕掛けは、ごく何んでもないようなことにみえて、その実、一度、それを利用することを覚えた人間には、大へん便利なものであった。男にしろ、女にしろ、このレストオランの門をくゞることは、少しも恥しいことではなかった。そして、一寸ボーイに眼配《めくば》せをして、いくらか――むろんそれは多いほどいゝのだが――つかませてやると、心得てそういう部屋へ案内してくれるのである。そして、経営者の側では、そういう部屋の中で、どんなことをしようと、そこまでは責任を持たないという態度をとっていた。

この赤獅子亭の奥まった一室で、畔沢大佐はさっきから、人待ち顔にしきりにウイスキーのコップをあけていた。

「まだ、お見えにならないようですね」

気の利いた小皿に盛って料理を運んできた若いボーイは、畔沢大佐がひとり淋《さび》しそうに酒をのんでいるのをみると、慰《なぐさ》めるようにそういった。

「うん、八時半までには間違いなく来るといったのだがね」

「八時半でございますか、それならまだ大分時間がございますね」

「そうかね。じゃ、俺の時計は進んでいるのかな。一体、今なん時ごろだね」

「さっき、八時が鳴ったところですから、まだ十分くらいでございましょう。で、あちらさまは――」

「いや、あちらはあれでいゝ、酒を飲まない男だから。――じゃ、とにかく、やって来たらすぐこちらへ通してくれたまえ」

「承知いたしました」

ボーイは恭々《うやうや》しく頭を下げると、コップに並々とウイスキーを注いで立去った。さすがに大佐も相当酔っていた。脂肪の厚い頬《ほお》がてら〳〵と酒のために光っていた。

丁度そこへ、こつ〳〵と軽い足音が近附いてきた。そして、

「こちら――?」

と、いう聞きおぼえのある声がきこえたと思うと、緋《ひ》色《いろ》のカァテンを割って、美子の姿が現れた。

「あら」

美子はその場の様子をみると、ためらったようにあたりを見廻しながら、

「あなたお一人でございますの」

と訊《たず》ねた。

「あゝ、いらっしゃい。お待ちしていましたよ。さあ、どうぞ」

「だって——」

美子はとっさのうちに、この家がどんな種類の家であるかを覚《さと》ったらしく、当惑したように眉をひそめた。

「あの方はどうなさいましたの。安道さまは——?」

「あゝ、塙侯爵の令息ですか。令息なら、さっきまでこゝにいたのですが、気分がわるいといって、別室でやすんでいますよ」

「まあ!」

美子はまだカァテンの側に立ったまゝ、じっと大佐の横顔を眺めていたが、ふいにある不安がむら〳〵と彼女の胸にこみあげてきた。

彼女は大佐がこんなに酔払っているのをみることははじめてだった。

そして、女というものは、誰でも男の酔っているのをみると、ある不安を感じないではいられない。それにこの場所が一層彼女の不安をつのらせたのだった。

彼女は逃げるようにそっとカァテンの外へ出ると、後からついてきたボーイに訊ねた。

「こちらのお連れのかた、どちらにいらっしゃいますの?」

「あゝ、塙さまと仰有るかたですか」

「えゝ、その塙さま——」

美子ははじめてほっと溜息《ためいき》をついた。それではやっぱり嘘じゃなかったのか。

ほんとうに安道もこの家へ来ているのか——

「その方なら、さっきから別の部屋で憩《やす》んでいらっしゃいますが」

「そう、では、その方へ案内して頂戴《ちょうだい》」

美子にはまだ、安道と畔沢大佐が何故《なにゆえ》別の部屋にいるのか分らなかった。しかし、安道がいるという

一事で、すっかり安心しきっていた彼女は、それを深く怪しむいとまもないのだった。

「どうぞ。このお部屋でございます」

ボーイが案内してくれた部屋へ、何気なく入って行った美子は、しかし、その瞬間ぎょっとしたように立ちすくんでしまったのだった。

たしかにそれは塙侯爵の令息には違いなかった。しかし安道とは似ても似つかぬ兄の晴通が、蛙のように醜い面に、精一杯の媚《こ》びをうかべて、彼女の姿を迎えているのだった。何かしらその姿が、物の化《け》のように、無気味に彼女の眼にうつった。

「よく来てくれましたね。さっきからお待ちしていました」

晴通の慇懃《いんぎん》な言葉をきくと、美子はふいに、毛虫に刺されたような無気味さを感じて、思わず、カァテンの側でぶるぶると身顫《みぶる》いをした。彼女は漠然とした不安と危険とを、同時に自分の身辺に感じたのだった。

## 欺くもの

### 一

銀座から眼と鼻のあいだに、おや、こんな不思議な町があったのかなと、思わず見直さずにはいられないほど、そこは淋《さび》しい、忘れられたような町筋だった。

道の片側には、汚い、ごみごみとした泥溝《どぶ》が、黒い泡をぶくぶくと吐きだしている。その泥溝に沿うて、道のもう一方には、長い長いコンクリートの塀《へい》がつゞいていた。しかも、そのコンクリート塀の向う側には、建物らしい建物の影はなくて、たゞ荒れるにまかせた広場のまゝ投出《なげだ》されているのだった。ところどころ壊れかゝったコンクリート塀の亀裂から中をのぞいてみると、白ちゃけた煉瓦《れんが》屑《くず》だの、焼けこげた材木だのが、あちこちにごろ〳〵と積上《つみあ》げられていて、その間には、青い雑草が一面に生い茂っていた。

この雑草と、わびしい廃墟《はいきょ》の向うに、はるか月島辺の工場の煙突が、くろぐろと林立しているのがみえた。

いま、この煙突を横眼ににらみながら、長い長いコンクリート塀の下を、畔沢大佐はこつこつと靴音《くつおと》をひゞかせながら歩いていた。

あたりに人影がなかったからいゝようなものの、もし、誰かゞこの時大佐の姿を見附けたらまことに異様に感じたに違いない。そうでなくても、人眼につきやすい、大佐の大きながっちりとした軍服姿は、地震以来、打《うち》忘れられたような、この築地《つきじ》明石町河岸附近の景色とはまことに似合《につか》わしくないものだった。

とつぜん道が三叉《みつまた》になったところまでやって来た。汚い、悪臭を放つ黒い泥溝《どぶ》は、そこでやゝ大きな運河と合して、その泥溝のうえに、小さい、形ばかりの橋が架《かか》っていた。大佐はその橋の袂《たもと》にたゝずむと、何気ない顔つきで、今通ってきた道を振返ってみた。細い、奈落《ならく》のような泥溝沿いの道にはどこにも人影はみられなかった。大佐はそれから、夕陽を見るような恰好《かっこう》で、ゆっくりと運河の上手《かみて》から下手《しもて》へと眼をやった。この黒い流れのうえには、ところどころ、小さい荷船が纜《もや》ってあったが、その船のうえにも、河沿いの白い道にもどこにも人らしい影は一つとしてみえなかった。丁度夕凪《ゆうなぎ》時のような、わびしい、無風帯的な静《しずけ》さが、しっとりとあたり一面におおいかぶさっているのだった。

大佐は再びこつこつと運河に沿うて歩きだした。その歩きぶりをみると、特別に用事をもっている人のようにもみえなかったし、そうかといって、気紛《きまぐ》れに散歩しているとはなおさらのこととみえなかった。散歩にしては、それはあまり不思議な場所だったし、行手《ゆくて》に用事があるとしても、同じようにこの方角は解《げ》せなかった。どちらにしても、こういう場所に大佐の姿を見出《みいだ》すということは、まことに不釣合な取合せのようにみえるのだ。

それにも拘《かかわ》らず、大佐はいかにも自信のある歩きかたで、真直《まっすぐ》に上体を立てたまゝ、運河に沿うて歩いていった。間もなく、今まで通ってきたコンクリートの塀がぷっつりと断ち切れてそれから先、小さな倉庫のような建物が幾《いく》つも幾つも並んでいるところまでやってきた。運河はいつの間にやらこの道から他へそれて、その辺へくると、両側からのしかゝるように、冷い、煉瓦作りの建物が、道のうえに冷い影をつくっていた。

大佐はこの不思議にも物音のない倉庫街の入口に立止るともう一度道の前後左右を見廻《みま》わした。打続く経済界の不況のために、これ等の倉庫どもは、全《まった》く廃物同然になっているとみえて、道に敷いたトロッコのレールにも、赤い錆《さび》が一杯ついて、レールの間には青いペンペン草が叢《くさむら》をなして生い茂っている。大佐はこのレールを踏みながら、倉庫街の中へ向って、ゆっくりと歩きだした。

この冷い、日蔭《ひかげ》の街の中には、一軒だけ、妙な建物がたっていた。それは丁度、両側から大きな煉瓦の建物に押しつぶされて、今にも地面の中へのめり込んでしまいそうな恰好《かっこう》をした、古い、がたがたとした木造建築で、トタン張りの屋根のうえには、はげかゝったミルクホールの看板があがっていた。

大佐はこの奇妙なミルクホールのまえまでくると、何んの躊躇《ちゅうちょ》もなく、たてつけの悪い硝子戸《ガラス》をギイと押した。

「いらっしゃい」

硝子戸の中はせまい土間になっていて、この土間の向うに形ばかりのカウンターと、小さいガラス戸《と》棚《だな》があって、その戸棚の中に白い牛乳の瓶《びん》がいくつも並んでいた。このカウンターの中に、顔色の悪い、爺《じじ》むさい顔をした一人の男が新聞をひろげて読んでいたが、大佐の姿を見ると、すぐ立って土間のほうへ廻ってきた。

「ミルクにしますか。それともお酒を召上《めしあが》りますか」

「酒にしてくれたまえ」

大佐はぶっきら棒にいった。

「はあ、酒は赤にしますか、それとも黒に――?」

「黒を――」

「承知しました」

男はカウンターの奥から、ウイスキーの瓶とコップを両手に持ってくると、コップに並々と酒を注いだ。しかし、そのひょうしに彼はまことに妙なことをしたのである。

大佐が相手の注ぎ終るのを待ちかねたように、ぐっと一息にその酒を呷《あお》るのをみると、男は手早く卓子《テーブル》のうえに、小さい鍵をおいた。そして低い声で口早《くちばや》にこう囁《ささや》いたのである。

「この奥の廊下の、右側の扉《ドア》をひらいて……」

大佐はそれをきくと、左の手でその鍵をおさえると、右手で銀貨をじゃらじゃらいわせながら勘定をはらった。そしてすぐ椅子から立上《たちあが》った。

男はそれをみると、またカウンターの奥に引込んで、さっき投出《なげだ》した新聞を取りあげた。そして大佐が勝手に、店から奥のほうへ入って行くのを見向きもしないで、新聞を読みはじめた。

## 二

店と奥との境をなしているカァテンをめくると、そこは薄暗い板敷きの廊下で、その突当《つきあた》りが便所になっている。その便所の手前に、右側に当って一つの扉《ドア》がついていた。

畔沢大佐は、今不思議な方法で受取ってきた銀色の鍵を、その鍵孔《あな》に差しこむと、かちっとそれを廻した。そして、一寸怯《ちょっとおび》えたような恰好で首をすくめたが、すぐ、気を取直したように把手《ハンドル》をぐいと押した。と、その途端、たった一枚の扉《ドア》で遮《さえぎ》られていた不思議な騒音が、まるで水から湧上《わきあが》る腐敗ガスのように、どこからともなく聞えてくるのだった。

「やってるな――」

そういう意味の言葉を、声には出さずに、厚い頬《ほお》の筋肉に刻むと、大佐はつとその扉《ドア》の中へ入って行った。扉《ドア》のうら側は、狭い墜道《トンネル》のような廊下になっていて、その廊下を五六歩行くと、下へ降りる階段があった。その階段を更に十歩ほど降りると、そこにまた扉《ドア》が一つあった。さっき大佐が聞いた騒音というのは、この扉《ドア》の内部から聞えてくるのだった。

大佐はこの扉《ドア》のまえに立つと、コツコツと指先で弾くような叩きかたをした。と、その途端、いままで聞えていた話声が一時にぴったりと止ると、ふいに鋭い声が中から聞えてきた。

「誰だ！」

「俺だよ。畔沢だよ」

「あゝ、大佐か」

ほっとしたような声とともに、それでもまだ用心深く扉《ドア》を細目にひらくと、中から赧《あか》ら顔の男がそっと顔を半分のぞかせた。

「どうしたんだ。いやにびくびくしているじゃないか」

大佐がむしろ呆気《あっけ》にとられたように笑いかけると、その男は、はじめて安心したように扉《ドア》を大きく開いて、

「いや、君一人だね」と、念を押した。

「うん、一人だよ」

「よし、じゃ、早くこちらへ入り給え。うえの扉《ドア》はしめてきたろうね」

「あゝ、しめてきたよ」

大佐が中へ入ると、男は大急ぎで後の扉《ドア》をしめると、ぴったりとまた錠を下ろしてしまった。

大佐はこゝではじめて、この部屋の中をゆっくりと見廻すことが出来たのだった。それはまことに奇妙な部屋でもありまた、まことに奇妙な人々の集合でもあった。先《ま》ず第一にその部屋というのは、広さにして、十坪ほどもあったろうか、四方をコンクリートの壁で囲まれた、天井の低い、まるで牢獄のように冷い部屋で、敷物も何もない漆喰《しっくい》の床には、粗末な卓子《テーブル》が二つ三つと、脚の壊れかゝった椅子が数脚。——たゞそれだけだった。卓子《テーブル》のうえにはビール瓶にさした裸蠟燭《ろうそく》が二三本、ちろ〳〵と白い焔《ほのお》をあげている。そして、この乏《とぼ》しない光の中に、煙草《タバコ》の煙が渦のように巻いているのがみえた。

こういう、不思議な、無気味な部屋の中にいる人々というのが、前にもいったように、またまことに、奇妙な取合せだった。人数にして、凡《およ》そ十五六人もいたゞろうか。思い思い違った服装をしているので、一体どういう階級に属する人種であるか見当

もつかなかった。労働者のような服装をした者もあれば、中学の教師然とした者もあった。医者みたいなのもあったし、会社員みたいな恰好をした者もあった。みんな違った服装をしていながら、唯《ただ》一つ共通していることは、これ等《ら》の人々がみんな三十五六から四十ぐらいの年輩で、思い思いの服装にも拘《かかわ》らず、一様に精悍《せいかん》な顔附きをしていることだった。

大佐が入って行った瞬間、これ等の人々は一様に唖《おし》になったように、じっと黙りこんで彼の姿をまじまじと眺めていた。それは丁度、今噂《うわさ》をしていたばかりの当の本人が現れたときにやる、妙に気拙《きまず》い、ちぐはぐな沈黙だった。

「どうしたんだね、みんな妙に考えこんでいるじゃないか」

大佐は手袋をぬぎながら、不思議そうに一同を見廻わした。しかし、誰もそれに答えようとする者はいなかった。大佐は手袋をポケットにしまうと、じゃらく〳〵と佩剣《はいけん》を鳴らせながらつかつかと卓子《テーブル》を囲んでいる二三人の方へ進んでいった。その卓子《テーブル》のうえには、地図のようなものが拡げてあって、ところどころ、それに赤だの青だのの印がつけてあった。

一体、この不思議な集合が、何を意味しているのか、それは、読者諸君の想像にまかせるとして、大佐はつとその卓子《テーブル》の側《そば》に近附くと、どっかりと傍の椅子のうえに腰を下した。

「おい、何んとか挨拶《あいさつ》をしたらどうだね。どうしてそう、皆俺の顔をじろじろ見るんだい」

卓子《テーブル》の正面に坐っていた男は、ポケットから葉巻を取出すと、ゆっくりとそれを噛《か》みきった。

「おい、畔沢」

ふいにその男がいった。眉間から左の頬へかけて、薄い創痕《きずあと》のある男で、その声には不思議な威力がこもっているのが感じられた。

「君はまた、そんな姿でのこのこやってきたのかい」

「そんな姿――？」大佐は不思議そうに自分の軍服をみながら、

「これじゃいけなかったのかい？」

「いゝ加減にしろよ。君の後をつけて来たものは……」

「うん、それなら大丈夫だよ。充分気をつけたつもりだ」

頬に傷のある男はふっと葉巻の煙を吐きかけながら、

「畔沢、君はどうしてこゝへ本部を移したか知っているかい？」と訊《たず》ねた。

「あゝ、実はそれを聞きに来たのだよ。前のところじゃどうしていけないのだね。急に本部を移したと聞いて、俺は全《まった》く驚いてしまった」

「嗅《か》ぎつけられたのだよ」

「嗅ぎつけられた？」

「誰か密告した奴があるんだ。スパイがいるんだよ」

「スパイ」

「畔沢！」

ふいに、その男がきっぱりとした声でいった。

「君にその疑いがかゝっているんだぞ」

ふいに大佐はぎょっとしたように椅子から立上った。そして、真紅《まっか》に脹《ふく》れあがった血管を、にゅっと相手の鼻先につきつけながら、

「俺が――？　俺が密告したって？　この俺がスパイだと」

と、噛みつきそうな声で怒鳴った。急に、部屋の中に、ざわ〳〵という無気味なざわめきが起った。みんなめいめい、今にもある種の行動に出ようとするかのように、緊張した面持《おもも》ちで身構えをしていた。

「誰が、――誰がそんなことをいうのだい？　えゝ、おい、何かそんな証拠でもあるのかい？」

「まあ、静かにし給え」

頬に傷のある男が落着きはらった声で制した。

「誰も、君自身がスパイだなんていやあしない。しかし、スパイが君の身辺にいることだけは確かなんだ。おい、畔沢、気をつけろ。あいつは大丈夫だろうな」

「あいつ？」

「侯爵の七男さ。君はあいつにうかつな事を喋舌《しゃべ》ったりしやしないだろうな」

「侯爵の七男――？　それじゃ君たちはあの男が

――」

「何んともいえないね。とに角《かく》、密告された事実というのが全部君を中心にしての情報なんだ。だから、君の周囲にスパイがいるとしか思えないね」

大佐はふいに打ちのめされたように、どっかと椅子のうえに腰を落した。

安道が――？　そんな事をしようとは思われない。第一、あの男が密告をしようにも、それ程、深い事実を打明けた覚えはないのだ。しかし、また翻《ひるがえ》って考えてみると、あの眼から鼻へ抜けるほど、賢いあの男のことだ。もしもそういう気持ちがあるなら、自分の秘密を探るぐらいのことは何んでもないことだったかも知れない。だが、それにしても、一体どういうつもりでそんな事をしたのだろうか。今この自分を憤《おこ》らせたが最後、彼自身の身の破滅であることは、あの男もよく知っていなければならない筈《はず》だ。尤《もっと》も、その秘密――、身替りの秘密だけ、この人達にもさすがに打明けてはいなかったが。

「なあ、畔沢。――君はあの男に対してあまり美しい夢を見過ぎていやしないかね。君が考えているように、あの男が動くかどうか、どうも我々には心もとないと思うね」

「なに、その点なら大丈夫だ。あの男は俺の傀儡《かいらい》さ。どうにでもしてみせる」

「ふゝ、その自信は結構だ。しかし、ものは相談だが、こゝらで一つ君のその迷夢《めいむ》をさまして貰《もら》いたいものだと思うがね。侯爵が何んだ、我々にはそんなものは無用だよ。我々は我々の意気と、実力で行くことにしようじゃないか」

「無論、それは結構だ。しかし、利用出来るものなら利用した方がいゝと思うがね。何も邪魔にならないものなら」

畔沢大佐は心中の不愉快さを隠しきれない面持ちで、吐きすてるようにいった。彼は漸《ようや》く、自分の計画と、この人たちの心持ちとの間に大きな溝が出来つゝあるのを知って、何んとも名状出来ない程腹立たしさを感ずるのだった。

「利用出来ればそれでいゝさ。しかし、利用していると思っていたところが、逆に利用されているんじゃないかね」

「何んだって？」

「はゝゝゝゝ」頬に傷のある男は急に大声をあげて笑った。「君は島崎麻耶子という女を知っているかい？」

「島崎麻耶子？」大佐はぎょっとしたように、「その女がどうかしたのかい」

「なあに、その女と侯爵の七男が密会していることを、君が知っているかというのだ」

大佐はもう一度椅子から腰を浮かしかけた。

「君——それは本当か」

「本郷一丁目、本郷アパートだ。行ってみたまえ。さっきあの男がそこへ出向いたという報告があった。大分《だいぶ》二人は深い仲らしいぜ」

大佐はふいに椅子を蹴って立上った。太い髭《ひげ》が大きな驚駭《きょうがい》と憤怒《ふんぬ》のために、激しく顫《ふる》えているのがはっきりと見えた。

「よし」

大佐は卓子《テーブル》のうえに投出した手袋を取りあげると、大股に部屋を突切って行ったが、扉《ドア》のそばまで来ると、ふと足をとめてくるりとうしろを振返った。

「あの男の始末はこの俺にまかせておいてくれ。決して君たちの迷惑になるようなことはしないからね」

それだけ言うと、まるで、憤怒《いかり》のかたまりのように肩をゆるがせながら、大佐は疾風のようにこの不思議な密会所から飛出していったのだった。

三

「鷲見——」

女が押し殺したような、甘ったるい声で囁《ささや》いた。

「なあに」

男は物憂い、冷淡な声でそう答えると、女の方は見向きもしないで鏡の側へよって行った。鏡の中には安道のもう一つの姿である、あの貧乏画家の鷲見信之助の顔が、蒼白《あおじろ》く冴々《さえざえ》として映っていた。安道はその、どこか不健康に見える自分の顔と、その顔の向うに映っている女の、だらしなく寝乱れた姿を、苦汁を飲むような気持ちで、じっと見詰めていた。

　それはある事を果した後の、限りない後悔と自嘲《じちょう》のほかには、何一つ残らない、もみくちゃにされた感情だった。一体この白粉《おしろい》やけのした、みじめに痩《や》せこけた肉体の、どこに魅力を感じて、自分はこうして屢々《しばしば》危険をおかす気になるのだろうか。

　女として、この島崎麻耶子はどこに一つも取柄のない存在でしかなかった。生活の労苦と、荒い、不健康な稼《かせ》ぎのために、顔は年齢《とし》よりもずっと老けてみえたし、そのかさかさとした脂肪《あぶらけ》のない皮膚には、忌《いま》わしい病毒の徴候さえ見えるように思われるのだ。事実、そういう病気の有無は別として、彼女がかなりひどい呼吸器病におかされている事はたしかだった。時々、ごほんごほんと咳《せ》き入《い》るその様子には、この女の生命を蝕《むしば》みつゝある病気の昂進《こうしん》しつゝある有様が、はっきりと見てとられるように思えた。ごほん！　と咳をして、その後でつつと何か物を飲込むのを見るとき、安道は自分の咽喉《のど》を真紅な血が滑ってゆくような痛痒《いたがゆ》さを覚えるのだった。

「鷲見、一寸こっちを見て頂戴《ちょうだい》」

　麻耶子がもう一度ベッドの中から叫んだ。

　安道はそれ以上女が大きな声を立てないまえに、鏡の側《そば》をはなれると、ゆっくりと女の前へ歩いていった。

「どうしたの。おや、君はまた泣いているのかい」

「鷲見」女はシミーズの前をあわてゝ掻《か》きあわせながら、「あなたはどうしてそうなの。どうして、あたしの話に身を入れて聞いて下さらないの」

「また、そのことかい」

　安道は困ったように椅子に腰を下ろすと、傍のテーブルのうえから煙草を一本つまみあげた。

「また――といって、あたしにとってはこれは真剣な問題なんだわ。ねえ、鷲見、せめて居所《いどころ》だけでもいゝわ。ねえ、それをあたしに聞かせて下さる事は出来ないの。居所をきいたからって、あたし決して押しかけてなど行きやしないわ。あたし、この頃気になって仕方がないことがあるのよ」

「居所はまた、いずれそのうちに知らせるつもりだが、その気になる事ってえのはどんな事なんだね」

麻耶子はやゝ涙ぐんだ眼をあげて、じっと安道の横顔をのぞき込んだ。

「この間もお話したわね。あなたは碌《ろく》すっぽ聞いて下さらなかったけれど。――あたし、あるところで確かにあなたの姿をみたのよ。それはとてもあたしたちの近寄りも出来ないある偉いお方のお屋敷だったけれど、あたしそこで確かにあなたの姿を見たんだわ。しかも、人にきくと、あなたはそこの坊っちゃんだということだったわ」

「はゝゝゝ、またその事をいい出したね。そんなお伽噺《とぎばなし》みたいな夢は、もうそろそろ忘れたらどうだね。この俺が何んとか侯爵の坊っちゃんで、同時にまた貧乏画家の鷲見信之助だというのだね。そんな馬鹿げたことを、君はまた、どうしてそう根強く信じているのだね」

「だって、その坊っちゃんというのも、近頃ロンドンから帰ってきたばかりだという話だわ。そして、人の噂によると、鷲見信之助はロンドンで死んだというのですもの」

安道はいかにも馬鹿々々しいという風に、吸いかけた煙草をジューッと灰皿の中で揉《も》み消すと、

「それで一体どうしたというのだね。この鷲見信之助がその侯爵様の坊っちゃんになりすましているとでもいうのかい？　それとも、逆に侯爵の倅《せがれ》が、鷲見信之助に化《ば》けているとでもいうの」

「分らないわ、あたしには――」

麻耶子は細い、今にも折れそうな頸《くび》を曲げて、じっとそういう安道の顔を喰入るように眺めていた。

「分らないわ、あたしには――しかし、あのお屋敷でみた人と今こゝにいるあなたとは確かに同じだと思うわ」

「おやおや、じゃこの俺は鷲見信之助じゃないというのかい、そいつは困ったことだ」

麻耶子はそれに対して答えようとしなかった。そして、何か考えをまとめようとするかのように、じっと部屋の一隅を見詰めていたが、やがて、かすかな溜息《ためいき》をつくと、

「ねえ、だから後生《ごしょう》ですから居所ぐらい知らせて頂戴な。そうすればあたしのこの心配も少しは薄らぐかも知れないわ」

「心配、どうして君はそう下らないことを気に病んでいるのだろうね」

「心配だわ、心配だわ」

ふいに麻耶子は駄々《だだ》っ児《こ》のように体をゆすぶると、むっくりと跳ね起きて鷲見信之助の胸にすがりついた。

「ねえ、鷲見。あたしこの頃いやな夢ばかり見るのよ。それはそれは恐ろしい夢だわ。いつもあなたが恐ろしい危険にさらされている夢だわ。ねえ、後生だから、あなたあんな危険なことから身を引いて頂戴、あんな恐ろしい、恐ろしい仕事から——」

安道は女の首に手を捲《ま》きつけると、顔を近附けて女の涙を唇で軽く吸ってやった。

「はゝゝゝ、仕様のないお嬢さんだね。僕の居所は今に報《し》らせる、今は一寸具合が悪いが、しかし、決して君が心配するような事は起りゃしないから安心しておいで」

「本当——？」

麻耶子の大きな眼が、探るように安道の眼の中を覗《のぞ》き込んでいた。安道はそれを見ると、ふいに何かしら痛いもので体を刺されたような、身顫いを感じた。

「本当——だとも」

安道は、しかしその言葉をはっきりと終《おわり》まで言ってしまうことが出来なかった。何故ならばその時ふいに扉《ドア》が静かにひらくのを見たからである。

ぎょっとしたように彼は、女を抱いたまゝ心持ちその方へ体を乗出した。と、その途端、扉《ドア》の蔭《かげ》から、憤怒《いかり》に燃えあがった畔沢大佐の姿がぬっと脅《おびや》かすように現れた。安道はその姿を見た途端、唇まで白くなるような恐怖に打たれた。

大佐は静かに扉《ドア》をうしろに閉すと、低い、噛《か》みつきそうな声でいった。

「このざまは、何んだ！」

安道は静かに女の体を離すと椅子から立上った。

そして、ベッドのすその方に投げ出してあった、汚い、ぼろ〳〵の上衣を取上げると、ぐいと肩をそびやかして、二足三足大佐のほうへ近附いていった。

この時はじめて麻耶子は大佐の姿を見つけたのだった。そして、相手の様子から、これが唯事《ただごと》でないことを覚《さと》ると、一瞬間、彼女は、黒い瞳《ひとみ》を大きく見張って、真蒼《まっさお》になったが、すぐその次ぎの瞬間には、勇敢に身を躍らせて二人の間に割って入った。

「いけません、いけません、この人を連れてっては！」

「お退《ど》き、何も心配をする事はないのだからお退き」

「いゝえ、いゝえ、行っちゃいけません。行っちゃ――」

麻耶子は痩せこけた体を、子供のようにゆすぶった。

「帰って頂戴！　あなたは何をしに来たのです。断りもなしに、どうしてこの部屋へ入って来るのです。この人はあたしのものです。とっとと出て行って頂戴」

「退《ど》け！」

大佐の太い声が嚙みつきそうに落ちてきた。麻耶子はそれを聞くと、一刹那《せつな》ひるんだように立ちすくんだが、すぐとまた子供のような勇気を顫い起した。

「いゝえ、退きません。こゝはあたしの部屋です。あなたこそ――あなたこそ。――」

ふいに大佐の逞《たくま》しい腕がぬっと伸びた。その大きな二つの掌《て》の中で、麻耶子の頸《くび》は細い根深のように頼りなげに顫えた。

「あっ、あゝ――あゝ」

しばらく、彼女は細い手脚をばた〳〵と顫わせて床を蹴っていたが、次第に全身から力が抜けるのが感じられた。

「大佐！」

「大丈夫。――騒ぐと面倒だから一寸眠らせただけのことさ」

大佐はそういいながら、気を失った麻耶子の体を静かに床のうえへ寝かせた。

安道はさすがに蒼ざめた顔で、大佐の一挙一動を石のように身守っているばかりだった。

「おい、行こう。話は帰ってからだ。人に見附けられたら面倒だから早く行こう。おい！」

ふいに大佐は呆然《ぼうぜん》としている安道の手を握りしめた。

「貴様はまだこんな女に未練があるのかい。よし、それじゃ一思いに俺が片附けてやろう」

大佐は傍の卓子《テーブル》から、果物をむくナイフを取上げた。そして、気を失っている麻耶子の側に膝《ひざ》まずくと、その胸を開いて、ナイフのきっさきをそこに当てた。

「こうしたらどうする？」

安道はまさか、大佐が本当にそんなことをするとは思わなかったが、つと振向いた相手の顔を見たとき、唇まで白くなるような恐怖に打たれたものである。

大佐の顔は、鬼のように物凄《ものすご》かった。

# 四

「安道さま、あたし一寸あなたにお話がありますの」

賑《にぎ》やかに笑い興じている人々の群から、やゝ疲れたような面持ちで、つと二三歩離れたとき、うしろからそう声をかけられて、安道はぎょっとしたようにその方を振返った。

美子が強《こわ》ばったような表情に、強《し》いて笑顔をつくりながらじっと鋭い眼差《まなざ》しで彼の顔を見ていた。

「お話って、何んですか」

「こんなところでは申上げられませんわ。露台《バルコニー》へでもお出になりません」

安道はそれを聞くと、心の狼狽《ろうばい》を押隠すように、ポケットから白いハンケチを取出して額《ひたい》を拭《ぬぐ》った。そして、そのひょうしに素速い視線で明るい広間の中を見廻した。幸い、畔沢大佐の姿も、泰子姫の形もその辺には見られなかった。

「そうですか、ではお供しましょう」

露台には幸い、客人の姿も見えなかった。

「とうとう、つかまえる事が出来たわ。この頃ではあなたと二人きりでお話するって事は仲々容易なことではありませんのね」

美子は嘲《あざけ》るようにそういうと、安道の方は見向きもしないで、傍のベンチのうえに腰を下ろした。広いフランス窓を通して、賑やかな、明るい広間が見渡されたが、誰一人、こちらを注意している者はいなかった。誰も彼もが、熱帯魚のように、誇らかに、活溌に広間の中を躍り狂っていた。

樺山侯爵家で、一年に一度必ず催すことになっているお祝いの夜だった。それは、この侯爵家の先祖が、何百年か前にはじめて城を持った日に相当しているとかで、毎年この日には必ず、臣家どもを集めてお祝いの宴《うたげ》を張ることになっていた。そういう何百年かのしきたりは、しかし、この頃では形を変えて、旧臣家ばかりではなくて、もっと他の知名な人々を招待して、一種の社交的な集《あつま》りとなっていた。だからこうして、侯爵家とは何んの由縁《ゆかり》もない筈の美子が、この席にいるのも別に不思議はないわけだった。

「まあ、こゝへお掛けになりません？」

美子が冷い、洞《うつ》ろにひゞく声でいった。

「えゝ」

安道は黙ってその側に腰を下ろすと、ポケットから煙草を取出して、さも不味《まず》そうに喫《す》いはじめた。

「安道さま、此頃《このごろ》どうしてあたしをお避けになりますの」

「僕がですか。どうして？」

「あら、どうしてじゃございませんわ。あなた御自身、覚えのある筈じゃございません」

「いゝえ一向覚えがありませんね」

安道は白い頬にとぼけたような笑顔を浮べた。それを見ると、美子は口惜《くちお》しそうに、黒い瞳をきらりと輝かしたが、

「ほゝゝゝ、そう仰有《おっしゃ》るのなら仕方がございませんわ。しかし、いつお電話をおかけしても、いつもあなたはお留守じゃございませんの」

「そうですか、僕は一寸も知らなかった」

安道はいかにも気乗りがしないようにいった。美子はそれを見ると、救い難い絶望と同時に、燃えあがってくる憤怒《いかり》のために、両眼を黒耀石《こくようせき》のように輝かせていた。それは何んという烈《はげ》しい変りかただったろうか。彼女を見る眼、彼女に対する口の利きかた、――これがあのロンドンから一緒だったたついこの間迄《まで》の安道だろうか。彼女はついこの間までは、この男の心を散々引きずり、弄《もてあそ》んでいるような優越を心ひそかに感じていたのだ。それが、今では全く逆になってしまった。冷く、灰のように冷えきった男の態度に、彼女の心が逆に翻弄《ほんろう》されているような、何んとも名状しがたい焦燥《しょうそう》を感じるのだった。

「じゃ、その話は止《よ》しましょう。どうせこんなこと下らないことですもの。それよりあたし、この頃妙な噂をきいたのですけれど――」

「妙な噂って申しますと」

「あなたと、あの泰子さまが御結婚なさるという――」

「それが妙な噂ですか?」

ふいに、美子はぴしゃりと平手で頬を叩かれたような侮蔑《ぶべつ》を感じて、すっくとベンチから腰をあげた。

「それじゃ、あれは――あれは本当なんですか」

「どうですか、まだよく分りません」

安道はすました顔附きで、ポケットから煙草を取出すと、またそれに火をつけた。

「しかし、いずれそんなことになるかも知れませんね」

美子は全身を、はげしい憤怒《ふんぬ》と嫉妬《しっと》とで烙《い》られるような気がした。彼女は何かしら、思い切ってはげしい言葉を探すように、そわそわとあたりを見廻わしていたが、ふいにぎゅっと唇を歪《ゆが》めると、低い声で叩きつけるようにいった。

「あなた、――あなた、それでいゝと思っていらっしゃるの、あなたのことをこのあたしが知らないとでも思っていらっしゃるの」

「何んのことですか、それは――?」

「あなたの秘密、――あなたと畔沢大佐の秘密を、――」

「美子さん！」

ふいに安道はすっくと立上ると、美子の両腕を痛いほど締めつけて、じっと相手の瞳《ひとみ》の中を覗きこみながら、

「成程《なるほど》、あなたは利口な女だ。しかし、その利口さは人を傷つける不倖《ふしあわ》せな利口ですよ。美子さん」

安道はそこでふいに声を落すと、

「僕たちの秘密も秘密ですが、あなたの秘密も僕は知っていますよ。それは僕たちのとは較《くら》べものにもならない程恐ろしい秘密、――血に汚された秘密です。ねえ、だからお互いに黙っていましょう」

美子はそれを聞くと、真蒼になって、今にも倒れそうになった。

暫《しばら》く二人の眼が鋭い剣のようにからみあっていた。かつて恋人の眼として見交わされたこの四つの眼は、今や仇敵《きゅうてき》のように激しい憎悪と敵意とをもって見交されているのだった。

「はゝゝゝゝ、いや、失敬しました。この事はお互いに忘れてしまいましょう」

安道は美子の腕から手を離すと、後をも見ずにさっさと広間へ降りていった。

「あら、あんなところにいらっしゃったの」

危く彼とぶつかりそうになって、泰子が消えてなくなりそうな弱々しい笑顔をうかべて立っていた。この女は盛装をこらすと、いよいよそのみじめな容貌が眼についた。しかし、あの水晶のように聡明な美子に較べると、この女のやゝ愚かしい眼差《まなざ》しには、何んとなく気楽さが感じられるのだった。

「はゝゝ、いや、失礼しました。なにか御用でございますか」

「今、向うで面白いことが始まって居《お》りますの。手相を観る女なんですよ。このごろロンドンから帰って来たばかりなんですって。それはそれはよく当るのですよ。あなたも観てお貰いになりません？」

「あゝ、そんなことですか、じゃ、私も一つ観て貰いましょうか」

成程、広間の隅に、卓子《テーブル》が一つおいてあって、その卓子《テーブル》の向うに、マスクをかけた女が、真黒な洋装

やがて、女の低い声が途切れ途切れに聞えてきた。それは聞きようによっては、どこか勝誇《かちほこ》ったような響きを持っているようでもあった。

「私は前に、ロンドンで、この人の――いや、塙安道の手相を観たことがある、それとこれとは全く違っている。私がロンドンで見た塙安道はこの人ではなかった」

安道はそれを聞いた途端、熱い火に触られたようにあわてゝ手を引っ込めた。その時、彼の眼は、人々の向うに立っている美子のそれとかっきりとぶつかった。その眼は、邪心を含んだ美しさで、嘲るように、勝誇ったように輝いているのだった。




で坐っていた。その周囲《まわり》を取巻いていて、数人の男女が面白そうにきゃっきゃっと笑っていたが、二人が近づいて行くと、みんな道をひらくように卓子《テーブル》の側《そば》から後退《あとずさ》りした。

「一つ、僕の手相を観て貰いましょうかね」

安道は面白そうに、そういいながら右手を出した。

「左の手を――男の方は左の手を――」

不思議な女占師は、黒いマスクの奥からじろりと安道の顔を見上げながら、低い、男のような声でいった。安道はすぐ気軽に左の手を出しかえた。女占師はその手をとって、拡大鏡でじつと見詰めていたが、その様子には次第に奇妙な変化が現れてきた。最初、彼女は吸い込まれるように、じっと安道の掌《て》を見ていたが、やがて、激しい息使いが、両方の肩に刻まれてゆくのが見てとられた。

人々は――泰子も――一体この不思議な女がどんなことを言い出すかと思って、固唾《かたず》を飲んで待ちかまえていた。

「不思議だ。おかしい」

# 肥料と栄光

## 一

美子はベッドからそっとすべり下りると、素足に赤いスリッパを引っかけて、大きなフランス窓のほうへいった。そして、重い緋色《ひいろ》のカーテンを静かに引きしぼると、扉《ドア》をひらいて、よろめくように広い露台にでた。

湿っぽい、塩分をふくんだ海の夜風が、熱ばんだ体に、どっと襲いかゝるように吹きつけてくる。露台のうえはどこもかしこも、洗われたように夜露にぬれていた。しかし、美子はそんなことには一向お構いなしに、ぬれたベンチのうえで、臙脂《えんじ》色のガウンでくるんだ体を、まるで叩きつけるように投出した。乱れた髪が、汗ばんだ額《ひたい》にうるさくもつれついてくる。しかし、彼女はそれを掻《か》きあげようともしないで、素肌のまゝの両肱《ひじ》を、冷い石の手摺《てすり》のうえにのっけると、しばらく、身じろぎもしないで、海面のうえの薄明りに眼をやっていた。

月はすでに、この海沿いのホテルのうしろ側に廻ったとみえて、海のうえには、銀をとかしたような白光がしずかに躍っていた。美子は、ふと今迄《まで》にいくどとなく、こういう景色を見てきたことがあるような気がした。たしかに、この時刻に、こういう露台のうえから、こういう海のうえを眺めたのは、今がはじめてではないような気がしてきた。それは幼いころの夢であったか、それとも、誰かの話にきいたのか、あるいはものゝ本で読んだのか、——だが、そんなことはどうでもよかった。

彼女は、そうして冷い夜風に頭をひやしているうちに、沸騰《ふっとう》するようなはげしい感情が、しだいに、砂のように冷めて行くのを感じた。そしてその後に、後悔とも、あきらめともつかぬ淡い哀愁が、靄《もや》のようにひろがって行くのだった。

ふいにどっと、下のほうから白い潮の騒ぐ音がきこえてきた。それと同時に、美子はぶるぶると肩をすくめると、あわてゝ海のうえから面《おもて》をそむけた。

そのひょうしに、いま彼女が抜出《ぬけだ》してきた寝室の様子が、見るともなく、ふと彼女の眼にうつったのである。一瞬間彼女は、眼にうつった部屋の中の光景に、じっと瞳《ひとみ》をすえていたが、すると、またしても、絶望的な激しい感情が、ちりちりと背筋から、這《は》いのぼるように燃えあがってくるのを感じた。

　半分、ひらいたフランス窓のあいだから、戸外の白光が斜《ななめ》にころげこんで、それが部屋の中のほの暗い光ととけあっていた。そして、この二つの光がもつれあっているあたりに、大きなダブルベッドの一角が見えて、そのうえに眠っている醜《みにく》い男の顔を、まるで電気照明のように照らしているのだった。

　その赤黒い、歪《ゆが》んだような顔を真正面《まとも》に見た刹那《せつな》、何かしら、悪夢にでもおそわれたような、絶望的な気持ちで、美子は自分の身のまわりを眺めた。——あの男の、醜い、にごった血が、今ではこの自分の体内に流れているのだ。——美子はその時、ふと男の獣《けだもの》のような唸声《うなりごえ》を思いだして、烙《い》られるようなはげしい肉体の疚《うずき》を感ずるのだった。そして、こういう絶望的《デスペレート》な行動にまで自分を逐《お》いこんだ、もう一人の男に対して、彼女は今更のように激しい憤怒と、呪咀《じゅそ》とを感じずにはいられなかったのだった。

　晴通はふとベッドのうえで眼を見ひらいた。

　彼は自分の側《そば》に寝ているべき筈《はず》の女のすがたが見えないので、驚いたように部屋のなかを見廻していたが、ふと、露台のほうからこちらを眺めている彼女の視線とあうと、一瞬間、子供のように顔をしかめて笑った。

「どうしたの？　気分でも悪いの？」

　彼はベッドの中から、わざと甘えるような声で話しかけた。美子はしかし、それに答えようともしない。何かしら、はじめて合う男をでも見るような眼附きで、じっとこちらを見つめている。晴通はまぶしそうに眼をそらせながら、ベッドからすべり下りると、ごとごとと不自由な体を引きずって露台へ出た。

「おゝ、これは寒い、こんなところにいたら風邪《かぜ》をひく」

そういいながら、彼はわざと美子から離れて海のうえを見ていた。

「どうしたの、気分でも悪いの」

しばらくして、彼はふと美子のほうを振返った。

「いゝえ」

「中へ入ろう、ね、こんなところにいたら風邪をひくよ。おや、着物がぐっしょり濡《ぬ》れているじゃないか。大分《だいぶ》まえからこゝにいたの」

「いゝえ、一寸先《ちょっと》から」

「いけない、いけない、もう部屋へ入ろう」

「いゝえ」

美子は相手のほうを振向きもしないで、ゆっくりと答えた。

「あたし、もう少しこゝにいたいの」

「だって、そんなことをすりゃ、風邪をひくのはきまっているじゃないか」

「大丈夫よ。それより、あなたこそ、もうお休みになって頂戴《ちょうだい》」

「そう、――じゃ、僕もこゝにいよう」

晴通も美子にならんで腰をおろした。男の体が、軽く美子の肩にふれた刹那、彼女は思わず、ぶるぶるとはげしい身顫《みぶる》いを感じた。

しばらく、二人は押しだまったまゝ、そうして腰をおろしていた。

「ねえ、どうしたの？　さっきのことを君は後悔しているんじゃない？」

しばらくしてから、晴通がふとそういった。そして、さも臆病そうに腕をのばして彼女の腰を抱くと、醜い顔に一杯の媚《こび》をうかべて彼女の顔をのぞき込んでいた。

それと見ると彼女は、内心むしずの走るような穢《けが》らわしさを感じたが、しかしもう彼女は、それを挑《は》ね返そうとする気力も失せたように、わざと、罵《のの》しるような微笑をうかべると、

「いゝえ、そんなことはありませんわ」

そういいながら、彼女はふと、胸のボタンの外れているのに気附いて、静かにそれをはめながら、

「今更、そんなことを仰有《おっしゃ》るものじゃありませんわ」

そういって、彼女はかすかな笑声《わらいごえ》をたてた。

——そうだ、本当に今更何《な》んといっても仕方のないことだ。豚に真珠——しかも、自分からすゝんで、真珠をこの豚にくれてやったのではないか。

「有難《ありがと》う」晴通はしずかに女の手をとった。「僕はどんなにお礼をいったらいゝか分らないよ。それはね、あなたが与えてくれたあの大きな歓楽に対してばかりじゃない。それもある。しかしもっと他の理由で——つまり、うまれてはじめて安道に勝つことが出来たという、そういうよろこびから、僕はどんなにいって、あなたに感謝していゝか分らないくらいだ」

「安道さま——?」

美子はふいに、きらりと光る瞳をあげた。

「あの方がどうしたと仰有るの?」

「あいつはあなたを思っている。あなたに恋しているる。そのあいつを出抜《だしぬ》いて……」

「ほゝゝゝ!」

ふいに美子は何かしら、物を引裂くような笑声を立てた。

「まあ、どうしてあなたはそんなことを仰有るの? あの人は明日結婚なさるんじゃありませんか」

「それは無論、あいつの野心を満足させるためにね、しかし、あいつの本当の恋は——」

「晴通さま」ふいに美子が早口でそれを遮《さえぎ》った。「あの方が侯爵家をおつぎになるだろうという噂《うわさ》は本当ですの」

「ほんとうかも知れません。しかし、そんなことはどうでもいゝじゃありませんか。侯爵家なんか、あいつにくれてやってもいゝ。僕は、こんな美しい宝を手に入れたのでね」

「いゝえ、どうでもいゝ事はありませんわ。あの人が侯爵家を相続するというのは間違っています。恐ろしい間違いです。あたしは知っているのです。あの人の恐ろしい秘密を——」

「あいつの秘密?」晴通は不思議そうに顔をしかめて、「何を、あなたは知っているというのです」

「晴通さま」

ふいに美子はきっと相手のほうへ向き直った。

「あなたは、あなたがもしも侯爵家をおつぎになるようなことがございましても、決して今夜のこのお約束をお忘れにはなりますまいね」

そういって彼女は、戸迷《とまど》いしているような男の顔を、まるで突刺《つきさ》すような視線で眺めていた。その激しい眼の中には、何かしら、蒼白《あおじろ》い、歪んだ熱情が、焔《ほのお》のように燃えあがっているのだった。

「僕が侯爵家を相続する――? は、は、は! そんな事は恐らく夢でしょうね、もう今となっては――」

「いゝえ、いゝえ、ところがそれが夢ではないのです。あたしにはそれが出来るのです。あたしには――」

美子は激しく男の指をつかんでゆすぶった。そういう彼女の眼の中には、あの安道のうちひしがれた姿がはっきりとうつっていた。彼女は名状しがたい勝利の歓喜を味わいながら、これからとるべき行動を、急《いそ》がしく頭の中で計画立てゝいるのだった。

## 二

すがすがしい夏の夜が明けた。しののめを破って、輝かしい太陽が次第にのぼってくる。

「おい、見ろ! あの素晴らしい朝日を」

畔沢大佐はふと、うしろを振返った。

「今朝の、あの朝日を忘れちゃいかんぞ。あれこそ君に素晴らしい栄光をもたらせるあかつきの光だ」

安道も窓の側へよると、手をうしろへ組み合せて、はるか街のかなたからのぼってくるその朝日に、じっと瞳をすえていた。

陽はすでに巷《ちまた》の甍《いらか》をはなれて、次第に東京の空のうえへ昇って行った。ふいに一道の光が、さっと斜に、安道の体のうえへ落ちてきた。それは恰《あたか》も、今日の素晴らしい彼の栄光を祝福するかのようであった。安道はこの光の中に毅然《きぜん》として胸を張って立っていた。

「素敵だ!」

大佐がうめくように嘆賞の声をはなった。

「どう見ても、君は立派な侯爵だ。君のその姿を見ては、もう誰も異存を挟むことは出来ないだろうぜ」

「有難う」

安道もさすがに頬《ほお》を染めながら、窓の側をはなれると傍の椅子に腰を下ろした。

「これもみんな、君のお骨折りの結果だ――と、こう礼をいっておく必要があるかな」

「はははは、まあ、なるべくならその気でいて貰《もら》いたいね。君と、そしてあの女の骨折りの――」

「あの女？」ふいに大佐は、太い眉根に皺《しわ》を刻んだ。

「誰のことだね、それは――」

「美子、――沢村美子というあの女のことさ」

「美子さん？　あの女が何かしたというのかね」

安道はパイプをとりあげると、しずかに、煙草《タバコ》をつめながら、

「そうだ。ひょっとすると、君よりあの女の尽力のほうが大きかったかも知れないね。はははは、可《か》哀《わい》そうな女だ？」

「おい！」

ふいに大佐の顔にはげしい驚愕《きょうがく》の色がうかんだ。彼はつかつかと安道の側によると、大きな掌で、しっかりと安道の肩をつかまえた。

「それじゃ、老侯爵を殺したのは――」

「そう――、姉に硫酸《りゅうさん》をぶっかけたのもね」

「君はまえからそれを知っていたのかい」

「知っていたというより感じていたのだね。あの女はそんな女だ。あの女の美しさ、あどけなさは、心中に持っている恐ろしい慾望の仮面だよ。世の中にはあんな女がいるものだ。侯爵夫人という身分は、女にとっては素晴らしい魅力らしいからね」

「そうだったのか！」

大佐はふいにどしんと音を立てゝ、傍の椅子に腰を落した。陰謀にかけては人後に落ちない大佐だった。彼もまた、目的のまえには手段を選ばないという剛毅《ごうき》な性格の持主だった。しかし、あの繊細《かよわ》い女が、いかに激しい野心を持っていたとはいえ、自分一人で、そんな恐ろしいことを決行したということは、彼のような人間にとっても、さすがに恐ろしい、

驚くべき発見だった。

「君はそれで、それを知っていながら、あの女を引きずっていたのだね。言いかえれば、君自身が、暗《あん》にあの女を示唆《そその》かしていたのじゃなかったのかね」

「或《あるい》はそうかも知れない」

安道はふいに白い額を曇らせた。

「しかし、それかといって、僕を共犯者のように責めてくれては困る。僕がそれに感附いたのは、父が殺されてから後のことだからね」

しばらく、二人の間に疚《うず》くような沈黙がつゞいた。大佐は沈痛な面持ちをしてじっと床の絨毯《じゅうたん》を眺めていたが、ふいにぎろりと眼をあげると、

「それで君はどうするつもりだね？」

「どうするとはあの女のことかね」

「無論」

「あの女のことなら、どうもしようがないじゃないか、今更、事を荒立てたところで始まらんことだからね。あの女にとっては、結局侯爵夫人になり得なかったというだけで、それが大きな刑罰さ。それ以上、法律的に罰してみたところで仕様がない」

安道はそして、その後へ物憂い声音《こわね》で附加えた。

「世の中にはあゝいう人間がいるものだよ。自分では自分の為になることをしていると思っているのだ。ところが、それは結局、他人を肥《ふと》らせる肥料に過ぎないことが、後になって分るのだ。あの女はその肥料さ。そして僕はそのうえに咲いた花だよ」

大佐はふいに椅子から立上った。そして如何《いか》にも心が騒ぐ風情《ふぜい》で、部屋の中を落着《おちつ》きなく歩いていたが、ふいにくるりと安道のほうを向いて立止った。

「おい」彼は低い、噛《か》みつきそうな調子でいった。「今の言葉は、まさか、この俺に向っていった皮肉じゃあるまいな。君はまさか、この俺まで肥料だと思っているのじゃあるまいね」

「どうだかね」

安道は口からパイプを離して、静かに大佐の眼を見返《みか》えした。その眼にはかすかな笑いさえ浮んでいるのだった。大佐は、何かしら激しい惑乱を感じながら、その笑いの意味を酌《く》みとろうとするかのよう

に、じっと相手の眼の中を覗《のぞ》き込んでいた。

「いや、これは俺が悪かった」

大佐は二三度はげしく瞬《また》きをすると、ゆっくりとまた安道の側に腰を下ろした。

「成程《なるほど》、君のいうように、俺だって君にとっちゃ肥料だったかも知れない。いや、それに違いないのだ。しかし、この肥料は、あの女と少しばかり違っていることを君は知っているだろうね。この肥料は咲かせた花から蜜《みつ》を要求している、それを君は覚悟しているだろうな」

「うん、まあね」

安道は椅子にそり返えったまゝ、細い目で相手の顔を面白そうに見ていた。

「おい、まあねじゃ分らない。俺はその覚悟を聞きたいのだ」

大佐はふいに体を前に乗り出すと、しっかりと相手の肩に手をかけた。安道はそれに答えようともしないで、静かな瞳を窓の外へ投げている。

「おい!」

大佐が激しい口調で何かいおうとしたときである。軽く扉《ドア》を叩く音がした。

「お入り」

安道の言葉に応じて若い女中が入ってきた。

「あの、畔沢さまにお電話でございます」

「電話、——誰から?」

「本部、——たしか本部と仰有いました、そういえば分るということでございましたが」

それを聞くと、大佐は急に顔色をかえた。彼はどきんとしたように椅子から立上って、安道に何かいおうとしたが、思い直したように、急ぎ足で部屋を出ていった。

しばらくして、部屋へ帰ってきた大佐の様子はすっかり変っていた。何かしら大きな不安に包まれたように、そゝくさと部屋へ入ってきた彼は、テーブルのうえから帽子をつかむとそのまゝ出て行こうとした。安道はそのとき、窓に向って立ってぼんやりと、庭のほうを見ていたが、そのまゝの姿勢で大佐に声をかけた。

「大佐、式には列席出来そうかね」
「うむ」大佐はうめくように立止ると、「式は三時だったね」
「そう、日比谷の大神宮——それからホテルの披露宴へ向う筈だ」
「よし、じゃホテルで会おう、話はその時だ」
そういい捨てると、大佐は疾風のように部屋を飛出して行ったのだった。

三

須田町で電車を下りると、畔沢大佐はせかせかと急ぎ足でガードをくゞった。そして、高い高架線の下を、走るように歩いていった。早朝の、丁度一番人の往来のはげしい時刻だった。そして、この事が、大佐にとっては非常に幸いだった。でなければ、彼のような服装をした人間が、そんな風に歩いているという事は、きっと、道行く人の眼をそばだたしめたに違いない。それ程、その時の彼の様子はいつもとは違っていた。

ふだんのあの鷹揚《おうよう》な、がっしりとした態度は、今の大佐のどこにも見られなかった。何かしら、大きな不安と動揺が、油《あぶら》ぎった、あから顔一杯に浮《うか》んでいた。

時々彼は近傍《みちばた》に立止ると、数えるように片側町の家並《やなみ》を眺めていた。そして幾度か道行く人に何か訊《たず》ねようとしていたが、その度に思い直したように、きっと唇を結んで、またせかせかと歩いていった。

間もなく、低い町家の間に、白い、バラック建《だて》の粗末な洋館が、大佐の前に現れてきた。それを見ると彼は殆《ほと》んど小走りに、その建物のほうへ近附いて行った。

須《す》田町《だちょう》ビルディング——

そんな文字が、白い人造石の壁に、大きく浮彫《うきぼ》りにされているのがみえた。しかし、ビルディングというには、それはあまりに粗末な建物だった。二階、三階、四階——と、大佐はその建物の高さを眼で、測量しながら玄関のまえまで来ると、本能的に、いま来た道を振りかえってみた。そして、誰も格別、こちらを注目している者のないことを確かめてから、俄《にわ》かにゆっくりとした足どりで、その玄関を入って行った。

　幸い玄関にも人影はみえなかった。大佐はわざとエレベーターのまえを素通りして、階段のほうからうえへあがって行った。二階、三階と、同じような作りになった床を、だんだんうえへあがって行くと、彼は間もなく四階の廊下へ出た。これが、この建物の最上層になっているのだった。

　大佐は階段のうえに立止ると、一寸考えるように立止って、廊下の左右を見廻した。暗い、トンネルのような廊下が左右に続いていて、その突当りに、小さい窓が見えている。大佐は間もなく、その廊下の左の方、つまり建物の背後《うしろ》のほうへ歩いていった。

　この四階の貸事務所は、みんな空家《あきや》になっていると見えて、その扉《ドア》のあちら側も、ひっそりとして真暗だった。大佐はそれ等《ら》の扉《ドア》のうえを眼で探りながら、間もなく一番奥の部屋までやってきた。見ると、そこだけ扉《ドア》の向側がぽっと明るくて、Ｐ・Ｌ商会と書いた金文字を浮きたゝせている。

　大佐はその扉《ドア》のまえに立つと、ほっとしたように帽子をぬいで、額の汗を拭《ふ》いた。そして、静かにガラスのうえをコツコツと叩いた。

「誰だ！」

　太い、低い声がきこえた。

「畔沢」

「よし、入りたまえ」

　扉《ドア》には鍵がおりていなかった。大佐はそれを開くと、何気なく一歩中へ踏みこんだ。しかし、その途端、何かしら切迫した空気を感じて、彼は思わず敷居のうえで立止《たちどま》ったのである。部屋の中には三人の男がいた。その中の一人は、かつて築地のあの穴蔵の中にいた、頬《ほお》から眉間へかけて、大きな傷痕のある男だった。三人の男は、威嚇《いかく》と、そして同時にある敵意をふくんだ眼で、じっと大佐の顔を見ていた。

「まあ、こちらへ入りたまえ。おい、扉《ドア》をぴったり締めとかなきゃいかんよ」

　頬に傷のある男がいった。大佐はいわれた通り、扉《ドア》をしめると、部屋の中央へ歩いていったが、その途端、思わず眼を見張ってあたりの光景を見廻した。床のうえには、紙片が一面に散乱しているのだった。ずたずたに引き裂かれたのや、黒く灰になったのや、焦げ残りになった滓《かす》が、乱暴狼藉《ろうぜき》を極《きわ》めていた。

「おい、これは一体どうしたのだ」

大佐は床から眼をあげると、三人の顔を代《かわ》る代《がわ》る眺めた。二人の男はそれに対して答えようともしないで、ポケットに手を突込《つっこ》んだまゝぐいと肩をそびやかしてみせた。大佐の眼は、それ等の男の顔から、次第に下へおりて行った。そして、その男たちのポケットのうえに視線が落ちると、ふいに、そわそわとしたように太い髭《ひげ》に手をやった。経験に富んだ彼の眼は、ポケットの中で彼等が握っているものが何んであるかよく知っているのだった。

大佐はあわてゝ彼等から眼をそらせると、頬に傷痕のある男のほうへ二三歩近附いていった。

「おい、これはどうしたというのだ」

もう一度彼は同じようなことを訊ねた。

「書類の始末をしているのだよ。後に証拠を残しておきたくないからね」

「何？　証拠を残す――？」

大佐はぎょっとしたように相手の顔をみた。

「おい、それはどういう意味だ」

「どういう意味か、貴様の胸にきいてみろ」

ふいに、傍から一人の男が怒鳴るように叫んだ。

「何んだと」

「おい、喧嘩《けんか》をするのは止《よ》せ」

傷のある男が、鋭い、威厳のある声で二人を遮《さえぎ》った。

「畔沢君は実際何も知らないのだ。君たち向うへ行って後片附けをつゞけてくれ給え」

二人が肩をそびやかして、部屋の隅へ立去るのを見送っておいて、畔沢大佐は傷のある男のほうへ向き直った。

「一体、どうしたというのだ？」

「手が入ったのだよ。築地の本部に――」

「え？」

大佐はぎょっとしたように体を前へ乗出した。

「一体、それはいつの事だね」

「昨夜――というより、今朝のことだ」

「そして、他の連中は？」

「みんなやられた。逃げのびたのは我々三人だけだ」

そういいながら、彼はじっと大佐の眼の中をのぞき込んでいた。

「逃げのびたものゝ、我々とて、一刻も油断はできない。警視庁では我々のリストを持っているのだ。ところが、不思議なことには畔沢君、そのリストに君のことだけは載っていないのだよ」

傷のある男はそういいながら、もう一度大佐の面《おもて》に鋭い眼をやった。

「これがどういう意味になるか、畔沢君、君にも分るだろうね。仲間の連中はみんな君が裏切ったのだと憤慨している。そこにいる連中もそうだ。しかし、俺はそうは思わない。そうは思わないが、君の不注意は責めないではいられないね、とにかく、スパイは君の身辺にいるんだ」

大佐はふいに低いうめき声をあげた。彼の眼にはまざまざと安道の顔が浮んできた。――大佐、式には列席出来るかね。――そういった安道の言葉が、がんがんと耳の中で鳴り響くのが感じられた。畜生《ちくしょう》！

大佐が思わず椅子のうえから立上《たちあが》ったときである。ふいに後片附けをしていた男が、鋭い叫声をあげた。

「しまった、やられた！」

男は窓から外を見ていた。それを見ると、傷のある男はぎょっとしたように立上ったが、すぐ窓の側《そば》へ近附いて下の道路を見下ろした。

「おい、カーテンを下ろしたまえ」

傷のある男は、一瞬間、祈るように眼を閉じたが、すぐそれを開くと、静かな、落着《おちつ》いた声でそういった。そして畔沢大佐のそばへ帰ってくると、一挺《ちょう》のピストルを握らせた。

「逃げられるだけは逃げてみよう。しかし、なるべく相手を傷つけないように！」

ピストルを握った四人の男は、そうして真白《まっしろ》になった顔を、じっと見合せて立っていた。その時、畔沢大佐は、再び安道のいった言葉を、はっきりと頭の中に思い出していた。

「世の中には、自ら好んで肥料になる人間がある」

――

# 四

塙安道と樺山泰子との輝かしい結婚式は、日比谷の大神宮で滞《とどこお》りなく行われた。この結婚式に列席したものは、両家の親戚を合せて三十人ぐらいの、極く少数の人々だったが、その代り、その後で、ホテルで開かれる披露宴には、朝野《ちょうや》の名士数百名が招待されている筈だった。

この結婚式は、たゞに、両侯爵家をつなぐのみならず、同時に、塙侯爵家の相続人を決定することを意味しているので、その夜の披露宴こそは、安道にとっては最も輝かしい栄光であらねばならぬ筈だった。

滞りなく式が終って、控えの間へ退《さが》ると、安道はさすがにどっと襲いかゝってくるような疲労を感じないわけにはいかなかった。それは、喜ばしい、快い疲労であるべき筈だったが、それと同時に、彼は名状しがたい哀愁をも感じていた。この鉄のような意志をもった、鋭い、利巧《りこう》な男は、今日のこの栄光のためには、いかなる犠牲を払っても惜しまない覚悟でいた。しかし、こうしてあまりにも易々とその野望が遂げられた今となっては、さすがに彼は、眼覚めの悪い、種々《いろいろ》な記憶に責められないではいられなかった。

「何か、お飲物でも持って参りましょうか」

「いゝから、向うへ行っていておくれ、暫《しばら》く静かに休んでいたいから」

附添《つきそ》いの女を遠ざけると、安道はぐったりとしたように椅子のうえに腰を落した。せめて、花嫁の着変えが出来るあいだゞけでも、彼はゆっくりと、一人でくつろいでいたかった。その後には、またあわたゞしい、華やかな数時間が待っている筈だったから。――

女が出て行って暫くしてからのことだった。ふいに、安道の背後にある屏風《びょうぶ》がかすかに動いた。安道はその気配に、ぎょっとしたようにうしろを振返ったが、ふいと眉根をひそめた。

「おや、大佐、君はそんなところにいたのですか。一体、どうしたというのです」

大佐は屏風を傍に押しやると、無言のまゝぬっと安道のまえへ来て立止った。

「お目出度《めでと》う、侯爵――」

「有難う」

安道もさすがに嬉《うれ》しそうに微笑を浮べかけたが、ふいに、その微笑は途中で硬張《こわば》ったまゝ消えていった。大佐がその時、ピストルを取出《とりだ》して、傍のテーブルのうえにおいたからである。

「どうしたのだ、大佐、ひどく取乱しているようじゃないか」

安道はピストルと大佐の服装を見較《みくら》べながら、眉をひそめていった。安道がそういって怪しむのも無理ではなかった。大佐の服には、ところどころ鉤裂《かぎざ》きが出来ているうえに、額にはかすかなすり傷さえあった。

「どうしたって？　君の口からそれを聞くのかい？」

「何かね、僕がそれを聞いちゃおかしいのかね」

「白《しら》ばっくれるのは止せ！」

ふいに大佐がどしんとテーブルを叩いた。そのひょうしに、ピストルがピクリと躍った。

「大佐、その危険なおもちゃはどこかへしまっといたらどうだね。そして、何を一体憤慨しているのか、それを僕に聞かせてくれたまえ」

大佐は今更のように、驚嘆の眼を見張って、相手の白い顔を眺めていた。そこには、何んの感動もなく、水のように澄んだ平静があるばかりだった。

「成程、君は大した男だ。偉い男だね。俺は今になっても、君を憎むより尊敬したい気持ちの方が大きい。しかし、そういう君にして、あんな陰剣な小刀《こがたな》細工《ざいく》をしたのは、全《まった》く惜しいと思うね」

「どういう意味だね、それは？」

「おい、それを俺に言わせようというのかい？　君のために俺たちの計画は滅茶々々《めちゃめちゃ》になってしまったのだぞ。裏切り、密告——それがどんなに男らしくない、唾棄《だき》すべき行動だか君は知っているだろうね」

安道は黙って相手の姿を眺めていた。やがてその顔には、相手を憫《あわれ》むような微笑が次第にひろがって行くのだった。

「成程」と、大分《だいぶ》たってから彼はいった。「君たちの計画が暴露《ばくろ》したというのだね。そして、それが、この僕の密告の結果だと、君は思っているのだね」

「まさか、今更となって君はそれを否定するんじゃなかろうな」

「ところが、僕は否定せざるを得んね」安道の声音は落着いていた。「第一、僕は君の計画というのがどんなものであるか、いつか君が一寸洩《も》らした、あれだけしか知らないのだ。豈《いわ》んや、どんな仲間がいるか、どこに本部があるのか、僕はまるきり知らないし、知っていたところで、僕には全く興味のない事だからね」

「じゃ、君はスパイを働いた覚えはないというのか」

「ないね。僕は自分自身、君たちの計画に加担するのは真平《まっぴら》だと思っていたけれど、それを摘発しようなどとは夢にも考えていなかった。それは全く、別の世界の出来事で、僕に何んの関係もないことだからね」

安道はそういい切ると、つと椅子から立上った。その時、扉《ドア》を軽くノックする音が聞えたからである。

「おい、君、それは本当か」

「本当だよ。君、他人に姿を見られたくないなら、どこかへ隠れていたまえ。——お入り」

扉《ドア》がひらいた。そして、そこに数人の人々が、凝結したような瞳で、じっとこちらを見ているのが見えた。

「あゝお母さん、どうぞ。加寿子姉さんもどうぞお入り下さい。——兄さん、あなたはどうして、僕の結婚式に立会ってくれなかったのですか。あゝ、美子さん、あなたも御一緒でしたか。——」

安道は気軽にそういいながら、緊張した彼等の顔を順々に眺めて行ったが、そこにいる最後の一人を見ると、一寸顔をしかめた。そして、もう一度改めて、一同の顔を順々に眺めて行ったが、ふいに、何かしら白い頬に面白そうな微笑をうかべながら、うしろの方を振返った。畔沢大佐はその時、屏風のかげへ隠れることを思い直して、もう一度、つかつかと部屋の中央まで帰ってきていた。彼も亦《また》、この一団の人々の緊張した面持《おもも》ちが何を物語っているかを覚《さと》ったのである。彼はある、意地悪い、復讐《ふくしゅう》的な快感を味《あじわ》いながら、この窮場におち込んだ、安道の様子を見ていてやろうと思っているらしかった。

「安道。――」

侯爵未亡人が低い、ふるえを帯びた声でいった。

「私は今、こゝにいるこの方から、容易ならぬ話を聞きましたよ」

そういって母は、美子の側に立っている女を指さした。その女こそ、この間樺山侯爵家の大広間で、安道をつかまえて贋物《にせもの》だ、といったあの不思議な女占師だった。その女は、狐《きつね》のような顔に、意地の悪い微笑を刻みながら、じっと安道の顔を真正面から眺めていた。

「お母さん、それはどんな事でございますか」

「この方の仰有るのには、お前は本当の安道ではないというのです。この方は、柴山《しばやま》女史といって、この間、ロンドンから帰られたばかりの、有名な占師なのですが、ロンドンにいる時、安道の手相を見たことがあるのに、その手相と、今のお前の手相はまるきり違っていると仰有るのですよ」

「それは不思議ですねえ」

安道は面白そうに、肩をゆすぶりながらわざとその占師の方へ近づいて行った。

「僕は、ロンドンであなたにお眼にかゝった覚えはないのですがねえ。それに、向うで手相など見て貰ったことは一度もありませんが……」

「あら、それは当然ですわ」

ふいに横から美子が勝誇《かちほこ》ったようにいった。彼女の眼の中には、はげしい敵意と共に、何かしら、名状しがたい心の疚《うず》きが見てとられるのだった。

「あなたが覚えのないのは当然ですわ。あれはあなたではなかったのですから」彼女はそこで畔沢大佐の方へ振返った。

「畔沢さま、あなたは覚えていらっしゃるでしょう。あたしたちがロンドンを発《た》つ三日前に、マドレコート卿《きょう》のお茶の会に招かれたことがありましたのを。あの時、あたし、安道さまと御一緒でしたわね。その時、安道さまは手相を見て貰ったのですよ、それがこの方だったのですわ」

大佐はそれを聞くと、ふいによろよろと二三歩うしろへよろめいた。

「え、え、え、それじゃ――それじゃ、その時の手相と、今のこの男の手相と違っているというのですか」

「そうよ。そうなのですわ」

ふいに、大佐はどしんと音を立てゝ、傍の椅子の中にのめり込んだ。そして、まるで化物を見るような眼附きで、安道の顔を見ていたが、その眼の中には、見る見るうちに、はげしい恐怖の色が浮んでくるのだった。

「おい、一体、君は誰だ――? それじゃ君は、鷲見信之助じゃなかったのか」

大佐はまるで、今にも息が切れそうな声で叫んだ。わけの分らぬ謎《なぞ》が、疑惑が、まるで火矢のように激しく彼の頭の中で渦巻いているのだった。

「はゝゝゝ、それは僕の口より、須藤君に話して貰った方がいゝでしょう。そうすれば、みんなの疑いは解ける事だろうから」

安道が手を叩いた。須藤は部屋の外で様子を聞いていたと見えて、それを聞くと待構えたように、すぐ入って来た。

「須藤君、今一寸妙な問題が起っているのだがね。あのマドレコート卿のお茶の会があった日、この僕は一体どこにいたかね」

「はい、あなたはホテルにいらっしゃいました。御病気で……」

「ところが、その日、僕だと名乗って、その会に出席した男があるのだよ」

「それは鷲見信之助という男です。大佐がロンドンの下町から拾ってきた贋物で、あなたの御病気中、ずっとあなたの身替りをつとめていた男です」

「それで、その男はその後どうしているのかね」

「その後、大佐の命令であなたを殺そうとしました。本当にあなたの身替りになってしまうためです。しかし、いざとなって気おくれしたその男は、反対に、あなたのために締殺《しめころ》されてしまいました。いや、一寸気を失っただけでしたが……」

「では、その男はまだ生きているのだね」

「そうです。あなたから多額の金を戴《いただ》いて、ロンドンで勉強を続けていましたが、昨日、この東京へ帰って来たという通信がありました」

「よろしい」

安道は、ほの白い微笑をうかべながら、代る代る一同の顔を見廻した。大佐はもう、石のように体をすくめたまゝ、気抜けがしたように呆然《ぼうぜん》と安道の顔を見詰めているのだった。

「美子さん、これであなたのお疑いも晴れましたか」

安道は嘲《あざけ》るような微笑をうかべながらいった。それを聞くと、美子は、ふいに深い陥穴《おとしあな》をのぞかされたような戦慄《せんりつ》を感じて、よろよろと二三歩あとへよろめいた。

「心配する事はありませんよ。あなたの秘密は永遠です。しかし、あなたは大佐に対しても何か申訳《もうしわけ》のない事をしていらっしゃる。大佐はきっとそれを償《つぐな》わさなければおかぬでしょう」

それを聞くと、大佐はびくりとしたように顔をあげた。美子は自分を見ているその眼の中に、兇暴な憤怒と憎悪とを感じて、思わず救いを求めるように人々を振返った。

「あゝ、喇叭《ラッパ》が鳴っていますね。あれは私達の出発しなければならぬ相図《あいず》です。お母さん、姉さん、行きましょう。花嫁をあまり待たせるのは礼儀ではありません」

安道はそういって、軽く母の手をとった。

そして、大佐と美子の二人を残して静かにその部屋を出て行った。


花嫁と安道の二人が馬車に乗った時、だあん、だあんとあたりの空気をゆるがすような銃音《つつおと》が二度聞えた。

「あら、あれ、何んでしょう」

花嫁の泰子はそれを聞くと驚いたようにうしろを振返った。安道も一瞬間、顔色を紙のように白くしたが、すぐ、かすかな笑いを唇の端に刻んだ。

「いや、何んでもありませんよ」

馬車はすでに砂利を噛《か》んで動き出していた。彼等の行手には、この輝かしい結婚式を見ようと、道を挟んで一杯の見物が立っていた。

人々はこの美しい花嫁と花婿《むこ》の姿を見ると、思わずわっと歓呼の声を立てゝいた。

その中を安道の馬車は、静かに走って行った。輝ける新侯爵の披露の宴《うたげ》に向って。——

# 孔雀《くじやく》夫人

## 花嫁列車

「まあ、あなたもやっぱりあの列車？　それであなたのお式、いつだった？」

「あたし？　あたし去年の十月十四日よ」

「ああら、いやだ。呆《あき》れたわ。あたしもそうなのよ。するとあなたとあたし、同じ列車に乗ったことになるのね」

「まあ、それほんと？　いやだわ、いやだわ。でもずいぶん不思議ね、同じ列車に乗っていながら、お互いに少しも気がつかなかったなんて、ほゝゝゝほ」

「お互いにきっと逆上《あが》っていたのね。ほゝゝゝほ、でも気がつかなくて仕合せ。なまなか気がついたりしちゃ照れちゃうわ」

「それもそうね。そうでなくてもあたし照れてたのよ、あの日は特別に日がよかったと見えるのね。あたしたちの列車、新婚の夫婦でいっぱいだったでしょう。ところが、あたしたちの側《そば》に、一人だけそうでない男の人が乗ってるのよ。その人ったら、いやにニヤニヤ微笑《わら》いながら、いかにも面白そうに、ひとりひとり花嫁の顔を見較《みくら》べているのよ。憎らしいったらなかったわ」

「まるで花嫁展覧会ね」

「そうよ、花嫁オン・パレード」

「ほゝゝゝほ」

「ほゝゝゝほ」

圭子《けいこ》と幹子《みきこ》は、そこで思わず声を出してわらってしまった。

十日ほどまえのことだった。

いよいよ近く結婚するときまった有為子《ういこ》が、同じ学校を出て、ひとあし先に結婚生活へゴールインしたお友達の圭子のところへ、その由を報告にいくと、ちょうどそこへ来合せていた圭子の別の友人幹子が、これも去年結婚したばかりだったが、はからずも二人が同じ日に結婚して、同じ列車で新婚旅行に旅立ったことが分ったので、思わずおやおやとばかりに興じ合ったのである。

「まあ、ずいぶん不思議な御縁なのね」

それまで無言のまゝ、この両先輩の経験談を傾聴していた有為子が、思わず感に耐えたように口を出した。

「お友達同士、同じ日に結婚して、同じ列車で旅行するなんて、まるで小説みたいね」

「そうでもないのよ。そんなこと、考えてみれば不思議でもなんでもないの。だって、あたしたち結婚する時には、みんな日を選ぶでしょう。そして結婚にいゝ日ったら、一年じゅうで数えるほどしかないのよ。だから、結局、みんな同じ日に式をあげるって結果になるんだわ」

「そうね。そして同じ日に式をあげたとなると、結局、あの列車になるのね」

「そうよ、俗に花嫁列車というくらいですものね。有為子さんだってきっとあの列車になってよ」

「そうかしら。いやだわ。あたしそんなの」

「どうして？　いゝじゃないの」

「だって、そんなに大勢、美しい方が乗っていらしちゃ、あたし顔負けしてしまうわ」

「大丈夫、有為子さんくらい美しければ、どんな人が来たって負けるもんですか。ねえ、幹子さん」

「そうよ、大丈夫、心臓を強く持っていらっしゃいよ。こちらの彼氏、どんな方か知らないけど、きっと大自慢よ」

「あら、いやよ、そんなにからかっちゃ」

有為子は思わず耳たぼまで真紅《まっか》になってしまったが、しかし、それは決していやな気持ちではなかった。有為子は内々、自分の美しさに自信を持っていたし、それに結婚しようという相手にも、充分自信を持つことが出来た。幾組の新婚夫婦と一緒になるか分らないけれど、自分たち、その中に交っても、決して敗《ひ》けを取るような一対《つい》じゃないわと、心の中で考えてみる。そしてそんなふうに思いあがった自分のはしたなさに、また、ひとりで紅《あか》くなったりするのだった。

「とにかく、あたしその日には、駅まで送らせていたゞくわ、ねえ、いゝでしょう。何も遠慮なさることないのよ」

「あら、どうかと思うわ。圭子さんたら、こちらをだしにして、去年の追想に耽《ふけ》ろうというわけなのよ、きっと」

「これこれ、ほんとのことを言っちゃ駄目よ、ほゝゝゝほ」

圭子はそういってほがらかに笑ったが。——

彼女はその約束を間違えなかった。果して圭子が予言したとおり、例の花嫁列車で旅立つことになった有為子を、彼女はわざわざ東京駅まで送って来たのである。

「有為子さん、お目出度《めでと》う。素敵ね、あなたとても綺麗よ」

発車を待つ間の、あわたゞしいプラットフォームだった。圭子は上気して、いくらか固くなっているこの年少の友を、力づけるように、わざとよそ行きでない言葉で励ましていた。

「あら、いやよ、そんなこと仰有《おっしゃ》っちゃ」

「ほんとうよ、お世辞じゃないわ。あなたのほかに七人花嫁さんがいるけど、あなたほど綺麗なかた一人もないわ」

「まあ、わざわざ数えて御覧になったの」

「そりゃ。——」

と、圭子はわざと眼をくるくるとさせると、急に有為子の耳に口を当て、

「それにあの方、とてもシャルマンじゃない」

「あら」

思わず頰《ほお》を赤らめる有為子の手を握りしめて、

「お帰りになったら、改めて紹介してね。さあ、こ

れでもう放免してあげる。あなた、あちらへいらっしゃいよ。あたし一人で占領してても悪いわ」

「えゝ」

「御機嫌よう。行くさきざきからハガキを頂戴《ちょうだい》ね。なるべくなら連名で」

圭子はもう一度、有為子の手を強く握りしめてやると、うじうじしている彼女の体を、向うのほうへ押しやるようにして、自分は人ごみから離れて一歩うしろへ退いた。

プラット・フォームは八組の新婚夫婦を見送る人々で、ごった返すような騒ぎ、その中に交って、いちいち挨拶《あいさつ》をして廻っている有為子や有為子の良人《おっと》の俊吉《しゅんきち》の姿を、圭子は頰笑《ほほえ》ましく眺めていた。

さっき圭子が囁《ささや》いたのは決して嘘《うそ》ではない。あまたいる花嫁花婿《むこ》の中にも、有為子の夫婦ほど、美しく揃った一対はほかになかった。

俊吉は背が高く、色が白くて、真黒《まっくろ》な洋服がよく身に合っていた。いくらか固くなっている様子も、初心《うぶ》らしくてよかった。

「ほんとうに、似合いの夫婦だわ」

自分が見送りに来ている夫婦が、一番際立《きわだ》っているということは圭子にとっても悪い気持ちではない。彼女はいくらか誇らしげな気持ちで、静かに見送り人の中を見廻していたが、そのうちにふと、向うの柱の蔭《かげ》に立っているひとりの婦人の姿に気がついた。

そのひとは背が高くて、眼鼻立ちの大きい、その眼鼻立ちがあまりよく整いすぎているので、却《かえ》って近寄り難いような感じのある美人だった。年は三十二三であろう、パッと眼のさめるような紫の羽織《はおり》を着ていた。

圭子はなんとなくその婦人が気になった。それは相手が人眼をはゞかるように、薄暗い柱の影に佇《たたず》んでいたせいもあるが、もう一つには、彼女の眼の中にたゞならぬ表情《いろ》が読みとられたからでもある。

彼女は明《あきら》かに有為子のほうを見ていた。いやいや、有為子と良人の俊吉の姿をかわるがわる見ているのだ。しかもその眼のなかには決して見送り人らしい好意のいろは見えなかった。反対に、世にも凄《すさ》まじい憎しみが、黒い陽炎《かげろう》のようにめらめらと燃えあがっているのだ。

(何かある！)

圭子はふいに、ツーッと胸の中を冷い物が通りすぎるような不快な感じに打たれた。いまゝで麗朗《れいろう》と晴れわたっていた空に、一点、気味の悪い黒雲を発見したような気持ちだった。少くともこゝに一人、有為子たちの結婚に対して、好感を抱いていない人物を、圭子はハッキリと認めたのだ。

だが。

その時ふいにジリジリとけたゝましく発車鈴呼《ベル》が鳴り出した。プラット・フォームのどよめきは俄《にわ》かに激しくなった。有為子も有為子の良人も、あわてゝ列車に乗りこんだ。

——と、紫の羽織を着た女も、あわてゝそのつぎの車に乗り込んだのである。

圭子はそれを見たとたん、胸が潰《つぶ》れるような気持ちがした。幸福なるべきこの新婚の夫婦のうえに、何かしら、まっくろな雲が覆いかぶさっているような気がしたのである。

列車がしずかに動き出した。有為子はしきりに窓の中から、圭子の方を見守っていたが、彼女はうっかり、それに手を振ってやることすら忘れていた。

紫の女。——

その嶮《けわ》しい横顔が、いつまでもいつまでも圭子の眼のまえから離れなかった。

## 紫の女

結婚の第一夜は伊豆山《いずさん》の宿であかした。

そして、誰でも結婚第一夜というものは、こんなに佗《わ》びしいものだろうかと有為子は考えはじめている。これは、少くとも花嫁にとっては不幸なことだった。

有為子は必《かな》らずしも、恋愛小説にあるような甘さを期待していたわけではない。早くから父をうしなって、未亡人になったしっかり者の母のもとで養われた有為子は、その年頃の娘としては、しっかりとした考えを持っていた。第一、彼女の婚約から結婚へ至る過程なども、決して小説にあるようなロマンチックなものではなくて、世間にざらにあるような、至って平凡なものだった。

最初、父の旧友である緒方という、世話好きな中年の紳士から話があって、有為子ははじめて、土岐《とき》俊吉と見合いをした。俊吉は某医科大学の医化学の研究室に働いている、若い医学士だった。

学生時代、苦学で通して来たというだけあって、俊吉は人間もしっかりしていたし、近頃の青年のように華やかなところはなかったが、その代り浮ついたところは微塵《みじん》もなかった。そしてその方が有為子にも、有為子の母にも気に入ったので、この縁談はすぐバタバタとまとまったのである。

挙式までには半年ほどの婚約期間があった。その間、有為子は時々俊吉に会ってみて、しだいに相手に対して尊敬の念がたかまっていくのを感じた。俊吉はあまり話題を持たない男だったし、いつでも専門のことばかり考えているらしく、会ってみてもあまり沢山話すことはなかった。俊吉はまた、強《し》いて話題を求めて女の機嫌を取り結ぶような男ではなかった。

それでも有為子は決して退屈をしなかった。無言のうちにも、深く相手が自分を愛していることを、女特有の鋭い神経が知っていたので、黙りあっていたことが、彼女には少しも苦痛ではなかった。

しかし、今は違う。

そうだ、昨夜から今朝へかけての俊吉の態度には、たしかに婚約時代とちがったところがあった。いったい、いつからこんなふうになったのだろう、有為子はぼんやりとそんなことを考えている。

重ねていうが、結婚の当初から、こんなふうに考えなければならぬということは、花嫁にとっては非常に不幸なことだったに違いない。

式のあいだは何《な》んともなかった。冷静な中にも、幸福を包みきれぬ俊吉の表情を有為子はハッキリと思い出すことが出来る。駅で見送り人に取囲まれた時も、俊吉は晴々《はればれ》とした表情《かお》をしていた。

それが、——

あゝ、そうだ。列車が横浜を出たところ、俊吉は一度便所へ立った。帰って来た時、俊吉の顔色があまり悪かったので、

「あなた、どうかなさいまして」

と、有為子が低声で訊《たず》ねた。

あの時からなのだ。

「どうして？」

俊吉はわざと怪訝《けげん》そうに訊ねかえしたが、その時彼は有為子の方を見ることが出来なかった。

（あの時、何かあったのだわ）

有為子は考える。しかし、何があったのか、そこまでは有為子にもわからなかった。

有為子は籐《とう》椅子によったまゝ、黙って硝子《ガラス》戸の外を眺めている。硝子戸の下はすぐ海だった。海はよく晴れて、沖にうかんでいる初島《はつしま》が、くっきりと間近に見えた。

俊吉は机にむかって何か書いている。しかし、ほんとうは何も書くことなど、ありはしないのだといううことを、賢い有為子はちゃんと知っている。

こんな侘びしい新婚夫婦って、あるものだろうか、——有為子がそんなことを考えている時、ふいに俊吉が頭をあげた。

「有為子」

「……」

有為子はふと良人の顔を見た。そして、良人が何か打明けようとしているのだということを知った。

「なあに？」

だが、丁度そこへ折悪《おりあ》しく宿の女中が入って来たので、出かゝった俊吉の言葉はそのまゝ咽喉《のど》の奥へひっこんでしまった。

「あの——」

と、女中が気がねをしたように、

「八番のお客様が旦那《だんな》さまにこれを——」

おずおずしながら、一通の手紙を渡した。

「あゝそう」

俊吉はあわてゝその手紙を受取ると、よく見もしないで、懐中へ捻《ね》じこんでしまった。

「あなた、誰から？」

「なに」

出ていく女中の後姿を眼で追いながら、

「友達がね、この宿に泊り合せていてね、僕の姿を見たらしいのだよ」

「お読みにならなくてよろしいの」

「そんな必要はないさ。別に用事ってある筈《はず》がないんだもの。きっとからかって来たんだよ」

「そう」

有為子は海の方を見ながら言った。それきり言葉の継穂《つぎほ》はなくなってしまった。

「有為子」

しばらくしてから俊吉が、

「僕、ちょっと買物にいってくる」

「あら」

有為子はびっくりしたように、

「あたしも一緒に行っちゃいけません」

「うゝん、君か。——いや、じき帰って来るから、君は待ってゝくれたまえ」

「……」

俊吉は涙ぐんでいる有為子の眼を見た。すると急にいじらしくなって、彼女の肩に手をかけてやりたかったが、俊吉にはそんな真似《まね》は出来なかった。

「じき帰って来るからね。待っているんだよ」

俊吉も、自分自身涙ぐんだような声でいうと、急に身をひるがえして部屋を出ていった。

有為子はそのあと、ぼんやりと海の方を眺めていたが、結婚の翌朝、花婿におきざりにされる花嫁のいじらしさに急に涙がこぼれそうになった。

有為子も立って、間もなく宿を出ていった。

宿のすぐまえに、だらだら坂があって、その坂を下っていくと、海のすぐそばに養魚場があった。有為子はその方へいって見ようと、五六歩あるきかけたが、その時、自分のそばをさっと通りぬけて、向うの方へ行きすぎた一人の女があった。

顔は見えなかったけれど、鮮《あざや》かな紫色の羽織が、はっきりと彼女の眼にとまった。有為子がなんの気もなしに振返って見ると、その女の姿はもう、向うの曲角《まがりかど》を曲って見えなくなっていた。

有為子はそのまゝ養魚場の方へおりていった。ところが、それから間もなく、何んの気もなく彼女が、ふと向うに見える高い崖《がけ》のうえを見ると、驚いたことには、彼女の良人の俊吉が、一人の女と連れ立って歩いているのだ。しかも、その女は濃い紫色の羽織を着ている。遠いので女の顔は見えなかった。

「まあ！」

有為子はふいに真蒼《まっさお》になった。良人が——昨夜《ゆうべ》、結婚の第一夜を明かしたばかりの良人が、今、ほかの女と歩いている。有為子でなくても、これは驚くのが当然だった。彼女はふいに、足下の大地ががらがらと崩れるような気がした。

良人と、紫の女の姿は、すぐ崖の向うに見えなくなってしまった。

### 捕縛

「奥さん、いったい、僕をどうしようというのですか」

切りたてたような高い断巌《だんがん》のうえだった。海から吹いてくる風が、俊吉と女——紫の女の間にかもされている嶮《けわ》しい空気を、一層煽《あお》るように、ハタハタと二人の袖《そで》をひるがえした。数十丈もあろうかと思われる崖の下には、白い波がしきりに砕けて、海には舟のかげもなかった。

女は捨鉢《すてばち》な様子で、岩のうえに坐ったまゝ黙っている。髪が冷い風にひらひらと乱れて、美しい顔は凄《すご》いほど蒼《あお》かった。

「僕のあとをつけて来たり、こんな手紙を寄来《よこ》したり、これは一体なんという態《ざま》なんです。もしこんなことが先生に知れたら、いったい、どうなさるつもりなんですか」

俊吉の声はかなり激していた。

「もう、知れてしまったわよ」

女が冷《ひや》かな声でいった。

「あたしが話したのよ、何もかも」

「話したって？　何を話したっていうのです」

俊吉がふいに怯《おび》えたような眼のいろをした。

「ほゝゝゝほ、何もそう驚かなくてもいゝじゃないの。あなたには気の毒だったけど、少しおまけまで添えて話したのよ。つまりね、あなたとあたしの間に、ちゃんと恋愛関係が成立してしまったように話したのよ」

「奥さん。それはひどい、そ、そんな――」

「だって、そうとよりほか話せないじゃないの。散々あなたを附け廻したけど、とうとう跳《は》ねつけられてしまったなんて、そんな恥かしいことが言えると思って?」

「ひどい、滅茶《めちゃ》だ。奥さん、あなたは気でも狂ったのですか。そんなこと。もし先生がそんなこと真《ま》に受けたら、あなたはいったい、どうなさるつもりなんです」

「どうもこうもありゃしない。先生はちゃんと信じていらっしゃるわ。そうでなくても、まえからあたし達の仲を疑っているんですもの」

女は低い、表情のない声でいった。そういう彼女の眼のなかには、何かしら気狂いじみた表情《いろ》があるので、俊吉は思わずゾッとした。

「先生はこう仰有るのよ。真実おまえたちが愛し合っているなら、それは仕方がないことだ。おまえたちは少しも世間の噂《うわさ》なんか気にする必要はない。自分のよしと信じる生きかたをするのが一番いゝことだって。だから、おまえこれから行って土岐を取り返して来い、こう仰有るの、だからあたし、あなたを取り返しに来たのよ。花嫁にはお気の毒だけど」

女は土岐俊吉の恩師にあたる、瓜生《うりゅう》博士の夫人で、奈美子《なみこ》という。

孔雀《くじゃく》夫人。――博士の弟子たちは、みんな彼女のことをそう呼んでいた。孔雀のように驕慢《きょうまん》で、美しく、意志の強い女だった。

「おまえが土岐を取り返して来たら、わたしはおまえたちを許してあげよう、だけど、もし、それが出来なかったら、土岐がおまえよりも、新らしい花嫁の方をより多く愛しているのなら、わしはおまえたちを許すことが出来ない、先生はそう仰有ったわ。そしてあたし、先生の仰有ることが真実だと思うから、こうしてあなたを奪いに来たのよ」

「真実も、真実でないも、奥さん、僕は今迄《まで》一度だって奥さんを愛したことはありませんよ。そんなふうに先生から疑われちゃ、僕は迷惑します」

「迷惑？」

「えゝ、迷惑します。有為子も可哀《かわい》そうです」

「有為子さんて、あの可愛《かわい》い花嫁のことね。俊吉さん」

奈美子は急にきりゝと柳眉《りゅうび》を逆立てて、俊吉の顔を見た。

「あたし、あなたを殺してしまいたい」

「な、なにを言うのです。僕こそ、――僕こそ、こんなひどい侮辱《ぶじょく》をうけて、あゝ、僕はいったい、先生に向ってどう弁解すればいゝのです」

「あなたがどんなに弁解したって、先生が信用するもんですか。人間てものは、正しかったという弁解より、正しくなかったという告白の方を、信じたがるものなんですからね。俊吉さん、先生はもうあたしの言葉を信じきっているのよ。だからもう、あなたがあたしの言葉をうけいれないと、あなたは先生からどんな恐ろしい復讐《ふくしゅう》をうけるかも知れなくってよ。あなたも、あなたのあの可愛い花嫁も」

「あゝ」

ふいに俊吉が眩《めくらめ》くようによろめいた。

「奥さん、あなたは僕をおとし入れようというのだ。僕は――僕こそ、あなたを殺してしまいたい」

「殺して、俊吉さん、殺して。あたし切ない。あなたにこんなに嫌われて、――あゝ、あたしあなたに殺して貰《もら》いたい」

奈美子がふいに狂気のように取り縋《すが》るのを、

「よし、殺してやる、殺してやる！」

言いながら、俊吉も我れを忘れて、夢中になって奈美子の頸《くび》に手をかけた。遥か下の崖裾《がけすそ》で、白い波がパッと砕けている。


---

有為子は夢中になって、あまり広くもない伊豆山の町を歩きまわっていた。

彼女はいっそ、このまゝ一人で東京へ帰ってしまおうかとも思った。しかし、それは彼女の理性と分別が許さなかった。それに彼女は俊吉を愛していたし、俊吉を信じてもいた。

（なんでもないのだわ。たゞ、ちょっとした知合いの方なんだわ）

彼女は何度も何度も、自分で自分にそう言いきかせていた。彼女はふと、さっき出ていく時の、良人の涙ぐんだ声音《こわね》を思い出した。

すると急に胸の中が熱くなって、

（たとい、何があったとしても仕方がないわ。過去はどうであろうとも、現在では自分を愛していることに間違いはないのだもの）

それはいくらか卑屈な諦《あきら》めかただった。

しかし、日本の女の殆《ほと》んどすべてが、こういうふうにして、自分をおさえつけてしまうのだ。

有為子は急に俊吉のことが気になった。そこで、さっき良人の姿を見かけた、あの崖の方のだらだら道を登っていくと、その時、向うから、急ぎあしでこちらへ降りて来る男の姿が見えた。

その男は真黒な洋服を着て、柔かそうな黒い帽子をすっぽりとかぶっていた。まだ若い男で、白い顔に、黒い色をした眼鏡をかけていた。片手に黒い革の鞄《かばん》を持って、片手にカメラのサックをブラ下げていた。

その男は、有為子の姿を見ると、びっくりしたように二三歩いきすぎたが、ふと立止《たちどま》ると、

「もしもし、あなた有為子さんでしょう」

柔かな声で呼びとめた。

有為子が驚いて振りかえると、

「そちらへ行くの、お止《よ》しなさい。旦那様はもう宿へお帰りになりましたよ」

そう言ったかと思うと、男はくるりと身をひるがえして、そのまゝすたすたと坂をおりていってしまった。

有為子は驚いた。狐《きつね》につまゝれたような気がした。なんだか気味悪くなった。

彼女はしばらく呆然《ぼんやり》として、そこに立ちつくしていたが、急にまえをかき合せると、これまた坂を下って、大急ぎで宿へかえって来た。宿には果して、

俊吉が帰って待っていた。

「有為子、どこへ行ってたの」

俊吉の言葉はとがめるというよりも、優しさに満ち溢《あふ》れていた。有為子はそれをきくと急に涙がほろほろと頰《ほお》へ伝わって来た。

「もうい〻のだよ、ね、有為子。何も心配することはないんだよ」

それは昨夜から有為子が待ちこがれていた、はじめての、良人らしい、優しい言葉だった。有為子はいよいよ泣けて来た。

「さあ、もう泣くのお止し。いずれおまえにも話をするけれどね、僕は決して間違ったことをしたんじゃないよ。おまえ信じてくれるかい」

「え〻、え〻、信じるわ」

「そう、有難《ありがと》う」

俊吉はそっと有為子の肩を抱《いだ》いてやった。

「どんなことが起ってもね、僕を信じていておくれ。信じてくれるだろうね」

「え〻、え、信じるわ」

「そう、じゃ、すぐ宿を立って、関西の方へ行こうじゃないか」

「あら、今からすぐ？」

「うん、ちょうどい〻汽車があるようだからね。僕はいっときも早くこの土地を離れたいのだよ」

有為子はふと、さっき見た紫の女のことを思い出したが、すぐにそれを搔《か》き消すように、

「あたしも――あたしもよ」

と低声《こごえ》でいった。

夜汽車でないので、少し不便だったけれど、ちょうど熱海発、神戸行きの汽車が三時何分かに出ることになっていた。

俊吉と有為子はその汽車に乗った。

ところが沼津まで来た時、ふいにどやどやとこの汽車の中へ警官や私服が入って来た。

「土岐俊吉さんですね」

私服の一人がかなり叮嚀《ていねい》な言葉でいった。

「そうです。あなたは？」

俊吉がびっくりしたようにいうと、

「ちょっとこゝで降りて貰いたいんですがね」

「下りろ？　いったい、ど、どうしたというのです」

俊吉が驚いて立ち上った。

「瓜生奈美子さん――ご存じでしょう、その瓜生奈美子さんの死について、ちょっとお伺《うかが》いしたいことがあるのですよ」

「あなた、あなた！」

有為子が縋りついた時、俊吉の頰は紙のように真白になっていた。

## 凶報

圭子はやりかけていたフランス刺繡《ししゅう》の手を止めて、茶簞笥《ちゃだんす》のうえにおいてある小さな大理石の置時計に眼をやった。

時計の針は九時をさしている。

女中を先に寝かせてしまったので、家のなかは静かだった。彼女はふとその静けさのなかに、聞きおぼえのある靴音《くつおと》を聞いたような気がしたので、しばらく針を持ったまゝじっと利耳《ききみみ》をたてゝいたが、その靴音は家のまえを通りすぎて路地の奥へ消えてしまった。

圭子はいくらかがっかりとしたように、

「遅いわね、相変らず、何かまた事件が起ったのかしら」

と、呟《つぶや》きながら、白いふきんをかけた餉台《ちゃぶだい》のほうへ眼をやった。その餉台には良人がいつ帰って来ても間に合うように、ちゃんと食事の用意が出来ていた。

圭子の良人は新聞記者だった。島津慎介《しまづしんすけ》といえば、S新聞社会部の花形記者として、仲間のあいだでは、押しも押されもせぬ地位をしめている。それが圭子の良人だった。

「ほんとに亭主持つなら新聞記者はお止《よ》しだわねえ。困っちゃうわ」

圭子は肩をすぼめて溜息《ためいき》を吐いたが、しかしその独語《ひとりごと》の内容が持っているほどの不平らしい実感はなかった。

一年あまりの結婚生活のあいだに、彼女はすっかり新聞記者の妻らしい心構えが出来ていた。良人の勤務は時間的に不規則を極めている。朝出社したまゝ二十四時間以上も帰らないことが度々あった。たまには休暇があるかと思うと、きまって何か大事件が突発して、電話で呼び出されたりした。

「第一、新婚旅行の時からしてそうなんですもの。あれ、ほんとうに凶《わる》い前兆だったわ」

圭子はよく微笑《わら》いながら知人にそういった。

彼等の新婚旅行は、いつか有為子に話したように、例の花嫁列車で熱海へ赴《おもむ》いたのだったが、その翌朝には早《はや》、右翼団の大検挙という大事件が起って、否応《いやおう》なしに良人の慎介は帰社を命ぜられたのだった。

圭子はいま、その時のことを思いうかべながら、心持ちうつむき加減になって、膝《ひざ》のうえにおいた丸い枠のうえに、熱心に針をすゝめている。彼女はその仕事を急がなければならないのだ。何故《なぜ》といって、彼女がいま手をつけているそのテーブル掛けは、結婚のお祝いとして、有為子に贈ろうと思っているものなのである。彼女はそれを、有為子が旅行から帰る日までに仕上げようと思っているのだ。

(有為子さんたち、今夜はどこかしら。あの人たちまさかあたしたちみたいに、途中から呼び返されたりしやしないわね)

友達の身のうえに、それ以上の大打撃が降りかゝっているとも知らぬ圭子は、自分たちのあわたゞしい旅行の結果を思い出して、ふと微笑いたいような気持ちになっていた。

あの電話のベルが鳴り出したのは、ちょうどその時だった。

「もしもし、あたし圭子よ、あなたア?」

電話は茶の間のすぐ外の廊下にあった。立上ってその受話器を外した圭子は、この時刻に電話をかけて来るのは良人よりほかにないと思いこんでいたので、いくらか甘えるような声でいったが、すぐハッとなった。

電話は慎介からではなかったのである。

「あゝもしもし、そちらは島津さまのお宅でございましょうか。奥さまはおいでになりますかしら。もしおいでになりましたら、恐入《おそれい》りますがちょっとお電話口まで」

　ふるえを帯びた甲高《かんだか》い女の声なのだ。ひどく開き直った切口上《きりこうじょう》だったが、しかし、なんとなくおろおろとしたような早口が、圭子の胸にふとかすかな不安を投げかける。

「はあ、あの、私島津の家内でございますが、どちらさまでしょうか」

「あ、圭子さん、私、磯貝《いそがい》の母でございます」

　電話の声がとび立つようにいった。磯貝というのは有為子の実家の姓だった。

「あら、有為子さんのお母さま、失礼いたしました。どうかなすって？」

「あの、変なことをお訊ねするようですけれど、そちらの方へ、もしや有為子が参っておりませんでしょうか」

「あら、有為子さんが？　どうして？　小母《おば》さん、いゝえ、おいでゝはありませんわ。だって有為子さん、御旅行でしょう」

「えゝ、あの――それではお伺いしてはおりませんのですわね」

　その言葉つきは、何かしら張りつめた弦がプッツリと切れたような調子だった。圭子はふいと激しい胸騒ぎをかんじた。

「小母さん、有為子さん、どうかなすって。だっておかしいわ。今頃あたしのところに来てやしないかなんて。何か有為子さんの身に間違いがございましたの」

「はあ、あの――」

「ねえ、小母さん、言って頂戴、あたし気になるわ。有為子さん、どうなすったのよ」

「いえ、あの、――電話ではなんですから、いずれすぐ知れることですから、お隠しするわけじゃございませんけれど。――それでは圭子さん、私折入《おりい》ってお願いがあるのですけれど」

「えゝえゝ、あたしに出来ることなら、どんなことでも。――なんですの」

「あの、もしや、そのうちに有為子が参りましたら、そちらへ引きとめておいて、宅の方にお報《し》らせ願いたいのでございますが、私いま熱海にいるんですけれど、宅には融《ゆずる》が留守番をしておりますから」

「あら、小母さん、熱海にいらっしゃるの。えゝ、そんなこと、なんでもありませんわ」

「それから、有為子はきっとひどく昂奮《こうふん》していることと思いますから、間違いのないように気をつけてやって戴《いただ》きたいと思いますの」

「まあ！」

圭子は思わず呼吸《いき》をつめて、

「小母さん！」

「圭子さん、わたくし、わたくし――」

電話の向うから、ふいと咽《むせ》び泣くような声が聞えたが、じき気を取り直したように、

「失礼いたしました。それでは取りこんでおりますからこれで御免蒙《ごめんこうむ》ります。旦那様によろしく申上げて下さい」

「小母さん、小母さん」

圭子が電話口でそう叫んだ時、向うのほうでガチャリと受話器をかける音がした。

圭子は受話器を握ったまゝ、茫然《ぼうぜん》としてそこに立ちすくんでしまった。彼女のあたまはすっかり混乱して、何を、どういうふうに考えていゝのか、見当もつかなかった。

しかし、唯《ただ》ひとつのことは確かだ。

有為子の身に、何かしら容易ならぬ間違いが起ったのだ。日頃あんなに落着《おちつ》いた有為子の母が、あれほど取乱しているのだもの、よほど大変なことにちがいない。

だが、それがどんなことなのか、圭子には想像もつかなかった。彼女は新婚の夫婦に起りそうな、あらゆる場合を考えてみたが、しかしそのどれも、有為子たちの場合にはあてはまりそうもなかった。

(可哀そうな有為子、あなた一体どうしたというの)

呟いたとたん、圭子のあたまをさっと、昨夜東京駅でみた、あの紫の女の幻がかすめて通った。

(あ、もしや！)

叫んで、ガチャリと受話器をかけた時である。そ

れを待ちかねていたように、又もやジリジリとベルが鳴り出した。

圭子があわてゝ再び受話器を取上げると、今度こそ間違いもなく良人の慎介だった。

「圭子かい、僕だよ」

良人の力強い声が、この際、縋りつきたいほどたのもしく感じられた。

「あなた？　あなた今どこにいらっしゃるの、早く帰ってよ。あたしねえ、あたしねえ」

「どうしたんだ、何をそう昂奮してるの」

「なんだかあたしにも分らないの。でも、早く帰ってよ、ねえ、お願い」

「よしよし、実はいま熱海にいるんだがね」

「熱海ですって？」

圭子が魂消《たまげ》るような声をあげた。

「うん、仕事のことでね、こちらに事件があったんだよ。それでね、君にちょっと聞きたいと思ったんだが、昨夜結婚した君の友達ね」

「あら、有為子さんのこと？」

「そうそう、その有為子さんだが、その人の御主人、土岐俊吉といやしなかったかい？」

「えゝそうよ、あなた。その人がどうかしたの？」

「あゝ、じゃ、やっぱりそうなんだね」

慎介はぽつんと言葉を切って、それ以上話したものか、どうか、考えているふうであった。

圭子は躍起《やっき》となって、

「あなた、あなた」

「なに？」

「有為子さんの御主人がどうかなすったの？　ねえ、たった今、有為子さんのお母さんから電話がかゝって来たのよ。ねえ、有為子さんどうかなすったの」

「うん、実はね、その土岐俊吉という人が、人殺しの嫌疑で捕えられたんだよ」

圭子はふいに、しいんと体中の力が抜けていくような気がした。

「圭子、圭子、どうかしたのかい」

「いゝえ、あの、――なんでもありませんの。それであなた、もしやその殺された人というの、紫の羽織を着た女の方じゃありません？」

「圭子！」

慎介はびっくりしたように、

「君はどうしてそれを知ってるんだね」

「いゝえ、なんでもありませんの。お帰りになったらお話しますわ」

「そう、それじゃ僕は十時二十七分の汽車で帰るからね、記事はいま電話で送ったから、すぐそちらへ帰れると思う。しかし君、あまり昂奮しちゃいけないぜ」

「えゝ、大丈夫よ」

そう言ったが、もとの茶の間へかえって来る時、圭子の膝頭《ひざがしら》はガクガクとふるえて、顔色は真蒼だった。

## 圭子の良人

可哀そうな有為子！

茶の間へかえって来た圭子は、ふとやりかけていたフランス刺繍をみると、ふいと涙が溢れ出して来た。

圭子と有為子とは学校では二年ちがっていた。しかし二人のあいだにつながれた友情はその年級《クラス》の相違などを超えた、深い、厚いものだった。圭子はどちらかというと大ざっぱで、向う見ずで、しかも感情の起伏の大きな、姐御《あねご》肌のところがあった。それに反して有為子はいつもちんまりと静かで美しく、しかも芯に根強いものを持っていた。こういう性格の相違が、二人の友情をいっそう味の濃いものにしているのだった。

その有為子が——一体何んということだろう、詳しいことは分らないけれど、良人《おっと》が人殺しの嫌疑で捕えられたという。しかも新婚旅行の途中で。——あゝ、早く良人が帰ればいゝ。良人が帰ればもっと詳しい事情が分るだろう。そして許されることなら、すぐにも有為子のそばへとんでいって慰《なぐさ》めてやりたい。

圭子はふと思い出して旅行案内をくってみた。十時二十七分に熱海を出る汽車は、かっきり十二時に横浜へつくことになっている。横浜から電車に乗換えるとして、こちらへ帰って来るのは一時をすぎるだろう。

時計を見るとまだやっと九時三十分。圭子は時の経過のもどかしさに、身をやかれるような気がするのだった。

と、その時である。

ふいにガタリと、何か玄関の格子にぶつかるような音がした。それから何やらくどくどと囁く声が聞えた。圭子はつと立上って、玄関へ出ると、パチッと電燈のスイッチをひねって、格子の外を見た。

格子のすぐ外に二つの人影が見える。

「あら、どうかなさいましたの」

玄関に立って腰をかゞめながらいうと、白い顔がつとこちらを向いた。真黒の洋服を着て、柔かそうな黒い帽子をスッポリとかぶっている。まだ若い男で、白い顔に黒い色をした眼鏡をかけていた。

「あゝ、失礼いたしました」

その男が白い歯を出していった。甘い、柔かな声だった。

「今こゝを通りかゝると、この御婦人がお宅の門の外で、倒れそうになっていられたものですから」

その声に圭子ははじめて、男の腕によりかゝって、ぐったりとしている女の姿に気がついた。圭子はハッとして足袋《たび》はだしのまゝ、三和土《たたき》のうえにとび降りると、格子を開いて女の顔を見た。女は果して有為子だった。

「あ、有為子さん」

有為子はぐったりとして眼をつむっている。

「あゝ、それじゃ、あなたはこの方を御存じなのですね」

「えゝ、知っていますわ。きっとこゝへ訪ねて来るつもりだったのですわ」

「あゝ、そうですか。だいぶ御気分が悪いようですが、どれ手伝ってあげましょう」

「恐入ります」

力を合わせて有為子のからだを玄関からうえへ運びあげる時、圭子はふとその男が、黒いカメラのサックを肩にブラ下げているのに気がついた。

男は有為子を無事に玄関の間へ寝かせると、圭子の礼を聞き流して、名前も名乗らずに、さっと暗い外の闇へ消えていった。しかし、この時、圭子がもっと注意していたら、その男が玄関を出るとき、じろりと鋭い眼で表札を見ていったことに気がついたであろう。

だが圭子はいま、それどころではなかったのだ。騒ぎを聞いて起きて来た女中に、大急ぎで床をとらせて、それに有為子のからだを寝かせてやると、急に、いまゝでこらえていた涙がポロポロと溢れ出してくるのだ。

まあ、何んというはげしい変りようだろう。たった一夜のうちに、有為子の頬《ほお》はげっそりと落ちて、眼のふちが燃えるように赤味を帯びていた。額《ひたい》に手をあてゝ見ると、焼けつくように熱かった。

「姐《ねえ》や、おまえちょっとお医者様を呼んで来ておくれ。それから帰りに氷をね」

「はい」

寝呆《ねぼ》けたような眼をした女中が、そゝくさと出ていった後で、圭子は急に思い出して、有為子の宅へ電話をかけた。有為子の母はまだ熱海から帰っていなかったが、高等学校へいっている有為子の弟の融が電話口へ出た。

融は心配そうに幾度も幾度も姉の容態をきゝ返したが、圭子は決して心配はいらないからといって電話をきってしまった。

医者はすぐ来てくれた。そして叮嚀《ていねい》に聴診器をあてると、別に内臓には異状はないようだが、非常に大きなショックを受けているようだから、しばらく安静にしておいた方がよかろうといって、注射を一《ひと》筒《とう》うって帰っていった。有為子は相変らず、真紅な顔をして眠っていたが、医者が帰っていくと、間もなくふいにパッチリと眼をあけて圭子を見た。

「あゝ、圭子さん」

有為子の眼からふいに涙が溢れて来た。

「いゝのよ、有為子さん、何もいわなくてもいゝの。ねえ、静かに寝ていらっしゃい。今に何もかもよくなるわよ」

「圭子さん、あたし、あたし――」

有為子は夜着《よぎ》のはしを嚙《か》んで泣き入ったが急に怯えたような眼をして、

「あゝ、あの人――あの人どうして？　あの黒い洋服を着た人――」

有為子がいっているのは、どうやらさっき、門のまえで会った男らしかった。

「あの人、あたしを尾《つ》けて来たのよ。熱海からあたしをつけて来たんだわ。あたし、あの人に伊豆山で会ったの。あゝ、あの人が――あの人が何かを知っているんだわ」

圭子には有為子のいっている言葉の意味がよく分らなかった。多分熱にうかされて、うわごとを言っているのだろうと思った。しかし、後から考えてみれば、有為子のその言葉には、非常に大きな意味があったのだ。

黒眼鏡をかけた男。――あの男こそ、この事件に容易ならぬ関係を持っているのだった。


「いゝのよ。さあ、もう何も考えないことにしましょうよ。そしてよく寝るのよ、分って？」

「えゝ」

有為子は子供のように素直にうなずくと、眼をつむったが、やがてまた、悩ましげな夢のなかへ落ちていった。

その打挫かれた花のような姿をみると、圭子は胸がふさがりそうだった。

でもよくこゝへ来てくれたわ。母のもとよりもどこよりも、こうして自分のうちへ一番に来てくれたことを思えば、圭子はこの友のためなら、どんなことでもしてやりたかった。

圭子の良人の慎介が帰って来たのは、それからよほど経《た》ってからだった。そして意外にも彼は、有為子の母と一緒だった。有為子の母は融からの電話で、有為子がこゝへ来ていることを知ったのだ。そして急いで帰る途中、汽車のなかで慎介に出会ったのだった。

「どうもいろいろと有難うございました」

よく眠っている有為子の顔を見ると、母はまた新らしい涙だった。

「そんなことどうでもいゝのよ、小母さん、それより有為子さん、しばらくこゝへおいてあげたほうがよくはなくって？」

「有難う、これもさぞ切《せつ》ないことだろうと思いますわ」

磯貝未亡人はそういうと、せぐりあげるように涙をのむのだった。

さて、圭子は良人の口からはじめて事件の真相を知ることが出来た。

それは大体次《つ》ぎのような事情なのだ。

昨日の二時ごろだった。

伊豆山の漁師が崖下の波の間に、無残に打挫かれた女の死体を発見したのだ。女の顔は、崖を滑り落ちる時、すれたと見えて無茶苦茶《むちゃくちゃ》になっていたが、パッと眼につく紫の羽織を着ていたことにより、直《ただ》ちにK――屋へそのまえの晩から泊っている女だということが分った。

宿帳には瓜生奈美子とあった。最初人々は、この哀れな犠牲者は崖の上を散歩していて、誤まって滑り落ちたのだろうくらいに考えていた。ところが意外にも死体を調べてみると、肩胛骨《けんこうこつ》のところから、左の肺へつき通るほどの深い突傷《つききず》を受けていることが分ったのだ。崖の上を検《しら》べてみると、草叢《くさむら》に白鞘《しろさや》の短刀が血に塗《まみ》れて落ちていた。しかもそのあたりには格闘の跡とおぼしい、入乱れた足跡があった。そこでこういう事が推察される。誰かゞこの崖の上で奈美子を突殺《つきころ》して、それからその死体を、崖のうえから投げ落したのだと。

すると、K屋の女中がこういうことを言い出した。その八番に泊っていた奈美子が今朝ほど、新婚夫婦とおぼしい土岐俊吉のところへ手紙を書いた。そして二人は相《あい》前後してこの宿を出たが、しばらくして俊吉の方だけ真蒼になって帰って来たのに、奈美子はそのまゝ帰って来なかった。すると、又別の男がこんなことをつけ加えた。奈美子と、そしてたしかに俊吉らしい男が、崖の方へ登っていくのを見た。

しかも二人ともひどく昂奮して、何かいさかいをしていた様子だというのだ。

しかも、俊吉は宿へ帰って来ると大急ぎで、新妻を連れて出発している。どちらから見ても、俊吉に対する疑惑の雲は深かった。

そこで早速、熱海から手配して、俊吉を車中で捕えたのだった。

「まあ」

聞いているうちに圭子は真蒼になった。

「そして、その奈美子という人はいったい、どういう人ですの」

「それはね、俊吉君の恩師にあたる瓜生博士の夫人なんだよ。僕はまえからよく知っているがね、孔雀夫人といって、とても驕慢な女なんだ。ひょっとすると、俊吉君との間に、何か――何かこう、よくないいきさつがあったのかも知れないね」

慎介がこう腕組みをした時、今迄、よく眠っているとばかり思っていた有為子が、突然けたゝましい声をかけた。

「あら、嘘よ、そんなこと! 土岐は絶対にそんなことないって言ったわ。そして、決してその人を殺した覚えはないって、あたしに誓ったわ。嘘よ、嘘よ、みんな嘘だわ」

有為子はふいに身をふるわせて泣き出したのである。

## 恐ろしき証拠

学者らしいきちんと整理された書斎だった。

瓜生博士はドレシング・ガウンのまゝ、大きなデスクによりかゝって、何か書いていた。左手で胡麻《ごま》塩頭《しお》をかきむしりながら、鉛筆を握った右手はしきりに紙のうえに何やら書いている。

紙の上には見る見るうちに、丸だの三角だのが殖えていった。時々、鉛筆を握った指がはげしく慄《ふる》える。顔色は蒼いというより、むしろ土色をしていた。眼は血走って、白い角膜に網のように血の筋が走っているのだ。

昨日、博士は熱海の警察からよび出されて、妻の死体を見にいった。そして見るも無残に打挫かれた体――というよりも、一個の肉塊を見て来たのだ。博士はその肉塊に対して、たしかに妻の奈美子にちがいないと証言をあたえた。当然、そのあとには、質問の雨が降って来た。殆んど真夜中ちかくまで、あらゆる忌《いま》わしい、疑いぶかい質問が、あまり丈夫でない博士の神経と肉体を責めさいなんだものだ。

妻の死――しかもその犯人と目《もく》されているのは、博士のかつての愛弟子なのだ。何んということだろう――今朝の新聞はその記事でいっぱいなのだ。博士はその新聞を読んだ。そして怯えきっていた。

「先生！」

ふいに書斎のドアをひらいて若い書生が声をかけた。博士はドキリとして、まるで雷にでも打たれたように身を起した。博士のその驚きようがあまりひどかったので、書生の方がかえってびっくりしたくらいである。

「この方がお眼にかゝりたいと言って、お見えになっています」

名刺を見ると、

S新聞社ゝ会部

島　津　慎　介

とある。博士はそれを見ると、毛虫にでも触れたように眉を動かした。

「いかん、いかん。新聞記者には絶対に会わん。追いかえしてくれ」

吼《ほ》えるような声だった。

「いえ、それが今日は新聞記者としてゞはないのだそうで、何んでも土岐有為子さんという方の代理としてお見えになったのだそうです」

「土岐有為子？」

博士は又もや、怯えたような眼のいろをした。それから暫《しばら》く黙っていた。鉛筆を握った手が、テーブルの上で激しく慄えた。

「よし、会ってやろう。応接室へ通したまえ」

そう言った博士の声には、かみつきそうな調子があった。

慎介は応接室へ通されて、静かに煙をくゆらしている。身だしなみのいゝ、どこから見ても立派な男だ。いかにもてきぱきとした、胸のひろい、決断力の強そうな、ひとくちに言って、たのもしそうな男だった。眉が太くて、眼が特別に冴《さ》え冴《ざ》えとしている。慎介は博士が入って来るのを見ると、肉の厚い頬にちょっと人懐《なつ》こい微笑をうかべて、ポイと煙草《タバコ》を灰皿のなかに捨てた。

「先生」

慎介が歯切れのいゝ声でいった。

「お疲れでしょうから、余談は抜きにして、早速用件を申上げます」

「よかろう」

博士は大きな革椅子に腰を落すと、挑戦するような眼つきをした。大きな椅子の中で、痩《や》せこけた小さい博士の体が、骸骨《がいこつ》のように見えた。

「先生は今度の事件をどうお考えになりますか。やっぱり土岐君が犯人だとお思いになりますか」

「それが君の用件かい。そして、俺はそんな質問に答えなければならんのかね」

「いや、失礼いたしました。でも、もう一度言い直しましょう。実はね、土岐有為子——ご存じでしょう、土岐君の新妻ですが、あの人が土岐君の無実を飽迄《あくまで》も主張しているんです。なんでも土岐君は、有為子さんに向ってキッパリとそう断言したんだそうで、それを有為子さんは信じて疑わないのです」

「そりゃ」

と、博士はぐいと肩をあげると、

「誰だってそれぐらいのことはいうだろうじゃないか。誰が花嫁に向って、俺が殺したなんていうもんか」

「そうなのです。あるいはそうかも知れません。ところが有為子さんだけは、この言葉が決して嘘ではないと信じきっているんです。つまり、士岐俊吉という人は、そういう場合になって、決して嘘をいうような男じゃない。むしろ、自分がやったのなら、正直にやったといって、許しを乞うだろう、——つまりそういう人物だというんです。私もはじめのうちは、実は先生と同じように考えていました。しかし、だんだん聞いているうちに、有為子さんの言葉を信じたくなって来たのです。女の直覚というものには、何かしら優れた真実があるものです。それで実はお伺いしたわけですが、先生は長い間、土岐君の面倒を見て来られたものですから、あの人の性格などをよくご存じのことゝ思いますが、土岐君は果して、有為子さんの言うような、そういう人物なんでしょうか」

博士は黙っていた。しかし、その顔には明かに動揺のいろがあった。だが、博士はすぐにそれを押し包むと、

「ふむ、そしてもし、君が土岐の言葉を信じるとすれば、一体どうしようというのだね」

「先生、私はその時にはもう一度この事件を調査し直したいと思うのです。いや、どんなに不利な証拠があっても構いません。先生、口はゞたいことをいうようですが、こういう事件の場合には、外面に現われた証拠ばかりを追っていてはいけないのです。それよりも関係者の性格につきいっていくことが何よりも大切なのです。今迄にも私は、これで度々成功して来たのです。十中八九まで有罪と極《きま》っていた嫌疑者を救ったこともあります。それで、一つ今度の場合も一働きしたいと思っているのですよ」

「君が？」

「えゝ、そう、先生、新聞記者という奴は、どうかすると探偵以上の働きをすることがあるんですよ」

博士はふいに憎悪に燃ゆる視線を慎介の面に投げかけた。だが、その視線が次第に狡猾《こうかつ》ないろを帯びて来ると、ふいににやりと微笑《わら》った。

「結構だ。君の自信には敬服したよ。しかしねえ、島津君、君もこの写真を見たら、そんな大きな口は利けまいよ」

博士はポケットを探って一葉の写真を取り出した。その写真には、はっきりと俊吉と奈美子の姿がうつっていた。伊豆山の崖のうえなのだ。

「殺してやるよ、よし殺してやる」

そう叫んで、俊吉が奈美子の頸に手をかけた、あの瞬間の写真なのだった。

## 第三の人物

「どうだ、これが殺人直前のふたりの姿なのだ。見たまえ、土岐は宿の浴衣《ゆかた》を着ている。島津君、君はこれでも土岐の無実を主張することが出来るかね」

博士の顔はどこか獾《おおかみ》に似ていた。

土色をした艶《つや》のない額が、自嘲《じちょう》と憂愁と、それから油断のならない狡猾さで、複雑な陰翳《いんえい》をつくっているので、さすがの慎介も、相手の真意を捕捉するのに、苦しんだくらいである。

慎介はまだ土岐の顔をよく知らなかった。しかし、博士がこういうからには、この恐ろしい印画紙上のふたりが、俊吉と奈美子のふたりにちがいないのだろう。

片手を岩のうえについて、崩れるような姿勢で相手を見あげている奈美子、――このほうは険のある横顔しか見えなかったけれど、それに反して、奈美子の白い頸に手をかけた俊吉の顔は、お誂《あつら》え向きといってもいゝほど、カメラにむかって、はっきりと正面を切っているのである。

憤怒《いかり》と憎悪《にくしみ》とに燃えくるったような眼のいろ、血のにじみ出るほど食いしばった唇、クチャクチャに乱れた頭髪、――その俊吉の表情が、片々《へんぺん》として乱れとぶ千切れ雲をバックにして、すさまじい迄の殺気をもって迫って来るのだ。

慎介は瞬間、ツーッと全身の血管がしびれるような気がした。それは必ずしも、この写真が物語っている通りに、俊吉の有罪を信じたからではない。いな、それに関しては、慎介には、自ら別の意見があった。たゞ、こういう世にも奇怪な撮影が、何人《なにびと》かの手によって行われたという、その事実からして、慎介の鋭い神経が、この事件のうちにかくれているらしい何んともいえない、すさまじい人間の意思をかぎつけたからであった。

「どうだね、これでも君は自説を主張する勇気があるかね」

挑戦するような博士の語気だった。

「先生、この写真はいったい誰が撮影したんです」

「そんなことはどうでもいゝ。それより、君はこれでもあの男の無罪を主張する気があるかといっているんだ」

慎介はいらいらとした、嶮しい博士の表情を、むしろ不思議そうに眺めていた。それからおもむろにこういった。

「先生、そのことについては今暫《しばら》くいわないことに致しましょう。それより僕が奇怪に考えるのは、どうしてこのような撮影がなされたかということです。写真が撮影されたからには、誰か二人の身近にいてシャッターを切ったものがあるに違いありません。そいつは一体何者でしょう。そして何故《なぜ》、警察へこのことを届けて出ないのでしょう。いやいや、それよりもかりに土岐君が奥さんを殺したのだとすれば、何故、その時そばに控えていたこの第三の人物は、それを阻止しようとしなかったのでしょう」

「なるほど」

博士はうめくように、

「君のいうとおり、そいつの行動は疑惑にみちている。それぐらいのことは、君に指摘される迄もなく、俺にだってちゃんと分っているんだ。しかしねえ島津君、そいつの行動が疑惑にみちていたとしても、それによって土岐にかゝっている疑いを割引するわけにゃいかないんだぜ、見たまえ、土岐のこのすさまじい表情《かおいろ》を。――この顔には、殺人者の殺気にみちた激情の瞬間が、はっきり印せられているじゃないか」

「そうかも知れません。しかし、先生、お言葉を返すようですが、私はやっぱりもっと別なことを考えずにはいられませんよ」

慎介はつくづくと写真の面を眺めながら、

「いったい、この写真を撮影した主は、偶然の機会からこういう場面をとらえたのでしょうか。それとも、あらかじめ、こういう場面が起り得るという期待をもって、ひそかに待機していたのではないでしょうか。どうも私にはあとの場合であるように思えて仕方がない。とすると、これはいったいどういう事になるのでしょう。この第三の人物は、ちゃんと殺人事件を予知していたということになるじゃありませんか。しかし、いかなる魔術師といえども、他人の意思を左右して、殺人を行わせるなんて、そんなべら棒な芸当が出来る筈はありません。したがって、殺人事件を予知していた人物即《すなわ》ち殺人者ということになりはしないでしょうか。そうなのです。先生、私はこの第三の人物こそ、即ち奥さんを殺した犯人にちがいないと思うのです」

言いきってから、慎介はきっと博士の顔を見た。博士の顔には明かにはげしい混乱が現れていた。だが、勝気《かちき》で我の強い博士は、あくまでも慎介の言葉に、承服することを拒むように、

「ふふふ、まあ、何んとでも君の好きなように考えるさ。君のその探偵術とやらが成功すれば、土岐のためにも幸福だろう。ところで、用件はこれで大概終ったように思うが」

明かに、帰れという謎《なぞ》なのだ。

慎介はそれを聞くと、きっと博士の顔を真正面から視《み》ながら、

「いや、失礼しました。しかし、先生、もう一つだけお訊ねすることをお許し下さい。この写真は、いったい誰が撮影《うつ》したのですか」

「知らない」

「御存じない？」

「知らんのだ」

ふいに博士は噛《か》みつきそうな早口でいった。その様子があまり激しかったので一瞬、慎介は、博士こそ、この写真の撮影者なのではなかろうかと疑ったくらいである。

この疑いは直《ただ》ちに博士の頭にも反映したのにちがいない。

「はゝゝゝは！　君は俺を疑っているんだな。馬鹿な。よしよし、教えてやろう」

博士はポケットから、クチャクチャになった四角い封筒を取出してみせた。その封筒のうえには、筆蹟を誤魔化《ごまか》すためであろう。わざと拙《まず》い字で、博士の宛名が書いてあった。

「今朝、表の郵便受けに、この封筒に入れて放りこ

んであったのだ。見たまえ、差出人の名は書いてない。どうだ、これで疑いは晴れたかい」

「なるほど、よく分りました」

慎介はその封筒を手にとってよく眺めると、それを博士に返しながら、

「ところで、先生はこの写真をどうされるつもりですか。警察へ届けるつもりですか」

「いや、まあ、暫く様子を見ていよう。瀕死《ひんし》の病人の咽喉をしめるようなことはしたくないからね」

「なるほど、それはお慈悲ぶかいことで」

慎介は皮肉な微笑を唇のはしにきざみながら、追立てられるようにして応接間から玄関へ出た。玄関で靴をはいている時、それでもそこまで送って出た博士が、

「なにも収穫がなくて気の毒だったたね」

慰めとも、嘲《あざけ》りともつかぬ語調でいうのを、

「いや、そんなことはありません。大発見がありましたよ」

「なに、大発見？」

「そうですとも、第一に、あの第三の人物が存在しているということを教えて戴いたゞけでも大した収穫です。それに……」

「それに？」

「それにもう一つは、どういう理由でか、瓜生博士が非常に熱心に、土岐俊吉を罪に落したがっているという事実です」

慎介の言葉が終らないうちに、靴をはいている彼の体をこえて、何やら物凄《ものすご》い勢いでとんだ。慎介が本能的に身をちゞめた刹那《せつな》、玄関の三和土のうえで、木っ葉微塵《みじん》に砕ける花瓶《かびん》の姿が目にうつった。

慎介は憤然として立ちあがると、玄関に仁王立ちになっている博士の顔を鋭く凝視しながら、

「博士！」

と、強い語気でいったが、すぐ薄笑いをうかべると、

「馬鹿な真似をなさるもんじゃありませんよ。新聞記者をそういう方法で待遇なさるなんて、気狂《きちが》いじみた話です。この酬《むく》いはきっとあるのですから」

い捨てると、改めて靴の紐《ひも》を結びなおし肩をゆすぶりながら、悠々として出ていった。

## 呼出し状

三日ほど譫語《うわごと》をいいつづけていた有為子は、四日目ごろから、しだいに平静を取り戻して来た。そしてこういう病気は、いったん針が恢復《かいふく》のほうへ向いはじめると、あとは話が早かった。

五日目になると、有為子は床のうえに起きなおって、圭子とボツボツ話をするようになっていた。だが、あの一時的なショックがおさまったということは、とりも直さず、彼女に新らしい苦難の日がはじまったということを、意味するのである。

有為子が意識を取戻したということをきくと、すぐ係官が熱海から駆けつけて来た。そしてかなり執《しつ》拗《よう》な臨床訊問《じんもん》が繰りかえされた。

「何も心配することないのよ、そのうちにきっとよくなるわ。良人《うち》のがね、何かしら素晴らしい反証を握っているらしいのよ」

そういう訊問のあったあと、ガックリと疲れ果てたような有為子を、励ますようにわざと朗《ほが》かにいう圭子だった。

「そうかしら、でも、あの刑事さんの口吻《くちぶり》じゃ、とても助かりそうじゃないわね」

いくらか肉が落ちて、そのためにいっそう美しさが増したかと思われる有為子は、痩せた指で頰をなでながら淋《さび》しそうにいった。

「刑事なんかに何がわかるもんですか。それより良《う》人《ち》のを信じてよ。あの人、何かよほど大きな確信があるらしいのよ。近頃夢中になってるわ。そうそう、それについて、是非《ぜひ》あなたに頼んでみてくれといわれていることがあるの」

「なあに？」

「あなた、そのうち土岐さんに会いにいくでしょう」

「まあ」

有為子はふいに、暗い未決にいる土岐のことを思い出した。すると、病気のためとはいえ、今迄いちどもその良人《おっと》に会おうと努力しなかった自分のことが思い出され、急に涙がこぼれそうになった。

「会えるでしょうか。あたし会いたいわ」

「会えますとも。あなたがその気なら良人《うち》のがすぐ手続きをとるといってるわ」

「そう、すみません。じゃあたし、明日でも一度会いにいって見ようかしら。それであたしに頼みたいというのは、どういうことなの」

「それはこうなの。あなた土岐さんに会ったら、こういうことを聞いて貰《もら》いたいというのよ。つまりね、土岐さんがあの女《ひと》と、岩頭であっている時、その周囲《まわり》に、誰かいやしなかったかというのよ。もっとハッキリいえば、カメラをもった人が、二人の姿を撮影しようとしていたのに気がつかなかったかと、それをきいて来て貰いたいというの」

「まあ！」

有為子はふいに怯えたような眼をみはった。

「カメラを持った人？　その人なら、あたしよく知っているわ。あゝ、そうなのだわ、あの人にきけば何か知っているに違いないわ。だってあの人、熱海からあたしをつけて来たんですもの」

「あなたをつけて？」

圭子が半信半疑で問いかえすのを、有為子はふいにその手を握りしめて、

「えゝ、そうよ、あなたゞって覚えてるでしょう。あの晩――あたしがこゝへ訊ねて来た晩、あたしをこゝへ抱えこんでくれた人があったでしょう。あの人がそうなのよ。あの人にあたし、事件のすぐあとで伊豆山であったのよ」

「まあ！」

圭子もふいに眼をみはって、

「そういえば、あの晩もあなた、さかんにそのことを言ってたわね。あたし譫語だとばかり思ってきゝ流してたんだけど、――そうそう、そういえば、あの人たしかにカメラを肩からブラ下げていたわ」

ふたりの女はそこで、ふいにシーンと黙りこんで顔を見合せていたが、有為子は急に圭子の手を握りしめ、簡単にあの日の経験を話すと、

「それにしても、島津さん、どうしてあの人のこと

に気がついたのでしょう。いったい、あのカメラを持った人が、土岐や瓜生の奥さんと、どういう関係があるというんでしょう」

「そこまでは良人《うち》のもまだ分らないらしいのよ。でもね、その人をつかまえれば、きっと事件の真相がわかるだろうというのよ、ひょっとすると――」

と、圭子はふいに声をひそめて、

「あの男こそ、孔雀夫人を殺した犯人じゃないかというの」

「そして、そのこと警察でも知ってるんでしょうか」

「いゝえ、警察じゃまだ一向気がついていないらしいのよ」

「まあ！」

有為子のうるみを帯びた眼から、ふいにポロポロと涙が溢れて来た。

「有難うよ、圭子さん、それじゃ島津さん、ほんとうにあたしたちの味方になって働いていて下すったのだわね」

有為子はそういうと、友の情の嬉《うれ》しさに、思わず泣き伏すのだった。溺れる者は藁《わら》でもつかむという譬《たとえ》のとおり、土岐にかゝっている疑惑の、あまりに完璧なのに、土岐を信じながらも、すっかり打挫かれていた有為子は、いまこうして友の口から示された、ほんの微《かす》かな、それこそ一筋の針のような希望の光にさえも、胸ふるうばかりの歓喜に泣けて来るのだった。

「ともかくこれは大発見だわ、良人《うち》のが探している人物が、ちゃんとこうしてあなたの跡までつけて来たということが分れば、慎介もまた何か考えがあるかも知れないわ。早速このことを知らせてやりましょうよ」

圭子はすぐ立上って慎介の勤めている新聞社へ電話をかけたが、生憎《あいにく》慎介は警視庁の方へ出向いているということであった。その警視庁の記者溜《だまり》へ電話をかけてみると、いることはいるけれど、今一寸電話口まで出られないという返事。

じりじりとした圭子は電話を切ると、

「有為子さん、あたしちょっと行ってみるわ。そしてついでに、明日あなたが土岐さんに会えるように手続きを頼んで来るわ」

　気の早い圭子はそういうとはや身支度をはじめていたが、ふと気がついたように、

「そうそう、有為子さん、お粗末だけど、あなたこの着物着てたらどう、こさえてからまだ一度も手を通さないのよ。お宅から着物が来るまでこの着物きてらっしゃいよ」

　そういうと、簞笥《たんす》の中から、白と黒との太い棒縞《ぼうじま》に、銀色の色紙《しきし》を散らした着物を一揃い出してくれた。そしていかにも新聞記者の妻らしく、てきぱきと女中にあとのことを命じておいて、そゝくさと出ていった。

　有為子はそのあと、暫くぼんやりとして、圭子の出してくれた着物を、指先でいじくっていたが、すると間もなく、女中が一通の手紙を持って入って来た。

「お手紙でございます」

「あら、圭子さんならお留守じゃないの」

「いゝえ、あの、奥様にでございます」

「まあ、あたしに？」

　手にとって見ると、なるほど島津慎介様方、土岐有為子様とある。

（まあ、誰からだろう）

　裏をかえしてみたが差出人の名はなかった。

　有為子はふいに怪しい胸騒ぎを感じて来た。絶対に見覚えのない筆蹟なのである。第一、彼女に用事がある者なら、手紙より電話をかけて来た方が早い筈《はず》だった。有為子はあわてゝ封を切って読んだ。

奥様
私はある事情のもとに次《つ》ぎのような写真を手に入れました。奥様はきっとこの写真に興味をお持ちのことゝ存じます。これについて、ゆっくりとお話し申上げたいことがあるのですが、今夜六時、銀座尾張町の角までおいで願いたいと存じます。但《ただ》し、絶対他言無用のこと。若《も》しあなたがこの手紙に逆《そむ》いた節は、遺憾ながら、この写真を警視庁

までお届けします故《ゆえ》、その点お含みおき下さいませ。

黒眼鏡の男

土岐有為子様

その手紙と一緒に出て来たのは、贋《まが》うべくもない、俊吉と奈美子の、岩頭におけるあの写真だった。

有為子はふいに、ドシーンと鉄槌《てっつい》で脳天を叩かれたように、手紙と写真を持ったまゝ、真蒼になって体をふるわせた。

## 不良混血児

圭子はいらいらしながら、銀座の表通《おもてどおり》にある喫茶店の二階で良人を待っている。警視庁の記者溜へ慎介を訪ねていったが、良人は今とても手が離せないから、用があるならこの喫茶店の二階で待っていろというのである。

こゝは慎介の勤めている新聞社と、すぐ眼と鼻の先にあった。

圭子はこゝでもう小一時間、慎介を待っているのだ。時計を見ると、ちょうど六時を五分ほど過ぎている。

圭子はうんざりとして、喫茶店の二階から、下の通を眺めていた。丁度時間と見えて、会社帰りのサラリーマンが、ゾロゾロと群がって歩いていく。チラホラ、灯《ひ》の入《い》りかけた飾窓のまえを、美しい洋装の女たちが笑いさんざめきながら歩いていったりした。

そういう光景をぼんやり眺めていた圭子は、そのうちに、おやというふうに窓から外へのり出したのである。

今しも、彼女のいる喫茶店のすぐ下で、徐行していった自動車の窓から、チラと見覚えのある着物の柄が見えたからである。黒と白との棒縞に、銀色の色紙を散らしたその柄は、たしかに、彼女の持っている着物と同じものだった。

「まあ!」

世の中には自分と同じ着物を持っている女《ひと》もあるのだわと、その女の顔を見たかったが、そこまでは見えなかった。自動車はすぐ築地のほうへ曲《まが》ってしまった。その自動車が見えなくなってから、圭子はハッとしたように眼をすぼめた。

(そうだ、さっきあの着物を有為子さんのために出しておいたのだが、ひょっとすると今のは――)

と、ふいと怪しい胸騒ぎをかんじたが、しかし、すぐまたそれを打消してしまう圭子だった。

(馬鹿な、有為子さんが今頃出歩いているなんてありっこないわ)

圭子はちょっと自分の想像力の強すぎるのを、嗤《わら》いたいような気になって、窓から階段のほうへ眼を移したが、そのとたん、彼女のほうを見ていた眼とカッチリと出合った。

「あら、ジュリアンじゃないの。どうして逃げるのよ。いやな人ね」

声をかけられて、ドギマギとした青年は、

「あ、やっぱり島津さんの奥さんか。よく似てる人だと思ったよ」

「嘘ばっかり。あたしの顔を見て逃げようとしたじゃないの。またよからぬ事を企んでるのじゃないの。いゝからこゝへいらっしゃいよ」

「奥さんにかゝっちゃかなわないな」

苦笑をうかべながら、圭子のいるテーブルにちかづいて来たのは、背の高い、端麗な顔をした、明かに混血児と見える、皮膚のいろが青味をおびている程白い青年だった。

「ちょうどいゝわ。退屈してるところなんだから、しばらく話相手になって頂戴。お茶ぐらいならおごってもいゝのよ」

手に持っていた鳶《とび》色のオーヴァを、どっかと投げ出して圭子のまえに腰をおろしたのは、青沼ジュリアン、フランス人と日本人との混血児で、銀座ではかなり顔の売れた不良だった。

圭子の良人は職業柄、こういう仲間のあいだにもかなり知合いが多かった。彼等が事件を起した時に、もちまえの義侠《ぎきょう》心から一働きしてやることも珍らしくなかった。殊《こと》に、このジュリアンの、不良とはいえ、どこか一本気な、正直なところを愛していて、よく眼をかけてやっていたし、留置場から貰い下げてやったことも一度や二度ではなかった。

圭子ははじめのうち、こういう仲間と交渉を持っている良人を不安がったが、間もなく相手の気質をのみこんでしまうと、どうかすると自分から面白がって、面倒を見てやらないでもない。そういう姐御肌な彼女の気性には、ジュリアンも一目《いちもく》おいているのだった。

「どうしたのよ、妙にソワソワしてるじゃないの、何かあったの」

「なあに、何んでもないのですよ」

「いゝから、ちょっと、あたしの眼を御覧なさいよ。ほら、また眼を反らすわね。ほゝゝゝほ、ジュリアン、あなたまた何か後暗《うしろぐら》いことをやってるのじゃない」

「そ、そんな……」

「駄目駄目。あなたの癖《くせ》はよく知ってるのよ。いつだってそうですもの。あなたは案外正直だから隠しきれないのよ。白状したらどう」

「案外はひどいな、僕、これで本当に正直なんですぜ」

「そうよ、そうかも知れないわ。だから言っちまいなさいよ。何をしでかしたのよ。白状しなきゃ、島津にいいつけてうんと油をしぼらせてやるから」

圭子が面白半分にからかっているうちに、

「実はね、僕、ある人から妙なこと――つまり、一種の婦女誘拐《ゆうかい》だな、それとももっと悪いことかな――そういう種類のことを頼まれたんだが断っちまったんですよ」

ジュリアンは急に顔を伏せて、あたりを伺いながらそんなことをいい出した。

「断ったの、断ったのならいゝじゃないの」

「ところが、自分で断ったかわりに、他の奴を推薦しておいたんですよ。なんだか、それが気にとがめて」

苦いものでも嚙んだような口調だった。圭子はつい釣りこまれて、

「いったい、それ、どういう話なの」

「それがよく分らないのです。妙なんですよ。なんだかこう気味の悪い男でしてね。黒眼鏡なんかかけやがって。——あれはきっと変装にちがいないのだが」

「その黒眼鏡がどうしたというのよ」

圭子はしだいに乗気になっていく自分をかんじながら、いらいらとして後を促す。ジュリアンは妙に陰気に爪を嚙みながら、

「実はこうなんです。昨日そいつが僕の巣へやって来てね、なに、全《まった》く知らない男なんです。誰から僕のことを聞いて来たのかなあ。とにかく、明日——つまり今日ですな、今日の六時に尾張町の角へ一人の女がやって来るから、そいつをどこへでも連れていって、つまり、その——無理矢理に貞操を奪うんだな、——そういうことをしてくれたら、お礼として五百円あげるというんです」

「まあ！」

圭子は思わず眉をひそめた。

「可哀そうに、そして、相手の女の方ってどういう女《ひと》なの？」

「それがよく分らないんです。黒眼鏡の奴いわないんですよ。唯今日の六時に、一緒に尾張町まで来て、あの女だと教えるからそうすれば側へいって、写真のことをいえばいゝというんです。すると、相手はどんな事でも聞くからというんです」

「写真？」

妙なこともあるものだという気持ちで、圭子は何気なく訊返《ききかえ》した。

「そうなんです。なんでもその女の親戚《みより》の者が何か悪いことをしているらしい。その現場が写真に撮ってあって、相手の女はどんなことをしても、その写真を取り返したいと思っているんだから、そこを利用して、つまり、その——まえに言ったようなことをしてしまえ、つまりその女を傷物にしてしまえというんですよ」

「まあ！」

圭子はふいに、自分でもびっくりするくらいの声をあげた。

「それで、それであなたどうしたの」

「どうもしやしない。あまり話が悪《あく》どいから断ったんですよ。僕はこう見えても、奥さんが考えてるほど悪人じゃないからな」

「そんなこと、どうでもいゝけど、するとその黒眼鏡どうして？」

「誰か、じゃ、他に適当な奴はないかというから、堀田《ほった》の奴を教えてやったんです。あいつなら狒々《ひひ》みたいな男だし金にさえなるときけば、どんなことでもしますからね。黒眼鏡、それで堀田のところへ行ったようですが、僕は気になるものだから、今日の六時——ついさっきでさ、尾張町へ行ってみたんですよ。すると——」

「すると？」

「すると、堀田の奴が案《あん》の定《じょう》、女を自動車へのっけてどこかへ行きやがった。可哀そうにあの女《ひと》、いまごろは——」

「ジュリアン」

ふいに圭子が力まかせに男の手を握った。

「すると、あなたその女の姿を見たのね。その女、どんな風だった？」

圭子があまり熱心なので、ジュリアンはびっくりしたように、

「ど、どうって、なんかこう愁《うれ》いに沈んだような——そう、特別に眼が大きくて綺麗な女だったな。僕はどうせ、そういうふうに覘《ねら》われるぐらいの女だから、その女自身いけない奴だと思っていたんだが、妙にこう清純な感じのする人で——そうそう、白と黒との太い棒縞に、色紙を散らしたような着物を着て……」

「ジュリアン！」

皆まできかずにふいに圭子がすっくと椅子から立上った。彼女の眼は燃えるようにキラキラと大きく輝いて、頬がまっかに染まっていた。

「あなた、逃げちゃ駄目よ。待って、暫く待って！」

呆気《あっけ》にとられているジュリアンを残して、圭子は大急ぎで電話室へとびこむと、ふるえる指でダイアルを廻して、自宅の電話番号に合わせていた。有為

子がうちにいるかどうかをたしかめるためだった。

## 最も残忍な悪魔

銀座からわずか三分ばかりのところに、あら、こんな淋しい場所があったのかしら、と思われるような、河沿いの、倉庫と倉庫とのあいだにはさまれた、小ちゃな洋館だった。

海がちかいと見えて、プーンと潮の香が鼻をついて、裏にはくろく澱《よど》んだ泥溝《どぶ》が流れていた。やすっぽい、南京蔀《ナンキンじとみ》の青ペンキが、ボロボロに剝《は》げているのも、なんとやら気味が悪いのである。

「まあ、このお家？」

有為子が思わず二の足を踏むのを、

「そう、この家ですよ。こゝであの人が待っているのです。ほら、黒眼鏡の紳士がね」

堀田はこみあげて来る北叟笑《ほくそえ》みを、嚙み殺しているような調子だったが、気の顚倒《てんとう》している有為子には気がつかなかった。

通された部屋は暗くて埃《ほこり》っぽかった。

床には絨毯《じゅうたん》も敷いてなければ、家具らしいものはどこにもない。がらんとして、さむざむとして、まるで空家みたいな家。

有為子はふいと胸騒ぎをかんじて、

「あら、その方どこにいらっしゃるの？　こゝ、誰もいやしないいじゃないの」

と、言いかけて彼女は思わずフーッと息をのみこんだのである。

カチリと扉《ドア》に錠をおろす音をきいたからだ。

「あら」

ハッとして振返って見ると、堀田がニヤニヤしながら扉《ドア》のまえに立っている。銀色の鍵を、わざと彼女に見せびらかすようにしながら、ポケットに入れると、そっとその上を叩いて見せる、そういう科《しぐさ》が、安っぽいアメリカ映画の、ある種の場面にそっくりで、その気障《きざ》で野卑《やひ》な相手の表情に、有為子はツーッと虫酸《むしず》の走るような悪寒をかんじた。

「あなた、何をなさるの。いったい、その黒眼鏡の紳士というのはどこにいらっしゃるの」

「はゝゝは、黒眼鏡の男なんかいやしませんさ」

「まあ！」

有為子はふいに真蒼になった。今にも足下の床がポッカリとあいて、自分のからだをのみこんでしまいそうな気がした。

だが。――

負けてはならないのだ。弱味を見せてはならないのだ。負けるものか、負けるものか、こんな奴、――

有為子は必死となって身を支えながら、

「あなたは一体誰です。いったいあたしをどうしようというのです。誰に頼まれてこんなことをなさるのです」

「お嬢さん、いや、奥さんかな。まあ落着《おちつ》いて下さいよ。そういっときに訊かれたって、答えようがないじゃありませんか」

堀田は相変らずニヤニヤと薄気味の悪い微笑《うすわら》いをうかべている。まん中から分けた髪の毛を、ピンと蜻蛉《とんぼ》のように撫《な》でつけて、どことなく蟇《がま》を思わせるような醜悪《しゅうあく》な相恰《そうごう》が、悪い趣味なのだ。植民地風な、いやに派手な洋服の縞柄《しまがら》と対照して、唾《つば》を吐きかけてやりたいほどの下劣さだった。

「先《ま》ず第一に誰に頼まれたかお話しましょうか。黒眼鏡の奴に頼まれたんですよ」

「あら、だって、その人こゝにいないと仰有ったじゃないの」

「居《い》やしないさ、居ないけれどそいつに頼まれたてえのは嘘じゃありませんよ。何をって、ほら、分ってるじゃありませんか、この家は御覧のとおり空家なんですぜ。表と裏は河だし、両隣は倉庫だし、あんたがどんな大きな声を出したって、誰ひとりやって来る者はありゃしませんさ。ね、それだけのことは分っていて下さらなきゃ困りますよ」

この男にはこういう物のいい方をするのが面白くて耐《たま》らぬらしい。丁度、猫が鼠《ねずみ》を弄《もてあそ》ぶように、ジロジロと舐《な》め廻すような眼つきで、大きく波打っている有為子の胸のあたりを眺めていたが、何と思ったのか、ふいに壁のうえを探ると、カチリと音をさせてスイッチをひねった。

と、この陰惨な空家にとって、滑稽《こっけい》なほど明るい電燈がパッと室内に溢れたのである。

これは全く驚くべきことだった。いったい、普通こういう場合の常識として、誰でも室内の暗からんことを望んだに違いない。しかるにこの男はわざわざスイッチをひねって、馬鹿々々しいほど明るい電燈をつけたのだ。

「…………」

有為子は相手の真意を計りかねたように、呼吸《いき》をつめて堀田の顔を眺めている。明《あか》るくなったゝめに、醜《みにく》い、蟇のような顔に浮き出した、気味悪い脂汗《あぶらあせ》がいっそうはっきりと見えた。眼が血に濁って、厚い唇がぬらぬらと唾液《だえき》に濡《ぬ》れていた。矢庭《やにわ》に、堀田は、有為子の体にむかって躍りかゝっていったのである。

…………。

だが、筆者はこういう場面をあからさまに描写することを好まない。

そこで筆を転じて、この陰惨な空家の、もう一つ別の部屋を覗いてみよう。

有為子たちがいるあの部屋と、壁ひとつ隔てたその隣室の暗闇のなかに、さっきから黙々として蠢《うごめ》いている一つの影があった。黒い洋服に黒っぽい帽子、それから黒眼鏡をかけた、小柄の男なのだ。しかもこの男は肩から例のカメラのケースをぶら下げている。

いうまでもなく、黒眼鏡の怪青年なのだ。いったい、この男は何をしようとするのか、いやいや、それにもまして奇怪《きっかい》なのは、この男の正体なのだ。いったい彼はどういう目的があって、こうも執念ぶかく、有為子や有為子の良人をつけまわしているのだろう。

それはさておき、隣室のようすに、じっと利耳を立てゝいた黒眼鏡の男は、ふと気がついたように、壁にかけてある粗末な額《がく》を外した。

——と、
額のうしろに切ってあった四角な孔《あな》から、さっと白い光が流れて来る。その光の中にくっきりと浮出した青年の横顔は、刺々《とげとげ》しいまでに陰翳《いんえい》がふかいのだ。

黒眼鏡は、その覗窓《のぞきまど》からしばらく隣室の様子を窺《うかが》っていたが、やがてカメラを取上げると、急《いそ》がしく焦点を合せはじめたのである。

分った、分った。この男はこうして、有為子の世にも悲惨な姿を、カメラにおさめようとしているのだ。電燈をあんなに明々とつけさせたのは、実にその必要があったからなのだ。何んという悪魔！　なんという恥知らずの痴漢《しれもの》なのだろう！

悪魔はカメラを持ったまゝ、じっと待機の姿勢をとっている。なかなか、思うようなポーズが得られないのであろう。蒼白《あおじろ》い頬に、いらいらとした憤《いきどお》りの色がうかんで、そうすると、端麗な容貌が、なんともいえないほど、邪悪な表情《いろ》に包まれるのだ。

ふいに、黒眼鏡の瞳《ひとみ》がきらりと光った。

堀田が有為子の体をめがけて躍りかゝったからである。

「キャーッ」

と、いうような叫び。

しかし、それは意外にも有為子ではなくて、反対に堀田の唇から洩《も》れたのである。

とびのいて、頬をおさえた堀田の掌《て》のあいだから、たらたらと血が流れている。

「畜生《ちくしょう》！」

歯ぎしりをしながら、しかし相変らず堀田はニヤニヤと笑ってる。有為子は紙のように白い顔をしていたが、しかし、不思議なほど冷静だった。恐ろしい、息詰まるような無言劇。

再び、堀田が身をすくめてさっと有為子の体に躍りかゝっていった。

が、その時、黒眼鏡の男はドキッとして隣室のドアの方を覗《のぞ》いてみたのである。激しく、閉《とざ》されたドアを乱打する音が聞えたからだ。

「開けろ、おい、開けろ！」

島津慎介の声だった。

「有為子さん、あたしよ、圭子よ、もう大丈夫、しっかりして」

圭子の声も聞えた。

「おい、堀田、俺だ、俺の声が分るかい、ジュリアンだ。貴様、あんまり悪どい真似をすると、そのまゝじゃおかねえぜ」

最後の声をきいた時、堀田の顔にはおかしいほどの狼狽《ろうばい》のいろがうかんだ。有為子の体を抱きしめたまゝ、どうしようかというふうに彼女の顔を見る。しかし、その時有為子は、男の腕に抱かれたまゝ、うっとりと眼をふさいでいた。圭子の声をきいた瞬間、彼女はフーッと気が遠くなってしまったのである。

パチッ!

シャッターが鳴った。

それは黒眼鏡の男にとって、決して満足すべきポーズではなかったのだが、しかし、救いの者がやって来たからには、もうそれ以上待つわけにはいかなかったのだ。

黒眼鏡はカメラをしまうと、ハンケチを出して額の汗をぬぐった。それから、破れるような隣室の乱打の音をあとにきゝながら、陽炎《かげろう》のように身をふるわせて、そっとこの忌《いま》わしい空家をあとに、暗い河ぶちに抜け出していったのである。

だが、——この時、彼は非常な大失策を演じてしまったのだ。と、いうのは、ポケットからハンケチを取出した時、それに包んであった指輪が、コロコロと床のうえに転げ落ちたのを、その男は気がつかなかったのである。

そして、この事こそ、間もなく彼の咽喉をおさえる、最も有力な証拠になってしまったのであった。

## 恐ろしき疑惑

「面会人だ。こちらへ来い」

刑事の言葉に、ふと顔をあげた土岐俊吉は、物憂そうな眼をして、暗い独房のなかの、ある一点をじっと瞶《みつ》めていた。

頰がこけて、髪が乱れて、これがいつか東京駅のプラットフォームで、圭子を嘆賞させた、あの同じ土岐俊吉かと疑われるばかりひどい変りようなのだ。

もとより白い頬は、いよいよ蒼褪《あおざ》めて、額には苦悩を通り越して、ふかい虚無の表情《いろ》さえ刻まれている。

「おい、俺の声が聞えないのか。面会人だといっているんだぜ」

刑事の声に俊吉はびっくりしたように振返ると、はじめて気がついたように、

「は」

と、ひくい、無感動な返事をして、

「どっちですか」

と、盲人の手さぐりにも似た、怪しげな手つきをしながら、とんちんかんなことを訊ねた。

「こっちへ来い、出て来るんだ」

「………」

荒々しい刑事の言葉にしたがって、薄暗い廊下を、よろめくように歩いていった俊吉は、やがて狭い一室に放りこまれると、

「待っていろ、今すぐ会わせてやる」

刑事はピンとドアに錠をおろしていったが、しばらくすると、部屋の壁に、小さな窓がひらいた。

そのとたん、俊吉は五体にはげしい電気を送られたように、手足をふるわしたのである。

「有為子!」

「静かに。大きな声を出すんじゃないぞ。面会は十五分間。分りましたか」

有為子に向うと、さすがに優しくそういいながら、刑事は二人の側《そば》をはなれて、向うのほうへ歩いていった。

「あなた」

「有為子」

二人は格子をへだてゝ、ひくい、しかし力のこもった声で呼びあった。有為子の円《つぶら》にひらいた眼からは、涙がいっぱい溢《あふ》れて、唇がはげしく痙攣《けいれん》している。

「有為子、君は――君は何しにこゝへ来たのだ」

「何しにってあなた」

有為子は泣きたいのを一生懸命こらえている。泣いていてはならないのだ。面会時間はわずか十五分よりない。しかも彼女はきゝたいこと、話したいことが山ほどもあるのだった。

「島津さんが、是非あなたに会って来いと仰有るものだから」

「島津？　島津って誰だい？」

「圭子さんの御主人よ。ほらいつかもお話したことがあるでしょう、新聞社に勤めていらっしゃる方」

「フフン、その島津という男がどうしろといったのだ」

「その方が――」

と、いいかけて有為子はふと、良人《おっと》は何故《なぜ》こんな訊《き》きかたをするのだろうと相手の顔を見直した。

俊吉は小さい窓の向うから、執拗な眼つきをして、じっと有為子の顔を見つめている。それは何かしら、面窶《おもやつ》れのした有為子の頰のうしろから、隠れているものを嗅《か》ぎ出そうとするような疑いぶかい眼つきだった。

「その方がどうしろというのだ」

俊吉は、いくらか毒々しい口調で重ねて訊ねる。

「その方が――」

（なんでもありゃしないのだわ。やっぱりあゝいう恐ろしい事件のために、気が立っていらっしゃるのだわ）

「あなたに是非お訊ねして来て欲しいと仰有るの」

「俺に訊ねる？　いったい何を訊ねるというのだ」

「あなた」

有為子は低い声に力をこめて、

「このことは島津さんばかりじゃありません。あたしも知りたいのです。だからあなた、気を落着《おちつ》けて、よく思い出して下さい。伊豆山で、あなたが孔雀夫人に会っていらっしゃるとき。――」

「孔雀夫人？」

俊吉はふと、忘れていた夢を思い出したように、はげしい息使いをした。

「えゝ、瓜生先生の奥さんよ。その奥さんに会っていらっしゃるとき、あなた方の側にもう一人、誰かいやしませんでしたか」

「誰が？」

「誰だかあたしにも分らないの。でも、この事はとても大切なんですから、よく考えて思い出して頂戴。

その人は黒眼鏡をかけた、色の白い青年で、そしてカメラを持っていた筈なんですわ」

　俊吉はちょっとの間、呆《あき》れたような眼つきをして有為子の顔を眺めていた。そのために、さっきからの得体の知れぬ疑惑のいろが、暫く影を消したくらいだった。

「有為子、おまえのいう事はよく分らない。いゝや、誰も私たちの側にはいなかったよ。はじめからしまいまで、私と――私とあの女のふたりきりだった」

「いゝえ、いゝえ、そんな筈はありませんわ。あなたはきっと、忘れていらっしゃるのです。黒眼鏡をかけてカメラを持った人が――」

「有為子！」

　俊吉の眼には再びさっと暗い、疑いの表情《いろ》が炎《も》えあがった。

「いったい、その黒眼鏡の男というのは誰のことなんだね」

「あ、あたしもそれを知りたいのですわ。あなた、そういう男の方をご存じありません？　その人は、どういう理由《わけ》でか、とてもあなたを、――あなたやあたしを憎んでいるんですわ。ね、あなた、あれは一体誰ですの」

「有為子、私にはさっぱり君のいう事が分らない。いったい、その男がどうしたというのだ」

「写真を撮影したのです」

「写真？」

　何故かしら俊吉は、びっくりしたように大声でそう叫んだ。有為子は気がつかずに、

「えゝ、そうなの。崖のうえの写真なの。あなたが、瓜生先生の奥さんの咽喉をしめていらっしゃるところなの」

「有為子！」

　俊吉はとつぜん、顚倒《てんとう》しそうなほど激しい驚愕《きょうがく》のいろをうかべて、そう叫んだ。

「それは本当か」

「えゝ、本当よ」

「君はそれを見たのか」

「えゝ、見ましたわ。わざわざ送って来たんですも

の。いゝえ、あたしのところばかりじゃありませんわ。瓜生先生のところへも送って来たんですって」

「瓜生先生？」

俊吉はじっと探るように有為子の顔を眺めながら、激しく爪をかんでいたが、

「瓜生先生？」

と、もう一度呟いて、その声に我れながら驚いたように有為子の顔を見直した。

「えゝ、そうなの、でも、もしあなたが全く気附かなかったとしたら、その人、きっとどこかに隠れていたにちがいないわ。そして」

「有為子」

俊吉はとつぜん、そういう有為子の言葉を遮《さえぎ》ると、

「刑事はこっちを見てやしないか」

「あら」

有為子は良人の意《こころ》をはかりかねたように、それでもそっと向うを窺《うかが》うと、

「いゝえ。居眠りをしているのじゃありません？」

「よし、それじゃ君に見せるものがある」

俊吉はもぞもぞとポケットを探ると、

「今日、誰かゞ差入れてくれたものゝ中に、こんなものが入っていたのだ。有為子、この写真に憶えがあるかね」

有為子は、そういいながら良人の差出した写真を見たとたん、思わずゾーッと全身に鳥肌の立つような恐ろしさに打たれたのである。

それは堀田の腕の中に抱《いだ》かれたまゝ、気を失っている有為子の姿だった。

しかし、事情を知らぬ者には、決してそうは見えないのだ。うっとりと眼をつむった彼女の顔は、見ようによっては、やがて押しつけられるであろう男の唇を、待ちかねて恍惚《こうこつ》としているようにも受取れる。そして、そのうえにのしかゝった男の唇は、今にもそれに触れようとしているのである。

「有為子、その男が島津というのかね」

「あなた、あなた！」

声をきゝつけて刑事がとんで来た時には、俊吉はまるで気狂いのようにからからと打笑《うち》っていた。

恐ろしい疑惑が、俊吉を一瞬狂気の淵《ふち》に落しこんでしまったのだ。

ジュリアンの経験

「まあ、何んて恐ろしい」

有為子と一緒に熱海までいって、そして彼女が俊吉との面会を終えて出て来るのを表で待っていた圭子は、有為子の顔を見たとたん、いつか彼女が、自分の家へ転げこんで来た日のことを思い出した。それほど有為子の顔色は尋常《じんじょう》ではなかった。

頰が蠟《ろう》のように蒼褪めて、そのくせ、何かしら燃えるような潜熱が、くるくると大きい瞳のなかに躍り狂っているのを見たのである、手をとってみると灼《や》けつくように熱かった。

東京へ帰る汽車のなかで、有為子ははじめて俊吉との面会の模様を圭子に語ってきかせた。

「まあ、何んて恐ろしい！」

その話をきいて、圭子が最初に洩《も》らした言葉がそれだったのである。

有為子は決して泣かなかった。俊吉のあの恐ろしい疑惑を、彼女はじっと歯を喰いしばって、耐《こら》えて来た。

「だって辛いのは、疑われているあたしじゃありませんわ。あの薄暗い独房の中で、猜疑《さいぎ》にさいなまれている良人の方こそ、どんなに切なく辛いことでしょう。それを考えると、あたしこれくらいのことに負けてはならないのです。もっと、もっと強くなって、あいつと闘わなければならないのですわ」

有為子はそういうと、蒼褪めた頰にかすかな微笑さえうかべて圭子のほうを見た。

「えゝ、そうよ、強くならなければ駄目よ。どうせ誤解ですもの、すぐ解けるのに極《き》まっていますわ。でも、何んて陰険な奴でしょう。飽迄《あくまで》もあなたや、あなたの御主人を苦しめようとしているのね」

しかも、その陰険な相手と来たら、頭も尻尾《しっぽ》もない人間のようにとらまえどころさえないのだ。分っているのは、いつも黒眼鏡をかけた、色の白い男だというだけのこと。

闘うにも闘いようのない、それこそ煙のような存在なのだ。

圭子はそういう妖怪《ようかい》じみた人間に呪われている友のことを思うと、思わず熱い、塊を嚥《の》み下したような心持ちになるのだった。

だが。――

その妖怪じみた人間の尻尾は全く意外な方面から、彼女たちのまえに押えられて来たのである。

熱海からの帰途、有楽町でおりた圭子と有為子のふたりは、圭子の良人の慎介を新聞社に訪れたのである。

いうまでもなく、有為子からの報告を、首を長くして待っていた慎介は、すぐ二人を応接間へ通した。そして有為子の話をきくと、さすがに慎介も舌を捲いて驚いてしまった。

「恐ろしい奴ですな。いったいどういうつもりでそういうことをするのか、さっぱりその目的が分らない」

慎介は吐き出すように、

「不良を雇って、あなたの体に傷をつけようとしたり、怪《け》しからん写真をとったり、何かしら、人間の魂とは思えないような、執拗な、邪悪な魂胆がそこにあるんですな」

「あなた」

圭子は心配そうに、

「あの堀田という男の口から、何か訊き出せないんですの」

「駄目なんだ。あいつはたゞ傀儡《かいらい》に使われたゞけのことで、相手の正体については何一つ知ってやしない。又、あんな男に尻尾をつかまれるような、そんな馬鹿な男じゃないらしいんだね、相手は」

慎介が苦々しげにそう呟いた時、

「あ、こゝにいましたね。奥さんたちも御一緒で、こいつはいゝ都合でした」

言いながら入って来たのは、例の不良混血児の青沼ジュリアンだった。

「おい、チャボ、入って来たまえ」

驚いて振返った三人の眼のまえに、青沼と一緒に入って来たのは、背の低い、青脹《あおぶく》れのしたような、それでいて、馬鹿々々しいほど派手なネクタイをした、ひと眼で青沼の仲間と知れる気の弱そうな男だった。

「島津さん、紹介します。こいつは我々の仲間でチャボというんですが、名前は——名前なんかどうでもいゝや、チャボはチャボ」

ジュリアンは笑いながら、

「それでこいつが、ちょっと不思議な話をきかせてくれようというんです。しかも、そのことはあなたばかりじゃない、僕自身にとっても非常に大切なことなんです。だが、そのまえに僕の話をしましょう。お邪魔じゃないでしょう」

「いゝよ、話したまえ」

青沼のようすからして、話があの黒眼鏡に関係のあることはよく分っていた。慎介はそっと圭子と有為子の二人に眼配《めくば》せする。

「話というのは、一昨夜のあの築地の空家のことですがね」

青沼ジュリアンは無遠慮に椅子のうえに脚を投げ出すと、

「あの時のことについちゃ、今更、僕の口からいうまでもありますまい。堀田の奴、間一髪《ぱつ》というところで、小っ酷《こぴど》い目に逢《あ》やがった。いい気味でさ。ところで、僕の話というのは」

といいながら、ジュリアンはポケットの中から指輪をひとつ摘《つま》み出した。

「僕はこの指輪を、例の部屋の隣りで拾ったのです。ところで僕が何故そのことを今迄、黙っていたかというと、こいつについて、ちょっと調べたいことがあったからなんですよ。というのは、僕はこの指輪に見覚えがあるんです。ほら、御覧なさい、紅玉《ルビー》がはまってるでしょう、むろん女持ちの指輪なんです。ところでこの指輪の裏側を見ると、Sという字とJという字の組合せが彫ってある。このJというのは僕の頭字なんです。つまり、この指輪は、僕がかつて、ある女に贈った代物《しろもの》なんですよ」

「ほゝう、それがどうしてあの家《うち》に？」

慎介は俄《にわ》かに興を催したらしく、デスクの上に体を乗り出した。

有為子と圭子も、思わず不審そうな眼を見交わすのだ。

「分りません。堀田の奴にきいたが知らないという。すると、例の黒眼鏡の奴が持っていたにちがいないが、そうすると黒眼鏡の奴は、僕のその女の友人と、何らかのひっかゝりがあるにちがいないのです」

「そして、その女の友人というのは――?」

「お勢《せい》というんですがね」

「じゃ、そのお勢さんに聞けば、黒眼鏡の正体が分るわけだね。そして、そのお勢さんは今どこにいるんだ」

「分らないのです」

青沼はとつぜん、額にくらい影を刻んだ。そして、ちょっと淋《さび》しげに、

「喧嘩《けんか》別れをしちまったんです。なに、詰まらないことなんですがね、お互いに意地張りなもんだから、――実は僕もこの間から、あいつの行方を探していたところなんです。ところがこの指輪でしょう。僕もすっかり驚いちまって」

と、何かしら、得体の知れぬ不安ののしかゝって来るのを払いのけるように、

「さあ、この後はチャボに話させましょう。こいつが、僕と喧嘩別れをしてから後《のち》の、お勢の行動をよく知っているんです。おい、チャボ、皆さんのまえで、もう一度、お勢が姿をくらます前後の話をしてくれよ」

チャボはおずおずとしたような眼で一同を見廻わしていた。

それから、何んとなく落着かぬような、困ったような表情《かおいろ》で、かつては青沼ジュリアンの恋人だった、お勢という少女の話をはじめたのである。そして、この事が非常に大きな変化を、この物語に齎《もた》らして来たのだった。

## お勢失踪《しっそう》

「あれはいつ頃のことだったたっけな。なんでも君と

お勢ちゃんと喧嘩別れをして、間もなくのことだったと憶えているけど」

と、チャボが、こういう青年特有の、無駄なお饒舌《しゃべり》をさせておくと、とても能弁なくせに、いざまとまった話をさせると、凡《およ》そとりとめもない、そういった、くどくどとした調子で話しはじめたのである。

「その時分、お勢ちゃんすっかり悄気《しょげ》切っていたんだ。喧嘩別れをしたものゝ、彼女、青沼にゃたっぷり未練はあったのだし、といって、自分のほうから謝まっていくなア業腹《ごうはら》だし、だもんだから、すっかりもう焦々《いらいら》しちまって、そんなことから、それまで勤めていた銀座裏の酒場《バー》のお女将《かみ》とも喧嘩するし……」

と、こういう風にチャボの話を、そのまゝ写していては、際限《きり》がないから、そこで筆者は彼の語ったところを物語風に要約してお眼にかけようと思う。

銀座裏の酒場《バー》をよしてしまったお勢は、その日から生活に困らなければならなかった。それに彼女のように、派手な性格の人間は、アパートのひとり暮しなんて、淋しくて耐えられなかったのに違いない。そこで彼女は、仲間のうちで、一番愚鈍《ぐどん》な代りにまたいちばん無害なチャボのところを撰《よ》って、そこへ、無理矢理にころげこんでしまったのであった。

尤《もっと》もそれには、彼女らしいもうひとつの魂胆があったらしいことも見遁《みのが》すわけにはいかない。チャボは青沼にとっていちばんのお気に入りだし、従ってそこにいさえすれば、始終青沼の消息もきけるのである。あわよくば、そのうちに和解のチャンスを摑《つか》めるかも知れない。不良がっているくせに、妙に純情なところのあるお勢は、そういう希望を抱いていたのである。

こうしてお勢は、しばらくのうち、なすこともなくチャボのアパートにごろごろとしていたのだが、ある日、彼女は外から帰って来ると、いきなりチャボをつかまえてこんなことをいったのである。

「チャボ。あたしひょっとしたら、近いうちに仕事にありつけるかも知れないわ」

彼女は眼を輝かしてそういうのだ。

「ほゝう、そりゃ結構だ。それで仕事ってどんなことだい。また酒場《バー》かい」

「うゝん、そんなんじゃない。酒場《バー》よ、さらばよ、だ。今度はかたぎの仕事」

「へへえ、そりゃいよいよ結構だ。で、またタイピストにでもなるの」

お勢はそういう仲間に落ちて来る以前、しばらくタイピストをしていたことがあるのだ。

「ええ、まあ、それに似た仕事、だけどもっといゝのよ、あたし女秘書になるの」

「女秘書?」

「えゝ、そうよ、どうしたのよ、眼を丸くして。あら、あたしにそんな事できないと思っているんでしょ。馬鹿にしないでよ。女秘書ぐらいあたしにだって勤まるわよ」

お勢ははしゃぎ切って、すっかり有頂天になっていた。チャボはいくらか圧倒されたように、眼をパチクリさせながら、

「で、いったいまた、どうして急に、そんな話になったんだね」

「それが不思議なのよ。きょうね、偶然、資生堂でお茶をのんでいる時、その人と向いあわせに坐ったの。でまあ、いろいろな話をしているうちに、急にそんなことになったの。是非私の女秘書になってくれとその人がいうのよ。あ、そうそう、あたしタイプが打てるということをその人に話したんだっけ。すると急にそんな話になって。——」

「いったい、その人というのは男かい、女かい」

「モチ、男の方よ、とても立派なかた。背がすらりと高くて、まだ若いのよ。ゲーリー・クーパーに似てるわ。そして、とても親切で」

「おい、お勢ちゃん」

チャボが急に顔色をかえて、

「おまえ、そんなことしていゝのかい」

「そんなことって何よ?」

「おまえ、まさか青沼の顔に泥を塗るようなことはしめえだろうな。もし、そんなことがあると、俺や、

青沼に顔向けが出来なくなるぜ」

「何よ、顔色をかえて、何んのことかと思ったらジュリ公のことなの。なんだあんな奴、別れてしまえばあかの他人じゃないの。今更心中立ても何もあったもんじゃないわ。あ、あゝ、あたしあの方と一緒に仕事をしているところを、ひと眼ジュリ公の奴に見せてやりたいわ」

「やい、お勢」

チャボが急に眼のいろをかえて、お勢の腕を摑んだ。

「そりゃおまえ本気かい」

「本気ならどうなのよ」

「よし、こうしてくれる」

チャボがお勢の利腕《ききうで》をとって、無理矢理に捩《ね》じ伏せようとするのを、お勢はすらりとすり抜けると、急に、

「はゝゝゝは」

と、笑って、

「馬鹿ね、チャボは、からかってやったら本気になって」

「え？」

「だけど、チャボ、あんたいゝとこがあるわね。あんたそんなに青沼のこと考えてくれるの」

お勢は急にしんみりとして、

「なら、お願い。ね、なんとかして一度きっかけを作ってよ。あたしこんな性《たち》でしょ。こちらから折れて出るの、大嫌い。後生《ごしょう》だから橋渡しをして」

「それじゃお勢ちゃん、いまの話、みんな嘘なのかい」

「女秘書になるというのはほんとうなの、だけど、相手は御婦人よ」

「ふうむ、いったい、どういう女なんだい。おまえ、うっかり素性《すじょう》の知れない女にひっかゝったら大変だぜ」

「大丈夫よ、とても有名な方よ。名前をいえばあんただって知ってるわ。だけど、その方話が決まるまで誰にも言わないでくれって仰有ったから、名前だけは聞かないでね。明日、もう一度資生堂で会って、

その時、報酬や何か決めて下さる筈なの」

「明日また会うんだね」

チャボは何かしら考えながら、念を押すようにそう言った。

「それで、僕、そのつぎの日、お勢ちゃんのあとをこっそり蹤《つ》けていったんです」

と、チャボは語るのである。

「そして、お勢ちゃんを女秘書に雇おうというその女の人を見てすっかり驚いちゃった。だって、それはとても有名な女なんです。ダンス・ホールや何かでよく見かけて知ってるんだけど」

「一体、それはどういう人なんですか」

慎介がまどろかしそうに訊ねる。

「孔雀夫人。——ほら、この間、殺された瓜生博士の奥さんなんです」

一瞬間、シーンとした沈黙が一同のうえに落ちて来た。有為子と圭子は、ふいにはげしく呼吸《いき》をうちへ引くと、怯えたような眼を見交わす。あまりにも思いがけない人の名が、ふいに彼等のまえに提示されたからである。

チャボのくどくどとした話し振りに、いまゝでかなりうんざりとしていた慎介も、ふいにカアーッと眼がさめたように、体をまえに乗り出すと、

「それで、それは一体いつ頃のことなんですか」

「さあ、もうかれこれ二週間になりますか。だが、話はまだこれだけじゃないのです。もっと、もっと妙なことがあるんです」

と、再びチャボが言葉をついで語り出したのは。


——


チャボはその時、ひとあし先にアパートへ帰って来ると、何喰わぬ顔をしてお勢の帰りを待っていた。

すると、夕方になってひょっこり帰って来たお勢は、どういうものか、昨日とはかわって浮かぬ顔をしているのだった。

「お勢ちゃん、どうしたい。昨日の人に会って来たかい」

チャボが訊ねると、

「えゝ、会って来たわ」

「それで契約はどうだった」

「悪くはないのよ。いゝえ、むしろ好《よ》すぎるのよ。だけど、妙だなあ、ちょっと」

お勢はそういいながらやっぱり考えこんでいる。

「妙って、どうかしたのかい」

「えゝ、ほんとうにどうかしてるわ。あんた探偵小説ってものを読んだことある？」

「探偵小説？」

「えゝ、すっかり探偵小説なのよ。誰にもいっちゃいけないって言ったけど、構やしない。饒舌《しゃべ》っちまうわ。その人、明日あたりに、この着物を着て、あるところへ来てくれというのよ。何んのためだか分らないけれど」

言いながら、抱えてかえった風呂敷包みをとくと、お勢は中から着物と、それから眼も覚めるような、紫色の羽織をとり出したのである。

「紫色の羽織ですって？」

有為子がふいに、呼吸を弾ませて訊ねた。

「そうなんです。僕は女の着物なんかよく分らない方だけど、その羽織だけは、パッと眼につく紫色だったのでよく憶えているんです。お勢ちゃん、その翌日の朝早く、その羽織を着てアパートを出ていったきり、いまだに行方がわからないんです」

「どこへ行くともいわなかったのかい」

ジュリアンが、眼を光らせながら訊ねた。

「うん、それだけは、どんなに訊ねてもいわないんだよ。僕、その時あとを蹤けていけばよかったんだけど」

チャボはすっかり悄気《しょげ》きっていた。

慎介は何かしら、心が騒ぐふうで、しきりにボリボリと頭をかいていたが、やがて思い切ったふうに、

「それで、お勢さんの出かけていったという日を、君は憶えていませんか」

「憶えていますよ。あれは確か十月十七日の朝だったですよ」

ふいに有為子が激しい息使いをして圭子の手を握りしめた。

「圭子さん、圭子さん！　あたし、あたし……」

「いゝのよ、いゝのよ、有為子さん、だんだん分って来たじゃないの。しっかりしてらっしゃい。警察はとんでもない間違いをしているんだわ」

彼等がぎょっとしたのも無理はない。お勢が紫色の羽織を着たまゝ、出ていって再び帰って来ないというその日は、実に、伊豆山であの恐ろしい惨劇があった日と、同じ日だったからである。

## 現場再調査

孔雀夫人があの事件のすぐまえに、ひとりの女秘書を雇い入れた。そしてその女秘書に、彼女の最も好んで、ふだん常用としている紫色の羽織を着せて、人知れずある場所へ誘《おび》き出した。これは一体、何を意味しているのだろう。しかも、紫色の羽織を着て出ていったその女秘書は、いまもって、行方が分らないのである。

「僕はね、この事件を最初から、激情的に突発した事件だと思っていなかったのですよ。あの怪写真のいきさつから見ても分るとおり、この事件の底には、何かしら、得体の知れない、気味悪い暗流がながれている。これは一朝一夕《いっちょういっせき》に起るような事件じゃない。予《あらかじ》め微《び》に入り、細《さい》をうがって、計画された事件らしい、そして、その事がふと僕の関心をそゝったのですよ」

熱海から伊豆山の町の入口まで、自動車をとばせて来た一同だった。伊豆山の入口で自動車を乗り捨てると、そこから、温泉宿へのだらだら坂を下っていく。一行というのは、島津夫妻に有為子、それから青沼ジュリアンの四人だった。

彼等はもう一度、あの恐ろしい事件の起った日のことを繰り返して見ようというのだ。

一行は間もなく、あの日、有為子と俊吉の泊っていた宿の近くまで来た。

「あ、あたしがあの紫色の羽織を着た女に会ったのは、ちょうどこの場所でしたわ」

有為子はふいと、路傍に立ち止まると、今更のようにあの日のことを思い出して、身をふるわせた。

「その時、あの女《ひと》はまるで、紫色の風のように、さっとあたしの側を通りすぎていったので、顔はよく見えませんでした。でも、あたしが下に見える、あの養魚場までいって、ふと向うの崖を見ると、ちゃんとその人が土岐と一緒に歩いているのが見えたんですの」

慎介は歩きながら、うっかりと有為子のその話を聞いていたが、何を思ったのか、ふいにぎょっとしたように、

「有為子さん、その時あなたは、養魚場へいくまでにどこかへ道寄りしましたか」

「いゝえ、どこへも、どうして？」

「それで、あなたは養魚場へつくと、すぐ、あの崖のうえを見たんですね。すぐに」

「えゝ、すぐというより、むしろ、養魚場へ行きつかないまえでしたわ」

何故そんな事を訊ねるのかといわんばかりに、有為子は不思議そうな表情《かお》をした。慎介はそれに満足した説明をあたえようともせず、

「圭子、君は足の早いのが自慢だったね」

と、妙なことを言い出した。

「あら、どうしてそんなことお訊ねになるの。なんなら有為子さんに訊ねて頂戴。学校時代あたしランニングの選手だったのよ」

「よし、それじゃひとつ試《や》って見よう」

慎介はみんなを連れて、さっき有為子が立ちどまった場所まで引きかえして来ると、

「よござんすか。有為子さんはこゝであの日、紫の女とすれちがった。そして有為子さんは養魚場までいって、崖のうえにその女が立っているのを見た。そんなことが果してあり得るかどうか試して見るんです。圭子、君は紫の女の代りになって、出来るだけ大急ぎであの崖のうえへ行くんだよ。それから有為子さん、あなたはあの日と同じくらいの速力で、養魚場のほうへ行って下さい。いや、あの日よりむしろ、ゆっくりとした歩きかたのほうが、あとに疑問が残らなくてい ゝでしょう」

圭子と有為子は思わず眼を見交わした。彼女たちにも、どうやら、慎介の考えていることが分って来

たらしいのだ。

「やって見るわ。あたし、面白いわ」

こんな事の大好きな圭子は、何か途方もない冒険でも企むように活々《いきいき》と眼を輝かせて呼吸を弾ませた。

「よし、それじゃ圭子、崖のうえへ行ったら、僕たちを待っていてくれたまえ。我々もあとからいくから。さあ、こゝで有為子さんと紫の女はすれちがったのだ。ほら、圭子」

慎介の声とともに、圭子は大急ぎで崖の上のほうへ走り出した。その姿はすぐ向うの曲り角から見えなくなった。

それを見送ってから、有為子は養魚場の方へゆっくりと歩いていく。慎介とジュリアンはそのほうへついて行った。

海はあの日と同じように、碧《あお》く晴れ渡っている。日は暖かだったが風は冷かった。

「それくらいの速力でしたか。もっとゆっくりでもいゝのですよ」

「えゝ」

有為子は緊張のために真蒼になりながら、そろりそろりと坂を下りていった。間もなく彼等は養魚場へついた。そして崖のうえを見た。しかし、圭子の姿はまだ崖のうえに現れていないのである。

「まあ、どうしたのでしょう。あの時にはもうちゃんと、崖のうえに姿が見えましたのに」

慎介は時計を出して、圭子が現れる迄の時をかぞえはじめたが、圭子の姿はなかなか見えなかった。二分とすぎ、三分と過ぎ、五分と過ぎたが圭子の姿はまだ現れない。

「圭子の奴、どうしたんだろ」

さすがの慎介も多少いらいらしはじめた時、やっと圭子の姿が向うの崖のうえに現れて手をふった。

「七分。——七分かゝりましたよ。さあ、それじゃ我々も向うへいって見ましょう」

彼等は今来た道を引きかえして、崖のほうへのぼっていったが、圭子がどうしてあんなに長くかゝったか、自分たちで歩いて見てすぐわかった。その崖は見たところ、いかにも近そうに見えるのだが、そこへ行く道はいわゆる九十九折《つづらお》れにくねくねと曲っていて、すぐ崖が眼のうえに見えていても、仲々そこへは近寄れないのだった。

「分りましたか、有為子さん」

崖のうえまで来た時、慎介は額の汗を拭《ぬぐ》いながら、みんなの顔を見て、

「圭子は大急ぎで走ったのだけれど、しかも有為子さんが養魚場へいきつくより七分も多くかゝっている。ましてや、あの日有為子さんがすれ違った紫の女は、もっと長くかゝったのに違いない。それにも拘《かか》わらず、有為子さんはあの日、養魚場へいきついた時、すでに紫の女が俊吉君と一緒に、崖のうえを歩いているのを見たという。これは不合理のようだが、その実考えてみれば何《な》んでもない。有為子さんはいずれの場合にも、その女の顔をはっきり見たわけではなく、たゞ紫の羽織でそう思いこんだゞけなのだから。つまり、有為子さんが道で会った女と、崖のうえで見た女とは、同じ女ではなかったのです。したがってあの日、伊豆山には、紫色の羽織を着た女が二人いたことになるんです」

「そして、その一人がお勢なんですね」

ジュリアンがとつぜん悲痛な声でいった。

「そう、おそらく、有為子さんが道ですれちがった女、それがお勢君だったのだろう。だがそのお勢君がどうなったか、それを極めるまえに、この崖のうえでどんなことが起ったか、それを調べようじゃありませんか」

いいながら、慎介がポケットから取り出したのは、いつか黒眼鏡の男が有為子のもとへ送って来た写真、俊吉が瓜生夫人の咽喉をしめている、あの恐ろしい写真なのだ。

慎介はその写真とあたりを見較《みくら》べながら、

「あゝ、ちょうどこゝだ。こゝにこの岩が写っている。青沼君、それから有為子さん、いや、有為子さんじゃ悪いな、圭子、おまえひとつやっておくれ」

「やるって何をやりますの」

「青沼君とふたりで、この写真と同じポーズをとって貰いたいんだ」

「まあ！」

さすがに圭子はちょっと怯《ひる》んだが、すぐ朗かに微《わ》笑《ら》って、

「いゝわ、やるわ、有為子さんのためなんですもの。だけどジュリアン、お手柔かに頼んでよ。ほんとうに咽喉をしめちゃいやよ」

「いや、どうか分りませんぜ。僕、奥さんみたいな綺麗な人を見ると、無闇に咽喉をしめたくなる性分でしてね」

「馬鹿、変態ね、冗談も休み休みいうもんよ」

だがそういう冗口《むだぐち》を叩いている彼等の顔こそ、観《み》物《もの》だった。蒼く緊張した顔は、あの恐ろしい瞬間を思い出して、いくらか汗ばんでさえいるのだった。

「あなた、これでよくって？」

「あゝ、ちょっと待って」

慎介は例の写真と見較べながら、

「あゝ、圭子、もうちょっとこっちを向いて、それから右の手を草のうえについて」

「こう？」

「そうそう、有為子さん、どうです。どこか違ったところがありますか」

有為子はあの恐ろしい写真と、そっくり同じにとられたポーズに、思わず身《み》顫《ぶる》いをしながら、

「そうね、もう少しあの岩の方へ寄ってやしないでしょうか。写真だと岩がこゝに見えてますわ」

「あ、成程《なるほど》――二人ともその姿勢でもう少し右の方へ寄ってくれたまえ、よし」

慎介は眼をすぼめて、ふたりのポーズを眺めていたが、やがて自分でも持って来たカメラを取出すと、ピントグラスを覗きながら、あちこちと足場を探しだした。

「ああ、こゝだ」

慎介は遂に求める場所を発見したのであろう。会心の叫びをあげると、

「有為子さん、有為子さん、ちょっとこっちへ来て、このピントグラスを覗いてみて下さい。こゝでシャッターを切ると、例の写真とすっかり同じ構図で写真が撮れると思うんです。左右の空間も天地も

……」

有為子が近づいて見ると、慎介のカメラは灌木《かんぼく》の茂みに覆われた、平たい岩のうえにおいてあるのだった。

「どうです。違ってますか」

「いゝえ、すっかり同じですわ。あの岩の位置も……」

くらいピントグラスのうえに、くっきりと映っているジュリアンと圭子のポーズを見ながら、有為子は思わず身顫いをした。

恐ろしき真実

「あなた、まだなの」

さっきから同じポーズをつゞけている圭子が、灌木の向うから、こちらを向いてそういうのがピントグラスに映る。

「あ、まだ。青沼君、すまないがもう少しそのまゝでいてくれたまえ、有為子さんにまだ見て戴くことがあるのだから」

慎介は有為子のほうへ振返ると、

「これで分ったでしょう。この恐ろしい写真が撮られた時には、カメラは丁度この位置にあったのです。この写真は、どうやらローライ・フレックスで撮映されたらしいので、僕もわざ〱同じカメラを選んで社から借りて来たので、間違いはありません。つまりシャッターが切られた時、カメラはこの灌木のかげの岩の台のうえにおいてあったのです。分りますね」

「えゝ」

「それじゃもういちど、このピントグラスを覗いて下さい。それから、この写真と、ピントグラスの上に映っている映像との間に、どこか違っているところがありはしないかよく調べて下さい」

「はあ」

有為子は、熱心に二つを見較べながら、

「さあ、よく分りませんけど、全く同じじゃございませんかしら」

「有為子さん、もっとよく気をつけて、その写真に写っている孔雀夫人の右手と、圭子の右手を見較べて下さい」

「あ、そういえば孔雀夫人は地面についた掌の下に何やら黒いものを握っていますわ、それから、すぐその側の草叢《くさむら》に、黒い紐《ひも》のようなものが見えます」

「有難う、それじゃもう暫くそのピント・グラスの中を覗いていて下さい」

言いながら慎介はポケットから、黒い長い紐をとり出すと、それをカメラのシャッターにとりつけ、そしてその紐を草の中に隠しながら地上《じめん》を這《は》わせて、圭子の右手に握らせた。それは長い長いレリーズなのだ。

「有為子さん、今度はどうです」

「あ、それです。その紐です」

ピント・グラスを覗きながら有為子が叫ぶ。

「よろしい、圭子、いま握らせたレリーズを、そのまゝのポーズで押してくれたまえ」

パチッ！　カメラのシャッターが鳴った。

「まあ！」

有為子も圭子も、青沼も思わずびっくりして声を立てた。

「それじゃ――それじゃあの写真を撮ったのは、孔雀夫人自身だったんですの」

「そうなんですよ。青沼君、圭子もういゝよ、有難う。僕はね、お芝居をしながら、自分の姿を、その共演者にも知られずに写真に写せるということを君たちに知って貰いたかったのだ。孔雀夫人はね、予めあの灌木の陰にカメラを用意しておいて、そしてそのレンズの視野の中に、俊吉君を誘《おび》き出したのだ。そこでどういうふうに、土岐君を煽動《せんどう》したのか、そこまではこの僕にも分らない。が、ふいに俊吉君はカアーッとして夫人の咽喉に躍りかゝる、それこそ、夫人にとっては待ちかまえていたチャンスなのだ。夫人は草のうえに倒れるような恰好をしながら、レリーズを押してカメラのシャッターを切ったのだよ。いま、圭子がやったように」

「あ、それじゃ土岐がその時、あたりに誰もいなかったというのは、やっぱり真実《ほんとう》だったんですわね」

「そうですとも、夫人自身がカメラマンと俳優との一人二役を演じたのですから、あたりに誰もいる必要はなかったのです。さてそのあとでどんな事が起ったか。――」

「あ、恐ろしい、お勢、お勢！」

ジュリアンがふいに海に向って叫んだ。彼の額は幽霊のように蒼白《あおじろ》んで眼は悲痛な涙に濡れているのだ。

「あゝ、ジュリアン、君にはすっかり分っているのだね。そうだよ。土岐君は一時の激情から覚めると、急に恐ろしくなって夫人をおいたまゝ逃げだしたのだろう。そのあとへやって来たのが何も知らないお勢さんなのだ。夫人はそれを待ちかまえていたのだ。夫人はいきなりお勢さんを刺し殺すと、その顔を鑑《み》別《わけ》のつかぬように滅茶苦茶《めちゃくちゃ》にしておいて、この崖のうえから投げ落してしまったのだ」

「あゝ」有為子と圭子は思わず、恐怖のために歯をガタガタ鳴らせながら、こめかみを押える。

「孔雀夫人は恐ろしい女なのだ。受けた侮辱は、どのような方法でゝも、相手に撥《は》ね返さなければ承知の出来ない、蛇のように執念ぶかい女なんです。夫人は土岐君に対する復讐《ふくしゅう》を悪魔のような頭で、練りに練った。そして結局こんな恐ろしい方法を思いついたのです。花婿を、新婚旅行の旅先から、殺人の嫌疑で逮捕させる、可哀そうな新郎新婦にとって、これほど恐ろしい復讐方法があるでしょうか」

さすがの慎介も慄然《りつぜん》としたように肩をすぼめながら、

「しかし、そうはいっても夫人は自分自身死ぬのはやっぱりいやだったんですね。いや、死んでしまえば、果して自分の復讐がうまくいったかどうか分らない。そこで可哀そうなお勢さんが身替りに撰《えら》ばれたのです。お勢さんが撰ばれた理由は、おそらく背の高さや、体の恰好や肉附きが、非常に夫人に似ていたからでしょう。さて、こういうことがわかるといつか黒眼鏡の男が有為子さんの貞操を奪おうとした時まず最初に青沼君のところへ来たわけもわかるでしょう。あいつはお勢さんからきみの噂を聞いていたんです」

「でも――でも――」有為子は恐怖におのゝきながら、

「あの、黒眼鏡の男は――あれはいったい誰ですの」

「有為子さん」慎介は有為子の眼のなかを凝《じっ》と覗きながら、一語々々に力をこめて言った。

「あなたにはまだ分らないのですか。黒眼鏡の男なんて、そんな人間はこの世の中にいやしないのです。あれこそ、孔雀夫人その人の化身《けしん》なんですよ」

## 埋れ火

兇事のあった印象というものは、なかなか一朝一夕には拭い去ることが出来ないものである。あの事件以来、一見したゞけでも凶々《まがまが》しい雰囲気につゝまれているかのように見える、瓜生博士の邸宅へ、ある日、物思わしげに訪ねて来たひとりの女性がある。

「先生は御在宅でございましょうか」

年齢《とし》に似合わず、地味な服装をしたその女性は、取次に出た書生の顔を見ると、ひかえ目な、しかし、どっか思い迫ったような眼附きでそういった。

「はあ、御在宅ではございますが、いま、少しお加減がお悪いので」

「まあ」

訪問客は思わず怯えたような眼のいろをして、

「よほどお悪いのでございましょうか」

「そうですね。私にはよく分りませんが、しばらく安静にしなければならぬという医者の注意で、どなたにも御面会はお断りしておりますが」

書生はあたかも、自分自身がドアの閂《かんぬき》でゝもあるかのように、冷く、厳然としていた。それを聞くと、婦人は思わず、

「あゝ」

と、嚙み殺すような苦痛の呻《うめ》き声をもらしたが、すぐ縋るような眼をあげると、

「あなた、お願い。先生にお取次ぎ下さいな。是非ともお目にかゝって、先生にじきじきお願い申上げたいことがございますの。あなた、……お願い。……」

危く泪《なみだ》になりそうな婦人の、円《つぶら》なる眸《ひとみ》を書生はまたとなく美しいと思った。

「はあ、それは一応お耳に入れてもよろしゅうございますが、お名前は？」

「土岐。——土岐有為子とお伝え下さいまし」

「あ」

書生は危くひくい叫声をもらすところだったが、やっとそれをおさえると、

「承知しました。暫くお待ち下さい」

書生がさがっていったあと、有為子は崩れるように玄関のベンチに腰をおろすと、黒い手袋をはめた手でしっかりと顔を覆うた。これから、自分が決行しなければならぬ、重大な使命のことを考えると、彼女の胸は千々《ちぢ》に砕ける。自分の一挙手一投足、それのみにいまや、良人、俊吉の生命《いのち》がかゝっていると思えば、繊弱《かよわ》い女の胸の、泉のように湧《わ》き出づる不安に、今更のごとくふるえ戦《おのの》くのだった。

孔雀夫人は生きている。伊豆山の崖下で発見されたあの屍体は、じつは孔雀夫人ではなかったのだ。

このあいだの伊豆山の実地検証で、圭子の良人《おっと》から、その恐ろしい事実を説きあかされた時、有為子は暗雲一時に晴れる思い、すぐにも良人を救い出すことが出来るものとばかり、歓喜に胸をふるわせたのだが。

事実は女ごころの考えるように、そうひと筋にはいかなかった。

頑《かたく》な警察官を納得させるのには、それ相当の証拠がいるのだ。島津慎介の説明はことごとく筋道が立っている。どこにも不合理なところはない。ましてや孔雀夫人の性質を知っている者には、これこそ、最も合理的な犯罪の真相と考えられる。しかし、その真相はあまりにも突飛《とっぴ》だった。世間の常識からかけ離れていた。そこに証拠を必要とする重大な理由があるのだ。

だが、その証拠。——その証拠がどこにあろう。屍体はすでに火葬に附せられた。しかも孔雀夫人の良人なる瓜生博士は、その屍体をおのが妻にちがいないと証言してしまったのだ。

このうえはたゞ、生きている孔雀夫人を警察官の面前につれて来るよりほかに、この事件をくつがえす方法はない。しかし、そんなことが出来るだろうか。あの狐のように邪智ぶかい、狡猾《こうかつ》な夫人が、そう易々と発見されるだろうか。おそらく彼女は、それが必要とあらば、自分の身を殺してゞも、この陰険極まる復讐を遂げようとするであろう。

もし彼女が、人知れぬ異境の果てゞ自殺したら、いやいや、永遠にかえらぬ決心をもって、この国から外《ほか》へさまよい出たら。――あゝ、その時には良人を救うチャンスは完全に失われてしまうのだ。

有為子はいちど望んだ光明から、かくして再び眼隠しをされてしまった。そこには、暗澹《あんたん》たる絶望の溜息があるばかり。

だが、その時、慎介がまたこんなことを有為子に囁いたのである。

「有為子さん、有為子さん、何もそう失望することはないのですよ。こゝにもう一つだけ土岐君を救うチャンスがあるのです。そして、それが出来るのは、有為子さん、あなたをおいてほかにないのですよ」

「仰有って下さい。あたしどんなことでもやりますわ。土岐を救うことが出来るなら」

「それはね、瓜生博士から告白をひき出すのです」

「え？　瓜生先生から」

「そう、博士はね、あの屍体が夫人のものでないことをちゃんと知っているんです。知っていながら、わざと偽《いつわり》の証言をしているんです。分りますか。むろん博士が夫人と共謀しているとは思えませんが、あの屍体を見たとき、悧巧《りこう》な博士のことだから、すぐ夫人の計画を見破ったに違いありません。それにも拘らず博士は、夫人の都合のいゝように証言してしまったのです。何故でしょう。つまり博士はそれほど土岐君を憎んでいるんですね」

「まあ！」

「だから博士に今更、前言を翻《ひるが》えさせ、真相を告白させるということは恐らく、石に物を言わせるより困難なことでしょう。だが、こうなってはそれをやらなければなりません。そして、それの出来るのは、有為子さん、あなたよりほかにないのですよ」

「………」

「博士は悪い人じゃない。しかし、あの人は恩讐《おんしゅう》ともに酬《むく》いるといった性質《たち》の人なんです。土岐君に裏切られたと信じたその瞬間から、博士の胸は冷えきった灰のなかに埋《うず》められてしまったのです。その死灰に、もいちど人間の温味《あたたかみ》を通わせることの出来るのは、有為子さん、あなたの誠実、それよりほかにあり得ません。やって見る勇気がありますか」

「やります。あたし、やって見ます。先生にお願いしてみます」

健気《けなげ》にも即座にそう言い切って、そして今、瓜生邸の玄関に立っている有為子だった。

よほど待たせてから、書生は再び玄関へ姿を現わした。その顔を見た刹那《せつな》、有為子は断られるのではなかろうかと、思わず胸をふるわせたが、相手は案外優しく、

「お目にかゝるそうです。どうぞ」

と、有為子のまえにスリッパを揃えてくれる。有為子は宙をふむような、定かならぬ歩調《あしどり》で、そのうしろからついていった。

重いカアテンを閉ざした薄暗い部屋、重病患者特有の、すえたような臭い、有為子ははっと肚胸《とむね》をつかれるような思いで、ドアのところに立止ったが、そのとたん、ベッドから微《かす》かに頭をもたげた博士の眼と、ちかっと行きあってしまった。

有為子は直接、博士とお目にかゝるのははじめてだったが、俊吉のアルバムに貼られた写真でその面影はよく知っていた。しかし、その面影といま目のまえにいる博士の面差《おもざ》しの、何んという大きな違いであろう。

憔悴《しょうすい》しきった顔色には、殆んど生気というものが認められない。唯《ただ》、落ち窪《くぼ》んだ、落ち窪んだが故《ゆえ》に、いっそう熱っぽく輝いている双《ふた》つの眸ばかりが有為子の眼を射た。

「有為子さんかね」

咽喉に痰《たん》がからまるような声だったが、思ったよりその調子は穏《おだや》かだった。

「何しに来ましたか」

「先生！」

ベッドの側《そば》へかけよった有為子の眸からは、ふいに、泉のように泪が溢れて来た。博士に対する一途《いちず》なる怨みも、その瞬間、消えてしまって、胸をしめつけられるような切なさが、ひしひしと彼女の情感をたぎらせるのだ。

「お願いが――お願いがあって参りました。先生、土岐を――土岐を救ってやって下さいまし」

「土岐を？」

「先生、わたくし今更、土岐に代って、なんの弁解をしようとも思いません。たゞ、先生にお縋りするばかりですの。先生、わたくし土岐を愛しております。そして土岐も――土岐もわたくしを愛しております。土岐の過去にどのような間違いがあろうとも、この愛情だけは、偽《いつわり》はございません。先生、土岐をわたくしに返して下さいまし」

どういって博士を搔《か》き口説《くど》こう、いかにして博士の心を動かそうと、みちみち思い悩んで来た彼女の懸念はすべて無用だった。いま博士のベッドにひれ伏した時、切々《せつせつ》たる彼女の哀願は、掘りあてられた地下水のように、あとからあとからと湧き出《い》でて来る。

「先生、この娘を哀れに思って下さいまし。そしてこの娘に、愛する者をもいちど返して下さいまし。先生にはそれがお出来になるのですわ。あゝ、そして、先生はきっとそれをして下さいますわ」

燃えるような両手のなかに、拝むように抱きしめた博士の、ひからびた手のうえに、はらはらと熱い泪がこぼれ落ちた。そしてその泪の灼《や》けつくような熱さが、氷のように冷い博士の胸に滲《し》み透った。博士は思わず身顫《みぶる》いをした。

「有為子さん。それじゃ君は――君は知っているのだね」

「はあ、よく存知ております。でも、でも、あたし決して先生をお怨みしやしませんわ。いゝえ、実は、たった今先生にお目にかゝるまでは、ずいぶんお怨みしておりましたの。でも、でも、今先生のお顔を見たとたん、そのお怨みも消えてしまいました。先生、あたし先生がお気の毒で、――お気の毒で、――」

博士の全身がふたゝび、わくら葉のようにちりちりと激しく顫えた。有為子の嗚咽《おえつ》が、かみ入るような嗚咽が、博士の生命の根を、根こそぎ揺ぶるのだ。

「有為子さん、有為子さん」

博士の切ない、いまにも息切れのするような声が呟いた。

「私に、――私に君の眼を見せておくれ」

「はい」

有為子の、泪をいっぱい湛《たた》えた眼が、童女のように潔《きよ》らかな眼が、博士の灰色の眸の中に、しっかりと喰い入って来た。

「有為子さん、君は、土岐を愛しているね」

「はい、愛しております」

「土岐のいうことなら、どんな事でも信用することが出来るのだね」

「信じます」

「あゝ」

博士はがっくりと首をうなだれると、

「信じることの出来る者は幸いだ。俺《わし》は――俺は誰をも信用することが出来なんだばかりに、世の中が実に淋しかった。俺は不幸だった」

博士は暫く、うつろの眼をあげて、じっと虚空《こくう》を見ていたが、その皺《しわ》の深い眼尻に、かすかな泪をうかべると、

「有為子さん――ペンと紙を」

「はい」

博士の容態が妙にしいんと静かになって来たので、有為子ははっと胸騒ぎをかんじながら、傍《そば》のデスクのうえにあった万年筆と便箋《びんせん》とを取上げた。

「筆記して下さい。俺《わし》のいう通り筆記して下さい」

「はい」

有為子は騒ぐ胸をおし鎮めながら、万年筆を握ってきっと博士の面を見た。

「余《よ》、瓜生謙三《けんぞう》は曩《さき》に熱海署においてなしたる証言を、改めてこゝに取消さんとする者なり」

有為子の細い指先が思わずふるえる。

「十月十七日、伊豆山の崖の下に於《おい》て発見されたる身元不詳の女の屍体は、実に余が妻奈美子にはあらざりき。余は当時すでにその事実に気附きおりたるも、故《ゆえ》ありてそれを言わず、偽りて奈美子の屍体なりと証言したり。奈美子は死せるに非《あら》ず、いまだ生存しおれり、余は現にその後数度、男装せる奈美子をこの眼にて目撃したり。余は重ねて前の証言を取消す。かの屍体は奈美子にあらず、従って土岐俊吉は無罪なり」

「先生、先生――」

「ペンを――ペンを――」

博士はふるえる手で、その告白書の最後に署名した、それから拇印《ぼいん》をおした。そしてそれが、博士のなし得る最後だったのである。

告白書のうえに指を押しつけたまゝ、博士はこの世における最後の、苦悩にみちた長い長い息を吐いたのだった。

「先生、先生」

有為子が改めて礼を言おうとした時、博士の眼はもはや物を見ることが出来なかった。

## 紫の影

天城《あまぎ》は美しく晴れて、伊豆の連山がおだやかな起伏をつくっていた。

南国は春の来るのも早いのである。

山の水車小屋の軒《のき》にさがっていたつらゝが、やっと消えたかと思うと、もうあったかい春の若草が、潑剌《はつらつ》たる春の息吹きを吐きながら、土の下からはねかえって来る。

山の北側にはまだ点々と、斑《むら》消《ぎ》えの雪がのこっているのに、どうかすると、チョン、チョンと、藪《やぶ》鶯《うぐいす》のさゝ鳴きがきこえたりする長閑《のどか》さだった。

天城の山ふところに抱かれた湯ヶ島は、春の微光と湯煙に、空もほんのりとけむって、しいんと身にしみ入るようななごやかさ。

「有為子」

その湯ヶ島にある、とある別荘のヴェランダで、ふと傍にいる有為子をふりかえったのは、土岐俊吉。

「なあに」

有為子は今配達されたばかりの手紙から、ふと顔をあげると、陽気のせいだろう、ほんのりと上気して、きらきらと潤《うる》みをおびている眸を、微笑とともに良人のほうへ向けた。

「圭子さん、何をいって来たの」

俊吉は有為子の膝のうえにおかれた、女らしい筆の跡を見ながら訊ねる。

「圭子さんね、今度の土曜から日曜へかけて、遊びに来て下さるんですって。御主人も一緒よ。きっとあたしたちの様子が気になるのよ。こんなに幸福にしているのに」

有為子は楽しそうに言ったが、ふと微笑せぬ良人の、くらい翳《かげ》に気がつくと、すぐ話題をかえるように、

「ねえ、あなた、今日はひとつ、天城を越えて見ない？　蓮台寺《れんだいじ》――いゝえ、思いきって下田あたりまでハイキングして見ましょうよ。こんなにいゝお天気ですもの。うちに引きこもっているの、惜しいわ」

有為子には良人のくらい翳がよくわかっていた。そしてそれは同時に彼女の不安でもあった。

瓜生博士の告白書は、事件の面貌をがらり一変させてしまった。

被害者は奈美子ではない。奈美子はまだ生きている。そして、その孔雀夫人こそ、恐ろしい犯罪の計画者であり、実行者でもあった。――この意外な新事実は、世間をどんなに騒がせたことだろう。

改めて、俊吉に対する審理が、幾度も幾度も、まえとは違った角度から繰返された。島津慎介や、青沼ジュリアンや、さてはチャボまでが、幾度か証人として呼び出《いだ》された。

こうして審理が繰返されゝば繰返される程驚くべき事件の真相が、しだいに人々の面前に浮きあがって来た。

俊吉は無罪となった。そして放免された。

あゝ、この時のたとえようもない激情。

「死刑から無罪へ」

新聞はもっともセンセーショナルな題目として、大々的にこの事件を取り扱った。いまゝで殺人者として世間の指弾《つまはじき》をうけていた俊吉は、一躍して受難の聖者として迎えられた。あゝ、とりとめもない世間の心のはかなさ、彼の出獄はさながら、凱旋《がいせん》将軍のように迎えられたのである。

こうした激情の嵐のなかに取りかこまれた、若い夫婦の身を気使って、ひそかにこの湯ヶ島の別荘を世話してくれたのも、みんな思いやりの深い圭子の心遣いだった。

「いゝのよ、そんなにお礼を仰有ることはないのよ。だって、良人《うち》だってこの事件で随分面目をほどこしたんですもの。こんなこといっちゃ悪いけど、こちらこそお礼を言いたいくらいなの」

世間にかくれて都落《みやこ》ちする日、東京駅まで送って来た圭子は、親愛をこめてそういった。それから俊吉のほうへ向って、

「土岐さん、有為子さんを頼んでよ。これ、あたしの可愛い妹なのよ」

そういって朗《ほが》らかに笑ったのである。

それから凡《およ》そふた月になる。

俊吉もしだいに健康を取り戻していた。そして、あの冷い牢獄《ろうごく》のなかにおき忘れて来たかのような微笑も、春と共に、どうかするとその唇のはしにのぼる事があった。

しかしそれは、縁側の障子にさす小鳥の影のように、あるいは波にたゆとうたかたのように、瞬間にして消えさるはかない微笑だった。微笑のあとには、いつも極《きま》って、より深い苦悩が、俊吉の面をくもらすのだった。

そして有為子もその苦悩の原因を知っており、彼女も同じ不安に悩まされているのだ。

苦悩の種。――それはほかでもない。いまだに孔雀夫人が発見されないことだ。

警察の必死の捜索にも拘らず、孔雀夫人は、どこへ潜りこんだのか、いまだに姿を現さない。そしてどうかすると、目に見えぬ孔雀夫人のおおきな影が、あの紫の影が、おびやかすように二人のうえにのし

かゝって来る。

（ひょっとすると――）

有為子はときどき、どきりとする事がある。

（やっぱりあの崖下の屍体は孔雀夫人だったのではなかろうか）

疑ってはならない、信じなければならない、そう感じつゝも、ふいと彼女は良人の顔を見直すことがある。

すると、忽《たちま》ちそれが感染したように、俊吉も怯えたような眼をあげて、哀願するように有為子の顔を見るのである。

「二人はこんなに幸福にしているのに」

そういった有為子の言葉は、だから、取りようによっては反語と聞えないこともなかったであろう。

## 去年の雪

日向《ひなた》へ出ると、ジーンと耳鳴りのしそうな暖かさでいながら、そのくせ、一旦、山の蔭へ入ると、汗ばんだ肌がいっぺんに冷えきってしまいそうな寒さだった。

「危いよ、気をつけて」

「えゝ、大丈夫」

わざと自動車道をよけて、危《あぶな》っかしい間道を撰んだふたりは、既に峠もこえて、南へ向いた斜面を滑るように降りていた。

「ほら、危い」

「あ――怖かったわ」

消え残った雪に足を踏み滑らせた有為子は、危く俊吉の胸に抱かれると、思わず声を立てゝ笑った。

運動のあとの、快い血色がほんのりと瞼《まぶた》を染めて、この時ばかりは、日頃の懸念も吹っとんでしまったように見える。彼女の足下に崩れた土くれが、深い谷底のなかに落ちていった。

「まあ、随分深い谷ね、眼がくらみそうだわ」

「もう少し、楽な道をえらぶべきだったかな」

「いゝの、このほうが、じろじろ人に見られなくて」

俊吉に抱かれたまゝの姿勢で、有為子はいつまでもそうして立っていたかったが、その時、思いがけなく、すぐうしろの崖の上から、ざわざわと枯草を鳴らしておりて来る人の足音に、彼女ははっと俊吉のそばを離れた。

崖をおりて来る足音は、彼等のすぐうしろで止まったが、そのとたん、

「まあ、お睦《むつま》じいことね」

谷を渡る小鳥のような、鋭い、金属製の声がふたりの間に降って来たのである。

「あ」

俊吉は瞬間、石のように固くなった。血の気がさっと一時に、頬から消えていった。良人のその様子に、ふとうしろを振返った有為子も、そこに立っている人の姿を見ると、心臓に冷いものを当てられたように、ゾーッとしてその場に立ちすくんでしまったのである。

茄子紺《なすこん》に金と銀で檜扇《ひのきおうぎ》を織り出した着物に、彼女独特の好みの紫の羽織がパッと眼に立って、窶《やつ》れて色蒼褪《あおざ》めたがゆえに、ひとしお臈《ろう》たく見えるその女――。何人《なんぴと》と良人に訊《たず》ねるまでもない、いつぞや、有為子を圭子のもとまで送って来た黒眼鏡の男――孔雀夫人の奈美子なのだ。

「あなた」

縋りつく有為子をうしろにかばって、俊吉は昂然《こうぜん》とひとあし前へ出ると、

「悪魔、おまえはこゝへ何しに来た」

「あなた、あなた」

「有為子、おまえは黙っておいで。奥さん、いゝや、今じゃもう奥さんでもなんでもない。悪魔だ、鬼だ。おまえは私たちをいったい、どうしようというのだ」

「俊吉さん」

絡みあっている二人の姿を、まじまじと意地悪い微笑で眺めていた孔雀夫人の頬には、その時、ふいにさっと蒼白い炎がもえあがった。心おごれる女の、追いつめられたその境地において、はじめてさっと炎《も》えあがった憎しみと嫉妬《しっと》の表情だった。

「俊吉さん」

奈美子の針をふくんだ声が、冷く嘲《あざけ》るように二人の面をうった。

「わたしはもう一度、この可愛《かわい》い花嫁からあなたを取り返しに来たの」

「馬、馬鹿な、悪魔、向うへ行け」

「いゝえ。参りません、あなたにはそれが出来ないと思っているのですか、ほゝゝゝほ、俊吉さん。わたしはすでに生命《いのち》を捨てた女ですよ。警察の手にとらえられたら、どうせ生命のない女です。俊吉さん、生命をかけた恋というものが、どのようなものであるか、わたしはこの、小まちゃくれたあなたの奥さんに見せてやりたいのです」

ひらり、紫の袂《たもと》をひるがえすよと見るや、奈美子の華奢《きゃしゃ》な指先に、ぎらりと銀色の小さなピストルが光った。

「俊吉さん、こゝへ来て。あたしに接吻《せっぷん》して」

「あなた、あなた」

「ほゝゝゝほ、小まちゃくれた可愛い奥さん、あなたは良人の唇が、あたしに触れるのを妨げることが出来ると思ってるのね。お気の毒さま。いま、あなたの面前で、二つの唇がしっかりと合うところを見せてあげます。但し、その時、俊吉さんの唇はすでに冷くなっているんですけれどね」

白魚の指が、ピストルの引金にかゝった。

「あ」

白い煙が立って、ズドンという鈍い物音が谷から谷へと反響していった。しかし、その煙がもやもやと風に吹きはらわれたあとに、がっくりと路上に倒れているのは、意外にも俊吉ではなくて、孔雀夫人自身だったのだ。

「ダ、誰? ダ、誰?」

蒼白い奈美子の頰が、怒りにふるえて、苦痛にあえぐ声がきれぎれに、血の中でのたうった。

「僕だ。奥さん、青沼ジュリアン」

「あ」

有為子も俊吉も、一瞬にして行われた、この意外な場面の進行にただ呆然《ぼうぜん》として眼を見張っているばかり。いつの間に、どうしてあとをつけて来たのか、孔雀夫人がピストルの引金に手をかけた刹那、傍《そば》の草叢の中から、ジュリアンが獣《けだもの》のように躍り出して、彼女の指をおさえたのだ。

弾丸《たま》は孔雀夫人の左肺を貫いていた。血が滴々《てんてん》として湿った路上をそめた。

「離して、離して、あなたには関係ないことだ」

「僕には関係がない？　はゝゝゝは、奥さん、お勢を殺したのは誰だ、僕のいとしいお勢を殺したのは、孔雀夫人、あなたゞったではないか。それでも、この僕には関係がないというのかい」

「あ」

孔雀夫人はふいに、白い眼をあげてジュリアンの顔を見た。

「奥さん、あなたがこの二人を憎むのは勝手だ。しかし、お勢をその復讐の道具に使うのは、少しお門《かど》ちがいだったろう。奥さん」

ジュリアンの眼が、まるで鬼火のように炎えあがった。落ちていたピストルを拾いあげると、きっと孔雀夫人の眼を見据えて、

「我々をおもちゃにすることが、どんな恐ろしい結果を来すか、今、見せてあげる」

「待って、待って、あの二人を殺してから——」

「まだ、まだ、そんなことをいっているのか」

「ジュリアン」

有為子が思わず、そばへかけ寄った時はすでにおそかった。引金はひかれた。心驕《おご》れる孔雀夫人の、うちひしがれた骸《むくろ》はむなしくそこに横たわった。

「ジュリアン！」

「いゝんですよ」

凄《すご》いまでの冷静さを湛《たた》えて、混血児は冷く微笑《わら》うと、

「これが、われわれの掟《おきて》なのです。有為子さん、それから土岐さん」

真蒼なかおをして、そこに立ちすくんでいる二人の顔を見較べながら、

「それにしても、あなたがたの恋には、随分大きな犠牲が払われましたね。土岐さん、有為子さん、この犠牲に対してゞも、あなたがたはしっかりと、手を握りあって進まなければなりませんよ」

「青沼君」

「ジュリアン」

「さようなら、僕はお勢のところへ行きます。有為子さん、島津さんの御夫婦に会われたら、よろしく言って下さい」

ジュリアンは右手をあげて、ピストルをこめかみにあてがった。そして、朽木《くちき》のようにどっとそこに倒れた。

孔雀夫人の血と、混血児の血が、混りあって、しずかに、しずかに消えのこった去年《こぞ》の雪を染めていった。

天城は漸《ようや》くたそがれて、抱きあったまゝ立ちつくしている俊吉と有為子の頬に早春の風が冷い。

# 鬼火（オリジナル版）

## 一

桑畑と小川に挟まれた隘《せま》い畔路《あぜみち》が、流れに沿うて緩やかな曲《カーヴ》を画《えが》いている辺《あたり》まで来た時、私はふと足を止めた。今迄《まで》桑畑に遮られていた眼界《がんかい》が、その時豁然《かつぜん》と展《ひら》けて、寒そうな縮緬皺《ちりめんじわ》を刻んだ湖水が、思いがけなく眼前に迫ってきたせいもあるが、もう一つには、妙に気になるあの建物が、一叢《ひとむら》の蘆《あし》の浮洲の向《むこう》に、今はっきりその姿を顕《あらわ》したからである。

《はてな、矢張《やはり》アトリエのようだが。》

と、杖《ステッキ》を斜《しゃ》に構えて凝然と立っている姿を傍《はた》からみれば、或《あるい》はかかる場所にアトリエの在る事を憤《いきどお》っているように見えたかも知れぬが、事実は必《かならず》しもそうではない。その時分、長い患《わずらい》の後《のち》だった私は、少し根《こん》を詰めて歩行すると直《す》ぐ息切がする、脈が早くなって動悸が切迫する、俗に心悸亢進《しんきこうしん》という奴だが、それにも拘《かかわ》らずこんな危《あぶな》っかしい路を撰《よ》って歩いていたというのは。——この間から散歩のつど私は、桑畑の彼方《かなた》にぎらぎら光っている屋根のあるのを認めて、少からず気にしていたのが、今日は幸《さいわい》天気もよし風も穏《おだやか》なので、思いきって散歩のついでに出向いたという訳である。

案内記によると桜貝を伏せたような形をしているという諏訪《すわ》の湖は、面積に似合わぬ浅さで、一番深い箇所で尚且《なおかつ》五尋《ひろ》に足りぬという。ちょうど巨大な皿に水を盛ったようなものだが、近頃では又、天竜川の改修工事とやらでどんどん排水するのに、東側からは泥や芥《あくた》が盛《さかん》に流れ込んで来る始末で、湖水は年年浅くなる一方である。今私の前にある地盤などもそのいい例で、嘗《かつ》ては湖水の底だったのが、長い年月の間に泥や芥が積《つも》り積って三角洲となり、更にそれが今日の如《ごと》き岬《みさき》にまで発展したのであろう。今私が目指しているアトリエというのは、そういう岬のしかも突端《とったん》に、兀然《こつぜん》として聳《そび》えているのだった。

　近附くに従ってスレート葺《ぶ》きの屋根や、バンガロウ風の玄関や、烏貝《からすがい》の殻を塗り籠《こ》めた壁や、白いでこぼこの石甃《いしだたみ》などが、漸《ようやく》明瞭に見えて来たが、随分荒るるに任せてある所を見ると、夙《とく》に人は住んでいないらしい。路はその辺《へん》まで来ると愈《いよいよ》細くなって、その先は厭《いや》が応でも蘆の中に潜り込まねばならない。蘆といっても私の脊《せ》より高い奴が、蕭条《しょうじょう》と風に靡《なび》いているのだが、私は委細構わずその中に潜り込むと、間もなく白く舗装した石甃の上に出て来た。問題の建物はすぐ鼻の先に聳えている。さて、こうして目近に迫ってよく見ると、この建物の荒廃のしかたは愈尋常《じんじょう》ではない。窓も雨戸も剝《も》ぎ取られたように跡方もなく、柱を引抜かれた簷《のき》は思案しているようにがっくりと首をかしげ、覗《のぞ》いてみると障子も襖《ふすま》もない家の中には、陰森《いんしん》たる空気と共に、麴室《こうじむろ》のような酸っぱい匂が一杯に立罩《こ》めている。隅の方に重ねてある畳は、湿気と温気《うんき》のために、妊婦の腹のように脹《ふく》れあがって、踏めばそのままずぶずぶと減込《めりこ》みそう、おまけによく見ると、繊細《こまか》い真白な蕈《きのこ》が一面に簇《むらが》り生えていて、その腐朽《ふきゅう》と頽廃《たいはい》の状《さま》はとても筆紙《ひっし》に尽すべくもない。私は顔をしかめると、思わず唾《つば》を吐きながら、そこを離れて、湖水に向って建っているアトリエの方へ廻って行った。

　昔はこのアトリエのヴェランダから直接水に下りるようになっていたものらしいが、今ではそこに広い浮洲が出来て、汀《みぎわ》までにはかなりの距離がある。浮洲の上には青い、房房とした生毛《うぶげ》のような藻《も》が一面に生い茂り、その間を点綴《てんてい》している水溜の中からは、赤黒く澱《よど》んだ泡《あぶく》と共に、腐臭をおびた古沼の瘴《しょう》気《き》が、その辺《へん》一帯にめらめらと立騰《たちあが》っているのだった。

　私はその浮洲を渉《わた》って、毀《こわ》れたヴェランダからアトリエの中へ入って行った。ここは陽当《ひあたり》がいいせいか、あまり腐朽の匂はしないが、その代床《かわり》も天井も蜘蛛《くも》の巣だらけ、壁の上にはそれこそ真黒になる程、湖水に発生する小さい羽虫がしがみついている。私が入って行くと羽虫どもは、一斉にわんと壁から飛立ったが、いや、その翅音《はおと》の凄《すご》いことといったら、平家《へいけ》の大軍を走らせたという水鳥の音にも劣るまじと思われるばかり、眼も口も開けていられたものではない。しかもその翅音と共に、魚の腸《はらわた》の腐ったような匂がつうんと鼻へきたから耐《たま》らない。私はすっかり辟易《へきえき》して、周章《あわて》てヴェランダの外へ飛び出した。羽虫共は一《ひと》しきり広いアトリエの中を舞い狂っていたが、やがて次第に壁の方へ吸い寄せられてゆくと、冬の蠅《はえ》のように凝《じ》っと動かなくなった。

　怖怖《こわごわ》覗いてみると、天井から襤褸《ぼろ》のように下っている蜘蛛の巣に、夥《おびただ》しく引っかかってもがいている。中には半分参りかけたのもいるが、元気のいいのが翅を動かす度に、他の奴も思い出したようにバタバタやり出す。するとそれにつれて又、折角《せっかく》壁の上に翅を休めていた奴までが飛出すという始末で、……そんな事を幾回となく繰返しているのだった。

　これでは気味が悪くてとても中へ入れないから、諦《あきら》めてそろそろ退《ひ》き上げようとした時、ふと私の眼についたのが、隅の方に立てかけてある大きなカンヴァス。大きさは百二十号ぐらいもあろうか、黒い布がかかっているのが何となく曰《いわく》がありそうで妙に気になる。こいつは唯《ただ》では帰れない、といって羽虫は気味が悪いし——と暫《しばら》く躊躇《ちゅうちょ》していたが、到頭《とうとう》思いきって足袋《たび》はだしになると、抜足差足、いやもう竜王の珠玉《たま》を盗まんとする蜑《あま》の如《ごと》く、そっとカンヴァスの側に近寄ると、怖怖、静《しず》かに黒い布をまくりあげて見た。

　カンヴァスはすっかり日にやけて、色が褪《あ》せ、埃《ほこり》まみれになって、唯もう不透明な色彩が雲のように重なり合っているばかりで、はじめのうちは何が何やら見当も附かなかったが、それでも暫《しばら》く面《おもて》もふらずに凝視を続けているうちに、やがて霽《は》れゆく靄《もや》の中から姿を現す山脈《やまなみ》の如く、朦朧《もうろう》と私の眼の前に迫《せり》出して来たのは、一個奇怪なる裸形《らぎょう》の女であった。

　それは活《い》きながら湖水の底に沈められた、裸体の美女を画いたもので、セピア色に塗り潰《つぶ》したカンヴァスの上に、仄白《ほのじろ》く浮出した女の乳房には、その先に大きな分銅のついた太い鉄の鎖が、痛痛しいばかりに食い入り、その下肢から下腹部へかけては、何やら蒼黒《あおぐろ》いものが、一面にぬらぬらと絡《から》みついている。初《はじめ》のうち私は、そのぬらぬらを単なる水藻だとばかりに、何の疑《うたがい》も挟《さしはさ》まなかったけれど、よくよく見ているうちに中《なか》に一条《ひとすじ》、蛇とも竜ともつかぬ、一種異様な醜《みにく》い動物のいる事を発見した。怪物は鋭い蹴爪《けづめ》をもった一本の肢《あし》で、女の乳房を引き裂かんばかりに握りしめながら、蜥蜴《とかげ》の肌のような底光のする全身に波打たせて、ぴったりと女の腰に吸い着いている。そして女の背後《うしろ》から肩の上にもたげた醜い鎌首からは、二つに裂けた舌をペロペロと吐出《はきだ》して、何事かを女の耳に囁《ささや》いているが如くである。女はその言葉を聞いているのかいないのか、恰《あたか》も甕《かめ》を担うが如く左の手で怪物の鎌首を抱え、右手は高く水中にかざしている。彼女の暗緑色の髪の毛は海藻のようにゆらゆらと漾《ただよ》い、悶《もだ》え、逆立ち、長くさしのべた項《うなじ》には、泡が凝《かたま》って真珠を連ねたようである。唯不思議なのは女の表情で、その面《おもて》には少しも恐怖や苦痛の色は見えないのだ。大きく瞠《みは》った瞳《ひとみ》は燐《りん》のように瞬いているけれど、それは苦痛や恐怖のためではなくて、ある謎《なぞ》のような欣《よろこび》と嘲笑を溶かしているが如くである。軽く閉した唇からは満足の溜息が洩《も》れ、薔薇色《ばらいろ》の頬《ほお》に柔く刻まれた片靨《かたえくぼ》には、微妙に錯綜《さくそう》した嫌悪と歓喜の不可思議な感激が読み取られるのであった。

　この奇怪な人獣相剋図《そうこくず》に、時間《とき》の経つのも忘れて、呆然《ぼうぜん》と見惚《みと》れていた私の念頭《あたま》には、その時様様な想念が去来した。こういうグロテスクな画題を撰《えら》んだ画家というのは、一体どんな男だったのだろう。そしてこの画のモデルになった女とどういう関係であったのだろうか。この人里離れた岬の突端で、彼等はまあ、どういう奇怪な生活を営んでいたことだろう。……我《われ》にもなくそれ等《ら》の場面を想像しているちに、私はぞっとするような悪寒に襲われた。一瞬間私は、画面の女が口を開いて、今にも話しかけそうな錯覚を感じて、思わず微《かすか》な身顫《みぶるい》をすると、祈るように眼を閉じ、やがて元の如くカンヴァスの上に掩《おおい》をかけると、追われるようにこのアトリエから出て行った。

外へ出てみると空には依然として太陽がくるめき、迥彼方《はるかかなた》の入江の汀には、洗髪の女が水鏡をしているように首うなだれた、美しい楊柳《やなぎ》の並木があり、並木の下には数十羽の鶩《あひる》が嬉嬉として群がり、餌をあさっている。空は美泥細工《ビイドロ》のように玲瓏《れいろう》と晴れ渡り、澄明な空気は時時水晶のように光るかと思われた。私はこの明るい、平和な景色に向って、喘《あえ》ぐように二三度大きく息を吸い込んだが、さて一度眼《まなこ》を転じて岬の上を見れば、そこには黯黮《あんたん》たる妖気《ようき》が低く垂れこめ、索莫《さくばく》たる蘆叢《ろそう》の中からは、啾啾《しゅうしゅう》として哀怨《あいえん》悲愁の声が、道行く人の肺腑《はいふ》に迫って来るかと思われた。

私は足を早めて、遁《に》げるが如くこの場を立去ったのである。

## 二

その翌日私は、久し振りで湖畔にささやかな草庵《そうあん》を営む、俳諧師《はいかいし》の竹雨《ちくう》宗匠を訪れた。宗匠はもとこの地方の警察に長く奉職していた警部だったが、数年前糟糠《そうこう》の妻に先き立たれてから、痛く世を果敢《はかな》み、間もなく恩給がつく身分となったのを幸に、職を辞すると、この湖畔に形ばかりの庵《いおり》を結んで、今では春の花、秋の月を友として発句《ほっく》三昧《ざんまい》に日を送っている。私は極《ご》く浅い、最近の馴染《なじみ》であったが、訪れるといつも快く迎えてくれるし、又持前の話上手で、この地方に伝わる様様な物語を、諄諄《じゅんじゅん》と語って聞かせてくれるのである。

『よくいらっしゃいました。二三日急に寒くなったので、慣れない方《かた》にはどうかとお案じ申上げておりました。』

私が訪れたとき、宗匠は経机《きょうづくえ》に向って、何か書物《かきもの》をしていたが、私の顔を見るとすぐ筆を措《お》いて、暖そうな炬燵《こたつ》のある部屋に招じ入れた。宗匠というといかにも老人じみるが、その実、五十にはまだ二三年間《ま》があろうという年輩の、血色のいい、どっしりとした人柄で、嘗《か》つて警部などという劇《はげ》しい職務にあった人とは思えない程、柔和《にゅうわ》な容貌《かおつき》をしているが、それでもどうかすると、眉と眼の間に精悍《せいかん》そうな気が動くのは、さすがに争えないものである。私は奨《すす》められるままに、遠慮なく炬燵の中に潜り込んだ。締切った障子には西日が白くあたって、部屋の中には鉄瓶《てつびん》が松籟《まつかぜ》の音《ね》を立てている。床には寒山拾得《かんざんじっとく》の掛軸の前に、白菊が二三輪無雑作に活《い》けてあって、その花弁から溢《こぼ》れる匂がほんのりと部屋の中に漂うている。万事淡彩趣味の中に、炬燵にかけた友禅の掛布団のみが、眼も覚めるばかり艶《なまめ》かしい。

『今日は是非《ぜひ》、あなたにお話して戴《いただ》きたいと思う事があって参りました。』

『はあ、何ですか、今時この老人に話をさせようというのは。』

『実は昨日私は、散歩のついでに向の岬にあるアトリエへ行ってみたのです。そしてその中で妙な絵を見ました。還って宿の者にその話をすると、それなら竹雨先生にお伺《うかが》いするのが一番近道だ、先生ほど詳しくこの話を御存じの方はなかろうと、こういう話なので、それで今日はお邪魔にあがった訳なのです。』

私の言葉を聴いているうちに、それまでにこやかな微笑を含んでいた宗匠は、次第に眼を伏せ、火桶《ひおけ》の縁《ふち》を撫《ぶ》しながら、何事か打ち案じているようであったが、やがてつと身をくねらせるとうしろざまに縁側の障子を押し開いた。と見れば、入江を隔てたかの岬の上に、蕭殺《しょうさつ》たる蘆叢に包まれたアトリエが、今日も懶《ものう》い紺碧《こんぺき》の空に、屹然《きつぜん》とそそり立っている。宗匠は暫《しばら》く凝《じ》っとそれを眺めていたが、やがて私の方へ向き直ると、血色のいい顔をつるりと逞《たくま》しい掌《てのひら》で撫《な》で上げた。

『いや、失礼いたしました。私がこうして渋っているのは、決して勿態《もったい》ぶっている訳ではなく、実は私は此《こ》の話をする事をあまり好まないのです。これが聴いて嬉《うれ》しくなる話だとか、又、優《ゆう》にあわれな話ならば格別、この話はどこ迄も陰惨で、何となく憑《つ》かれたような所のある話ですから、私はなるべく喋舌《しゃべ》らない事にしているのです。然《しか》し……』と宗匠はここで忽然《こつぜん》として、喉《のど》の奥までひらいてからからと打ち笑うと、『然し、あなたも折角、息込んで来られたのですから、聴かずにはお帰りなさるまい。ようがす。お話しましょう。その代《かわり》今夜は私に附き合わなければいけませんよ。幸今夜は十三夜ですから、後で月見と洒落《しゃれ》ようじゃありませんか。』

私が承諾の旨を陳《の》べると、宗匠は直《ただ》ちに手を鳴らして下婢《しもべ》を呼び、夕餉《ゆうげ》の支度を命じた。その間も彼はあまり気持のいい話ではないからと、繰返し繰返し念を押すことを忘れない。陰惨もとより大いに私の好む所である、憑かれたような話に至っては私の狂喜するところだ。私がその旨を陳べると宗匠は仕方なしに苦笑しながら、一抓《ひとつまみ》の香を桐火《きりひ》桶《おけ》の中に燻《くす》べたので、ものさびた匂が縹渺《ひょうびょう》として部屋の中に立ちこめたのであった。

この湖畔に長く住んでいる程の者なら、誰一人この話を知らない者はありますまい。然し昨日、私に聴くのが一番確《たしか》であるとあなたにお伝えした人は間違っていないので、お話してゆくうちに分りますが、私ほど詳細にこの話を語り得る者は他に有り得ないのです。

あのアトリエを建てたのは漆山万造《うるしやままんぞう》という、向に見える豊田村出身の画家ですが、御記憶ではありませんか、今から十数年以前には、それでもちょっと中央画壇に知られていた男でしたよ。左様《さよう》、昨日あなたが御覧になったあの無気味な絵というのも、この男と、この男の従兄弟《いとこ》で、同じく漆山姓を名乗っていた漆山代助《だいすけ》という男、この二人の画家の共同製作なのです。漆山代助。……この男も従兄弟の万造と殆《ほとんど》同時に中央画壇に名を知られ、そして又殆同時に忘れられて行った男ですが、これからお話しようとする話というのは、この二人の画家の生涯に纏《まつわ》る、深讐《しんしゅう》綿綿たる憎念と、嫉妬《しっと》と、奸策《かんさく》の物語なのです。

---

此の土地の者で私くらいの年輩の人間なら誰でも知っていますが、漆山家というのは、当時諏訪郡きっての豪家で、万造はその本家の一人息子、代助は分家のこれまた一人息子で、二人は同年《おないどし》の生《うまれ》でした。私は両方の親達を知っていますが、あんなに仲のいい善良な兄弟を親に持ちながら、どうしてこんな恐しい子供達が生れたのか実に不思議で、二人はまるで、互《たがい》に仇敵《きゅうてき》となり、憎み合い、咀《のろ》いあい、陥れ合うためにのみ、この世に生れて来たようでした。それは既に、彼等が頑是《がんぜ》ない小児《こども》の時分からそうなので、それについて私は、次のような出来事をお話する事が出来ます。

これは彼等がまだやっと小学校の一年か二年生時分のことでありますから、今からざっと三十二三年以前《まえ》のことですが、冬のことで湖水は一面に氷が張り詰めていました。間もなくあなた御自身で御覧になる事が出来ましょうが、湖水に氷が張り詰めると、小児《こども》たちの天下で、学校へ通うにも平生《ふだん》ならば半時間も一時間もかかるのが、氷の上を滑って来ると十分か十五分で来られる。朝などは大変で、頬《ほ》っぺたを杏《あんず》のように真紅《まっか》にふくらました、もんぺ姿の子供たちが、各各《めいめい》、五六尺ぐらいの青竹を横に持って滑って来るのが、ちょうど秋空に飛ぶ蜻蛉《とんぼ》のよう、それこそひきも切らず、中には一本の青竹に、小さいのを間に挟んで五六人も摑《つか》って滑ってくるのがあります。この青竹を持っているのは、過《あやま》って氷の亀裂に落ち込んでも、これが閂《かんぬき》のように引っ懸って、遽《にわか》に氷の下へ飲込まれるのを防ごうという寸法、大人ならここで機械体操の要領で這《は》い上ることが出来るし、それの出来ない女子供でも救《すくい》を呼ぶ遑《いとま》があろうという訳です。

さてその朝、万造と代助の二人も各各青竹を一本宛携《ずつたずさ》えて、今アトリエの建っているあの岬、その時分は今程出張ってはおりませなんだが、あの岬の向側まで滑って来たとき、万造の方がどうしたはずみか過って氷の裂目へ落ち込んだのです。幸《さいわい》青竹が役に立って沈んでしまいはしなかったけれど、子供のことですから一人で這い上ることが出来ない、もがもがやりながら救を求めたのを、その時半丁ばかり向《むこう》を滑っていた代助が聞きつけて、直ぐに引き返してきました。この時代助が、素直に青竹を出してやれば何事もなかったのでありますが、普段から孰方《どちら》が偉い、代助より万造のほうが少し利巧なようだ、いや、矢張《やはり》代助のほうが捷《はしこ》かろうと、絶えず周囲から煽《おだ》てられ、競争するように仕向けられていることが、ふと念頭《あたま》に浮んできたから耐らない。代助はその時万造のほうへ伸そうとしていた青竹を、つと二三寸手許《てもと》へ引くと、

——万ちゃん、助けてやる代りにお前、今日から私《あたい》の家来におなり。子供のことですから他愛はありません。この時、万造の方でも、うん、家来になるから助けておくれ、と言ってしまえば何でもない事でしたが、これを聞くと万造は、嫌悪の色を眼一杯に泛《うか》べるとついと顔を反向《そむ》け、代助の方へ伸していた手も章周《あわて》てうしろへ引くと、側《そば》にいる代助を無視してしまって、遠くの方へ向って的《あて》もなく、助けてくれえ！　助けてくれえ！……この様子を見ると代助はさっと顔色を変えました。冗談で出発したことが、遽に真剣味を帯びて参りましたので、代助はぷいと青竹を小脇に抱えると、くるりと踵《きびす》を返してそのまま氷の上をスイスイ。

然し如何《いか》に子供とはいえ、このまま見殺《みごろし》にするのが恐しい罪悪だぐらいの事は心得ておりますし、良心も咎《とが》めます。暫《しばらく》して又万造の側へ引返して来た代助の顔色は寧《むしろ》万造よりも蒼白いくらい、きっと噛《か》み締めた唇は憤《いきどおり》のためにぶるぶると痙攣《けいれん》していました。それでも彼は持っていた青竹を叩きつけるように万造の方へ伸《のば》すと、

——さあ、助けてやるから早くつかまれ、と言いました。

万造はこの時既に、岑岑《しんしん》と身に浸み入る寒気のために、唇は紫色になり、眼は釣り上り、今にも気が遠くなりそうになっていましたが、それにも拘らず彼が従兄弟に報いたものは、依怙地《いこじ》な嘲《あざけ》るよう笑《わらい》ばかり、相手が差出した青竹の方へは見向《みむき》をしようともしないのです。

——万ちゃん、早くお摑まりな。代助が極《き》め附けるように言うのも、耳に入らないかの如く、万造は依然としてほかに救を求めているのですが、無慙《むざん》にも声は嗄《しゃが》れ、今にも息が絶え入らんばかりの有様。

——馬鹿だなあ。早くお摑まりったら。そう意地を張ってたら凍《こご》え死んでしまうよ。代助は幾分優しい声で、窘《なだ》めるように言いましたが、万造は依然として態度を改めない。こうなると代助の方では、癪《しゃく》に触るやら、心配やら、忌忌《いまいま》しいやら、可哀《かわい》そうやらで、とうとう此の方が先におんおんと泣き出してしまったのであります。

幸《さいわい》折よく駆け着けて来た他の子供達によって、万造は無事に救われましたけれど、その時彼の掌《てのひら》は青竹に膏着《こうちゃく》してしまって、それを放すだけでも大変だったそうで、彼はそれがもとで一月ほど酷《ひど》い熱病を患《わずら》いましたが、治ってから初めて代助と顔を合せたとき、彼がいきなり代助に向って念を押すように云《い》ったというのは。

——代ちゃん。お前に助けて貰《もら》ったんじゃないから、私は何もお前に恩に着る筋はないよ。分っているだろうね。

三

こういう挿話《エピソード》をお話すれば際限がありません。双方の両親もほとほと持て余していましたが、然《しか》し後年に至ってこのために二人とも生命《いのち》を失う程、恐しい運命に遭遇しようとは、その時分、夢にも気附かなんだし、却《かえ》って二人とも勉強に励《はげみ》が出て、学校の成績なども、いつも首席を争っていたというのも事実なので、つい馬鹿な親心から、誤ってこの恐しい敵愾心《てきがいしん》を刺戟《しげき》し、奨励しなかったとは云《い》えないのです。然し次にお話する事件が起ってからは、さすがに双方の両親とも、幾分 考《かんがえ》を更《あらた》めなければならぬ事に気が附いたようでした。

それは二人が高等小学校の二年生、今で云えば尋常小学校の六年生ですが、その年の夏休に、二人して蓼《たで》の海《うみ》の近辺へ写生に出かけた事がありましたが、さてその帰途、俗に七曲《ななまがり》と云って、一方が高い崖《がけ》、

一方が深い谿《たに》になっている、そういう羊腸《ようちょう》たる坂路へ差しかかった時、先に立って歩いていた万造が、

——あ、あんなところに蛇がいる。と、叫んで立止りました。

蛇は信州の名物。全国から蛇捕が集《あつま》るというくらいだから、子供たちも馴れている。万造と雖《いえど》も、一匹や二匹の蛇なら敢《あえ》て驚きはしなかったのでありましょうが、その時ばかりは特別でした。谿の上へ斜《ななめ》に迫出《せりだ》した松の梢《こずえ》に、どういう訳か蛇が無数に絡みあって、松の根っこ程もあろうという太い蛇の綱になって、そいつが又蠕蠕《ぜんぜん》と蠢動《しゅんどう》しているのだから、どうかすると、松の梢その物が蛇行《だこう》しているように見える。万造でなくったって、これじゃ驚くのが当然でしたが、後からやって来た代助は、これを見ると鼻の先であざ笑いながら、吐捨《はきす》るように、

——何だい、あんなもの。と、言いました。

万造はこれを聞くと早くも顔色を変えながら、

——それじゃ代ちゃんはあれが怖くないのかい。と詰め寄ります。

——何が怖いもんか。たかが蛇じゃないか。

——だって一匹じゃないぜ。

——一匹でなくったってさ。

——それじゃお前、あれが摑めるかい。

——摑めるとも、平気さ。あんなもの。

——一匹じゃないぜ。皆《みんな》摑むんだぜ。

——何匹だって同じことさ。何なら摑んで見せようか。

——おお、摑んでみせな。だけど後で怖くなって泣いたって私ゃ知らないよ。

——何が。……売言葉に買言葉とはこの事でしょう、代助は早くも松の幹に足をかけましたが、何を思ったのかふと振り返ると、万ちゃん、その代《かわり》お前、私《あたい》の言うことを何でも聞くかい。

万造はちょっと躊躇したが、これもその場の勢、今更後へ引けません。

——うん、何でも聞いてやるよ。だけど皆《みんな》摑まなくちゃ厭《いや》だぜ。

——それじゃ、私《あたい》の家来になれ。

――なる。

代助はにっと笑うと、するすると松の幹を攀《よじ》登って、蛇が一塊になってのたくっている側まで行くと、あなやと云う間もあらばこそ、いきなり右手をその中に突込みました。

――どうだ。

代助は平然と笑いながら、御叮嚀《ていねい》にも蛇の中を掻《か》き廻したから耐らない。蛇は怒って無数の鎌首を擡《もた》げると、きりきりと代助の腕へ尻尾《しっぽ》を捲き附ける。肩から首のほうへ這《は》い上って来る奴もあれば、袖口《そでぐち》から懐《ふところ》へ入る奴もある。中にはもんぺの間から頭を突込んで、太股《ふともも》を覘《ねら》う奴もあるという始末、見る見るうちに代助は、蛇責の浅尾みたいに、体中蛇だらけになってしまいましたが、それが又如何《いか》にも得意そうに、からからと打《うち》笑いながら、蛇の頭を撫でたり、頬摺《ほおず》りしたり、果ては調子に乗って接吻《せっぷん》したりするのに、見ている万造の方が却って真蒼《まっさお》になってしまったくらい。

――どうだ、万ちゃん、これくらいでいいだろうな。と言うと代助は、手頃の奴を一本抜取り、そいつを火縄のようにきりきりと宙に打ち振りながら、おお臭《くさ》、おお臭《くさ》。と云い云い松の幹から降りて来ました。

――万ちゃんどうだ。約束通私《あたい》の家来になるだろうな。

万造はしかし、自分が蛇であって、相手の為に侮《ぶ》辱《じょく》されたような気がしていた折柄ですから、唯《ただ》一言、吐き出すように、

――厭だ！　と鋭く云いました。

――厭？　それじゃ約束が違うじゃないか。

――約束が違っても何でも、お前みたいな野蛮人の家来に、誰がなるもんか。

――お前それでも男かい。私《あたい》だって何も蛇が好きな訳じゃないが、お前が家来になると云うから、厭なのも辛抱《しんぼう》してやったのじゃないか。それを今更、厭だなんて、お前それは卑怯《ひきょう》じゃないか。

――卑怯でも何でも、厭なものは厭さ。

二人は暫《しばし》劇《はげ》しく言い募っていましたが、そのうち

に代助がふと、にやりとせせら笑うと、

——いいよ、いいよ。家来になるのが厭なら、その代《かわり》お前にも蛇を摑ませてやるばかりさ。待っといで、あの松の枝にうじゃうじゃしている奴を持って来て、お前の頭からぶっかけてやるから、

——お待ち、代ちゃん、お待ちったら！

——何だい。家来になると云うのかい。

——………。

——いいよ。構わないよ、今に見ろ。蛇を持って来てやるから。

　そう云いながら早くも、根元に蠢《うごめ》いている奴を、二三匹懐に入れている姿を見た万造は、絶体絶命、蛇は気味悪いし、家来になるのは猶更《なおさら》いや、遁《にげ》るのは自尊心が許さないとなると、残された手段は唯一つ。今しも蛇に夢中になっている代助の後姿を、物《もの》凄《すご》い眼で睨《にら》んでいた万造は、ふいに、蛇が這《は》い寄るようにつつつつつと背後に迫ると、

——何をする、万ちゃん！　という代助の絶叫も耳に入らばこそ。えいとばかりに突き出した万造の腕の下に、もんどり打って代助は、谷底深く墜《お》ちてゆきました。

　この時代助がまともに、谷底へ墜ちていた日には、これからお話するような事件も起らずに済んだことでありましょうが、幸《さいわい》谷底に根を張っている椎《しい》の大木の上に墜ちたので、腰骨を少少挫《くじ》いただけで、不思議にも生命《いのち》は助かりました。尤《もっと》も腰の挫傷はその後永く祟《たた》って、それと知っている人が気を附けて見なければ分らない程、極《ご》く微《かすか》ではありましたけれど、代助は生涯跛《びっこ》を曳《ひ》いていました。さてこのいきさつを後に聞いた漆山の両家では、今更の如く二人の憎念の執念深さに悚毛《おぞけ》をふるって、向後なるべく彼等を一緒にしない事を申合せたのですが、何がさて、陰が陽に慕い寄る如く、憎み合い、呪い合いながら、常に相寄る魂を持った二人の事故、いつかは又、問題を惹起《ひきおこ》さずには措《お》かない、因果と云えば因果、宿縁と云えば宿縁でもあったのです。

## 四

事件はそれから数年の後、彼等がともに中学五年に進んだ年に起りましたが、この時分になると、二人の性格なり、体質なりの相違は漸《ようやく》顕著になって、代助が陽性で、多血質で交際好なのに反して、万造の方は陰性で、胆汁質《たんじゅうしつ》でいつも孤独でした。体質に於ても、代助の方が色浅黒く、引緊《ひきしま》ったきびきびとした体附きをしているのに反して、万造は色白でぶよぶよと肥《ふと》って、動作などものろのろしているので、級《クラス》でも牛という渾名《あだな》があったくらい、唯一つこの二人に共通している点といえば、相も変らず反撥し合う熾烈な感情と、猛烈な勉強家であるという事ばかりでありました。彼等は依然として級《クラス》のトップを競い合って居《お》りましたが、自己を優位に保つためには、少しも fair play である事を必要としない、小股掬《こまたすくい》、背負投、裏切、密告等等、あらゆる卑劣なる手段をも敢て辞せぬ。つまり彼等は、悠悠と大空に圏《わ》を画《えが》きながら、隙あらば躍り蒐《かか》ろうと身構えている二羽の荒鷲《あらわし》のようなもので、油断をしていれば、いつ何《なん》時《どき》、鋭い爪と嘴《くちばし》によって引き裂かれるかも知れないのでした。

さてその当時、この町に湖月《こげつ》という汁粉屋があって、中学生などがよく集ったというのは、そこにお美代《みよ》ちゃんという、ちょっと可愛《かわい》い娘がいて、お世辞の一つもいう。皆《みんな》これに夢中になっていたものですが、中でも代助と万造の執心ぶりは段段露骨になって来ました。後《のち》になって代助が人に語った所によると、格別彼はこの娘が好きというわけではなかったが、愚図愚図《ぐずぐず》していれば、万造に先手を打たれそうで、そうなると口惜《くや》しいから機先を制したまでだと云いますが、兎《と》に角《かく》、この競争では代助が従兄弟を出し抜いてまんまと娘を手に入れてしまいました。さあ、それと気がついた万造は口惜しくて耐らない。これが他の男なら娘が何人情人《おとこ》を拵《こしら》えようが、別に痛痒《つうよう》を感じないのでありますが、相手が従兄弟で、そいつに出し抜かれたと思うと、残念で残念で耐らない。何とかしてこの復讐《しかえし》をしてやらなければ腹が癒えないのですが、散散考えあぐんだ揚句、編出した一計というのはある日湖月へ行って、お美代というその娘をそっと物蔭《ものかげ》に呼ぶと、

——お美代ちゃん、お前、代ちゃんとどうかしたのじゃない？　え、そうだろう、隠さなくったっていいよ。私ゃちゃんと代ちゃんから聞いて知っているんだから。

——まあ、代さんがそんな事を云ったの。こんな単純な女を欺《だま》すのは訳はありません。

——おお、言ったともさ。お前も知っての通り、私と代ちゃんは従兄弟だもの。何だって打ち明けてしまうんだ。それで何かい。此頃でも矢張《やっぱり》ちょくちょく逢っているのかい。

——いいえ。それがね。……お美代はぽっと紅くなりながら。それきり一度もお見えにならないので、私どうなすったのかと思って。……

——一度も来ないの。それはいけないねえ。それじゃ薄情だよ。よし、私から一つ言っといてやろうよ。

——ええ、お願《ねがい》しますわ。私一度逢って話したいことがあるのよ。だけど、こんな事あなたにお願して、後で叱《しか》られやしないかしら。

——そんな事あるもんか。他の者じゃなし。私と代ちゃんの仲だもの。

——ほんとうにそうなら、私御恩に着るわ。騙《だま》されたんじゃないかと思って、私この間から心配で、心配で……

——そんな事はあるまいよ。万造は掻《か》きむしられるような嫉妬の情を制《おさ》えながら、代ちゃんだって逢いたいんだろうけれど、まだ学生だしねえ、人眼を憚《はばか》らなきゃならないもの。だからさ、ああそうだ、お前手紙をお書き、ここは何と云ってもお前から手紙を出さなきゃ嘘《うそ》だよ。そうすれば私が人知れず代ちゃんに渡して、きっと此処《ここ》へ連れて来てやろうじゃないか。

——だって、私どう書いていいか分らないんですもの。

——何、訳はありゃしないよ。分らないところは

私が教えてやろうよ。お前の手紙もないのに、何ぼ私だって、出娑婆《でしゃば》り過《す》ぎるようでそんな事、代ちゃんに言えやしないものね。

——いいわ。書くわ。だから万造さん、あなた側《そば》にいて教えて頂戴《ちょうだい》よ、ね。

万造はまんまと首尾よく、女に手紙を書かせてしまいましたが、何しろ腹に一物《いちもつ》あるのですから、その手紙というのは実に露骨なもので、誰が読んでも顔を紅らめずにはいられないような、言語道断《ごんごどうだん》な事が書いてあったと云う事です。

さて万造がこの手紙をどういう風に利用したかと云うと、学校でも一番口喧《くちやかま》しいという評判の、体操教師の前にわざと落しておいたのですから耐りません。急に騒ぎが大きくなって、ちょうど県視学の巡廻があるという評判のあった折柄でもあったしするので、前例にない程の厳罰主義で、湖月組の学生たちは一斉に一週間の停学を申渡された中に、代助は一人放校処分を受けました。万造も無論、停学組の中に入っていましたが、これは無論覚悟の前で、皮を斬らせて肉を斬《き》るというのが、その時の彼の策戦だったのです。

漆山両家の親達は、重ね重ねの息子達の不始末に呆《あき》れ果てて涙も出ない有様でありましたが、放っておくわけにも参りませんので、汁粉屋の娘の方は金をやって片を附け、代助は一先《ひとまず》、東京の親戚に預けてそこから学校へやるという事に話が決りました。実際、これら善良な親達が、それから四五年の間に相次いでばたばたと死亡したのは、自他の為にどれ程幸福だったか知れません。もう十年も生きていた事なら、それこそ人の親として最大の悲歎を味《あじわ》わねばならないところでしたから。

代助が東京へ発《た》つという日は、冷い五月雨《さみだれ》がびしょびしょと降っている、陰気な五月の下旬でしたが、この時駅まで見送に来た、極く少数の友人たちの中に、万造の姿が見られたというのは、まことに不思議な話ではありませんか。彼は唯一人離れて、プラットフォームの柱の蔭で、にやにやと笑いながら立っていましたが、やがて汽車が着いて、代助が乗り

込むと、ふいにつかつかと窓の側へ寄って来たかと思うと、

――代ちゃん、あばね。とさも名残惜しそうに信州《こちら》の言葉で言ったのです。

すると代助も急に眼を耀《かがや》かせて、

――万ちゃん、覚えておいで。今度はお前の番だよ。と、言いました。

そして二人顔を見合せると、如何にも蟠《わだかまり》のない声で、昂然《こうぜん》と笑いましたが、いや、実に妙な従兄弟もあったものです。

東京へ着いた代助は、一先神田の某中学に籍をおきましたが、秋になるとさる私立の美術学校の編入試験を受けて、そこへ通うようになりましたが、この通知を受取ったとき、万造は何とも云えぬ不安と焦燥を感じました。自分が陥れた相手が案外不幸でなく、いや不幸どころか、希望に燃えているのを発見して、万造は背負投を喰わされたような気になり、結局、田舎の中学に残された自分の方が、遥《はるか》に詰《つま》らぬものであると思うようになりました。そこで残《のこり》の学期を蒼皇《そうこう》として済《すま》すと、両親を説いて自分も上京し、この方は正規に中学課程を畢《お》えているのですから、堂堂と官立の美術学校へ入学したのです。元より好む道ではありましたけれど、飽《あく》までも同じ道で雌雄《しゆう》を決しようという意地の方が、半分以上手伝っていた事は疑うべくもありません。両親もそれを知っていながら、敢て反対しようとしなかったのは、多分親らしい慈愛をもって、この無暴な思《おも》い附《つき》から反省させようとする程も、この息子を愛する事が出来なくなっていたからでありましょう。

## 五

それから数年の間、私達はこの二人の噂《うわさ》を聞くことはありませせなんだ。無論、小さな競合《せりあい》や葛藤《かっとう》は始終続けられていた事でしょうが、学校が違っているので、信州《こちら》まで響いて来る程の大事件は起さずに済んだと見えます。その間に、漆山両家の親達は、相次いでこの世から去り、間もなく彼等は学校を卒業し、それから二人の絵が同時に、同じ美術展覧会に

入選したということ、中野と高円寺に各各アトリエを建築したということ、その翌年には又二人同時に、同じ美術展覧会の同人に推薦されたということ、それ等の噂を私達は絶えず新聞で読んだり、人伝《ひとづて》に聞いたりして知ることが出来ました。是《これ》を要するに二人は、不相変《あいかわらず》猛烈な競争を続けながら、次第に社会的に名声を昂《たか》めつつあったのですが、間もなく二人とも三十歳の声を聞くに至りました。そして再恐ろしい大衝突の緒《いとぐち》は、その年の夏の終頃に切られたのであります。

　中野に住んでいた代助は、その時分、少々薄野呂《うすのろ》の女中の他に、お銀《ぎん》というモデル女をアトリエに引張り込んで同棲《どうせい》していました。お銀というのは、虚栄心の強い、自堕落《じだらく》な、浮気っぽい、嘘吐《うそつき》の、どこに一つ取柄のない女でしたが、古い言葉にもある通り、有為な才幹を持った高尚な男子の運命を左右するのは、常に優れた女性であるとは限りません。こういう何の取柄もない突転《つっころばし》の女が、しばしば男を破滅の淵《ふち》に導くものです。

　不思議なことにはお銀という女は、代助と同棲する以前に、嘗《か》つて一ヶ月程、万造のアトリエでモデルとして働いたことがありまして、その時彼女は、この女らしい浅墓《あさはか》な媚態《びたい》の限《かぎり》を尽して、万造を誘惑しようと試みたのですが、彼女の性質をよく知っていた万造は、頑強にそれを拒み通して来ました。ところがその女が今、従兄弟と同棲を始めたとなると、万造の彼女を見る眼は又違って来るので、自分のものにしようと思えば、幾何《いくら》でもその機会があったにも拘らず、遂にその事がなく、むざむざと従兄弟に渡してしまった事が、今となっては何とも言えぬ程無念である。不思議なものでそうなると、今更の如く、燐を塗り籠《こ》めたような妖《なまめか》しい耀きを持つお銀の肌が、世にも尊いものに思い做《な》され、近頃喧伝《けんでん》される白痴美とは、取りも直さずお銀のような女を言うのであろうと惜まれ、はては如何にもして、あの女を一度自分のものにせずには措かぬと、邪《よこしま》な肝胆《かんたん》を砕くにさえ至ったのです。

　そうこうしている中に、秋のシーズンが近附いて参りましたが、万造と代助にとっては、会員に推薦されてから最初のシーズンですから、最も大切な時期で、二人ともそれですから、余程《よほど》慎重に構えて、例年よりはずっと早目に製作にかかりました。そういうある日、万造がふと、代助のアトリエを訪ねて来たのです。いつもの事ですが、万造は代助一人に目標を置いているので、他の連中には如何に負けても構わないが、代助だけには負けたくないという気持が強く働いている彼は、どうしても一度、代助の製作ぶりを見ておかないと、気になっておちおちと自分の仕事が進められないのでした。万造が訪ねて行った時、代助は留守だったが、お銀が唯一人、日当のいい縁側に鏡台を持ち出して洗髪を束ねていました。

――おや、代さんは留守かい。勝手知った家の事とて、枝折戸《しおりど》から縁先へ廻った彼は、お銀のだらしないと云《い》えばだらしない、然しどことなく艶冶《えんや》な姿をいきなり見せつけられて、眩《まぶ》しそうに眼を細めながら立止りました。

――ええ、留守よ。まあお掛けなさいな。お銀はにっこりと微笑《わら》いながら、横坐《よこずわり》になったまま、軽羅《うすもの》の肌をわざとくつろげて見せます。誰彼の見境なしに、こういう風をしてみせるのがこの女の得意でした。

――どうしてだろう。この急《いそ》がしい時期に。

――だってそういう万造さんだって、あまり急がしいという風じゃないじゃないの。

――ふふふ。万造は気取った笑方をしながら縁側に腰を下ろします。

お銀は二の腕まで惜気もなく露出《まるだし》にして、洗髪を束ねるのですが、彼女が頭を振る度に、仄《ほの》かな匂《におい》が万造の鼻を打つのです。

――それで何かい。代さんもそろそろ、製作を始めたのだろうね。

――ええ、十日程前から、だからこの頃、気難しくてしようがないわ。

――矢張裸婦だろうね。

――ええ、無論。お銀はこの美しい肌を見てくれと言わぬばかりに、あたしがモデルですもの。でも今度は難しくて仕様がないのよ。毎日喧嘩《けんか》ばかりしているわ。

——そんなに難しいポーズなのかい。

——ええ、黒猫を抱いている女なのよ。だけどそれが中中ね。お銀はちゃんと万造の訪問の目的を知っているものですから、わざと焦《じ》らせるように思わせぶりな口の利方《ききかた》です。

——並並のポーズじゃないってどうさ。

——それがね。口では言えないけれど、この間もあの人に言ってやったの。そういうのは素人《しろうと》を驚かすのにはいいかも知れないけれど、正道を尚《たっと》ぶ芸術家のやる事じゃないってね。あの人かんかんに憤《おこ》ったわ。あれで自信だけは猛烈なんですものね。だけどああいうの、成功すると玄人《くろうと》でも案外引《ひ》っ懸《かか》るかも知れないわね。

お銀はもとより取るに足らぬ女ではありますが、長い間この稼業をやっているだけあって、一見識持っている事は争えませんから、万造は何となく不安になって参りました。

——猫を抱いた女といえば、僕もそれに似た画題を撰んでいるんだが、困ったなあ、また衝突するかな。

——おやそう。いいじゃありませんか。一つ競争して、代助の高慢の鼻をへし折っておやんなさいよ。

——ふふふ。万造は自信ありげに笑いながら、それはいいけれどね。矢張《やはり》衝突しない方がいいよ。お互《たがい》のためにね。

——それはそうね。

——どうだろう。代さんの絵をちょっと見せて貰えないかしら。そうすればなるべく気を附けて画くからさ。

お銀は急に、意地悪そうな微笑を泛《うか》べると、ジロリと万造の顔に流眄《ながしめ》をくれながら、

——駄目よ。だって画《か》きかけの絵を人に見られるのを、ひどく厭がる事は、万造さんだってよく知っているでしょう。

——ああ、そうかい。何、無理にとは云やしない

よ。万造は取って附けたように笑うと、それきり打沈んでしまいました。

お銀の言葉によって、妙に不安を掻き立てられた彼は、どうあっても一度その絵を見ずには帰りたくないのでありますが、無理にと云えば如何にも足下を見られそうで、いや、現に見られているのですが、これ以上器量を下げたくない。万造はそこで取り附く島のないような、焦立《いらだ》たしい気持でむっつりと黙り込んでいました。お銀は先《さっ》きからにやにやしながらそれを見ていましたが、ふいに立上ると、バタバタと足音をさせながら、奥の方へ行ってしまったので、万造も仕方なく、未練らしく縁側から腰を上げましたが、その時奥の方から、万造さん、万造さんとお銀の呼ぶ声がしたのです。

——何だい、お銀さん。

——ちょいと来て頂戴よ。代助の奴があんな悪戯《いたずら》をしちゃって、私困るのよ。

万造が座敷に上ってみると、開放《あけはな》しになったアトリエの中で、お銀が椅子の上に背伸びをしながら、手を伸《のば》して何か取ろうとしているのが見えます。

——何だい。どうしたのだい。

——今朝、喧嘩をしたら、代助が憤って、私の扱帯《しごき》をあんな所へ引っ懸けて行ってしまったのよ。後生だから取って頂戴な。

渡《わたり》に舟とばかりアトリエの中へ入って行った万造の眼に、飛び附くように入って来たのは画架の上に立てかけたカンヴァス。それはまだほんの素描《デッサン》でしかありませんなんだが、いかさま不自然なポーズで、一見滑稽《こっけい》にさえ感じられる。何だ、こんなものだったのかと、万造は些《いささか》拍子抜けの気味もありましたが、まだ何となく気にかかる節もあるので、もう一度しげしげと眺めているうちに、ふいに彼は、何とも云えぬ強い力でぐいと脾腹《ひばら》を突かれたような気がしました。代助が試みようとしているのは、非常に危険率の多い、大胆な逆手段ではありましたが、その代り一旦成功した暁《あかつき》には、素晴しい効果を生む事が出来る。さすが幼時より劇《はげ》しく競《きそ》い合って来た相手だけに、万造はその簡単な素描の中に、代助の逞《たくま》しい企図と太太《ふてぶて》しい意志を看取して、思わず圧倒されたが如く呻《うめ》きました。

——あら、狡《こす》いわ。それを見ちゃいけないのよ。早く、此方《こっち》へ来て頂戴てば。よう。よう。

お銀の甘ったるい声にふと我に還った万造は、酔えるが如く蹌踉《そうろう》と彼女の方へ近附く。お銀は先《さっき》からにやにやしながら、わざとらしく椅子の上で地団駄を踏んでいましたが、彼の体が間近《まぢか》まで来た時、ふいに跟《よろ》けたように万造の肩につかまりました。

——まあ、酷《ひど》いわ。

軽羅《うすもの》を通して、お銀のむっちりとした肉置《ししおき》が、絡みつくように万造の体を圧迫します。洗髪がさらさらと頰《ほお》に触れます。灼《や》けつくような女の呼吸《いき》と、噎るような体臭が万造の神経を昏迷《こんめい》させます。万造はふいに女の体を抱き寄せると、ああ、人間の心は何という複雑さを持っているのでしょう。瞳はかの素描《デッサン》の上に釘着けにされたまま、脣《くちびる》は、低い、勝誇《かちほこ》ったように笑声を立てている女の脣の上に、しっかりと押しつけてしまったのです。

# 六

それから後の数日を、万造は地獄のような嫉妬と苦悩のうちに過しました。彼の眼底には、脅《おびや》かすようにあの素描がこびりついていて、毎晩のように彼は、彼と代助の絵が並んで展覧会場に掲げられている夢を見ました。その絵の前に群がっている人人は、口口にこんな事を云って笑っているのです。

——おい、見ろよこの二枚の絵を。大した相違じゃないか。これで此の二人は従兄弟なんだってさ。而《しか》もこの下手糞《へたくそ》の方の画家《えかき》ときたら、己《おの》が凡庸をも省ず、従兄弟と競争するつもりだと云うから、笑止な話じゃないか。

万造は最早《もはや》、安閑としてカンヴァスに向うことが出来なくなりました。描《えが》かんとすれば今更の如く、モデルの貧弱な肉体と、疲れたような肌の色が、彼の心を苛立《いらだ》たせるばかり、それにつけてもお銀の、あの耀《かがや》かしいぴちぴちとした肢体が思い出され、自分はどうしてあの女を手離したのだろう、唯、この一事だけを以《も》ってしても、自分は画家としての資格に於て、代助に劣っているのではなかろうか、と悔んだり、絶望したりするのでした。

然し彼は又こうも考える。自分は代助を買被《かいかぶ》り過ぎやしないだろうか、代助を買被るばかりではなく、自己の才能に就《つ》いても見蔑《みくび》り過ぎる傾向があるようだ。どう云うものか俺は、代助と比較される場合に限って、昔からいつも被害妄想《もうそう》に囚《とら》われる傾向がないとは云えない。今迄にだってこういう事は度度あったが、結果から見ると、それ程自分が劣っていた事は一度だってなく、常に自分達二人は同等の成功を贏《か》ち得ているではないか。今度の場合だって何も恐れる事はないのだ。寧《むし》ろ恐れ過ぎるために自信を喪失する事の方が迥《はるか》に危険である。そういう風に気を取り直し、新なる勇気を揮《ふる》ってカンヴァスに向うのですが、不安は依然として彼の心底から去りません。万造はそこで到頭、自分を安心させるために、もう一度あの絵を検分して来ようと決心するに至りました。

万造が再代助のアトリエを訪れたのは、前の日から一週間ほど後の事でありましたが、その時彼はアトリエを囲んでいるからたちの垣の側で、たった今そこから出て来たと思われる、見すぼらしい風態をした男にバッタリと出会いました。垢《あか》じみた詰襟《つめえり》の洋服を着た男で、くしゃくしゃに形の崩れたお釜帽《かまぼう》の下からは、長く伸びた不潔な乱髪が蓬蓬《ぼうぼう》としてはみ出していましたが、その男が何となく迂散臭《うさんくさ》い眼附で万造の方を偸《ぬす》み視《み》しながら行き過ぎようとするのを、擦違《すれちが》いざま万造は、何という事なく呼び止めてしまったのです。

——何か御用ですか。男は憤ったような、ぶっきら棒の調子で言いました。

——あなたは漆山君の所から出て来られたようですが、漆山君はいましたか。

——居ますよ。男は素気《そっけ》なく答えると、何だ、それだけの用事かと云わぬばかりに、肩を聳《そび》かして行き過ぎましたが、その様子が走り出したいのを、強《し》いて我慢しているという風に見えました。

万造は何となく忌忌しげに舌打をすると、直ぐ側の門を潜《くぐ》って、例によって案内も乞わず、庭の方へ廻って行きましたが、するとその足音に驚いたものか、ぎょっとしたような、押入の襖《ふすま》をピシャリと締めて、こちらを振返った代助の唯ならぬ顔色が眼に映りました。

——ああ、万造君か。俺は又お銀が帰って来たのかと思ったよ。代助はそういって空空《そらぞら》しい笑い声を附け加えましたが、その態度のうちにある、妙な白々しさを見遁《みのが》すような万造ではありません。でも、彼は去り気なく、

——お銀さんはいないのかい。と訊《たず》ねました。

——うん。もう帰って来るだろう。

——今、この家から出て行った男ね。あれは一体何者だい。

——う、うん、あの男か。

——失敬な奴だね。厭にじろじろ俺の顔を睨みながら行きやがったぜ。

——ははは、何、あれはああ云う男さ。神田の中学にいた時分交際していた男だが、久《ひさ》し振《ぶり》にやって来て、金を貸せと言やがったから跳《は》ねつけてやったよ。

代助は如何にも蟠《わだかまり》のない調子で云いましたが、どうもその言葉の裏には嘘がある、魚の骨が喉へでも引っ懸っているような、一種妙な、釈然としないところがあります。だが、ちょうどそこへお銀が帰って参りました。

——おや、いらっしゃい。お銀はにっこりと笑うと、万造の方へパチパチと瞬《まばたき》をして見せておいて、あなた、まだお出掛けにならないの。愚図愚図《ぐずぐず》していると、今日の間に合わなくなるわよ。と鼻を鳴らして甘えるように云います。

——うん、今出掛けようと思ってた所だ。

——どこかへ行くのかい。

——何、銀行さ。お銀、明日じゃいけないのかい。

——あら、明日じゃ困るわ。どうしても今夜要るお金なんですもの。あなたがお厭なら、あたしが行って来てもよくってよ。

――そいつは真平《まっぴら》、お前に通帳を委《まか》した事なら、どんな事になるか知れたものじゃない。

――なら、早く行って来て頂戴な。

――よしよし。代助は元気よく立ち上りながら、万さん、君もそこまで行かないかい。

――いや、僕は少し休ませて貰おう。

――そうかい。それじゃお銀、晩には牛鍋か何かで、久し振に万さんに附き合って貰おうじゃないか。

――いや、僕は直ぐ帰るよ。

――まあいいやな。ゆっくりして行き給え。

代助が支度をして出て行くのを待ちかねたように、お銀は万造の側に寄り沿うと、手をとってねっとりと指を絡ませながら、

――憎らしい。帰る帰るって、厭よ。

――何、あれは擬装《カモフラージ》さ。ほんとうはこうしてお銀の方《かた》と。……

お銀は口を塞《ふさ》がれたような笑声を立てていましたが、暫《しばら》くしてつと男の腕から離れると、おくれ髪を掻きあげながら、

――そうそう、あたし忘れないうちに牛肉を買って来とくわ。いつも晩の支度を忘れるってお目玉を貰うのよ。

――うん、行って来給え。

――帰っちゃ厭よ。直ぐだから。

――ああ。待ってるとも。

しかしそれから間もなく、お銀が日和《ひより》下駄をカラカラと鳴らせながら、生垣の向を通り過ぎるのを見送った万造の表情はふいにガラリと変りました。吸いかけの煙草《タバコ》をジュッと灰皿の中で揉《も》み消すと、立ち上って台所を窺《うかが》い、薄野呂の女中が洗濯をしているのを確めておいてから、そろそろと押入の襖を開けにかかりました。見ると足下に、厳重に綱で結《ゆわ》えた小さい柳行李がありましたが、先《さっき》代助が唯ならぬ様子で隠したのは、確にこの柳行李に違いないと思われます。兎《うさぎ》を呑んだ蛇の腹のように丸丸と脹れあがり、持ち上げてみるとかなりの重味で、結目《ゆわえめ》を調べてみると、外観の物物しい割には、雑作なく解けそうでありました。万造はそこで、お銀が帰って来

やしないかと玄関へ出て見、もう一度台所を覗いてみてから、やっと安心してゆっくりと、柳行李の結目を解きにかかりましたが、やがて綱を解き、ぎっちり喰い込んでいる蓋《ふた》を、音のしないようにそろそろと取除けると、その下から出て来たのは、山のように盛り上った古新聞、これを又、上から順順に除けてゆくうちに、万造は何を見附けたのか、俄《にわか》にぎょっとして息を止めました。彼は周章《あわ》てて行李の上に蓋をのっけ、呼吸を整えるように暫凝《じっ》とあたりの様子を窺っていましたが、それでもまだ安心が出来ないのか、立ち上って縁側から外を覗いて、誰も見ている者のないのを確めてから、そろそろと泥棒のようにもう一度行李の側へにじり寄ると、嚙《か》み着きそうな表情で新聞紙の下をじっと覗き込んでいましたが、やがてその顔には、物凄い微笑が、静に静にひろがって行ったのです。

それから間もなくお銀が帰って見ると、万造の姿は最早どこにも見当りませんでした。

## 七

代助のアトリエへふいに刑事が踏み込んで、厳重な家宅捜索の結果、押入の中からかの古行李を押収すると共に、寝耳に水と驚いている代助をはじめ、お銀から薄野呂の女中に至るまで厳重な警戒のもとに拘引して退上《ひきあ》げたのは、それから二日目の早朝のことでした。唯《たった》三人の男女を捕えるにしては、あまり物物しい警戒だったので、近所の人人は何事が起ったのかと、開けかけていた戸を再《ふたたび》締めて家の中へ潜り込むという始末、一時《じ》はかなりの騒ぎだったと云います。お銀と薄野呂の女中の二人は、それでも二日警察へ留めおかれただけで、三日目には釈放されましたが、代助だけは警視庁へ送られ、そのまま地下の留置場へ放り込まれてしまいました。代助の上に降りかかって来た災難の原因《もと》というのはこうなのでした。

その頃警視庁では、社会の安寧と秩序とを紊《みだ》るような、ある危険な陰謀が、一部の不逞《ふてい》な連中の間に計画されている事実を探知して、熱心に捜索を続けていたのですが、肝腎《かんじん》の本拠並びに主要人物の目星がつかないので、困《こう》じ果てているところへ舞い込んだのが一通の密告状。それによると中野にアトリエを構えている漆山代助という画家こそ危険人物である、彼の宅の押入にある柳行李に注意せよ。ある危険な陰謀の指令書と、某国製作所のマークの入ったピストル十数挺《ちょう》を、そこに発見するであろうというような事が、書体を眩《くら》ますためにでしょう、わざと稚拙な金釘流《かなくぎ》で書いてあるのでした。無責任な無記名の投書ではありましたが、警視庁主脳部でこれを根拠あるものとして取り扱ったというのは、既に知られている事実と符合する点を、多多そこに見出したからで、さてこそ彼《か》の大仰な、中野襲撃の一幕となったわけであります。代助は無論、かかる事情を深く知るよしもなかった。理不尽にも（代助はそう思ったのです）寝込を襲われ、抗弁の余地もなく引き立てられ、そのまま暗い留置場へ放り込まれたのですから、彼はすっかり昂奮《こうふん》してしまって、その結果大変拙《まず》い事をやりました。彼の性格としてこういう取扱を受けると、妙に依怙地《いこじ》になり、警官の訊問《じんもん》に対しても素直に答えることが出来ない。何でもない事をわざと隠してみたり、答えても妙に言葉を濁してみたりする。そうして自分では秘《ひそ》かに鬱憤《うっぷん》を晴らして快を貪《むさぼ》っているつもりなんですが、こういう態度が警察官に如何なる印象を与えるか、そしてひいては己が身に如何なる報《むくい》となって顕《あらわ》れてくるかということを、落着いて考えてみようとしなかったのは、洵《まこと》に残念な次第でした。

一体代助はこの事件にどういう関係を持っていたのか、後になって彼が申し立てたところによるとこうでした。昔、神田の中学にいた頃、かなり心易くしていた山崎某という男、当時は大分親しく往来していたのですが、その後代助が美校へ転校するに及んで、次第にその交際も疎《うと》くなり、この頃では打ち絶えて、殆《ほとんど》手紙の往復すらした事のないという間柄であったのが、先頃ふいに訪ねてきて、今度下宿を追い出されて困っている、仕方がないから一時友人の下宿に同居するつもりだが、就いては荷物が邪魔になって困るから、暫《しばらく》行李を一つ預って呉《く》れないかという話。聞いてみると何でもない事なので、快く引受けると、それから二三日経って持ち込んだのが問題の行李、無論、あんな恐しいものが入っているとは夢にも知らなんだから、無雑作に押入に突込んでおいたまでの事。但《ただ》し、山崎某なる男がある種の運動に関係しているということは、満更《まんざら》知らないでもなかったし、従って預った行李が、秘密に保管されるべきものであろうことは、薄薄感じていないではなかった。しかしそれがこんなに重大な性質のものであったろうとは、神かけて知るよしもなかった。……と代助は、これだけのことをもっと早く、素直に申し立てていれば、大した事にならずに済んだかも知れないのですが、彼が自分の態度の非なるを覚《さと》った時分には既に遅過ぎたのです。官憲の取調に対して一一反抗するが如き態度、言を左右にして兎角《とかく》率直さを欠く答弁、それに彼一流の豪然たる容姿と、精悍《せいかん》な面 魂《つらだましい》が、如何にも大物らしくも見え、係官の心証をすっかり悪くして、いつの間にやら彼は、運命の罠《わな》の、思いがけない深みへはまり込んでいる自分を発見して、悔然《きょうぜん》としました。

そういうある日、従兄弟の万造が参考人として招喚されました。そこで彼がどんな申立《もうしたて》をしたか知るよしもありませんが、尠《すくな》くともその申立によって代助にかかる疑惑が、少しでも軽くなったと思われるような事実は、微塵《みじん》もありませなんだ。或《あるい》は霽《は》れかかっていた雲でさえ、この為に更に又深められたかも知れないのです。兎《と》も角《かく》、万造が警視庁から出て来たところを見れば、その口許《くちもと》に、妙に渋い微笑が刻まれていた事を人々は発見したでしょう。万造は仕済《しすま》したりという面持《おももち》で、その足で中野へ立ち寄りましたが、その時代助の留守宅では、雨戸も繰らない薄暗い茶の間で、お銀が唯一人、寝そべったまま詰らなそうな顔をして新聞を読んでいましたが、万造の顔を見るとちょっと色を変え何を思ったのか、やがて、妙な笑い方をすると

——ひどい人ね、と低い声で詰《なじ》るように言いまし

た。

——何さ。万造は懐手《ふところで》をしたまま、にやにや笑いながらお銀の顔を見下ろしています。

——あんたでしょう、あんな悪戯をしたのは。

——何の事だね。さっぱり分らんが。

——憎らしい！　駄目よ、白《しら》ばくれたって。あたしちゃんと知ってるわよ。どうも変だと思ったのよ、この間。——待っていらっしゃいと云っといたのに帰ったでしょう、あの時行李の中を見たのでしょう、きっと。

——知らんね、一向、……何の事だね。

——嘘吐《うそつき》！　悪い人ね。代助に若《も》しもの事があったらどうしてくれるの。

——所がちゃんとそうなって居るんだよ。

——あら、どうなの。

——実は今、警視庁からの帰途《かえり》なんだがね、どうもいけないらしいよ。代さんはほら、例の頑固さで、警官の訊問に対して率直に答える事を拒むらしいんだね。それですっかり心証を悪くしているらしいから、あの調子だと、まだまだ帰れそうにないね。ひょっとすると、今年一杯は駄目かも知れんぜ。

——あら、それじゃ困るわ。お銀もさすがに寝ていられないという風に起き上ると、あたし新聞にも出ないくらいだから大した事じゃないとばかり思っていたのに。

——新聞に出ないのが曲者《くせもの》さ。悪くすると二三年喰《く》らい込むことになるかも知れないよ。

——あら、厭だわ。姐《ねえや》は逃げてしまうし、近所では妙に警戒するらしいし、第一、あの人が帰って来なきゃお小遣にも困るわ。

お銀のすっかり困じ果てた顔を、万造は不相変《あいかわらず》にやにや懐手をしながら見ています。

——笑いごとじゃないわよ、憎らしい。あたしの身にもなって頂戴よ。元はと云えば皆《みんな》あなたからよ、悪い人ね、ほんとうに。

——だからさ、その相談に来てやったんじゃないか。どうだい、一つ旅行しないかい。

——旅行。お銀はすぐ眼を耀かせたが、でもまた考えるように、何処《どこ》へさ。

——一二ヶ月関西方面で遊んで来ようかと思うんだ。どうせ今年は仕事なんか出来やしないし、それに何彼《なにか》と面倒な事が起りそうだからね。お前もその気があるなら連れてってやるよ。

——まあ、嬉《うれ》しい。お銀はいきなり万造の首っ玉に噛《かじ》りついて、所構わず滅茶苦茶《めちゃくちゃ》に唇を押しつけていましたが、ふと気がついたように、だけどこの家はどうするのさ。

——放っとけばいいじゃないか。どうせお前の家じゃないいんだろう。

——それもそうだけど、随分薄情な話ね。

——薄情はお互さまさ。今更そんな事が云えた義理かい。最初俺に水を向けたのは誰だっけね。

——ほほほほ！　お銀は得意そうに眼を耀かしながら、それじゃあんたがこんな酷いことをしたの、矢張《やっぱり》あたしのため？

——御推量に委《まか》せます。この性悪女め！

それから暫く、お銀の擽《くすぐ》ったそうな笑が、締切《しめき》った家の中に断続していましたが、やがてそれもふっと切れると、何をしているのか後は空家のように森《しん》と静まり返ってしまいました。

二人が大阪へ旅立ったのは、その翌日の事でありましたが、後になってこの時のことを思えば、万造にとってはこの旅行こそ人生に於ける歓楽の最後でありました。自分のものにしてみると、お銀は実に得難き宝玉で、彼女の素晴しい肉体、飽くことを知らぬ歓楽の追求、それは万造の感能を麻痺《まひ》させずには措かぬものでしたが、それよりも更に彼を喜ばしたのは、彼女のこれっぱかしも反省や悔恨を持たぬ、出鱈目極《でたらめきわま》る魂でした。彼女には過去もなければ未来もありません、唯もう滅茶滅茶な現在の歓楽への追求があるばかりなのです。

万造はこの関西旅行の二ヶ月の間を、我《われ》から求めてそれに趣《おもむ》いた傾きもありますが、完全に彼女の捕擄《とりこ》となり、溺《おぼ》れ呆《ほう》けて、苦い思い出の苛責《かしゃく》を、粘っこい彼女の唇の感触によって忘れる事が出来たのです。若しこのままの人生が万造の上に続けば、彼の星は洵《まこと》に恵まれたものと云わねばなりませんが、運命というものは兎《と》もすれば、人間の最も宇頂天《うちょうてん》になっている頃を見計らって、最も残酷な陥穽《おとしあな》を用意しているもので、神が彼の上に下し給うた天譴《てんけん》こそ、彼自身が代助の上に加えたよりも、数十倍も恐しい、残酷なものであったのです。

## 八

あなたは大正××年十月下旬、名古屋駅附近で、東海道線上り急行列車が、脱線顚覆《てんぷく》したあの大惨事を御記憶ではありませんか。顚覆と同時に機関車から発した火が、折からの烈風に煽《あお》られて、全客車は一瞬のうちに猛火に包まれてしまったものですから、三百余名の乗客中、生存した者は僅《わずか》十七名という、あれは確《たしか》、鉄道省創始以来の大惨事として、当時喧伝されたものです。

万造とお銀はこの列車に乗っていたのです。

奇蹟的にも彼等は、たった十七名の生存者の中に数えられていましたが、しかし今となって思えば、彼等がこの時生命《いのち》を全《まっと》うしたという事が、果して幸福であったかどうか、私一個人としては、惨《むご》い事を云うようでありますが、あの時一思《ひとおもい》に死んでいたら、自他ともにどれ程幸福だったか知れないと思わざるを得ないのです。

それはさておき、昏昏《こんこん》として人事不省の間《かん》を彷徨《ほうこう》していたお銀が、名古屋の鉄道病院の一室で漸《ようやく》意識を恢復《かいふく》したのは、あの凄《すさま》じい顚覆の瞬間から、数時間の後の事でありました。十七名の生存者の中でも、彼女と来たら一番の軽傷で、踝《くるぶし》を捻挫《ねんざ》したのと、太股の辺に小さい火傷《やけど》を負うた以外には、実に奇蹟的に肉体を完《まっと》うすることが出来たのですが、精神的にはさすがに恐しい衝激を受けて、意識を恢復してからも暫くは、劇しいヒステリーの発作を幾回となく繰返していましたが、その間にも彼女がひっきりなしに口にしていたのは万造の身の上のことでした。

——あの人はどうしました。あたしと一緒に乗っていた人は……？　あの人も助かりましたか。

お銀は看護婦や医者の顔を見る度に、繰返し繰返し訊ねましたが、誰一人、それに対して明答を与えようとはしないで、すぐ言葉をそらしてしまうのです。

——ああ、あの人は死んだのですか。お願《ねがい》ですからはっきり仰有《おっしゃ》って下さい。あたしは決して驚いたり取乱したりするような事はございません。これ以上、どうして驚くことが出来ましょう。お願です、どうぞ本当のことを仰有って下さい。

——御安心なさい。お伴《つれ》の方は決して死んではいらっしゃいません。然し、今あなたはそんな事を気にかけていらしちゃいけないのです。さあ、出来るだけ安静にしていて下さい。若い医者がある時親切にそう言いました。

——生きているのですか。本当ですか。それならお願です。一眼《ひとめ》でよろしゅうございますから、あの人に逢わせて下さい。お願いです。お願いです。お銀は身を悶《もだ》え、必死となって医者に懇願しましたが、それ以上は誰も取り合おうとする者はありませんなんだ。

その結果、お銀はだんだんと万造を死んだものと諦《あきら》めるようになり、医者はああ云っているけれど、矢張あの災難から遁れる事が出来なかったのであろうと、人知れず濟然《さめざめ》と枕を濡《ぬ》らすような事もありました。しかし、万造は矢張死んではいなかったのです。彼の傷は大変重く、数日の間は医者と雖も、生死を明言し難《がた》いような状態でありましたが、一週間ほどすると、漸次、危険期を脱しつつある事が明瞭になり、あの災害の日から十日目の朝、はじめてお銀は彼の病室に入る事を許されたのです。

お銀がはじめて見た万造は、全身を白い繃帯《ほうたい》に包まれ、露出している部分と云えば、二つの眼と、黒い鼻の孔《あな》と、脣とだけでありました。それを見るとお銀は思わず、何かしら熱い塊《かたまり》を飲まされたように、ぎょっとしてその場に立竦《たちすく》みましたが、万造が微《かす》かに手招をするのを見て、やっと勇気を揮《ふる》ってベッドの側に近寄って行きました。

——お銀。万造は低い、不明瞭な声でいいました。お前は無事でよかったね。

——あなたも。……　あなたも御無事で。……お銀はそれに続いて何か言いかけましたが、ふいに胸が迫ってわっとその場に泣き伏すと、万造の方でも、繃帯に包まれた頭を、微に振っていましたが、やがて白い布の裂目にある二つの孔から、ポロポロと熱い涙が濡《こぼ》れ落ちて参りました。

——お銀。大分経ってから万造は、不相変不明瞭《あいかわらず》な声音で、ボツボツと途切れ途切れに云いました。お前どこへも行かずに側にいてくれるだろうね。

——あたし、どこへも行きゃしません。ですからあなたも早く快《よ》くなって頂戴ね。そして一緒に東京へ帰りましょう。

お銀が泣きじゃくりをしながら言いますと、繃帯の切目の孔からは、益益熾《ますますさかん》に涙が濡れ落ちて来るのでした。お銀は袂《たもと》から手巾《ハンケチ》を取出してそれを拭いてやりましたが、この時程彼女は、男を可憐《いとお》しく感じた事はありませなんだ。お銀の生涯に於て後にも先にも人間らしい魂が宿ったのは、この時限《きり》でありましたが、これは多分、あの未曾有《みぞう》の災難が、一時的にしろ彼女の魂を浄化させた為でありましょう。人間というものは、驚天的な災害に直面すると、その災害を頒《わか》ち合ったというだけの理由で、固く結び附く魂を感じ合うことがあります。よく生埋《いきうめ》にされて、数日間を地底の闇に生死の間《かん》を彷徨した数名の坑夫が、救出されてから兄弟も及ばぬ程親密になったという話や、同じ難破船から、同じボートによって救われたという、唯それだけの理由で、ある金持の未亡人が、それ迄一度も見た事もなかった貧しい娘を養女にしたなどという話は、人間の心の機微をよくうがっていると云わねばなりませんが、その時のお銀がちょうどそれでありました。彼女は万造と相談の結果、病院のすぐ近所に宿をとり、そこから毎日通って来ては、それこそどんな貞淑な細君も及ばない程の熱心と愛情とを以って、万造を慰《なぐさ》め介抱してやったのであります。

何と云っても内臓の病気と違って外傷は、治りかければ後は早く、万造の傷は日一日と快《よ》くなり、間もなく脚の方から順順に繃帯が取れて行きましたが、

やがて両腕の繃帯が取れた時、お銀は思わずまあと眼を瞠《みは》り、

——随分酷いことになったものね。と云って痛痛しそうに涙ぐみました。

お銀の驚いたのも道理、万造の両手からは合計三本の指が、左の人指指《ひとさしゆび》と拇指《おやゆび》と、それから右の小指が失くなっているのでした。万造もしげしげとその両手を眼の前に拡げてみながら、

——これでもまだ、右の方の拇指と人指指が残っているのがせめてもの倖《しあわせ》だよ。これだけあれば絵を画くのに、不自由はしないからね。と、そう云って、泣き笑のような声をあげて笑いました。

ところがそれから又一週間ほど経って、愈《いよいよ》後《あと》二三日で顔の繃帯が取れるという時分になって、万造は突然、お銀に一足先に東京へ帰っていてくれと云い出しました。

——あら、どうして。折角今迄一緒にいたんだから、あたしあなたがすっかり快くなって退院する迄此処《ここ》にいますわ。

と、お銀が云っても、万造はどうしても承知しないで、繃帯が取れてもまだ後《あと》二三週間かかる事、正月を控えて東京の留守宅では、婆《ばあ》やと姐《ねえ》やの二人きりで、まごまごしているだろうから、一足先に帰って宜しく頼むと云う事、それ等《ら》の事を繰返し繰返し熱心に陳べた揚句、それでもまだお銀が渋っている様子を見ると、しまいには声を荒らげて怒鳴りつけそうにさえするのでした。これにはお銀も仕方なく、

——だってあたし、婆《ばあや》さんが妙に思やしないかと思って、何だか変だわ、と云うと、

——何、それは私から手紙を書くから大丈夫だよ。誰が何と云ってもお前は私の奥さんなんだからね。と云って、万造は不自由な手で婆当《ばあやあて》に長い手紙を書きました。

この手紙を持ってお銀が名古屋を発ったのは、明日万造の繃帯がすっかり取れるという日で、それは師走《しわす》の十九日のことでした。思えば随分長く、彼等は名古屋に滞在していたものです。東京へ帰ってみると、婆《ばあや》も姐《ねえや》も思ったより叮嚀にお銀を遇《もてな》してくれ

ましたが、これは多分、主人と倶《とも》に生死の境を潜って来たという、唯それだけの理由で何となくお銀が尊いものに見えたからでありましょう。お銀はすっかり居心地《いごこち》よく落着《おちつ》くことが出来たにつけても、愈《いよいよ》万造がいとおしく、これからは心掛を改めて万造一人を大切に、貞淑な妻になって見せようと健気《けなげ》にも決心を定め、旅の空に呻吟《しんぎん》している万造に当てて、毎日のように長い手紙を書きましたが、それは洵《まこと》に愛情の籠《こも》った立派な、美しい手紙であったということです。

　そうこうしているうちに年も改まり、七草も過ぎ、お銀が名古屋を発ってから、早《はや》三週間になりますが、その時分万造から、愈帰京するという便が参りましたが、それが洵に奇妙なというのは、その手紙の一節に、

　――……十三日の深更十一時頃に帰宅致心算《いたすしんさん》にて有是候《これありそうら》え共、婆《ばあや》を始姐《はじめねえや》の出迎《でむかえ》は無用に被致度《いたされたく》、御前《おんまえ》様《さま》唯一人御迎被下様《おむかえくださるよう》、此事呉呉《くれぐれ》も間違無様《まちがいなきよう》お願《ねがいもうし》申上候《あげそうろう》。万一誤りて婆《ばあや》や姐《ねえや》が起きて居申《おりもうし》候時は、御前様を深く御恨《おうらみ》申上候。とあることでした。

　お銀はこの妙な手紙に何となく肚胸《とむね》を突かれるような気がしましたが、ああいう大きな災難の後だから、幾分気が変になっているのかも知れない、何事も病人に逆《さから》わぬ事が肝腎と、その晩は婆《ばあや》や姐《ねえや》にもよくその旨を言い含め、早くから寝室へ引き取らせると、自分は奥座敷に寝床を二つ敷並べ、炬燵を煖《あたたか》く、火鉢にも火種を絶さぬよう、万事に気を配りながら、外の足音に耳を澄していると、丁度茶の間の時計が十一時を打ち始めた時、突然玄関の戸がガラガラと開く物音が致しました。

　それお帰りだ、それにしても足音が聞《きこ》えなんだのが不思議と、飛立つように玄関へ出てみると、今しも黒い二重廻の襟を深深と立てた万造が、後向きになって玄関の錠を下ろしているところでした。

　――お帰り遊ばせ。とお銀が玄関に手をつかえながら云うと、

　――ああ。とまだ向《むこう》を向いたまま、婆や姐は寝ているだろうね。とそういう声は洞穴《ほらあな》を抜けて来る風

のように無気味でありました。

——ええ、宵《よい》から寝かせてありますわ。

——それじゃ誰もいないね。お前一人だね。

と、幾度も幾度も念を押した末、やっと此方《こちら》を向いた万造の顔を見た時、お銀は思わずゾッとばかり、冷水を浴せられたような寒さと怖さとを感じました。それも道理、万造は気味の悪い、面《めん》を被《かぶ》っているのでありました。

——まあ、あなたは。……

——叱《し》っ。万造はお銀が何か云おうとするのをいち早く制しながら、そそくさと玄関へ上ると、そのまま勝手知った我が家の事とて、足早に奥座敷へ入って行きました。その後から跟《つ》いて行くお銀の心の中《うち》からは、先程までのあの健気な、しおらしい気持は拭《ぬぐ》われたように失われてしまって、何とも名状しがたい恐怖と不安があるばかりでした。万造は座敷に二つ並べて敷かれた夜具と枕を見ると、思わず微に身顫《みぶるい》をしましたが、すぐその眼を側に顫えながら立っているお銀の方に向けると、

——お銀。お前は何故そう顫えているのだ。ええ、何とか云っておくれ。どうしてそう私の顔ばかり見ているのだい。そう云いながら万造は、立ったまま二重廻の袖《そで》をバタバタとさせましたが、何となくそれが、巨大な蝙蝠《こうもり》が羽搏《はばたき》をしているように見えるのです。見るとその両手にも、巧に指の形を拵《こしら》えたゴムの手袋をはいているのでした。

——だって、あなた……そんな面《めん》を被って……気味の悪い、……ああ、あたし、……何だか怖くて……と、お銀は怯《おび》えたような声で途切途切《とぎれとぎれ》に言います。

実際万造の被っている面というのは非常にうまく出来ていて、例えばギリシャ神話に出て来る稀代の美青年アドニスの如き、端麗な容貌をしているのですが、それが端麗であればある程、何となく不調和で、そして無気味に見えるのです。

——お銀や、この面《めん》はね、お前を怖がらせない為に被っているのだよ。若しこの面をとったら、お前はきっと怖がって逃げ出してしまうに違いないよ。

――いいえ、いいえ、そんな事はありません。どんなにあなたの顔が酷いことになっていても、あたしは決して恐れたり逃げたりしやしません。どうぞその面《めん》をとって。……

――お銀、それはお前ほんとうか。

――ええ、ほんとうですとも。

――それじゃ今面《めん》を取ってみせるがね、然しその前に一言《ひとこと》言っておくが、私の顔はお前が想像しているよりも、数倍も、数十倍も恐しいことになっているのだよ。それでもお前構わないかい。

――ええ、ええ、大丈夫ですとも。どんな顔だって、その面《めん》の奥からジロジロ見られるより気味の悪いことはございますまい。

万造は到頭、思いきってちょっとその面《めん》を取って見せましたが、直ぐに彼が後悔したというのは、その途端お銀が、ぎゃっと叫んで炬燵に突伏《つっぷ》してしまったからです。我我――万造の顔を見たことのない我々は、お銀がそこに、どんな恐しいものを見たか知るよしもありませんが、恐らくそれは、想像に絶した酷い無気味なものであったに違いありません。万造はお銀の様子に、周章てて再《ふたたび》面をつけると、いきなりパチッと電気を消し、猿臂《えんぴ》を伸《の》してむんずとお銀の手を攫みました。

――お銀や、どうしたのだ。ええ、何故《なぜ》お前はそんなに泣くのだね。

――いいえ、いいえ、そこを放して下さい。ああ、恐しい。……逃げやしません。……逃げやしませんから其処《そこ》を放して。……

しかし万造は放しませなんだ。反対に彼はお銀の体をしっかと抱きしめると、暗闇の中でかの不気味な面《めん》をかぶった頰を、お銀の涙に濡れた頰にこすりつけながら、その夜一晩、次のようにお銀を掻《か》き口《く》説《ど》くのでありました。

――お銀や、お銀や、どうぞそんなに怖がらないでおくれ。そしていつ迄も私の側にいておくれ、お前に逃げられたらどうしてまあ私は生きていられよう。誰だってこんな恐しい、化物よりも気味の悪い顔をした男を愛することが出来ようか。お前に逃げられたらそれこそ私は自殺するよりほかに途《みち》はない。しかし私は唯では死なないよ。お前を殺して私も死ぬ。ねえ、これは嘘や冗談ではないよ。私のようなこんな惨《みじめ》な化物になった男が、何《なん》で嘘や冗談を言うものか。どうぞ私に人殺《ひとごろし》をするような勇気がないなどと思わないでおくれ。こんな生甲斐《いきがい》のない体になった私だ、どんな事をするか知れたものじゃないよ。そう云ったかと思うと急に又彼は優しい声になって、お銀や、お銀や、私はね、こんな体になってはもう一日も東京にいるのは厭だから、郷里の諏訪へ還るつもりだ。あの美しい湖の畔《ほとり》にアトリエを建てるつもりだから、お前も私と一緒に行っておくれ。いいえ、決して前のように愛してくれなんて贅沢《ぜいたく》な事は言やしないよ。唯私と一緒に暮してくれさえすればいい。陰では、私の見ていないところでは、どんなに悪い事をしようが、情人《おとこ》を拵《こさ》えようが、浮気をしようが構わない。唯私の前ではその美しい顔で機嫌よく笑っていておくれ。その代お前にはどんな贅沢でも、どんな我儘《わがまま》でも、私の力で出来る事なら何でもさせてあげる。お銀や、お銀や、お前はきっと私と一緒に行ってくれるだろうね。

万造はそう云う言葉を繰返し繰返しお銀の耳に囁きながら、益益烈《はげ》しく彼女の体を抱きしめます。男の熱い呼吸《いき》はお銀の頬を打ち、どうかしたはずみに面《めん》の外に溢《あふ》れだした男の涙は、灼けつくようにお銀の肌に浸透《しみとお》ります。お銀は唯もう、恐怖と嫌悪のために身を固くして、上《うわ》の空《そら》で男の愚痴を聞いているのでありました。

九

『おや、大変な煙のこもりようですね。少し障子を開けましょうか。』

竹雨宗匠はふと気がついたようにそう云って、炬燵から抜け出すと静に縁側の障子を開け放った。濛濛《もうもう》と部屋の中にこもっていた莨《タバコ》の煙は、遽《にわか》に颯《さ》っと吹き込んで来た風に、暫《しばし》戸迷《とまどい》したように辺に立ち迷っていたが、やがて絡み合う無数の竜となって、簷《のき》から戸外へ逃げ出して行く。それまで話に夢中になって恍惚《うっとり》としていた私は、冷い夕風に上気した頬を撫でられて、ふと夢から覚めたように戸外を眺めた。日は既に重畳たる山の彼方に落ちていたが、空は愈愈《いよいよ》明るく、湖水のある部分はそれこそ金粉でもバラ撒《ま》いたように真紅《まっか》に炎《も》え上っていた。しかしそれも刻刻にうつろう束《つか》の間の栄華で、間もなく、逶《い》迤《い》として湖水の周囲に連なる山脈《やまなみ》の麓《ふもと》から、蒼茫《そうぼう》として這《は》い出して来た夜色が、夕焼の後を追って次第に水の上を縫い蹙《ちぢ》めて行く。

『おや。』

開け放った縁側に立って、暮れゆく湖水の上を茫《ぼう》然《ぜん》として眺めていた竹雨宗匠は、この時、ふと首を縮めると、漸《ようやく》暮色の濃くなりまさって行く空を振り仰いだ。家中の障子といわず唐紙《からかみ》といわず、地震のようにピリピリと震わせて、その時突如、鼕然《とうぜん》たる筒音が、黄昏《たそがれ》の空気を貫いたからである。

『花火ですね。』

炬燵から首を差し伸べて瞻《み》れば、銀鼠色《ぎんねずいろ》に暮れゆく空に、柔《やわらか》い羊の毛を千切ったような、白い、一握の煙が、縹然《ひょうぜん》として浮《うか》んでいるのだった。

『何があるんでしょう、今日は。——』

『そうそう、東京から三百人からの団体の遊覧客があるんだそうで、歓迎のために今夜、花火を打ち揚げるというような事を、町で云ってましたっけ。』

『おや、そうですか。それなら猶《なお》のことゆっくりしていらっしゃい。湖水の花火を観るには、ここは特等の桟敷《さじき》も同じことです。』

障子を細目に開いたまま、静にまた炬燵にかえって来た宗匠は、一抹《まつ》の香を桐火桶のなかに投げ込むと、暫《しばし》、馥郁《ふくいく》たるその香気を楽しむように、眼を瞑《と》じ、首をかしげてきき澄《すま》していたが、やがてその脣からは、再び陰陰たる物語のつづきが、妖《あや》しき蜘蛛の糸のように、縷縷《るる》として繰り展《ひろ》げられて行くのだった。

---

代助の連座《まきぞえ》を食った××事件の全貌が、漸く記事解禁になって、全国の新聞に一斉に掲げられたのは、あれは確《たしか》、万造が奇妙な仮面をかぶって帰京してか

ら間もなくの事で、確《たしか》二月上旬のことであったと憶えています。それから後約十年程の間《あいだ》に、引続き数度に亘《わた》って摘発された、同じ種類の事件の中でも、これは一番最初であっただけに、世間の驚愕《おどろき》も一入《ひとしお》でしたから、あなたも多分憶えておいでになりましょう。新聞全紙を埋めたあの大袈裟《おおげさ》な報道の中に、漆山代助の名前と写真を発見した時の、郷里の驚駭《おどろき》、諏訪町の騒動、また代助を出した小学校や中学校の恐惶《きょうこう》、――それ等のことはまあ、あまり管管《くだくだ》しくなりますから一切省略することにいたしますが、新聞の記事によると、代助は事件そのものには直接関係はないが、情を知りながら彼等にある種の庇護《ひご》を与えたという事になっていました。事件が公にされてから間もなくのこと、代助の妹婿《いもうとむこ》というのが一度上京して、当時まだ未決にいた代助に面会して来ましたが、その男が帰って来ての話に、代助は極度の神経衰弱の結果、理性をすっかり喪《うしな》ってしまって、誰彼の見境もなしに、人さえ見れば嚙《か》み附くという有様、彼に向っても何やらわけの分らぬ議論を、例の激越な調子で滔滔《とうとう》と一席弁じ立てたそうで、あれでは折角軽くなろうとする罪でも、益益、重くなって行くばかりであろうという事でした。

こうして代助が、蟻《あり》地獄へ堕ちた可哀そうな蟻のように、藻掻《もが》けば藻掻くほど、運命の深味へ嵌《はま》り込んで行きつつあった時、一方では、彼を陥れた万造のほうでも、それに劣らぬ地獄の苛責を嘗《な》めつつあったのです。以前から陰性な男で、何を考えているのか、何を企んでいるのか、肚《はら》の中がさっぱり分らないという人間でありましたが、あの危禍《きか》に遭遇してからというものは、その傾向が益益顕著になり、殊《こと》に眼立って来たのは、著しく嫉妬深くなって来たことでした。彼は片時もお銀を側から離しません。お銀の姿がちょっとでも見えなかったり、台所の方で御用聞を相手に冗談でも言っていようものなら、忽《たちま》ち、

――お銀、お銀。とあの世にも不思議な、てっきり何処からか空気が洩れているとしか思えないような、無気味な声で気狂《きちがい》のように呼び立てます。

家には気の利いた婆《ばあや》と姐《ねえや》とが二人までいるのですが、身の周囲《まわり》の世話万端、何から何までお銀でなければ気に入りません。お銀はもとより、そんな細細《こまごま》した事に気の附くような女ではありませんから、婆か姐やに頼んだ方が余程《よっぽど》早手廻しなんですが、あの災難以来万造は、お銀以外の人間には、絶対に顔を見られる事を厭がるのです。考えて見ればそれも無理ではありません。その顔。――おお、それは何という奇怪な顔でありましたろうか。柔い、スベスベとしたゴムで拵えてあるその仮面というのは、世にも精巧に出来ておりまして、ちょっと見るとほんものの顔と間違えるくらいでありました。しかもその顔と来たら、前にも言いましたとおり、此の世のものとは思えない程、端正に、艶麗《えんれい》に、そして妖冶《ようや》にさえ出来ていまして、心持ち開いた脣からは、今にも匂《にお》やかな笑声《わらいごえ》が溌れるかと思われるばかり、白い、ふくよかな両の頰には、いつも小指の先で突いた程の靨《えくぼ》が刻まれていまして、その靨ときたら、万造が怒っていようが、泣いていようが一切かけかまいなしに、いつでも嫣然《えんぜん》として美しい微笑を含んでいるのです。そういう蠟《ろう》のような仄白《ほのじろ》い顔が、薄暗い奥座敷の隅っこに坐ったまま、朝から晩まで同じ表情でもって、凝っと部屋の一点を見詰めているところを、まあ一つ、想像して御覧なさい。お銀でなくても誰だって、ゾッとする程気味悪くなるじゃありませんか。それにもう一ついけない事は、お銀はその仮面の下に隠れている、それよりも更に数倍も恐ろしい顔を、ちゃんと知っているのです。彼女はその恐ろしい顔を想い出すことなしには、万造の奇妙な仮面を見ることが出来ません。

お銀が他人《ひと》に語ったところや、その後《のち》たった一度、その恐ろしい顔を瞥見《すきみ》する機会を持った、婆《ばあや》の話などを綜合して考えてみますのに、それは世の常の怪《け》我《が》や火傷とは全く類を異《こと》にした、お話にならない程物凄いもののようであったようです。さあ、何と云って形容したらいいのか、例えて云ってみれば、泥で拵えた人形の首を、土がまだよく乾ききらないうちに、悪戯小僧がやって来て、濡れ雑巾か何かで滅茶滅茶に引掻き廻した揚句、パレットの上の絵具をべたべたと出鱈目になすり附けたような顔――とでもいえば、幾分なりとも髣髴《ほうふつ》とさせることが出来るのかも知れません。兎も角それは、顔というよりも嘗《か》つて顔のあった廃墟《はいきょ》といった方が正しいようで、くちゃくちゃに縮れた、赤黒い一個の肉塊にしか過ぎなかったのです。

お銀のような女にこういう化物のお守が勤まる筈がありません。あの災難にあった当座、仮令《たとい》纔《わずか》の間にしろ、人間らしいしおらしい感情を以って、この男をいとおしんだ事が、今になって見ると、忌忌しいくらいで、男の側にいるのはもうふるふる厭、あの無表情な仮面を見ただけでも、彼女はゾッと鳥肌が立つような恐怖を感じるのでした。そういう風でしたから、此の諏訪のような寂しい処《ところ》まで、万造について来たからと云って、お銀を貞淑な女だなどと考えてはいけません。愈愈この諏訪へ引き揚げて来る迄の、僅《わずか》四ヶ月の間に、お銀が逃亡を企てたのは二度や三度ではありませなんだ。逃げたとてこの世に親戚《みより》という者を一人も持たないお銀の事ですから、大抵昔の友人や知人などを頼って、匿《かくま》って貰っていたのですが、その度にあの出嫌いな、他人《ひと》に顔を見られる事すら厭がる万造が、まるで人間が変ったように方方を駈けずり廻り、驚くべき根気と執念とを以って、最後には必ずお銀の隠家を突き止め、嚇《おど》したり、賺《すか》したり、宥《なだ》めたり、歎願したりして厭がるお銀を無理矢理に連れて帰るのです。彼はまたお銀を匿った人人に対しても、一本釘を刺しておく事を忘れませなんだ。

――今度お銀が逃げて来たら、直ぐに私の方へ知らせて下さいよ。いいですか。万造はあの空気の洩れるような声に、不思議な情熱を罩《こ》めて何度も何度も念を押しました。なまなかお銀の言葉に動かされて、匿ったり逃亡の手助けをされたりすると、私はあなたをお恨みいたしますよ。よく憶えておいて下さいよ。私はもうお銀なしでは生きてはいられないのです。お銀を奪われたら私は死ぬより他に途《みち》はありません。しかし唯では死にませんよ。お銀を殺して私も死にます。ひょっとすると、お銀を私から奪おうとした敵を殲滅《みなごろし》にしなければ腹の虫が承知しないかも知れません。あなたは私の言葉を冗談だと思いますか。嘘だと思いますか。ああ、私のような男がコケ嚀しや空威張《からいばり》をしたとて何になりましょう。よろしい、それでもまだ信じられないというのなら、私の顔を見せてあげましょう。驚いてはいけませんよ、逃げてはいけませんよ、ほら、ほら、ほら！

それだけでもう充分でした。万造はあのゴムの仮面をちょっとまくり上げて、ほんのちょっぴり鰓《あご》の端《さき》を見せるだけなのですが、赤黒い、ドロドロとした、何やら得体の知れぬ薄気味の悪い肉塊を、唯一《ただひと》眼《め》見ただけで、大抵の人はゾッと怖毛《おぞけ》を振い眼を瞑《つむ》って降参し、お銀の事については向後一切、関り合いを持つまいと神かけて誓うのでした。お銀は今や、誰一人として相手にしてくれる者がなくなりました。まるであらひと神の前に供えられた人身御供《ひとみごくう》のように、泣いても喧《わめ》いても、誰一人救いに来てくれる者はありません。しかもこの化物のお供をして、遠い信州とやらの山奥へ連れて行かれねばならぬ日は、段段と間近く迫って参ります。一体、そういう寂しい山の中の湖畔の一軒家で、自分はどうなって行くのだろう。この化物に散散玩具にされ、骨まで舐《しゃぶ》られたさてその揚句は、一体どうされるのであろう。

ところがそうしているうちに、弗《ふ》とした事から、お銀の考えが幾分変るような出来事が起りました。ある日の事、何を思ったのか万造は、あの災難の日以来はじめてアトリエへ入ると、不自由な手に絵筆を握り、久し振りにカンヴァスに向って絵を描いていましたが、ものの半時間も経たぬうちに、唯ならぬ物音がそのアトリエから聞えて来たので、お銀がびっくりして駆け着けて見ると、今しもアトリエの中に仁王立ちになった万造は、長い髪を逆立て、パレットを踏みしだき、描きかけのカンヴァスを振り廻し、あの不可思議な声で、何やら理由《わけ》の分らぬ事を喧《わめ》き散らしながら、気狂のように部屋の中を暴れ廻っているところでした。いやその時のお銀の眼から見ると、てっきり気が狂ったものとしか思えませなんだ。今まで制《おさ》え制《おさ》えして来たあの災難の打撃が、時候の加減でとうとう爆発したのに違いない。お銀は何となくほっとしたような気がしましたが、まさか、そのまま放って置くわけにも行きませんので、側へ寄ると出来るだけ優しい態度で万造の肩に手をかけました。

——あなた、どうしたのよォ。あらあら、こんな乱暴なことをしてさァ。仕様がないわねえ。

お銀の言葉が耳に入ったのか、万造はその刹那《せつな》、雷に撃たれたようにピリピリと体を震わせて立止まると、ゼイゼイと肩で荒荒しく呼吸をしながら、仮面の背後から凝っとお銀の顔を睨んでいます。お銀はその眼を見ると、ああ、矢張気が狂っているのだわ、あの気味の悪い眼附き！　そしてまた、どうしてああジロジロと私の顔を見ているのだろう。私をどうするつもりか知ら、ああ！　お銀は突如けたたましい悲鳴を挙げました。その時ふいに万造が、毀《こわ》れたカンヴァスを投げ捨てると、不相変理由《あいかわらずわけ》の分らぬ事を喧きながら、猛然としてお銀をめがけて躍り蒐《かか》って来たからです。万造はあの、ふにゃふにゃとしたゴムの手袋をはめた両手で、しっかりとお銀の細い首っ玉を摑むと、ぐいぐいと壁の方へ押しつけて参ります。お銀はもう声を立てる事も出来ず、やっと部屋の隅にあった卓子《テーブル》に身を支えると、万造はその上にお銀の体を仰向けに押し倒して、猶もぐいぐいと、お銀の咽《のど》を絞めつけて参ります。必死になって抵抗しているお銀の眼に、その時ふと映《うつ》ったのは、暴れ廻るはずみに、面《めん》がどこかへケシ飛んだと見えて、露出《むきだし》になったあの万造の世にも物凄い形相でした。お銀はいつかの夜、ちらとこの顔を瞥見《すきみ》した事はありますが、かくの如くしげしげと正視したのは、その時が初めてでした。ああ、その厭らしさ、おぞましさ、無気味さ、怖さ、それは想像に絶したものがありましたけれども、不思議なことには、その時のお銀には、これが全く別の効果を及ぼしたのです。あなたは柔道で所謂《いわゆる》オトシ、あれにかけられた経験をお持ちではありませんか、咽喉を絞められる時の、何とも言えぬ快感。——お銀は今あの肉のうずくようなあの快感に搏《う》たれたのです。――ああ、私は殺される、この男に、この化物のような男に、絞殺される、ああ、何という可哀そうな私だろう。ああ、ああ、ああ、ああ！　お銀はしかし、それが少しも苦痛や恐怖ではなく、眼の上に覆いかぶさって来る、万造のあの物凄じい形相を、呆然と凝視しながら、恍惚として夢見る如く意識を喪《うしな》って行きました。

## 十

かねてから万造の設計によって、あの岬の突端に建築を急いでいたアトリエが、愈愈竣成して、それと同時に万造が、お銀と婆《ばあや》の二人を引き連れて、倉皇として移って来たのは、この湖畔の町に漸く春風の吹き初めた、四月の下旬頃でした。不思議な事には、お銀は一度万造に殺され損《そこ》なってからというものは、以前ほど彼を怖がりも厭がりもしなくなり、此方《こちら》へ引越して来る時も案外素直について来たようでした。多分あの事件を一転期として、彼女の性情には、自分でもそれと気附かない程、微妙ではありましたけれども、それと同時に一種根強い変化があったのでしょう。

万造は、折角立派なアトリエを建築しながら、ついぞ絵筆を執ろうともせず、そうかと云って昔馴染の友人や知人が訪れても、滅多《めった》に面会することもなく、まるで蝸牛《かたつむり》のように引籠ったまま、鬱鬱《うつうつ》としてその日を送っていました。そのうちに彼は一艘のモーター・ボートを購《か》入れると、気狂のように湖水の上を駆けずり廻ったり、又お天気のいい日には、湖心にボートを泛《うか》べて、余念もなく釣《つり》をしている事もありました。しかし彼が本当に魚を釣ろうとしていたのか、誰一人知っている者はありませんなんだ。実際あの無表情な、不断の冷嘲《れいちょう》を泛べているかの如き白い仮面は、どうかすると一種の凶凶《まがまが》しい兆《しるし》とも見え、彼の周囲には魚さえ集まらぬように思われ、漁師達は彼の姿を見ると疫病神《やくびょうがみ》のように顔色を変えて逃げ出したものです。言い伝えによると、化石した如く身動きもしないで湖心に釣糸を垂れていた万造の仮面の上には、屡屡《しばしば》数条の涙が流れているのが見られたという事です。ああ、その時彼の胸を噬《か》んでいたのは、一体どういう感情であったのでしょうか。それは兎も角、彼は己《おの》が存在の漁師たちに如何なる印象を与えつつあるかをよく心得ていたのに違いありません。それが証拠に彼は間もなく、あのカトリック教の坊さんが着るような、だぶだぶとした襞《ひだ》のついた、真黒な袍衣《ほうい》を着ることによって、かの不吉な印象を一層強めようとした事でも看取出来るではありませんか。その袍衣の肩のところには、同じ色をした三角の尖《とが》った頭巾が縫いつけてあって、彼はいつでもそれをすっぽりと頭から被っていました。そして手には細い斑竹《まだらたけ》の笞《むち》を持っていて、何か気に入らない事があると、それをビュービューと振り廻すのでした。そういう姿をした男が、身動きもしないで釣糸を垂れているところを、まあ一つ想像して御覧なさい。私も二三度見掛けた事がありますが、となんとそれは外国の銅版画にある、死神のような恰好《かっこう》でありました。

万造がそういう生活をしている時、一方お銀は何をしていたかというと、彼女はこちらへ引越して来る時、万造にねだって買って貰った、一匹の狆《ちん》を相手に所在ないその日その日を送っておりました。

——ロロや、ロロや。と彼女はアトリエの長椅子に寝そべったまま、愛する動物の名を呼びます。旦那様はどこへ行ったのだろうね、あの化物のような旦那様は。本当にあの人がいないとせいせいするねえ。おや、お前もそうかい。全く邪慳《じゃけん》な人ったらありゃしないねえ。お前を見ると足蹴《あしげ》にしたり投げつけたり、私ゃ大抵お前が不愍《ふびん》でならないよ。

そんな事を人間に向って云うように掻き口説きながら、冷い鼻の頭に接吻したり、仰向けにしてお腹《なか》を擽《くすぐ》ってやったりします。小《ちい》さいロロは、多分この愛撫《ぶ》に酬《むく》いるためでしょう、この頃では片時もお銀の側を離れようとは致しません。御飯を食べる時でも、お風呂へ入る時でも、寝る時でも、甚《はなは》だしきは彼女が廁《かわや》に行く時でも、絶え間なく小い銀の鈴をチロチロ鳴らせながら、彼女の裾に身を摺《す》りつけ、愛撫の手欲しさに甘えます。そしてちょっとでも彼女の姿が見えないと、クンクンとうるさく啼《な》き立てながら、気狂のように家中を駆けずり廻っては、その度に万造に癇癪《かんしゃく》を起させるのでした。お銀はしかしそう何時までもこの小さい動物のお相手を勤めてはおりませんでした。段々この土地に慣れて来るに従って、日毎夜毎《ひごとよごと》彼女は美しく着飾っては出歩くようになり、間もなく本町通にある某喫茶に、些《いささ》か不良性を帯びた青年を集めては、すっかり女王になりすましてしまいました。万造もあまり喧《やかま》しく云って、東京へでも逃出《にげだ》されたら厄介《やっかい》だと思ったのでしょう。この町でする事なら、大抵の事は大眼に見ているという風でしたから、お銀は益益図に乗って、町の劇場に何か興行があると、一番に姿を見せるのは彼女で、随分下らない旅役者を贔屓《ひいき》にしたり、活弁に色眼を使ったりしていましたが、そのうちにとうとう、紅梅《こうばい》亭鶯吉《ていおうきち》といって、田舎廻りの浪花節語《なにわぶしがたり》としては先ず真打《しんうち》株の、ちょっと苦味走った男にひっかかってしまいました。万造はこれを知っていたかどうか、それに就いてはこういう話があります。これは当時まだアトリエに奉公していた婆《ばあや》の話なのですが、彼女はこの話の直後あまり気味が悪いからと云って、とうとう暇をとって東京へ帰りました。これは東京へ帰る前にある人に向って洩した言葉なのです。

——それがあなた、そういう事は東京にいる時分から珍しいことじゃありませんでしたけれどね、その時は何だか、あまり劇《はげ》しいようですから、又いつぞやのように、お銀さまが絞殺《しめころ》されているんじゃないかと思って、それにお銀さまのヒイヒイ泣く声だって普段とは違っておりましたもの、日頃から覗いては可《い》けないと云われておりましたけれど、つい鍵穴から覗いてみたんですよ、覗いてみて胆《きも》を潰《つぶ》しました。私が驚いたというのはお二人の妙な御様子で、お銀さまは床《ゆか》に突伏したまま、ヒイヒイと泣声をあげています。その左の手をむんずと握って旦那《だんな》様が、お銀さまの上にのしかかるようにして、何か低い声でボソボソと仰有ると、お銀さまは激しく身を顫《ふる》わせながら、堪忍《かんにん》して、堪忍してと仰有るのです。それから顔をあげて、旦那様の白い面《めん》を見ながら、その面《めん》をとるのだけは――ああ、堪忍して――私が、――私が悪かったのです。――はい、何も彼も正直に云ってしまいます――大変悪いことをしてしまいました。――もうもう、決してあんなことは致しません、――ですから、ああ、その面《めん》をとるのだけは堪忍して――いいえ、いいえ、決して嘘ではありません。だから、ああ、その面《めん》をとるのだけは、――あれえッ！　お銀さまの魂消《たまぎ》るような声に、ぎょっとして旦那さまの顔を見た私は、――ああ、それから後のことは聴かないで下さいまし。その夜から私は安らかな夢を結んだことがありません。こうしてお話していても、何だかゾクゾクして参ります。それにしても不思議なのはお銀さまの素振《そぶり》、逃げようと思えば幾らでも逃げる暇がありそうなもの、それに又その声というのが言葉の意味とは大違いで、何やら甘ったるく、淫《いや》らしく、一番しまいに旦那さまが面《めん》をおとりになった時でも、逃げるどころか、あれえッ！　と叫んでいきなり旦那さまの首っ玉に噛《かじ》り附いたのには私もびっくり致しました。兎に角、私はもうこれ以上御奉公しているわけには参りません。はい、明日はお暇《いとま》を戴いて東京へ帰ります。

万造とお銀がこういう妖《あや》しい夢を繰り展《ひろ》げている頃、東京の代助の身にも又一つの変事が起りました。代助が未決で酷い神経衰弱に罹《かか》っていた事は前にも申上げた通りですが、六月から七月のあの梅雨期にかけて、これが益益亢《こう》じて来て、果は食物《たべもの》も碌《ろく》に咽を通らぬという状態、公判を前に控えてこれではならじと、特別の計をもって未決を出て入院する事を許されたのが七月十六日のこと、ところがそれから二日目の夜、彼は病院から逃走してしまったのです。前からそういう計画があったのか、或いは又発作的にやったのか、手引する者があったのかなかったのか、それ等のことは一切不明でしたが、兎に角彼の行方は杳《よう》として知れなくなってしまいました。この事は直ちに新聞に大きく報道されましたから、万造も必ずそれを読んだのに違いありませんが、読んで彼はどういう感想に打たれたでしょうか。驚いたか、怖れたか、いずれ安からぬ気持を抱いた事は想像に難くありませんが、固《もと》より容易《たやす》く感動を外に表わすような万造ではありません。お銀に対しても一言もそれに就いては語りはしませなんだが、不思議な事にはその記事を読んだ日から、絶えて久しき絵筆を握り、しかも百二十号という大作にとりかかりました。昨日あなたが御覧になった絵というのが即《すなわ》ちそれで、モデルは云う迄もなくお銀、あの湖底に繋がれた女というのはつまり現在のお銀の境遇を象徴していたのかも知れません。若しそうだとすれば、女に絡み着いているあの醜悪な怪物は、さしずめ万造自身という事になりましょうが、そういう詮議《せんぎ》はどうでもいいとして、素描も出来上り愈愈下塗《したぬり》に着手したその日の事です。思いがけなくも町の警察から、警部が一人このアトリエを訪れて来たのです。この警部というのは町の者で、昔から万造や代助を知っており、現に万造がこの湖畔へ引越してからも、二三度遊びに来たこともあり、一度などは万造としては珍しく、半時間あまりも話し込んで、つくづくと自身の不幸を述懐したことさえある間柄でしたが、その時訪ねて来たのには別に重大な要件があったのです。

——おや、お仕事ですか。万造がカンヴァスに向っているのを見ると、警部は意外そうに眼を瞠《みは》りながら、暫くその絵を覗き込んでおりましたが、お銀さんですね。しかし、何だかこれは、随分変った画題ですね。

万造は無言のまま頻《しき》りに絵筆を動かしています。彼が答えないのは必しも不愛想なのではなく、発声器関の完全でない彼は、なるべく口を利かないようにしているのです。お銀はその間にモデル台から下りると、薄いガウンみたようなものを引掛け、例の口口を抱いて窓の側へ行くと、向う向きに腰を下ろしました。

——万造さん、今日来たのは大変な要件があるのですがね。警部は凝《じっ》と相手の態度を注視しながら、代さんがこの頃、こちらへやって来はしませんでしたか。

万造はそれを聴くとギクッとしたように絵筆を止

め、暫く熟《じっ》と考えている風でしたが、稍《やや》あってやおら警部の方へ向き直ると、緩《ゆっくり》と首を左右に振りながら、

——何か、そんな、形跡でも、あるのですか。と切切《きれぎれ》な声で云いました。

——そうらしいのです。昨夜東京から通牒《つうちょう》があったのですがね、調べて見ると矢張それらしい人物を見かけたものがあるという。それで豊田村の方を調べてみたのですが、どうもあちらへはまだ立ち廻っておらぬらしい。それでもしやこちらへと思って。

……

万造は絵筆を握ったまま黙って首を振っていましたが、お銀の方へ振り向くと、

——お銀、お前知らないだろうね。

——私？　いいえ。お銀は向うを向いたまま冷やかな声で答えました。

——そうですか、それならいいのですが、若しこちらへ立ち廻るような事があったら直ぐ私の方へ報《し》らせて下さいよ。憖《なまじ》隠したり逃がしたりされると却って代さんの為になりませんよ。警部はちょっと沈んだ声になって、代さんも困った事をして呉れたものです。実はね、この間手を廻して代助さんの事を調べてみたところが、最近非常にうまく行っている模様で、この分なら悪く行っても執行猶予ぐらいで済みそうだという情報が入ったので、大変喜んでいたんですが、これで又何も彼も滅茶苦茶です。せめて今何処かへ自首でもしてくれるといいのですがね。警部は猶もくどくどと、代助が立ち廻ったら決して隠し立てをしたり、逃がしたりしないで、早速警察の方へ報らせて呉れるようにと、何度も何度も念を押して帰って行きましたが、その姿が向の桑畑の蔭に見えなくなった頃です。

——お銀、媼《ばあ》さんはまだいるか。と万造が低い沈んだ声で云いました。

——いいえ、媼さんは先《さっき》帰りました。云い忘れましたが、東京から来た婆《ばあや》が暇を取って帰った後、何人女中を置いても長続きがしないので、此頃では近所の媼さんを頼んで、午前中手伝に来て

貰う事にしていたのです。万造はお銀の返事を聴くと、黙って床《ゆか》から笞を取揚げ、静《しずか》に立止《たちどま》りました。

——お銀、お前も来い。

お銀はさっと顔色を変え、わなわな顫いながら何か云おうとしましたが、万造の鋭い眼附を見ると、そのまま言葉を飲込んでしまいました。

——怖いのか。ええ、そんなにこの俺が怖いのか。

万造は苛苛《いらいら》するように笞を振り廻しながら冷嘲《あざわら》いましたが、お銀の化石したような顔を見ると、そのまま足音も荒荒しくアトリエを出て行きました。

——あなた、ああ、あなた、一寸待《ちょっと》って！

お銀が怯《おび》えたような声で叫びながら、後を追っ蒐《か》けて行った時、万造はお銀の化粧部屋になっている、奥まった四畳半の押入《おしいれ》の唐紙に手をかけていました。

——あなた、どうするのよ、あなた。

お銀が縋《すが》り着くのを突きのけて、ガラリと押入の唐紙を開いた万造は、手にしていた笞でそわそわと畳の上を敲《たた》きながら、

——代さん、出て来たまえ、代さん！　と駄駄《だだ》っ児《こ》のような調子で言いました。

## 十一

普通、どこの押入にもあるように、上と下と二段に分れている、その上の方に蒲団《ふとん》を敷いて寝ていた代助は、その時蛇のようにむっくりと鎌首を擡《もた》げておりました。ああ、彼等は実に約一年振りの対面でありましたが、その一年の間に二人とも何という激しい変り方をしておりましたろう。万造の方は無論云う迄もありませんが、代助とてもまた、長い獄舎の生活に、頬は落ち、眼は凹《くぼ》み、髪も髯《ひげ》も蓬蓬《ぼうぼう》と伸び、嘗ての熱情漢らしい秀麗な面影は、最早《もはや》どこにも認められませんなんだ。唯落ち凹んだが為に愈愈大きく見える眼が、烈烈たる熱を帯び、その中に無限の痛恨と悲痛と憎悪とが読み取られるようでありました。その時彼等の胸にはどういう想念《おもい》が去来したことでしょうか、それは恐らく、世にも複雑にして且《かつ》劇烈な感情の闘《たたかい》であったろうと思われますが、こうして五分間あまりも無言のまま睨み合っていた

後《のち》、万造の方が先ずほっと太い溜息《ためいき》を吐《つ》きました。

――代さん、痩《や》せたねえ。そう云った万造の声は思いがけなく泌泌《しみじみ》としていました。お銀、外から見えないように、アトリエの掛布《カアテン》を下しておいてお呉れ。代さん、誰も居ないから出てきたまえ。

代助は激しく瞬《まばたき》をすると、歔欷《むせびな》くような、節《ふし》のある長い溜息を吐いて、もぞもぞと押入から出て来ると、それでもまだ幾分警戒するように、しっかりと脣を結んだまま、万造についてアトリエへ入って行きました。それからお銀を混えて、彼等の間に一体どういう話があったのか、詳しい事は伝わって居りませんが、それは凡《およ》そ我々の予想とは反対に、至って和《なご》やかなものであった事だけは分って居ます。万造はその時、従兄弟の窶《やつ》れた面差《おもざし》を痛痛しそうに眺めながら、泌泌とした調子でこういう風に言ったという事です。

――代さん、お前は嘸《さぞ》私の事を憎らしい奴だと思っているだろうね。いいえ、隠さなくてもいいよ。お前が何《なん》の為に諏訪まで帰って来たのか。私にはその心持がよく分るよ。代さん、私はもう逃げも隠れもしやあしない。どうかお前の思う存分にしてお呉れ。お前にとっては八つ裂にしても飽き足らぬような気がするであろうけれど、お願いだからひと思いに殺してお呉れ。思えば思えば代さん、我我は何という凶《わる》い星の下に生れて来たのだろうね。私には何の理由もなしにお前が憎らしかった。誰に負けても構わないけれど、お前一人にだけは死んでも負けたくなかった。恐らくお前の方でも同じ事だったろう。ああ、この呪わしい競争心、理由のない敵愾心《てきがいしん》、私は常常どんなにこれを悲しんでいたろう。悲しみながらどうする事も出来ないで、ズルズル深味へ嵌《は》まり込んで行くうちに、到頭二人ともこんな破目になってしまった。誰が悪いのでもない。皆《みんな》私が、いや私たちの廻り合せが悪いのだ。代さん、どうか私をお前の腹の癒えるようにしておくれ。私に何の希望や光明があろう。このような化物になった私に、何の生甲斐や功名心が遺《のこ》っていよう。代さん、お願だからお前の手でこの可哀そうな私を、ひと思いに殺しておくれ。お前の手で殺されたら私はもう本望だよ。

万造はそう云って代助の手を採り潸潸《さめざめ》と啣《な》きました。涕涙《なみだ》は滂沱《ぼうだ》として仮面より溢れて冷い蠟のような頬を濡らし、息の漏れるようなあの不明瞭な声音は、嗚咽《おえつ》のために屢屢《しばしば》途切れ、それを聴き取るためには一方《ひとかた》ならぬ困難を感じたくらい、佯《いつわり》多い万造ではありましたけれど、この時ばかりはどうして彼の言葉を疑う事が出来ましょう。握り拳を凝と膝《ひざ》のうえに置いたまま、まじろぎもしないで万造の面《おもて》を打視《うちみ》戍《まも》っていた代助は、相手の言葉の畢《おわ》るのを待って、吻《ほっ》と太い溜息を吐きながら、

――万さん、よく云っておくれだった。と感極まったように云いました。お前も云うとおり、私はそれやどんなにお前を恨んでいたか知れやしないよ。一寸刻み五分試し、いいえ、ズタズタに引き裂いても腹に癒えぬくらい、この土地へ帰って来たというのも、他に希望《のぞみ》はなかったけれど、一眼お前に会って怨言《うらみ》が云いたい。敵《かたき》を討ちたいと唯それればっかり。ところがどうだろう、一昨日《おととい》の夜おそく、そこの窓から私はこのアトリエを覗いたのだよ。その時お前は矢張その椅子に坐って、唯《たっ》た一人両手で頭を抱えて凝と項垂《うなだ》れていた。その時お前を殺そうと思えば雑作《ぞうさ》はなかったのに、何故か私にはそれが出来なんだ。何故出来なんだろう、悄然と唯一人灯《ひ》の下に坐っていたお前の寂しそうな姿、お前がひどい怪我をして面を被っているという事は、いつか見舞に来た妹婿の口から聴いて知っていたけれど、初めて見るその横顔の言いようのない淋《さび》しさ、侘《わび》しさ。それにその真黒な衣服《きもの》だろう、一層お前の姿が泌泌として悵然《ちょうぜん》として見えたよ。その時微に聴えたのが歔欷《すすりな》くようなお前の溜息、ああお前も啣いている、お前も苦しんでいると、そう感じた刹那、今までの燃えるような怨恨《えんこん》も深讐《しんしゅう》も氷のように一時に冷え切ってしまった。それから間もなくお前がボートに乗って、気狂のように湖水の沖へ出て行った後で、私はこっそりお銀、――いやお銀さんを呼出して、あの押入の中へ匿って貰ったのだが、体を横にすると同時に

どっと溢れて来たのは熱い泪。万さん、その時何故か私は歔《な》けて歔けてしようがなかったよ。

——それでは代さん。暫くしてから万造がおずおずと云いました。お前私を宥《ゆる》してくれるのかい。

——宥すも宥さないも、私がお前の立場にいたら、屹度《きっと》同じような事をしたかも知れないのだ。先《さっき》のお前の言葉を聴いて私は本望だよ。万さん、それじゃこれで潔《きよ》く廝《わか》れよう。

——訣れると云って、お前これから直ぐに行くのじゃあるまいな。

——いや、行こう。折角こうして和解《なかなおり》をしたのに、顔を突き合せている間《うち》に又詰らない考《かんがえ》を起しちゃ馬鹿馬鹿しいから。

——そうかい。それじゃ別に止めやしないが、お前どこへ行くつもりだい。

——一先ず大阪へ落ちのびよう。大阪へ行けば知人があるから、そこで何とか工夫をして上海《シャンハイ》へでも飛ぶことにしようよ。

——それにしてもその服装《なり》じゃ直ぐ攫《つか》まってしまうよ。こうしたらどうだね、もう五六時間辛抱して、髪も苅り髯も剃り、着物は幸《さいわい》私の古いのがあるからそれを着てゆき給え。そして夜になったら私がボートで天竜川の口まで送っていってあげよう。中央線は危険だから少し道は難渋でも、辰野《たつの》から飯田《いいだ》へ出て、川沿いに遠州へ出るのが一番安全だと思うよ。ねえ、悪いことは云わないからそうし給えよ。

——そうかね。それじゃお言葉に甘えてそういう事にしようか。

——それがいいよ。それじゃお銀、いつも私にしてくれるように、ちょっと早幕《はやまく》に代さんの髪を苅ってあげたらどうだね。

——そうね。そうしましょう。

——お銀さん、済まないねえ。

舞台の造作《つくり》こそ異《ちが》っておりますが、とんと「双《ふたつ》蝶々《ちょうちょう》」の「引窓《ひきまど》」と云った塩梅《あんばい》。代助はさしずめ濡髪長五郎《ぬれがみのちょうごろう》と云った役廻りで、芝居でするとここにめりやすが入りますが、私のお話はそう意気事には参りませんから、ここはうんと端折《はしょ》ってさてその夜の事、時刻は既に十時を廻って居《お》りましたろう、月のある夜でしたが、嵐を呼ぶような千切れ雲が片片《へんぺん》と飛んで、湖水のうえは明暗二つの色に塗り分けられていました。やがて用意万端整えて、アトリエの外に繋いであったボートに飛び乗ったのは万造、続いて代助、これはすぐボートの底に腹這いになります。

——左様《さよう》なら、お銀さん。

——左様なら、気を附けて行ってらっしゃいね。

お銀の声もさすがに湿っていたようです。

アトリエの近辺はまだ水が浅くて機関《エンジン》が廻転しないので、暫くは棹で押して行かねばなりません。お銀は長い棹を操《あやつ》って行く万造の姿が、岬の向に見えなくなる迄露台に立って見送っていましたが、やがて何となく竦然《ぞっ》と身顫をすると周章《あわ》ててアトリエの中へ引込みました。その時、闇の向うから聴えて来たのはタタタタと水を切って廻転する機関《エンジン》の響。ボートは暫く小暗い岸に沿って湖水の縁《ふち》を迂廻《うかい》して進みます。ザワザワと鳴るのは蘆《あし》の葉を渡る風の音、黒々と岸に聳《そび》ゆる鈴懸《すずかけ》の頂辺《てっぺん》でくくと鳴くのは、ボートの音に夢破られた小鳥でありましょう。代助も万造ももう一言も口を利きませなんだ。ボートの底にごろりと寝転んだ代助は、冷い夜風に頬を嬲《なぶ》らせながら、天を仰いで星の数を一つ二つ三つ……と、七つ迄数えた時です。ふいに一揺がくんとボートが大きく揺れると、けたたましく空廻転《からまわり》をする機関《エンジン》の音、ボートはぴったりと止まってしまいました。

——しまった。忌忌しげに舌打をするのは万造。

——どうかしたかね、万さん。代助は舟底《ふなぞこ》から少し体を起しました。

——浅瀬へ乗り上げたのだ。ナニ、大丈夫だよ。

成程水面から微に隆起している蘆の浮洲に、ボートの舳《へさき》ががっちりと喰込んで、万造が種種《いろいろ》と手を尽しているけれども、中中動き出しそうにありません。

——代さん。万造が振返って言いました。済まないがちょっとボートから降りて押して見てくれないか。コン畜生《ちくしょう》、泥の中へがっちり喰込んでいやがるんで。

——そうかい。代助は怖る怖るボートから身を起して、辺《あたり》を眺めました。

湖水の表面は燻《いぶし》銀のような鈍い光を湛《たた》えて、遠くの方は朦朧《もうろう》として白い夜霧の中に溶け込んでいる。岸は唯真暗、聞ゆるは蘆の葉摺《はずれ》と樹々の梢の戦《そよ》ぐ音のみ。無論見る人とてあろう筈がないので、代助は心を安んじて柔い浮洲の泥のうえに足をおろしました。

——それじゃね、私が棹を突張るから、その拍子にボートを押して呉れたまえ。

万造は棹を執って立ち上ったが、この時彼に今少しの落着《おちつき》があったら、さしも奸悪《かんあく》なその譎謀《きつぼう》も、見事成功していたのでありましょうが、残念ながら彼は少し功を急ぎすぎた。いかに陰険な万造と雖《いえど》も、その場に当ってはさすがによく興奮を制することが出来なんだと見えて、突如嘲るようなけたたましい笑《わらい》声《ごえ》と共に、颯《さっ》と振り下ろした棹の先は、手許《てもと》狂って纔《わずか》に代助の肩を掠《かす》めたきり、舷《ふなべり》に当って戛然《かつぜん》と跳ね返りました。

——何をする！　絶叫する代助。

第一の襲撃に失敗した万造は、きりりと奥歯を鳴らしながら、再び颯と振りかぶった水棹、険悪なる空模様を背に負うて、すっくと舷《ふなべり》に立った姿の物凄さ、無表情なるかの白き仮面、蝙蝠の如くに風にバタバタと羽搏くかの真黒なる神衣。地獄の鬼と雖もこの時の万造ほど、物凄《ものすさま》じい悪相を持っていようとは思われません。代助は恐怖のために総身の毛根悉《ことごと》く逆立たんばかり。

——何をする！

再《ふたたび》代助が絶叫した時、再唸《うなり》を生じて落ちて来た棹の、この度も危く覘《ねらい》が外れたのは、代助にとっては勿怪《もっけ》の幸だったけれど、万造にとってはこれより大きな不運はなかった。力余って万造の、よろよろと舷に蹌踉《よろめ》くその隙こそ、代助にとっては何よりのつけ目、棹を握ってえいと曳《ひ》く渾身《こんしん》の力、相手は何しろ腰が崩けた折からとて、この一曳によろよろと、機《はずみ》を喰《くら》って舷から浮洲のうえにスッ跳んだ。こうなれば勝負は五分五分、足場の悪い泥のうえで必死となって争う二人は全く無言、無言なだけに一層恐ろしい。どういうわけか万造の方では、この時代助をやっつけようというより、遮二無二《しゃにむに》ボートへ掻き登ろうと、その方に多く気を奪《と》られている様子、そうはさせじと争う代助、舷《ふなべり》を叩く手と手がピシャリピシャリと鳴るのは、とんと芝居でする鼬《いたち》ごっこのだんまりといった塩梅ですが、二人の身にとっては中中そんな陽気な沙汰《さた》じゃない。全身の膏血《こうけつ》悉《ことごと》く凝《こ》って汗にならんかと疑われるばかり。いや、講釈師じゃありませんから修羅場を読むわけには行きませんが、そうしているうちにどうした機《はずみ》か、代助の力が少し優ったのでしょう、背後から武者《むしゃ》振りついて来る万造の脾腹《ひばら》を、片脚あげてどんと蹶《け》ると、素速くボートに掻き登る。幸手に触ったのはかの水棹、こいつを斜に構えて、万造や来《きた》るときっと振返った。振返って驚きました。

ボートから一間程離れた蘆の茂《しげみ》のなかに、相当広い窪《くぼみ》があって、濁った水が溜っている。万造は今、その水溜《みずたまり》の中に腰の辺まで浸って、頻《しきり》に藻掻《もが》いている。藻掻けば藻掻く程、段段泥の中にめり込んで行く様子、丁度その水溜の周囲二間程というものは、蘆の茂も途切れ、体を支えるべき何物もありませんから、唯 徒《いたずら》に泥の上を引掻き廻すばかり、そうしているうちに万造の体は、早《はや》胸の辺まで浸《つか》ってしまいました。代助はこの時はじめて、万造の陥っている恐ろしい自然の罠に気が附いて、髪の毛も白くなる程の恐怖に撃たれたのです。万造が今嵌《は》まり込んでいるのは、世にも恐ろしい底なしの泥泥《どろどろ》地獄、一度嵌まり込んだが最後、金輪際《こんりんざい》抜け出す事の出来ない泥濘《でいねい》の蟻地獄、藻掻けば藻掻く程益益人《ひと》は、地底の泥に吸い込まれて行くばかり。ああ、万造の計画によれば、代助こそこの底なしの泥濘地獄に飲込まれるべき筈であったのでしょうに、今過って自ら落ち込んだ運命の皮肉さ、浅ましさ。代助は雷に撃たれたように、暫《しばし》呆然としてこの成行《なりゆき》を見ていましたが、やがて勃然《ぼつぜん》としてこみ上げて来たのは激しい憤《ふん》怒《ぬ》、しかしこの憤怒のうちにも代助は、一抹の不愍《ふびん》さを感じない訳には行きませんなんだ。

——万さん、この棹にお攫《つか》まり！

咄嗟《とっさ》に差しのべたのは手に握っていた棹、万造はこの時既に、乳の辺まで泥の中に浸っていましたが、溺れる者の本能で夢中になって棹の先を握りました。この時ふいに、倏然《ゆうぜん》として雲が月の道から離れ、あたりは朦朧として明くなって参りましたが、代助はこの月明で見るべからざるものを見てしまったのです。不幸な万造は格闘の機《はずみ》に仮面をどこかへ落してしまったのでありましょう。あの二眼《ふため》とは見られぬ醜悪《しゅうあく》な顔、化物よりも更に恐ろしい、くちゃくちゃに崩れたのっぺらぼうの肉塊、世にも凄じい容貌を、折からの月明に代助は今、まざまざと眼の前に眺めたのです。

——あっ！　と叫んで代助が思わず棹を手許へ引いたのと、万造が犇《ひし》とばかり両手で顔を覆うたのと、殆《ほとんど》同時でありました。代助は直ぐに気を取り直して、

——万さん、早くお攫まり、早く、早く！

しかし万造は再《ふたたび》顔をあげませなんだ。何人《なんぴと》にも見られたくない醜《みにく》い顔を、撰《よ》りに撰ってこの世の中で、一番見られたくない相手に見られたこの恥辱《ちじょく》、この忌忌しさ、この無念さ、万造にとって恐らくそれは、体をズタズタに寸断されるよりも、更に更に忍び難いことであったに違いありません。

——万さん、お前は……お前は……

刻刻として泥中に吸い込まれてゆく従兄弟の姿を目前に視《み》て、代助の恐怖は如何ばかりでありましたろう。心臓が今にも口から跳び出し、舷《ふなべり》を攫んだ指は、そのまま木の中に喰い込むかと思われる。

——万さんが沈んでゆく、沈んでゆく。……

歔欷くが如く呻《うめ》く代助の脳裡《のうり》に、その時忽如《こつじょ》として甦《よみがえ》って来たのは、今からざっと二十二三年以前の、あの幼時の出来事でした。万造が過って氷の亀裂に落ち込んだのを、代助が救おうとして棒を差しのべたが、万造はお前に救われるくらいなら死んだ方がましだと云って、棒の先に攫まる事を肯《がえん》じなんだが、思えば場所もちょうど此の辺《へん》、二十数年を距てて再廻《めぐ》って来た同じ情景、同じ葛藤、あまり恐ろしい運

命の偶然に、夢かとばかり代助が怪しんだのも、洵《まこと》に無理ではありませなんだ。万造はその時既に、肩の辺まで泥中に飲み込まれ、最早正念も失われたであろうと思われたのは、ふいに白い眼をくわっと瞠《みひら》くと、悲痛な声を振り絞って、息も絶えがてに代助に向って絶叫したというのは、

――代ちゃん……代ちゃん……あばね！

この訣別《おわかれ》の挨拶《あいさつ》を最後として、次の瞬間万造の全身は泥中に没し去り、後にはうたかたも遺らぬ浅ましさ。折から雲が再月の行手を遮《さえぎ》ったのでありましょう、湖水の上は幽然と暗くなって参りました。

## 十二

舷《ふなべり》から半身乗り出した代助は、かのゴーゴンの首を見たポリデクテス王の如く、そのまま石人と化し果るかと疑われるばかり、立ち騒ぐ波、蘆の穂を吹く風の音も、彼の注意を奪うことは出来ませなんだが、稍稍《やや》あってふと気が附いたというのは、舷を握りしめた手の甲に、ポタリと落ちて来た何やら温いもの。と見れば、蜘蛛が脚を展《ひろ》げたような黒い斑点が、ポッチリと手の甲に着いています。おやと思う拍子に又一つ、更に続いて二つ三つ四つ。……代助は幼い時分から何かにひどく興奮すると、よく鼻血を出す癖《くせ》がありましたが、今彼の手の甲を斑斑《はんぱん》として紅に染めているのは、その鼻血でありました。しかもその時の鼻血たるや未だ嘗つて代助が経験したこともない程の凄じさで、縷縷《るる》として、滾滾《こんこん》として、滴滴《てきてき》として鼻孔の奥より湧き出ずる生温《なまあたたか》い血潮は、殆《ほとんど》止まる時がないのではないかと思われるばかり、代助は悄然《きょうぜん》と眼を瞠って、斑斑として彩られて行く舷を眺めていましたが、やがて名状しがたい恐怖を感じると、呀《あ》と叫んで舟底に打ち僵《たお》れました。ああ、その時彼の胸中を吹き荒《すさ》む飈風《ひょうふう》は、真黒な旋風を作って、黯黮《あんたん》たる絶望の彼方に彼の想念《おもい》を運んで行きます。恐ろしい従兄弟の断末魔の光景は、執念《しゅうね》く彼の眼底に灼きつけられ、悲痛なる従兄弟の最後の声は、未だ嫋嫋《じょうじょう》として彼の耳底に鳴っているかと思われます。しかも代助は今漕漕《さめざめ》として涕《な》いている自分

に気が附き愕然《がくぜん》としました。何のための泪《なみだ》ぞ、何人のための歎《なげき》ぞ、万造の死を悲しんでいるのであろうか、否《いな》！　否！　己《おのれ》を陥れ己の生涯を滅茶滅茶に叩き潰《つぶ》した憎むべき万造、今又己を計らんとして、却って自《みずから》その罠に落ちて死んだ万造、手を拍《う》ってその死を嘲《あざけ》りこそすれ、一滴たりとも彼の為に流す泪があろうとは思われぬ。しかし、しかし、ああ胸を打つこの寂寥《せきりょう》、魂を揺《ゆす》ぶるこの悲愁は、一体何のためでありましたろうか。……

暫《やや》あって代助は鼻血も止まり、泪も漸《ようやく》乾いたので、蹌踉《そうろう》として起きあがると、その時ふと眼に附いたのは、船底に落ちていた白い仮面、万造はいま湖底の泥濘の中に呑み込まれてしまったのに、皮肉にも彼の仮面ばかりは、こうして代助の手許に残ったのです。恐らくあの死者狂《しにものぐるい》の格闘の際に万造の面《おもて》から落ちたのでありましょう。代助は一眼見るより忌わしげに、湖水の上に投げ捨てようとしましたが、また思い直して手に持ったまま力なく棹を取りあげました。

代助と万造を送り出したお銀は、あれからアトリエの長椅子《ソファ》に寝そべって、狆ころのロロを相手に巫《ふ》山戯《ざけ》ておりましたが、折から露台《バルコニー》の下にボートが止った様子。ハテ、天竜川の口まで行って来たにしては少し早いがと訝《いぶか》りながら半身を起した途端、蹣跚《まんさん》としてアトリエの入口に現れたのは、思いがけない代助の姿。唯ならぬ顔色といい、且又胸から腹へかけて点点として滴《したた》っている血潮といい、お銀は思わず真蒼《まっさお》になると、棒を嚥《の》んだようにその場に立ち竦んでしまいました。

——まあ、……あなたでしたの。……そしてあの人は。……万造はどうしました。

——死んだよ。と、代助は唯一言《たったひとこと》。傍の椅子にガックリと体を落すと、両手で犇《ひし》と頭を抱えてしまいました。

——死んだ？　万造が？　お銀は憑かれたような声で訊き返しましたが、やがて敲《たた》きつけるような早口で、ああ、あなたが殺したのね。そうだわ、きっとそうだわ。ああ恐ろしい。その血……、その胸の血、……ああ、あなたが万造を殺したのだ。あんなに前非を後悔して謝っていた万造を。……

——違うよ。俺が殺したんじゃないよ。

——嘘！ 嘘！ じゃその血はどうしたのです。その恐ろしい血の飛沫《しぶき》は。……

——まあ、お聴き、どうして私が万さんを殺すものか。私こそ万さんに危く殺されかかったくらいなのだよ。

鞭《むち》のように鋭いお銀の舌が歇《や》むのを待って、代助はぼつぼつと一伍一什《いちごいちじゅう》を語って聞かせましたが、それを聞いているうちに、お銀にもどうやら一切の事情が呑み込めて来たようでありました。

——まあ！ 間もなく彼女は呻くように言いました。それじゃ万造は自分の計画した罠に自分から堕ち込んで死んでしまったのね。そして代さん、あなたこれからどうなさるおつもり。

——仕方がないよ、自首して出る事にしようよ。

——そう。ああ！ だけど代さん、あなたの持っていらっしゃるその白い物は一体何？

——これかい。これは万さんの仮面《めん》だよ。舟の中に落ちて来たから拾って来たのだ。

ふいにお銀がけたたましい声をあげて笑いました。それがあまり突然であったので、代助はぎょっとして彼女の顔を打ち見守って居りましたが、お銀はどうしたものか、まるで七笑《しちわらい》の時平公《しへい》のように、とめどもなく打ち笑いながら、

——御免なさい。……ああ、だけど世の中って何て面白いんでしょう。……自分の作った罠に落ちて死ぬ人もあるし、そうかと思うとまた、……

お銀は何を思ったのかつと立ち上るとアトリエを出て行きましたが、間もなく引返して来た彼女を見ると、何やら黒い着物のような物を持っていました。

——さあ、これを着て御覧なさい。そしてここに万造の嵌めていた手袋もあります。あの人が一つずつ余分に作っておいてくれたのは、何という有難いことでしたろう。この黒い袍《ころも》を着て、この手袋を嵌めて、そしてその仮面《めん》をかぶっていたら、誰があなたを万造でないと疑う人がありましょう。あなたは

誰とも口を利かず、歩く時には少し猫背の気味に背を曲げて、そしてああ、そこにある筈でピシピシと床を叩く癖さえ忘れなかったら、そのまま万造に化ける事が出来ます。何というこれは素晴しいお芝居ではありませんか。そう云ってお銀は再び笑い転げました。

女の智慧《ちえ》は屢屢《しばしば》悪魔の智慧よりも恐しいと云いますが、この時のお銀の言葉がそれでしたろう。この邪悪な誘惑を斥けて、最初の決心通り自首さえしていたら、代助はこれからお話するような、あの世にも凄惨《せいさん》な場面に直面しなくて済んだのでしょうが、女の思い付きの異常さに、つい心を惹《ひ》かれたのが、彼にとっては千載《せんざい》の痛恨事でありました。

その翌日警部が再アトリエを訪ねて来た時には、かのダブダブの袍衣に身を包み、頭からすっぽりと頭巾を被った仮面の男が、稍稍前屈《まえこごみ》に、黙然として窓際に坐っていました。

——どうですか。代さんはまだやって来ませんか。

警部の質問に対して微かに首を左右に振ったその男こそ、警部の探《たず》ぬる代助その人であろうとは、どうして警部が知りましょう。警部が何か云おうとする前に、ロロを相手に巫山戯ていたお銀が素速く口を挟みました。

——代さんは本当にこちらへ来たのかしら。いえ、本当にこちらへ来たとしても、とてもこの家へは参りますまいよ。だってあの人とても万造とは仲が悪いんですもの。ねえ、あなた。

お銀に言葉をかけられた時、代助は思わず黒い袍の中で戦慄《せんりつ》しましたが、警部はもとよりそれを知ろう筈がありません。

——いや、それは私も知っていますがね。兎に角来たら引止めておいて下さい。おや、この絵はもう中止ですか。

警部が指したのは昨日万造が絵筆《ブラシ》を揮っていたかのカンヴァスです。

——いいえ。お銀がいち速く遮《さえぎ》ると、今日は少し気分が悪いと云って考え込んでおりますの。ほほほ、矢張代さんの事が気になると見えますのね。

だが、警部が何の疑惑《うたがい》も抱かずに帰って行った後、お銀はいきなり代助に向って云いました。

――あなた駄目よ、警部は当分毎日様子を見に来るに極《きま》っているわ。いつ迄経っても絵が進行しないとなると、そのうちにはきっと怪しみ出すに違いないわ。さあ、あなた絵筆をお執りなさいよ。そしてこの絵の続を描かなきゃいけませんわ。

お銀がこうして代助を庇立《かばいだて》をするのは、果してどういう心事であったのか私にもよく分りませんが、彼女が若し今の代助に、昔日の如き闊達《かったつ》さと明朗さとを期待していたとしたら、彼女は非常な失望を味わわねばならなかったでありましょう。突如起った身辺の激変と、未だ生生しく脳裡にこびり着いている、あの悲惨な従兄弟の最後の場面は、彼をしてお銀から眼を反向《そむ》けさせるに充分な程、強い、劇しい印象を投げかけていました。それでも彼は、お銀の言葉の尤《もっと》らしさに、つい彼女をモデルとしてあの忌わしい絵を続けて行くことになりましたが、そうしているうちにも次第に彼の胸中に蔓《はびこ》って来るのは、お銀に対する言い難き憎悪の感情でありました。二人の男の生涯を滅茶滅茶に叩き潰しておきながら、尚且恬然《てんぜん》として嬌笑《きょうしょう》を泛べているお銀の顔を見ると、代助は勃然として劇しい憤怒に襲われ、若し己の困難な立場さえ自覚していなかったなら、片時もこの罪悪の巣に足を止《とど》めている事を肯《がえ》んじなかったでしょう。こういう熾烈《しれつ》な感情がお銀に感染せずにいる筈がありません。彼女は漸《ようや》く己の期待の的外れであったことを覚《さと》ると、これまた猛然として代助を憎みはじめたのです。今やこの湖畔のアトリエは救い難き二人の男女の、無言の、しかし無言なだけに一層気味の悪い、激烈な闘争の渦の中に投げ込まれてしまいました。私はずっと後に、この当時の心境を切切《せつせつ》たる文章で書き綴った代助の日記を、このアトリエの中から発見しましたが、それに依《よ》って見るも、当時の彼が如何に大きな苦悩の中に生活していたか、想像するに難くありません。この日記は今でも持っておりますから、何でしたら後でお見せしましょう。あなたも既に想像されたでありましょうが、こういう男女の間に早晩破綻《はたん》が来ずには置きません。しかもこの終局たるや、案外早く、万造が亡くなってから僅《わずか》三週間しか経たぬにやって参りました。

代助はこの二三日、お銀の態度の著しく変って来たことに気が附きました。この一週間ほど殆ど口も利かずに睨み合っていたお銀が、どういうものか心にもないお世辞を陳《の》べ、兎《と》角《かく》代助の機嫌を取り結ぼうと努めているように見える。代助は昔の経験からして、お銀がこういう態度に出る時こそ、彼女の胸中に恐ろしい裏切行為が醱酵《はっこう》しつつある事をよく知っていましたから、それとはなしに気を配っていると、その日の午後に至って彼女の態度は益益軽躁を極めます。朝から何となく落着《おちつき》がなく、ソワソワとして、試に代助が二言三言話しかけてみても、殆どそれに正当な応答を与える事すら出来ない。そうかと思うと急にゲラゲラと笑い出し、無闇矢鱈《むやみやたら》に話しかけて来る。夕方代助はお銀が風呂に入っているあいだに、こっそりと彼女の居間を調べてみましたが、先ず第一に眼についたのは、押入の中に突込んであった風呂敷包、開いてみると二三枚の着更《きがえ》の他に、指輪だの耳輪だの宝石類の入った函《はこ》が、さも大事そうに衣類の中にたたみ込んであります。この風呂敷包の他にもう一つ注意を惹いたのは、銀鎖のついた派手な手提鞄《てさげかばん》、驚いた事には、ギッチリと中に詰《つま》っているのは、凡《およ》そ四五百円はたっぷりあろうと思われる紙幣の束。しかし代助を真実驚かし、又怒らせたのはこの手提鞄の中に入っていた二通の手紙でありました。一通はかの浪花節語り、紅梅亭鶯吉から来たもので、今松本に来ているから遊びに来ないかというような事が、歯の浮くような調子で書いてありました。さてもう一通の手紙と云うのは、紛《まが》うべくもなくお銀の筆蹟でしたが、何とそれはこの町の警察署に宛てたもので、内容は今更ここに申すまでもありますまい。お銀は多分、行きがけの駄賃《だちん》として代助を警察の手に引き渡してやろうくらいに考えていたのでしょう。代助はこの手紙を読むとさすがにくわっとして、思わず全身がブルブルと顫え、前後の考もなく二通の手紙を鷲摑《わしづかみ》にしてアトリエへ引き返して来ると、ちょうど今しもお銀が風呂から上って来たばかりのところでした。

——お銀！　代助の声は著しく顫え、興奮のために舌が廻りかねるくらいでした。

——なあによ。

湯上りの火照《ほて》った体を、燃ゆるような緋《ひ》縮緬《ぢりめん》の長《なが》襦袢《じゅばん》に包んだ彼女の姿は、又となく艶冶《えんや》たるものでありましたが、可哀そうな彼女はまだ、代助が口も利けぬ程興奮している事に気が附きませなんだ。無理もありません。あの無表情な仮面の蔭に隠れた代助の顔色は、さすが鬼のようなお銀と雖《いえども》視透《みとお》すわけには行きませんでしたから。

——これは何だ！

いきなり目前に差しつけられた手紙を見たお銀は、はっとしたように眼を瞑ると、暫く気が遠くなったような表情を示しました。賢い彼女はこうなっては最早、いかなる弁解もいかなる誤魔化《ごまか》しも一切無用である事をよく知っていたのでありましょう。ふいに身を翻《ひるがえ》して二三歩バタバタと逃げかけました。

——待て！

お銀はしかしこの鋭い言葉に従う代りに、そこにあった紙切ナイフをいきなり代助の方へ投げつけました。幸代助が素速く身をかわしたので、ナイフは纔《わずか》に彼の腕を掠《かす》めて飛んだに過ぎませなんだが、この事がくわっと代助を逆上させ、前後の分別をも忘れさせるに充分でありました。彼はいきなり手に触れたものを思わずお銀の背後から投げつけてしまったのです。代助の手に触れたもの、——不幸にもそれはかなりの重量を持った青銅製のヴィナス像で、これをまともに後頭部に喰《くら》ったのですから耐りません。お銀はくらくらと眩《めまい》がしたように一度その場に膝をつきましたが、すぐ起直ると又二三歩ふらふらと扉《ドア》の方へ行きかけました。と思うと絨緞《じゅうたん》の端に躓《つまづ》いたのでしょうか、彼女はまたガックリとその場にのめりましたが、非常な努力をもって起上ろうとするらしく、二三度泳ぐように虚空《こくう》を引っ掻き廻していましたが、ふいに鼻と口からどっと血を吐くと、そのまま崩れるようにその場に突伏《つっぷ》してしまいました。その周囲を狆ころのロロが気狂のように呴《な》き立てながら躍り狂っているのを、代助は何かしら遠い夢でも見るような心持で眺めているのでありました。

その晩の真夜中過ぎの事でありましたろう。河沿いにあるあの遊廓、あなたも多分通りすがりに御覧になった事がおありでしょうが、この町の女郎屋には一つだけ他の土地にないものがある。何かというと屋上にある六角形の展望台、どういうわけであんなものを拵《こしら》えたのか分りませんが、知らない者が遠くから望むと、よく教会の塔と間違えるそうです。

その晩の二時過ぎのこと、この塔の上からぼんやりと湖水の方を眺めている男がありました。別に何等《なんら》成心《せいしん》があって眺めているわけではなく、何といいますか、遊びの後の妙な物憂さ、胸を噬《か》むような遣瀬《やるせ》なさ、大方そういう気分をまぎらせるためでしたろう、唯一人塔にのぼって深夜の風に吹かれていましたが、そういう彼の眼をふと捉えたというのは、河下の岬の蔭から、今しも箭《や》のように漕ぎ出した一艘の小舟の姿。何処かに月があると見えて、絖《ぬめ》のように鈍く光っている湖水の表面をスイスイと流れてゆくのが手に取るように見えます。乗っているのはどうやら一人らしいが、間もなく岬の手前にある蘆の浮洲のところまで来ると、ふと舟を停めて何やら舟底から抱きあげた様子、それがどうやら人間のようにも思えたので、塔上の男はおやとばかり、思わず体を前に乗り出しました。ちょうどその時湖水の方では、例の人間らしいものを抱きあげたかの不思議な人物が、やおら舟から浮洲の上に降りようとしましたが、どうした機《はずみ》か舟がくらりと傾いて、その拍子にかの男はもんどり打って水の中へ落ちました。もとより浅い場所《ところ》ですからすぐに起き直りましたが、その途端塔上の男はゾッとばかりに全身に鳥肌が立つのを覚えました。無理もありません。今水より起き上った男の体は、まるで燐《りん》を塗った如く熒熒《けいけい》として光を放ち、その妖《あや》しい光の中で彼はハッキリとあの無気味な白い仮面と、胸に抱いている人間の形を識別することが出来ました。そしてそれ等のものからポタポタと落ちる滴《しずく》は、恰《あたか》も人魚の涙でででもあるかのように閃閃《せんせん》として金色に耀いています。塔上の男はむろんこの土地のものでしたから、諏訪の湖に夜光虫のいるということは知っていましたが、このように綺麗な、そしてまたこのように恐ろしい風景は未だ嘗つて見たことがありませなんだ。何となくそれはこの世のものというよりは、遥なる夢魔の世界の出来事とも思え、全身から燃え上るような燐光を放っている、かの奇怪な仮面の男は、人間というよりも地獄の底から這い上って来た悪鬼のようにも見えるのでありました。この男がもう少し展望台に頑張っていたら、彼は更に更に奇怪な事実を目撃したでありましょうが、遺憾ながら彼はゾッと身に滲みる臆病風に、それ以上この恐ろしい景色を見ている勇気が失くなり、そそくさとして己が敵娼《あいかた》の部屋に逃げて帰ったということです。この男が己が目撃したあの不思議な場面が、夢でもなく幻でもなく、世にも恐ろしい事実であった事を知るに至ったのは、それから数日後のことでありましたろう。

## 十三

その翌日警部が訪ねて来た時、アトリエの中には代助が唯一人、漸く完成に近づいて来たかのカンヴァスに向ってしきりに絵筆を揮っていました。

——お銀さんはいないそうですね。警部は暫く代助の背後に立って、妙に釈然としない顔附でその画面を眺めていましたが、ふとそう口を切りました。どこへ行ったのですか。

代助は無言のまま絵筆で机のうえを指しました。警部が何気なく見ると、そこには封を切ったままの手紙が一通載っかっています。

——この手紙ですか。ええ？　これを読んでもいいのですか。代助が頷《うなず》くので警部は封筒の中から墨の滲《にじ》んだ巻紙を取り出しました。かの浪花節語りの紅梅亭鶯吉からお銀に宛てて寄来した手紙であったことは云う迄もありません。警部は二三度それを読み返すと、

——成程《なるほど》、それじゃお銀さんはこの男の所へ遁《に》げ

て行ったのですか。どうも怪《け》しからん話ですね。何でしたらこちらから手配をして連れ戻してあげましょうか。

代助はそれを聴くと激しく首を左右に振り、低い、ボソボソとした声で切切《きれぎれ》にこう言いました。

――いいえ、いいえ、……それには及びません……どうせ……金がなくなったら……帰って来るに極っています。

――そうですか。警部は何の気も附かず巻紙を封筒におさめると、それじゃまた来ましょう。ああ、それからもう云う必要もありますまいが、代さんが訪ねて来たら必ず私の方へ知らせて下さいよ。

無言のまま頷いている代助の後姿を、何の気もなく視つめていた警部は、それからまたかのカンヴァスに眼をやって、どうも腑《ふ》に落ちないという風に、頻《しきり》に小首をかしげていましたが、やがて思いきったようにそのアトリエから出て行きました。外へ出ると通いの媼《ばあ》さんが河縁で何か洗いものをしていましたが、その姿を見ると警部は何ということなしに足を止めてしまいました。

――媼さん、奥さんは昨日何時ごろにお出かけになったのだね。

――さあ、何時頃ですか。媼さんは周章《あわて》て襷《たすき》を外しながら、何しろ私は通いのことでございますから。

――何かそのような話が前にあったのかね。

――いいえ、一向承《うけたまわ》ってはおりませんでしたが……おや、あれは何でございましょう。ロロの声ではございませんか。

媼さんに云われてふと犬の啼声《なきごえ》のする方を見れば、かの蘆の浮洲のうえを悲しげな声をあげて啼きたてながら、躍り狂うように跳ね廻っている白い動物の姿が見えました。

――ああ、矢張《やっぱり》ロロでございますわ。どうしてまあ、あんな所へ参りましたやら。おや！　旦那さま、あれは一体どうしたのでございましょう。

媼さんが今にも絶息しそうな声を立てたのも無理ではありませなんだ。さっきから浮洲のうえのドロドロとした水溜《みずたまり》の周囲を跳ね廻っていたロロが、ふいに脚を取られたのかズルズルと泥の中にめり込むと、何かしら巨《おお》きな生物《いきもの》がその中に潜《ひそ》んでいて、脚を持って引《ひ》き摺《ず》り込むように、けたたましい呴声をあげながら、ロロの体は見る見るうちに泥中に引き込まれてしまいました。

――まあ！ あれはどうしたのでしょう。あの気味の悪い水溜は……そしてあの可哀そうなロロ！ あんなに奥さんを慕って片時も側を離れようとはしない程よく馴附《なつ》いていましたのに！

媼さんの最後の言葉を聴いた途端、警部の頭に颯《さっ》とひらめいた何物かがありました。人間というものは妙なものです。何かしら解せない、腑に落ちないことがあって、一体それが何であるか、何が腑に落ちないか、何が解せないのか、それすら判別がつかずもやもやとした暗霧に閉されているような不愉快な気持にある時、ほんのちょっとしたきっかけから、一時にその暗霧がからりと晴れ渡ることがあるものですが、今の警部の気持が即ちそれでした。片時もお銀の側を離れぬという狆ころのロロが、今目前で恐ろしい泥の中に呑みこまれて行くのを見ているうちに、先《さっき》から彼の胸中に蟠《わだかま》っていた疑問が、釈然として氷解してゆくのを感じました。ああ、それはあまりにも恐ろしい、有り得べからざる事柄のようにも思えましたが、それと同時に、どうしてもっと早くそれに気附かなんだろうと思われる程、明瞭にして且つ動かし難い事実でもありました。警部は思わずさっと色蒼褪《あおざ》め、わなわなと体を顫わせながら、憑かれたようにかの蘆の浮洲を眺めていましたが、やがて蹌踉たる歩調《あしどり》でもう一度アトリエへ取って返して参りました。代助もその時、窓際に立ってあの浮洲のうえを眺めていましたが、警部の足音に何気なく振り返ると、ぎょっとしたようにそこに立ち竦んでしまいました。暫く二人は石になったように凝と互《たがい》の眼の中を覗き込んでいましたが、やがて警部の方が魂も潰《つい》えるかと思われるばかりの悲痛な呻声《うめきごえ》をあげました。

――万さん、あなたはほんとうに万造君ですか。それとも、ああ、私があれ程探《たず》ねていたもう一人の人物ではありませんか。

その途端黒い袍衣に包まれた代助の体は、旋風《つむじかぜ》にあった木の葉のように、チリチリと顫えあがりましたが、それを見ると警部はもう一度肺腑《はいふ》を貫くような深い深い溜息を吐きました。そして絶望的な眼差《まなざし》で今自分の眼前に立っている男の姿を視つめながら、息も絶え絶えに次のようなことを言いました。

——万さん、あなたがほんとうの万造さんなら、嘗つて私に向ってこういう事を打明けられた事を憶えているでしょうね。あれは確かあなたがこの湖畔へ引き揚げて来られてから間もなくの事でした。私が何故絵を描く事に精進《しょうじん》しないのだと云った時、あなたはこう云われたではありませんか。私はもう二度と絵を描くことは出来ないでしょう。神様はあの大惨事の折、自分の顔と自分の三本の指を持って行かれただけでは満足せず、無慙《むざん》にも私の眼から色彩を判別する官能まで奪ってしまわれたのです。あの大惨事の刹那の炸裂《さくれつ》する火焰と、灼熱《しゃくねつ》する金属の閃《せん》光《こう》とは、私の脳髄に恐ろしい衝撃を与え、あの日以来私は完全に色彩を識別することが出来なくなりました。私は今物の形を見る事は出来ますが物の色を観ることは出来ません。私の住んでいる世界は冷い灰色の壁に包まれていて、そこには私の心を慰《なぐさ》めてくれるような美しい色彩《いろどり》を持った物象《ぶっしょう》は何一つありません。医者は私にこう云いました。欧洲戦争に出征した兵士の中から、二三こういう実例が報告されていますけれども、未だそれを治癒し得る方法は、どこの国の学者からも報告されていません。いつかは自然に恢復《かいふく》するものやら、それとも永遠にこの冷酷な、そして暗澹《あんたん》たる世界に住んでいなければならないのやら、今のところそれすらも分らないのです。色彩に対する感覚を失ったものに、どうして絵を描くことが出来ましょう。あの危禍《きか》の後はじめて絵筆をとった時、私は絶望のあまりお銀を絞め殺そうとさえしたくらいでした。ああ、私は畢竟《ひっきょう》ミネルヴァに見放された惨《みじめ》な人間なのです。そう云って万造さん、あなたは私の手をとって潸潸《さめざめ》と哭《な》いたではありませんか。万造さん、ああ、あなたがほんとうに万造さんであるなら、私は今この絵を見て、あなたの恢復に対して心からの祝福を申上げます。しかし、若しそうでないなら……ああ、あなたが若し万造さんでないなら。……警部はそこで嗚咽の声を嚥《の》みました。あなたは一体誰です。どうして万造さんに成り済しているのです。そして本当の万造さんやお銀さんはどこにいるのです。

　警部はこの時ほど人間の激しく痙攣する姿を見たことがありません。先《さっき》からテーブルの上に両手をついたまま、呆然として警部の面《おもて》を見守っていた代助の体は、恰《あたか》も錐《きり》で揉み込むように、或《あるい》はまた電気独楽《ごま》のように、頭の頂辺から足の爪先まで、チリチリと戦慄して歇《や》みませんでしたが、やがてふと見れば、あの白い仮面の下から、何やらポタリとテーブルの上に滴下したものがありました。

　——ああ、血が！　そう叫んだ警部は、てっきり代助が舌を噛み切ったのだと思って、思わず腰を浮かしました。しかし代助は舌を噛み切ったのではありませなんだ。再び異常な興奮が、彼の鼻粘膜を破って、止めようとしても止まるべくもあらぬ鼻血が、縷縷として、滾滾として、滴滴としてテーブルから床の上に降り灑《そそ》ぐのでした。代助はふいに、低い、冷嘲するような笑声を立てました。それから蹣跚《まんさん》たる歩調《あしどり》で露台《バルコニー》へ出て行きましたが、その時警部はハッキリと彼が跛《びっこ》を引いている事を認めたのです。万造のために霧ヶ峰の中腹から谿底《たにそこ》へ突墜《つきおと》された代助が、生涯軽い跛を引いていたという事は確《たし》か先程も申上げましたが、警部は今己が目前を飄飄《ひょうひょう》として歩いてゆく男の姿に、はっきりとそれを認めることが出来たのです。

　——代さん！

　警部の絶叫に対して、代助は軽く振返ると二三度手を振ってみせましたが、そのまま蹌踉として露台に繋いであった小舟に乗移りました。私は——ああ、既にお察しのことと思いますが、その警部というのはかく云う私でありました——私はその時彼を引き止めようとすれば引き止めることが出来たのです。それだのに何故引き止めなんだのか、自分でもよく分りません。唯これだけの事はハッキリと申上げておきますが、私は代助と同じ村に生れ、子供の時から彼を真実の弟のよう恵《いつくし》んでいました。私が彼をあんなにも熱心に探していたというのは、勿論職務からでもありましたけれども、もっと大きな理由としては彼を誤った途からもとの正道へ引き戻してやろうと、唯それればかりを考えていたのです。しかし今となってはその努力もすべて水泡に帰した事を覚らねばなりませんでした。代助は最早如何なる手段を以ってしても償《つぐな》うことの出来ない大きな罪、殺人の罪を背負っているのではありませんか。腸《はらわた》を断つ想《おもい》とは全くこの時の私の心でありましたろう。私は暫《しばらく》両手で顔を掩《おお》うたまま、呆然とそこに佇んでいましたが、漸《ようやく》気を取直して露台へ出てみた時、今しもかの恐ろしい浮洲の辺を漕ぎ進んでいた代助の舟は、故意でありましたか、それとも偶然でありましたか、その時突如ぐらりと傾いたと見るや、代助はかの人をも物をも呑み尽さずにはおかぬ泥濘地獄の中に、真逆様に墜ちて行きました。あなや！　と私が息を飲込んだ刹那、沛然《はいぜん》として襲って来た湖畔の聚雨《しゅうう》が、紗のヴェールを懸け連ねたらんが如く、模糊《もこ》として湖水の上を包んでしまったのです。

---

竹雨宗匠は泪を飲むが如く、暫黙然《しばし》として桐火桶の中を視つめている。湖水の上は今や全く夜色に包まれてしまって、遠く対岸の町の灯が、芝居の書割のようにしめやかに明滅していた。

『夕立は須臾《すゆ》にして歇《や》みましたが、再《ふたたび》湖水の上が明るく霽《は》れ渡ったときは、代助の姿は既にどこにも見られませせなんだ。遺《のこ》っていたのは主のない捨小舟《すてこぶね》の中に、投げ捨てられた絵筆が唯一本、代助の血に塗れて紅《くれない》に染まっておりました。云う迄もなく湖水の上はその後幾度となく捜索されましたけれど、遂に彼等三人の死骸《しがい》を発見する事は出来ませんでした。だから私は、代助と万造とお銀の三人が、現世の怨《おん》讐《しゅう》から解脱《げだつ》して、三位《さんみ》一体《いったい》の仏となり不生不滅の涅《ね》槃界《はんかい》に入ることが出来たか、それともあの泥の中から、地下数千由旬《ゆじゅん》の底にあるという地獄へ堕ちて、永遠に啀《いが》み合う一体三頭の獣身となったか、そこまではこの私も知らないのです。――はい、知らないのです。』

竹雨宗匠が静《しずか》にこの長い物語を終えて口を噤《つぐ》んだ時である。この時機を待ち兼ねていたかの如く、竹の節を吹き貫《ぬ》くような爆音が炸裂したかと思うと、あれ観よ、湖水の空高く巨きな花提灯《はなぢょうちん》を点《とも》したように、花火が七彩の星をまたたかせながら美しい花を開いた。そしてそれが一瞬の光芒《こうぼう》を誇りながら、再闇の底に沈んで行った後には、唯《ただ》一団の青白い焔が鬼火《おにび》のように閃閃と明滅しながら、飄飄として湖水の闇の中を流れて行った。

## 付録①　「鬼火」改訂バージョンの復元部

桃源社による「完全版」刊行（69年）前に流布していた改訂バージョンの、著者による復元部を以下にゴシック体で示す。

**26ページ上段16行目、409ページ上段3行目**

………思わず圧倒された如く呻きました。

彼の耳にはもう、お銀の甘えるような言葉も入らなければ、彼女のしどけない、人の心を惑わすような姿態も眼に入りません。何かしら金縛りにでもあった人間のように、その眼はじっとカンヴァスのうえに釘付けになっているのです。

万造のことを悪くいう人々の言葉によると、彼は芸術の解るような人間ではない、彼が画家という途を選んだのも、唯単に従兄弟と競争するためであって、彼の魂の底から生れた本当の慾求ではなかったのだといいますが、そんな事はありません。私も度々彼の絵を見ましたが、それは孰《いず》れも立派なものであって、決して従兄弟の代助に劣っていたとは思われません。彼も亦、いささかタイプは異っていましたが、立派な画家としての天分に恵まれていたことは疑いを容れないのです。それだけに彼は今、眼の前にある代助の画の素晴らしさに、打ちのめされたような魂の衝動《ショック》を感じたのでありました。

六

それから後の数日を、…………

**29ページ上段6行目、411ページ下段10行目**

「万造の方へパチパチと瞬きをして見せておいて、」の字句が削除。

**29ページ下段8行目、412ページ上段11行目**

――まあいいやな。ゆっくりして行き給え。

――いや、そうしてはいられないんだ。そう云いながらも万造は、立去るどころか反対にそこへ腰を落着けてしまいました。

――まあいいじゃありませんか。久し振りにあたしがうんと腕に撚《より》をかけて御馳走するから、まあゆっくりしていらっしゃいな。お銀も傍からそうすすめます。

――ふふふ、お銀さんの御馳走ときちゃこいつはいよいよゆっくりしていられないな。

――あら、何故よ。

――私ゃちかごろ、お腹を悪くしているんだからね。

――いやな人、せいぜい悪口を言ってらっしゃい。今にびっくりするほど美味しいものを喰べさせてあげるから。

二人がそんな冗談口を叩きあっているうちに、代助は手早く外出の身支度を整えました。お銀はそれを見ると思い出したように、

――あたしもその辺まで買い出しに行って来ようかしら。

――そうしてもいいが、しかし万さん一人おいといちゃ気の毒じゃないか。

代助がそういうのを、万造は周章《あわ》てて横の方から引きとると、

――いいよ、いいよ、構やしないよ。一緒に行って来給えよ。と言いました。

――いいわね、あたしはすぐ帰って来るんだから、それまで待ってて下さるわね。

――ああ、待ってるとも。

誰も万造の腹の中を知っている者はありませんでした。気の毒どころか、彼にとってはこの場合、ただ一人取り残されるのが何よりも有難いのです。さっきから彼が、何や彼やと云いながらも、愚図愚図していたというのも、この機会を待っていたからに違いありません。

――それじゃ留守をお願いします。

――ああ、いいよ、行って来給え。

万造はそう云って、さも何気ない様子で二人を送り出しましたが、それから間もなく、白っぽい洋服

に着更えた代助の後についてお銀が日和下駄をカラカラと鳴らせながら、生垣の向こうを通り過ぎるのを見送った万造の表情は、ふいにガラリと変わりました。…………

**33ページ上段14行目、415ページ下段13行目**

…………万造は仕済ましたりという面持ちで、その足で中野の留守宅へ立ち寄りましたが、そこでどういう風にお銀を口説き落したのか、その翌日の晩二人して上方《かみがた》の方へ旅立ってしまったというのはまことに驚いた話ではありませんか。

お銀はもとより風のまにまに靡《なび》く蔓草のような女で、いつも何人《だれ》かに絡みついていなければ、生きていられぬ女でしたから、敢て怪しむに足りませんでしたが、奇怪なのは万造の行動でありました。おそらく彼は、代助という目標がなくなった為に、製作に対する情熱を失つたのでありましょうが、それと共にさすがの彼と雖《いえど》も、自分の行為のうしろめたさに東京に居耐《いたたま》らなくなったのではありますまいか。

彼がお銀を連れて行ったのは、行きがけの駄賃といった程の気持でしかなかったのに違いありませんが、それでも彼は二ケ月あまり上方をうろついている間に、お銀を連れて来てよかったと思わないではいられませんでした。

実際当時の万造のように、心の底に何やら解け切れぬ不愉快な塊を抱いているものにとっては、お銀はこよなき同伴者でありました。彼女には未来もなければ過去もありません。あるのは現在の歓楽に対する飽くことを知らぬ追究ばかりです。実際彼女のような女と一緒にいると、苦悩だの悔恨だのというような気持は、あとかたもなく吹っ飛んでしまうのですから、万造にとってはこの上もなく好都合でありました。

——何をそんなに難しい顔をしていらっしゃるの、今更考えて見たって仕様がないじゃありませんか。さあ、どこかまた面白いところへ連れて行って頂戴よ。

万造がちょっとでも考え込んでいると、お銀はそう言って、駄々っ児のように彼の手を揺すぶりながら、心の底に蟠《わだか》まっている暗い思案の影を吸いとってくれます。こうして彼等はついうかうかと関西の地に早や二ケ月の日を送ってしまいましたが、若しこのままの人生が万造の上に続けば、…………

## 付録②

# 解題

横溝正史

自分の小説に自ら筆を執って解題を書くということは、私のような自信のない作家にとっては、並々ならぬ努力を要することなのだが、これも流行とあってみれば、時世に遅るゝ事を何よりも懼《おそ》るゝ私の、鵜《う》の真似《まね》をして水に溺《おぼ》るゝ烏の愚をなすも、また已むを得ぬ次第であるかも知れない。

私はいろいろな理由によって、『鬼火』以前の自分と、それ以後の自分に劃然《かくぜん》たる一線を引いておきたいと思っているものである。その理由というのは単に自分一個の事情によるものであるから、こゝに書記《かきしる》す必要もないのであるが、そういう意味からいって、この『薔薇《ばら》と鬱金香《うっこんこう》』は私の第二の著作集ともいうべきものなのである。こゝに集めた短篇は、すべて昭和十一年度の諸雑誌に掲載されたものだが、この時期に於《お》ける作者は、まことに侘《わ》びしい、遣瀬《やるせ》ないのである。鬼界《きかい》ヶ島《しま》の俊寛《しゅんかん》のような日々を送っていたものである。私は活潑なる社会の動きと歩調を合わせることを厳禁されている状態にあった。私は現実の世間を直視することを極力避けなければならなかった。つまり私は現実生活のうえでは眼隠しをされていたのも同様であった。日々の新聞をさえ見ない日が私には多かったのである。そういう私の心がしだいに内に鬱血《うっけつ》して、興味の対象が妙に陰気な、古めかしいものとなったといっても、人は決して嗤《わら》うことは出来ないであろう。常に批評家諸賢の憫笑《びんしょう》の的となっている私の美少年趣味、蔵の中趣味、蠟《ろう》人形趣味が、必ずしもこの時期に於て突如として発生したものでない証拠は、これより以前に書いた『面影双紙』によっても明《あき》かであるが、そういう傾向が、この侘びしい、遣瀬ない時期に遭遇して、猛烈に助長され、それが持って生れた私の線の細さと結合して、救い難い不健康なものとなったことは疑いを容るゝ余地がないであろう。さて、私の憂鬱《ゆううつ》なる愚痴《ぐち》はこれくらいにとゞめておいて、以下それぞれの作品について、簡単な覚書を書いておこう。

『蜘蛛《くも》と百合《ゆり》』　これは『モダン日本』に二ヶ月に亘って分載されたものである。誰かゞこの小説を目して三文オペラであるとなしたが、蓋《けだ》し言い得て妙である。作者は三文オペラというが如《ごと》き気の利いた言葉には思い至らなかったが、最初から探偵草双紙のつもりであった。この精神はこゝに集めたあらゆる短篇の基調をなすものであるが、それがこの小説の中には最も露骨に現れている。これは確かに時代性を持った批評家の軽蔑に値するものであろう。しかし作者としてはこれも又一つのモデルとして必ずしも悪いものではないと思い、今後もまた屢《しばしば》試みようと思っているところである。

『蠟人』　これは『新青年』に書いたもので、以前に発表した『鬼火』の姉妹篇のつもりであった。この小説の失敗の最も大きな原因は、原稿をあまり度々書き直したというところに存するらしい。最初この小説は現在の二倍に近い枚数で書かれていたのである。それを事情あって半分に書き改めたものだが、今から思えば多少の困難を押しきってゞも、やはり初稿のまゝ発表してみた方がよかったかと思っている。ストオリイも事件もそのまゝにしておいて、たゞ枚数をへらす事だけに腐心したものであるから、叙述が妙に舌たらずになってしまった。然《しか》し書き改める時には一つの成算があったので、出来るだけ簡潔な事をもって、絵巻物式に場面を重ねていくことによって一つの調子を出そうと思ったのだが、元来上方式に冗漫な作者にとっては、こういう叙述法はまことに不向きであったことを、活字になってから覚《さと》ったのである。

『貝殻館綺譚』　これは『改造』に発表されたものだが、草双紙仕立探偵小説の最も顕著な一例であろう。ストオリイの不自然さを文章の妙な調子で隠蔽《いんぺい》しようとしたのだが、その苦心が失敗して見事に馬脚を現わしてしまった。お伽噺《とぎばなし》としても、もう少し気の利いた書きかたがあった筈《はず》だと、今もって読む度に、恥しさに顔の紅《あか》らむのを感ずるのである。

『面《マスク》』　これは『週刊朝日』の増刊号に書いたもの

である。そしてこれが病気以来博文館《はくぶんかん》以外の雑誌からの締切《しめきり》のある原稿依頼に応じて書いた最初のものであった。それまで私は、自分の健康状態を懸念して、いざとなってスッポカシても、大して迷惑のかゝらなそうな雑誌以外には絶対に需《もと》めに応じないことにしていたのである。果して原稿を引きうけるや、私は忽《たちま》ち心悸亢進《しんきこうしん》を起してしまった。枚数はたった三十枚であったが、当時、一日に三枚か四枚しか書けなかった私には非常な重荷となってしまった。私は締切の期日如何《いかん》に拘《かかわ》らず出来るだけ早く書いて、この重荷から遁れようと試みた。勢い、筆が空走りをして、非常に低調なものになってしまったのは已むを得ない次第であった。

『猫と蠟人形』 これは『キング』の増刊のために書いたものである。書いた時日はまえの『面』と殆《ほと》んど前後していた。この原稿を引きうけた時も、私は御多分に洩《も》れず忽ち心悸亢進を惹起《ひきおこ》してしまった。然もこの時は依頼状をうけた時から締切迄《まで》の時日が非常に切迫しているのである。依頼された当日から三枚づつ書くとして（そしてそれくらいの能力しか、当時の私にはなかったのである）辛うじて締切に間に合うか合わぬかの日数しかなかった。無論、自分も編輯者としての経験を持ち、ことに相手が講談社であるから、この締切なるものに、大きな懸値《かけね》のあることは分らぬではなかったが、病気以来すっかり神経質になり、ひたすら締切に遅れざらんことを心掛けている私は、そしてどの作家もそうであるように、持ち合せのネタなどのありようのない私は先《ま》ず第一にストオリイに焦躁《しょうそう》を感じねばならなかった。そこで私はこの時、窮余の一策として大変妙な試みをやった。ちょうど、その時私は偶然落語の『鰍《かじか》沢《ざわ》』を読んだのだが、この『鰍沢』なる話が、圓《えん》朝《ちょう》によって高座で即席にまとめられた三題噺《さんだいばなし》であることを思い出し、よし、自分も一つ三題噺の意気で筋をまとめてやろうと思い立った。圓朝が即席に纏《まと》めたものなら、自分だって一日あれば纏まらない筈はないと思ったのである。そこで枕下にあった本だの、辞書だのを引っ繰り返して『薔薇』『猫』『蠟人形』と、自分の性にあいそうな三つの題を探し出した。あとは至って簡単であった。題を得てから、筋をまとめるまでに、たしか二時間とはかゝらなかったと記憶している。尤《もっと》もこれは今にはじまったことではなく、昔からよく課題小説などを試みて、その器用さを江戸川乱歩《えどがわらんぽ》氏などから不思議がられたものであった。因にこの小説の最後の章、『意外な結末』以下は雑誌に発表された時にはなかった。それは寧《むし》ろその部分のない方が面白くはないかという編輯者の親切な忠告にしたがって、従順たる羊《ひつじ》の如きこの一文の筆者は、唯々諾々《いいだくだく》としてチョン切ることに応じたからである。実に私こそ模範的な探偵小説製造職人ではないか。

『噴水のほとり』これは最初『令女界』に書くつもりで立てゝいたストオリイなのだが、ちょうどそこへ割り込んで来た『明朗』の再三にわたる手紙に、ついに断り切れなくなって、その方へ流用することにしたのである。したがってストオリイは多分に甘く出来ている。唯《ただ》一言いっておきたいのは、この小説の主人公である、異常に聴覚の発達した少年というのは、作者の空想ではなく、作者の親戚にそういう異常児が実在したのである。あの電車の軋《きし》る音によって、その車体番号をあてるという事実は、数年まえその少年の郷里神戸に於てもかなり騒がれたもので、新聞などにも書き立てられたようだから、神戸在住の人は記憶していられるかも知れない。この小説を書く少しまえに、私はその少年の訃《ふ》を受取った、そしてこの事がこの小説を思いつかせる動機となったのである。

『舌』『身替り花婿《はなむこ》』この二編は匿名《とくめい》で『新青年』に書いたもの、前者は怪談、後者は西洋講談という注文に応じたものである。匿名にしたのは別に理由があったわけではなく、本名で書いた他の小説と衝突する危険があったからである。頼まれゝば越後《えちご》から餅搗《もちつ》きに来るというほどでもないが、依頼さえあれば、何《な》んでも纏めて見ようとする私の生来の小器用さは、水谷準《みずたにじゅん》なども常に心配してくれるとおり、確かに私の弱点にちがいないのである。

『かいやぐら物語』これは前の『蠟人』と平行して『新青年』に書いたもので、あまり多く言うことはない。当時、作者がほゞこれに似た生活をして、そしてこれと同じような妄想《もうそう》に、常に興味を持っていたと思って戴《いただ》ければいゝのである。私としてはあの物語的な部分をもっと短く、そしてそれだけの枚数を心境的な部分に費した方がよかったかと思っている。誰かがこの結末を谷崎潤一郎《たにざきじゅんいちろう》氏の『蘆刈《あしかり》』を思わせるといったが、その評は必ずしも当らない。由来こういう結末は、恐らく支那《シナ》から来ているのだろうが、日本の古い文学には無数にあるのである。ある不可思議の人物が現れて、あやかしの物語りをする、そして最後に『行方も知れずなりにけり』という奴である。今一寸《ちょっと》思い出しても『枕慈童《まくらじどう》』『白峰《しらみね》』『対髑髏《たいどくろ》』まだまだ探せばあるだろう。最後に体がなくなって眼だけ残ったというところは『青頭巾《あおずきん》』みたいだわい、そうでもないかな、と書き上げた時に考えたものである。

『薔薇と鬱金香』これは『週刊朝日』に四回にわたって連載される筈のものである。(この一文を草した時にはまだ一回しか出ていない)これは恐らく巻頭の『蜘蛛と百合』と同じく三文オペラの、そしてかなり悪い方のモデルになりそうである。この小説の中には歌時計といういかにも私の好みに適《かな》いそうな小道具を使ったが、この小道具が最後において重要なトリックをなすことは、半分ほど書いてから思いついたものである。それを最初から思いついていれば、もう少し上手に伏線が張られたものだのにと、後になって一寸残念であった。

さて以上の如く個々の作品についての簡単な覚書はこれで終ったが、実を言うと私も、これ等《ら》の草双紙趣味には、ちかごろ些《いささ》かうんざりしている態《かたち》なのである。ではこれから先どんなものが書きたいかと言えば、私は専《もっぱ》ら、もっと線の太い赤本式探偵小説を書きたいと思っている。例をとっていえば、ファントマ・シリーズとか、ロキャンボール・シリーズみたいなものである。そしてあそこにこそ探偵小説本来の面目がありそうな気がし、赤本の社会的勢力というものについて、誇張された一種の憧憬《しょうけい》を抱いているのである。しかし、あゝいう赤本を制作するのにも並々ならぬ努力と情熱を要することだろう。実際、赤本に情熱がなくなったらそれこそおしまいである。近い例が、アメリカのランドン、マッカリ、イギリスのジェプソン・ステワートの輩がそれである。情熱と誇《ほこり》とをもって赤本にのぞむ。これが近頃の私の抱負なのだが、さて果してうまくいくかどうか、これもまた危なっかしいものである。

昭和十一年十月

上諏訪《かみすわ》にて　　著者

付録③
# 淋《さび》しさの極みに立ちて

横溝正史

淋しさの極みに立ちてあめつちに
　寄する心をしみじみと思う

　多少字句はちがうかもしれないが、信州富士高原に建っている伊藤左千夫《いとうさちお》のこういう歌碑に接したのは、昭和八年の秋のことである。

　その年の五月七日に私は大喀血《かっけつ》をやらかして、あとから思えばよくあのとき命をとりとめたものだと思うばかりの重態だった。それが幸い危機を脱して、病いようやく小康をうるに及んで、江戸川乱歩《えどがわらんぽ》のすすめもあり、乱歩からお見舞いにと贈られた千円の金をふところに、富士見の高原療養所へ入所したのが、昭和八年の七月の終わりのことだった。一カ月ほどして散歩も許されるようになり、そこでそういう歌碑に接したのである。

　私はその療養所に三カ月いて、結核患者としての療養法を身につけ、この年齢まで生きながらえてきたのだが、いまから振り返ってみるに、それいらいの私はつねに淋しさの極みに立ってきたようなものである。その淋しさの極みがあるときは私を自嘲的にし、孤独の果てが私に道化の仮面をかぶらせる。

　しかし、なんといっても私がいちばん淋しさの極みに立っていたのは、この「かいやぐら物語」を書いた時代であったろう。この小説が「新青年」に発表されたのは昭和十一年の一月号である。その時分の「新青年」は月号の前の月の五日前後に発売される慣わしになっていたから、その一月号は昭和十年の十二月五日に発売されたことになり、したがって私がこの小説を脱稿したのは、昭和十年の十一月中旬のことであったろう。

　昭和八年の秋私はいったん帰京したものの、とても仕事の出来る状態ではなかった。見るに見かねて当時「新青年」の編集長だった水谷準《みずたにじゅん》を中心とする友人たちが醵金《きょきん》して、私の生活を一年間面倒みてくれることになった。私がその好意に甘えて妻と二人の子供をつれて、信州上諏訪へ転地したのは、昭和九年の七月の終わりのことである。

一年の歳月はまたたくまに過ぎた。水谷準は援助期間をもう少し延長してやろうかといってくれたが、そうそうは好意に甘えるのは面映《おもはゆ》いし、上諏訪へ転地することによって私はいくらか健康に自信を持ちはじめていた。私は水谷準の親切な申し出を辞退して、おいおい机にむかえるように自分自身を訓練した。

昭和九年の秋から冬へかけて私は「鬼火」百六十枚をかいた。それはまことに辛気《しんき》臭《くさ》い仕事で、一日に三枚か四枚しか書けなかった。しかも机にむかっている時間以外はベッドに仰臥《ぎょうが》して、ひたすら安静を心掛けているのだから、気分転換のはかりようがなく、明けても暮れても明日書くべき文章のすみずみにまで思いを走らせているのだから、これでは心《しん》悸亢進《きこうしん》を起こすのもむりはない。こうして三カ月ほどかけて「鬼火」を完成したとき私は疲労困憊《こんぱい》の極に達していた。なおそのうえに前篇が当局の忌諱《きき》にふれ掲載誌の「新青年」が削除の危に遇うという悲運に直面しなければならなかった。私の怒り、痛恨もさることながら、世話になった水谷準にたいする申し訳なさに身を焼かれる思いであった。しかも、私はその怒りをどこにぶっつけるわけにもいかなかった。私はまたぶり返してきそうになった病気を抑えるために、ただただ心身の安静を保つべく努力しなければならなかった。

私は妻や二人の子供のために生きなければならぬという責任感は強く持っていたが、こういう場合、そのものたちの存在は少しも慰《なぐさ》めにはならなかった。私は淋しさの極みに立っていたのである。

「わたしの心臓はしばしば薄い胸郭を押し破って、今にも外に跳び出しはしないかと懸念される程、激しい、不規則な鼓動を打つのだった。凝《じ》っと寝台の上に仰臥したまま、その心臓の鼓動を数えていると次第にそれは全身にひろがっていって、やがて足の爪先から頭髪の尖端《せんたん》まで、脈々として激しい、乱調子な動悸を打ちはじめるのだった」

「かいやぐら物語」のなかにある文章は、当時の体験をそのまま語っている。

昭和六年の夏、当時まだ博文館《はくぶんかん》に勤めていた私は、それまで住んでいた小日向台町の家を引き払い、妻と長女とその年生まれたばかりの伜《せがれ》を、避暑という名目で房州の海辺の町へ追っ払い、私はひとりで本郷の玄人下宿《くろうと》に宿をとり、酒浸《びた》りの気随気儘《きずいきまま》な生活を送っていた。何週間かたって雑誌も校了になったので、私は房州の家へ訪ねていった。不節制な生活の祟りで体のけだるさは異常であった。それでも海岸へきた以上海へ入らなければと、着いた翌日ひとりで水浴びをしたのち、体を焼けた砂のうえに横たえていた。じりじりと照りつける夏の太陽と、下から焙《あぶ》り出すような砂の熱気は、私にとって耐えがたい思いであった。ふと胸の底からヌラヌラとしたものがこみあげてきたので、何気なく吐くと血の塊りであった。私は慌《あわ》てて砂でかくすとだれにもそれを語らなかった。ふしぎにそのときの喀血はそれだけでおさまり、勤めを休んで二週間ほど静養しているうちに、体の異常なけだるさも自覚症状から消えていった。

そのころ私はとても綺麗なお嬢さんを、ときどきその海辺の町で見かけることがあった。そのお嬢さんがいつも憂えに沈んでいるようなのが、なんとなく私の気になっていた。私を海辺の町に紹介した友人が私の耳に囁《ささや》いた。

「あれは気の毒な娘で、華族の娘なんだが、父と母は兄妹なんだ。つまり兄妹相姦《そうかん》してうまれたのがあの娘なんだ」

私は愕然《がくぜん》としてそのお嬢さんを振り返った。しかし、当時はまだそれをテーマにして、後年長篇小説を書くにいたるであろうとは夢にも思っていなかった。しかし、そのお嬢さんの呪われた出生に思いをめぐらせて、暗然たらざるをえなかった。

その年の秋私は吉祥寺の借家へ引っ越したが、するとまもなく中学時代の後輩と称する人物が私の家へ訪ねてきた。私はその人物に記憶がなく、名前すら憶えていなかったが、かれは世にも驚くべき告白をした。

自分は目下人殺しをして逃亡中の者である。じつは女と心中しようとしたところ、女は死んだが自分は死ねなかった。自分は数日女の死体を抱いて暮らしたが、だんだん死体が腐《ふ》らんしていくに従って怖くなり、いまこうして逃亡している身分である。すまないが二十円貸してくれないかというのである。

私はその話を嘘《うそ》だとしっていた。中学時代いたって目立たない、モッサリとした存在でしかなかった私が、急に虚名を博するにいたったので、中学時代の友人が、いろんな口実をもうけて私のところへ金を借りにきた。女を殺して逃亡中とみずから称するその男も、そのでんだろうとタカをくくっていた。ことにその男が二十円せしめて玄関を出ていくとき、してやったりとばかりにニタッと笑ったのがガラス戸に写ったので、この野郎と思いながらも私はかえって安心した。ただ、その男の話のなかで妙に迫真性をもっていたのは、

「蠅《はえ》ちゅうやつは怖《こわ》おまんな。女の死体が腐りはじめると、窓ガラスのとこへきて、まっ黒になるほどへばりついてまんねん。それでぼく怖なってしもたんです」

若いころ私は荷風《かふう》の「雨瀟々《あめしょうしょう》」まがいのこの作品に、このうえもない羞恥《しゅうち》心をもっていた。出来ることなら私の作品のなかから、抹殺してしまいたいくらいに思っていた時代もある。

しかし、いまや人間がだれでも到達しなければならぬ老いという境地、あめつちに寄する心をしみじみと思うきょうこのごろ、若いころのこういう衒気《げんき》、それも淋しさの極みからきた衒気であってみれば、素直に認めてやってもよいのではないかと、かえってこの作品にふかい愛着をもつようになっている。

（四九・一二・一四）

付録④

# 選者の言葉

高木《たかぎ》彬光《あきみつ》

岩谷選書の一冊として、横溝正史《よこみぞせいし》先生の、短篇集を刊行したいという希望が起った時、先生はその選を私に一任された。

先生が処女作「恐ろしき四月馬鹿《エイプリル・フール》」を、世に問われたのは、大正十年、私が生れたばかりの年であり、それ以来三十年。常に新たなる情熱を以《もっ》て、世に送られた作品の数は、時代小説、少年小説を除いて、百四五十篇の多きに達している。

顧《かえり》みるに、日本探偵小説は、その発祥期より今日に至るまで、三回の興隆期を経験して来た。

第一期は、江戸《えど》川乱歩《がわらんぽ》先生の登場を絶頂とする青年期、第二期は、木々《きぎ》、小栗《おぐり》両先生によって指導された浪漫期、第三期は、戦後初めて日本にも訪れた、本格長篇探偵小説を主流とする円熟期である。

横溝先生の作風は、この変遷に呼応して、大きな三段の変化を示しておられる。

第一期には、先生は軽い柔軟な筆致を以て、青春の情熱と、甘い、しかし一面においては、ほろ苦い感傷に満ちた、愛すべき幾《いく》つかの作品を世に送られた。だが同時代の、乱歩先生の作品に比べれば、これは小粒の珠玉といわねばならない。巨匠はこの時代には、まだその才能の片鱗《へんりん》を、ほのめかせたに過ぎなかった。

上京とともに、博文館《はくぶんかん》の編輯《へんしゅう》者生活に入り、その後、病を得て、六年間の長きにわたり、信州上諏訪《かみすわ》の闘病生活に、沈潜を続けられた先生が、第二期の風雲にこたえて、世に送られた作品は、世界に誇る先生の最高傑作、「鬼火」を初めとして、珠玉の名篇「面影双紙」朗々誦すべき幽玄の散文詩「かいやぐら物語」その外「蔵の中」「蠟人」「貝殻館綺譚」「孔雀屏風《くじゃくびょうぶ》」と、一つとして、鬼気迫る情熱と気魄《きはく》に打たれぬものはない。金玉《きんぎょく》の文字にあやなされた、高い浪漫の息吹きを感じさせないものはない。

そして戦後の第三期が来る。長い沈黙の生活は、ふたゝび先生の心の中に、探偵小説に対する無限の情熱を内攻させていた。その時を得て奔り出づる所、「八つ墓村」「本陣」「蝶々」「獄門島」更に現在執筆中の「八つ墓村」先生最初の新聞連載「女が見ていた」と――いずれも、謎《なぞ》と論理の、限りなき魅力を、その根幹におきながら、円熟しきった筆に、豊かな人間群像と、絢爛《けんらん》たる日本独自の世界の色彩を描き出し、日本探偵小説の、世界に於《お》ける、独自の地位を確立し得たのであった。

先生は、遂に日本探偵小説の主流の継承者としての自己の役割を、十分に発揮されたといえるのである。

だが、私より年少の読者諸君には、或《あるい》は第一期の、先生の業績は、明《あきら》かにされていないかも知れない。「探偵小説」があり、「靨《えくぼ》」があるにせよ、これのみを以《もっ》てしては、先生の全貌は容易に把握出来ないのである。

それで私は、先生と計って、第二期、浪漫時代の作品を中心に、この短篇集を編むことにした。収むるところ「鬼火」「蔵の中」「面影双紙」「蠟人」「かいやぐら物語」「貝殻館綺譚」「孔雀屏風」の七篇、これに第一期の作品、「山名耕作の不思議な生活」を加えて、戦前における、先生の偉大なる業績を、一巻に集めようと試みたのである。

もとより、この集に収め得なかった、幾多の名作傑作は、なお少しとはしないといえ、この一冊を読まずして、横溝正史を語るなかれ、と、私は何の誇張も、お世辞もなく、心からそう叫びたいのである。

「鬼火」は、恐るべき名作である。鬼才がその生命をかけて、文字通り彫身鏤骨《ちょうしんるこつ》、情熱を一字一句に刻みこんだ、珠玉の金字塔である。上諏訪に、幾年かの闘病生活を送られていた先生が、病ようやく癒《い》えて、ふたゝび世に出でんとした復活第一作である。

これが世に送られた昭和十年、私はまだ青森中学の二年生であった。いまは戦災の犠牲となった、青森図書館の薄暗い片隅で、「新青年」を繙《ひもと》いて、この妖艶《ようえん》怪奇の色彩に彩られた、愛慾の地獄絵巻を目にした時、私は自分まで発狂するのではないかと思った。この作者は、世を呪い、人を呪い、発狂か自殺かという、ぎりぎりの一線、人間に残された、最後の境界まで押しつめられて、この作品を書いたのではないかと思ったのだ。

少年の幼い想像と笑えば笑え。私が後で、先生と親しくお話をする機会に恵まれるようになってから、私の受けた印象も、十四年前の当時とは少しも変っていなかった。人懐かしい先生の目にも、「鬼火」の話をなさる時には、いまなお烈々たる、狂わしいような光が閃《ひらめ》く。そのかみの情熱と鬼気とが、ふたたび先生の心の中に沸々《ふつふつ》と蘇《よみがえ》って来るのではあるまいか。

この作品に描かれた世界は、二人の男と一人の女、その間に巻き起された呪わしい愛慾の血曼陀羅《ちまんだら》。古来、幾千度、幾万度、小説家によって扱われた素材には違いないが、かくも妖《あや》しく美しく、描き出された作品は、ほとんど比類を求むべくもない。

古い世界というなかれ。天が下、一つとして新しい物もなく、一つとして古きをかこつ物もない。ただ真なるか、真ならざるか、美なるか、美ならざるか、この差別のみが、芸術品の真価を決定する。この一篇を読み終えて、誰か先生を戯作者というものぞ。草双紙好みと蔑視《べっし》を放つものぞ。

私は江戸川乱歩先生の「陰獣」とともに、この作品を、世界のベストテンに加えたく思った。そしてその気持は、それから幾年の年月を経て、幾多の海外未訳の名作を目にするようになった今となっても、全然変っていないのである。

「かいやぐら物語」は、珠玉にもたとうべき一篇の美しい散文詩。私はこれを先生の短篇の最高峰に推したく思う。こゝには「鬼火」の恐しさはない。死と犯罪を扱いつゝ、後に残るはたゞ美しき夢と幻のあやかし。ほのかに余韻をひいている。

これは世阿弥《ぜあみ》によって創始され、谷崎《たにざき》先生の傑作「蘆刈《あしかり》」、乱歩先生の名品「押絵《おしえ》と旅する男」に伝わる、幽玄華麗な、能楽の現代詩とでもいえるであろう。

　愛蘭の詩聖、イエイツは、この形式にかぎりなき興味を感じ、詩興をそゝられ、象徴劇「鷹の井戸」を書き上げた。それに比べて、この作には、哲学的な深さはない。人世に対する、さびしい諦観はこもっていない。だが巧みにも象徴化された美の世界、上諏訪の湖水のように澄みきった浪漫の香と、先生の傷《きずつ》ける身に宿された、人生の無常に対する悲しみは、この作ほど、切々《せつせつ》と身に迫るものはないであろう。


「面影双紙」は、当時まだ、作家として世に出ておられなかった、木々先生が、激賞された作品と聞いている。

　先生は、神戸の商家に生れられ、少年時代を関西で過されている。その古い、しかし美しい雰囲気が、高座の名人に、絶妙の話術を聞くような見事さで、こゝに巧みに描き出された。

　憐《あわ》れにも美しく、しかもその背後に、一沫《いちまつ》の狂わんばかりの恐しさを、読む者の心にとゞめないではおかぬもの……本格好きの読者には、割り切れないかも知れないが、こゝに一つの探偵小説の極致があるという例に、私はこの作品を、非常に高く買っている。

　そしてこの作の中心に、既に萌芽《ほうが》を宿す一つの種子……それが後日に及んで、あの名作「獄門島」を産んだことを、読者は忘れてはならないのだ。

　つゞいてこれも、私の愛誦おくあたわざる傑作
「蔵の中」がある。
　先生には、一時狂的というべきほどの、美少年趣味があった。白蠟を刻んだような、眉目うるわしい、美少年が、必ず作品に顔をあらわした時代があった。大きなトリックがあるとはいえ、「真珠郎」がそれであり、「白蠟少年」がそれである。後期には、ややマンネリズムに堕した嫌いがあるとはいえ、この作には、今なお新鮮な魅力がひそんで残っている。思うに、この少年の病的な、狂人のような嫌人癖《へき》は、

当時華やかな都から隔離されて、上諏訪の寓居に、孤高の生活を続け、人を恋い世を恋われた、先生の愛情の反作用ではないか。そう思えば、この病身の少年の狭い暗い土蔵に示す憧れに、そこから外の世界に投げた鋭い視線に、私はそのまゝ、当時の先生の息吹きを感ずるような気がする。最後の幕切れの、恐しい意外性は、これまた先生の、今日あるを、既に暗示するものであった。

「蠟人」は、美しくも恐しい怪異の物語である。人間の手に成って、人間と同じ姿を持ち、たゞ生ける命を持たぬ、人形の怪談については、数え切れぬほどの物語が伝えられている。その中でも、これは絶妙の一篇。

盲目の美女に対する、人と人形の異様なる影響――恐しい倒錯。すべてが割り切れたようでいて、なお説明できずに、残るあやしき秘密の影……語り尽したようでいて、最後に残る嫋々《じょうじょう》の余韻。

作者は、この作品については、数回稿を改めたために、舌足らずの感があった、と述べているが、この倍の枚数が与えられたなら、これは「鬼火」に迫る、先生最高の傑作となったであろうと、私は嘆息せずにおられない。

もちろん、そこに簡潔の美はあるが、失礼を許していたゞけるなら、いま一押し、突っこみが欲しかった、といえるのではないだろうか。

「貝殻館綺譚」は、前に述べた「かいやぐら物語」と同じく、華麗な名文にあやなされた、一篇の散文詩。たゞこの方は、トリックがあり、本格的な解決があり、ポーの短篇を見るごとき、歴史的な事実の裏附けさえあるが、やはりこれは、幻想小説の部類に入れる方が正しいであろう。

現在ならば、香山滋《かやましげる》氏が、好んで筆にしそうな物語。先生は、自ら草双紙趣味と自卑しておられるといえ、これは大人の童話のような、美しさと楽しさをもって、読む者の胸に切々と迫らずにはおられない。一点を加える能《あた》わず、一行も削るあたわぬ名品である。

「孔雀屏風」は、上諏訪六年の生活を終って、病ようやく癒《い》えて先生が、まさにふたゝび出京なさらんとして、筆をとられた最後の作。当時、支那《シナ》事変は既に始まり、軍国主義の濁流は、滔々《とうとう》として、日本全土を蔽《おお》おうとしていた。その波の行くところ、先生の心も定めて重く暗かったであろう。もはや、前の諸作品に見られるような、浪漫の世界に遊ぶことの許されぬ世であった。ましてこれから、先生がふたゝび旅出とうとされた、東京は六年前の都ではなかった。先生は探偵小説にこれまでのような情熱を示されなくなった。佐七《さしち》とお粂《くめ》の住む、江戸の世界に逃れては、わずかに、患《わずら》わしい時代を忘れておれたのだ。その意味で、これも記念すべき作品の一つであり、しかもこの作品の裏にみなぎる、反戦的な思想は、表題には現われてはいないといえ、重圧の世に、清節を守って屈しなかった、自由人としての先生の面影を、伝えるものとして、十分といえるであろう。

「山名耕作の不思議な生活」については、とり分けて論ずべきこともない。たゞ先生にも、このような、愛すべき、軽いペーソスに富んだ作品のあることを、一応読者諸君にも知っていたゞきたいと思うのである。

以上、簡単に、非礼をも顧みず、作品の短評をしたが、寸文意を尽さずの憾あり、また或は、先生の意とする所とは、反対の方に外れたかも知れないが、先生並《ならび》に読者諸君の御寛容を得たいと思う次第である。

（一九四九、一一、二〇記）

# 編者解説

日下三蔵

横溝正史《よこみぞせいし》は一九三二（昭和七）年八月に新潮社「新作探偵小説全集」の第十巻として初めての書下し長篇『呪いの塔』を刊行。同年十一月に博文館《はくぶんかん》を退社して、専業作家となった。十一月十二日には赤坂の幸楽で「横溝正史の首途《かどで》を励ます会」が開催されている。

翌三三年一月に「新青年」に発表した「面影双紙」以降、本人のいわゆる草双紙趣味を前面に押し出した耽美《たんび》的な作風に転換したが、五月七日に喀血《かっけつ》し、七月から正木不如丘《まさきふじょきゅう》博士の富士見高原診療所に入ることになる。肺結核であった。この時、「新青年」に予告していた百枚の読切「死婚者」を書くことが出来ず、代わりに掲載されたのが無名の新人だった小栗虫太郎《おぐりむしたろう》のデビュー作「完全犯罪」である。三ヶ月の療養を経て帰京。

三四年の春には友人を代表して水谷準《みずたにじゅん》から、一年間の執筆停止と転地療養を勧告される。七月から信州上諏訪《かみすわ》に転地して闘病生活に入るが、書けずにいた期間の生活費は水谷らの醵金《きょきん》、つまり今でいうカンパによって賄《まかな》われた。後年、横溝は当時を回想したエッセイで「私は多くのよい友人に恵まれており」（「続途切れ途切れの記」）と述べているが、それも納得である。

この年は数篇の翻訳を除いて新作の発表はなかったが、横溝は一日に数枚ずつ原稿を書き続け、三ヶ月かけて中篇「鬼火」を完成させた。これは復帰作品として「新青年」三五年二月号と三月号に発表されたが、前篇の一部の描写が検閲によって削除を命じられてしまう。そのため「鬼火」は削除部分を書き直した状態で長らく流布していたが、六九年に桃源社から刊行された作品集『鬼火（完全版）』で、ようやく初出の形が復元された。「鬼火」のテキストの変遷については、後ほど詳しく述べることにしよう。

三五年には「鬼火」の他に翻訳を装った創作「覗機械倫敦綺譚《のぞきからくりろんどんきだん》」、耽美系の傑作「蔵の中」、由利《ゆり》先生もの「獣人」を発表。三六年からは再び旺盛な執筆活動を開始して、「貝殻館綺譚」「かいやぐら物語」「蠟人」などの耽美探偵小説、『白蠟変化』『真珠郎《しんじゅろう》』『夜光虫』などの由利先生もの、「妖説血屋敷」「面《マスク》」「舌」などの怪奇ものを、次々と発表している。

三七年には、乾信一郎《いぬいしんいちろう》の勧めで博文館の「講談雑誌」に初の時代ミステリ「不知火《しらぬい》捕物双紙」を連載。三八年から始まった「人形佐七《さしち》捕物帳」は、金田一耕助《きんだいちこうすけ》と並ぶ横溝作品最大のシリーズへと発展することになる。三九年十二月に、ようやく上諏訪から帰京を果たすが、時局のために次第に探偵小説の発表が制限されるようになり、「人形佐七捕物帳」を中心とした時代ものが執筆活動のメインとなっていくのである。

角川文庫に収められたノンシリーズ短篇を集成する「横溝正史ミステリ短篇コレクション」、第二巻の本書には、昭和八年から十一年にかけての作品六篇を収めた『鬼火』（75年8月）、昭和七年と十二年の中篇二本をカップリングにした『塙《ばん》侯爵一家』（78年2月）の二冊を合本にして収めた。兼業作家時代のバラエティ豊かな作品を収めた第一巻に対して、耽美色、怪奇色を強めた専業作家時代初期の作品集ということになる。

各篇の初出は、以下の通り。

鬼火　「新青年」昭和10年2、3月号
蔵の中　「新青年」昭和10年8月号
かいやぐら物語　「新青年」昭和11年1月号
貝殻館綺譚　「改造」昭和11年1月号
蠟人　「新青年」昭和11年4月号
面影双紙　「新青年」昭和8年1月号
塙侯爵一家　「新青年」昭和7年7〜12月号
孔雀《くじゃく》夫人　「新女苑」昭和12年7〜12月号
鬼火（オリジナル版）「小説野性時代」平成26年7月号

「鬼火」から「面影双紙」までの六篇を収めた『鬼火』は横溝正史のベスト短篇集といっても過言ではない完成度の高さだが、これは前述の桃源社版『鬼火（完全版）』（69年11月）から長篇『真珠郎』と短篇「孔雀屏風《びょうぶ》」を抜いたものであるから、桃源社編集部のセレクトを誉めるべきだろう。一九四〇（昭和十五）年の短篇「孔雀屏風」は角川文庫では『真珠郎』に併録されており、桃源社版『鬼火（完全版）』は『鬼火』と『真珠郎』の二分冊で角川文庫に収められた訳だ。

由利先生ものの『真珠郎』は本シリーズの対象外だが、こういう経緯なので、できれば「孔雀屏風」も本巻に収めておきたかった。しかし、ただでさえ長い「鬼火」の別バージョンを収録したため、「孔雀屏風」は第四巻に回さざるを得なくなってしまった。この点はお許しいただきたい。

角川文庫版の『鬼火』は短篇「蔵の中」が映画化（81年10月公開）されるのにともなって八一年六月

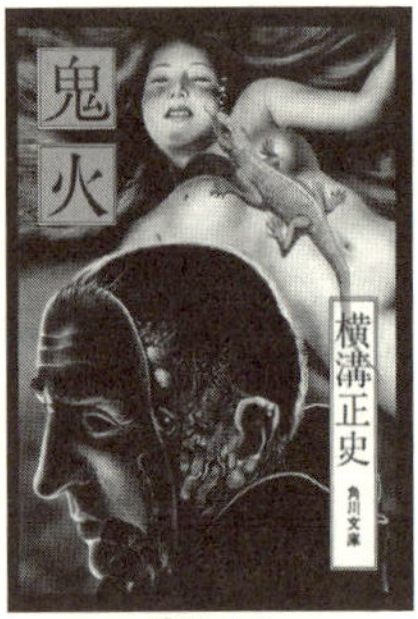


『鬼火』
角川文庫版カバー①

『鬼火』
角川文庫版カバー②

『鬼火』
角川文庫版カバー③

の第十七刷からカバー絵を一新し、表題も『蔵の中・鬼火』と改められた。この杉本《すぎもと》一文《いちぶん》氏による「蔵の中」版カバーは同年七月の第十八刷までしか使用されず、同年八月の第十九刷からは、さらに西《にし》井《い》正気《まさき》氏の映画ポスターを流用したカバーに差し替えられている。このバージョンでは表紙のタイトルが「蔵の中」だけになってしまっているが、奥付や本体は『蔵の中・鬼火』のままであった。

『鬼火』所収の六篇は、昭和十年と十一年に刊行された二冊の作品集に初めて収録された。

鬼火　春秋社　35年9月

〔鬼火／蔵の中／面影双紙／獣人／覗機械倫敦綺談（トム・ガロン）〕

薔薇《ばら》と鬱金香《うっこんこう》　春秋社　36年12月

〔蜘蛛《くも》と百合《ゆり》／蠟人／貝殻館綺譚／面／猫と蠟人形／噴水のほとり／舌／身替り花婿《むこ》／かいやぐら物語／薔薇と鬱金香〕

このうち「獣人」「蜘蛛と百合」「猫と蠟人形」「薔薇と鬱金香」は由利先生ものなので、本シリーズには入らない。その他の「面《マスク》」「噴水のほとり」「舌」「身替り花婿」の四篇は第四巻『誘蛾燈』、「覗機械倫敦綺談」は第六巻『空蟬《うつせみ》処女《おとめ》』に、それぞれ収録の予定である。また、上諏訪で書かれた『薔薇と鬱金香』の「解題」は、当時の作者の生活、心境、作品への姿勢が綴《つづ》られた自作解説となっているため、本書に巻末資料として再録した。同じく巻末に収めた回想エッセイ「淋《さび》しさの極みに立ちて」は「かいやぐら物語」が「幻影城」七五年二月号に再録された際に付されたものである。

「鬼火」を表題とする横溝正史の著書は、以下のとおり。

1　鬼火　春秋社　35年9月
2　鬼火　美和書房　47年8月
3　鬼火　岩谷書店　51年1月
4　鬼火　東方社　56年5月
5　鬼火　東方社　61年5月
6　鬼火　東方社　63年7月
7　鬼火（完全版）　桃源社　69年11月
8　鬼火（完全版）　桃源社　72年3月
9　鬼火（完全版）　桃源社　75年1月
10　鬼火　角川書店（角川文庫）　75年8月
11　鬼火　出版芸術社（ふしぎ文学館）　93年10月
12　鬼火オリジナル完全版　藍峯舎　15年7月

『薔薇と鬱金香』
春秋社版函

『鬼火』
春秋社版函

前述の通り、「鬼火」は初出時に検閲に遭ったため、その部分を修正したテキストが長らく流布していた。リストでは1から6までが、これを踏襲している。仙花紙本《せんかし》の2は「蠟人」「芙蓉《ふよう》屋敷の秘密」を併録。高木《たかぎ》彬光《あきみつ》の編集による3は「かいやぐら物語」「蔵の中」「面影双紙」「蠟人」「孔雀屏風」「貝殻館綺譚」「山名耕作の不思議な生活」を併録。もともとは同社のペイパーバックスタイルの叢書《そうしょ》「岩谷選書」のために編まれたもののようだが、新書判セミハードカバーの単行本として刊行されている。ほとんどの作品が重複しているので、高木彬光の解説「選者の言葉」を本書にも再録させていただいた。4は「かいやぐら物語」「蔵の中」「面影双紙」「蠟人」「孔雀屏風」を併録。5と6は同じ紙型を使用した改装版でカバー装から函装になっている。5と6のデザインは同一。

7の刊行時に『虚無への供物』で知られる作家の中井《なかい》英夫《ひでお》氏が、たまたま所持していた削除前の初出誌を提供し、削除部分が改訂バージョンの末尾にゴチック体で付記される形で復活した。七〇年九月に講談社から刊行された『横溝正史全集1　真珠郎』にも桃源社版と同じ形で収録されている。桃源社から出た改装版の8と9は函装からカバー装に変更。8と9のデザインは同一である。

七五年に角川文庫で短篇集『鬼火』が刊行された際には、本文中に削除部分を入れる形で復元がなさ

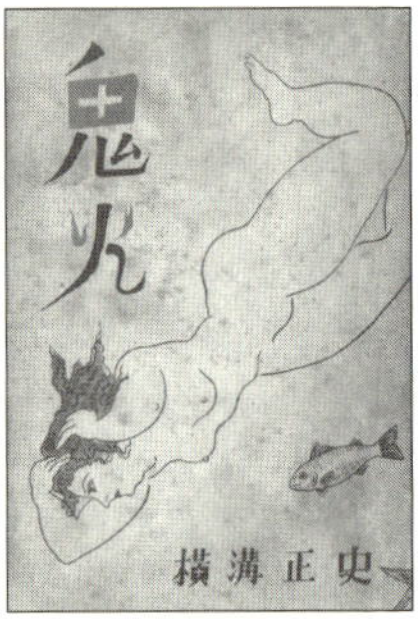

『鬼火』
美和書房版表紙

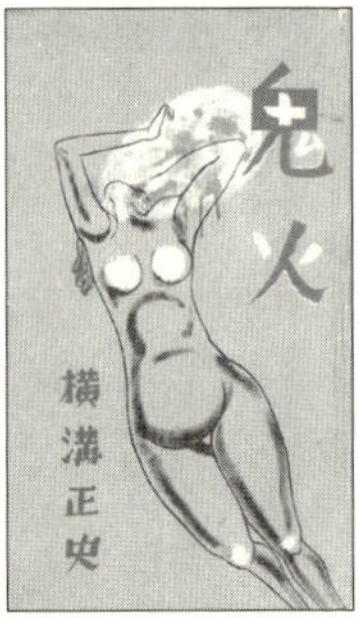

『鬼火』
岩谷書店版カバー

『鬼火』東方社版
カバー（1956）

れたが、全体的なテキストは、改訂バージョンがそのまま活かされた折衷《せっちゅう》バージョンとなっている。八六年一月の創元推理文庫『日本探偵小説全集9　横溝正史集』では部分的に改訂版を採用（十一、十二章の一部。および十三章が改訂版）、11や、二〇〇一年三月のちくま文庫『怪奇探偵小説傑作選2　横溝正史集　面影双紙』も、これに倣《なら》っている。

また、著者による直筆原稿が発見されたことから、角川書店の文芸誌「小説野性時代」二〇一四年七月号に「鬼火　オリジナル版」として原稿から起こしたテキストが掲載され、初出の「新青年」から引き継がれてきた数々の誤植が訂正された。やはり直筆原稿を用いた12は、初出時の竹中英太郎《たけなかえいたろう》の挿絵を原画から復刻した限定二五〇部の豪華本である（現在は完売）。

オリジナル（直筆原稿）版、初出（新青年）検閲版、改訂版、初出復元版、折衷版（角川文庫）、折衷版（創元推理文庫）と、「鬼火」に関しては多岐にわたるテキストが存在することになる。本書では、角川文庫版のテキストを収録した上で、ご遺族から直筆原稿をお借りして新たに活字を組んだオリジナル版も収録した。ただ、本書では改訂版の改訂箇所が判らなくなってしまう。そこで、改訂版から折衷版で差し替えられた部分を抜粋して巻末にまとめておいた。本文と対照しながら、ぜひ確認してみていただきたい。

『鬼火』
東方社版函（1961）

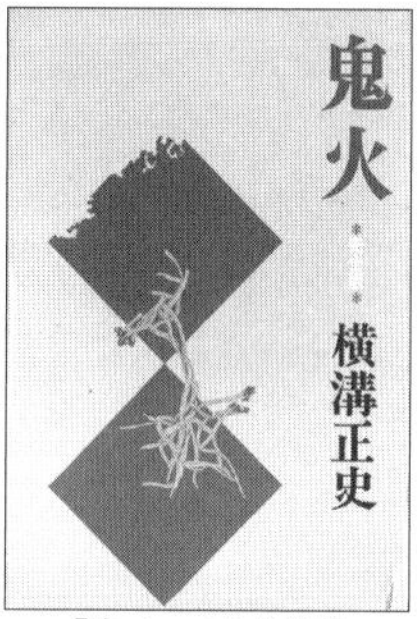

『鬼火　完全版』
桃源社版函（1969）

『鬼火　完全版』
桃源社版カバー（1975）

『ふしぎ文学館　鬼火』
出版芸術社版カバー

『横溝正史集 面影双紙』
ちくま文庫版カバー

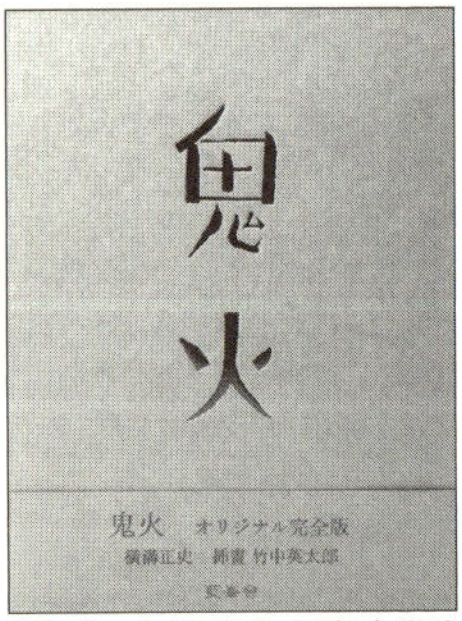

『鬼火 オリジナル完全版』
藍峯舎版函

なお、「鬼火」は結末部分を独立させて「湖泥《こでい》」のタイトルで「シュピオ」三七年五月号に掲載されているが、これは参考作品として第四巻に収録する予定である。

「塙侯爵一家」は一九三四（昭和九）年十二月、「女王蜂（戦前版）」「芙蓉屋敷の秘密」「幽霊騎手」の三篇を併録して新潮社から刊行された。七五年五月、「孔雀夫人」を併録して桃源社からほぼ三十年ぶりに再刊され、七六年十二月には同一の紙型を使用して桃源社の新書判叢書「ポピュラー・ブックス」にも収録されている。

連載に先立つ「新青年」三二年六月号に「三回連続探偵小説」として掲載された予告は、以下のとおり。

作者の言葉

新青年にはいつも予告ばかり見せながら、最近ついぞ作品を示したことがない。この間友人に会ったら、結局何も頭にないのだろうと言われたがそれは間違いである。予告を出した場合、いつもそれ相当のストオリイと空気を持っているのであるが、種《いろ》んな都合でそれを作品として示すことが出来ないのを甚《はなは》だ残念に思っている。

それはさておき、僕ももうそろ〳〵稼ぎ意識の原稿とは別に、何か本当のものを書きたいという慾望に最近燃えている。幸いにも新青年がその舞台を提供してやろうというのだから、近頃珍らしく僕も意気込んでいる。

この「墻侯爵一家」が果してそれ程立派な作品であるかどうかは、自分の口から言難《いいにく》いが、今迄《まで》日本で書かれた探偵小説と些《いささ》か変っている事だけは確かだと言っていゝと思う。

編集後記に当たる「編輯《へんしゅう》だより」でも編集長の水谷準や上塚貞雄《うえつかさだお》（乾信一郎）が熱心に煽《あお》っている。

ところで「墻侯爵一家」である。作者の苦吟《くぎん》すること月余、原稿をなかなか貰《もら》えないのは辛いが、その代り出来栄えは氏の作品中に於ては、断然第一位たるべきもの。本号の書出しに於て、すでに横溝正史の名は一世を風靡《ふうび》して止まぬだろう。切にこれだけは愛読をたまえ。（J・M）（32年7月号）

「墻侯爵一家」の素晴しさはどうであろう！　作者は予告として抱負の一端を洩《もら》したが、我々の期待を裏切ることなく、先月第一回には堂々たる押出しでやんやの喝采裡《かっさいり》に第一幕を閉じた。大切な二幕目。勿論舞台は一転する。作者がひそかに編者に洩したストーリイの秘密は何処に隠されてあるか？　これまでの探偵作家が指を染めなかった世界の秘密とは何を指さすのか？　興味は更に興味を呼ぶ。連載三回の予定を二三回のばして、あくまでもこの滋味を喫して貰うつもりである。（J・M）（32年8月号）

横溝正史氏の「塙侯爵一家」は号を逐うに従って、益々評判になって来た。近来の探偵小説界を文字通り、全《まった》く風靡した観がある。十二月号を以て完結する筈《はず》のこの一篇、この号あたりで、まさにクライマックス！　まあ読んで見給え、「次号はいつ出るんだい？」ということになること請合――編輯者の手前みそぬきにして――（S・U）（32年11月号）

半年連載の「塙侯爵一家」も異常な喝采裡にゴール・イン。今更らしく云うわけではないがこの一作は本年度の大きな収穫であった。来年の作者の奮闘振りこそ、けだし観ものである。（J・M）（32年12月号）

森下《もりした》雨《う》村《そん》氏より本誌を引継いで、断然「新青年趣味」を以《もっ》て天下を風靡し、雑誌の型を破った横溝正史氏は、その後「探偵小説」の編輯などに携《たずさわ》っていたが今度専心創作にいそしむため勇退。氏の前途に絶大なる拍手。（S・U）（同前）

『塙侯爵一家』
新潮社版表紙

『塙侯爵一家』
桃源社版カバー

『塙侯爵一家』桃源社
ポピュラーブックス版

『塙侯爵一家』
角川文庫版カバー

『孔雀夫人』
松竹版表紙

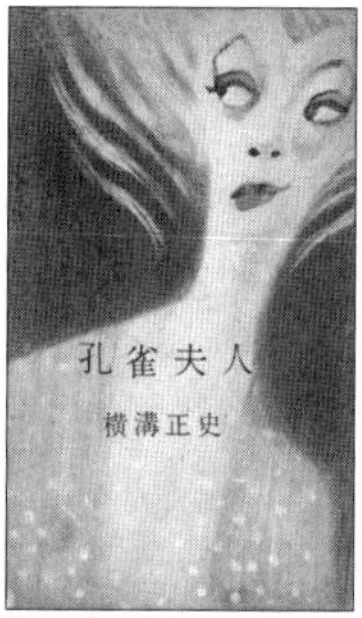


『孔雀夫人』
東方社59年版函

この年の十一月に「横溝正史の首途を励ます会」が開催されたことは、既に述べたとおりである。

実業之日本社の女性誌「新女苑」に連載された「孔雀夫人」は従来の書誌では三七（昭和十二）年七月号から九月号までの掲載とされていたが、今回、初出誌を確認したところ、十二月号までの全六回にわたって発表されていたことが判った。

この作品は終戦後の四七年六月、「女王蜂（戦前版）」「嵐の道化師」の二篇を併録して松竹株式会社出版部から初めて刊行された。五五年十月には「丘の三軒家」「腕環」の二篇を併録して東方社の新書版叢書「東方新書」からも刊行。東方社版は五九年九月に新書判ハードカバー函装の新装版も出ている。表紙のデザインは同一。

最後に作品の異同について触れておこう。「蔵の中」には初出から大きく加筆された箇所があるが、初刊の春秋社版での加筆であるため、これを活かした。「面影双紙」の細かい修正も春秋社版からのものなので同様に活かした。ただし「脇」「傍」を意味する方言「ねき」が角川文庫版では「わき」に直されてしまっていたので、これは元に戻した。

「塙侯爵一家」は主人公の説明に「侯爵家の七男」と「八男」が混在。今回、「七男」に統一した。「孔雀夫人」の連載時には、謎《なぞ》の青年のかけている眼鏡が「青い色の眼鏡」と「黒眼鏡」が混在。初刊本では一ヶ所を除いて「黒眼鏡」に統一されており、角川文庫ではその一ヶ所も「黒眼鏡」に修正されている。これは角川文庫での修正を活かした。初出で「×月××日」となっていた日付けが「十月十七日」になるなど、初刊本での加筆・修正は、そのまま踏襲。ただ、初刊時に会話の一部が脱落した箇所があり、角川文庫ではその前後を一つの発言につなげて修正してしまっていたので、今回、初出の形に戻した。

本稿の執筆にあたっては、浜田知明、黒田明、さいとうよしこの各氏から、貴重な資料と情報の提供をいただきました。ここに記して感謝いたします。

本選集は初出誌を底本とし、新字・新かなを用いたオリジナル版です。漢字・送り仮名・踊り字等の表記は初出時のものに従いました。角川文庫他各種刊本を参照しつつ異同を確認、明らかに誤植と思われるものは改め、ルビは編集部にて適宜振ってあります。なお、今日の人権意識に照らして不当・不適切と思われる語句や表現については、作品の時代的背景と価値とに鑑み、そのままとしました。

横溝《よこみぞ》正史《せいし》ミステリ短篇《たんぺん》コレクション2

# 鬼《おに》火《び》

二〇一八年二月五日　第一刷発行

著　者　横溝《よこみぞ》正史《せいし》

編　者　日下《くさか》三蔵《さんぞう》

発行者　富澤凡子

発行所　柏書房株式会社

東京都文京区本郷二－一五－一三（〒一一三－〇〇三三）

電話（〇三）三八三〇－一八九一［営業］

（〇三）三八三〇－一八九四［編集］

装　丁　芦澤泰偉

装　画　大竹彩奈

組　版　有限会社一企画

印　刷　壮光舎印刷株式会社

製　本　株式会社ブックアート



ISBN978-4-7601-4905-6